novum pro

AF165539

Herbert Wolf

INSEKTEN STERBEN, MENSCHEN AUCH!

Kurzgeschichten

www.novumverlag.com

Bibliografische Information
der Deutschen Nationalbibliothek:

Die Deutsche Nationalbibliothek
verzeichnet diese Publikation in
der Deutschen Nationalbibliografie.
Detaillierte bibliografische Daten
sind im Internet über
http://www.d-nb.de abrufbar.

Alle Rechte der Verbreitung,
auch durch Film, Funk und Fernsehen,
fotomechanische Wiedergabe,
Tonträger, elektronische Datenträger
und auszugsweisen Nachdruck,
sind vorbehalten.

© 2021 novum Verlag

ISBN 978-3-99131-073-0
Lektorat: Volker Wieckhorst
Umschlagfotos: Ilkin Guliyev,
Giacomo Bosio, Piotr Zajc,
Teekaygee | Dreamstime.com
Umschlaggestaltung, Layout & Satz:
novum Verlag

Gedruckt in der Europäischen Union
auf umweltfreundlichem, chlor- und
säurefrei gebleichtem Papier.

www.novumverlag.com

INHALTSVERZEICHNIS

Prolog 7
1. Radtour ins Verhängnis 9
2. Die Suchmeldung 87
3. Der Sonntagsausflug 97
4. Start frei Piste 26 105
5. Das Geschenk 117
6. Der Mord 127
7. Die Exkursion 135
8. Der Maikäfer 144
9. Die Hornisse 162
10. Die Spinne 204
11. Wespen sind auch nur Lebewesen 213
12. Der Imker 229
13. Boschs großer Fall 250
14. Wie schmecken Heuschrecken? 319
15. Schmetterlinge 332
16. Nicht ohne Biene 343
17. Das Versteck 348
18. Der konsequente Heinrich 356
Epilog 392

PROLOG

Wer ist nicht genervt, wenn ihn eines dieser kleinen Plagegeister nachts bei geöffnetem Fenster in den Fuß sticht oder beim Kaffeetrinken auf der Terrasse sich an seinem Stück Kuchen bedienen möchte? Und wer würde vergessen, wie nützlich die Insekten für uns doch sind? Mal stören sie unsere Ruhe, mal sorgen wir uns, wenn wir vom Schwund der Artenvielfalt bei diesen oft winzigen Lebewesen lesen.

Unser Verhalten Insekten gegenüber ist zwiespältig. So zeigen wir oft keine Hemmungen, Mücken und Spinnen zu töten. Da reicht es, dass sie uns vermeintlich stören oder wir uns bei deren Erscheinen ekeln. Allerdings dominiert bei uns Sympathie und sogar Entzücken beim Anblick von Bienen oder Schmetterlingen.

Dass Insekten unter Umständen den Ablauf einer Story beeinflussen oder sogar komplett abändern können, werden die Geschichten in diesem Buch zeigen. Der Blick in dieser Geschichtensammlung richtet sich nicht auf die Nützlichkeit von Insekten oder die Bedrohung ihrer Existenz. Es ist mehr ein Zufall, der diesen Tieren in den Geschichten eine Rolle zuweist, sodass sie einen quasi „handelnden" Einfluss auf deren Verlauf gewinnen.

Das ist oft überraschend und skurril, wie die Insekten in den Handlungen wirken.

So wird neben einer Frauenleiche eine erschlagene Hornisse entdeckt, an der Sperma klebt, was zur Aufklärung eines Mordes führt.

Oder ein von Spinnenangst geplagter Mann rastet panisch aus beim Anblick einer schwarzen Spinne an der Zimmerdecke.

Eine Geschichte erzählt, wie durch die massenhafte Vermehrung von Kakerlaken in einem Lager dessen Leiter zur Verzweiflung getrieben wird. Der riskiert durch seine zögerliche Reaktion sogar seine sicher geglaubte Karriere.

Wenn die eine oder andere Kurzgeschichte dazu führt, dass der Leser seine eigene Haltung zu Insekten überdenkt, dann ist das zwar nicht beabsichtigt, aber sicher nicht schlecht.

Entscheidend für diese Geschichtensammlung ist, wie bei Literatur immer, der Spaß beim Lesen, und den wünscht Ihnen der Autor.

1. RADTOUR INS VERHÄNGNIS

Sie waren fünf Ehepaare, die häufig zusammen feierten oder sich in der Freizeit trafen. Da sie fast alle in diesem Ort aufgewachsen waren, kannten sie sich seit ihrer Kindheit, hatten sie die dortige Schule besucht und gehörten denselben Vereinen an. Innerhalb ihrer Gruppe mussten sie sich nicht mehr verstellen, da sie einander so vertraut waren, dass sie sich an die Eigenheiten eines jeden Mitglieds längst gewöhnt hatten. Reibereien, die es sicher schon mal gab, hielten nur kurz an und blieben daher folgenlos. Würde sie jemand fragen, welche Charaktereigenschaft sie besonders an ihren Freunden schätzten, dann würden sie wahrscheinlich spontan die Verlässlichkeit nennen. Dabei stellte sich bei ihnen so gut wie nie das Gefühl ein, dass sie sich Außenstehenden gegenüber abschotten könnten. Das Bedürfnis, ihren Kreis für neue Gesichter zu öffnen, war allerdings gering. Sie blieben gern unter sich.

Einmal im Jahr, meist im Frühjahr oder im beginnenden Herbst, brachen sie zu einer mehrtägigen Fahrradtour auf. Dafür übernahm Paul, unterstützt von seiner Frau Carmen, für die Gruppe stets die gesamte Organisation.

Wer schon einmal eine solche Radtour organisiert hat, weiß, wie zäh und aufreibend oft die Abstimmung ist. Alle Termin- und Reisewünsche der Teilnehmer müssen dabei zufriedenstellend berücksichtigt werden. Paul hatte genügend Erfahrung und Gelassenheit, um mit einigen eher schwierigen Charakteren in ihrer Gruppe umzugehen. Er schaffte das erstaunlich geräuschlos und beklagte sich selten, wenn ihn einer der Freunde mit seinen Extrawünschen überfiel.

Bis auf Roman Schlichter und die beiden Hausfrauen Rosa Lindner und Beatrix Schlichter waren sie alle noch berufstätig, was für Paul die Terminabsprache verkomplizierte.

Diese beiden Frauen versteiften sich oft auf Sonderwünsche, was für Paul nicht nur Mehrarbeit bedeutete, sondern Fingerspitzengefühl erforderte. So bestanden sie zum Beispiel auf den Einbau touristischer Highlights in die Tour, die der Veranstalter gar nicht anbot. Für ihre Männer Benno Lindner und Lars Schlichter sollten es vor allem Besichtigungen von Weingütern und Brauereien sein.

Fast nie konfrontierte ihn das Ehepaar Steffie und Roman Schlichter mit Sonderwünschen. Er war der Bruder von Lars und erst kürzlich Rentner geworden. So wie sie sich mit eigenen Wünschen meist zurückhielten, so setzten sie allerdings auch selten Impulse bei der Gestaltung der Touren oder ihrer Treffen.

Und dann gab es noch das Lehrerehepaar Inge und Andy Schubert, das sich meist unauffällig einfügte, aber gelegentlich durch Einfälle auffiel. Beide bereiteten sich, ähnlich wie die Kleins, auf ihre Radtouren vor, sodass ihre Ideen nicht von ungefähr kamen. Aber sie akzeptierten es, wenn die Gruppe ihren Anregungen nicht folgte.

Paul favorisierte ein Vorgehen, das seiner Meinung nach sehr effektiv zum Abstimmungsergebnis führte. Er stellte keine offenen Fragen zu Terminwünschen oder präferierten Fahrradtouren, sondern suchte selbst zwei, seltener drei Vorschläge im Internet bei bekannten Anbietern heraus, um die dann zur Abstimmung zu stellen. Er wusste ja, dass vielleicht mit Ausnahme der Schuberts sich die meisten in der Gruppe nicht bemühten, selbst nach geeigneten und reizvollen Touren zu suchen. Mit zwei Optionen zur Auswahl erreichte er schneller Einigkeit, als auf Vorschläge aus seiner Gruppe zu warten. Trotzdem nahm die Abstimmung für die anstehende Fahrradtour mehrere Tage in Anspruch.

Auch dieses Mal hatte er zwei Touren vorgeschlagen, eine davon sollte dem Neckar flussabwärts folgend in Heidelberg enden. Und genau für diese entschied sich die Gruppe, die Alternative wurde dagegen nach kurzer Diskussion verworfen. Nur beim Termin hakte es eine Weile, auch wenn das Zeitfenster eng begrenzt war. Auf Anfang September konnten sich schließlich alle festlegen. Was Paul noch regeln musste, waren eher Kleinigkeiten, wie Besuche von touristischen Highlights am Rande der gemeinsamen Tour oder spezielle Wünsche an die Hotelzimmer.

An ihren Radtouren liebten sie vor allem das gesellige Beisammensein, keiner von ihnen war so ehrgeizig, dies als sportliche Herausforderung aufzufassen. Der Spaß stand im Vordergrund, der Weg war das Ziel, hieß es bei ihnen.

Womit er in diesem Jahr nicht gerechnet hatte, war, dass sich jemand zusätzlich zur Teilnahme in ihrer Runde melden würde. Darauf hatte er mit einer einsamen Entscheidung reagiert. Und da hätte er sich einen Satz wie „Ich wollte doch nur ..." besser ersparen sollen, mit dem er in einem Gruppentreffen vor Beginn der Tour seinen Alleingang gegenüber seinen Freunden zu begründen suchte. Bereits beim Lesen der folgenden E-Mail hätte ihm die Problematik seiner Entscheidung auffallen müssen. Eine Korrektur wäre ihm da aber ohnehin kaum mehr möglich gewesen.

E-Mail von klaus.bender@spontanmail.de an paul-klein@xmail.com
Betreff: Unsere Radtour

Hallo Paul,
Samstag in acht Tagen geht's schon los, und wir freuen uns riesig darauf! Habe dich in den vergangenen Tagen weder an deinem Arbeitsplatz noch in der Kantine angetroffen. Deshalb will ich dir kurz nochmals per E-Mail mitteilen, dass wir gut vorbereitet sind.
Wir sind fit, haben in den letzten Tagen an der Kondition in einem Spinning-Kurs im Fitnessclub gearbeitet. Unsere Fahrräder haben wir auch vom Fachmann checken lassen, fahren künftig mit sogenannten Unplattbaren an beiden Rädern. Hoffen, dass die halten, was ihr Name verspricht! Habe noch ein paar Ideen, die unsere Abende beleben könnten. Die konnte ich bei meiner anstrengenden Radtour in Norwegen ausprobieren, was die Stimmung deutlich verbessert hatte. Werde mehr erzählen, wenn wir unterwegs sind.
syl
Klaus

Paul Klein atmete ganz tief ein und ließ die Atemluft dann aus seinen dicken Backen hörbar entweichen. Die E-Mail seines Kollegen Klaus wirkte doch erst mal befremdlich auf ihn. Wen hatte er da zu seiner Fahrradtour mit Freunden eingeladen?, fragte er sich. So dick war er mit Klaus nicht, arbeiteten sie doch in verschiedenen Abteilungen in ihrer Firma und hatten in ihrer Freizeit wenig Kontakt miteinander. Und wenn er das las, dann hatte er jetzt den Eindruck, dass der Kollege anscheinend eine andere Radtour erwartete als die gemeinsame mit seinen Freunden. Fast schien der die für einen Wettbewerb zu halten.

Sie trafen sich gelegentlich in der Kantine und bei einem Lehrgang. Einmal hatte Paul die Benders zu einem ihrer Gartenfeste eingeladen, sie waren ja im gleichen Alter. Eine Gegeneinladung oder weitere Besuch hatte es bisher nicht mehr gegeben. Weder schien das Paul noch sein Kollege zu vermissen, es hatte möglicherweise an einer passenden Gelegenheit gefehlt. Die von ihm gelegentlich an Klaus beobachtete berufliche Übermotivierung störte ihn schon mal, aber nicht so, dass er den Kontakt zu ihm hätte meiden wollen.

Einen Moment überlegte Paul, ob er diese E-Mail an seine Freunde weiterleiten sollte, doch unterließ er das, weil er fürchtete, dass die ähnlich erstaunt über den Inhalt reagieren würden. Das wollte er nicht.

Die hatten ja gerade erst die Benders kennengelernt, und er hoffte, dass sich alle auf der Tour zusammenfänden. Er atmete nochmals tief durch, dann antwortete er.

E-Mail von paul-klein@xmail.com an klaus.bender@spontanmail.de
Betreff: Re. Unsere Radtour
Hallo Klaus,
danke für deine E-Mail, war die letzten Tage erst auf einem Lehrgang und dann bei einem unserer Entwicklungspartner in Frankfurt.
Es freut mich, wenn ihr schon so top vorbereitet auf den Beginn der Fahrradtour wartet.

Meine aber, ihr solltet die Tour etwas entspannter sehen. Wir sind eher ein gemütlicher Freundeskreis ohne besonderen sportlichen Ehrgeiz. Spaß steht bei uns im Vordergrund. Es heißt bei uns: Der Weg ist das Ziel!
Dann freue ich mich, euch am Samstag im Hotel zu sehen,
MfG
Paul

Er ahnte nicht, dass Klaus voller Ehrgeiz Petra und sich selbst im Fitnessstudio zu einem Spinning-Kurs angemeldet hatte. Für den war es wichtig, dass sie sich nicht in der Gruppe wegen mangelnder Kondition blamieren müssten. Bei ihm eine überflüssige Sorge, bei Petra, die sich weniger körperlich fit hielt und dauerhaft an einem erhöhten Blutdruck litt, war das Training eher sinnvoll. Sie maulte zwar über seinen Eifer, gab ihm aber nach, um ihn nicht zu enttäuschen.

★★★

Wenige Wochen vorher hatte ihn Klaus an seinem Arbeitsplatz aufgesucht. Der erwischte ihn, als er gerade einen Wunsch von Rosa online bearbeiten musste. Die hatte ihn kurz zuvor angerufen und darauf gedrungen, dass die Gruppe unbedingt an einer Schlossbesichtigung in Heidelberg teilnehmen sollte.
„Dafür ist aber eine Reservierung für die Führung erforderlich", ergänzte sie ihren Wunsch.
„Rosa, das müssen wir nicht über den Veranstalter buchen", hatte er versucht, seine Freundin zu überzeugen. „Das können wir doch direkt vor Ort regeln."
„Das sehe ich ganz anders. Wir sind zehn Leute, und es könnte mit unserer verfügbaren Zeit knapp werden. Mach es einfach! Ich will schließlich eine kompetente Führung", ließ sich Rosa nicht beirren.

Pauls leisen Seufzer oder das Verdrehen seiner Augen hatte sie am Telefon nicht mitbekommen und sich nur mit einem herzlichen Gruß bedankt. „Du bist ein Schatz, weißt du das? Tschüs, Paul!"

„Rosa, was soll ich sagen?", hatte er daraufhin resigniert. Sie und ihr Mann Benno, ein Beamter in der Stadtverwaltung, legten stets großen Wert darauf, dass sie gehört und ihre Gedanken ernst genommen wurden. Sie ließen sich schwer abbringen von einmal gefassten Ideen, das wusste er ja.

Als genau in diesem Moment Klaus bei ihm am Arbeitsplatz auftauchte, da zeigte sein Bildschirm noch die Veranstalter-Homepage. Und der merkte sofort, dass sich sein Kollege nicht mit seiner eigentlichen Aufgabe in der Firma beschäftigte.

„Hallo, was machst du gerade?", fragte ihn Klaus neugierig, wobei er hinter ihn trat und dabei auf seinen Bildschirm starrte. Der musste nicht lange rätseln, die angezeigte Web-Seite stammte nicht von ihrer Fahrzeugbaufirma.

„Ich versuche gerade, eine Reservierung für unsere diesjährige Radtour abzusetzen. Das wollte ich noch schnell abschließen. Das ist schon die letzte Eingabe", erklärte Paul etwas verlegen, hatte aber nicht vor, sich wegen des Kollegen unterbrechen zu lassen. „Gib mir einen Moment, ich rede gleich mit dir."

„Dir ist schon klar, dass du dich bei unserem Arbeitgeber damit nicht beliebt machst. Könnte dir sogar eine Abmahnung einbringen", schob Klaus seine Bedenken hinterher.

„Ach, weißt du, so oft, wie ich viel früher mit meiner Arbeit beginne oder später das Büro verlasse, da sollte mir mein Arbeitgeber diese kleine Nachlässigkeit verzeihen."

Paul sah nicht, dass Klaus den Kopf schüttelte, auch weil er sich auf die Eingabe konzentrieren musste.

„So, das ist in der Kiste", erklärte er schließlich zufrieden. „Du musst wissen, dass ich für die Organisation unserer nächsten Radtour verantwortlich bin. Und ich bin teilweise schon spät dran, immerhin sind wir fünf Ehepaare, und diese Radtour gehört zu den beliebtesten in Deutschland. Aber was wolltest du von mir?"

„Ihr seid eine feste Gruppe?", fragte Klaus, den nun mehr interessierte, was sein Kollege gerade organisiert hatte.

„Ja, wir kennen uns teilweise seit unserer Kindheit. Einmal im Jahr unternehmen wir eine Fahrradtour, es ist schon die siebte."

„Klingt interessant! Macht sicher auch Spaß", sagte Klaus, der es mit seinem Anliegen offensichtlich nicht eilig hatte.

„Ganz bestimmt! Aber jetzt sag schon, was ich für dich tun kann."

„Ach so, ja. Du bist doch der verantwortliche Konstrukteur für dieses Zusammenbauteil", erklärte Klaus und hielt dabei seinem Kollegen eine Seite hin.

„Sieht so aus", sagte Paul und suchte bereits über das Computersystem nach der passenden Zeichnung. „Was ist damit?"

Klaus erklärte, dass er für dieses Teil eine Änderung bräuchte, um es für seinen Einsatzzweck ebenfalls verwenden zu können. Und das sagte ihm sein Kollege nach einigem Nachdenken zu.

„Prima! Das würde uns wirklich helfen", wollte sich Klaus schon verabschieden, als ihm noch etwas einfiel. „Wann habt ihr vor loszufahren?"

„Was? Ach so, du redest jetzt wieder von unserer Radtour. Die startet erst im September", antwortete Paul.

„Bis dahin ist es ja noch eine Weile, aber ich wünsche euch jetzt schon ein gutes Gelingen", sagte Klaus und wandte sich endgültig zum Gehen. Doch nur wenige Minuten später stand er nochmals vor Pauls Schreibtisch.

„Was ist denn jetzt noch?", fragte der, dem die erneute Störung nicht gefiel.

„Mir ist eine Frage eingefallen, ist aber privat", druckste Klaus etwas verlegen herum. „Ich habe eben überlegt, ob ihr in eurer Gruppe noch ein weiteres Paar verkraften könntet."

„Du meinst, du und deine Frau? Oh, das kommt etwas überraschend", zeigte sich Paul skeptisch. „Wir sind immerhin schon fünf Ehepaare und kennen uns zudem schon sehr lange. Ich weiß nicht, wie die anderen Teilnehmer das aufnehmen würden. Und abgesehen davon ist fraglich, ob der Veranstalter noch zwei weitere Personen auf dieser Tour unterbringen kann, Hotels usw."

„Na ja, ich wollte halt einfach mal nachfragen, ist mir spontan eingefallen", sagte Klaus und rührte sich nicht von seinem

Platz. Er schaute seinen Kollegen abwartend an, bis der sich endlich bereit erklärte, dessen Wunsch prüfen zu wollen.

„Ich werde beim Reiseveranstalter erst mal anfragen, ob das möglich ist, mache ich gleich in der Mittagspause", beschied er dem Kollegen, der sich immer noch nicht wegbewegte.

„War's das dann für heute, Klaus? Wie gesagt, dem Veranstalter werde ich eine E-Mail schreiben. Und meine Freunde werde ich dann heute Abend anrufen oder die per WhatsApp informieren."

Paul war aufgestanden und reichte Klaus die Hand, um ihm zu signalisieren, dass er nicht mehr Zeit habe. „Ich melde mich bei dir."

Die Anfrage beim Reiseveranstalter schickte er sofort raus und erhielt prompt eine positive Rückmeldung. Er sollte sich nur wegen der Hotelreservierungen schnell entscheiden. Das war für Paul das Problem.

Die erst nach meiner Mittagspause anzuschreiben, wäre vielleicht schlauer gewesen, überlegte er, unsicher, wie er reagieren sollte. Keinen seiner Freunde hatte er bisher fragen können.

Ihm war unwohl beim Gedanken, sich ohne Zustimmung der Gruppe sofort entscheiden zu müssen. Immerhin könnten die freien Plätze anderweitig vergeben werden, sollte er zögern. Auch wenn Klaus nicht zu seinem engen Freundeskreis gehörte, wollte er sein Versprechen einhalten. Dann tippte er online die notwendigen Angaben der Benders ein, musste aber einige Daten offenlassen, was für die Buchung akzeptiert wurde. Jetzt musste er nur noch „Kostenpflichtig buchen" drücken, dann wäre das Thema entschieden.

Der Mauszeiger fuhr über den Button, und sein Finger zitterte ganz leicht, doch schließlich drückte er entschlossen auf die Maus.

„Das war's, die Buchung für Klaus und dessen Frau ist abgehakt!"

Das nächste Problem für Paul würde durch einen Mausklick nicht so leicht erledigt werden können, das ahnte er.

Er war erleichtert, Klaus Bitte erfüllt zu haben, was er dem sofort mitteilte. Unangenehm war ihm nur der Gedanke an seine

Freunde. Er hoffte darauf, dass die seine Eigenmächtigkeit zwar kritisieren, aber letztlich doch hinnehmen würden. Unvorbereitet wollte er die nicht über seine Entscheidung informieren, sondern einen passenden Augenblick abwarten.

★★★

Am Abend rief er die Schlichters an, erreichte dort aber nur den Anrufbeantworter. Als gleich darauf sich auch im Haus von Benno und Rosa niemand meldete, verschob er sein Vorhaben. Er hatte entschieden, keine E-Mail oder WhatsApp an die Freunde zu verschicken, sondern wollte jedes Ehepaar telefonisch über seine Entscheidung informieren. Er hoffte eher auf Nachsicht für seinen Alleingang, wenn er sie einzeln mündlich ansprach.

Am Folgetag erhielt Lars Schlichter als Erster der Gruppe einen Anruf, der gleich anders ausfiel, als Paul es erwartet hatte. Zwar verzichtete der darauf, direkt gegen seine Entscheidung zu opponieren, aber unverkennbar zeigte der sich verärgert. Nach dem Gespräch lief er kopfschüttelnd zu seiner Frau, um ihr von der Neuigkeit zu berichten. „Beatrix, weißt du, was mir Paul gerade offenbart hat?"

„Nein, aber du wirst es mir sicher gleich erzählen", erwiderte sie ungeduldig und verdrehte dabei ihre Augen. Sie empfand ihren Mann gelegentlich als etwas langatmig.

„Paul hat ein Ehepaar zu unserer Radtour eingeladen, ohne uns vorher zu fragen. Keiner von uns kennt die", rief er deutlich empört.

„Was hat der? Und du hast ihm sicher gleich gesagt, was du davon hältst?", zeigte sich Beatrix ebenfalls irritiert von Pauls Entscheidung, schien aber anzunehmen, dass Lars sich entsprechend ablehnend geäußert hatte.

„Jedenfalls habe ich ihm gesagt, dass sein Vorgehen nicht in Ordnung ist", antwortete ihr Mann verunsichert und deutlich leiser.

„Mensch, warum hast du nicht gleich gesagt, dass wir damit nicht einverstanden sind!", zeigte sich Beatrix ungehalten.

„Das bringt doch nichts!", verteidigte sich Lars. „Die Buchung ist doch schon gelaufen, wie er mir erzählte."

„Ich fasse es nicht! Ich rufe den jetzt an und sage ihm selbst, was ich davon halte." Damit griff sie zum Telefon, wählte und wartete.

„Und wieso meldet der sich jetzt nicht?" In Beatrix steigerte sich der Ärger. „Dann versuche ich erst mal, Rosa zu erreichen. Die weiß vielleicht noch gar nichts davon."

Sie hatte den Apparat in der Hand und schien zu zögern.

„Ich mache das von drüben aus, da kann ich mit der gleich noch etwas anderes besprechen!"

„Was denn?", fragte er hinterher, erhielt aber keine Antwort, da sie bereits das Zimmer verlassen hatte.

Lars wurmte, dass seine Frau ihn ziemlich heftig angegangen und nun zum Telefonieren im Schlafzimmer verschwunden war. Wenn er etwas nicht leiden konnte, dann, von ihr respektlos behandelt zu werden. In diesem Fall meinte er, nicht einmal eine Berechtigung für ihren Unmut zu erkennen. Dass sie sich häufig zurückzog, um ungestört zu telefonieren, verstand er nicht, es verunsicherte ihn nur.

Beatrix erreichte Benno Lindner am Telefon, was sie wohl insgeheim gehofft hatte, auch wenn sie angeblich Rosa hatte sprechen wollen. Und bis sie dann zum Thema ihres Anrufs kam, vergingen einige Minuten. Bei Benno schien das keine Verwunderung hervorzurufen, eher schien der beim Plaudern mit der Freundin aufzublühen, hörte ihn doch seine Frau mehrfach auflachen. Erst als Rosa neben ihm auftauchte, wechselte er in einen mehr sachlichen Ton.

„Was kann ich denn jetzt für dich tun?", fragte er, da ihm Rosa schon das Telefon aus seiner Hand zu entwenden suchte.

„Beatrix, ich bin's jetzt. Worum geht es denn?", mischte sie sich in das Gespräch ein.

Und dann berichtete ihre Freundin von Pauls Neuigkeit, die sie angeblich von ihm selbst erfahren hätte. Sie musste sich gar nicht sonderlich anstrengen, Rosa teilte sofort ihren Ärger. Sie hatte nur Mühe, ihren Mann auf Abstand zu halten, da der versuchte, dicht an ihrem Ohr mitzuhören, was Beatrix berichtete.

„Sag, geht's bei dem noch? Der kann doch nicht über unsere Köpfe hinweg einfach jemanden dazu einladen. Das sollten wir nicht akzeptieren", schimpfte Rosa.

Schnell waren sich die beiden Frauen einig, dass sie das nicht hinnehmen wollten, und sie fanden ausreichend Gründe, warum das absolut nicht möglich wäre.

„Wir kennen uns so lange, wir harmonieren wirklich, so- dass wir mit unseren Macken gut zurechtkommen. Das ist doch bei einem völlig neuen Paar gar nicht zu erwarten", erklärte Beatrix. „Ich kann Paul wirklich nicht verstehen, dass dem das nicht bewusst ist."

„Sehe ich genauso. Allenfalls wenn wir die vorher mehrmals treffen könnten und wir dann wüssten, wie die drauf sind, hätte diese Einladung eine Chance", stimmte ihr Rosa zu.

Erst Benno konnte die beiden Freundinnen beruhigen, nachdem er durch mehrfaches Fragen herausbekommen hatte, was das Problem war. Er schlug vor, die ganze Gruppe zu einem Gespräch zusammenzurufen. „Dann erklären wir mal Paul, wie wir das sehen!" Er bot sich an, einen Termin zu arrangieren, um diese Entscheidung zu diskutieren.

Und dieses Treffen fand wenige Tage später in einem Lokal statt, das sie häufiger schon für ihre Besprechungen und bei etlichen Feiern aufgesucht hatten. Dort gab es einen kleineren Raum, in dem die Gruppe niemand stören würde. Und dieses Mal war das sogar erforderlich, denn die Stimmung zeigte sich aufgeladen, selbst wenn sie alle sich zunächst noch zurückhielten.

Paul sah jeder sein schlechtes Gewissen an. Er äußerte auch sofort sein Bedauern. Er habe das völlig falsch eingeschätzt und nur deshalb so prompt reagiert, weil ihn der Reiseveranstalter wegen der Hotelreservierung unter Druck gesetzt hätte.

„Das Büro des Veranstalters hat mich da regelrecht gedrängt, schnell zu reagieren", behauptete er kleinlaut, und das verstanden einige in der Gruppe sogar. Nur die Lindners und Schlichters zeigten sich unbeeindruckt.

„Das Schlimmste, was du riskiert hättest, wäre, dass dieses Ehepaar nicht mitfahren könnte", zischte Beatrix Paul an. „Na und? Dann hättest du das denen mitgeteilt: Sorry, hab's versucht."

Und Benno sprang ihr zur Seite. „Dann hätte sich die Sache von selbst erledigt."

„Ist das deine Art, mit Kollegen umzugehen?", fragte Paul, der eine andere Meinung vertrat und die jetzt am liebsten gesagt hätte. „Ich wollte doch einfach nur meinem Kollegen einen Gefallen tun. Dachte nicht, dass das ein großes Problem für euch sein würde."

Jetzt griff Lars ein, der mehr Verständnis für den Gescholtenen empfand und dem die knallharte Kompromisslosigkeit seiner Frau und von Benno nicht gefiel.

„Was Paul gemacht hat, war nicht in Ordnung. Ist aber auch kein Grund, über ihn herzufallen. Immerhin organisiert er zu unser aller Entlastung Jahr für Jahr unsere Radtouren. Das sollten wir nicht vergessen."

Selbst seine Frau Beatrix erwiderte nichts mehr, kaute auf ihrer Lippe und schaute kurz zu Rosa rüber, die sich scheute, Lars Worten offen zu widersprechen. Paul fasste sich endlich und hatte einen Vorschlag.

„Wir sollten uns mit denen treffen, ich meine mit den Benders", erklärte er und ließ seinen Blick in der Runde kreisen. „Dann können wir uns ein Bild von denen machen. Und sollten wir dann feststellen, dass es nicht passt, dann müssten wir die bitten, die Tour allein zu fahren oder abzusagen."

Das klang gut und kam an, obwohl er unerwähnt ließ, ob eine Buchung so einfach gecancelt werden könnte. Fast alle nickten zustimmend und schienen froh, dass sie Paul hatten, der sich dieser Organisationsarbeit seit Jahren angenommen hatte. Jetzt wollten sie aber mehr über die Benders erfahren.

Als sie auseinandergingen, war zumindest Paul überzeugt, dass ihm alle in der Runde seinen Alleingang verziehen und die Mitfahrt seines Kollegen und dessen Frau grundsätzlich akzeptiert hatten. Er war sicher, dass keiner deshalb die gemeinsame Tour platzen lassen wollte. Das sah er zu optimistisch, denn einige seiner Freunde hatte er nicht überzeugt. Auf ihrer Heimfahrt diskutierten die beiden Ehepaare Schlichter und Lindner weiter. Beatrix konnte sich nicht bremsen, ihrer anhaltenden Skepsis und Verärgerung freien Lauf zu lassen.

„Paul hat uns ganz schön eingewickelt, finde ich. Jetzt sollen wir also zusammen mit diesen Benders fahren, obwohl wir die überhaupt nicht kennen. Oder wisst ihr mehr, als dass sie in unserer Stadt wohnen und er ein Kollege von Paul ist?"

„Na ja, etwas mehr wissen wir jetzt schon", widersprach Lars. „Es scheinen auch interessante Leute zu sein, immerhin hat sich Paul doch sehr positiv über die geäußert. Und Erfahrungen mit Radtouren sollen die auch haben. Ich sehe das entspannter als du."

„Ja und?", fragte Benno ironisch. „Was Paul sagt, will ich gern glauben. Nur ist das nicht der Punkt. Das Wichtige ist doch, ob sie zu uns passen. Also ich weiß jedenfalls nicht sehr viel über die, um jetzt sagen zu können: passt schon. Aber die Entscheidung ist gefallen, und wir sollten uns damit anfreunden, meine ich."

„Manchmal bringst du es einfach auf den Punkt!", rief Beatrix, die jetzt von ihrem Rücksitz aus die Schultern von Benno umschlang, ungeachtet dessen, dass der sich auf das Lenken konzentrieren musste.

„Kannst du den mal einfach fahren lassen, bevor noch etwas passiert?", mischte sich Rosa befremdet ein, der diese Geste weniger gefiel.

„Wieso denn? Dein Mann ist doch so knuddelig!" Jetzt mussten alle lachen, und weder Rosa noch Lars bemerkten, wie sehr in diesem Moment Beatrix Benno knuddelte und der gleichzeitig ihre Hand fasste und die fest drückte.

„Gell, wir jedenfalls gehören zusammen!", sagte Benno in die Runde und schaute in den Rückspiegel.

★★★

Benders fuhren voraus, eine beträchtliche Lücke hatte sich zum Feld der restlichen Radgruppe aufgetan, die offensichtlich keine Anstrengungen unternahm, die zu verkleinern. Dabei war es nicht der Tag, an dem man unbedingt gemütlich durch die Landschaft zockelte, weil keine wärmende Sonne und ein wolkenloser

Himmel die Stimmung stimulierte. Es regnete zwar nicht, aber sonst gab sich dieser Septembertag grau und kühl.

Bei der Abfahrt vor dem Hotel am Morgen hatte Paul den Benders erklärt, dass sie auf der Fahrt gern zusammenbleiben wollten, sich keiner beim Radeln verausgaben sollte.

„Wir fahren eher gemütlich, haben für die Etappe genug Zeit und müssen uns nicht beeilen."

Das hatte zumindest Klaus vermutlich nicht völlig verstanden. Bereits mehrfach hatte er festgestellt, dass er zu weit vor der Gruppe herfuhr und er dann warten musste. Nur Petra war meist neben ihm geblieben, was ihr gar nicht so leicht fiel. Gegen das eher gemächliche und entspannte Radeln der Gruppe hatte sie selbst nichts einzuwenden, hätte sich gern mehr an den Gesprächen der anderen Radler beteiligt.

„Du hast doch gehört, was Paul heute Morgen gesagt hat", erinnerte ihn seine Frau. „Die fahren halt ihr übliches Tempo, und das reicht ja auch. Ich jedenfalls möchte auch nicht wesentlich schneller fahren."

„Bisschen nervend für mich, immer wieder warten zu müssen", entgegnete Klaus etwas gequält. „Die sind wohl gar nicht so fit, wie es Paul behauptet hat. Zumindest ein Teil von denen."

„Wen meinst du denn?", erkundigte sie sich. Ihr war Klaus Beobachtung gar nicht aufgefallen, hatte sie zumindest nicht beachtet.

„Das siehst du doch selber!", entgegnete ihr Mann und schaute sich abschätzig nach der Gruppe um, die Klaus bissigen Kommentar gar nicht gehört hatte. „Ich hätte da mal eine Frage zur Fitness an Paul!"

„Untersteh dich", warnte ihn Petra, die fürchtete, dass ihr Mann drauf und dran war, seine latente Unzufriedenheit hinauszuposaunen. „Bring die nicht gegen uns auf mit deinen Kommentaren. Die Tour geht noch über mehrere Tage."

„Keine Sorge, mach ich schon nicht", wiegelte er ab. Gleich darauf vermochte er doch nicht, sich mit einer spöttischen Bemerkung über deren Fitness zurückzuhalten. Die hatten inzwischen zu ihnen aufgeschlossen, da sie ihr Tempo verzögert hatten. „Kostet euch Kondition, was?"

„Am ersten Tag tun wir uns vielleicht etwas schwer", erklärte Paul entschuldigend und klopfte dabei Klaus auf die Schulter. „Wart ab, morgen wird's schon besser!"

Dann fiel ihm noch etwas ein, wobei er ihn sogar versuchte, näher an sich heranzuziehen.

„Wenn du meine Rede von heute Morgen richtig verstanden hättest, dann müsstest du nicht so oft warten, weil du so weit vorausfährst."

Petra hatte diesen Hinweis erwartet und nickte zustimmend. Nur hatte der gar nicht ihr gegolten.

Der Radweg verlief parallel zu einer mäßig befahrenen Landstraße. Erst genossen sie einen abschüssigen Streckenabschnitt, dann folgte eine lang gestreckte Linkskurve, wobei die zunehmend steil anstieg. Fast alle in der Gruppe schalteten jetzt in einen niedrigeren Gang runter, sofern sie nicht auf E-Bikes unterwegs waren. Nur Klaus mühte sich weiter die Steigung hinauf, ohne zu schalten. Er erhob sich sogar vom Sattel. Oben auf der Kuppe musste er dann erst mal warten und schaute grinsend seinen Mitfahrern entgegen. Er rudert dabei mit dem Arm, um denen anzuzeigen, dass die sich ins Zeug legen sollten, was er für einen Spaß hielt. Tatsächlich aber hatten da bereits alle Frauen erschöpft aufgegeben und schoben ihre Räder.

„Der kann mich mal!", stieß Beatrix mit unterdrücktem Ärger aus. „Wir unternehmen hier nichts anderes als eine Radwanderung und keinen Wettbewerb!"

„Die haben es wohl nicht begriffen, was Paul heute Morgen gesagt hat", erwiderte ihre Freundin Rosa, die ebenfalls genervt war, aber weniger von der anstrengenden Schieberei. Sie sah sich durch den häufig vorausfahrenden Klaus provoziert.

„Macht mal hinne!", rief jetzt Lars Schlichter, der in den Pedalen stehend an ihnen vorbeizog. „Wollen uns doch nicht abhängen lassen!"

Aber kurz darauf musste er auch absteigen, was er mit einem lauten Fluch quittierte. „Nur verschaltet!", rief er zur Entschuldigung. Immerhin konnte jetzt die ganze Gruppe zum wartenden Klaus aufschließen.

Erst mal sprach keiner ein Wort, deutlich schien sie alle dieser Anstieg gefordert zu haben. Selbst der ehrgeizige Klaus hielt sich zurück, wenn auch seiner leicht spöttischen Miene zu entnehmen war, was er insgeheim über seine Mitfahrer dachte.

Er wollte gerade doch etwas sagen, da fuhr ihn Rosa harsch an. „Besser du hältst jetzt den Mund!", schnauzte sie ihn an. „Wir fahren in der Gruppe, um die Tour zu genießen! Der Weg ist unser Ziel, hast du wohl noch nicht verstanden!"

Alle schauten etwas unsicher abwechselnd zu Rosa und dann zu Klaus, der grinsend den Kopf schüttelte und es nicht dabei bewenden lassen wollte.

„Sorry, aber gut, dass du es mir nochmals erklärt hast!"

„Lasst uns mal weiterfahren, bevor die Stimmung leidet", grätschte Paul dazwischen, dem das Verhalten der beiden absolut nicht gefiel. „Noch zwei oder drei Kilometer, dann erreichen wir eine Ortschaft. Dort im Ort oder dahinter finden wir sicher am Ufer einen Platz, wo wir Rast machen können."

Paul zeigte in diesem Moment wieder einmal, warum er im Freundeskreis wegen seines Gespürs für aufkommende Misstöne und seiner Besonnenheit eine Führungsrolle einnahm. In Gruppen findet sich oft jemand, der eine Missstimmung früh genug heraufziehen sieht, um darauf rechtzeitig reagieren zu können. Wenn es galt, einen ernsthaften Streit zu schlichten, dann griff Paul ein und suchte meist mit Erfolg die Situation zu retten. Zweifelsohne trug er so zum Gelingen ihrer Unternehmungen bei, weil er allen die Sicherheit vermittelte, ein Scheitern abwenden zu können. Unterstützt wurde er dabei von seiner Frau, die sich zwar selten in den Vordergrund schob, aber ein ähnliches Geschick aufwies.

Sie beide studierten wie kein anderer der Freunde lange vor Beginn der Radtour intensiv die Tourenbeschreibung des Veranstalters und informierten sich über die Region, durch die die Tour führte. So halfen sie häufig mit Tipps, wo ein Abstecher zu einer Sehenswürdigkeit lohnte oder wo sie eine Pause einlegen sollten. Kein Wunder, dass Paul von den Freunden als Seele einer Radtour empfunden wurde. Ob die Benders genauso empfanden, war nicht sicher, Petra zumindest schien das eher bewusst zu sein, wohingegen das bei Klaus nicht so klar war.

„Dann reihen wir uns halt jetzt hinten ein", bemerkte Klaus leicht verstimmt nur für seine Frau, die dicht neben ihm stand. Es war die erste Etappe, laut Tourenbeschreibung zirka fünfzig Kilometer lang. Sie bot ihnen ausreichend Gelegenheit, sich entspannt zu unterhalten, da keiner von der Strecke übermäßig gefordert wurde.

★★★

Erst wenige Tage davor hatte Paul einen Grillabend in seinem Garten organisiert, um Klaus und Petra allen Teilnehmern vorzustellen. Er hoffte, dass die Benders hierdurch schneller Kontakt zur Gruppe finden würden. Das Glück hatte ihnen einen warmen und trockenen Tag im beginnenden September geboten. Neugier war auf beiden Seiten vorhanden, und der Ärger über Pauls einsame Entscheidung schien vergessen zu sein, als sich alle in der Gruppe den Benders kurz vorstellten.

Vielleicht wäre dieses Zusammentreffen noch besser verlaufen, wenn Klaus nicht eine für ihn typische und langatmige Rede gehalten hätte. Ausführlich erzählte er von seiner wichtigen Arbeit, und dann fehlte auch nicht, was er bei einer seiner Radtouren im Norden von Skandinavien meinte vollbracht zu haben. Das hörte sich für die anderen beeindruckend an, fand nur wenig Sympathie, langweilte eher, und einige hielten es schlicht für zu dick aufgetragen.

„Es gab dabei Steigungen von bis zu 15 %, und das noch über zweihundert bis dreihundert Metern Länge. Hinzu kam auch der oft heftige und böige Wind", schwärmte Klaus. „Das hat uns alle bis zur Belastungsgrenze gefordert."

„Wer ist wir? Warst du dabei, Petra?", wagte Beatrix eine Frage.

„Nein, wir Männer waren unter uns. Nur meine Tennispartner!", schoss Klaus sofort dazwischen, noch bevor seine Frau antworten konnte. „Ich glaube, Petra, das hätte dir auch kaum gefallen."

„Hört der sich immer so gern reden?", flüsterte Beatrix Rosa ins Ohr, wohl ahnend, dass das klar war.

„Muss wohl so sein", gab die ebenfalls leise zurück, weil sie den gleichen Eindruck hatte. „Seine Frau scheint das gewohnt zu sein."

„Na, dann wissen wir das jetzt auch noch, danke, Klaus", sagte schließlich Paul etwas ironisch lächelnd.

Sein Arbeitskollege hatte den leicht spöttischen Ton, die möglichen kritischen Gefühle und die schon aufkommende Distanz bei einigen Zuhörern nicht wahrgenommen. Und seine Frau schien solche Reden ihres Mannes klaglos hinzunehmen. Auf dem Nachhauseweg hatte Petra bemerkt, wie nett sie alle fände und meinte, dass die Tour ihnen Spaß machen würde.

„Wir haben uns ganz gut präsentiert, denke ich. Und konditionell müssen wir uns sicher nicht verstecken", fügte ein recht zufriedener Klaus an.

✱✱✱

Paul mochte sich an dieses Treffen jetzt erinnern, als er sich mit seinem Rad zwischen die Benders schob. Bis zur nächsten Ortschaft war es nicht mehr weit.

„Es ist für uns besser, wenn wir nicht nur in Kleingrüppchen fahren", versuchte er vor Klaus seine Mahnung vom Morgen in anderen Worten zu wiederholen, da er nicht überzeugt war, dass der ihn richtig verstanden hatte. „Wir haben schließlich genügend Zeit für die Etappe. Und so können wir uns auch unterhalten."

„Wir werden uns an das übliche Tempo halten!", mischte sich Petra lachend ein. „Sorry, wenn wir euch vorhin verärgert haben sollten."

„Verärgert ist keiner", gab Paul zurück, der nicht sie, sondern ihren Mann gemeint hatte.

Etwas später saßen sie eng gedrängt in einer zu einem Café erweiterten Bäckerei des kleinen, kaum dreihundert Seelen zählenden Ortes. Die meisten verdrückten ein Stück Kuchen und tranken dazu Kaffee oder Tee. Leider fing es jetzt zu regnen an.

„Na, das wird heute sicher nicht unser schönster Tag!", rief jemand, der sich dicht an der matt verglasten Eingangstür postiert hatte.

„Morgen wird es sicher wieder schöner", suchte Carmen die Stimmung aufzuhellen.

Keiner hatte es bemerkt, bis Klaus plötzlich mit einem Tablett an den drei runden Café-Tischen erschien. Er platzierte acht Schnapsgläser und eine Flasche Mirabellen-Schnaps direkt vor seine erstaunt blickenden Freunde.

„Also die haben hier nur eine beschränkte Anzahl an solchen Gläsern, und die Mirabelle ist das Einzige, was es hier an stärkeren Getränken gibt", entschuldigte er sich. „Wir müssen uns halt damit begnügen."

Dann füllte er die Gläser, was durchaus bei den Freunden hörbar Beifall fand. Kaum gefüllt, griff schon der Erste nach seinem Schnapsglas.

„Die Flasche reicht aber gerade mal für eine Runde!", spottete Benno nicht ganz ernst.

„Aber leider, Leute, Nachschub werden wir hier nicht bekommen. Dann aber zum Wohl, auf die Tour!", rief Klaus sichtlich stolz auf seine Idee.

Petra, seine Frau, begann sofort, die geleerten Gläser nochmals neu zu füllen, sodass am Ende jeder mindestens eine Mirabelle erhielt. Nur für sie selbst und Klaus blieb so nichts mehr übrig, die Flasche war ja beim Kauf schon angebrochen gewesen.

„Ich wollte noch etwas sagen", ließ sich Klaus vernehmen. „Wir müssen bei dem Regen ja noch eine Weile hier im Laden abwarten." Er schaute in die Runde.

„Also, wir sind das erste Mal dabei, haben bis auf Paul und Carmen keinen von euch gekannt. Und da ist für uns besonders spannend, mit euch mitzufahren. Ich sage noch mal: Vielen Dank an euch, dass ihr alle uns so offen aufnehmt, und ich wünsche uns allen eine gelungene Radtour." Und weil er so in Fahrt war, rief er einer spontanen Eingebung folgend laut in die Runde: „Mit Plattfuß geht's nimmer, ohne immer!", was alle gleich darauf wiederholten.

Es war kaum aufgefallen, dass Rosa sich zurückgehalten hatte. Die hatte möglicherweise ihren Wortwechsel auf der Fahrt nicht weggesteckt, und immer noch stand ihr Schnapsglas gefüllt vor ihr. Ihr Gesicht zeigte sich unbeteiligt und verriet nicht, was sie beschäftigte. Sie mied auch den Blickkontakt zu ihren Mitfahrern.

„Das war hoffentlich aber nur euer Einstieg in den Einstand", witzelte Paul, der die leere Mirabellenflasche in die Luft hielt. „Da sollte doch noch etwas folgen!"

Einige trommelten mit der flachen Hand auf die Tischplatten, und Petra erklärte lachend, dass sie das nicht anders verstanden habe.

Dass sie der Regen länger in diesem Café festhielt als geplant, schien niemanden zu stören. Im Gegenteil, es stellte sich inzwischen eine entspannte Stimmung ein, weil sogar diese kleine Menge Alkohol einigen die Zunge gelöst hatte. Dabei half dann, dass es in dieser Café-Bäckerei gemütlich war, trotz der Beengtheit – oder gerade deshalb.

Der Regen würde sich heute nicht mehr verziehen, stellte Paul nach fast einer Stunde fest, und schon ließ die Bäckersfrau erkennen, dass sie darauf hoffte, ihre Gäste endlich weiterziehen zu sehen. Dabei hatte sie sicher einiges eingenommen, weil die Gruppe nicht nur Kuchen gegessen hatte.

„Leute, lasst uns losfahren", mahnte schließlich Paul zum Aufbruch. „Wir haben noch ein gutes Stück vor uns, und der Regen wird uns erhalten bleiben."

„Geht es dir nicht gut, Rosa?", fragte Klaus beim Hinausgehen, dem ihre Teilnahmslosigkeit aufgefallen war. Warum die sich bei den lockeren Gesprächen so zurückgehalten hatte, erschloss sich ihm nicht, er vermutete durchaus zutreffend den Grund in ihrem kurzen Zusammenprall auf der Fahrt.

„Wieso willst du das jetzt wissen?", antwortete Rosa auf seine Frage, was eher missgelaunt rüberkam.

„Ach, nur so. Du warst die ganze Zeit im Café so schweigsam, und das habe ich bemerkt."

„Ich habe zugehört. Das reicht manchmal auch!", erwiderte Rosa spitz und wollte sich an ihm vorbei zu ihrem Rad durchzwängen. „Mal eine gute Idee, nicht wahr?"

„Ich dachte, dass ich das von vorhin geradebiegen kann", versuchte es Klaus nochmals, da schwang sie sich aber schon auf ihr Rad.

„Lass sie doch!", zischte ihm Petra leise zu, was niemand sonst mitbekam. „Die braucht wohl noch etwas Zeit, um sich an uns in der Gruppe zu gewöhnen. Zeigen wir uns also auch mit Geduld."

„Deshalb versuche ich ja mit der ins Gespräch zu kommen. Vielleicht …"

Petra sah das anders. „Lass sie einfach in Frieden und warte, bis sie von selbst kommt!"

Ohne zumindest Rosa auf ihr abweisendes Verhalten angesprochen zu haben, wollte Klaus aber nicht aufgeben. Daher drängte er sich jetzt neben sie, die sich an die Spitze der Radgruppe gesetzt hatte.

„Ein blödes Wetter", versuchte er es mit einem neutralen Thema. Dann wartete er einen Moment, ob sie etwas erwidern würde, und redete, weil von ihr nichts kam, einfach weiter.

„Der Wetterbericht prophezeit Gott sei Dank für die nächsten Tage recht passables Wetter. Morgen gibt es demnach keinen Regen."

Rosa reagiert immer noch nicht, ließ ihn regelrecht auflaufen. Ziemlich ratlos suchte er jetzt in der für ihn peinlichen Gesprächspause nach einem Thema, um sie aus der Reserve zu locken. Ihm fiel noch mal seine anstrengende Radtour mit seinen Tennisfreunden ein.

„Wenn ich an das teilweise scheußliche Wetter in Skandinavien bei unserer Tour denke, dann ist der Regen jetzt ganz gut zu ertragen", versuchte er sie so zu erreichen. „Kalt war es auch häufig gewesen, manchmal haben wir sogar gefroren."

„Toll!", rief Rosa ohne Interesse. „Frage mich, warum du dich auf so eine Challenge eingelassen hast, wenn es doch so wenig Spaß gemacht hat?" Dabei dehnte sie übertrieben das Wort Challenge.

„Ja, für mich war es eine Herausforderung. Darauf kam es mir ja an!", entgegnete er ernsthaft, weil er ihren spöttischen Unterton gar nicht bemerkt hatte.

„Brauchst du das für dein Selbstbewusstsein?", hakte sie nach und feixte dabei zu ihm rüber, was Klaus nicht entging.

Der hatte endlich verstanden und reagierte jetzt spürbar gereizt. „Für mein Selbstbewusstsein gibt es ausreichend Gelegenheiten! Allerdings frage ich mich, ob du nicht dein Selbstbewusstsein durch solche Unhöflichkeiten aufpolieren musst? Hast du noch mehr drauf?"

„Mit deiner Erzählung kann ich nichts anfangen. Höre nur immer heraus, dass du ein ganz toller Radfahrer bist, was du augenscheinlich auch bei unserer Tour unter Beweis stellen willst."

Klaus atmete tief durch, bevor er darauf antwortete. „Muss ich das verstehen? Jeder fährt gern in seinem Rhythmus. Und ich liebe es, auch mal Tempo zu machen. Kann ja sein, dass dich das stört, fehlt es dir vielleicht an Kondition?"

Rosa schüttelte unwillig den Kopf. „Meine Kondition reicht völlig! Aber gerade habe ich überhaupt keine Lust, mich mit dir zu unterhalten", entgegnete sie säuerlich und verzögerte so unvermittelt ihre Fahrt, dass der folgende Radfahrer ebenfalls heftig bremsen musste und laut protestierte. „Mensch Rosa, was soll das denn?"

Und Klaus sah sich auf einmal an der Spitze allein fahren. Auch ihm reichte es jetzt, einen weiteren Versuch, an Rosa heranzukommen, hatte er zumindest heute nicht vor. Etwas missgelaunt schaute er sich nach Petra um, die das sah und versuchte, zu ihm aufzuschließen.

„Sagte ich nicht, du sollst die in Ruhe lassen? Musstest du dir erst eine Abfuhr abholen, bis du das begreifst? Wir gehören für sie einfach noch nicht dazu, das müssen wir erst mal akzeptieren."

„Ob ich das akzeptieren werde – schau'n wir mal", knurrte er.

Der Regen ließ doch noch nach, etwas zeigte sich tief am Horizont sogar die Sonne. Dem stets zurückhaltenden Roman

Schlichter gefiel es so gut, dass er zu singen anfing, was die anderen eher amüsierte.

Von hinten hörten sie Rosa laut rufen. „Könnten wir doch noch mal anhalten?", rief sie, und den meisten war klar, warum sie so kurz vor ihrem Etappenziel die Fahrt unterbrechen wollte.

„Hier ist es aber schwierig", erklärte Beatrix zu ihrer Freundin und sah sich prüfend um. „Ich muss auch, aber hier ist nichts, wo wir uns etwas verbergen könnten."

„Ich gehe das Stück zurück zu dem Graben, den wir gerade überquert haben", antwortet Rosa. „Kommst du mit?"

Und gleich darauf verschwanden sie beide im Graben, wo nur noch gelegentlich etwas von ihren Köpfen über den Rand lugte.

Und dann ertönte ein schriller Schreckensschrei. Zwei andere Frauen stürmten zurück, um Hilfe zu leisten, doch da tauchten Rosa und Beatrix schon wieder auf und rannten zu ihren Rädern. Sie ruderten heftig mit ihren Armen durch die Luft, so, als wollten sie irgendwelche Insekten verscheuchen, die sie verfolgten.

„Was war denn los?", frage Paul besorgt, als sie bereits wieder zusammenstanden.

„Uns haben im Graben Wespen angegriffen, die nisten dort augenscheinlich in einem Erdloch, was wir nicht bemerkt haben", erklärte Beatrix. Sie war gestochen worden, denn sie zeigte wütend auf die Innenseite ihres Oberschenkels.

Auch Rosa hatte es erwischt, bei ihr musste der Stich ihren Rücken getroffen haben, denn sie ließ jetzt die Stelle von Carmen untersuchen.

„Und das mitten beim Pipimachen", feixte Klaus unpassend, der sich nichts bei seinem Spaß gedacht hatte. Wie empfindlich die beiden Frauen waren, erfuhr er postwendend.

„Geht's noch bei dir?", geriet Rosa fast außer sich und blitzte Klaus wütend an. „Nicht nur, dass die Stiche richtig schmerzhaft sind, wenn eine dieser Wespen in unseren Po gestochen hätte, was meinst du, wie wir dann hätten weiterfahren können?"

Die Gruppe schwieg betreten, selbst wenn nicht alle Rosas Wut nachvollziehen konnten. Zumindest unangebracht erschien Klaus Witz den anderen. Der gab sich immer noch ahnungslos über die Empfindlichkeit der beiden Frauen. Immerhin unterdrückte er eine weitere Bemerkung, als ihn Petra heftig anstieß.

„Es ist ja Gott sei Dank nichts passiert", suchte Paul wieder einmal die aufgezogenen finsteren Wolken zu verscheuchen.

Jetzt mischte sich aber Benno ein, den Klaus Verhalten an diesem Tag schon einmal sauer aufgestoßen war.

„Paul, wenn du glaubst, hier den Psychodoktor spielen zu müssen, dann liegst du falsch. Du solltest ihm noch mal klarmachen", er zeigte dabei mit seinem Finger auf Klaus, „wie wir hier miteinander umgehen. Ansonsten ziehen wir, Rosa und ich, es vor, allein weiterzu- radeln."

„Jetzt schießt du deutlich übers Ziel hinaus", mischte sich Carmen zur Unterstützung ihres Mannes ein. „Klaus hat einen Spaß gemacht, der wollte niemandem von euch zu nahe treten. Es reicht jetzt, oder wollt ihr, dass unsere Radtour hier im Streit scheitert?"

Carmen schien sich selbst über ihre entschiedene Rede zu wundern, erntete aber einen dankbaren Blick von Paul.

„Ich wollte wirklich niemanden beleidigen", beteuerte Klaus und schaute sich hilfesuchend um. Beatrix und Rosa schien das nicht zu beeindrucken, ihre Mienen verrieten nach wie vor Verärgerung.

„Okay, stecken wir es weg!", erklärte Lars. „Carmen hat recht. Jedenfalls möchte ich diese Radtour bis zur letzten Etappe zu Ende fahren, und meine Frau sicher auch."

Was immer Rosa und Beatrix im Moment durch den Kopf ging, sie sprachen es nicht aus. Erst als sie nebeneinander außer Hörweite der Benders radelten, wurden sie deutlich.

„Denkst du dasselbe wie ich?", fragte Rosa. „Ich meine, dass er vor allem für mich fast ein rotes Tuch ist, er ist aufgeblasen und offensichtlich empathielos."

„Er schon, seine Frau aber nicht! Was sollen wir machen?", fragte ihre Freundin.

„Das weiß ich jetzt auch nicht. Aber ich werde ihm aus dem Weg gehen", erwiderte Rosa.

Wie sehr Klaus lockerer Spruch nach dem Wespenangriff ihre latent vorhandene Abneigung gegen ihn weiter verstärkt hatte, war den Freundinnen in diesem Moment nicht bewusst. Die hatte sich aber richtig verfestigt.

Und die anderen? Die mochten vielleicht erstmals daran zweifeln, ob ihre Tour dieses Mal ebenso harmonisch verlaufen würde, wie sie es gewohnt waren. Aber auch ihnen war das nicht sofort bewusst.

Am Abend beim Essen schien die Missstimmung in der Gruppe vergessen. Die Gespräche liefen so locker wie bei früheren Radtouren. Es wurden Witze gemacht und gelacht, und besonders Paul und Carmen schien die Atmosphäre zu beruhigen.

★★★

Der folgende Morgen zeigte sich mit dem wolkenlosen Himmel so freundlich, wie sie es sich wünschten. Zwar war es jetzt um diese Zeit noch kühl, aber alle hofften darauf, dass die Sonne das schnell ändern würde.

Bevor sie losfuhren, gab es die übliche Diskussion zwischen den Männern über die Fahrstrecke. Das lag sicher auch an den Navigationssystemen, die inzwischen fast alle mit sich führten. Die Routenbeschreibung im Informationsheft des Veranstalters spielte da kaum eine Rolle. Aber das war ein Ritual, auf das vor allem die Männer nicht verzichten wollten.

Nur die Benders hielten sich bei der Diskussion raus und hatten ein ganz anderes Problem.

„Gestern Abend war das Vorderrad noch in Ordnung!", knurrte er und drehte das Rad auf Lenker und Sattel um. „Weiß nicht, was da passiert ist. Immerhin sind Schlauch und Mantel ganz neu, ein sogenannter unplattbarer Reifen."

Petra stand bedauernd neben ihm, weil sie nicht helfen konnte. Den Platten würde ihr Mann allein reparieren. Prüfend fuhr er mit seinem Daumen über die Innenfläche des extra verstärkten Mantels.

„Verstehe ich nicht! Da ist nichts Spitzes, kein Dorn, kein Nagel, nichts dergleichen. Der Mantel scheint völlig unversehrt", erklärte er und legte dann einen neuen Schlauch ein. „Muss mir bei nächster Gelegenheit unbedingt noch einen Ersatzschlauch besorgen, falls das noch mal passiert."

Erst jetzt schienen die anderen seine Panne bemerkt zu haben und traten dazu. „Können wir helfen?"

„Nee danke, schon erledigt", antwortete Klaus, den immer noch die Panne wurmte. „Von mir aus können wir starten."

„Das passiert also auch mit sogenannten unplattbaren Reifen!", kommentierte Benno sachlich, wobei er den kaputten Schlauch in seinen Händen prüfte.

„Der Schlauch muss ein Loch haben, aber es geht in Wirklichkeit um den Mantel. Und da konnte ich nichts Spitzes finden", belehrte ihn Klaus.

„Zu deinem Schlachtruf passt das nicht gerade", sagte Beatrix, die ihr Gesicht so verzog, als verkniffe sie sich ein Lachen. Sie warf Rosa einen vielsagenden Blick zu, die der Vorfall ebenfalls zu amüsieren schien.

„Lasst mal eure Sprüche", ermahnte Paul leise die umstehende Runde.

Klaus war fertig, befestigte nur noch sein iPhone am Lenker, worauf er ihre Etappen abgespeichert hatte.

„Möchte mal wissen, was die immer so lange mit der Route herumeiern", brummte er Petra verärgert zu, als sie wieder allein standen. Die Panne ließ ihn nicht los. Sie mahnte ihn jetzt leise, den Mund zu halten.

„Scheint denen wichtig zu sein", erwiderte sie. „Denke diesmal daran, wir sind nicht auf der Flucht, fahre also nicht ständig voraus!"

„So, Leute, wenn alle so weit sind, dann lasst uns mal starten", rief Paul, der kurz den wartenden Benders zunickte und ebenfalls sein Rad bestieg.

Die anderen schwangen sich endlich auf ihre Räder, es ging los, obwohl einige Männer die Diskussion über die beste Route noch immer nicht beenden wollten.

Auf dem schmalen Radweg radelten sie bis zum Ortsende zunächst in Schlange. Erst dann erreichten sie einen deutlich breiteren und befestigten Feldweg, auf dem sie nebeneinander herfahren konnten. Schnell bildeten sich dann kleine Gruppen. Carmen wagte, nochmals ein Lied anzustimmen, was aber keinen animierte mitzusingen. Wer kannte noch Liedtexte aus seiner Kindheit?

„Hör mal, Paul." Rosa hatte sich mit ihrem Rad direkt neben ihn geschoben. „Wenn die Benders heute wieder das Tempo verschärfen oder weit vorausfahren, dann sollten wir die einfach mal ziehen lassen. Ich habe nämlich keine Lust, mir von denen das Tempo diktieren zu lassen."

Paul stutzte und reagierte verzögert. „Was ist mit dir los, Rosa?", erwiderte er verwundert. „Natürlich fahren wir unser Tempo, wie sonst auch. Im Moment sehe ich nicht, wo dein Problem ist."

„Mein Problem?", reagierte Rosa gereizt. „Wer hat die eigentlich eingeladen, mit uns mitzufahren?"

„Das war ich", erwiderte Paul halb belustigt, halb irritiert. „Hatte das auch mit euch besprochen, wenn auch etwas verspätet. Schon vergessen?"

„Genau, verspätet! Ich habe immer mehr Zweifel, ob die hier reinpassen."

Das Gespräch empfand Paul als unangenehm. Er sah keinen Grund, sich ihr gegenüber nochmals rechtfertigen zu müssen. Er beschleunigte jetzt sein Tempo, sodass er vor ihr fahren konnte. Die merkte das und verzögerte ihrerseits ihre Fahrt, bis sie dann dicht neben ihrem Mann radeln konnte.

„Paul versteht mich mal wieder nicht", schimpfte sie aber leise.

„Was? Was hast du gesagt?", fragte ihr Mann in normaler Lautstärke. Der versuchte schon länger an die Seite von Beatrix heranzufahren, was ihm wegen Lars nicht gelang, der nicht gedachte, ihm Platz zu machen.

„Das erkläre ich dir später, heute Abend", resignierte Rosa, unverändert sauer. „Sollten die Benders heute wieder weit vorausfahren, dann werde ich dafür plädieren, die einfach ziehen zu lassen."

„Was hast du denn vor?", fragte Benno unkonzentriert, der nach wie vor eine Chance suchte, sich neben Beatrix schieben zu können.

„Mal sehen. Abwarten", antwortete sein Frau, die fest entschlossen schien.

Sie fuhren am Morgen recht zügig. Es war bei ihnen üblich, sich erst mal „warm" zu fahren, möglichst eine volle Stunde an einem Stück, sodass sie dann etwa ein Viertel der Etappe zurückgelegt haben würden. So auch heute, sie warteten mit der ersten Pause, bis einzelne Mitfahrer darauf drängten, endlich anzuhalten. Wie üblich gab es kleinere Diskussionen darüber, welcher nun der bessere oder schönere Rastplatz wäre.

Die Benders, die sich über die ihrer Meinung nach verfrühte Unterbrechung wunderten, fanden die Diskussion für einen geeigneten Rastplatz erst recht aufwendig. Petra schüttelte zwar verhalten mit dem Kopf, behielt ihre Meinung aber für sich. Nur Klaus hatte eine spöttische Bemerkung auf den Lippen und ließ die jetzt noch leise raus. „Ob die nicht eher einen Übernachtungsplatz suchen?", fragte er Petra, die ihn sofort ermahnte, doch bitte still zu sein.

Schließlich fand sich ein Platz, der die allseitige Zustimmung genoss. Ein Holztisch mit zwei Bänken, direkt am Flussufer, weit genug vom nächsten Ort entfernt. Dort konnten sie in aller Ruhe die erste Flasche Wein trinken und die vielen mitgebrachten Kekse, Süßigkeiten oder sogar Würstchen verzehren.

„Trinkt ihr sonst auch um diese Zeit bereits Wein?", erkundigte sich Petra schmunzelnd.

„Na klar! Und meist reicht die eine Flasche nicht einmal", erklärte Andy lachend. „Aber keine Sorge, für jeden ist da so wenig im Glas, wir sind ja zehn Leute, dass man die geringe Menge Alkohol gar nicht merkt."

„Zwölf!", korrigierte ihn Petra, die sich gestern über die Einladung ihres Mannes gewundert hatte, trank der doch normalerweise selten hochprozentige alkoholische Getränke und auf einer Radtour meist nur Wasser. Sie nickte Andy zu und ließ sich eine geringe Menge Wein in ihren Becher eingießen.

„Dann noch mal dein Spruch von gestern, Klaus", sagte Paul und hielt seinen Becher hoch.

„Mit Plattfuß geht's nimmer, ohne immer!", rief der und freute sich sichtlich, weil sich jemand an seinen gestrigen Ausruf erinnert hatte.

In dem Moment sprang Rosa auf. „Ich habe noch etwas ganz Besonderes dabei!"

Sie lief zu ihrem Rad und kehrte gleich darauf mit einer Flasche zurück, die ein rötlich-orangefarbenes Getränk enthielt.

„Ihr werdet es gleich merken, was es ist. Habe es selbst angerichtet mit Orangen und Mangos!"

„Mit viel Alkohol natürlich", vermutete Klaus und verdrehte etwas die Augen.

„Du brauchst ja nicht mitzutrinken!", entgegnete ihm Rosa kühl. „Eure Gläser bitte!"

Als sie die fast leere Flasche prüfend gegen den Himmel hielt, schien sie verwundert. „Hätte nicht gedacht, dass da noch ein Rest übrig bleibt."

Als schließlich die Fahrt fortgesetzt wurde, hatte sich die Stimmung deutlich verbessert. Und endlich fand Carmen die richtige Melodie, denn bei ihrem erneuten Versuch mit einem populären deutschen Schlager sangen zunächst mindestens die Frauen mit und wenig später auch einige Männer. Der Text strapazierte ja kaum das Gedächtnis, so simpel, wie er war.

„Der Wein scheint ihnen gar nicht viel auszumachen", wunderte sich Petra, zeigte aber, dass sie das eher lustig fand. „Erst der Wein, und die Likörflasche von Rosa haben sie auch fast geschafft. Ich glaube, ich fahre im falschen Film!"

Andy, der direkt vor den Benders radelte, drehte sich lachend zu ihr um. Er hatte das mitbekommen. „Das lernst du bei uns auch bald!" Kurz darauf fuhren sie in ein Waldgebiet hinein, wo der Radweg nicht nur beträchtlich schmaler, sondern auch kurvenreicher verlief. Die häufigen, mit Regenwasser gefüllten Vertiefungen zwangen sie alle, vorsichtig und konzentriert zu fahren. Das vorher muntere und spaßige Hin und Her der teilweise recht schlichten Sprüche ebbte schnell ab.

Ein kurzer, aber durchdringender Schrei und das Knacken von Holz, gefolgt von einem dumpfen Geräusch einer fallenden Person, riss zumindest die in der Nähe fahrenden Radler aus ihrer Konzentration auf den Weg. Gleich hinter einer Wegbiegung trafen Andy und die Benders auf die am Boden liegende Rosa, die Mühe hatte, wieder auf die Beine zu kommen. In dem schmierigen Untergrund einer der Wasserlachen war ihr Rad weggerutscht und sie dadurch zur Seite in das dicht stehende Buschwerk gekippt. Jetzt hatte sich ein Bein unter ihrem Rad verklemmt, was sie daran hinderte, sofort aufstehen zu können.

„Hast du dir etwas getan?", fragte Andy besorgt und stieg von seinem Rad ab, um zu helfen, während die Benders auf ihrem Rad verharrten.

„Nein!", erwiderte Rosa, mehr verärgert über ihre Hilflosigkeit als über den Sturz. „Hilf mir nur mal hoch, heb mein Rad etwas an!"

Was Klaus jetzt äußerte, stieß erneut auf Unverständnis, obwohl er sicher nicht beabsichtigte, Rosa zusätzlich zu verärgern. Er war ja erleichtert, dass sie sich nicht ernsthaft wehgetan hatte. Nur sagte er etwas, was die absolut nicht hören wollte. „Wenn das mal nicht der Alkohol war!"

„Du bist so ein Arschloch, weißt du das!", herrschte ihn Rosa, bereits wieder auf den Beinen, an, und jeder konnte ihre Empörung an ihrem heftigen Armrudern sehen. „Euch hätten wir gar nicht mitfahren lassen sollen."

Damit stieg sie schon wieder auf ihr Rad und trat demonstrativ so scharf in ihre Pedale, dass ihr Hinterrad ein paar Mal regelrecht durchdrehte.

„Kam nicht so gut an", bemerkte Andy in Richtung Klaus mit einem etwas ratlosen Gesichtsausdruck.

Dann war er fast hastig aufgestiegen und, ohne sich nochmals umzudrehen, weitergefahren. Auch Petra war ratlos und schüttelte den Kopf. „Du lernst es nicht, Klaus. Immer wieder provozierst du die mit deinen lockeren Sprüchen."

Sie konnte das nicht nachvollziehen und wunderte sich über sein mangelndes Gespür der Runde gegenüber, was sie so bei ihm gar nicht kannte. Ob ihn vielleicht die Tour mit ihrem Zwang, sich einfügen zu müssen, überforderte?, fragte sie sich nicht ganz ernsthaft.

Bei der nächsten Rast bemerkten Klaus und Petra eine veränderte Stimmung bei ihren Mitfahrern. Die wichen ihnen aus oder reagierten abweisend auf ihre Äußerungen. Und sie beide hatten den gleichen Verdacht über die Ursache dieses Stimmungsumschwungs. Sie vermuteten, dass Rosa ihre Empörung über seine Bemerkung inzwischen weitergetragen hatte, sicher gefärbt von ihrer vorhandenen Antipathie. Selbst Paul schien sich etwas von ihnen fernzuhalten, was sonst nicht seine Art war. Nur einmal schüttelte er kurz den Kopf, als ihn Klaus' Blick traf.

Am Abend erschienen die Benders als Letzte der Gruppe zum gemeinsamen Abendessen im Hotelrestaurant. Für sie waren nur die äußeren Plätze am langen Tisch frei geblieben. Bei ihrem Eintreten verstummte die Unterhaltung, die sie an der Tür zur Gaststube mitbekommen hatten.

„Haben wir etwas verpasst?", fragte Petra, als sie schon eine Weile saßen und niemand redete. „Was ist mit euch?"

Paul räusperte sich, bevor er sich dann direkt an die Benders wandte. „Es ist so", fing er umständlich an. „Wir wundern uns doch etwas über euer Verhalten. Ihr gebt den Anschein, als gefiele euch unser Umgang miteinander nicht so richtig."

Klaus zögerte nur einen Moment, schaute kurz zu seiner Frau, um dann zu antworten.

„Wie sollen wir das jetzt verstehen?", fragte er, was eher angriffslustig klang, zumindest sein Unverständnis ausdrückte. „Wir fühlen uns ganz wohl in eurer Runde. Wir dachten, dass ihr das auch seht. Vielleicht …"

Paul unterbrach ihn. „Es ist zum Beispiel eure Reaktion heute bei unserer ersten Rast. Und auch deine Bemerkung bei Rosas Sturz."

„Das war ein Spaß!" Klaus richtete sich direkt an Rosa. „Also das war doch nur ein Spaß von mir. Wir waren doch froh, dass dir nichts passiert war. Das kannst du uns glauben."

Rosa blieb stumm, es trat eine Pause ein, in der auch keiner in der Gruppe etwas sagen wollte. Es war Rosas Mann Benno, der endlich die beklemmende Stille unterbrach.

„Okay!", sagte er. „Wir haben verstanden und sollten es dabei belassen. Oder, Rosa?"

Was der durch den Kopf ging, blieb ihr Geheimnis, denn sie äußerte sich nicht. Stattdessen starrte sie nur zum gegenüberliegenden Wandgemälde. Dabei war ihr sicher nicht entgangen, dass jeder am Tisch auf ein Statement von ihr wartete. Sie vor allem hätte jetzt die Atmosphäre wesentlich entspannen können.

„Gut, da Rosa sich nicht äußert, möchte ich noch etwas sagen", legte Lars los. „Dass ihr euch hier einfügen müsst, ist euch schon klar?"

„So, jetzt greife ich noch mal ein. Was du eben gesagt hast, das ist Klaus und Petra sicher klar, müssen wir hier nicht ansprechen", unterbrach ihn Paul, der dessen Worte als unangebracht, ja, fast beleidigend für die Benders empfand. „Wir sollten jetzt mal unsere Gläser heben und mit unserem neuen Schlachtruf den Abend entspannt einläuten."

Paul riss regelrecht sein Bierglas in die Höhe, wohl darauf hoffend, damit das ungemütliche Gespräch beenden zu können.

„Mit Plattfuß geht's nimmer, ohne immer!", rief er laut in die Runde, worin die Anwesenden aber nur zögerlich einstimmten, auch wenn sie alle den Schlachtruf wiederholten. Begeisterung hörte sich sicher anders an.

Als sich die Freunde etwas später in ihre Zimmer zurückgezogen hatten, die Stimmung war doch eher verhalten geblieben, konnten die Benders auch nicht sofort einschlafen. Noch mal kreiste ihr Gespräch um das, was in der Gaststube passiert war. Klaus redete sich in Rage, war aufgebracht und weigerte sich sogar, ins Bett zu gehen, lief stattdessen im Zimmer auf und ab. Selbst Petra steigerte sich unter seinem Einfluss in den Gedanken, sie könnten in der Gruppe nicht wohl-gelitten sein.

„Glaubst du, dass wir in dieser Runde wirklich willkommen sind?", fragte Petra.

„Das ist gar nicht die Frage. Ich habe Paul gefragt, ob wir mal mitfahren könnten. Und der hat dem ausdrücklich zugestimmt, angeblich sogar mit Einverständnis der ganzen Gruppe."

„Wenn die anderen aber gar nicht richtig mitziehen? Die sind vielleicht von Paul überrumpelt worden. Immerhin kennen die sich schon seit vielen Jahren und treffen sich wahrscheinlich alle naselang."

„Mag sein, dass die Gruppe auch schon zu groß ist! Aber wir sind nun mal dabei, und wegen dieser blöden Rosa, die sich offensichtlich nicht genügend wahrgenommen fühlt, lassen wir uns nicht wieder hinausdrängen. Ich habe nicht vor, wegen der die Tour abzubrechen!"

Im Gegensatz zu Klaus zeigte sie sich unsicher. „Ich denke, dass wir uns mit kritischen Bemerkungen zurückhalten sollten, vor allem, weil wir die noch viel zu wenig einschätzen können. Durch unsere Äußerungen scheinen die sich oft angegriffen zu fühlen."

„Das verstehe ich nun wiederum nicht! Wenn ich mal einen Witz mache, dann …"

„Deine Art, Witze zu machen, ist halt nicht jedermanns Sache", suchte sie ihm zu erklären. „Und du solltest dich auch mehr von Rosa fernhalten. Die vor allem versteht dein ständiges Bemühen um sie falsch."

„Du scheinst das auch falsch zu verstehen. Ich bemühe mich doch nicht um die. Im Gegenteil!", behauptete er verärgert über Petras Unterstellung.

„Klaus, lass uns einfach zurückhaltender auftreten. Und wir sollten mehr auf Paul hören", suchte sie ihre Meinung nochmals zu verdeutlichen.

Als sie sich schließlich doch zum Schlafen ausstreckten, hielt sich bei ihr der Zweifel, ob ihr Mann ihr wirklich zugehört hatte. Und in ihm blieb das Unverständnis über die negative Reaktion einiger Gruppenmitglieder ihnen gegenüber haften. Es war das unbefriedigende Gefühl, das sie nicht sofort einschlafen ließ. Bei ihr hielt sich das sogar bis weit nach Mitternacht.

★★★

Rosa, Beatrix und Benno waren die Ersten beim Frühstück. Vor ihm lag sein Navigationsgerät, womit er den Frauen die Tagesstrecke erklärte.

„Kannst du das den beiden vor der Abfahrt genauso verklickern wie gerade uns beiden?", fragte Beatrix. „Wichtig, falls die uns heute wieder abhängen sollten."

„Lass mich mal machen!", erklärte Benno und steckte jetzt sein Navigationsgerät weg, noch bevor die anderen Freunde beim Frühstück erschienen.

„Wir haben uns gerade unsere heutige Tour angesehen", erklärte er gegenüber Paul, der sich neben ihn gesetzt hatte.

„Und gibt's da etwas, was wir alle wissen müssen?", fragte der interessiert.

„Nee, Paul, wir müssen nur aufpassen, dass wir die Abzweigung nicht übersehen. Das Hotelpersonal sagte mir, dass die leicht zu übersehen ist, und die ist wichtig", antwortete Benno.

„Das sollten wir auch noch mal den Benders klarmachen, damit die, wenn die uns vorausfahren, das auch wissen. Übernimmst du das?"

Benno nickte nur, er würde mit Klaus genau über diese Strecke reden.

Beim Frühstück schien in der Gruppe der gestrige Missklang abgehakt zu sein. Alle begrüßten sich, ohne die Diskussion vom Vorabend nochmals zu erwähnen. Die üblichen Bemerkungen flogen zwischen ihnen hin und her, manche witzig, andere aber so abgegriffen, dass sie sogar nahe an Blödeleien vorbeischrammten. Und Lars fragte, ob auf der anstehenden Etappe für genügend Wein vorgesorgt wäre. Nur Rosa hielt sich wieder zurück, reagierte kaum einmal auf einen Witz und vermied den Augenkontakt zu ihrer Umgebung. Sie verschwand auch bald, um sich angeblich in ihrem Zimmer für die Fahrt vorzubereiten. Ihr Verhalten fiel aber niemandem auf.

Als dann die anderen ihrem Beispiel folgten, hielt Paul die Benders am Treppenaufgang zurück.

„Hört mal zu, ihr versteht das doch, warum ich euch gestern Abend direkt ansprechen musste?", fragte er sie. „Es schien mir notwendig, den Missklang zwischen euch und uns auszuräumen."

Klaus war nicht sicher, ob er das gerne hörte, entschied sich aber, erst mal nur zuzuhören.

„Die Truppe kennt sich sehr lange, was ihr ja bemerkt habt. Da stellt sich schon eine besondere Vertrautheit untereinander ein, die es Neuen schwermacht, ohne Weiteres Anschluss zu finden. Einige, ihr wisst, an wen ich denke, sind dann auch etwas empfindlicher. Was wir untereinander gar nicht mehr sagen müssen oder einfach so hinnehmen, klappt mit euch dann nicht auf Anhieb."

„Wir haben verstanden, Paul!", reagierte ein leicht genervter Klaus. Was er hörte, weckte in ihm eher seinen Widerwillen, empfand er die Mahnung doch als unangemessen. Er hatte sich die gemeinsame Radtour anders vorgestellt, irgendwie im Umgang erwachsener und lockerer. Besonders Rosas Verhalten schien ihm reichlich kindisch zu sein, die ihn fast schon dazu zwang, jedes seiner Worte genau abzuwägen, damit sie ihm keine Beleidigung oder gar Anmache unterstellen könnte. Die verhielt sich ihm gegenüber wie eine Mimose, die dazu neigte, übertrieben zu reagieren. Dabei war sie ihm bei ihrer ersten Begegnung charmant und selbstbewusst entgegengetreten, was ihm gefallen hatte. Vielleicht hatte er sich sogar wegen ihr besonders auf die gemeinsame Radtour gefreut. Wie es sich tatsächlich entwickelte, war für ihn und Petra enttäuschend.

„Was soll diese Ermahnung? Der sollte sich lieber mal die Rosa vornehmen, anstatt uns so einen Vortrag zu halten", schimpfte Klaus, als er mit Petra allein im Zimmer war. Das mochte die genauso empfinden, die nun ihre Arme um seinen Körper schlang und ihn kurz an sich drückte.

„Wir müssen los!", sagte er und löste sich von ihr. Es klang resigniert und überhaupt nicht zufrieden. Wenn Körpersprache etwas ausdrückte, dann sprach sein Achselzucken gegen die Erwartung an eine entspannte nächste Etappe.

Wieder war es ein herrlicher Sonnentag, warm und trocken. Nur ein paar Wolkenschleier hingen kaum erkennbar am westlichen Horizont. Jeder vermutete, dass es auch am späten Nachmittag so bleiben würde.

Ihre Räder mussten sie erst aus dem Schuppen des Hotels herausholen, was einige Zeit kostete. Es gab ein regelrechtes Gedränge davor und auf dem Hof, sie waren nicht die einzige Fahrradgruppe, die sich zur Abfahrt fertig machte. Die Benders brauchten besonders Geduld, weil sie am Vorabend als Erste ihre Räder im Schuppen abgestellt hatten. Jetzt standen die eingekeilt von vielen anderen Fahrrädern an der hintersten Schuppenwand. Sie hatten darauf verzichtet, die durch ein gemeinsames Kettenschloss zu sichern, das hatten sie einfach offen über dem Lenker hängen lassen. Jedenfalls war Petras Rad damit an einem Pfosten angekettet worden.

„Du, Petra, ich kann dein Rad nicht rausholen!", rief Klaus noch im Schuppen seiner Frau zu, die schon bei den anderen draußen wartete. „Wieso hast du denn das Kettenschloss abgeschlossen?"

„Was soll ich getan haben? Ich habe das Kettenschloss gestern Abend überhaupt nicht angefasst!", entgegnete Petra überrascht und lief ihrem Mann hinterher.

„Wie auch immer, dein Rad ist an der Rückwand angeschlossen. Hast du den Schlüssel?"

„Ich habe auch keinen Schlüssel, der sollte doch noch im Schloss stecken", erklärte Petra kopfschüttelnd. „Das kann doch nicht wahr sein. Irgendjemand muss mein Rad angeschlossen und den Schlüssel abgezogen haben."

Beide, Klaus und Petra, kamen jetzt auf den Hof und schauten in die Runde.

„Petras Rad ist angeschlossen worden, und wir haben keinen Schlüssel", erklärte ein ratloser Klaus. „Hat vielleicht jemand von euch den Schlüssel an sich genommen, in guter Absicht?"

„Warum sollten wir uns um eure Fahrräder kümmern?", fragte Benno spöttisch. „Dafür müsst ihr schon selbst sorgen!"

Einige der Freunde zeigten sich amüsiert. Nur Paul bemerkte Klaus aufkeimenden Ärger und störte sich an der spöttischen Reaktion seiner Gefährten.

„Ihr seid also sicher, dass ihr das Rad nicht abgeschlossen und auch nicht den Schlüssel habt?", erklärte er betont sachlich. „Es ist zwar nicht sehr wahrscheinlich, aber vielleicht hat irgendein anderer Hotelgast oder jemand vom Personal das getan. Bleibt nichts anderes übrig, als an der Rezeption nachzufragen."

Klaus hatte verstanden und lief ins Hotel zurück. Die Freunde beschäftigten sich jetzt bereits mit ihrer üblichen Diskussion der besten Fahrstrecke.

„Die wissen auch nichts, aber sie haben mir das hier gegeben", erklärte ein grimmig blickender Klaus und hob einen wuchtigen Bolzenschneider in die Höhe.

Dann sprach ihn Benno an. „Klaus, das hast du nicht mitbekommen. Bei der Strecke gibt es eine kleine Schwierigkeit, wo wir aufpassen müssen. Entgegen dem Vorschlag des Veranstalters müssen wir hier an dieser Stelle nicht in einen Seitenweg abbiegen, wir folgen weiter der Landstraße." Er wies auf die Karte seines Navigationsgeräts. „Hier also nicht abbiegen."

„Wieso denn das?", fragte Klaus, der nur mit halbem Ohr zugehört und nicht auf das Navigationssystem geschaut hatte, weil er mit dem Durchschneiden des Kettenschlosses beschäftigt war.

„Das hat uns heute Morgen jemand vom Hotel erklärt. Angeblich ist die Straße nur wenig befahren, und die Abzweigung kostet mehr Zeit. Also nicht vergessen, nicht abbiegen."

Ob Klaus Bennos Erklärung bewusst aufgenommen hatte, war unwahrscheinlich, zu sehr nagte in ihm der Vorfall mit dem Fahrradschloss. Und gegen seinen Ärger blieb auch Petras Zureden später auf der Strecke wirkungslos.

„Also ich weiß nicht!", erklärte der maulend. „Gestern dieser platte Reifen und heute die Sache mit dem Schloss. Das ist alles sehr mysteriös."

„Beruhige dich jetzt. Irgendwelche Unterstellungen helfen doch nicht weiter, die sind doch absurd!"

Paul setzte sich mit seinem Rad neben die beiden Benders. „Jetzt denkt bloß nicht an irgendeine Verschwörung. Bin sicher, dass jemand außerhalb der Gruppe da am Werk war. Wahrscheinlich in bester Absicht." Er klopfte ihm aufmunternd auf die Schulter und nickte Petra zu.

„Lass mal, schon alles gut", presste Klaus zwischen seinen Zähnen hervor und zeigte ein verzerrtes Lächeln. Auch Petra strich jetzt mit einer Hand über seinen Unterarm, bis ihr Mann etwas freundlicher dreinschaute.

„Hört mal, wenn wir heute bei diesem herrlichen Radfahrwetter nicht die Fahrt entspannt genießen, wann denn dann?" Paul war der Gedanken an eine Verschwörung oder gar an Mobbing völlig fremd.

Die Hälfte ihrer Etappe war geschafft, und sie hatten in einem Gartenlokal schon eine erste Pause eingelegt, da stießen sie am Ortsausgang auf die Landstraße. Befolgten sie den Rat des Hotelpersonals, müssten sie bald bei der Abzweigung auf einen Feldweg in ein Waldgebiet abbiegen.

Der Autoverkehr auf der Straße zwang sie zwar, gelegentlich hintereinander herzufahren, aber er war so gering, dass sie mühelos ihre Gespräche fortsetzen konnten. Es bildeten sich zwischen ihnen bald stetig größer werdende Lücken, weil die vorn Fahrenden auf das Tempo drückten. Das lag vor allem an Klaus, der, nicht überraschend, gefolgt von Petra an der Spitze fuhr. Bald betrug deren Abstand zu den anderen schon einige Hundert Meter. Ihm fiel das gar nicht auf, er war so in Gedanken vertieft, dass er selbst Petras Mahnung überhörte, langsamer zu fahren.

„Die können's nicht lassen!", rief verärgert Beatrix der vor ihr fahrenden Rosa zu. „Jetzt sind die schon wieder kaum noch zu sehen."

„Die passen gar nicht in unsere Gruppe!", wiederholte sich Rosa laut. „Wollen mal sehen, ob die das nicht bereuen!"

„Die sehen wir sicher erst im Hotel wieder", feixte Benno.

Den beiden Frauen schien der Gedanke, dass die Benders so weit davongezogen waren, zu amüsieren. Nur Lars hatte wohl keine Ahnung. „Gibt's etwas, wovon ich nichts weiß?"

Klaus und Petra waren inzwischen so weit voraus, dass sie selbst lautes Rufen ihrer Freunde nicht hören würden. Immer noch vertieft in Gedanken, erinnerte sich Klaus nicht mehr so genau an das, was Benno über die Strecke erklärt hatte. Den scharf nach rechts abzweigenden Weg übersah er natürlich. Den musste er ja entsprechend dessen Hinweis gar nicht beachten. Stattdessen vertraute er seinem Navigationssystem, das ihn anwies, weiter der Landstraße zu folgen.

„Wie lange müssen wir denn noch auf dieser Straße fahren?", fragte Petra ihren Mann.

Jetzt bedauerte Klaus, sich nicht mehr exakt an das Gespräch mit Benno am Morgen erinnern zu können. „Wenn ich es richtig in Erinnerung habe, sagte Benno, dass wir der Straße erst mal folgen sollten. Angeblich hätte jemand im Hotel ihm das geraten. Aber nicht mehr lange, dann erreichen wir sicher eine Abzweigung, wo wir die Straße verlassen können. Das zeigt mir auch das Navigationssystem."

Ihre Gefährten hatten keine Chance, Klaus noch zu beeinflussen. Sie sahen wegen einer langen Rechtskurve nicht einmal, dass der und Petra irrtümlich geradeaus radelten. Die Gruppe war so weit zurückgefallen, dass sie den Benders kaum etwa verständlich hätten hinterherbrüllen können. „Jetzt haben sie sich möglicherweise vertan", sagte Benno leise zu Rosa, die ihm zunickte.

Als dann einige Mitfahrer die nächste Pause anmahnten, störte es die meisten wenig, dass die Benders fehlten.

„Das ist dumm!", erklärte Paul, dem stets wichtig war, dass sie alle zusammenblieben. „Hat jemand Klaus informiert, dass wir nicht auf der Straße bleiben sollen, auch wenn das Navi etwas anderes vorschlagen sollte?"

Bevor Benno antworten konnte, polterte Rosa ihre Abneigung gegenüber Klaus heraus. „Die fahren immer voraus und machen dann auch noch blöde Sprüche. Die sollen fahren, wie sie wollen."

„Paul, das ist völlig richtig! Wir sind auf jeden Fall nicht für die verantwortlich", schloss sich Beatrix Rosas Meinung an.

„Jetzt mal langsam, Leute", suchte Paul die Stimmung zu versachlichen. „Ich dachte, dass wir uns gestern einig waren. Wir sind als Team gestartet und fahren diese Tour auch bis zur letzten Etappe gemeinsam zu Ende."

Niemand widersprach, sie teilten zwar die Kritik der beiden Freundinnen an Klaus, aber nicht deren scharfe Antipathie. Keiner hatte Interesse daran, dass diese Tour mit einem solchen Zerwürfnis, was sicher auch Paul hart treffen würde, endete.

Alle standen etwas ratlos im Kreis um ihn herum, und fast hätten sie den Zweck der Pause vergessen.

Paul beabsichtigte einen Moment lang, Klaus mit seinem Handy zu erreichen, steckte das aber gleich wieder kopfschüttelnd ein. Carmen erklärte er, dass er nicht einmal eine Handynummer von denen hätte.

„Die Benders sind also wohl eine andere Strecke als wir gefahren", stellte Paul für alle nüchtern fest. „Aber die sind in der Lage, ihren Weg auch ohne uns zu finden. Spätestens im Hotel werden wir sie dann wiedertreffen. Und vielleicht ist es gerade ganz gut, wenn wir eine Weile ohne sie fahren können. Mit ist aber wichtig, dass wir diese Tour gemeinsam, das heißt auch mit Klaus und Petra, zu Ende fahren. So, wo ist der Wein?"

Jetzt breitete sich so etwas wie Erleichterung unter den Freunden aus. Gleich nach Pauls kurzer Rede öffnete Lars schon eine Weinflasche, und zusätzlich wurden Tüten mit Süßigkeiten herumgereicht. Fast erschien es ihnen, als unterschiede sich diese Tour überhaupt nicht von denen davor. Es wurde munter drauflosgequatscht, auch mal einige dumme Sprüche geklopft, worüber sie lachten oder den Kopf schüttelten. So verging diese Pause so vergnüglich, wie sie sich das alle von Anfang an gewünscht hatten.

Und diese Rast dauerte sogar länger als üblich. Keiner hatte damit Probleme, dass sie möglicherweise erst nach Einbruch der Dunkelheit ihr Hotel erreichen würden. Jetzt beschleunigten sie ihr Tempo so, dass selbst die Benders gestaunt hätten. Und sie entschlossen sich, auf eine weitere Unterbrechung zu verzichten.

★★★

„Sag mal, fahren wir nicht viel zu schnell? So holen die uns nie ein", bemerkte endlich Petra, die sich nach einer Pause sehnte. „Lass uns doch mal warten."

„Stimmt! Wir sind zu schnell gefahren. Wir halten hier erst mal an und warten einen Moment. Brauchst du Wein?", fragte Klaus aus Spaß.

„Wasser brauche ich und ein paar Süßigkeiten", erwiderte sie und hockte sich neben ihrem Rad auf die Böschung.

„Geht es dir gut?", fragte er und schaute sie prüfend an. „Du bist so rot im Gesicht."

„Alles in Ordnung. Aber bist du wieder runter von deinem Ärger?", wollte Petra wissen.

„Irgendwie … Lass mal gut sein. Ich will nicht mehr darüber nachdenken. Hoffe, dass die anderen bald aufschließen können."

„So richtig glücklich wirkst du nicht gerade auf mich. Dich wurmen diese häufigen Reibereien."

„Zumindest die mit dieser Rosa", erwiderte er und klang dabei nicht verärgert. „Ich habe mir etwas vorgemacht, nicht in Bezug auf Paul und Carmen. Die sind schon beide okay und verhalten sich meist souverän."

„Ich mag die beiden Kleins auch. Gilt mit kleinen Einschränkungen für einige der anderen auch." Petra legte den Arm um ihren Mann. „Jetzt fahren wir diese Tour zu Ende, halten uns mit Kritik zurück und versuchen, uns in deren Runde besser einzufügen. Nur darum geht's, Klaus."

Er sah auf seine Uhr, weil er das Gefühl hatte, dass sie hier schon zu lange warteten, fast eine Stunde war vergangen. Er stand jetzt auf und schaute intensiv die Landstraße zurück.

„Das verstehe ich nicht! So weit können wir doch nicht vorausgefahren sein."

„Sind wir denn überhaupt die richtige Strecke gefahren? Was sagt dein Navi?", fragte Petra.

„Benno hatte mir vor der Abfahrt etwas von einer Abzweigung erzählt – oder war es eine Streckenänderung? Da habe ich vielleicht doch nur halb zugehört. Meines Erachtens sagte er, dass wir auf der Landstraße bleiben sollten, entgegen der Tourenempfehlung …"

„Was machen wir, wenn die doch anders gefahren sind?", bohrte sie nach.

„Dann werden wir halt hier auf der Landstraße zunächst weiterfahren, die führt ja irgendwann zur Stadt, unserem Ziel. Allerdings: Schneller am Ziel wären wir dann höchstens mit einem Auto." Er lief zu seinem Rad und stieg auf. „Wenn Benno mich bewusst hat irreführen wollen, dann …"

„… werden wir auch die letzten beiden Etappen zu Ende fahren", ergänzte sie seinen Satz. „Du bildest dir schon wieder etwas ein."

Nach einer Weile hatte er eine Idee. „Weiß wirklich nicht, ob wir heute Abend auch noch mit denen zum Essen gehen sollten. Das Hotel soll sich nahe am Ortseingang befinden. Was hältst du davon, wenn wir einfach erst mal ins Zentrum fahren und dort bummeln gehen?"

„Das können wir machen, obwohl die Gruppe ein solcher Alleingang stören könnte. Ich weiß nicht. Zumindest müssen wir im Hotel eine Nachricht hinterlassen. Vielleicht könnten wir die sogar mal anrufen."

★★★

„Da vorn müsste gleich das Ortsschild auftauchen. Ich sehe ja schon die ersten Häuser!", rief Paul, der etwas vorausfuhr und jetzt ein Handzeichen gab.

„Wir haben's gleich geschafft, da vorn beginnt die Stadt", rief einer, der zu ihm aufgeschlossen hatte.

Keine Viertelstunde später standen sie vor dem Hoteleingangsportal, und Paul lief sofort in die Lobby. „So, jetzt frage ich gleich mal, ob Klaus und Petra schon eingetroffen sind!" Er nahm gar nicht mehr wahr, wie Rosa und Beatrix ihre Augen verdrehten und sich dann angrinsten.

Es dauert, bis Paul zur Gruppe zurückkehrte und ein besorgtes Gesicht zeigte. Da hatten die anderen schon ihre Räder in der Tiefgarage des Hotels eingestellt.

„Die Benders sind angeblich noch nicht eingetroffen! Eine Nachricht hat der Mann am Empfang auch nicht erhalten", erklärte er. „Das ist mir völlig unverständlich, die sind ja vorausgefahren, und wenn sie auf der Landstraße geblieben wären, heißt das nicht, dass sie dann unbedingt langsamer sein müssten, auch wenn es über die Straße länger ist."

„Abgesehen davon, dass die ja kaum so lange Pausen gemacht haben dürften, haben die ja weniger Wein bei sich", spottete Lars unpassend.

„Können wir die nicht per Handy erreichen?", fragte Benno, der an das Naheliegende dachte.

„Na klar! Wenn jemand von euch eine Handynummer von denen hat", nickte Paul und hielt erwartungsvoll sein Telefon hoch. Doch es meldete sich niemand. „Mist, ich habe nämlich auch nicht deren Handynummern, nur deren Nummer vom Festnetz und Klaus' Firmennummer."

Keiner von ihnen wusste mehr. „Wieso haben wir eigentlich nicht die Handynummern mit denen ausgetauscht? Das haben wir doch sonst immer gemacht", meldete sich Benno nochmals. Es klang wie ein Vorwurf an Paul, der sich diesen Schuh auch anzog.

„Hinterher ist leicht jammern!", wehrte er schwach ab. „Ich denke, dass wir erst mal unsere Zimmer einnehmen sollten. Wir warten noch bis zum Abendessen, also so bis etwa achtzehn Uhr. Wenn sie dann nicht erschienen sind, werde ich bei der Polizei nachfragen. Eventuell müssten wir uns sogar auf die Suche nach denen machen." „Wie, auf unseren Rädern?", fragte Lars ungläubig.

„Unter Umständen ja! Oder hast du eine bessere Idee?", schoss Paul genervt zurück. „Wir können ja nicht einfach zu Abend essen und die ihrem Schicksal überlassen, oder?" Seine Reaktion ließ keine Zweifel, dass ihm die Gleichgültigkeit einiger seiner Mitfahrer nicht gefiel.

★★★

Es war schon nach achtzehn Uhr, und alle hatten sich in der Gaststube eingefunden, wo für die Gruppe ein großer Tisch eingedeckt worden war. Keiner der Freunde hatte Platz genommen, erst wollten sie hören, was Paul inzwischen in Erfahrung gebracht hatte.

Der erschien ungewohnt nervös. Carmen hatte er in ihrem Zimmer gesagt, dass er erstaunt sei, wie teilweise unpassend sich einige ihrer Freunde zeigten. Zwar gefiele ihm Klaus' Verhalten ebenfalls nicht immer, aber das sei für ihn kein Grund, die beiden Benders abzulehnen.

Jetzt fiel ihm offensichtlich nichts ein, was er seinen Gefährten vorschlagen könnte. Inzwischen war klar, dass die Benders sich entweder verfahren hatten oder wegen einer Panne auf der Strecke liegen geblieben sein mussten. Ihre Koffer standen immer noch in der Lobby. Der Tourenveranstalter sorgte stets dafür, dass ihr Gepäck von Hotel zu Hotel transportiert wurde.

„Gemeldet haben sie sich weder bei mir noch hier an der Rezeption. Das Büro vom Veranstalter der Radtour habe ich versucht zu erreichen, war aber schon geschlossen, geht erst morgen früh wieder." Paul drehte sich fragend im Kreis, um zu sehen, ob jemand anderes etwas erfahren hatte.

„Wenn die Benders zunächst die Straße weitergefahren wären, könnten die auch noch später abgebogen sein, um dann irgendwann auf unsere Strecke zu stoßen. Auch so sollten die sich kaum verfahren haben. Klaus hat ja ein Navi dabeigehabt", bemerkte Benno, dem die Warterei nicht gefiel.

„Dass die uns immer so abhängen, ist das wirkliche Problem", beschwerte sich dessen Frau, die kaum Verständnis für die Benders aufbrachte.

„Entweder die warten auf uns, oder, wie jetzt wieder, wir warten auf die", drückte Rosa aus, worüber die anderen in der Gruppe möglicherweise ähnlich dachten.

„Was können oder was sollten wir jetzt tun?", lenkte Paul die Runde auf die seiner Meinung nach nächstliegende Frage.

„Du solltest die Polizei anrufen", schlug Lars vor, den es auch zum Abendessen zog.

„Das kann ich machen. Aber was, wenn die nichts wissen?", bohrte Paul nach.

Die allseitige Meinung war, dass er erst mal bei der Polizei anrufen sollte, und dann könnte man weiter- sehen.

Sein Telefonat mit dem Revier dauerte lange, da hatten sich seine Freunde schon an den Tisch gesetzt.

„Die Polizei hier weiß nichts, und weder deren Kollegen im Nachbarort noch das hiesige Krankenhaus wissen etwas über die Benders", erklärte Paul nach seinem Telefongespräch. „Was machen wir jetzt?"

Wenn es ein Stimmungsbarometer gab, so waren es die Mienen der Freunde, die erkennen ließen, was die meisten empfanden. Jedem schien klar, dass sie nicht einfach ihr Abendessen fortsetzen könnten, wenn da zwei aus ihrer Gruppe vermisst wurden. Selbst Rosa und Beatrix schienen das einzusehen.

Insgeheim hofften sie vielleicht, dass sie die Vermissten nicht mit dem Rad in der Dunkelheit suchen müssten. Aber Paul schlug genau das jetzt vor.

„Also wer will mich begleiten? Allein möchte ich nicht die Strecke zurückfahren", erklärte er.

„Du meinst aber nicht die ganze Strecke?", meldete sich Beatrix, was Paul nur mit Kopfschütteln quittierte.

„Die Landstraße könnte man doch besser mit einem Taxi abfahren als mit unseren Rädern", gab Benno zu bedenken. „Mit dem Fahrrad dauert es sehr viel länger, und wir wissen nicht einmal, welche Strecke die gefahren sind. Aber wenn du willst, werde ich dich natürlich auf dem Rad begleiten."

„Die Straße mit einem Taxi abzufahren ist eine gute Idee, Benno! Könnten die Frauen übernehmen. Ansonsten würde ich unsere Strecke auf dem Schotterweg Richtung unserer letzten Rast zurückfahren wollen. Wer begleitet mich denn noch auf dem Rad?"

Obwohl die, die sich jetzt meldeten, noch ihr Abendessen beenden wollten, ging es dann doch recht schnell. Keine fünfzehn Minuten nach ihrer Beratung fuhren erst Paul, Lars und Benno mit dem Rad los, wenig später auch das Taxi. Carmen und Beatrix hatten sich angeboten, diese Fahrt zu übernehmen. Zuvor hatten sie gemeinsam überlegt, welchen Weg Klaus und Petra genommen haben könnten. Unglücklicherweise boten sich unterschiedliche Routen an, das Hotel zu erreichen.

„Die Benders haben wahrscheinlich vor unserer letzten Rast die richtige Abzweigung nach rechts auf den Schotterweg verpasst. Vermutlich sind die erst mal der Landstraße weiter gefolgt", vermutete Benno. „Der hat mir wahrscheinlich gar nicht zugehört, denn ich hatte ihn ausdrücklich darauf hingewiesen, rechtzeitig von der Landstraße abzubiegen. Auf dem Navi habe ich ihm noch die Stelle gezeigt …"

„Kann schon sein. Aber auch dann könnten die irgendwann noch von der Landstraße abgebogen sein und haben später versucht, uns zu treffen", stimmte Paul ihm zu. „Lass uns jetzt so zurückradeln, wie wir gekommen sind. Ich habe die Hoffnung, dass wir dann auf die beiden stoßen."

„Hoffentlich müssen wir dann nicht bis zu unserem Rastplatz zurückradeln", brummte Lars schon unterwegs. „Ganz so frisch bin ich nämlich auch nicht mehr, und bis dahin werden es doch zirka fünfzehn Kilometer sein, oder?"

„Vielleicht haben wir ja Glück, und die kommen uns bald entgegengeradelt", gab Paul zurück.

Etwas Hoffnung hatten sie, dass die Frauen im Taxi schon bald auf die Vermissten treffen könnten. Mehrmals überlegte er, was passiert sein könnte. Er hielt Klaus und Petra für erfahren genug, eine Fahrradpanne schnell und ohne fremde Hilfe zu meistern. Das würde die kaum länger aufgehalten haben. Dahingegen schloss Paul den Gedanken nicht mehr aus, dass einer der Benders schwer gestürzt sein könnte. Das würde ihm deren Verspätung erklären.

Auch wenn sie sich bemühten, zwangen sie die Dunkelheit und die unzureichende Fahrradbeleuchtung, langsamer zu fahren. Der Weg forderte ihre volle Aufmerksamkeit. Es gab immer wieder mit Wasser gefüllte Mulden, größeres Gestein oder Wurzeln, die im Boden steckten. So brauchten sie viel länger als auf der Hinfahrt zum Hotel. Glücklicherweise lugte dann doch der Mond hinter den Wolken hervor.

Es war sicher Müdigkeit und etwas Ärger bei Benno und Lars, dass sich Zweifel am Sinn der Suche bei ihnen verstärkten. Ihre häufiger werdenden Fragen, ob sie nicht besser umkehren sollten, zeigten das Paul deutlich.

Als sie an einer steil abfallenden und tiefen Böschung neben dem Fluss entlangfuhren, reichte es Benno.

„Ich weiß nicht, ob unser Vorgehen Sinn macht. Wenn die hier diese Böschung entlanggefahren sind, könnte es gut sein, dass sie in den Fluss abgerutscht sind. Was dann? Das können wir so gar nicht checken!"

„Ja und? Hast du eine bessere Idee?", knurrte Paul missmutig, dem Bennos Szenario doch zu weit hergeholt erschien. Vor allem wollte er jetzt keine Diskussion, die, wie er meinte, nicht weiterführte. „Was ist? Habt ihr einen anderen Vorschlag?"

Sie fuhren einfach weiter, weil keinem eine Alternative eingefallen war. Ein paar Meter später hielt Paul unvermittelt an. „Ich telefoniere jetzt mit der Hotelrezeption und dann noch mit meiner Frau."

„Scheiße!", rief er gleich darauf und stieß ein irres Lachen aus. „Das kann ja nicht wahr sein!"

Erst als die anderen in ihn drangen, äußerte er sich endlich. „Das glaubt ihr jetzt nicht! Die sind längst da. Allerdings haben die zunächst die Stadt angesteuert, um sich die anzusehen und dort in einem Restaurant essen zu gehen. Angeblich hätten sie beim Empfang Bescheid gesagt."

Pauls Begleiter stöhnten laut auf. Das Verhalten der Benders empfanden sie nicht nur als unverständlich, sondern auch als einen Affront. Sie hielten sich aber erstaunlicherweise mit herber Kritik zurück. Fast wirkten sie ratlos.

„Ob Klaus irgendeinen Gedanken darauf verschwendet hat, wie so ein Verhalten bei uns ankommt?", fragte Benno nur kopfschüttelnd.

„Was weiß ich denn? Scheiße, jetzt müssen wir den ganzen Weg zurückfahren!", entfuhr es Paul wütend.

Benno und Lars schwiegen. Die Verärgerung ihres Freundes verstanden sie zu gut, das ging ihnen ähnlich. Im Gegenteil. Sie hätten den Benders jetzt gern ihre Meinung gesagt, selbst wenn sie nicht unbedingt erwarteten, dass sich deren Verhalten daraufhin ändern könnte.

Die Rückfahrt verlief erstaunlich schnell, da sie jetzt mit der Strecke besser zurechtkamen. Und etwas besserte sich ihre Stimmung, sie machten sogar Witze über die sinnlose Suche.

Im Hotel angekommen, herrschte unter den wartenden Freunden eine erstaunlich gelöste Atmosphäre. Wenn sie erwartet hatten, dass ihre Gruppe missgelaunt oder streitend den beiden Benders gegenübersaßen, dann hatten sie sich geirrt. Klaus und Petra hatten sich bei denen entschuldigt und knapp erklärt, wie es zu dieser Info-Panne hatte kommen können. Jetzt wiederholte Klaus das nochmals für Paul und die beiden anderen. Was die Freunde wirklich dachten, blieb ihr Geheimnis, sie ließen sich zumindest ihren Ärger nicht anmerken. Nur wer die Lindners und Schlichters beobachtete, bemerkte, wie die mehrfach miteinander tuschelten. Die drückten wohl deshalb nicht ihre Verärgerung aus, weil sie sich davon nichts versprachen.

Es irritierte Paul, dass weder Klaus noch Petra etwas über ihre ermüdende Nachttour sagten, sie sich lediglich allgemein für alle ihre Bemühungen bedankten. Dank zu erhalten, darum ging es Paul gar nicht. Diese scheinbare Friede-Freude-Eierkuchen-Stimmung, die sich breitzumachen suchte, störte ihn derart, dass er unbedingt eine für ihn wesentliche Kritik hinterherschieben wollte.

„Was mich erstaunt und sogar wütend macht, ist eure scheinbare Schwierigkeit, euch in unsere Gruppe einzufügen. Es reicht nicht, dass ihr gern mitfahrt, sondern ihr solltet das auch durch euer Verhalten zeigen."

Klaus und Petra schauten sich an. Es sah so aus, als hätten sie diese Worte getroffen, allerdings anders, als von Paul beabsichtigt. Jedenfalls antworteten sie ihm nicht, und der wartete auch nur kurz, bis er sich von ihnen abwandte.

Schließlich verabschiedeten sich die einzelnen Paare fast wie auf ein Kommando hin auf ihre Zimmer. Nur ein sichtbar müder Paul verharrte noch am Tisch und hielt Klaus und Petra zurück.

„Ich möchte kurz mit euch reden", sagte er lapidar. Allein mit denen, erklärte er in recht deutlichen Worten, was ihn an ihrem Verhalten störte.

„Das Ganze wäre nicht passiert, wenn ihr uns nicht wieder davongefahren wäret. Und zumindest hättet ihr nochmals bei der Rezeption oder bei uns zurückrufen sollen, um sicherzugehen, dass eure Nachricht auch angekommen ist. Warum seid ihr nicht der geplanten Strecke gefolgt? Benno hatte sie dir erklärt."

„Wieso das jetzt? Die Strecke wurde angeblich von euch abgeändert, so jedenfalls glaube ich Benno verstanden zu haben", entgegnete Klaus irritiert.

„Immerhin erinnerst du dich, mit Benno gesprochen zu haben! Keiner hat die Strecke geändert!", behauptete Paul wahrheitsgemäß, was Klaus erst recht verblüffte. Kurz tauschte er mit Petra einen Blick, dann suchte er sich nochmals zu erklären. „Es war Benno, der mir von einer Änderung erzählte."

„Das ist seltsam. Von einer Streckenänderung war nie die Rede gewesen", gab sich Paul überzeugt, dass Klaus etwas falsch verstanden haben musste. „Vielleicht klärst du das morgen früh noch mal vor der Abfahrt."

„Na gut, ich spreche Benno darauf an. Als wir uns entschlossen haben, direkt in die Stadt weiterzufahren, haben wir die Hotelrezeption verständigt, mit der Bitte, euch sofort zu benachrichtigen. Nach der Stadtbesichtigung sind wir am Marktplatz auch noch eingekehrt. Das hat gedauert, weshalb wir leider erst verspätet ins Hotel zurückgekehrt sind."

„Und mal zu überlegen, ob ihr uns nicht direkt informieren könntet, darauf seid ihr nicht gekommen. Ganz abgesehen davon, dass es dafür Handys gibt!"

„Paul, jetzt komm doch mal runter!", suchte Klaus seinen Kollegen zu beruhigen, wobei er eine leicht spöttische Miene zeigte. „Es ist doch überhaupt nichts passiert. Wir sind doch keine kleinen Kinder, auf die man aufpassen muss, oder?"

Darauf konnte Paul nichts erwidern. Der Verdacht von Klaus, einfach nicht verstanden worden zu sein, wirkte ernüchternd. Er drehte sich abrupt um und lief stracks zur Treppe, er wollte nur noch in sein Zimmer.

„Wir hätten die tatsächlich nicht mitnehmen sollen!", sagte er leise zu sich, als er schon oben war. Einer weiteren Radtour mit den Benders würde er in diesem Moment nicht noch einmal zustimmen, war er sich sicher.

Wie diese Auseinandersetzung bei Klaus gewirkt hatte, erfuhr Petra in ihrem Zimmer. Dort brach seine ganze Wut und Enttäuschung aus ihm heraus, auch weil sein Kollege ihm unterstellte, Benno nicht korrekt verstanden zu haben. Plötzlich redete er nur noch von falschen Freunden, über die er sich auf das Heftigste beklagte.

„Kann es sein, dass uns dieser Benno mit seiner Tusnelda tatsächlich verarschen wollte? Sieht ganz so aus, oder sehe ich deiner Meinung nach nur wieder eine Verschwörung?"

Diesmal legte er sich noch lange nicht ins Bett, sprang immer wieder von der Bettkante auf und lief im Zimmer umher. Was Benno Klaus erklärt hatte, wusste Petra nicht, aber auch sie wollte inzwischen nicht ausschließen, von dem und Rosa gezielt gemobbt zu werden.

Jetzt versuchte sie mit aller Kraft, ihren Mann ins Bett zu ziehen, um ihn ganz fest an sich drücken zu können.

Das war gar nicht so einfach. Der kämpfte immer noch mit seiner Wut und damit auch gegen alle Beschwichtigungsversuche seiner Frau. Pauls belehrender Ton hatte ihn zusätzlich aufgebracht. Und so konnte er kaum einschlafen. Er richtete sich erneut im Bett auf, und dann passierte mit ihm etwas, was Petra schon lange nicht mehr erlebt hatte. Sie spürte das Zittern, das seinen gesamten Oberkörper packte, und die Tropfen, die ihre Arme benetzten.

„Es macht doch überhaupt keinen Spaß, wenn wir in diesem Klima nebeneinander radeln. Und selbst wenn wir uns genau an deren Fahrrhythmus anpassen, wird das kaum helfen", wehrte er sich gegen ihre Umarmung. „Jetzt steht nicht mal Paul auf unserer Seite."

Petra wollte dem nicht widersprechen, sie ahnte, dass sie bei Klaus nichts erreichen würde. Dennoch hoffte sie, dass die beiden letzten Etappen noch eine Wende bringen könnten.

★★★

Am Morgen beim Frühstück kam Benno mit einem Vorschlag, wobei es ihn nicht störte, dass die Benders noch nicht erschienen waren.

„Gestern Abend haben wir im kleinen Kreis diskutiert, ob wir Klaus und Petra nicht vorschlagen sollten, dass die unabhängig von uns die Tour zu Ende fahren sollten. Zwischenziele könnten wir gemeinsame abstimmen, wo wir uns dann treffen. Morgens und abends im Hotel sehen wir uns ohnehin."

Das war umständlich formuliert der Wunsch, ohne Klaus und Petra weiterfahren zu wollen. Zumindest Paul verstand das so und brauchte kaum Zeit zum Nachdenken, um darauf zu antworten. Bennos Idee, sich nur im Hotel zu treffen, aber tagsüber getrennt zu fahren, hielt er für absurd. Es widersprach seiner Vorstellung vom Umgang in der Gruppe. „Wer ist denn wir?", fragte er ungewöhnlich scharf.

„Na ja, Rosa, Beatrix, Lars und ich halt", klang Benno schon etwas verunsichert. Er nickte den Genannten zu, hoffte aber vergeblich bei denen auf ein sicht- oder hörbares Signal der Unterstützung.

„Habt ihr auch darüber diskutiert, wie das funktionieren soll? Im Hotel treffen wir uns, und tagsüber gehen wir uns aus dem Weg. Wie soll das funktionieren?", hakte Paul unerbittlich nach.

„Das ist nun wirklich kein großes Problem. Im Hotel sind wir sowieso zusammen. Und auf der Tour können die ihr Tempo fahren, wie sie wollen!", mischte sich Rosa aggressiv ein. „Darum geht es doch gar nicht. Die passen einfach nicht zu uns, oder?"

„Nein, Rosa, vielleicht ist es genau andersherum", erwiderte Paul. „Aber bei mir kommt nur an, dass ihr die Benders künftig ausschließen wollt."

Er schaute in die Runde, in der alle jetzt betreten schwiegen.

„Leute, wir sind doch als eine Gruppe gestartet, wer ist denn dafür, ganz direkt gefragt, dass Petra und Klaus die letzten Etappen allein fahren müssen?"

Die Stille blieb, und Paul meinte deutlich zu spüren, dass er nicht alle Freunde auf seiner Seite hatte. Die Benders schienen weit weniger akzeptiert zu sein, als er angenommen hatte, was jetzt nochmals Beatrix betonte.

„Das passt einfach nicht richtig, mit denen zusammenzufahren. Keine Etappe bisher, wo es nicht irgendein Problem gab."

„Und wie der sich immer aufbläst mit seiner tollen Norwegen-Radtour …", maulte Rosa.

„Was ist jetzt?", fragte Paul ungeduldig die Runde und schien Rosas Bemerkung gar nicht zu beachten. Jeden Moment könnten die Benders erscheinen, und die Situation wäre noch peinlicher, als sie ohnehin für Paul schon war. „Wenn die künftig allein fahren sollen, dann muss das jemand von uns denen auch beibiegen. Und der werde nicht ich sein!"

Wahrscheinlich hatten genau das alle von Paul erwartet, denn keiner wagte, sich zu melden.

Dass jetzt Klaus und Petra erschienen, beendete zwar ihre Diskussion, nicht aber den offenen Dissens zwischen den Freunden. Nur wagte keiner in der Runde im Beisein der Benders, das Thema fortzusetzen. Stattdessen verschwand jetzt einer nach dem anderen in sein Zimmer, um sich für die weitere Fahrt vorzubereiten.

„Haben wir euch gerade gestört?", frage Petra Paul misstrauisch, die sich über die Stille am Tisch bei ihrem Eintreten gewundert hatte.

„Ach was! Alles bestens!", erwiderte Paul wahrheitswidrig und suchte ebenfalls schleunigst in sein Zimmer zu kommen.

Wenn die Benders etwas bemerkt hatten, so ließen sie es sich bei der Vorbereitung für die Etappe nicht anmerken.

Als Klaus Benno zu der Konfusion vom Vortag befragte, zeigte der sich ahnungslos. „Was meinst du, von einer Streckenänderung habe ich nicht geredet. Da hast du etwas falsch verstanden." Damit drehte sich Benno abrupt ab, sprang auf sein Rad und fuhr los. Die anderen Freunde nahmen das als Startsignal und folgten dessen Beispiel.

Klaus und Petra fuhren mittendrin und suchten sich an den Gesprächen zu beteiligen, was allerdings nur zäh gelingen wollte. Wenn jemand auf ihre Beiträge einging, dann hörte sich das eher desinteressiert an, gelegentlich warteten sie sogar vergeblich auf eine Reaktion. Oft liefen die Gespräche an ihnen vorbei.

„Ich glaube, dass dir das Radfahren nichts ausmacht, so wie du drauf bist!", sagte Klaus zur neben ihm fahrenden Beatrix, was er sofort bereute, weil er solche flachen Sprüche selbst nicht mochte. Sie empfand seine Worte wohl ähnlich, was sie prompt erkennen ließ. „Was soll das jetzt heißen?", antwortete sie unwillig, als vermutete sie hinter seiner Rede eine Art Anmache.

„Sollte nur ein Kompliment von mir sein, Beatrix", versuchte er sofort abzuwiegeln.

„Merkwürdiges Kompliment! Siehst du unter uns jemanden, der nicht gut drauf ist?", erklärte sie kopfschüttelnd.

„Es sollte wirklich nur ein Kompliment sein, ich wollte weder dir noch den anderen zu nahe treten. War wohl nichts", resignierte Klaus. Klar war, dass er wieder einmal den falschen Ton getroffen hatte. „Aber mich interessierte, wie ihr euch auf so eine Radtour vorbereitet. Mit Petra haben wir extra noch an einem Spinning-Kurs …"

„Oh Gott!", unterbrach sie ihn jetzt genervt. „Davon hattest du uns schon sehr ausführlich erzählt, Klaus, gibt's noch andere sportliche Großtaten, die wir noch nicht kennen?"

Da war er wieder, der abschätzige und unwillige Ton, den er so verabscheute. Er hätte besser das Gespräch von sich aus beenden sollen. Nur: So souverän war er zumindest jetzt nicht, er versuchte prompt, ihre Unhöflichkeit zu kontern.

„Im Moment fällt mir nichts ein. Ich will dich auch nicht mit meinem lockeren Plaudern überfordern. Muss ja nicht verstehen, was dich gerade verärgert und dich so unhöflich reagieren lässt. Irgendein Problem mit dir, von dem ich besser wissen sollte?"

Sympathiepunkte brachte ihm das bei Beatrix sicher nicht. Sie ließ jetzt unverhohlen ihre Antipathie hervorblitzen. „Weißt du, nicht nur ich halte dich für ziemlich aufgeblasen, wenn du nach meiner Meinung fragen solltest ...!"

Das reichte Klaus, er scherte abrupt mit seinem Rad so weit aus, dass er mit angezogenem Tempo an den vor ihm radelnden Mitfahrern vorbeiziehen konnte.

Am liebsten hätte er jetzt sofort das Rad zur Seite geworfen und die gemeinsame Radtour beendet. Seine Hände umklammerten so fest die Lenkergriffe, dass sich die Handknöchel deutlich zeigten. Wie sehr ihn inzwischen solche Wortwechsel forderten, merkte er an seinem gefühlt verstärkten Puls, an der Hitze im ganzen Körper, die ihm den Schweiß ins Gesicht trieb. Schnell bildeten sich auf der Haut Schweißperlen, die von seinem Hemd aber aufgesogen wurden.

Er sah sich gedemütigt, meinte, in der Gruppe als Blender zu gelten, den sie nicht ernst nahmen. Und das erfuhr er vor allem durch zwei Frauen, die sich hinreichend in der Gruppe geschützt wähnten, um ihm solche groben Unhöflichkeiten zu servieren. Er vermutete, dass alle anderen deren Haltung teilten.

Schon fast wieder an der Spitze, bremste er nochmals sein Rad ab und ließ sich zurückfallen, bis ihn Petra eingeholt hatte. Die hätte ihm ebenfalls von einer frustrierenden Unterhaltung erzählen können, bei ihr mit dem Ehepaar Inge und Andy Schubert. Sie hatte es sogar aufgegeben, mit denen weiterzureden.

„Was ist?", wollte die von ihm wissen, worauf er nur den Kopf schüttelte. Dann erst erzählte er, was er mit Beatrix erlebt hatte.

„So macht's für uns keinen Spaß! Wir sollten lieber allein weiterfahren", sagte Petra endlich leise zu ihrem Mann, der immer noch mit seiner Empörung kämpfte. „Hörst du, ich habe keine Lust mehr, mit denen zusammenzufahren. Sollen wir nicht besser nach dieser Etappe von uns aus die Tour abbrechen?"

„Die sind wahrscheinlich nicht nur sauer wegen gestern Abend, die haben wohl grundsätzlich etwas dagegen, dass wir hier mitradeln", erwiderte Klaus endlich, ohne auf ihren Vorschlag einzugehen. „Warte erst mal ab! Wir können im Moment ohnehin nichts ändern. Vielleicht fällt uns noch was ein!"

Es arbeitete in seinem Kopf, dass sie beide nichts hatten, womit sie sich gegen dieses Mobbing von einigen Teilnehmern zur Wehr setzen könnten, das frustrierte ihn. Wie bei heftigem Stress fühlte er einen dumpfen Druck in der Magengegend, gegen den er hilflos war. Nicht einmal die Tour abbrechen bot einen Ausweg. Das Gefühl, schmerzhaft mit einem Poller zusammengeprallt zu sein, vermochte auch seine Frau nicht zu verändern. Eine Niederlage war es für ihn, was sonst?

So gestimmt, beschleunigte er wieder seine Fahrt, indem er sich sogar aus dem Sattel stemmte, um kräftiger in die Pedale zu treten. Was er vorhatte, erschloss sich Petra nicht. Sie sah nur, dass er sich an die Spitze setzte und davor kurz mit Paul redete. Und wenig später geriet er aus ihrem Blickfeld, weil er rasch hinter einer Wegbiegung verschwand. Irgendeiner in der Gruppe, der das beobachtet hatte, klatschte sogar dazu Beifall.

Schon wenige Augenblicke später entschieden sich die Freunde für eine Pause und suchten einen Rastplatz. Keine fünfhundert Meter weiter an einer freien Fläche am Ufer mit einem Tisch und Bänken hielten sie an.

„Was hat dir Klaus gesagt?", fragte Petra Paul. „Er wollte vorausfahren, weil er im nächsten Ort seine Schaltung überprüfen lassen will. Das passt ja gut, weil wir gerade eine Pause machen wollen", erklärte er ihr lapidar. „Den holen wir dann dort wieder ein."

Petra war verwundert, denn von einem Problem an seinem Rad hatte ihr Klaus nichts gesagt. Und die Strecke bis zum nächsten Ort schätzte sie recht lang ein, weshalb ihr seine Idee, vorauszufahren, wenig einleuchtend erschien.

★★★

Klaus hatte mit Paul kurz darüber gesprochen, warum er vorausfahren wollte. Aber es gab sicher kein Problem mit seiner Fahrradschaltung. In der kleinen Stadt lag das Fahrradgeschäft direkt an ihrer Strecke, an dem er aber vorbeifuhr.

Ihn drängte es, einen möglichst großen Abstand zur Gruppe zu gewinnen, mit denen nicht sprechen und die nicht ständig sehen zu müssen. Mit zunehmender Distanz fühlte er sich befreiter, der Druck in seiner Magengegend verschwand und statt weiter im Kreisdenken zu verharren, richteten sich seine Überlegungen mehr darauf, wie er die Fahrradtour ohne Peinlichkeit oder gar Streit beenden könnte. Die Diskussion beim Frühstück kannte er nicht, und sein Gefühl schwankte hin und her. Mal sorgte er sich, dass die Gruppe ihnen den vorzeitigen Abbruch verübeln könnte, dann aber meldete sich sein Mobbing-Verdacht, der sich bei ihm durch die Vorfälle in den vergangenen Tagen verstärkt hatte.

Er hielt ein unstetes Tempo. Hatte er gerade wie wild in die Pedalen getreten, bis ihm die Beine schmerzten, so bummelte er gleich darauf, dass er drohte umzukippen. Und dann schrie er auf, was für idiotische Mitfahrer er hätte und wie er sich nur auf diese Tour hatte einlassen können.

Dass er so emotionsgeladen kaum rational agieren könnte, nahm er gar nicht wahr. Die Aussicht auf das schnelle Ende der Tour hatte für ihn nicht nur etwas Befreiendes, es verteilte auch die Schuld an dieser missglückten Unternehmung völlig anders. Es weckte bei ihm den Wunsch, die Gruppe das vermeintliche Scheitern spüren zu lassen. Das war möglicherweise entscheidend für das, was ihn kurz darauf an Bösartigkeit einfiel.

Er folgte am Ende der Ortschaft einem gut befahrbaren Radweg, bis eine Absperrung ihn unvermittelt daran hinderte weiterzufahren. Ein an einem Holzgestell befestigtes Hinweisschild wies Radfahrer an, nach links in einen schmalen Feldweg einzubiegen. Er stieg vom Rad und überlegte – nicht über die Bedeutung des Schildes, die war ihm klar. Prüfend hob er das Absperrgestell an einem Ende etwas an. Mühelos konnte er es anheben, und da es klappbar war, würde er es problemlos versetzen können.

Warum die Straße für Radfahrer gesperrt worden war, konnte er nicht erkennen, sein Navi wollte ihn an dieser Stelle weiter geradeaus fahren lassen.

Eine Idee setzte sich bei ihm fest, er könnte mit dieser Umleitung der Gruppe eins auswischen. Es war schlicht ein Rachegedanke, der ihn antrieb. Er wollte das Holzgestell genau vor dem Feldweg aufstellen. Ob diese plumpe Irreführung funktionieren würde – da war er nicht sicher. Auf einmal hatte er es eilig, beeilte sich sogar, um die Absperrung an ihren neuen Platz zu transportieren.

Wie sehr die Aktion von Rache getragen wurde, spürte er nach wenigen hundert Metern. Er hielt nochmals kurz an, schaute sich um und musste lachen. „Das habt ihr euch verdient!", rief er laut, weil ihn niemand hören würde.

Jetzt fiel ihm ein, dass seine Frau ebenfalls betroffen sein würde. Er zögerte, ob er wirklich so eine Bösartigkeit begehen oder nicht besser alles zurückdrehen sollte.

Vielleicht sorgte er sich, von den anderen bei seiner Manipulation erwischt zu werden, von denen er annahm, dass die bald zu ihm aufschließen könnten. Jedenfalls fuhr er doch weiter, erst langsam, aber dann immer entschlossener.

Er hatte sich überhaupt nicht damit aufgehalten, im Navi zu prüfen, was die Fahrt über die Straße für die Gruppe bedeuten könnte. Ob dieser Umweg beträchtlich war oder es später noch eine alternative Abkürzung geben würde, das hatte ihn nicht gekümmert. Der Feldweg, den er jetzt fuhr, war nicht nur der kürzeste, sondern der vom Tourenveranstalter vorgeschlagene Radweg zu ihrem Zielort. Das hatte er nicht bedacht oder überprüft.

Was Klaus ebenfalls nicht wissen konnte, war, dass diese Straße noch eine unangenehme Überraschung für die Gruppe enthielt.

Das alles belastete ihn im Moment wenig. Der große Ärger war inzwischen zwar abgeklungen, aber die Abneigung gegen einige Mitradler hielt sich bei ihm. Das begrenzte auch sein schlechtes Gewissen. Nur der Gedanke an Petra bekümmerte ihn, der er eine längere Tour gern erspart hätte. Die müsste diese Strecke bewältigen, obwohl es sie konditionell an ihre Grenzen bringen könnte. Für die Batterien der E-Bikes, mit denen einige Kameraden unterwegs waren, sah er keine Probleme.

„Mal sehen, wann sie dann heute am Ziel ankommen!", rief er laut, und der Gedanke an die Radfahrkollegen, die nichts ahnend irregeleitet würden und lange strampeln müssten, gefiel ihm mehr und mehr. Das wurde auch nicht dadurch getrübt, dass er Regenwolken aufziehen sah. Es würde am Abend regnen, und sicher würde die Gruppe davon nicht verschont bleiben.

„Wenn es heftiger regnen sollte, müssen sie sich notfalls irgendwo unterstellen", sagte er im sicheren Gefühl, davon nicht betroffen zu sein.

Der Himmel verlor mehr und mehr sein Blau, die untergehende Sonne steckte hinter dicken Wolken verborgen, es wurde dunkler. Der Wind frischte in Böen so merklich auf, dass er kräftig dagegenhalten musste. Rechts und links von ihm erstreckten sich offene Felder, was ihn ungeschützt dem Wind aussetzte.

„Hoffentlich bereue ich meinen Einfall heute Abend nicht, lange nachgedacht habe ich nicht!"

★★★

In der kleinen Stadt wunderten sich alle, dass Klaus nicht zu finden war. Sie hielten am Fahrradgeschäft und erfuhren dort nur, dass niemand sich im Geschäft gemeldet hätte.

„Dann hat er sein Problem anders lösen können", bemerkte einer aus der Gruppe. „Aber typisch, dass Klaus ohne zu halten gleich weitergefahren ist."

„Wir sollten auch weiterfahren", drängte Paul, der die entfernt aufziehenden Wolken sah und sicher mit baldigem Regen rechnete. „Wenn wir nicht nass werden wollen, dann sollten wir jetzt zügiger fahren. Wahrscheinlich schaffen wir das noch rechtzeitig, bevor es zu regnen beginnt. Wir haben ja bereits zwei Drittel der Strecke zurückgelegt, und gleich werden wir von der Straße in einen Feldweg abbiegen müssen. Wenn wir uns beeilen, dann sollten wir es trocken ins Hotel schaffen."

Das Hinweisschild für Autos am Ortseingang hatte keiner von ihnen beachtet. Das wies auf eine spätere Sperrung der Landstraße hin und verwies auf eine Umleitung für Kraftfahrzeuge. Abgelenkt durch Gespräche und in der Annahme, dass Radfahrer nicht betroffen sein würden, hatten sie diese Hinweise schlicht ignoriert. Der geringe Autoverkehr hätte ihnen am Ortsausgang auffallen können, sie beachteten es aber nicht.

Bei der Abzweigung in den Feldweg hielten sie an. Ihnen war unklar, ob sie der Straße weiter folgen oder in den Schotterweg abbiegen sollten, vor dem jetzt das Holzgestell mit dem Hinweisschild stand, das Klaus dort hingestellt hatte. Eine längere Diskussion entbrannte vor allem zwischen denen, die solche Schilder gern mal ignorierten und denen, die die normalerweise respektierten. Einige Freunde erinnerten sich jetzt an den Warnhinweis im Ort, nur meinten sie, dass der sich ausschließlich an Kraftfahrzeuge gerichtet hätte. Leider boten ihre Navigationssysteme auch keine Alternativen an. Die und auch die Routenbeschreibung des Veranstalters empfahlen übereinstimmend, in den Feldweg einzubiegen. Klaus' Manipulation verursachte eine ziemliche Ratlosigkeit, was die nicht enden wollende Diskussion zeigte. Unklar blieb, ob sie später noch eine weitere Abzweigung finden würden.

„Wenn wir der Straße folgen, dann werden wir deutlich länger bis zum Hotel brauchen", behauptete Lars, der intensiv sein Navigationssystem studierte.

„Aber wenn der Feldweg gesperrt ist, dann bleibt uns doch gar keine andere Wahl. Umsonst haben die doch diese Absperrung nicht aufgebaut", widersprach ihm Benno.

„Er hat recht!", pflichtete Beatrix ihm bei, was erstaunlich war, da sie weder über ein Navigationssystem verfügte noch sich die Mühe machte, die Touren-Unterlage zu studieren. „Also ich fahre nicht auf einem Weg weiter, der gesperrt ist."

„Was machen wir?", fragte Paul in die Runde, weil er diesmal nicht allein entscheiden wollte.

Eine Weile zögerten diejenigen, die eher auf dem Feldweg trotz Absperrung hätten fahren wollen, knickten aber dann ein.

„Also los, folgen wir der Straße", gab sich Lars widerstrebend zufrieden. Der hatte sich vor allem über Beatrix' leichtfertige Unterstützung für Benno geärgert. „Hoffentlich stoßen wir noch auf eine andere Abzweigung!"

„Auf der Straße kommen wir zumindest zügiger voran als auf diesem Schotterweg", bemerkte Benno und fuhr los.

„Allerdings wissen wir nicht, was das für unsere Fahrstrecke bedeutet, die wird möglicherweise deutlich länger sein", sorgte sich Paul in Gedanken.

Wenig später saßen sie alle wieder im Sattel und versuchten in Erwartung des Regens, das Tempo zu steigern.

Inzwischen kämpften sie auch gegen einen schärferen Wind an. Angenehm war nur, dass auf dieser Straße überhaupt kein Autoverkehr herrschte. So konnten sie zumindest nebeneinander fahren. Der Regen hatte sie noch nicht erreicht.

Und dann bemerkten es die Voranfahrenden zuerst. Es gab Schilder, nur konnten sie auf die Entfernung kaum erkennen, was die ankündigten. Und fast im selben Moment fielen schon die ersten Tropfen, verstärkten sich sehr schnell zu einem veritablen Regenguss. Nirgendwo sahen sie eine Möglichkeit, sich unterzustellen. Es war bereits dunkel geworden, und sie waren spät dran.

Aber nicht der Regen war ihr primäres Problem, direkt vor ihnen überquerte die Straße einen Zufluss des Neckars. Die Brücke war offensichtlich in der Mitte eingebrochen, eine Überquerung gab es nicht. Dabei war es nicht einmal ein breiter Fluss, sondern nur ein Bach, der in ihren Navigationssystemen gar nicht aufgeführt wurde. Jetzt verwehrte er ihnen aber die Weiterfahrt. Niemand hatte die leiseste Idee, wie sie diesen Wasserlauf trockenen Fußes überqueren könnten.

Einer ihrer Kameraden schlug vor, etwas abseits der eingestürzten Brücke den Bach zu durchwaten, was bei den Frauen sofort auf Ablehnung stieß. „Bestimmt gehe ich da nicht rein, schon gar nicht mit dem Fahrrad! Der Bach könnte ziemlich tief sein, und wenn wir ausrutschen …"

Dieser Einwand klärte sofort jede weitere Diskussion in dieser Richtung, und gleich darauf kam der Vorschlag, dem Wasserlauf entlang zu folgen, um nach einer anderen Überquerungsmöglichkeit zu suchen. „Vielleicht finden wir doch noch einen Steg", warf Lars ein.

Unschlüssig verharrten sie vor der Brückenabsperrung. Die Erfolgsaussicht von Lars Vorschlag erschien ihnen aber zu vage. Und jetzt nahm der Regen an Stärke zu, die Suche nach einer passenden Möglichkeit, sich unterzustellen, wurde dringlicher.

Das unangenehme Gefühl, vom Regen kräftig durchnässt zu werden, überdeckte ihren Ärger über ihre Entscheidung, der Straße gefolgt zu sein. Noch erhob keiner einen Vorwurf an die, die für die Landstraße plädiert hatten.

„Wir können doch nicht mit unseren Rädern am Bach entlang nach einer Überquerung suchen", meinte Paul, der sofort eingesehen hatte, dass sie zurückfahren müssten. „Wir müssen zurück, um dann doch über diesen Feldweg zu fahren."

„Das kostet uns fast eine weitere Stunde", entrüstete sich Beatrix, die zwar auch keine Alternative sah, aber in diesem Moment richtig wütend wurde über die Aussicht, umdrehen zu müssen. Und jetzt richtete sich ihre Enttäuschung doch auf ihren Mann, dem sie fälschlicherweise die Schuld an ihrer Entscheidung zuschob. „Das hast du uns eingebrockt!"

„Wir haben keine andere Wahl. Besser, du findest dich damit ab, Beatrix. Die Brücke geht nicht, und nach einem Steg zu suchen, halte ich für aussichtslos. Eine andere Brücke oder einen Steg zu finden, wird uns sicher mehr Zeit kosten, als zurückzufahren." Was Paul sagte, sahen schließlich alle ein.

Plötzlich hörten sie ein Fahrzeug sich nähern und sahen schon von Weitem das eingeschaltete Blaulicht. Der Polizeiwagen ließ kurz sein Martinshorn aufheulen, bevor er direkt vor der Absperrung zum Stehen kam.

Einer der Beamten rief ihnen durch die geöffnete Seitenscheibe zu, warum sie dieser doch gesperrten Straße gefolgt seien.

„Wir wollten den Feldweg nehmen, aber da stand uns eine Absperrung im Weg!", rief Benno verständnislos zurück.

„Absperrung? Der ist doch nicht gesperrt!", erwiderte der Beamte verwundert. „Sie müssen sich irren!"

Jetzt wollten sie es genauer wissen und verlangten von dem Polizisten eine Erklärung, denn keiner von ihnen meinte, sich geirrt zu haben.

„Glauben Sie mir", entgegnete der. „Den Feldweg können zurzeit sogar Autos nutzen, bis dieser Brückenschaden behoben sein wird. Wohin wollen Sie denn eigentlich?"

Als die beiden Polizisten von ihrem Zielort hörten, schauten die sich kopfschüttelnd an.

„Da müssten Sie aber auf dieser Straße einen riesigen Umweg fahren, sicher mehr als zehn Kilometer zusätzlich!", erklärte ihnen der Polizist.

Jetzt schwand in der Gruppe jeder Anflug von Heiterkeit, und keiner fand sofort Worte, um seinem Ärger Luft zu machen.

„Sie meinen wirklich zehn Kilometer mehr?", fragte Lars ungläubig, der daran dachte, dass man ihm besser gefolgt wäre. „Wie kann das sein, dass die Absperrung genau vor diesem Weg aufgebaut ist?"

„Tja, vermute, dass das irgendein Witzbold gemacht hat, aber sicher keiner von hier. Wir gehen der Sache nach."

Paul hatte sich bereits damit abgefunden, dass sie die ganze Strecke zurückfahren müssten. Nur um auch seine zweifelnden Freunde davon zu überzeugen, erkundigte er sich bei den Polizisten nach einer anderen Route.

„Es gibt überhaupt nur eine sinnvolle Alternative, und dafür müssen Sie leider umkehren, bis zu diesem Feldweg. Hier jedenfalls kommen Sie nicht weiter."

„Und wenn wir diesem Graben über das Feld ein Stück folgen?", fragte Benno nach.

„Wie lange wollen Sie denn da suchen? Leider nein, Sie müssten schon sehr lange ihre Fahrräder über das Feld schieben, bis es einen Steg auf die andere Seite gibt. Vergessen Sie es, das ist keine Alternative."

Als sie jetzt zurückfuhren, redeten sie wenig miteinander. Unmut und Wut beschäftigte fast alle. Einige zerrissen in Gedanken diesen vermutlichen Witzbold, der sie in die Irre geleitet hatte, und grübelten darüber, wem solch eine blöde Idee eingefallen war. Andere, wie Benno, schienen dabei schon einen konkreten Verdacht zu haben. „Denkst du das Gleiche wie ich?", fragte er Rosa.

„Sehr wahrscheinlich. Und wir kennen das Arschloch!" Beatrix, die voran fuhr, hörte das und drehte sich kurz um. „An wen denkt ihr?", fragte sie.

„Wenn du uns fragst, ist nur einer für diesen miesen Witz verantwortlich", antwortete Benno.

„Wenn der das war …", erwiderte Lars, dem ebenfalls dieser Verdacht gekommen war. Komisch erschien ihm, dass Klaus im letzten Ort nicht auf sie gewartet hatte.

„Wenn er es war, dann muss er schon eine ziemliche Wut auf uns haben", bemerkte er.

„Was heißt Wut?", zischte Rosa, deutlich unwillig über Lars Worte. „Das ist ein aufgeblasenes und eingebildetes Arschloch!"

„Genau das hat er wohl bei all der Ablehnung ihm und Petra gegenüber empfunden. Was Wunder, wenn er es dann auch zeigt", gab Lars ungerührt zurück.

Weder den Lindners noch den Schlichters war bewusst, dass ihr lautes Zurufen jemand anderes mithörte, den dieses Reden erschreckte.

***

Keiner hatte auf Petra geachtet. Sie war zunehmend besorgt, aber auch verunsichert den anderen gefolgt, hatte stets nur geschwiegen, wohl darum bemüht, nicht aufzufallen.

Seit sie am Fahrradgeschäft erfahren hatte, dass Klaus dort nicht eingetreten war, fühlte sie sich in der Gruppe noch unwohler als vorher ohnehin schon. Und natürlich hatte sie sich gefragt, wieso ihr Mann einfach weitergefahren war, ohne auf sie zu warten. Und später an der Einsturzstelle der Überquerung konnte sie sich nicht erklären, wie es ihr Mann weitergeschafft haben konnte.

Mit ihrem Handy hatte sie nur dessen Mailbox besprechen können.

„Klaus, wo bist du jetzt? Irgendetwas stimmt mit der Strecke nicht. Unsere Freunde haben den Verdacht, dass jemand die Absperrung manipuliert hat. Warst du das? Melde dich bitte!"

Leider hatte sich Klaus nicht zurückgemeldet, was Petra kaum verstand. Normalerweise kontrollierte er sein Handy häufig. Warum nicht jetzt?, fragte sie sich.

Die Diskussionen über die weitere Fahrstrecke hatte sie wortlos verfolgt. Als dann sogar bei einigen ihrer Begleiter der Verdacht aufkam, dass Klaus die Strecke an der Abzweigung zum Feldweg manipuliert haben könnte, bekam sie das voll mit und versuchte sich fast unsichtbar zu machen. Sollte sie erklären, dass sie ebenfalls ihren Mann verdächtigte?

Sie ließ sich immer mehr zurückfallen, was aber keinem auffiel. Der Abstand zu den anderen wuchs so stetig, und jetzt in der Dunkelheit und dem anhaltenden Regen wäre es sogar schwer für ihre Mitradler gewesen, das zu bemerken.

Warum fiel sie überhaupt immer weiter zurück, setzte sogar gelegentlich das Treten in die Pedalen aus? Bereits vor Erreichen der Straßensperre hatte sie sich körperlich unwohl gefühlt, versuchte, sich das zunächst mit Müdigkeit und mit der negativen Stimmung gegen Klaus und sie zu erklären. Merkwürdig empfand sie jetzt auf der Rückfahrt die kurzen Aussetzer beim Sehen, die sie kaum den unzureichenden Sichtbedingungen zuschreiben konnte. Ohne diese fühlbare Ablehnung in der Gruppe hätte sie sich wohl den anderen anvertraut, so aber wagte sie das gar nicht erst.

Als dann endlich alle die Abzweigung zum Feldweg erreichten und ohne Halt dort einbogen, sah sie sich weit hinten und auf der Straße völlig allein. Der Abstand zu den Freunden war derart angewachsen, dass sie schon sehr laut hätte schreien müssen, um von den anderen gehört zu werden. Aber dazu schien sie gar nicht in der Lage zu sein.

Dass sie stattdessen immer weniger, fast stockend in die Pedalen trat, hatte seinen Grund nicht unbedingt in ihrer körperlichen Schwäche. Plötzlich wurde ihr regelrecht übel, sie empfand ein Kribbeln, erst im rechten Arm und dann in der Hand. Sie ließ einseitig kurz den Lenker los, um diesen Arm frei in der Luft hin und her zu schütteln, was das Taubheitsgefühl kaum änderte. Sie geriet dabei aber in einen Schlingerkurs und dadurch fatal dicht an das regennasse Gras am Rand. Den Straßenrand erkannte sie wegen der unzureichenden Beleuchtung an ihrem Rad ohnehin nur undeutlich, sah den daneben verlaufenden und Wasser führenden Graben ebenso wenig. Als hätte sie das Bewusstsein verloren, glitt sie seitlich vom Rad, rutschte die kurze Böschung hinunter, gefolgt von ihrem ebenfalls abgleitenden Fahrrad. Sie vermochte vielleicht nicht einmal das kalte Wasser unten im Graben zu spüren. Keinen Laut oder Hilferuf stieß sie aus, nichts dergleichen. Das hätte niemand aus ihrer Gruppe gehört, denn zu weit waren die ihr inzwischen davongefahren. Ihre linke Hand hatte einen Moment nur wirkungslos nach den Grasbüscheln der Böschung zu greifen versucht, ohne jedoch den Fall abbremsen zu können. Jetzt hinderte sie auch ihr Rad, sich frei bewegen zu können, und es fehlte ihr möglicherweise die Kraft dazu, sich von dem energisch zu befreien. Ob sie überhaupt den Sturz und ihre missliche Lage bewusst erlebt hatte, war nicht sicher, als sie mehrfach versuchte, zumindest ihren Oberkörper aus dem Wassergraben zu stemmen.

★★★

Der Regen hatte sich in ein feines Nieseln verwandelt, was trotzdem lästig war. Durchnässt waren sie inzwischen alle. Die Müdigkeit in den Beinen würden selbst die Fitteren unter ihnen nicht mehr leugnen wollen. Die Lichter des nahenden Zielorts hatten die Stimmung der Radler wahrnehmbar aufgehellt, was die wieder munter werdenden Gespräche zeigten. Es wurden selbst

Witze gerissen und laut gelacht. Dabei fühlten sich einige von ihnen tatsächlich sichtlich erschöpft, diese Etappe hatte die übliche Länge und Dauer überschritten. Einer von den Freunden verkündete, dass es gegenüber der geplanten Strecke fast zwanzig Kilometer mehr gewesen seien. Und statt wie sonst normal, am späten Nachmittag, am Zielort einzutreffen, erreichten sie heute ihr Hotel erst in der Dunkelheit.

Und wie sahen sie jetzt aus? Durchnässt durch den Regen waren sie alle, und das Durchfahren der vielen Pfützen auf dem Feldweg, die sie nicht hatten richtig erkennen können, hatte ihren Kleidern und Schuhen zugesetzt.

Niemand in der Gruppe vermisste kurz vor dem Ziel Petra. Als sei sie nie mitgefahren, schien sie schlicht vergessen zu sein.

Bei der Einfahrt in das hell ausgeleuchtete Hotelgelände sahen sie Klaus vor dem Eingangsportal in einer Pose stehen, die ihn für die Freunde provozierend und unpassend erscheinen ließ. Genauso hatten ihn einige in der Gruppe schon vorher oft empfunden.

Er hatte sich bereits umgezogen, war sogar geduscht, hatte seine Hände in den Taschen vergraben und grinste über das Gesicht, fast wie in einer Siegerpose. Es schien ihm große Genugtuung zu bereiten, sie so spät und ermattet zu sehen.

„Na, dann habt ihr es endlich auch geschafft!", rief er, bevor sie alle im Hof vom Rad gestiegen waren. Und das war genau das, was keiner der Angekommenen hören wollte. Wie in einer feindlichen Linie umkreisten sie ihn, ihre Räder neben sich haltend.

Es war Paul, der vor allen anderen die eine, aber wichtige Frage stellte: „Warst du das, Klaus, der uns in die Irre geleitet hat?"

Der musste die Frage gar nicht beantworten, aber gespürt haben, dass er bei allen in der Gruppe in diesem Augenblick verschissen hatte.

„Klaus, du bist raus", setzte Paul nach. „Morgen früh wollen wir dich und Petra nicht mehr dabeihaben!"

„Was soll das jetzt?", erwiderte der immer noch grinsend und schüttelte dann mehrfach ungläubig seinen Kopf. Er schien überhaupt nicht zu begreifen, was in den anderen vor sich ging.

„Wegen dieser Lappalie, ein kleiner Denkzettel, den ihr euch alle durch euer Verhalten mir und Petra gegenüber reichlich verdient habt, wollt ihr uns aus eurer Runde werfen?"

Als ihm keiner antwortete, wurde er regelrecht wütend. „Ihr seid solche Arschlöcher, wisst ihr das? Meint ihr, ich habe nicht eure Ablehnung gespürt, meint ihr das wirklich? Das nennt man Mobbing, hört ihr, Mobbing!"

„Du und Petra, ihr seid nicht mehr dabei!", wiederholte Paul und steuerte entschlossen mit seinem Rad an ihm vorbei zum Fahrradschuppen. Die anderen wollten ihm folgen, als Klaus auffiel, dass seine Frau fehlte.

„Wo ist überhaupt Petra?", rief er mit lauter Stimme den Freunden hinterher, die im Begriff waren, ihn im Hof allein stehen zu lassen.

„Petra!", rief er mehrfach, und das klang nicht mehr empört oder wütend, sondern fast wie in Panik. „Wo ist denn Petra?" Er rannte zur Straße und schaute vergeblich in die Richtung, aus der sie alle gekommen waren.

Paul, aber auch die anderen ließen jetzt ihre Räder stehen und liefen ebenfalls zu Klaus hin. Keiner hatte eine Antwort, wo sie Petra verloren hatten.

„Wir haben sie gar nicht mehr gesehen", meldete sich Lars, dem die Situation peinlich war. „Aber auf der Rückfahrt, ist sie da noch dabei gewesen?" Alle schwiegen, selbst das war ihnen nicht mehr sicher.

„An der Brücke habe ich sie stehen sehen, da schien sie völlig in Ordnung zu sein", erinnerte sich Carmen, die bereute, sie nicht angesprochen zu haben. „Es kann nur sein, dass sie unterwegs liegen geblieben ist und wir das nicht mitbekommen haben."

„Das wäre allerdings wenig schmeichelhaft für uns", stellte Paul nicht minder unangenehm berührt fest. „Wer hat sie als Letzter gesehen?" Die Auseinandersetzung oder seine Enttäuschung über Klaus' Verhalten schien erst mal völlig vergessen. „Leute, das kann doch nicht wahr sein! Keiner von uns weiß, wo Petra abgeblieben ist."

Wie verwandelt zeigte sich jetzt die Stimmung. Die Wut und Abneigung gegen die Benders wurde vom Unverständnis über ihr mögliches Versäumnis und von ihrem schlechten Gewissen überdeckt. Auf einmal schienen die beiden wieder Teil der Gruppe geworden zu sein.

„Klaus, das tut uns jetzt ehrlich leid", sagte Paul entschuldigend. „Soweit wollten wir es nicht kommen lassen."

Klaus hatte sein Handy hervorgeholt, während ihn die Gruppe dabei beobachtete, wie er abwechselnd das ans Ohr hielt oder auf das Display starrte.

„Entweder gibt es kein Netz, oder ihre Handybatterie ist leer, ich erreiche nicht mal ihre Mailbox!", erklärte er und schob sein Handy zurück.

Dann schlug Paul vor, noch etwas zu warten, da Petra vielleicht nur auf der Fahrt weit zurückgefallen war.

„Wir können sie im Ort suchen, vielleicht hat sie sich am Ortseingang verfahren", schlug Benno vor, der sich über die Gruppenneulinge meist negativ geäußert hatte. Jetzt wollte er sich sogar auf die Suche nach Petra begeben.

„Gut, das sollten wir machen!", zeigte sich Klaus unverändert beunruhigt und nervös, aber das bloße Warten ertrug er erkennbar weniger. „Ich fahre gleich mit, wartet, bis ich mein Rad geholt habe."

Auch Lars schloss sich Benno und Klaus an, während die anderen in die Empfangshalle zurückkehrten, aber nicht wagten, in ihre Zimmer zu verschwinden. Alle blieben erst mal dort stehen oder setzten sich auf die Sessel davor.

„Das ist wirklich Scheiße von uns", erklärte Paul kopfschüttelnd. „Ganz gleich, was Klaus da für einen Blödsinn gemacht hat, das darf nicht passieren, dass wir einen in der Gruppe einfach vergessen."

„Einen in der Gruppe", wiederholte Rosa leise, wie zu sich selbst. Ihr war eingefallen, dass ihre Antipathie stets nur auf Klaus und nicht auf Petra gerichtet war. Dass sie die, wie es aussah, im Stich gelassen hatten, hatte sie nicht gewollt.

Sie mussten nicht lange warten, so groß war der Ort nicht, keine halbe Stunde später kehrten Benno und Lars in die Empfangshalle zurück, Klaus war vor dem Hoteleingang stehen geblieben.

„Nichts", sagte Benno resigniert und ließ sich scheinbar ermattet neben den Sesseln auf den Boden fallen. Sie mussten in großer Hast in der Innenstadt herumgefahren sein, denn beide, er und Lars, schwitzten.

„Wir müssen uns etwas einfallen lassen. Einfach hier abwarten ist keine Option. Ich kann nur wie gestern die Polizei anrufen", erklärte schließlich Paul, den es drängte, ihre Suche auszudehnen. Und das schlug er den Freunden nach einer kurzen Denkpause vor.

„Unmöglich, dass wir den ganzen Weg zurück bis zur Absperrung nochmals per Rad absuchen", sagte Paul. „Das dauert erstens viel zu lange, und zweitens können wir ihr kaum wirksam helfen, sollte etwas Ernstes passiert sein." Was er sagte, war überzeugend, sie mussten rasch handeln, und das ginge nicht mit den Fahrrädern, waren auch die anderen in der Gruppe überzeugt.

Er suchte Klaus vor dem Hoteleingang, der draußen angespannt vor der gläsernen Drehtür hin und her lief. Ob er dort nur verharrte, in der Hoffnung, Petra als Erster zu empfangen oder den Kontakt zu den anderen seiner Gruppe im Moment nicht ertragen konnte, war unklar. Die hätten ihm vielleicht nicht abgenommen, dass er sich ausgerechnet jetzt seinen unsinnigen Scherz vorwarf, weil er damit, wie es aussah, vor allem seiner Frau geschadet hatte. Wächsern und bleich erschien sein Gesicht im Licht der Außenstrahler, die ihn voll erfassten.

Paul, der ihn durch die Tür musterte, meinte bei ihm ein Zucken des ganzen Körpers wahrzunehmen, so, als fröstelte er. Er verließ jetzt ebenfalls die Empfangshalle.

„Klaus, vergiss, was ich vorhin gesagt habe. Wir sollten alle gemeinsam beratschlagen, was wir tun können, um Petra zu finden."

Er hatte seine Hand auf dessen Schulter gelegt und zog ihn sogar etwas zu sich heran.

Ob Klaus das überzeugte? Sie kehrten jetzt beide nach drinnen zu den anderen zurück, die sofort ihr Reden unterbrachen und warteten, was die ihnen vorschlagen würden.

„Ihr habt recht, meine Aktion war Scheiße, habe ich gemacht, weil ich so wütend war." Klaus Stimme brach, er wendete seinen

Blick ab, rang um Fassung, bis er endlich weiterredete. „Aber jetzt geht es nur um Petra. Es muss ihr etwas passiert sein …"

Wieder brach seine Stimme, zeigte er eine Reaktion, die kaum einer der anderen von ihm erwartete. Er wischte sich vergeblich mit seinen Händen das Gesicht, konnte aber seine Tränen nicht verbergen. Die liefen so heftig über seine Wangen, dass die bald silbern glänzende Bänder neben den Nasenflügeln zeichneten.

„Wir sollten jetzt erst mal ein Taxi bestellen!", rief Lars. „Der kann uns die ganze Strecke, auch die über den Feldweg bis zur Absperrung vor dem Bach, zurückfahren. Irgendwo dort muss sie ja sein." Er sprang auf und lief zur Rezeption hinüber.

„Ich fahre da auf jeden Fall mit!", rief Klaus, der seine Beherrschung wiedergefunden hatte. Paul meldete sich ebenfalls.

Ein Taxi, das gerade einen Gast gefahren hatte, wartete zufälligerweise draußen, und der Wagen war frei. Paul ließ sich ein paar Handtücher und einen Bademantel von der Frau an der Rezeption geben, was ihm sinnvoll erschien. Es dauert nicht einmal fünf Minuten, bis die drei Männer schon im Auto saßen.

In der Halle blieben erst mal nur Rosa und Beatrix zurück, während die anderen mit nach draußen zum Taxi gelaufen waren. Beatrix hatte sich auf einen Sessel fallen lassen, und ihre Freundin war eher unschlüssig vor der Rezeption stehen geblieben.

„Was starrst du so auf das Fenster?", fragte Rosa Beatrix, die ihrem Blick zu folgen suchte.

„Sieh mal, da hat sich gerade eine Wespe in diesem Spinnennetz verfangen. Der rette ich jetzt mal ihr Leben!"

„Also, Beatrix, wirklich! Vergessen, dass diese Biester uns beinahe den Arsch zerstochen hätten?", schüttelte Rosa den Kopf. „Eine Wespe, man glaubt es nicht."

Ihre Freundin schien das nicht zu kümmern, sie stand jetzt auf, um zum Fenster zu laufen. Mit einem gezielten Wischer befreite sie die Wespe aus dem Spinnennetz. Die fiel nur leblos auf den Boden und blieb dort reglos leicht verkrümmt liegen.

„Sie ist ja auch schon tot", sagte Beatrix mit erstickter Stimme.

„Mein Gott, Beatrix." Rosa zog sie jetzt mit einem festen Griff zu sich herum. „Alles in Ordnung mit dir? Es ist nur eine Wespe, längst tot!"

„Was ist denn nur mit Petra passiert?", schluchzte die auf.

„Mensch, du spinnst ja! Hör auf damit!", versuchte sie Rosa zu trösten.

Sie schien ratlos, weil sie die heftige Emotion ihrer Freundin nicht begriff. Sie schüttelte sie an den Schultern. „Wir haben doch nichts falsch gemacht. Es war Klaus, dem wir diese Situation zu verdanken haben."

„Nein, es ist doch ganz anders!" Beatrix löste sich aus Rosas Umklammerung. „Erinnerst du dich denn nicht? Damit hat es doch angefangen, als wir fürchteten, dass uns diese Insekten beim Pinkeln den Hintern zerstechen könnten und Klaus das so blöde kommentiert hat. Das hat uns erst recht gegen ihn aufgebracht. Erinnerst du dich nicht, wie wütend wir auf ihn waren? Vielleicht wäre doch alles ganz anders verlaufen, wenn das nicht passiert wäre."

Rosa drückte ihre Freundin noch fester an sich. Sie sah es nicht so wie Beatrix. Sie erinnerte sich, dass ihre Abneigung beim ersten Zusammentreffen eingesetzt hatte, und die hatte sich allenfalls verstärkt. Das Erlebnis mit den aggressiven Wespen und Klaus blödem Spruch, das war später hinzugekommen.

★★★

Auf dem etwas rumpligen, von tiefen Fahrspuren durchzogenen Feldweg fuhr das Taxi eher zu schnell, was seine Fahrgäste mehrfach vergeblich monierten. Die hatten hier gerade so viel Licht und damit Sicht auf die Randbereiche der offenen Felder längs des Weges, dass sie die ein Stück weit nach rechts und links einsehen konnten. Es war trotzdem anstrengend, denn auch der inzwischen sternenklare Himmel bot kaum ausreichend Licht, um die nahe Umgebung auszuleuchten. Selbst das asymmetrische

Scheinwerferlicht drang nur einseitig auf den schmalen Randstreifen des Feldwegs durch.

Klaus hatte sich neben den Fahrer gesetzt, die beiden anderen saßen hinten und klebten fast mit ihren Gesichtern an den Seitenscheiben.

„Wieso ist Ihre Freundin eigentlich allein gefahren? Ich dachte, Sie wären als Gruppe unterwegs gewesen", störte auf einmal der Taxifahrer die Konzentration der drei Fahrgäste.

„Sie ist meine Frau!", antwortete Klaus genervt. „Allein ist sie ja auch nicht unterwegs gewesen!"

„Hmm, verstehe das dann erst recht nicht", brummte der Fahrer irritiert, der dabei seinen Beifahrer kurz von der Seite musterte. Die beiden anderen im Auto sagten lieber nichts.

„So, jetzt sind wir an der Abzweigung. Soll ich jetzt nach links abbiegen?", fragte der Taxifahrer wieder in sachlichem Ton.

„Ja, das ist die einzige Möglichkeit. Könnten Sie aber bitte ab jetzt langsam und möglichst auf der linken Fahrbahnseite fahren? Es kommt uns ja sicher keiner entgegen", gab Paul eine Anweisung.

Obwohl der Fahrer sich bemühte, jetzt Schrittgeschwindigkeit einzuhalten, schien Paul und Lars der Abstand bis zur gesperrten Brücke erstaunlich kurz zu sein. Sie glaubten, einen weitaus längeren Umweg geradelt zu sein.

„Das sind ziemlich genau sieben Kilometer gewesen von der Abzweigung in den Feldweg bis hierher zum Bach", erklärte ungefragt der Taxifahrer, der zu wissen schien, was seine Fahrgäste gerade überlegten.

„Nichts!", stieß Klaus resigniert aus und verstärkte so bei Paul und Lars deren schlechtes Gewissen.

„Wir fahren jetzt die ganze Strecke zurück. Irgendwo muss sie doch sein!", sagte er laut. „Notfalls laufe ich die ganze Strecke nochmals zu Fuß ab."

„Wie zu Fuß?", meldete sich der Taxifahrer zweifelnd. „Meinen Sie, dass ich da warten soll?"

„Wenn notwendig ja, Sie kriegen es doch bezahlt", entgegnete Paul, dem die Ungeduld des Fahrers auf die Nerven ging.

„Vielleicht hat sie auch nur die Abzweigung übersehen und ist weiter in Richtung Ortschaft gefahren", erklärte Lars, dem das durchaus plausibel erschien. „Wenn sie doch ein Problem mit ihrem Rad hatte oder wegen des starken Regens vorhin …"

„Die hätte dann doch sicher angerufen", erklärte Paul, der diese Meinung nicht teilte. „Erscheint mir sehr unwahrscheinlich. Das Radgeschäft hätte sie dann sicher bereits geschlossen vorgefunden."

Das Taxi hatte inzwischen gewendet und rollte erneut in mäßigem Tempo in Richtung der Abzweigung zum Feldweg. „An die Möglichkeit, dass sich ihre Frau von jemanden hat mitnehmen lassen, haben Sie auch schon gedacht …", bemerkte der Taxifahrer.

Alle drei hatten das nicht bedacht, und Klaus erschien das auch sofort als unsinnig. Wenn Petra sich von einem Auto hätte mitnehmen lassen, würde sie sich doch längst gemeldet haben, war er sicher. „Meine Frau würde mich dann sofort angerufen haben!" Über irgendetwas anderes wollte er gar nicht nachdenken.

„Fahren Sie so langsam, wie es geht! Und bleiben Sie dicht am Fahrbahnrand!"

Jetzt erst bemerkten sie den parallel zur Fahrbahn laufenden Straßengraben, der durch hohe Gräser und kleine Büsche leicht zu übersehen war. Keine Idee hatten sie, wie steil die Böschung abfiel und wie tief dieser Graben war.

„Halten Sie mal, bitte", befahl Klaus dem Taxifahrer, nachdem sie schon einige Kilometer gefahren waren. „Ich konnte kaum etwas neben der Fahrbahn erkennen. Besser, ich steige jetzt aus." Und nach dem Aussteigen ermahnte er den Fahrer, dass der hinter ihm herfahren sollte, damit er ausreichend Licht erhielte.

Klaus blieb oft stehen und beugte sich tief hinunter zum Graben. Auf dem rutschigen Gras wäre er einmal beinahe die Böschung hinuntergerutscht, konnte sich aber an einem Strauch festhalten. Resigniert schaute er sich mehrmals zu seinen beiden Gefährten im Auto um und schüttelte den Kopf. Schließlich stiegen die ebenfalls aus und folgten Klaus zu Fuß.

„Da liegt jemand im Graben!", rief Lars, der etwas voraus stehen geblieben war. Gleich darauf zog er heftig an irgendeinem Gegenstand.

Die beiden anderen rannten zu ihm, um ein Fahrrad hochzuziehen. Für Klaus war sofort klar, sie hatten unzweifelhaft Petras Rad geborgen. Dann stieg er runter in den Graben.

„Es ist Petra!", gellte Klaus' Stimme laut auf. Er kniete jetzt ungeachtet der Nässe direkt neben seiner Frau, deren Gesicht im Wasser lag. Er versuchte ihren Körper mit beiden Armen hochzuziehen. Ihre Beine, die sich zuvor offenbar im Fahrradrahmen verfangen hatten, waren jetzt frei. Er musste trotzdem Lars um Hilfe bitten, um seine Frau nach oben auf die Straße zu ziehen.

Petras Wangen berührend, nahm er die Kälte in ihrem Gesicht wahr. Er gewahrte die leblos herunterhängende Hand, nach der er griff. Und als er ihren Puls zu fühlen suchte, war ihm das unmöglich.

Hinter ihm drängten sich die beiden Gefährten und der Fahrer. Sie alle sahen im Licht der Scheinwerfer Petras feucht glänzendes Gesicht, deren Augen in den Himmel blickten, so als wäre sie noch bei ihnen. Klaus drückte ihren Körper an sich. Nur Paul begriff, was sie umgehend versuchen mussten. Fest entschlossen schob er Klaus beiseite, bettete Petras Oberkörper längs auf dem Grasstreifen am Straßenrand und fing an, kraftvoll mit beiden Händen übereinander rhythmisch ihren Brustkörper zusammenzudrücken. Mit Abständen presste er seine Lippen auf die ihren. Dazu holte er immer wieder tief Luft.

Wie oft? Als Paul sich langsam aufrichtete, glänzte sein Gesicht im Schein der Autolampen, Tropfen hatten sich auf seiner Stirn gebildet, die er jetzt wegwischte. Keiner sagte etwas, und einen Moment dauerte es, bis Klaus sich wieder neben seine Frau kniete. Der Taxifahrer, der Pauls Wiederbelebungsversuchen zugeschaut hatte, stieg zurück in sein Taxi und telefoniert mit der Polizei oder einem Rettungsdienst.

Paul und Lars blieben stehen, während Klaus kniend immer wieder ruckartig Petra an sich drückte, wobei er sein Schluchzen nicht beherrschen konnte. Keiner wollte ihn dabei stören, zu sehr war den anderen bewusst, dass sie ihn nicht trösten konnten.

Nur leise murmelte Paul zu sich, was das für eine verdammte Scheiße sei, die sie wohl alle zu verantworten hätten.

Eine Sirene ertönte, und rasch näherte sich ein Rettungswagen, gleich darauf erschien auch die Polizei.

„Lassen Sie uns kurz durch", sagte jemand in der typischen Kleidung eines Sanitäters oder Notarztes. Der Polizeibeamte, was für ein Zufall, genau der, den die Gruppe am Abend an der Absperrung angetroffen hatte, zog sie alle drei zurück, wollte mehr von ihnen erfahren.

Die Polizei fand am Morgen Kratzspuren und ausgerissene Grasbüschel an der Böschung, was für sie darauf hinwies, dass Petra noch um ihr Leben gekämpft haben musste. Nur ihr Rad, in dem sie sich verfangen hatte, und vielleicht ihre Panik hatten bewirkt, dass sie sich nicht selbst im Graben befreien konnte.

Eine spätere Obduktion stellte bei Petra einen rechtsseitigen Schlaganfall fest, Ursache für ihren Sturz, aber nicht für ihren Tod. Sie war im Graben ertrunken, was hätte verhindert werden können, wäre ihr rechtzeitig jemand zu Hilfe gekommen.

★★★

Es gab keinen Abschied. Die Etappe des folgenden Tages wollte niemand in der Gruppe fahren. Paul hatte das geahnt und den Veranstalter telefonisch darum gebeten, sie und ihre Räder bereits von ihrem jetzigen Hotel aus zu ihrem Ausgangspunkt der Tour zurückzubringen. Zum Frühstück waren sie alle außer Klaus erschienen, aber die Stimmung war so bedrückt, dass kaum gesprochen wurde. Jeder schien mit seiner ganz eigenen Aufarbeitung beschäftigt zu sein und wollte sich nicht darüber auszutauschen.

Wenn gesprochen wurde, dann waren es belanglose Bemerkungen oder einige Fragen zur Organisation der Rückfahrt. Paul wurde gefragt, ob Klaus Hilfe von ihnen benötigte, weil alle annahmen, dass er Kontakt zu ihm haben müsste. Der hatte von der Rezeption erfahren, dass Klaus noch einige Tage im Hotel bleiben wollte und keine Hilfe erwartete.

An Paul hatte er per WhatsApp geschrieben, dass er sich um Petras Überführung kümmern müsste und erst mal allein sein wollte. Später, so erklärte er, würde er sich nochmals ausführlicher melden. Im Schluss der Nachricht hieß es, dass er allen eine gute Heimfahrt wünsche.

Paul hatte gezögert, ob er den anderen diese WhatsApp vorlesen oder nur ein paar Worte darüber sagen sollte. Schließlich las er sie doch vor, und die betretene Stille, die dann erst recht eintrat, zeigte, wie sie alle das Unglück belastete.

Dass es nie wieder eine Radtour mit den Benders, schon gar nicht mit Petra, geben könnte, war jedem klar. Wie sie dem nochmals begegnen könnten, mochten sich einige von ihnen fragen. Zu viel war von Anfang an schiefgelaufen.

Klaus hatte in der restlichen Nacht gar nicht erst den Versuch unternommen, sich zum Schlafen hinzulegen. Es war schon Mitternacht gewesen, als ihn die Polizei zunächst zum Krankenhaus und dann zurück ins Hotel transportiert hatte, die beiden anderen waren ohne ihn mit dem Taxi zurückgekehrt.

Nicht nur die letzte Etappe war ihm durch den Kopf gegangen, aufgewühlt von seinen Gefühlen war er durchs Zimmer gelaufen. Er hatte angefangen, seine und ihre Sachen zu packen, obwohl doch klar war, dass er hier würde bleiben müssen, um alles zu regeln. Bei seiner Reisetasche hatte ihn auf einmal die Wut so ergriffen, dass er die einfach nochmals ausgekippt hatte. Alle Sachen waren auf dem Boden verteilt.

Früh hatte er sich ein Taxi gerufen und war zum Krankenhaus gefahren, wo man Petras Leichnam hingebracht hatte. Er hatte allein an ihrer Bahre in einem extra Raum verharrt, ihr ins Gesicht geschaut. Er hatte nicht geweint, womit er zuvor im Hotel nicht hatte aufhören können. Er hatte sich ihre Gesichtszüge genau einprägen wollen, die er meinte, so gut zu kennen. Aber da hatte er plötzlich viele Linien entdeckt, die ihm jetzt neu erschienen. Erst nachdem jemand an die Tür geklopft hatte und ihm mitteilte, dass Beamte ihn nochmals sprechen wollten, hatte er sich endlich von ihrem Anblick gelöst.

Er hatte das Gefühl, neben sich zu stehen, sich sogar selbst zu beobachten, als ihm die Polizei zum Unglück einige Fragen stellte. Er hatte die nur schwer ertragen, auch deren Verwunderung darüber, wie seine Frau unbemerkt hatte vom Rad in den Wassergraben stürzen können, wo sie ohne Hilfe ertrunken war.

Er hätte das gar nicht beantworten können, hatte stattdessen von seiner Schuld gesprochen, von seinem blöden Einfall, was die Beamten noch mehr verwirrt hatte. Am Ende fragten die ihn ernsthaft, ob er nicht eine Anzeige wegen unterlassener Hilfeleistung stellen wollte.

„Anzeige erstatten?", hatte er ungläubig zurückgefragt. Da hatte er schon seine Stimme verloren und nur heftig mit dem Kopf geschüttelt.

„Ich wollte doch nur …", hatte er nochmals zu einer Erklärung angesetzt.

Was immer die Polizei über ihn dachte, sie äußerten es nicht. Die beendeten gleich darauf ihre Befragung. „Sie sollten zurück in Ihr Hotel fahren. Sie wollen heute sicher nicht nach Hause fahren, so wie Sie sich fühlen."

Im Hotel hatte die Frau am Empfang ihm ihr Bedauern ausgedrückt. Obwohl die Petra gar nicht kannte, zeigte die sich tief berührt und hatte Mühe, ihr Mitgefühl zu verbergen. Sie hatte sogar Tränen in den Augen, die sie sich mehrfach verstohlen wegwischte. „Ihre Freunde sind am Mittag abgeholt worden, die konnten nicht warten, weil der Bus vom Veranstalter sofort hatte weiterfahren wollen. Aber alle lassen Sie grüßen und sie würden sich bei Ihnen melden." Dann fiel ihr noch etwas ein. „Sie können hier so lange wohnen bleiben, wie es erforderlich ist."

★★★

Es waren sechs Wochen vergangen, der Herbst hatte deutlich die Gewalt über das Wetter übernommen, als Klaus erstmals wieder an seinem Arbeitsplatz erschien. Er hatte sich zunächst krankgemeldet und dann bezahlten beziehungsweise später unbezahlten Urlaub genommen. Er hatte die Zeit gebraucht, um zu trauen und teilweise, um zu regeln, was erforderlich war.

Seine Familie war ihm zur Seite gestanden, was ihm geholfen hatte. Trotzdem hatte er viel Zeit allein verbracht, einfach, weil er das brauchte. Erschüttert hatten sich alle gezeigt, und die fassungslosen Fragen seiner Umgebung hatte er kaum hinreichend beantworten können. Die hatte er sich auch selbst gestellt. Die eine Ursache oder die eine Erklärung für das Scheitern ihrer Fahrradtour hatte er nicht gefunden. Aber das Gefühl blieb in ihm haften, dass er mit seinem überheblichen und ungeschickten Verhalten die Ablehnung in Pauls Freundeskreis provoziert haben könnte. Er schob sich längst eine Mitschuld zu, dass er nicht unwesentlich zum katastrophalen Ende der Radtour beigetragen hatte.

Den Beerdigungstermin hatte er Paul ebenso wenig mitgeteilt, wie er auf dessen Kontaktversuche reagiert hatte. Mit den anderen Gruppenmitgliedern pflegte er ohnehin keinen Umgang. Der Bruch zu seinem Kollegen war ihm unvermeidlich erschienen. Er konnte sich eine Fortsetzung selbst eines losen Kontakts zu ihm und dessen Freunden nicht vorstellen. Die dünne Freundschaftsbasis hatte ja nicht einmal ausgereicht, die Radtour vernünftig zu Ende zu fahren. Eine vergleichbare Unternehmung würde es für ihn auf lange Zeit nicht geben, war er sich sicher.

2. DIE SUCHMELDUNG

Malte Thomas hatte es nicht eilig, wie noch am Vormittag, als er unbedingt pünktlich zu einem Termin in Hamburg erscheinen wollte. Doch jetzt war er gezwungen, sich Zeit zu nehmen.

Noch bis in die Nachmittagsstunden hinein hatte sich das Wetter an diesem Sommertag warm und trocken gezeigt. Nur am westlichen Horizont zeigten Zirruswolken eine Warmfront an. Etwas später verdichteten sich die Wolken am Himmel, und wer die beobachtet hatte, dem waren die Hinweise auf den heranziehenden Regen sicher nicht entgangen.

Inzwischen hatte sich der Niederschlag so verschärft, dass er wie eine Folie auf der Windschutzscheibe wirkte, der die Scheibenwischer nichts anhaben konnten.

Der böige Wind hatte Malte Thomas gezwungen, seine Geschwindigkeit zu reduzieren. Jetzt hinderten ihn auch noch die schlechte Sicht und die vielen LKWs vor ihm auf der Bundesstraße 4, schneller zu fahren. Die Reflexion der Scheinwerferlichter auf dem regennassen Asphalt irritierte ihn zusätzlich. Dunkelheit herrschte, obwohl es nicht einmal Abend war. Es regnete so heftig, wie vom Verkehrsfunk vorausgesagt, aber an diesem heißen Julitag war das für viele Menschen sogar eine Erfrischung. Malte prüfte kurz die geschätzte Ankunftszeit in der Navigationsanzeige, und die versprach heute einen beträchtlichen Zeitverlust.

Er war auf dem Weg zurück nach Hause von einem Termin in Hamburg. Er bereute in diesem Moment, dass er den Umweg über eine Landstraße hinein in die Lüneburger Heide genommen hatte, um dort Spuren eines bestimmten Laufkäfers, des Heidelaufkäfers, zu suchen. Das hatte nichts gebracht, aber viel Zeit gekostet, sonst wäre er sicher längst an seinem Ziel angekommen.

Er brauchte noch Fotos, die diese Käfer möglichst in ihrem natürlichen Lebensraum zeigten, so wie es seine Auftraggeber erbeten hatten. Da hatte die Sonne am Himmel noch geschienen, und die dunklen Kumuluswolken am Horizont hatten ihn nicht gekümmert.

Mit seinem Auftraggeber, eine noch junge IT-Firma in Hamburg, hatte er sich über seine Arbeit abstimmen müssen. Die entwickelte im Moment eine Applikation, für die er sein Wissen über Insekten beisteuern sollte. Mit diesen Tieren hatte er sich schon während seiner Tätigkeit als Professor für Biologie beschäftigt.

Die Firma hatte ihm eine Mitarbeit in ihrem neuen Projekt angeboten. Obwohl die Entwicklung einer App für ihn Neuland war, hatte er nur kurz gezögert und schließlich zugestimmt. Bisher war er immer nur Nutzer eines Smartphones oder Tablets gewesen. Technische Details dieser Geräte hatten ihn nie gekümmert. Jetzt war es eine Herausforderung für ihn, sich beim Sammeln des Materials stets der Beschränkungen dieser Geräte hinsichtlich Speicherplatz und Bildschirmgröße bewusst zu sein.

Das Treffen in Hamburg hatte ihn zusätzlich motiviert, weil er zum ersten Mal selbst einen Prototyp der App hatte testen können, in dem auch seine Beiträge präsentiert wurden. Das hatte ihm Spaß gemacht und seine anfängliche Skepsis gegen das ganze Projekt vergessen lassen. Die Entwickler hatten von ihm allerdings noch weitere Fotos und Beschreibungen von einigen heimischen Insekten gefordert, genannt hatten sie einen Laufkäfer, der in der Heide zu Hause war. An den hatte er nicht gedacht, weil er diesem kaum zwei Zentimeter messenden Käfer mit seinen golden glänzenden Flügeldecken keine große Bedeutung geschenkt hatte. Er vermutete jetzt, dass die zufällig in irgendeinem Internetartikel über dieses Tierchen gestolpert sein könnten, weil es auf der Roten Liste der speziell geschützten Insekten geführt wurde. Sicher schlossen die, dass eine Erwähnung in ihrer App wichtig wäre. Und vermutlich lagen sie mit ihrer Einschätzung richtig.

Auf der Rückfahrt hatte er sich spontan zu einem Umweg über die Lüneburger Heide entschieden. Den Zeitverlust hatte er ebenso verdrängt wie die geringe Wahrscheinlichkeit, einen solchen Käfer anzutreffen.

„Kann nur hoffen, dass ich diese jungen Leute nicht enttäusche."

Er war fast eine Stunde lang in die Heidelandschaft hineingewandert, dorthin, wo er hoffte, das Insekt aufzuspüren. Mit der Kamera in der Hand war er auf dem Boden herumgekrochen. Sein Optimismus, fündig zu werden, war begrenzt, denn erst wenige Tage zuvor hatte er in einem Fachblatt lesen können, dass die Käferpopulation in der Heide erheblich zurückgegangen war. Der Klimawandel und der Einsatz von Pestiziden in der Landwirtschaft wirkten sich auf die Häufigkeit von Käfern in der Lüneburger Heide negativ aus. Als selbst eine intensive Suche erfolglos blieb, wollte er schließlich aufgeben und überlegte, notfalls auf eine Wikipedia-Abbildung zurückzugreifen. Nur: Das hatte ihm widerstrebt, zumindest mangelnden Einsatz wollte er sich selbst nicht erlauben. Es ärgerte ihn, aber er würde mit Sicherheit die Suche nach dem Tier wiederholen.

Als er seine Bemühungen spät abbrach, hatten sich die Wolken am Himmel schon bedenklich zusammengezogen und der Wind erheblich aufgefrischt. Es fielen bereits die ersten Tropfen. Nur deshalb war er in dieses Unwetter geraten.

Im Auto hatte ihn die Meldung des Verkehrsfunks vor dem durchziehenden Regen gewarnt, der er aber wenig Beachtung schenkte, er erlebte ja, was der Sender verkündete. Im Vordergrundprogramm wurde irgendeine Geschichte gesendet, der er ebenfalls nur mit halbem Ohr zuhörte.

Er fixierte die Rücklichter des vor ihm schleichenden Fahrzeugs, dem er sicher zu dicht folgte. Zum rechtzeitigen Bremsen würde es hoffentlich reichen, war er dennoch überzeugt.

Im Radio ertönte eine Meldung, die ihn aufhorchen ließ. Er konnte die überhaupt nicht mit dem augenblicklichen Straßenverkehr und dem Wetter in Verbindung setzen.

„Gesucht wird die fünfzehnjährige Michaela Daniel aus Melbeck, die seit gestern Morgen vermisst wird. Sie wurde zuletzt gestern Mittag in der Nähe ihres Gymnasiums in Lüneburg gesehen. Bekleidet war sie mit …"

Die Beschreibung der Kleidung gab für ihn wenig her, es war der Name der Ortschaft, der ihn aufmerken ließ.

„Da bin ich doch heute Morgen durchgefahren", äußerte er sich laut, der Ort lag ja südlich von Lüneburg, direkt an der Bundesstraße 4.

Wieso suchen die eine fünfzehnjährige Gymnasiastin? Die wird doch hoffentlich keinem Sexualtäter in die Hände gefallen sein?, überlegte er. Ihm fielen seine Enkelinnen ein, die etwa im gleichen Alter waren. Die Meldung irritierte ihn, weil er sofort an sie dachte.

Welcher Zufall war es, dass er heute Morgen durch den angegebenen Ort durchgefahren war? Er hatte die Autobahn in der Annahme gemieden, dass die kürzere Distanz auf der Bundesstraße ihn schneller zu seinem Termin bringen würde. Leider hatte er sich wegen des dichten Verkehrs geirrt, viele langsam fahrende LKWs und kleinere Staus in Ortschaften hatten ihn immer wieder aufgehalten. Was Pünktlichkeit anbelangte, so war er doch weniger flexibel als die jungen Leute in der Firma. Er hatte sogar überlegt, ob er denen seine mögliche Verspätung telefonisch ankündigen sollte.

Da war ihm auf der geraden Strecke unvermittelt ein Auto entgegengekommen, das kurzzeitig ins Schlingern geraten zu sein schien. Erschrocken war er auf die Bremse getreten und dicht auf den Fahrbahnrand ausgewichen. Er hatte mitbekommen, wie der Fahrer des anderen Wagens mit seinem rechten Arm erkennbar nach hinten in den Fond schlug.

Er hatte nochmals die Geschwindigkeit weiter reduziert, als der andere Wagen dicht an ihm vorbeifuhr. Jetzt hatte er deutlich erkennen können, dass der Fahrer tatsächlich nach hinten auf eine Person einschlug. Wem diese Schläge galten, das hatte er leider nur undeutlich gesehen.

Erschrocken über das Herumschlagen des Fahrers, hatte er sein Fahrzeug am Straßenrand gestoppt, um im Rückspiegel gleich darauf zu beobachten, was wenig später passierte. Der andere Wagen war kaum hundert Meter weitergefahren, hatte dann ebenfalls angehalten. Malte Thomas hatte noch mitbekommen, wie der Fahrer aus dem Auto gesprungen war und eine Person aus dem Fond seines Fahrzeugs auf den Seitenstreifen gezerrt hatte.

Leider hatte er nicht erkennen können, wen dieser Mann auf die Straße befördert hatte. Der selbst war gleich darauf wieder davongefahren. Sein Fahrgast aber hatte am Straßenrand verharrt und dem davonfahrenden Auto hinterhergeblickt. Ihm war diese Person unverletzt erschienen, und es war schwer für ihn, einzuschätzen, ob die eine Frau oder doch ein älteres Kind war.

Kurz hatte er überlegt, ob er Hilfe anbieten sollte, aber das wegen des vermeintlichen Zeitdrucks unterlassen. Er hatte nur an den für ihn wichtigen Termin gedacht, bei dem er, korrekt wie er war, sich nicht verspäten wollte. Ein kurzer Blick in den Rückspiegel, dann war er selbst weitergefahren.

Er hatte sich bei der Weiterfahrt damit beruhigt, dass diese Person scheinbar unverletzt am Fahrbahnrand gewartet hatte. So war er überzeugt, dass die nur ein Stück bis zum nahe gelegenen Ort laufen oder sich per Anhalter mitnehmen lassen müsste.

Warum bremst der vor mir plötzlich ab?, überlegte er. Dann zog der PKW vor ihm die Fahrt doch wieder an. Und gleich darauf reduzierte das Fahrzeug vor ihm deutlich seine Geschwindigkeit, der Wagen schien zu rucken. Er versuchte, angestrengt zu erkennen, was da weiter vorn los sein könnte. Aber voraus über das nächste Auto hinwegzublicken, war ihm nicht möglich.

Hat der vor mir ein Problem mit seinem Fahrzeug?, schoss es ihm in den Kopf, denn einen Grund für dessen auffälligen Fahrstil schien es nicht zu geben.

Der wird doch nicht besoffen sein?, fragte er sich irritiert, was ihn aber nicht daran hinderte, den als möglichen Fahranfänger zu verdächtigen. Und dabei fiel ihm der Vorfall am Morgen ein, bei dem ein entgegenkommendes Fahrzeug für Sekunden in Schlangenlinien gefahren war. Die Erinnerung wollte nicht verschwinden.

Der Regen ließ schon deutlich nach, die Scheibenwischer quietschten leicht, wenn kaum noch genügend Nässe auf der Scheibe lag.

Was immer den Fahrer vorn im Auto ablenkte und seine Aufmerksamkeit forderte, es verhinderte bei Malte, dass er die Geschichte von heute Morgen ausblenden konnte. Passten dazu nicht diese Vermisstenmeldung und die aus dem Auto gestoßene Person? Gab es nicht die Übereinstimmung mit dem Ort, den die Meldung im Radio genannt hatte?, überlegte er.

War es die vermisste Michaela Daniel gewesen, die der Grobian aus dem Auto gezerrt hatte? Das wollte ihm nicht aus dem Kopf gehen. Er erinnerte sich jetzt deutlich an seine Beobachtung, wie der Fahrer offenbar brutal nach hinten auf die dort sitzende Person eingeschlagen hatte. Eine schreckliche Ahnung wandelte sich in seinen Gedanken fast schon zur Gewissheit, dass ihm wahrscheinlich in diesem Kerl ein Sexualverbrecher begegnet war, der sich nach einem brutalen Vergehen des Opfers hatte entledigen wollen.

So blöd kann der doch nicht gewesen sein, das Mädchen einfach auszusetzen, es würde ihn doch sicherlich anzeigen, suchte er sich gleich wieder zu beruhigen.

Jetzt hatte er ja keinen Termin mehr, hatte Zeit, und es war das buchstäblich pochende Gewissen, was ihn nicht in Ruhe ließ. Er verzögerte seine Fahrt, suchte im Gegenverkehr nach einer genügend großen Lücke, um wenden zu können. Lüneburg lag schon etliche Kilometer hinter ihm, und wenn dieses Mädchen in einem nahe liegenden Ort vermisst wurde, dann sollte die Polizei dort am besten über diesen Fall Bescheid wissen.

Er dauerte lange, bis er eine ausreichend große Lücke im Strom der entgegenkommenden Fahrzeuge fand. Dann wendete er entschlossen und fuhr zurück nach Lüneburg.

Die Fahrt führte ihn fast durch die halbe Innenstadt, bis er dort das Schild eines Polizeireviers entdeckte. Er hatte sich da schon überlegt, was er aussagen oder besser übergehen sollte. Vor allem wollte er den Eindruck vermeiden, dass er wegen eines Termins nicht sofort geholfen hatte. Trotzdem zögerte er zunächst, bevor er sich wenig später äußerte.

„Im Radio kam gerade die Suchmeldung zu diesem fünfzehn Jahre alten Mädchen, das angeblich seit gestern Morgen vermisst wird", wandte er sich an den Beamten, der ihm an der

Theke gegenüberstand. „Ich muss eine Beobachtung von heute Morgen melden."

Jetzt schauten alle Polizisten im Raum zu ihm hoch. Einer kam rüber zur Theke. Im offen stehenden Nebenraum lief ein Radio, und Malte Thomas erkannte den Sender, den er beim Fahren angehört hatte.

„Was für eine Suchmeldung?" Die Beamten schauten abwechselnd sich und ihn fragend an.

„Na die, die gerade im Radio durchgegeben wurde. Hören Sie denn nicht die Meldungen im Radio?", bemerkte Malte Thomas verständnislos und irritiert. „Ich höre doch, dass Sie gerade diesen Sender eingeschaltet haben."

Sein Ton hatte sich verärgert angehört, was ihm unangenehm war. Er merkte selbst, dass er sich vor diesen Beamten besser zusammenreißen sollte. Die beiden Polizisten an der Theke schienen das ebenso zu sehen.

„Nun beruhigen Sie sich zunächst einmal, bevor Sie uns angreifen!", mahnte einer der Männer und musterte ihn vorwurfsvoll. „Ich weiß von keinem vermissten Mädchen. Weißt du etwas, Bruno?"

Der schien sicher auch nichts davon zu wissen, denn der schüttelte den Kopf und grinste den Besucher spöttisch an.

In dem Moment kam ein weiterer Beamter aus dem Nebenraum herüber und hatte offenbar eine Idee.

„Sie reden doch nicht von Michaela Daniel?", fragte er schmunzelnd, was Malte Thomas erst recht verunsicherte und dessen Kollegen zu verblüffen schien.

„Das haben Sie im Radio vorhin mitbekommen, nicht wahr?", redete der Beamte weiter, musste aber jetzt ein Lachen unterdrücken. Thomas nickte nur verständnislos, weil ihm unklar war, woher der Mann diese Heiterkeit hernahm.

„Ich kann Sie da beruhigen, diese Vermisstenmeldung, die Sie im Radio gehört haben, war Teil eines Hörspiels", erklärte endlich der Polizist. „Es gibt gar keinen Vermisstenfall!"

„Sie meinen, es wird gar kein Mädchen vermisst?", fragte Malte Thomas ungläubig zurück.

„Nein! Es läuft nur dieses gut gemachte Hörspiel im Radio, das Sie offensichtlich nicht richtig verfolgt haben", entgegnete der Beamte.

„Das ich nicht richtig verfolgt habe ...", stotterte Malte und empfand sich dabei wie ein Depp, was ihm peinlich war. Fast verblasste bei ihm der Gedanke an sein Verhalten am Morgen, wo er weitergefahren war. Die Beamten an der Besuchertheke vermieden es, offen zu zeigen, was ihnen in diesem Moment durch den Kopf ging. Eher zeigten sie ernste Gesichter, schienen darauf zu warten, dass er sich noch mal zu seinem Verhalten äußerte.

„Aber Sie haben eine Beobachtung melden wollen. Und die würden wir jetzt doch gerne hören", erklärte dann endlich der Polizist, dem der Zusammenhang mit dem Hörspiel aufgefallen war.

Es dauert einen Moment, bis Malte sich die richtigen Worte überlegt hatte. Er müsste ja jetzt doch seine mangelnde Hilfsbereitschaft eingestehen. Es half nichts, er erzählte von dem Vorfall am Morgen und von seiner Eile, die ihn davon abgehalten hatte, der Person Hilfe zu leisten.

„Und jetzt haben Sie ein so schlechtes Gewissen, dass Sie sogar zurückgefahren sind, um uns unbedingt zu informieren." Der Beamte schaute ihn fast ungläubig an, und sein Ton hörte sich deutlich förmlicher an. „Auch wenn wahrscheinlich der Vorfall sich inzwischen geklärt haben wird, es ist gut, dass Sie sich trotzdem noch bei uns melden!"

Malte Thomas fiel es sichtbar schwer, sich zu erklären. Er verlagerte sein Gewicht mehrfach nervös von einem Bein auf das andere und hoffte, dass diese unangenehme Situation schnell endete. So hatte er sich diese Aussage bei den Beamten nicht gewünscht, selbst wenn er darüber ein wenig erleichtert schien.

„Es liegt uns zwar keine Vermisstenmeldung vor, aber ich denke, Sie führen uns doch nochmals zu dem Ort, wo Sie Ihre Beobachtungen gemacht haben."

Es war jetzt schon spät, und wieder regnete es leicht. Es war deutlich kühler geworden. Der Beamte, der ihm beigesprungen war und einer seiner Kollegen saßen vorn, Malte saß rechts auf der Rücksitzbank.

Während der Fahrt im Polizeiauto redete niemand. Malte starrte nach vorn durch die Frontscheibe oder sah gelegentlich in den Rückspiegel, wo er mitbekam, dass ihn der Beamte am Lenker immer wieder mal prüfend anblickte. Aber dessen Miene verriet nichts, was irgendeine Emotion erraten ließ.

Malte fand dieses Schweigen belastend, rätselte, was diese beiden Beamten jetzt über ihn dachten. Möglicherweise fragten die sich, wen sie da im Fond sitzen hatten. Er war froh, als sie endlich die Stelle erreichten, wo dieser Autofahrer eine Person aus seinem Auto gezerrt hatte. Die Beamten und er schauten sich um. Da war niemand. Einer der Polizisten und Thomas liefen ein Stück in Richtung des nächsten Ortes. Fast schon nahe dem Ortsschild erkannten sie endlich eine Person, zunächst unklar, ob es ein Mann oder eine Frau war, die sie dort am Straßenrand hocken sahen.

„Da ist tatsächlich jemand", stieß der Polizist aus, und gleich darauf sprach er mit der Person. Es war eine junge Frau, eher ein Mädchen, sicher kaum älter als sechzehn Jahre, und die verstand den Beamten nicht.

Ihre Kleidung schien Malte selbst für diesen Sommer, aber sicher für diesen jetzt recht kühlen und späten Abend dürftig. Mehr als ein dünnes Kleid, Leinensportschuhe und ein Kopftuch trug sie nicht.

Der Beamte mühte sich eine Weile vergeblich mit Fragen, die das Mädchen aber nicht zu verstehen schien, und erklärte endlich: „Möglicherweise stammt sie aus einer der Unterkünfte für Asylbewerber in Hamburg oder dort in der Nähe. Kann nur vermuten, wie die hier hergekommen ist oder was ihr passiert ist. Sollte mich nicht wundern, wenn sie als Anhalterin mitgenommen worden ist und der Fahrer sie dann nach einer Weile hatte loswerden wollen. Trotzdem unmöglich, dass der sie hier ausgesetzt hat."

Nur kurz suchten die beiden Beamten die junge Frau zu befragen, was sie aber aufgaben, da die nur immer den Kopf schüttelte.

Auf der Rückfahrt zum Revier saß das Mädchen neben Malte. Es schien zu frieren, weil sein Kleid sicher vom Regen durchnässt sein musste. Er erinnerte sich an den heftigen Guss vom späten Nachmittag, dem es so hilflos, wie es erschien, ungeschützt ausgesetzt gewesen sein musste. Die mangelnden Orts- und Sprachkenntnisse der jungen Frau erklärten wohl, dass sie nicht zur nächsten Ortschaft gelaufen war. Da er selbst nur sommerlich gekleidet war, kein Jackett trug, fiel ihm nichts ein, was er ihr jetzt gegen das Frieren geben könnte. Bevor er die Beamten fragen konnte, ob sie eine Decke mitführten, da fing einer der beiden zu reden an.

„Es war also richtig, dass Sie sich entschlossen haben, sich bei der Polizei zu melden", erklärte der Beamte und suchte im Rückspiegel seinen Blick.

„Und sage doch keiner etwas gegen Hörspiele, nicht wahr?", ergänzte sein Kollege.

Die beiden Polizisten lachten laut auf. Nur Malte schloss sich dem Lachen nicht an.

Aber dann sah er, wie ihn das Mädchen spontan anlächelte und nach seiner Hand griff, um die etwas zu drücken. Was sin Worte nicht auszudrücken vermochte, aber durch seinen Blick und das Drücken seiner Hand zeigen wollte, konnte nur ein Dankeschön sein.

3. DER SONNTAGSAUSFLUG

Was für ein schöner Tag, freute sich Daniel Reiter beim Aufwachen. Ein kurzer Blick auf seine Uhr zeigte ihm, dass es noch recht früh am Morgen war. Die Sonnenstrahlen der nicht hoch stehenden Sonne hatten ihn so mitten ins Gesicht getroffen, dass er davon geweckt worden war. Er vermutete, der Erste in der Familie zu sein, der wach in seinem Bett lag.

Er setzte sich vorsichtig auf und blickte zur neben ihm liegenden Marlene, die noch zu schlafen schien oder zumindest diesen Anschein erwecken wollte. Ihre Bettdecke verbarg einen Teil ihres Gesichts, und sie lag von ihm abgewandt auf der Seite, sodass Daniel nicht erkannte, ob sie ihre Augen geschlossen hatte.

Die Flügeltüren zur Veranda hatten sie am Abend zuvor, wie oft in dieser Jahreszeit, offen stehen lassen. Es war Ende Juni, und es sollte trocken bleiben.

Weil es Sonntag war, könnten sie zumindest so lange im Bett verweilen, bis das erste ihrer Kinder sich melden würde. Und mit etwas Glück würde das sicher nicht vor sieben Uhr passieren.

Die dreijährige Melanie war stets die Erste, die sich normalerweise bei ihnen melden würde. Ihre beiden anderen Kinder, der fünfjährige Marc und die achtjährige Tochter Claudia, ließen sich meist Zeit, spielten häufig noch eine Weile allein, bevor auch sie ihre Aufmerksamkeit forderten.

Ich sollte doch schon aufstehen, überlegte Daniel, obwohl er unnötigerweise so früh aufgewacht war. Dass er nochmals einschlafen könnte, glaubte er nicht, und ob sich Marlene freute, wenn er sie jetzt versuchte aufzuwecken, war ungewiss.

Er beugte sich vorsichtig über sie und glitt dann ganz leise aus dem Bett. Er hatte eine Idee, und dafür sollte seine Frau noch eine Weile schlafen dürfen.

Den Frühstückstisch hatte er soeben fertig decken können, als sich prompt Melanie laut rufend meldete. Und er hatte die nicht einmal angezogen, da ließen sich schon die beiden anderen Kinder blicken.

„Jetzt werden wir erst mal alle gemeinsam frühstücken und uns dabei überlegen, wie wir diesen wunderschönen Tag verbringen wollen", erklärte er seinen Kindern, die sich unschlüssig zeigten, was sie jetzt wollten und sich um ihn versammelt hatten.

Es gab einige kleinere Diskussionen mit Claudia und Marc, denen er klarmachen musste, dass jetzt weder Zeit sei, um ein Video zu sehen, noch um auf seinem Tablet zu spielen. Stattdessen ermahnte er sie, dass sie sich allein anziehen sollten.

Marlene konnte nicht weiterschlafen, selbst wenn sie nichts lieber getan hätte. Eine Vielzahl an lauten Kinderrufen und der sonstige Lärm im Haus hatten sie aus ihren Träumen gerissen, und jetzt saß sie schon am Frühstückstisch, eingewickelt in ihren Morgenmantel.

„Ich habe mir überlegt, wir könnten doch heute unsere Räder nehmen und einen Ausflug machen", erklärte Daniel fast feierlich voller Tatendrang und bestens gelaunt. Er hatte sich schließlich für diesen Sonntag etwas überlegt. „Alles, was wir für ein Picknick brauchen, nehmen wir mit. Was denkt ihr?"

Die Frage hörte zwar jeder in seiner Familie, aber sie war hauptsächlich an Marlene gerichtet, die sich nicht sofort äußerte.

„Weit können wir mit Marc nicht fahren", wendete sie ein. „Aber warum nicht? Es bleibt heute warm und trocken. Picknick im Freien hört sich gut an und gefällt mir auch."

Es ging recht schnell. Während Daniel die vier Fahrräder herausholte und nochmals kontrollierte, packte Marlene zusammen, was sie für Ersatzkleidung und zum Picknick brauchten.

„Fahr nicht so schnell voraus", ermahnte sie dann noch Daniel, der Melanie im Kindersitz hinten transportieren musste. „Weit weg, wie gesagt, sollten wir wegen Marc auch nicht radeln."

Daniel hatte sich nur vage eine Radfahrstrecke überlegt. Es sollte ein Rundkurs werden, nicht weit entfernt von ihrem Haus und möglichst abseits von normalen Straßen. Er dachte an Feld- und Waldwege, ein Platz für ihr Picknick würde sich sicher finden, war er überzeugt.

Ein kleines Stück mussten sie allerdings auf einer Landstraße fahren, die nicht unproblematisch war. Während sie da Claudia schon vertrauten, setzte sie Marc bei solchen Straßen doch etwas unter Stress, weil ihr Sohn noch nicht so zuverlässig die Spur hielt. Daniel oder Marlene mussten ihn genau im Auge behalten und ihn gelegentlich ermahnen, immer am Rand zu fahren. Leider gab es zu diesem kurzen Straßenstück für sie keine Alternative, wenn sie später einen Feldweg erreichen wollten.

Als sie dann erst in den Wirtschaftsweg einbiegen konnten, war die Stimmung entspannt. Hier überließen sie Marc seinem eigenen Fahrstil. Wenn ihm danach war, konnte er in Schlangenlinien fahren oder Claudia kurz anhalten, um irgendeine Blume, die ihr auffiel, zum Schmuck für ihr Fahrrad abzureißen. Schnell kamen sie natürlich nicht vorwärts, aber das war ihnen egal.

Wenig später bogen sie in einen schattigen Waldweg ein, wo es kühler war. Allerdings kamen sie auf diesem Weg nur langsam voran, weil der sich langweilende Marc jetzt häufig einfach von seinem Rad sprang, um irgendetwas am Wegrand genauer zu untersuchen.

Sie würden tatsächlich keine weite Strecke zurücklegen, das war Daniel klar. Der fragte sich nur, wie lange Melanie es in ihrem Kindersitz aushalten würde.

„Lasst uns doch noch ein Stück fahren, dann machen wir endlich unser Picknick", versuchte er vor allem Marc und Claudia zu motivieren.

Sie fuhren inzwischen am Rand eines schnurgeraden Kanals entlang, von dem Daniel wusste, dass der sich endlos lang hinzog. Diese Gegend meinte er schon abgefahren zu sein. Nicht exakt erinnerte er allerdings, dass jenseits dieses Kanals sich ein größeres Feuchtgebiet erstreckte, das zwar bewaldet, aber auch teilweise sumpfig war. Dort sollten sie stets auf den Wegen bleiben. Daniel fand diesen Wald mit der lockeren Mischung von Laub- und Nadelbäumen verlockend, hoffte, dort einen angenehm schattigen Picknickplatz zu finden. So hielt er nach einer Möglichkeit Ausschau, wie sie den Kanal überqueren könnten. Und das dauerte leider doch eine Weile, sodass Marlene ihn fragte, ob er sich sicher sei, wohin sie führen. In dem Moment erreichten sie aber einen Steg, der sie hinüberbringen würde.

„Jetzt suchen wir nur noch eine sonnige Stelle im Wald, dann breiten wir uns dort aus", erklärte Daniel, der damit hoffte, seine Kinder zu beruhigen. Die zeigten deutliche Anzeichen von Ungeduld und sogar Müdigkeit.

So viele sonnige Stellen gab es zwischen den dichten Baumreihen gar nicht, und der ziemlich schmale Weg ohne eine einzige Bank lud nicht dazu ein, um dort zu rasten. Es dauerte seine Zeit, in der sie tiefer in das Gelände hineinradelten.

Daniel zweifelte jetzt selbst an seiner Entscheidung, in dieses Waldgebiet hineingefahren zu sein. Denn ihn quälte die Sorge, dass Marlene ihre Geduld verlieren könnte, wenn sie nicht bald einen Rastplatz fänden. Die setzte gerade zu einem ungeduldigen Protest an, da entdeckte ihr Mann etwas voraus einen sonnigen Flecken, eine Wiese, wo sie sich hinhocken könnten.

„Kinder, wir haben es geschafft!", rief Daniel erleichtert. „Jetzt breiten wir uns hier aus, und dann haben wir unser Picknick."

Das aufzubauen und sich auf der Decke einzurichten, war schnell erledigt. Marlene packte rasch die Getränke und Dosen aus, in denen sie sehr unterschiedliche Speisen vorbereitet hatte.

„Das sieht ja richtig lecker aus", staunte Daniel, dem gefiel, was seine Frau mitgenommen hatte. Die Kinder äußerten sich nicht, sondern stopften schon die ersten Bissen in ihre Münder.

„Dann greift mal zu! Es gibt …", sagte Marlene, beendete ihren Satz aber nicht, denn sie wurde durch den Aufschrei ihrer jüngsten Tochter unterbrochen.

Auf die Oberseite von Melanies Hand hatte sich eine Mücke gesetzt, die sich ebenfalls ihr Essen sichern wollte. Ihr Hinterleib verformte sich dick in bläulich-roter Färbung, und am Schreck und vielleicht leichten Schmerz bei dem kleinen Kind änderte Daniels Handbewegung nichts mehr. Er hatte die Mücke nicht einmal verscheuchen können, die blieb, bis sie sich vollgesaugt hatte.

„So ein verdammtes Biest", schimpfte Daniel, der die vergeblich mit seinen Händen zu erledigen suchte.

Und jetzt meldete sich auch schon Marc, der protestierend auf ein erstaunlich großes Mückenexemplar auf seinem Unterarm zeigte. Das war aber nur der Anfang. Als hockten sie mitten in einem Mückenschwarm, fielen jetzt von allen Seiten erschreckend viele Plagegeister über sie her. Das hektische Herumwedeln mit den Armen oder der Versuch, die Angreifer mit den Händen zu erschlagen, verriet nur die Hilflosigkeit der Eltern, was die auch schnell erkannten. Die Biester ließen sich dadurch nicht beeindrucken.

Marlene und Daniel, die gar nicht mehr auf die Mücken achteten, die sie selbst mit Stichen traktierten, sahen sich total überfordert, ihre Kinder vor den Angriffen zu schützen. Diese Tiere setzten sich doch glatt auf ihre leichte Kleidung und stachen trotzdem zu.

Weder hatten sie irgendeinen Mückenschutz bei sich noch reichten ihnen ihre Hände, um die Biester in Schach zu halten, sodass es nur eine einzige Alternative zu geben schien. Sie könnten nur sofort fliehen.

„Wir müssen hier augenblicklich verschwinden!", rief Marlene laut und entnervt, und Daniel konnte dem nur zustimmen. „Packt alles zusammen!", beschwor er seine Familie.

Viele Sachen, die seine Frau liebevoll auf der Decke ausgebreitet hatte und die sich nicht in einem Behälter befanden, wurden nun geopfert, indem Daniel hastig die ganze Decke wegriss und zusammenfaltete. Überall verteilten sich auf der Wiese geschälte Eier, Obst und sogar kleine Würstchen. Selbst die losen Brotscheiben blieben zurück, weil keiner der Eltern Lust hatte, sich mit dem Einsammeln der Essenssachen aufzuhalten. Die Getränke konnten sie retten, das war aber fast alles, was von ihrem Picknick blieb, als er Claudia und Marc schon auf den Weg schickte. Er selbst packte seine Jüngste in ihren Kindersitz, nahm Marlene einen der nun fast leeren Körbe ab und fuhr ebenfalls los, seine Frau folgte ihm.

„So eine Pleite!", rief er ihr zu. Die Enttäuschung war seiner Stimme deutlich anzuhören.

„Das war's wohl mit unserem Picknick im Freien", antwortete ihm Marlene resigniert.

Zurück ging es zum Steg, der sie in dieses Feuchtgebiet gebracht hatte. Erst jenseits des Kanals hörte es mit der Verfolgung durch gierige Mücken auf. Trotzdem bestand Daniel darauf, dass sie zur nächsten hell beschienen freien Stelle radeln sollten. Dort, so hoffte er, würden sie kaum noch von Mücken angegriffen werden.

Als sie endlich einen geeigneten Platz fanden, da hatten sie beinahe schon die Landstraße erreicht, die sie wegen des Autoverkehrs hatten vermeiden wollen. Sie hielten auf einem Rastplatz für Autos, was ihnen im Moment egal war. Daniel und Marlene begutachteten dort erst mal ihre Kinder, wobei sie nicht allzu viel entdeckten, außer einer Reihe roter kleiner Punkte, vor allem an den unbedeckten Armen und Beinen. Einige Stiche hatten die Kinder im Gesicht abbekommen.

„Ihr dürft jetzt nicht kratzen, auch wenn es etwas jucken sollte", ermahnte Marlene. „Wir brauchen irgendetwas, was den Juckreiz bremst."

„Das haben wir aber nicht", erklärte Daniel, der ziemlich sauer schien über diese Picknick-Pleite. „Wir haben jetzt ja auch kein Picknickzeug mehr, alles zurückgeblieben."

Er zögerte einen Moment, sofort zu sagen, wozu er sich eben durchgerungen hatte. „Wisst ihr was, Kinder", erklärte er möglichst schonend. „Es macht keinen Sinn, unseren Ausflug fortzusetzen. Wir fahren jetzt nach Hause. Da haben wir ein Mückenschutzmittel. Und dann werde ich halt auf unserer Terrasse grillen."

Seine Frau schaute ihn nur kurz fragend an. Sie hatte seine Idee am Morgen begrüßt, weil sie es gern sah, wenn sich die ganze Familie im Freien bewegte. Allerdings sah auch sie ein, dass allen die Freude an diesem Ausflug vergangen war. Sie hatten erst mal genug von dieser Natur und einem Picknick im Freien. Ihre älteste Tochter Claudia begrüßte ebenfalls die Entscheidung ihres Vaters, wobei sie sich schon an ihrem Oberarm heftig kratzte.

„Also, seid ihr damit einverstanden, dass wir jetzt umkehren?", fragte Daniel noch mal.

„Lasst uns zurückfahren und zu Hause grillen", antwortete seine Frau für alle.

Es dauerte eine Weile, bis Daniel mit dem Grillen so weit war, dass sie sich endlich zum Essen auf die Terrasse setzen konnten. Zum Glück hatte Marlene ausreichend Grillzeug in ihrer Gefriertruhe gefunden, die zurückgelassenen Picknicksachen wurden nicht vermisst. Sie hatten schon alle ihre Teller mit einem kleinen Fleischstück oder einer Bratwurst vor sich stehen, und keiner von ihnen wollte jetzt an das Picknick zurückdenken, da meldete sich Melanie mit einem jämmerlichen Aufschrei. „Da, da!", rief sie entrüstet aus.

„Das darf doch nicht wahr sein!", äußerte sich Daniel wütend, während Marlene mit einem Topflappen drauf und dran war, auf Melanies Hand zu schlagen. „Diese Scheißmücke!", schrie sie entrüstet.

Die Mücke hatte sie nicht erwischt, und Gott sei Dank streifte der Topflappen die Hand ihrer Jüngsten nur oberflächlich.

„Jetzt sollten wir uns endlich mit dem Insektenschutz einreiben", sagte sie gleich darauf wieder etwas gefasster.

Daniel schüttelte nur genervt den Kopf, argwöhnte vielleicht, dass es ein finsteres Schicksal sein müsste, das ihnen den Genuss dieses zu Ende gehenden Sommertags vermieste. Alles, was er sich bisher hatte einfallen lassen, war fehlgeschlagen.

Marlene kam zurück auf die Terrasse und zeigte ein resigniertes Gesicht. In der Hand schüttelte sie die geöffnete Flasche eines Insektenschutzes.

„Es ist alle! Alle, verstehst du das?", rief sie fast weinerlich.

„So, Kinder, jetzt reicht's", erklärte Daniel mit finsterer Stimme. „Grillen ist auch nichts. Ihr nehmt jetzt alle eure Teller und Besteck, wir verziehen uns ins Haus."

Sie saßen bereits seit einer Weile im Wohnzimmer. Die Teller waren geleert, es schien allen geschmeckt zu haben, da fing Claudia an zu lachen. Ihre Eltern schauten sie verdutzt an.

„Das ist alles doch so witzig!", prustete sie regelrecht heraus. „Da wollen wir Picknick machen, geht nicht, Mücken. Dann wollen wir grillen, geht nicht, Mücken. Und jetzt sitzen wir schon im Haus, endlich ohne Mücken."

War das wirklich spaßig? Aber in diesem Moment fingen alle, sogar Marc und Melanie, an zu lachen, die gar nicht so richtig verstanden, was an der Situation lustig war.

Tatsächlich konnten sich auch Marlene und Daniel gar nicht mehr beruhigen, sie lachten und lachten zusammen mit ihren Kindern. Und wenn sie aufhörten, gab es immer noch einen, der erneut zu lachen anfing. Erst nach einer Weile sagte dann Marlene: „Kommt, lasst uns noch einen richtig witzigen Film herunterladen. Es ist so schön, wenn wir alle lachen können."

4. START FREI PISTE 26

Fliegen mit einem eigenen Fluggerät ist wahrscheinlich der Traum von nicht wenigen Menschen. Ralf Berg war keine Ausnahme. Er hatte vor gefühlt vielen Jahren eine Privatpilotenlizenz erworben und mit knapp 450 Flugstunden bereits hinreichend Erfahrung angesammelt. Entsprechend routiniert plante er, diesen Flug zu absolvieren. Da er sich eine eigene Maschine nicht leisten konnte, hatte er sich dafür ein Flugzeug bei der Flugschule am Flughafen gemietet. Und er war froh, dass die Aquila A210 verfügbar war, ein Luftfahrzeug, mit dem er mehrfach geflogen war. Nicht immer klappte das, bei ansprechendem Wetter planten ja viele seiner Piloten-Kollegen, zu fliegen.

Dieses Mal hatte er sich kurzfristig am Morgen für einen Flug entschieden, als er in seinem Büro nach draußen geschaut und das sonnige Wetter gesehen hatte. Da hatte er sofort Lust bekommen. Beim Anruf in der Flugschule erhielt er eine positive Rückmeldung, die von ihm bevorzugte Maschine war am Nachmittag verfügbar. Und Anfang Juni blieben ihm genügend Stunden, bevor es dunkel werden würde.

Die Wetterbedingungen hatte er noch im Büro am Computer und telefonisch abgeklärt, das Wetter passte nahezu perfekt. Nur am späten Nachmittag verhieß die Wettervorhersage eine aufziehende Warmfront von Westen her, was seinen Flug nicht stören würde. Sein Flug sollte ihn zwar zunächst in westlicher Richtung entlang der Autobahn A2 führen. Über dem Landeplatz Hildesheim plante er, dann nach Süden abzudrehen, um in Sichtweite der A7 Kassel Calden anzusteuern. Von da würde er zu seinem Heimatflugplatz zurückkehren. Offen ließ er, ob er in Calden zwischenlanden sollte. Es war ein Dreiecksflug, eine größere Flugplanung war nicht erforderlich. Diese Strecke war er sogar schon in seiner Ausbildungszeit zur Pilotenlizenz geflogen.

Die Maschine stand praktisch flugbereit auf dem Vorfeld, sie war fertig betankt worden, und es reichte, die stets notwendige Vorflugkontrolle durchzuführen. Das einzig Auffällige war, dass das kleine Schiebefenster an der Kabinenhaube auf der Pilotenseite nicht komplett verschlossen worden war. Beim Versuch, dieses Fenster zu schließen, merkte er, dass das etwas klemmte.

Der Motor sprang sofort an, der Propeller drehte erst schnell und dann etwas langsamer, ein paar kleinere Rauchwolken umhüllten kurz die Motorhaube. Seine Meldung beim Fluglotsen erledigte er routiniert, und sogleich erhielt er für seinen Flug die Rollerlaubnis. Piste 26 hatte ihm der Tower zugewiesen, er würde in Richtung Westen abheben, was ihm entgegenkam. Vor dem Anrollen kontrollierte er nochmals den Platz nach beiden Seiten, ob der Rollweg frei war, und er hatte dabei kurz den Eindruck, dass irgendein Insekt sich innerhalb des Cockpits befände. Ein prüfender Blick rundum in seiner Kabine bestätigte seine Wahrnehmung allerdings nicht, er hatte sich womöglich getäuscht, schloss er.

Als er sich nach dem Check am Rollhalt Piste 26 erneut beim Tower meldete, wurde ihm gleich darauf die Starterlaubnis erteilt. „Delta-Echo-Foxtrott-Charly-Charly Wind zwo-vier-null Grad drei Knoten Piste zwo-sechs Start frei."

Er bestätigte die Freigabe, und nur zwei, drei Minuten später löste er die Bremsen. Er schob den Schubhebel ganz nach vorn, und gleich darauf sah er, wie die Piste unter ihm aus seinem Blick verschwand und sich der Himmel vor und über ihm in einem wolkenlosen, hellen Blau öffnete. Das Gefühl, stärker in den Sitz gedrückt zu werden, liebte er, obwohl der Druck sicher bei ca. siebzig Knoten kaum anders war als bei einem heftigen Beschleunigen in einem Auto. Das selbstständige Fliegen in einer solchen einmotorigen Maschine faszinierte ihn stets aufs Neue, wenn der Blick nach vorn über die sich gegen den Horizont hochreckende Flugzeugnase frei wurde und er das tiefe und laute Brummen des Motors vernahm.

Problemlos stieg er auf etwa 1400 Fuß und senkte dann die Nase, indem er den Schubhebel leicht zurückzog, um deutlich sanfter an Höhe zu gewinnen. Er hörte sofort, wie das tiefe Brummen in einen helleren Ton überging, das Motorengeräusch verriet ihm, dass die Flugkurve abflachte.

Es waren nur wenige Handgriffe erforderlich, die Maschine in einen normalen Reiseflug zu versetzen. Sein Blick lief über die Instrumente vor ihm, die Nadeln vom Variometer und vom Kreiselkompass zitterten leicht, weil sie ihren Stand noch veränderten. Er konnte jetzt ganz entspannt auf die unter ihm liegende Landschaft blicken. Links erkannte er das Hafengelände, das rasch hinter ihm zurückblieb. Erst später, außerhalb der Kontrollzone, plante er nochmals, deutlich höher aufzusteigen.

Den letzten Kontakt zum Tower hatte er am Pflichtmeldepunkt WHISKEY, wo er sich abmeldete. Danach stellte er den Empfang seines Funkgeräts auf geringe Lautstärke, sodass er die Funksprüche kaum noch verstand. Er musste sich ja erst vor Erreichen der Kontrollzone von Calden wieder in den Funksprechverkehr einschalten. Den Transponder, der die Identifikation seiner Maschine an die Flugsicherung meldete, hatte er vor dem Start eingestellt, obwohl er gar nicht vorhatte, auf eine Höhe von 5000 Fuß aufzusteigen, wo das verpflichtend war.

Was für ein herrlicher Blick nach vorn und unten, freute er sich. Jetzt war er völlig entspannt, genoss diesen Flug, bei dem er nur in Abständen die Instrumente vor sich kontrollierte. Meist reichte ihm schon das Motorgeräusch, um eventuelle Unregelmäßigkeiten zu entdecken. Das gelegentliche Reden im Funk, das er undeutlich über die Kopfhörer mitbekam, registrierte er im Moment nicht. Nochmals reduzierte er die Drehzahl des Motors, flog jetzt mit gleichmäßigen 105 Knoten.

Ganz fern im Westen meinte er einen dünnen Wolkenschleier zu erkennen, der ihn nicht kümmerte, es war ein Hinweis auf die angekündigte Warmfront. Ehe er der zu nahe kommen würde, wäre er längst nach Süden abgedreht, flöge dann parallel zur A7.

Etwas mitleidig schaute er hinunter zur Autobahn A2, wo sich in Richtung Hannover ein kilometerlanger Stau gebildet hatte, eine Baustelle, wie er richtig vermutete. Die störte ihn nicht, er würde darüber hinwegfliegen.

In zirka zwanzig Minuten würde er eine Kurskorrektur vornehmen müssen. Er überlegte, ob er sich bei der Info am Hildesheimer Landeplatz melden sollte, nur so aus Spaß. Wenn sein

Fliegerkollege zurzeit Dienst im dortigen Turm hätte, könnte er den per Funk anrufen.

„Vielleicht mache ich das auch", sagte er zu sich und schaute auf die Frequenzanzeige des Empfängers, wo die Frequenz vom Abflugplatz angezeigt wurde.

„Oder ich drehe auch noch eine Runde über dem Landeplatz, hoch genug bin ich ja."

Allerdings hatte man das dort nicht so gern, im Gegenteil, es wurde oft sogar als störend empfunden. Wenn nicht zufällig sein Fliegerkollege Dienst schob, dann sollte er das lieber unterlassen, überlegte er.

Unversehens sah er ein Insekt, wie es innen an der Kabinenhaube hochkrabbelte. Das war für ihn derart irritierend, dass er länger brauchte, um zu realisieren, was er da erblickte. Und zunächst schien er weder zu erkennen, um welche Art von Insekt es sich handelte, noch wusste er, wie das in das Cockpit eingedrungen sein könnte. Gleich darauf fiel ihm wieder ein, was er vor dem Abflug meinte gesehen zu haben.

„Also doch! Wer hat dich denn hier reingelassen?", fragte er und versuchte, das Insekt mit seinen Augen zu fixieren, um herauszufinden, was für ein Tier in die Kabine eingedrungen war „Jedenfalls hat das hier nichts zu suchen!"

Das Insekt lief mehrfach auf der Haube rauf und runter, suchte dabei sicher eine Öffnung, um nach draußen zu gelangen. Dann flog es ohne erkennbaren Grund ins Innere der Kabine und verschwand irgendwo hinter ihm, wo es aus seinem Blickfeld entschwand.

Noch rätselte er, ob dieses Insekt eine Hummel, eine Wespe oder eine Biene sein könnte, da flog es direkt neben seinem Kopf vorbei erneut zur Kabinenhaube. Aber jetzt zeigte sich ein zweites Insekt, und beide schienen fast einen Wettlauf auf der Haube zu veranstalten.

„Wespen!", rief Ralf nicht mehr nur ärgerlich, sondern alarmiert, während die beiden Biester seine ganze Aufmerksamkeit auf sich zogen. Im Gegensatz dazu schenkte er den Instrumenten oder der Flugstrecke vor ihm kaum Beachtung. Er schien vom Geschehen auf der Kabinenhaube völlig absorbiert und wagte nicht, sich von den lästigen Fluggästen abzuwenden. Eine schreckliche Erinnerung drängte sich ihm ins Bewusstsein, da schien es fast schon zweitrangig, dass er momentan ein Flugzeug steuerte. Und das erforderte von ihm gerade in diesem Moment eine Reaktion, Eindrehen nach Süden, er sollte jetzt reagieren, ansonsten näherte er sich bereits dem östlichen Pflichtmeldepunkt ECHO1 vom Flughafen Hannover, wo er nichts zu suchen hatte.

Noch hörte er keinen Funkverkehr vom Hannoveraner Tower. Dazu müsste er endlich die Frequenz verändern, und er sollte den Funk der dortigen Lotsen verfolgen. Deutlich nervös versuchte er, das Schiebefenster neben sich zu öffnen, was schwierig war, es klemmte und ließ sich nur mit Kraft bewegen. Die Flugzeugnase nickte, von ihm unbeabsichtigt, nach unten, und einen Moment lang erinnerten ihn die Instrumente vor ihm und das deutlich hellere Brummen des Motors nachdrücklich daran, dass er ja ein Flugzeug steuerte und die veränderte Flugzeuglage gefährlich werden könnte. Allerdings schien ihn beides weniger zu sorgen, denn sein Blick glitt fast flüchtig über die Instrumente, und nur verzögert reagierte er auf die kritische Fluglage. Er zog nur den Steuerknüppel etwas zurück und schob den Schubhebel leicht nach vorn. Die Anzeige vom künstlichen Horizont stabilisierte sich wieder, seine Fluglage schien korrekt.

Endlich hatte er es geschafft, das Schiebefenster auf seiner Seite war geöffnet. Mit seiner rechten Hand versuchte er, hinüber zum anderen Fenster zu greifen, um das ebenfalls zu öffnen, was er aber nicht schaffte. Stattdessen nickte die rechte Tragfläche ungewollt nach unten, die Überziehwarnung ertönte kurz, er musste sofort die Flugzeuglage korrigieren.

„Wenn mich eine dieser Wespen jetzt sticht, dann …" Er scheute sich, es laut aussprechen. „Verdammt, wie werde ich diese zwei Wespen los, bevor die mich vielleicht stechen?"

Die Chance, diese Biester durch die Schiebefenster ins Freie zu befördern, erschien ihm gering. Die Absichten dieser Wespen waren unberechenbar, es würde ihm kaum gelingen, die durch die engen Fensteröffnungen hinaus- zubugsieren. Was, wenn die dann erst recht aggressiv reagierten?, fragte er sich.

Ihm war die Gefahr bewusst, wenn ihn eins der Tiere stechen würde. Er würde hochgradig allergisch auf den kleinsten Stich einer Wespe reagieren, das hatte er ja schon einmal in seiner Studentenzeit erlebt. Nur dem beherzten Eingriff eines Medizinstudenten hatte er es zu verdanken, dass er noch lebte. Dieses Ereignis und überhaupt diese Schwachstelle hatte er bei keiner seiner Flugtauglichkeitsuntersuchungen erwähnt. Wer würde schon auf die Idee kommen, dass solche Biester während eines Alleinfluges als blinde Passagiere den Piloten attackieren könnten?

Die Angst war wieder da wie damals, da hatte er um sein Leben gefürchtet. Auf einmal perlte Schweiß auf seiner Stirn herab und lief über seinen Nacken bis unter das Hemd. Und obwohl seine linke Hand leicht zitterte, schien sie sogar etwas am Steuerknüppel zu kleben.

Jetzt nicht die Nerven verlieren oder durch hektische Bewegungen diese Tiere reizen, versuchte er sich zu beruhigen. Wieso sollten diese Wespen aggressiv werden und ihn stechen, wenn er sich unbeeindruckt nur auf das Fliegen konzentrierte? Ich muss meine Atmung kontrollieren und vor allem an den Flug denken, alles andere wäre eine Katastrophe, redete er sich zu. Wo bin ich überhaupt?

Hatte er inzwischen den Pflichtmeldepunkt für die Kontrollzone Hannover bereits überflogen? Den Instrumenten vor ihm würde er das nicht entnehmen können. Er schaute jetzt nach unten und vermisste das grau-silberne Band der Autobahn.

„Ich muss sofort die Frequenz korrekt einstellen und den Funksprechverkehr wieder verfolgen", sagte er, zögerte aber, weil er dann auf das Funkgerät in der Instrumententafel zugreifen müsste. Nur: Da genau flog jetzt eine der Wespen nervös hin und her. Das andere Insekt war inzwischen wieder aus seinem Blickfeld verschwunden, was ihn fast noch mehr beunruhigte.

Endlich sah er, dass die vermisste Wespe sich direkt oberhalb von ihm auf die Haube gesetzt hatte, die andere flog unverändert dicht vor den Instrumenten hin und her. Mit einer raschen

Bewegung korrigierte er die Funkfrequenz, und sofort hörte er den eng gestaffelten Funkverkehr vom Tower Hannover.

„Ich muss mich bei denen melden und sagen, was hier los ist. Sicher bin ich schon in der Kontrollzone", redete er mit sich. „Vielleicht sollte ich gleich eine Dringlichkeitsmeldung Pan-Pan absetzen."

Noch nie zuvor hatte er einen solchen Funkspruch abgesetzt. Im Unterricht damals und beim Training für das Funksprechzeugnis hatte er eine derartige Meldung kennengelernt. Jetzt versuchte er sich zu erinnern, was er wie dem Tower sagen sollte.

Er zögert kurz, dann rief er deutlich den Hilferuf in sein Mikro: „Delta-Echo-Foxtrott-Charly-Charly Pan Pan-Pan Pan-Pan Pan!"

Der Fluglotse im Tower reagierte prompt, und dessen Ton verriet nicht nur Skepsis, sondern auch hörbare Verärgerung. Er verlangte ausführliche Informationen über seine Fluglage und Position. Der Lotse schien seiner Meldung entweder nicht vollständig zu vertrauen oder sie sogar für einen unpassenden Scherz zu halten. Nur kurz überlegte Ralf, dass er nach seiner folgenden Antwort möglicherweise mit Konsequenzen rechnen musste. Er war verantwortlich für eine erhebliche Störung des Flugbetriebs in einer Kontrollzone, auch wenn er daran nicht wirklich Schuld hatte. Es erschien ihm denkbar, dass er niemals mehr wegen seiner gesundheitlichen Einschränkung ein Flugzeug allein steuern durfte. Die Behörde würde ihm seine Lizenz unter Umständen dauerhaft entziehen. Damit rechnete er sogar.

Aber war das jetzt wichtig, da er sich tatsächlich in einer äußerst kritischen Lage befand und fürchtete, diese Maschine nicht heil landen zu können?

Er prüfte Kreiselkompass- und Höhenmesseranzeige, was ihm aber nicht seine Position verriet. Wo flog er im Moment herum? Und hatte er zwischenzeitlich die Kontrollzone durchflogen? Das wusste er nicht mit Sicherheit.

Dann wiederholte er sein Rufzeichen und meldete dem Fluglotsen, was er über die Fluglage und seine Schwierigkeiten sagen konnte.

Es reichte dem Tower sicher nicht, von ihm eine ungenaue Positionsangabe zu hören. Wie ungläubig der Fluglotse war, konnte Ralf der Rückfrage entnehmen, die der ohne Einhaltung des normalen Funksprechverfahrens stellte: „EDDV Hannover Turm, habe ich das richtig verstanden? Sie werden von zwei Wespen bedroht?"

Wenn er bereits weit in die Kontrollzone hineingeflogen war, dann konnte der Fluglotse das sicher auf seinem Monitor erkennen. Nur spielte das jetzt auch für den keine Rolle. Stattdessen verlangte der nochmals eine Bestätigung bezüglich der von ihm befürchteten allergischen Reaktion bei einem Wespenstich. Sicher war bei dem so ein Dringlichkeitsanruf, wenn überhaupt, höchst selten vorgekommen.

Der Rat, ob er diese Wespen nicht hinausbefördern könnte, ließ jedenfalls auf eine gewisse Ratlosigkeit bei dem schließen.

Ralf bekam nicht mit, dass jetzt eine gesteigerte Hektik bei dem Fluglotsen auftrat, ein Mediziner wurde sofort von seinem Kollegen ans Telefon gerufen. Und der musste so etwas schon erlebt haben und bestätigte umgehend, in welcher Gefahr der Pilot schwebte.

Und daher korrigierte der Tower gleich darauf seinen empört abweisenden Ton und wies Ralf an, unverzüglich zu landen. Alles würde jetzt für eine Notlandung vorbereitet. Dafür sollte er auf eine eigens ihm zugewiesene Frequenz umschalten.

Ralf war sich nicht ganz sicher, ob er weiterhin die Kontrollzone durchflog, sah unter sich jetzt aber wieder die Autobahn A2 und meinte, nördlich von ihm den Flughafen zu erkennen. Er sollte keine großen Manöver fliegen, er sollte nur der Anweisung des Lotsen folgen und direkt in den Endanflug für die Piste 09R eindrehen und landen. Unten würde ein Lotsenfahrzeug auf ihn warten und die Flughafenfeuerwehr bereitstehen, sollte es eine verunglückte Landung geben.

Er hörte noch, dass er endlich für den Endanflug eindrehen sollte, da spürte er seitlich am Hals einen schmerzhaften Einstich, der ihn automatisch zurückzucken ließ im Sitz. Er konnte gar nicht begreifen, warum das Tier ihn unvermittelt gestochen hatte, provoziert hatte er die Wespe nicht.

Im Bruchteil einer Sekunde klatschte er mit seiner rechten Hand an die Einstichstelle, und zwischen den Fingern fühlte er das Tier, möglicherweise von diesem Schlag schon erledigt.

Vergessen war der Gedanke, dass er ja zum Landen endlich den Kurs ändern musste, stattdessen das entsetzliche Gefühl, dass passiert war, was er unbedingt hatte vermeiden wollen. Der Wespenstich hatte gesessen.

Er grübelte noch darüber, was mit ihm gleich passieren könnte, da meldete sich schon eine erste allergische Reaktion im Kreislauf und in den Atemwegen.

Was ihm über seinem Kopfhörer vom Tower immer dringlicher übermittelt wurde, hörte er zwar, zeigte sich aber außerstande, den Anweisungen folgen zu können. Wie gelähmt schien er nur noch auf die befürchtete Reaktion seines Körpers zu warten.

Er versuchte, sich an die in der Schulung erlernten Notverfahren zu erinnern. Er müsste Ausschau halten nach einer möglichst freien und ebenen Fläche in Flugrichtung, kaum Korrekturen mit den Rudern vornehmen und die Geschwindigkeit und Höhe mittels des Gashebels regulieren. Und dann kurz vor dem Aufsetzen auf dem sicher unebenen Gelände die Nase etwas hochhalten. Daran erinnerte er sich.

Er durfte nicht das Bewusstsein verlieren, das war, woran er jetzt auch dachte. Bestimmt würde er es nicht schaffen, am Flughafen zu landen, wo er Mühe hatte, sich überhaupt zu orientieren. Was ihm weiterhelfen könnte, war die Orientierung am breiten Band der Autobahn. Er sollte versuchen, neben der auf freiem Gelände zu landen. Nur war eine unbebaute Fläche im Moment nicht in Sicht, so nahe dieser Großstadt. Und ein freies Feld sollte keine sonstigen Hindernisse aufweisen wie Hochspannungsleitungen.

Endlos schienen sich bebaute Flächen neben der A2 hinzuziehen. Bildete er sich das ein, oder rang er schon nach Luft, weil ihm die Atemwege zugeschnürt erschienen?

Und plötzlich fand er sich doch in Nebelschwaden, die sich immer mehr verdichteten, obwohl er angenommen hatte, deutlich an Höhe verloren zu haben. Etwas irritiert starrte er auf den

Höhenmesser in der Hoffnung, den zu verstehen. Die Sicht jedenfalls war weg, er flog in den Wolken, und die Angst wuchs, die Orientierung vollends zu verlieren. Sollte er trotz fehlender Sicht nach unten, weiter sinken?, überlegte er. Er musste sich entscheiden, den Flug fortsetzen war sicher gefährlich, wenn er doch auf einmal das Bewusstsein verlieren würde.

Er drückte den Steuerknüppel leicht nach vorn. Sollte er jetzt schon die Landeklappen setzen? Nein, das war zu früh, trotzdem zog er den Schubhebel etwas zurück.

Noch immer hatte er keine Bodensicht. Er verstand das nicht. Woher kamen die ganzen Wolken? Er schaute jetzt doch intensiv auf die Höhenmesseranzeige.

„Mein Gott, bin ich so hoch gestiegen?" Immer noch zeigte ihm der Höhenmesser, dass er weit höher flog, als er vermutet hatte.

Sein Blick verharrte kurz auf dem Variometer, der Zeiger drehte jetzt schnell, endlich verlor er tatsächlich an Höhe.

Wieder drückte er den Steuerknüppel weiter nach vorn. Seine Sorge schien zu schwinden, dass er ohne Sicht zum Boden gegen ein hoch liegendes Hindernis fliegen könnte. Eine Bruchlandung zu riskieren, beschäftigte ihn weniger als die Angst, die Kontrolle über das Flugzeug gänzlich zu verlieren, wenn er bewusstlos würde.

Die Beine konnte er bewegen, aber die brauchte er im Moment kaum. Ruhig sollte er die halten, eine Kursänderung würde es nicht mehr geben, das wäre ihm jetzt ohnehin nicht möglich gewesen.

Auf einmal rissen unter ihm Wolkenfetzen auf, er hatte wieder Sicht zum Boden. Wo er jetzt genau war, das interessierte augenblicklich nicht, aber es beruhigte ihn, als er nirgendwo mehr Bauten entdeckte. Dagegen zeigte sich vor ihm ein lang gestrecktes Feld.

„Hier muss ich jetzt landen!", wollte er sagen, aber seine Stimme versagte den Dienst. Seine Handgriffe liefen automatisch ab, er musste die nicht überlegen. Der Boden näherte sich schnell, vor ihm ein bereits abgeerntetes Feld, weit und breit kein Hindernis zu erkennen. Die Geschwindigkeit schien zu stimmen, obwohl er die Anzeige am Instrument nicht mehr exakt kontrollierte. Nur der künstliche Horizont zeigte ihm, dass seine Fluglage stimmte. Die Flugzeugnase sollte er genau jetzt etwas hochnehmen, fiel ihm ein, als die Maschine schon Bodenberührung hatte.

Es rumpelte, das Flugzeug sprang mehrfach über eine der Bodenwellen, statt dass es rollte. Dann plötzlich drehte es abrupt nach links, und gleich darauf richtete sich die Maschine mit dem Leitwerk fast senkrecht auf, bevor es zur Seite kippte und jäh zum Stehen kam.

Ralf schleuderte gegen die Kabinendecke, was er aber gar nicht mehr bewusst wahrnahm. Beim Aufsetzen schon war sein Bewusstsein geschwunden und er zur Seite gekippt, festgehalten nur durch seine Gurte.

Aus dem Kopfhörer hätte er immer noch die Rufe des Lotsen hören können, wenn der nicht ebenfalls verrutscht wäre.

Auf einmal trat Ruhe ein, es war völlig still um ihn herum. Aus dem Motorraum stieg eine dünne Rauchsäule auf, aber es entwickelte sich kein Feuer.

Fast wie bei einer perfekten Landung war das Flugzeug über dem Feld herabgeschwebt, hatte sanft aufgesetzt, und wäre da nicht eine tiefere Bodenfurche gewesen, dann hätte die Maschine fast ohne eine Korrektur ausrollen können.

Ein Bauer, der nahe dem Feld gearbeitet und das einschwebende Flugzeug beobachtet hatte, wurde Zeuge der Bruchlandung. Der war der Erste am Unglücksort und informierte die Polizei, die ihm riet, sich besser nicht dem Wrack zu nähern.

Die und die Feuerwehr erreichten den Platz kaum eine halbe Stunde später. Die waren bereits zuvor vom Flughafen alarmiert worden und sofort losgefahren, ohne dass sie schon den genauen Ort der Landung kannten.

Als die das Flugzeug so aufrichteten, dass die verklemmte Kabinenhaube geöffnet werden konnte, da flog ihnen eine Wespe entgegen, was die Hilfskräfte aber nicht kümmerte, da sie die Vorgeschichte nicht kannten.

Der anwesende Arzt griff, noch bevor sie den Piloten bargen, an dessen Hals und deutete sofort an, dass der tot war.

Wenig später hatten sie Ralf geborgen. Sein Kopf war hochrot, sein Mund weit aufgerissen, sein Hals und Rachenraum stark angeschwollen.

Die Bruchlandung selbst hatte bei Ralf keine ernsten oder gar fatalen Verletzungen verursacht, stellte die Gerichtsmedizin später fest, er hatte nur eine deutliche Prellung an der Brust davongetragen.

Sein Tod war von andrer Art, hervorgerufen durch einen einzigen Wespenstich. Der allergische Schock hatte nicht nur die Atemwege extrem anschwellen lassen, er hatte auch zu einem Herz-Kreislauf-Versagen geführt.

Als Tage später das Flugzeugwrack untersucht wurde, entdeckten die Techniker vom Luftfahrtbundesamt unter einem der beiden Pedale eine eingeklemmte tote Wespe. Die hatten vom Hintergrund gehört, der zu der Notlandung geführt hatte, und schauten sich erschüttert an.

„Das muss sie wohl sein", sagte der Mann, der sie entdeckt hatte. Er bat um eine Pinzette und eine Klarsichthülle. Dann deponierte er das Insekt in diese Hülle. „Was für ein tragisches Geschehen!", rief er.

5. DAS GESCHENK

Was sind Bienen doch für nützliche Tiere, und jeder weiß, dass sie nicht nur Honig produzieren. Umso mehr beunruhigen uns zurzeit Meldungen über das Sterben von Bienenvölkern nicht nur in heimischen Gegenden.

Das war Paul Richter ebenfalls bekannt, nur an diesem Tag beschäftigte ihn das Schicksal dieser etwas kuschelig daherkommenden Insekten weniger. Andere Gedanken und Sorgen drückten ihn, was seine Sicht auf das Geschehen in seiner Umgebung verengte. Es war der heftige Regen, der die Scheibenwischer der Frontscheibe fast überfordert hatte, und dazu der böige Wind, der den Versicherungsvertreter veranlasst hatte, nicht direkt nach Hause zu fahren. Die Schilder für die Autobahnauffahrt der A7 Richtung Hamburg waren schon zu sehen, als er sich entschieden hatte, eine Bleibe zum Übernachten zu suchen. Lust darauf, in dieser Nacht auf seine Frau zu treffen, hatte er nicht verspürt. Er wollte keinesfalls ihre Fragen nach dem Verlauf seiner Kundenbesuche beantworten müssen, das hätte ihn noch mehr mental heruntergezogen. Diese ganze Dienstfahrt über die Dörfer empfand er wie eine einzige Niederlage. Die Zeiten für Versicherungsvertreter waren nicht nur für Richter härter geworden, was ihn nicht tröstete. Allzu oft erlebte er das, wenn die Türen von potenziellen Kunden sofort geschlossen wurden oder diese ihr deutliches Desinteresse äußerten.

Er betrat sein Zimmer in einem abgenutzt wirkenden Hotel am Ortsrand, eine Übernachtungsmöglichkeit, die sein Budget nicht überfordern würde. Graue und brüchige Fassaden von Wohnhäusern prägten das Gesicht um das Hotel herum, sodass es vermutlich selten einen Menschen in diesen Stadtteil zog, der hier nicht wohnte. Das Leben erschien bereits jetzt erloschen, wo es regnete und nur einige Straßenlaternen die Bürgersteige erhellten. Aus den Fenstern der Wohnungen drang das unstet flackernde Licht von Fernsehern und deutete so an, dass für die Bewohner der Feierabend begonnen hatte. Nahe der Autobahnauffahrt signalisierte das Leuchttransparent einer Tankstelle den Ortsbeginn, wo es sonst keine andere Beleuchtung gab.

Ein Vorteil des Hotels war seine Nähe zur Auffahrt A7, über die er morgen früh zurück zu seinem Wohnort fahren würde. Dann würde wieder einmal eine mäßig erfolgreiche Woche als Versicherungsvertreter enden.

Richter fühlte sich nur erschöpft und wollte nicht darüber nachgrübeln, was ihm die letzten Tage gebracht hatten.

Das Licht vom Treppenhaus drang in das Zimmer, als Paul eintrat. Er schaltete die Deckenbeleuchtung ein und schloss hinter sich die Tür. Sein Blick glitt durch das spärlich möblierte Zimmer, das kaum Gemütlichkeit verströmte. Er hatte nicht viel erwartet, quittierte jetzt aber trotzdem seine Unterkunft mit einem tiefen Seufzer. Immerhin gab es ein schmales Badezimmer mit einer Schrankdusche und sogar einen Föhn. Über dem fast das ganze Zimmer einnehmenden Doppelbett hing an der Wand ein eher phantasieloses Gemälde, das irgendeine Heidelandschaft mit Schafen und Hirten zeigte. Das war dann bereits der gesamte Schmuck in dem ansonsten schmucklosen Hotelzimmer.

„Na gut", murmelte er und schob seinen Reisekoffer auf den vorgesehenen Klappständer. Auspacken wollte er aber seine Kleider nicht. Stattdessen öffnete er seine schwarze Aktentasche auf dem kleinen Tisch und entnahm ihr eine halbe Flasche Whiskey, die er noch vorher im Shop der nahen Tankstelle erworben hatte. Ein Glas holte er aus dem Bad.

Noch etwas fand er in seiner Aktentasche, einen kleinen Karton, den ihm ein Kunde, ein Imker, als Dank für seine angeblich so ehrliche Beratung zum Abschied gegeben hatte. Nicht verwunderlich für Richter, dass darin ein Glas Honig aus dessen eigener Produktion lag, das sorgfältig in Stroh eingepackt war. Nur kurz nahm er es heraus und warf einen Blick auf das handgeschriebene Etikett.

„Aus eigener Produktion", las er, dann stellte er den Karton mit dem Glas neben die Whiskeyflasche und verschloss den wieder mit dessen Deckel.

Genau hatte er es nicht mitbekommen, aber es war ihm, als sei dem Karton beim Öffnen irgendein Insekt entflogen. Vielleicht hatte er sich nur getäuscht, denn ein prüfender Blick im Zimmer herum zeigte ihm keinerlei Insekt, das da herumflog. Und hören konnte er auch nichts.

Das reichlich mit Whiskey gefüllte Glas in der Hand, setzte er sich auf das Bett und griff nach der Fernbedienung. Er flippte durch die Fernsehprogramme, bis er auf einen Nachrichtenkanal stieß. Einen Moment konzentrierte er sich auf das Programm, dann lenkte ihn seine Erinnerung an die unbefriedigend verlaufenen Kundenbesuche an diesem Tag wieder ab.

Wie viele Kunden waren es heute gewesen, mit denen er verhandelt hatte und deren Sorgen er sich hatte anhören müssen? Er wollte gar nicht nachzählen, weil es gefühlt zu viele waren, die er meist erfolglos abgefahren hatte. Die Höfe seines Kundengebiets lagen verstreut in kleinen Ansiedlungen. Verkauft hatte er nur zwei Versicherungen, eine Gebäude- und an anderer Stelle eine Berufsunfähigkeitsversicherung.

Das war zu wenig, und das wusste er! Das Geschäft war schon mal besser verlaufen, als er noch junge Ehepaare in norddeutschen Großstädten besucht hatte, die ihre neu erbauten schmucken Eigenheime versichern wollten. Da hatte er öfter seiner Gesellschaft am Monatsende volle Auftragsbücher präsentiert, die ihn mit dicken Boni und einem 7-BMW als Dienstwagen belohnt hatte.

Damals hatte er in teureren Hotels übernachtet, wo die Minibar im Zimmer so viel geboten hatte, dass er sich nicht in Tankstellenshops oder beim Discounter mit Getränken hätte versorgen müssen. Da war er oft nach draußen gegangen, um sich ein gutes Restaurant oder eine Bar im Zentrum zu suchen. In dieser Absteige gab es neben der Rezeption lediglich einen Getränkeautomaten, der Bier, Mineralwasser und Obstsäfte anbot. Vor drei Jahren hatte ihm seine Firma einen anderen Kundenbereich zugeteilt, plattes Land mit dünner Besiedlung und weniger jungen Leuten, die kaum Interesse an neuen Versicherungsverträgen zeigten. Entsprechend mager blieben sein Geschäftserfolg und damit die Boni seiner Firma. Manchmal fürchtete er schon, dass die ihn aussortieren könnten. Nur noch der inzwischen in die Jahre gekommene 7-BMW war ihm geblieben, der seine zweihunderttausend Kilometer gelaufen war.

Er entledigte sich seiner Schuhe, griff zu der Flasche Whiskey, um sie neben sich auf dem Nachttisch abzustellen, und streckte sich auf dem Bett aus. Nur das Licht der Nachttischlampe und der Fernseher erleuchteten den Raum. Das Glas Whiskey behielt er in der Hand, er würde es bald nochmals füllen müssen.

Das Fernsehprogramm langweilte ihn wegen der ihm lästigen Wiederholungen bekannter Werbespots. Die begleiteten ihn, wenn er in Hotelzimmern übernachtete. Er flippte zum nächsten Programm und dann nochmals weiter. Gab es nichts, was ihn interessieren könnte? Doch da blitzte auf einmal das Logo seiner Versicherungsgesellschaft auf. Im Werbespot wurden die Vorteile einer Berufsunfähigkeitsversicherung beworben. Paul musste lachen, weil er ausgerechnet heute diesem Imker vom Abschluss einer solchen hatte überzeugen können. Der hatte vielleicht sogar einen leichten Schaden, wie Richter meinte, denn der hatte sich wenig kritisch, aber dafür umso naiver gezeigt und nicht genau prüfen wollen, was er dem zum Unterschreiben untergeschoben hatte. Anschließend hatte der ihn noch stolz und wortreich durch seinen kleinen Betrieb geführt. Überall waren Bienen um ihn herumgeschwirrt, hatten sich aber gottlob nicht aggressiv verhalten. Trotzdem war Paul dann froh gewesen, sich von diesem geschwätzigen Kunden verabschieden zu können.

Gerade als dieser Werbespot endete und zum nächsten Spot gewechselt wurde, hörte Paul erst das leise, dann doch anschwellende Summen eines Insekts. War es eine Hummel, eine Biene? Schwer für ihn, zu beurteilen. Aber das Tier näherte sich jetzt seiner geöffneten Whiskeyflasche auf dem Nachttisch. Erst neugierig, dann bald genervt beobachtete er den Störenfried, den er jetzt als eine Biene identifizierte. Die kreiste dicht um seine Flasche, setzte sich auch mal auf den Flaschenrand, um dann plötzlich zu seinem Glas in der Hand zu wechseln. Ein Wischer von ihm vertrieb sie sofort zur Zimmerdecke, wo er im Halbdunkel zwar ihr leises Summen hörte, aber sie nicht sah.

Pauls Glas war nahezu geleert, und er füllte es nochmals, diesmal randvoll. Er musste vorsichtig einen Schluck nehmen, um nichts zu verschütten, im Liegen ziemlich schwierig.

„Szzzt." Es war doch wieder diese Biene, und jetzt flog sie in engen Bahnen um ihn und sein Glas herum. Paul wedelte mit der freien Hand, dann nahm er vorsichtshalber einen großen Schluck. Und wieder kehrte das Biest zurück.

„Szzzt", schien sie ihn zu verhöhnen und ließ sich kaum durch Pauls Handbewegungen in ihrem Flug irritieren. Er hätte jetzt beide Hände gebraucht, um das Tier zu verscheuchen.

„Was machst du denn hier?", rief er missmutig und pustete in Richtung der Biene, die er nicht wagte, mit seiner Hand einzufangen.

Jetzt setzte die sich auf den Flaschenrand und schien mit den Hinterbeinen ihre Flügel und ihren Hinterleib zu putzen.

„Mach mir bloß keinen Ärger", drohte Paul, dem die Biene unheimlich war. „Ich hatte einen anstrengenden Tag!"

Ihm fiel der Imker ein, der sich so geschwätzig gezeigt hatte, aber dann treuherzig den Versicherungsvertrag ohne Rückfragen und Gegenlesen sofort unterschrieben hatte. Dabei hatte Paul im Vertrag gleich noch ein paar Zusatzleistungen angekreuzt, die dieser gute Mann gar nicht benötigen würde. Was für ein Erfolg, würde er jetzt jubeln, wenn dieses lästige Insekt endlich davon abließe, ihn ständig zu umkreisen.

Der Imker hatte ihm von seinem selbst hergestellten Honiglikör probieren lassen. „Nehmen Sie und sagen Sie mir, wie der schmeckt", hatte er ihn gedrängt.

Und der Likör hatte wirklich gut geschmeckt, weshalb er auch noch ein zweites Likörglas akzeptiert hatte. Das war für ihn ja ein Anknüpfungspunkt gewesen, um bei dem Kunden eine weitere Versicherung anzupreisen, worauf der aber leider nicht angesprungen war.

„Sehen Sie, bei so gutem Honig und Likör, die Sie herstellen, haben Sie sich richtig entschieden. Kein Risiko zulassen, aber stattdessen unseren Schutz gegen Berufsunfähigkeit abschließen, das ist der Punkt!", hatte er dem Mann zum Abschluss gratuliert.

„Meinen Sie wirklich, dass ich als Imker das brauche?", hatte der skeptisch nochmals nachgefragt.

„Aber welche Frage? Unbedingt!", hatte er dem sofort bestätigt und doch noch ein Gläschen ausgetrunken, dass ihm der Imker eingeschenkt hatte. Er wollte den unbedingt davon abhalten, weitere Fragen zu stellen, wenn er schon unterschrieben hatte. Das hatte Richter ja mehrfach erlebt, dass Kunden ihre bereits geleistete Unterschrift zurückziehen wollten. „Das sind Sie doch Ihrem Likör und Honig schuldig!"

„Hoppla!", rief Paul erschrocken auf, als er mit einem Ruck aufstehen wollte, und nicht sofort sein Gleichgewicht fand. Seine eine Hand suchte Halt am Nachttisch, die andere umklammerte fest sein Whiskeyglas.

„Es reicht, dich setze ich jetzt vor die Tür!", rief er und öffnete das Fenster. Dumm nur, dass dieses impertinente Insekt sich auf einmal für das Fernsehprogramm zu interessieren schien und, scheinbar angezogen vom flackernden Licht der Werbespots, auf dem Bildschirm herumlief.

„Einer von uns beiden muss hier aus dem Zimmer verschwinden", schimpfte Paul mit brüchiger Stimme. Er griff nach dem Handtuch aus dem Badezimmer, fest entschlossen, das Biest zu töten.

Er wollte gerade vor dem Fernseher zum Schlag ausholen, da entschwand die Biene – nur nicht zum offenen Fenster, sondern irgendwohin im Zimmer, wo Paul sie nicht einmal hörte.

Er verharrte still in der Zimmermitte, darauf wartend, dass sich das Insekt gleich wieder melden würde. Minuten vergingen, nichts rührte sich.

„Verdammt, zeig dich endlich", stieß er gepresst heraus. Er drohte fast, beim Drehen um sich selbst das Gleichgewicht zu verlieren, und Whiskey war auf seine Hand getropft, was ihn zusätzlich ärgerte. Sein Blick prüfte die Whiskeyflasche, die er auf dem Nachttisch abgestellt hatte. Seine Laune, die bereits am Tag gelitten hatte, schrammte nahe am Rand einer veritablen Verzweiflung.

„Na gut", resignierte er und leerte mit einem großen Schluck sein Glas. Dann füllte er es nochmals, bevor er sich endlich wieder hinlegte. Und erneut spürte er, wie etwas Whiskey über seine Hand lief. Aber dieses Mal schien er das gar nicht zu bemerken. Sein Blick glitt erneut zur Flasche, deren Flüssigkeitsspiegel deutlicher abgesunken war, als er angenommen hatte. „Fast leer", brummte er missmutig.

Das Programm im Fernsehen verschwamm etwas vor seinem Blick, er kniff die Augen zusammen, er sollte sich konzentrieren. Was sah er da überhaupt? Zeigte der Sender immer noch Spots von seiner Firma, und wieso kümmerten die sich um einen Streik der Busbetriebe in seiner Heimatstadt?

„Szzzt." Die Biene tauchte wieder auf, lief jetzt am Rahmen des geöffneten Fensters entlang. Gebannt verfolgte Paul ihre Wanderung am Fensterrahmen mit der Hoffnung, dass die gleich davonflöge. Sie blieb aber, er nahm einen weiteren Schluck.

„Jetzt muss ich auch noch pinkeln." Genervt und vorsichtig drehte er sich aus der Liegeposition ins Sitzen. „Das ist jetzt alles deine Schuld, du Scheißvieh!"

Das Badezimmer war doch weiter entfernt, bemerkte er ärgerlich, und auch die Toilettenschüssel war wieder mal viel zu klein. Dann fiel sein Blick in den Spiegel, und er erschrak, denn in der Mitte hockte regungslos die Biene. Paul erstarrte einen Moment, als er sie dort so sah. Dieser pelzige Körper, die großen, schwarz glänzenden Augen, die gar nicht genau erkennen ließen, wohin sie schauten. Nervös tasteten ihre Fühler über das Spiegelglas. Erschreckend wirkte auf ihn dieser gebogene Rüssel. Mit minimalen Bewegungen seines Oberkörpers näherte er sich vorsichtig dem Spiegel.

„Gleich hast du es überstanden, nicht wahr? Und dann habe ich endlich wieder meine Ruhe", murmelte er leise und hob dabei langsam seine Hand zum Schlag hoch. Doch dann zögerte er.

„Merkwürdig, ich will dich töten, obwohl du wahrscheinlich außer mir das einzige Lebewesen in diesem trostlosen Zimmer bist", redete er zu dem Insekt, das sich immer noch nicht vom Fleck wegbewegte. Fast schien es ihm, als wartete diese Biene geradezu auf seine nächste Bewegung.

Doch in dem Moment, wo er sich zum Schlag entschloss, hörte er es wieder.

„Szzzt", und weg war sie, ohne dass Paul ihre Flugbahn verfolgen konnte.

„Oh, mein Gott!", stieß er plötzlich erschrocken aus. „Bin ich das?"

Im Spiegel erblickte er ein haariges Gesicht. Die Augenbrauen stachen mit schwarzen buschigen Haaren deutlich heraus, und über dem Mund ragte ein rötlich schlauchartiges Gebilde, durchzogen von kleinen Äderchen, das ihn mehr an einen Rüssel als an eine menschliche Nase erinnerte.

Er taumelte jetzt regelrecht zurück, versuchte rückwärts aus dem Badezimmer heraus zu seinem Bett zu finden, musste sich am Nachttisch festhalten, um nicht davor hinterrücks zu Boden zu fallen. Fast verzweifelt ergriff er die nahezu leere Flasche und wollte nochmals einen Schluck nehmen. Wo war das Glas? Hatte er es neben der Toilette abgestellt?

Er fiel zurück auf das Bett und zog mühsam seine Beine nach oben. Die Biene entschwand aus seinen Gedanken, aber das Spiegelbild wollte daraus nicht verschwinden.

Es dröhnte schon wieder dieses „Szzzt" ganz dicht in seinen Ohren, und er schien wie festgezurrt an seinem Bett, unfähig, einen Arm anzuheben.

„Lass mich endlich in Frieden", wollte er aufschreien, bekam aber seine Stimme nicht unter Kontrolle. Er spürte das Insekt ganz dicht am Kopf, über seinem Gesicht warf es mit seinen Flügeln einen gewaltigen Schatten.

Die Biene setzte sich auf seine Nase, ihre Beine fest aufgestützt. Erschrocken registrierte Paul die enorme Last ihres massigen Körpers, welcher ihm die Nase aufs Gesicht zu pressen drohte. Und er sah ihre Augen, längliche, dunkel glänzende Netzaugen, in denen sich seine Gesichtszüge zu spiegeln schienen und die von einer Unzahl an kleinen Haarbüscheln umrahmt wurden. Der schwarze Rüssel stieß spitz gegen seine Nasenspitze, drückte regelrecht eine Delle in dessen Haut und verströmte dabei einen üblen Geruch.

Paul schien wie paralysiert, unfähig, sich zu rühren oder zu schreien. Mit aufgerissenen Augen folgte er jeder Bewegung des Untiers.

Und plötzlich lachte die Riesenbiene über seinem Gesicht auf, ein meckerndes „Hohoho!", das aus einer Öffnung direkt unter ihrem Rüssel zu dringen schien.

„Erkennen Sie mich nicht, Herr Paul Richter?", rief das Insekt, und die Stimme erinnerte ihn an die des Imkers.

„Soll ich Ihnen mal etwas sagen?", redete die Biene in meckernd drohendem Ton. „Sie, nicht ich benötigen diese Berufsunfähigkeitsversicherung. Als Imker werde ich nämlich wohl kaum berufsunfähig!"

„Ich? Wieso denn ich?", stammelte Paul angstvoll, seine Stimme musste sich so kratzig anhören wie eine schlecht geölte Motorsäge.

„Denken Sie doch mal an Ihre Familie, Ihre Kinder! Sie erscheinen mir ja jetzt schon fast berufsunfähig", erklärte die Biene mit eisiger Stimme – oder war es der Imker? Und als hätte er es nicht vorher bemerkt, trug die jetzt eine Imker-typische Netzhaube zum Schutz vor Bienenstichen.

„Zeigen Sie doch mal Ihre Hände! Sehen Sie, wie die zittern?" Dabei stieß sie ihn mit ihrem Rüssel schmerzhaft ins Gesicht. „Sie können ja kaum noch einen Vertrag in den Händen halten."

Wieso hält sie auf einmal seinen letzten Vertrag, eingeklemmt zwischen ihrem vorderen Beinpaar?, schoss es ihm durch den Kopf, denn tatsächlich erkannte er das Formblatt seiner Versicherungsgesellschaft. Jetzt wies das aber an den Rändern Löcher von den stacheligen Beinen auf.

Das war genug für Paul. Mit einer heftigen Armbewegung schleuderte er die Biene mitsamt dem Vertrag zur Seite.

„Hehehe, was ist denn bei Ihnen los?", hörte Paul vom Flur her jemanden rufen, und dann klopfte es hart an der Tür.

Benommen versuchte Paul, sich auf dem Bett aufzurichten, brauchte einen langen Moment, um sich zurechtzufinden. „Alles in Ordnung!", rief er endlich und saß wieder aufrecht auf der Bettkante. „Entschuldigen Sie, wenn ich zu laut war."

Draußen war inzwischen niemand mehr, denn er erhielt keine Antwort.

Immer noch war er benommen, versuchte sich zu erinnern, was gerade passiert sein mochte. Er musste eingeschlafen sein, hatte geträumt und dabei Lärm verursacht, den andere Gäste gehört hatten, vermutete er. Ob er sogar herumgebrüllt hatte? Der Alkohol hatte gewirkt.

Sein Blick fiel auf den Teppich neben seinem Bett, wo sich ein dunkler Fleck abzeichnete. Unten lagen das leere Glas und direkt daneben die Whiskeyflasche. Die hatte er im Traum wohl beiseitegeschleudert.

Paul hob sie auf, musste sich dabei aber am Bett festhalten, um nicht auf den Boden zu rutschen. Und dann sah er es. Unten am Rand der Flasche klebte zerquetscht die Biene. Die hatte es tatsächlich doch noch erwischt.

Er schaffte es, wackelig auf den Beinen zu stehen und lief zum Tisch. Aus seiner Aktentasche kramte er den Vertrag mit dem Imker hervor. Mit einem dicken Filzstift fuhr er mehrfach kreuzweise über die Seite mit der Unterschrift. Das reichte ihm dann aber nicht, mit einer entschlossenen Bewegung zerriss er den gesamten Vertrag in mehrere Teile.

„Gleich am Montag in der kommenden Woche werde ich Sie nochmals besuchen und einen anderen Vertrag mit Ihnen vereinbaren", sagte er leise zu sich, wankte deutlich unsicher zurück zum Bett, um endlich Schlaf zu finden.

6. DER MORD

Ihr Freund hatte sich auf den Fahrersitz ihres Autos fallen lassen und schien völlig außer sich zu sein.

„Grit, ich habe gerade jemanden umgebracht", stammelte ein verstört wirkender Gerrit, der augenscheinlich außerstande war zu erklären, was er vor wenigen Minuten erlebt hatte. Dabei starrte er durch die Windschutzscheibe auf die Eingangstür des Hauses, aus dem er kurz vorher herausgestürzt war. Er hatte überhaupt nicht auf ihre Frage reagiert, sondern etwas ganz Ungeheuerliches behauptet.

„Was redest du da?", suchte sich Grit mit viel zu lauter Stimme Gehör zu verschaffen. „Was hast du gemacht? Erzähl doch endlich, was passiert ist!"

„Ich habe jemanden umgebracht. Umgebracht", stammelte er, was für sie überhaupt nichts erklärte.

„Das hast du nicht wirklich getan", bezweifelte Grit. „Beruhige dich und rede endlich!"

Von ihm kam aber nichts, er stierte zum Hauseingang, als erwartete er, dass dort gleich jemand unvermittelt erscheinen könnte.

„Oder doch?" Sie riss an seinem Arm, zog ihn am Kinn, damit er sie endlich ansehen mochte. „Mensch Gerrit! Was ist passiert?"

An diesem Sonntag hatte sie ein phantastisches Wetter mit einer ständig scheinenden Sonne am grenzenlos blauen Himmel erwartet. Wie andere aus der Großstadt zog es Grit und Gerrit raus in die reizvolle Natur. Nur planten sie keine reine Ausflugsfahrt, sondern hatten vor, einige befreundete Naturschützer aufzusuchen, die an ausgewählten Plätzen Daten über das Aufkommen von Insekten sammelten. Die benötigten sie im Rahmen ihrer gemeinsamen Bachelorarbeit im Fach Biologie. Häufigkeit und Vielfalt von Schmetterlingen war ihr Studiengebiet. Gewöhnlich schickten die Freunde ihre Informationen über das Internet, aber Grit und Gerrit wollten auch den direkten Kontakt halten. Nicht alles konnte ja den nackten Zahlen entnommen werden.

Nicht selten, wenn sie auf der Fahrt die gesammelten Daten diskutierten, zeigten sie sich schockiert. Zu deutlich schienen die ihren Verdacht über die stete Abnahme von Schmetterlingsarten zu bestätigen. Und nicht selten packten sie dann Zweifel, ob ihre Bachelorarbeit einen Nutzen liefern könnte.

„Unsere Arbeit bestätigt im Grunde genommen nur das, was jeder Mensch ohnehin schon ahnt", erklärte zum Beispiel Gerrit. Und sie antwortete dann ebenfalls etwas resignativ: „Wenn wir es nicht statistisch belegen können, wird es eine Ahnung bleiben. Und das hilft noch viel weniger!"

Gerade hatten sie aktuelle Daten von einem der Beobachtungsposten vor sich liegen und sahen sich bestätigt. „Wenn diese Zahlen stimmen, dann ist unsere Arbeit sehr wahrscheinlich die Letzte, die so möglich sein wird, Schmetterlinge wird's dann kaum noch geben", witzelte Gerrit.

„Das hoffen wir ja mit unserer Arbeit zu verhindern", entgegnete ihm Grit, die wenig Sinn für solche Späße hatte.

Auf dem Weg zu ihrem nächsten Zielpunkt hatten sie nicht ganz unerwartet eine Autopanne. Der Motor hatte sich verabschiedet und sie zu einem Halt auf der Straße gleich nach der Ortseinfahrt gezwungen.

Am Morgen, noch bevor sie losfahren konnten, hatte Gerrit diesen verdammten Oldtimer mit einiger Mühe in Gang setzen müssen, weil dessen Motor nicht sofort angesprungen war. Das passierte nicht zum ersten Mal, sondern konnte sich selbst nach einer längeren Fahrt wiederholen, wenn sie zum Beispiel kurz hatten halten müssen.

Gerrit hatte ihn dann stets wieder zum Laufen bringen können, was sie auch diesmal hofften und daher nicht sonderlich beunruhigt waren.

Dieser Oldtimer, an dem Gerrits Herz hing und den Grit am liebsten in einem tiefen See versenkt hätte, schien ihr Vorhaben auszubremsen. Allerdings musste auch sie einsehen, dass sie beide außer diesem betagten Auto kein anderes Fahrzeug hatten, das ihnen solche Rundfahrten ermöglicht hätte.

„Das haben wir gleich!", hatte Gerrit gerufen und war aus dem Auto gesprungen.

Was Grit dann von ihm gesehen hatte, waren nur gelegentlich seine Arme und sein Kopf, wenn er ihr irgendein Kommando hatte zurufen wollen. Mehrfach hatte sie den Motor starten sollen, aber eben vergeblich.

Schließlich hatte sogar Gerrit das eingesehen und war zu ihr zurück ins Auto gestiegen. Verlegen hatte er gelacht und die Panne zu einem recht witzigen Erlebnis hochstilisieren wollen. Nur hatte sie den Witz nicht teilen können.

„Das ist das spannende bei einem Oldtimer. Immer kann etwas Unvorhersehbares passieren", hatte er versucht, sich und Grit bei Laune zu halten.

„Wie auch jetzt, wo wir möglicherweise keine weitere Beobachtungsstelle mehr anfahren können. Und eine geöffnete Pannenhilfe am Sonntagnachmittag gibt es wahrscheinlich auch nicht in der Nähe", hatte sie ihm weniger amüsiert entgegnet. „Was jetzt?"

„Uns bleibt nichts anderes übrig, als dass wir trotzdem einen Pannendienst finden müssen, auch wenn der weiter entfernt ist", hatte er etwas kleinlaut erklärt.

Dann hatten sie mit ihrem Handy, er hatte keins, versucht, eine Werkstatt zu erreichen. Nur hatten sie ausgerechnet an diesem Ort kein Netz gefunden. Etliche Versuche, auch im Freien, hatten nicht gefruchtet. Und jetzt erst hatte sich seine Stimmung geändert, was seine vermehrt ausgestoßenen Kraftausdrücke hinreichend belegten.

„Ich denke, dass ich mal bei einem der Anwohner hier in den Eigenheimen anklopfe, um zu telefonieren", war schließlich sein naheliegender Gedanke, und dabei hatte er auf die Reihe von Einfamilienhäusern längs der Straße gedeutet. „Die haben sicher alle noch einen Festnetzanschluss."

Dann war er hinübergelaufen, hatte gleich beim ersten Haus vergeblich geklingelt und war ein Stück weiter zum Nächsten gelaufen. Grit hatte das beobachten können.

Dort war ihrem Freund von einem Hausbewohner Einlass gewährt worden, ohne dass sie den hatte erkennen können. Nur gewundert hatte sie es, dass Gerrit für sein Telefongespräch so viel Zeit zu benötigen schien. Auf einmal war er herausgestürzt und, so als würde ihn jemand verfolgen, zurück zu ihrem Auto gerannt. Selbst die Haustür hatte er offen stehen lassen.

Und jetzt, hämmerte es in Grits Kopf, behauptete ihr Freund, jemanden umgebracht zu haben.

„Was ist passiert?", wiederholte sie ihre Frage erneut mit schriller Stimme. „Mensch Gerrit, rede mit mir!"

Sie schaute ihn dabei so an, als säße neben ihr nicht ihr vertrauter Freund, sondern ein verirrter Psychopath. Endlich schien er sich etwas gefasst zu haben und schilderte erst stockend und für sie kaum verständlich, was drinnen im Haus angeblich passiert war.

„Ich habe geklingelt, und da ist der ältere Mann an der Tür erschienen. Dem habe ich einfach erzählt, was wir für ein Problem haben und gefragt, ob ich mal telefonieren könnte", berichtete er, wobei er beim Reden spürbar ruhiger wurde. „Dann hat der mich in sein Haus hereingelassen. Er lief vor mir in sein Wohnzimmer, wo das Telefon stand."

„Und was ist dann passiert?", fuhr Grit ungeduldig dazwischen, der seine Erzählung zu lange dauerte.

„Ich habe noch gefragt, ob er eine Werkstatt kenne oder ob er so etwas wie ein Branchenfernsprechbuch habe. Und was glaubst du: Der hatte sogar die Gelben Seiten."

Er unterbrach sich kurz, offensichtlich wollte er sich jetzt genau an jede Einzelheit erinnern, während Grit ihre Ungeduld kaum zu zähmen wusste. „Und dann? Was dann? Himmel, rede doch schneller!"

„Da habe ich dann in den Gelben Seiten unter Autowerkstätten nachgesucht, was mich völlig in Anspruch genommen hat." Er schaute Grit ins Gesicht. „Da spürte ich plötzlich einen ganz harten Gegenstand, der sich regelrecht unterhalb meines linken Schulterblatts reinbohrte. Ich war erst mal so perplex, weil ich gar nicht wusste, was das sein könnte. Aber da schrie mich dieser Alte schon an: Hände hoch, ich schieße sofort, Sie sind ein Verbrecher – so ähnlich redete der."

„Und du hattest ihn in keiner Weise vorher provoziert oder dich verdächtig verhalten?", fragte sie ungläubig.

„Grit, natürlich nicht." Er schüttelte den Kopf. „Einen Moment verrutschte dieser harte Gegenstand weg von meinem Rücken. Und da schlug ich, ohne zu schauen, mit voller Wucht mit meinem linken Arm nach hinten. Es gab sofort ein dumpfes Geräusch, und dann sah ich ihn auch. Er saß auf dem Boden, den Rücken halb aufgerichtet, gegen eine Kommode gelehnt und hatte erst die Augen geschlossen, doch gleich wieder geöffnet. Er rührte sich nicht mehr."

Grit versuchte sich den Ablauf, wie ihn Gerrit geschildert hatte, vorzustellen. Was ihr Freund erzählte, erschien ihr durchaus vorstellbar, obwohl sie sich fragte, mit welcher Wucht er den Alten getroffen haben musste, um jemanden mit einem einzigen Treffer bewusstlos oder totzuschlagen. Für möglich hielt sie eher, dass der alte Mann im Fallen sich tödlich verletzt hatte.

Der war sicher nur bewusstlos, schoss es ihr durch den Kopf. Wahrscheinlich war der Mann unglücklich mit seinem Hinterkopf auf eine Kante der Kommode geknallt und hatte nur sein Bewusstsein verloren, überlegte sie.

„Gerrit, warum hast du den nicht gleich untersucht? Hat der vielleicht aus einer Kopfwunde geblutet, war der tatsächlich nur einen Moment lang weggetreten?"

„Das glaube ich nicht", entgegnete ihr Gerrit. „Ich habe ihn geschüttelt und angerufen. Der hat sich überhaupt nicht mehr gerührt. Ich habe ja auch an seinen Hals gefasst, da habe ich keinen Puls wahrgenommen. Der ist tot!"

Grits Zweifel blieben, und sie schaute ihm kopfschüttelnd in sein Gesicht. Sicher war, dass sie nachsehen müssten, was passiert war. Weiterfahren war ja keine Option für sie. Zumindest sollten sie in der Nachbarschaft Hilfe suchen.

„Da hilft es vielleicht, dass ich eine Frau bin und du nur ein Mann", sagte sie fest entschlossen, was bei einer anderen Gelegenheit witzig gewesen wäre. Jetzt wollte sie selbst nachsehen. Sie stieg aus, nicht ohne ihm zuzurufen, dass er ihr folgen solle.

Bereits dicht am Zugang zum Grundstück des alten Mannes wartete sie, bis Gerrit neben ihr stand. Sie wollte schon in dessen Vorgarten treten, als auf dem Nachbargrundstück ein älterer Mann vor seiner Tür erschien.

„Wollen Sie Herrn Kleinert besuchen?", fragte der über die Hecke hinweg, die die beiden Grundstücke voneinander trennte.

„Wieso fragen Sie?", fragte Grit. „Wir müssen mit dem reden."

„Tun Sie das lieber nicht oder zumindest nicht ohne meine Hilfe", riet der Nachbar. „Der ist manchmal reichlich verwirrt." Der Mann tippte mit einem Finger an seinen Kopf, um damit wohl anzudeuten, wie er das meinte. „Lassen Sie mich besser mitkommen."

„Das ist doch nicht nötig!", rief Gerrit, der verhindern wollte, dass der Nachbar ihnen ins Haus folgen würde. Der könnte beim Anblick seines auf dem Boden liegenden Nachbarn sofort auf ein Verbrechen tippen und sie dieser Tat verdächtigen. Dann wäre es besser, wenn sie zunächst selbst die Polizei informierten, überlegte Gerrit.

Da hatte aber Grit schon die Haustür weiter aufgeschoben in der Absicht, sich mit ihrem Freund zunächst allein im Haus umzusehen.

Eine tiefe Stimme brüllte ihnen entgegen: „Sie wieder, Sie Verbrecher, verschwinden Sie!"

In kurzem Abstand ertönte zweimal das laute Knallen einer Schrotflinte.

Ungläubig den Alten anblickend, sank Grit, getroffen von mehreren Schrotkugeln, zu Boden, während Gerrit unverletzt geblieben war. Ein Sprung von ihm nach vorn, ein harter Faustschlag in das Gesicht des Alten, und der sackte auf seinem Flur in sich zusammen.

Der Nachbar hatte alles mit angesehen und rannte augenblicklich, laut immer wieder „Oh Gott, oh Gott" rufend, zum Eingang des alten Mannes hinüber.

Grit auf dem Boden verrenkte sich merkwürdig, ihre Augen drehten in die Augenwinkel, ein dünner Rinnsal von Blut zog eine schmale Spur auf Kinn und Hals, als Gerrit ihren Kopf verzweifelt auf seinem Schoß bettete. Ein heftiges, unkontrolliertes Zucken erfasste ihren ganzen Körper, schien ihren Oberkörper in seinen Schoß zu pressen. Gerrit spürt Grits krampfartige Bewegung, hörte nicht mehr ihre viel zu leisen Worte, konnte selbst nichts tun, als sie festzuhalten.

Die Polizei erschien fast gleichzeitig mit dem Notarztwagen am Unglücksort, was Gerrit gar nicht bewusst registrierte. Geschockt harrte er neben seiner Freundin aus und sah mit an, wie sich der Notarzt vergeblich um seine Freundin bemühte. Helfen konnten die Grit nicht mehr. Davor hatte bereits ein Fahrzeug eines Pannendienstes, das zufälligerweise vorbeigefahren war, angehalten, weil man ihren Oldtimer entdeckt hatte. Der transportierte ihren Wagen in eine Werkstatt ab, die nur wenige hundert Meter vom Unglücksort entfernt ansässig war.

Der Nachbar las am nächsten Morgen seiner Frau, die am Vortag ihre Schwester besucht hatte, die wichtigsten Zeilen in der Meldung über den Vorfall vor.

„Die zweiundzwanzigjährige Grit B. verstarb, noch bevor sie in ein Krankenhaus transportiert werden konnte. Ihr Freund Gerrit M. hat die Schüsse aus der Jagdwaffe unverletzt überlebt. Der als psychisch gestört geltende Hauseigentümer Otto K. wurde mit einer leichten Gehirnerschütterung zur Beobachtung ins Krankenhaus eingeliefert."

„Hätte Otto doch nicht seine Tür geöffnet und wären die beiden Studenten nur eine Haustür weitergegangen und zu uns gekommen, all das wäre nicht passiert", sagte ein tief erschütterter Nachbar.

„Und hätten die beiden Studenten von der geöffneten Werkstatt gewusst ...", ergänzte seine Frau.

Bei eBay erschien wenige Tage nach dem Unglück eine Anzeige über den Verkauf eines Oldtimers Marke Bentley. Für Gerrit endete sein Interesse an Oldtimer-Fahrzeugen, und insbesondere seinem Eigenen, abrupt. Ihre gemeinsame Bachelorarbeit wurde nie abgeschlossen. Gerrit hatte sich nach einem nur der Trauerarbeit gewidmeten Semester entschlossen, diese Arbeit abzubrechen und sein Studienfach zu wechseln. Zu sehr lastete der Verlust seiner Freundin auf ihm. Selbst das Biologieinstitut betrat er nicht mehr.

Sein Schock zeigte auch sonst Wirkung. So vermied er fortan, an einer fremden Haustür unangekündigt zu klingeln. Wann immer möglich, versuchte er es zuerst mit einem telefonischen Kontakt.

7. DIE EXKURSION

Nicht an alle Ereignisse erinnern wir uns gern, insbesondere gilt das, wenn daran unangenehme oder gar schmerzliche Erfahrungen hängen. Vergessen können ist dann ein willkommenes Feature unseres Gehirns. Meist hoffen wir, dass auch die Zeugen oder Mitwisser über ein solches verfügen.

Darauf hoffte auch der Biologielehrer an einer bayrischen Realschule, Paul Seiter, der an einem warmen und sonnigen Maitag mit seiner Klasse zu einer Exkursion in den Stadtforst aufgebrochen war. Seiter liebte Waldspaziergänge, bei denen er häufig abseits der vorgesehenen Wege zwischen den Bäumen herumlief und tief in das dichte Unterholz eindrang. Dort frönte er dann seiner Leidenschaft, Insekten aufzuspüren, um die intensiv zu beobachten. Groß war seine Freude, wenn er zum Beispiel einen selten anzutreffenden Käfer fand. Dann schoss er Fotos oder steckte den in einen dafür vorgesehenen Behälter. Er führte stets in seiner ledernen Umhängetasche verschließbare Gefäße mit sich, um das eine oder andere seltene Insekt darin nach Hause zu transportieren. Er kratzte die Rinde von Bäumen beiseite, ebenso wie er im weichen Waldboden nach den Spuren winziger Lebewesen scharrte. Was andere übersahen oder häufig nur beiläufig registrierten, erkannte er als unverzichtbare Rolle dieser Kleinstlebewesen für den Fortbestand des Waldes.

Nahm man zusammen, was er sich aus dem Internet oder aus der Fachliteratur an Wissen über Jahre angeeignet hatte, dann konnte sich Seiter durchaus als Experte für heimische Insekten betrachten.

In seiner Wohnung kümmerte er sich um eine Anzahl Terrarien, die er teilweise mit Tieren besetzt hatte, wie zum Beispiel Stabschrecken oder Vogelspinnen, die hier nicht zu Hause sind. Die zeigte er auch schon mal seinen Schülern im Unterricht, wodurch er anschaulicher über deren Besonderheiten referieren konnte.

Seiner Leidenschaft wegen und weil er bei jeder sich bietenden Gelegenheit sein Wissen darüber ausbreitete, hatten ihm Kollegen wie auch Schüler den Spitznamen Insekten-Seiter verpasst. Das war ihm bekannt, und er fühlte sich hierdurch nicht beleidigt, sondern eher geehrt.

Er lebte allein, was er möglicherweise bedauerte, denn es hatte über Jahre eine enge Freundin gehabt, ebenfalls eine Biologielehrerin, die er bei einer Fortbildung kennengelernt hatte. Obwohl sie sich gut verstanden hatten und das Interesse an Insekten teilten, hatte die Verbindung doch nicht gehalten. Für ihn völlig überraschend hatte sie ihm erklärt, dass ihrer Beziehung etwas fehlte, worauf sie nicht verzichten wollte. Den Grund für ihre Trennungsentscheidung hatte er nicht begriffen. Weder hatten sie häufiger gestritten noch auf Sex verzichtet. Aber sie hatte gar nicht versucht, ihm ihre Gründe verständlich zu erklären. Und leider war diese eine Beziehung für ihn bisher die Einzige geblieben.

In seinem Kollegenkreis war diese Trennung kein Geheimnis, man teilte recht schnell den Eindruck, dass der Kollege sich bald ein gutes Stück schrulliger entwickelte. Sein bereits vorher leicht einspuriges Interesse wurde denen noch offensichtlicher, was sich vor allem in seiner Kommunikation zeigte. Folge war, dass er dadurch immer mehr zum Außenseiter geriet. Hielten ihn einige seiner Kollegen für einen fast bedauernswerten Mann, galt anderen sein Verhalten als abweisend oder versponnen.

***

Für seine Schülerinnen und Schüler der neunten Klasse war es eine willkommene Unterbrechung des normalen Unterrichts. Anstatt viele Stunden im Klassenraum zu hocken, könnten sie an diesem warmen Tag im Wald herumlaufen. Natürlich war ihnen klar, worüber ihr Lehrer dort Vorträge halten würde und dass sie über die Exkursion eine Hausarbeit anfertigen müssten. Das hinderte sie nicht daran, auch ihren eigenen Interessen zu folgen. Dass die Jungs sich mehr für die Mädchen und umgekehrt die für ihre Klassenkameraden erwärmten, als sich Seiters weitschweifige Vorträge anzuhören, nahm ihr Lehrer nicht einmal wahr. Der ließ sich kaum beirren, verharrte immer wieder vor einem Baum oder einem bestimmten Gewächs am Boden, um sich über ein dort anzutreffendes Insekt zu verbreiten. Erwischte er ein Krabbeltier, so suchte er das in einem Gefäß vorübergehend einzufangen, um so seinen Schülern dessen Besonderheiten erläutern zu können.

Sie waren abseits eines Weges tief in den Wald eingedrungen, was für Seiter kein Problem zu sein schien, denn der wies mit seiner Hand immer wieder in eine neue Richtung, in der seine Schüler ihm folgen sollten. Einige von denen zeigten sich schon etwas ermüdet von der fortdauernden Berieselung über Insekten und hatten sicher ihre Uhren im Blick. Deren Hoffnung war, dass die übliche Unterrichtszeit nicht überschritten werden sollte. Der Moment schien aber gekommen zu sein, als Seiter auf einmal stehen blieb und sich zu seinen Schülern umdrehte.

„So, das wollte ich euch unbedingt noch zeigen, bevor wir umkehren!", rief er und wartete, bis alle Schüler in einem Halbkreis um ihn herumstanden.

„Ihr wisst schon, was das hier für ein Ameisenhügel ist?", stellte er mehr rhetorisch eine Frage an die Runde, die über den Anblick dieses Ameisenhügels kaum überrascht war. Eher fragten sie sich, was an dem ungewöhnlich sein sollte. Aber natürlich würde er ihnen gleich einen Vortrag über diese Tiere an sich und deren wesentliche Funktion im Wald halten.

Seiter trat dicht an den Hügel heran und hatte offensichtlich vor, einige der Ameisen mit einer Petrischale einzufangen, um mit denen seinen Vortrag so anschaulich untermauern zu können. Er hockte sich direkt neben dem Ameisenbau nieder und wollte für einen Moment die Schale auf den Bau legen.

Es war dem warmen Wetter geschuldet, dass Seiter so leicht bekleidet war und nur eine dünne Leinenhose trug, die sich allerdings recht straff über seinem Bauch und Gesäß spannte. Auf einen Gürtel hatte er verzichtet, stattdessen hielt ein Hosenträger die Hose über dem Bauch.

Ein merkwürdiges, den Schülern aber bekannt erscheinendes Geräusch drang in diesem Moment vom hockenden Lehrer herauf. Es war ein langgezogenes „Pffft", das erst mit Erstaunen und dann mit nur mühsam unterdrücktem Gelächter der ganzen Klasse quittiert wurde.

Seiter stutzte selbst, hatte aber sofort das unangenehme Gefühl, dass da etwas Schreckliches mit seiner am Po straff gespannten Hose passiert sein musste, denn plötzlich fühlte es sich hinten herum fast befreit, irgendwie luftig an. Ein Blick zu seinen Schülern ließ ihn vermuten, dass das Geräusch zu einem fatalen Fehlschluss bei denen geführt hatte. Verzweifelt und unfähig, die Situation zu erklären, versuchte er, sich in der Hocke zum Ameisenhaufen hinzudrehen. So hoffte er, seinen in einer weißen Feinrippunterhose hervorblitzenden Hintern verbergen zu können.

Er wagte gar nicht erst aufzustehen, stattdessen suchte er sich rückseitig noch weiter vom Blick seiner Klasse wegzudrehen. Fast hätte man schon rufen können, „überdreht!", da kippte er rücklings genau mit seinem Hinterteil auf den Ameisenhaufen.

Und jetzt wurde zu allem Übel auch deutlich, warum er Biologielehrer und nicht Sportlehrer war, er schien hilflos auf dem Haufen festzusitzen. So unbeholfen, als sei er mit seinem Hinterteil auf dem Ameisenbau festgetackert, suchte er mit seinen Armen vergeblich einen Halt oder eine Aufstehhilfe zu finden, bis endlich einige der Jungs ihm zu Hilfe sprangen. Mit einem beherzten Ruck zogen sie ihren gewichtigen Lehrer wieder in die Senkrechte.

Damit war allerdings nur ein Teil seiner Probleme gelöst. Warum er sich auch jetzt im Stehen noch so verklemmt unbeweglich zeigte, war seinen Schüler unerklärlich. Der eine oder andere von denen mochte sich vielleicht schon fragen, ob neben dem Pups-Geräusch nicht auch noch vor Schreck Land von ihm mit abgesondert worden war, während Seiter überlegte, wie er seinen in der Unterhose steckenden Hintern am besten verbergen könnte.

Jetzt erlebte er verschärfend, dass beim Sitzen auf dem Ameisenhaufen eine ganze Schar dieser lieben Biester in die offene Hose eingedrungen war und sich unangenehm zur Wehr setzte. Unabhängig davon, ob er darüber auch Wissen angelesen hatte, erfuhr er nun schnell, dass diese durchaus wehrhaften Tiere der Art Rote Waldameise schmerzhaft zubeißen konnten.

„Ich muss, äh, also ich denke, wir haben das jetzt hier alle ganz gut gesehen. Wir sollten doch zurückgehen, am besten ihr geht voraus", erklärte er, und seinem Gesicht war anzusehen, wie peinlich ihm seine Lage war.

Wie gut dann, dass die Schüler die Uhrzeit im Blick hatten und kein Interesse verspürten, ihre Zeit im Wald über die normale Unterrichtszeit hinaus ausdehnen zu wollen.

Seiter musste nicht lange warten, da entschwanden ihm seine Schüler schon aus dem Blick, und er konnte mit energischem Klopfen und Schüttelbewegungen sich seiner Hosengäste entledigen. Kaum achtete er jetzt darauf, dass vielen seiner geliebten Insekten dadurch der Garaus gemacht wurde.

Vorsichtshalber schlug er den Umweg über sein Zuhause ein, bevor er nochmals zur Schule zurückkehrte. Die Hose aber ließ er sofort im Müll verschwinden. Wenn er noch einen Vorsatz fasste, dann den, dass er entweder weitere Beinkleider anschaffen oder abnehmen sollte.

Am folgenden Tag erinnerten ihn sehr schnell das Tuscheln und nur mühsam unterdrückte Lachen in der Schule, dass dieses peinliche Ereignis sich herum- gesprochen hatte.

Sein Missgeschick hatte sich selbst unter seinen Lehrerkollegen verbreitet. Offen mochten sie ihm das nicht zeigen, doch verbergen konnten sie ihren versteckten Spott auch nicht. Und bei einigen blitzte Schadenfreude auf, wenn die sich beispielsweise mitleidvoll erkundigten, ob er sich nicht bei seinem Sturz am Hintern verletzt hätte.

Ein anderer Mensch wäre diesem Spott vielleicht mit einem Lachen begegnet, nicht so Seiter, der noch verklemmter reagierte, als er ohnehin für viele immer schon erschienen war. Die sahen sich jetzt bestätigt, was sie untereinander in Gesprächen durchblicken ließen. Ihre Meinung über den Kollegen festigte sich.

Was er aber zunächst nicht mitbekam, war sein neuer Spitzname in der Schule. Fortan nannten sie ihn den Ameisen-Pupser, was nur für die interpretierbar war, die die ganze Geschichte kannten. Allerdings sorgten dafür nicht nur die Schüler.

Hatte Seiter anfangs gehofft, dass nach einer gewissen Zeit dieser Vorfall in Vergessenheit oder zumindest aus den Gesprächen verschwinden würde, so wurde er eines Besseren belehrt. Sobald er erschien, musste er nicht warten, bis irgendein Kollege eine spöttische Bemerkung von sich gab. Der überhebliche Umgang, besonders des Deutschlehrers, entging ihm schon deshalb nicht, weil sie in derselben Klasse unterrichteten und häufig sich seine Biologiestunde an die Deutschstunde anschloss.

Warum ihm ausgerechnet der so ablehnend und respektlos zusetzte, verstand er nicht – zu einem klärenden Gespräch fehlte ihm der Mut. Dessen offensichtliche Antipathie erlebte er noch vier Wochen nach der Exkursion in einer seiner Unterrichtsstunden, als er beim Betreten des Klassenraums folgende Worte auf der Tafel lesen musste. „Viele Grüße an den Ameisen-Pupser!"

Seine ärgerliche Nachfrage bei den hämisch grinsenden Schülern, wer das geschrieben hätte, beantworteten die erst nach einer Drohung. Er würde einen schriftlichen Test schreiben lassen, wenn sie nicht redeten. Jetzt erfuhr er, dass der Deutschlehrer für diesen üblen Scherz verantwortlich war.

Nach der Schulstunde platzte ihm im Lehrerzimmer vor allen Kollegen doch noch der Kragen. Aufgebracht wollte er dem Deutschlehrer die Meinung sagen, erntete dabei aber statt Verständnis oder Solidarität nur hämisches Grinsen und den Ratschlag, diesen Spaß seines Kollegen doch nicht so ernst zu nehmen.

Der sich bloßgestellt fühlende Seiter musste auch in der folgenden Zeit erleben, dass nicht nur dieses Ereignis, sondern die inzwischen angewachsene Distanz zu den Kollegen sich auf seine Autorität bei den Schülern auswirkte. Hatte er eine Zeitlang auf Vergessen gehofft, so irritierte ihn immer mehr, welchen geringen Rückhalt er im Kollegium erfuhr. Was ihm vorher nicht so aufgefallen war, trat nun deutlich zutage, er war als Sonderling isoliert, dem zwar niemand etwas vorwerfen konnte, der sich aber gut als Opfer anzubieten schien.

Was ihn zu Hause immer stärker beschäftige, war die Frage, wie er mit diesem Autoritätsverlust weiter unterrichten könnte. Unterrichtsstunden misslangen ihm, da er die Schüler nicht mehr sicher erreichte, ihm die Disziplin entglitt.

So passierte es, dass wegen des fast im ganzen Flur hörbaren Lärms bei seinem Unterricht der Rektor erschien und sich erstaunt erkundigte, was sich da gerade abspielte. Der Rektor mahnte ihn nach der Stunde im Kollegium, mehr auf die Disziplin seiner Schüler zu achten.

Er trug sich sogar mit dem Gedanken, die Schule zu wechseln, was in einer größeren Stadt vielleicht leicht realisierbar war. In einem Ort mit einem einzigen Schulzentrum hätte das aber einen Wohnortwechsel erfordert. Mehrmals beschäftigte er sich mit dem Gedanken wegzuziehen, verwarf diese Idee aber schnell, weil ihm der Mut dazu fehlte.

Am Wochenende brach Verzweiflung bei ihm aus, als er sich seine ganze Situation vor Augen führte. Es zog ihn raus aus der Wohnung. Ziellos lief er zunächst los, aber nicht verwunderlich, steuerte er wenig später den Wald an, in dem das Malheur seinen Ausgang genommen hatte. Sich allein fühlend, redet er sogar laut mit sich. Aus ihm brach die ganze Enttäuschung und Wut, vor allem über seine Kollegen, heraus. Weithin hörbar beklagte er sich über dieses Mobbing, wobei er immer weiter in den Wald hineindrang, genau in die Richtung des Ameisenhügels. Sicher war das eher zufällig, denn in seiner Erregung hatte er gar nicht darauf geachtet, wohin er lief.

Er hatte gar nicht bemerkt, dass ihm inzwischen ein junges Ehepaar gefolgt war. Die hatten nicht nur dieses laute und wütende Schimpfen angehört, sondern waren neugierig darauf, was der vorhatte. Wenig später wurden sie Zeugen, wie er völlig die Nerven zu verlieren drohte. Mit unglaublicher Wut trampelte er mit den Füßen auf dem Ameisenhaufen herum und schleuderte das aufgeschichtete Baumaterial auseinander. Dabei schrie er unablässig heraus, was ihn belastete.

Er bekam nicht mit, dass das Ehepaar längst überlegte, wie sie ihm Einhalt gebieten könnten. Die meinten, dass sie einem verwirrten oder aus einer Psychiatrie entlaufenen Patienten begegnet wären. Für seine Raserei hatten sie keine bessere Erklärung.

Mit lauten Rufen versuchten sie, ihn in seiner Zerstörungswut zu bremsen. Der Mann griff sogar nach Seiters Armen, um ihn wegzuziehen, während die Frau mit ihrem Handy eifrig Fotos schoss.

Es dauerte, bis sie ihn zur Besinnung gebracht hatten und er freiwillig das Feld räumte. Er lief einfach weg, ohne sich zu seinem Verhalten erklären zu wollen. Lediglich die Worte „Tut mir leid" wiederholte er mehrfach.

Als bekennende Naturschützer war es für sie klar, dass sie ihre Beobachtungen bei der Polizei anzeigten. Auch der Zeitung berichteten sie von diesem Vorfall und übergaben ihre Handybilder.

Es dauerte bis zum Montagnachmittag, dass Seiter ins Polizeirevier bestellt und ihm die Anzeige präsentiert wurde. Die Geldstrafe, die ihm dann drohte, nahm er ohne Widerspruch entgegen, er fühlte sich ja selbst schuldig und zeigte sich deutlich reumütig.

Am Dienstagmorgen erlebte er gleich in seiner ersten Unterrichtsstunde, was er angerichtet hatte. Beim Betreten des Klassenraums bemerkte er sofort die Zeitung, die ein Schüler demonstrativ vor sich hochhielt. Ahnend, was die Abbildung auf der Titelseite zeigte, forderte er den Jungen auf, die jetzt wegzulegen.

Der dachte gar nicht daran, ihm zu folgen. Er hielt unverändert die Seite mit dem Foto von Seiter hoch, als der auf den Ameisenhaufen eingetreten hatte. Darüber stand in großen Lettern: „Biologielehrer der Realschule rastet aus!"

Es war eine Reflexbewegung, unüberlegt und spontan, die ihn zum nächstbesten Gegenstand auf dem Lehrertisch greifen und ihn Richtung des Schülers schleudern ließ. Dass ein Kreidekasten durchaus als Wurfgeschoss verletzen kann, war sofort durch den Aufschrei des getroffenen Jungen klar. Der fiel sogar neben seinem Tisch auf den Boden, zeigte heftig schreiend auf das Blut, das von seiner Stirn ins Gesicht rann.

Die anderen Schüler schrien wild durcheinander, einige rannten auf den Flur, und sehr schnell liefen der Rektor und weitere

Kollegen im Raume zusammen, aufgeschreckt durch die Schmerzensschreie und das Getöse dort.

Seiter konnte es nicht verwundern, dass ihn der Rektor bat, die Schule erst mal zu verlassen. Gleichzeitig verkündete er ihm, dass sein Verhalten Konsequenzen nach sich ziehen würde. Bereits am folgenden Tag wurde er in die Schulbehörde gerufen, wo man ihm seine vorläufige Beurlaubung mitteilte. Es schien sicher, dass er die längste Zeit unterrichtet haben würde. Da war die Anzeige durch die Eltern des verletzten Schülers fast schon eine Kleinigkeit. Die wollte ihm die Polizei direkt aushändigen.

Als ein Polizeibeamter ihn dafür aufsuchte, klingelte der vergeblich an der Wohnungstür. Seiter schien nicht zu Hause zu sein.

Es dauerte bis zum Wochenende, dass Naturschützer den Lehrer erhängt an einem Baum im Wald fanden, fast neben dem zerstörten Ameisenhaufen. Die hatten geplant, den Hügel wieder aufzuschichten und waren furchtbar erschrocken, dass dort ein Mann leblos an einem dicken Ast baumelte.

Dass Seiter gezielt gehandelt hatte, meinten die Kriminalisten am Seil zu erkennen, mit dem er sich erhängt hatte. Die Überzeugung war, dass niemand ohne Grund bei einem Spaziergang im Wald ein solches Seil mit sich führen würde. An einem Selbstmord hatte daher keiner von denen Zweifel.

Als Beamte seine Wohnung vom Hausmeister öffnen ließen, erlebten sie ein Bild der Zerstörung. Alle Terrarien lagen zertrümmert auf dem Boden, und mit leichtem Schaudern und Respekt bemerkten sie die herumlaufenden Vogelspinnen.

Ein kleiner Absatz in der Zeitung berichtete von Seiters Selbstmord. Eine Verbindung zur Anzeige wegen der Zerstörung des Ameisenhaufens wurde darin zwar für möglich gehalten, aber nicht weiter ausgeführt.

Sowohl seine Schule als auch die Schulbehörde veröffentlichten eine Todesanzeige, in denen fast gleichlautend vom unbegreiflichen Tod des allseits geschätzten Kollegen gesprochen wurde. Bei der Beerdigung allerdings erschienen nur einige Nachbarn und seine ehemalige Freundin. Verwandte hatte er wohl nicht gehabt.

8. DER MAIKÄFER

„Hey, was ist das denn für ein Eindringling?", rief Rüdiger Klein, der sich halb in seinem Bett aufgerichtet hatte und unvermittelt einen Käfer entdeckt hatte, der an der Fensterunterkante entlangkrabbelte. „Wie ist der denn hier hereingekommen?"

„Sehe nichts, was meinst du?", meldete sich Ella, die Rüdigers plötzliches Aufrichten störte. Sie hatte gerade noch die Wärme seines Beins zwischen ihren Schenkeln gespürt, was sie gern so belassen hätte.

„Was denn für ein Käfer? Lass den doch!", suchte sie ihn in die alte Lage zurückzuziehen.

Rüdiger hatte sich aber schon von ihr gelöst und stand einfach auf.

„Den befördere ich erst mal nach draußen, der hat in meiner Laube nichts zu suchen!" Er lief rüber zum Fenster, wo dieser Käfer inzwischen an der Gardine entlang nach oben gekrabbelt war.

„Das ist ein Maikäfer! Möchte mal wissen, wie es der hier ins Zimmer geschafft hat. Fenster und Tür sind ja geschlossen gewesen, zumindest seit unserem letzten Treffen hier", sagte Rüdiger nachdenklich, der jetzt Ella fast vergessen zu haben schien. Er rüttelte leicht an der Gardine, sah das Tier aber trotzdem nicht mehr.

„Lass ihn doch einfach laufen", empfahl sie, die sich notgedrungen auch im Bett aufgerichtet hatte. Sie hatte die Bettdecke beiseitegeschoben und rührte etwas mit ihrem leicht angewinkelten Bein auf der Bettunterlage. Vielleicht hatte sie die Hoffnung, dass Rüdiger zu ihr ins Bett zurückkehren würde, wenn sie ihm ein Signal mit ihren entblößten Oberschenkeln und dem Fehlen eines Slips sendete.

„Es ist ein Maikäfer! Ich sehe ihn jetzt wieder ganz oben an der Gardine hängen. Zumindest hat der die passende Jahreszeit ausgesucht."

„Oh je, ich sehe schon, das wird wohl heute nichts mehr", seufzte Ella resigniert und stellte ihre Füße endlich auf den Boden. Sie schaute an ihren Brüsten herunter, die straff und jung aussahen, was sie nochmals verstärkte, als sie ihre Arme nach hinten verschränkte. Dann angelte sie sich ihren Slip, der direkt vor ihr auf dem Boden lag.

Mit einem bedauernden Seufzer erhob sie sich aus dem Bett. Bevor sie sich aber anzog, drehte sie sich völlig nackt vor ihm mit der Absicht herum, ihn vielleicht noch mal für Sex interessieren zu können. Der hatte das aber nicht vor und stülpte stattdessen seine Unterhose über. Da konnte sie nur bedauernd diese Käferablenkung kommentieren. „Es ist also nur ein Maikäfer! Wer konnte das erwarten?"

Immerhin wendete er sich jetzt doch noch mal ihr zu, zog sie zu sich heran und ließ seine Hände über ihre Brüste und Schamhaare gleiten. Dabei suchten seine Augen den Käfer. „Ein ganz lieber Maikäfer, ein Frühlingsbote!"

Jetzt mussten sie beide lachen, obwohl sie den Moment sicher unterschiedlich empfanden. Sie befreite sich auch von seinem Streicheln und fing an, sich ihrerseits anzuziehen.

„Jetzt wird's ein paar Tage dauern, bis wir uns wieder hier treffen können", erklärte er ihr eher sachlich. „Die Tour für deinen Mann geht erst am Dienstag nach Skandinavien. Dann sollte der aber auch die ganz Woche über unterwegs sein."

„Ich will jetzt nicht an ihn denken", sagte sie abwehrend und lief zum Spiegel. Einen Moment starrte sie auf ihr Spiegelbild, presste ihre Lippen zusammen, um dann mit einer Bürste ihr Haar zu richten. „Es ist verdammt mies, was wir in deiner Laube treiben, nicht wahr?"

Er neigte den Kopf, bevor er antwortete. „Aber wir wollen den Spaß, weil wir uns auch begehren, nicht wahr? Genau das genießen wir, Ella. Das ist der Punkt!"

Sie überlegte jetzt, ob es jemals mehr werden könnte zwischen ihr und Rüdiger, dem Logistikunternehmer und Chef ihres Mannes Georg. Er bearbeitete zurzeit selbst die Toureneinteilung der Fahrer, auch für ihren Mann, ohne dass es dem oder anderen in der Spedition verdächtig aufgefallen wäre. Es funktionierte jetzt schon seit Wochen so, hatte bei einer zufälligen Begegnung begonnen, als Ella ihren kleinen Hund, der ebenfalls Georg hieß, hatte Gassi führen wollen. Da war es in seiner Laube nahe ihrer Wohnung passiert. Wie so oft war ihr Mann seit Tagen im Laster unterwegs gewesen. Sie hatte sich einsam gefühlt, sodass sie zum ersten Mal miteinander geschlafen hatten. Seitdem lief das so, schlechtes Gewissen hin oder her. Georg und auch die Angestellten in der Firma hatten das alles nicht mitbekommen.

Und wenn es halt für sie und Rüdiger sicher keine gemeinsame Zukunft haben würde, so sollte Georg das immer verborgen bleiben. Es würde, tröstete sie sich, irgendwann ohnehin enden, und dann sollte es sein wie früher. Jetzt allerdings wünschte sie sich, dass Rüdiger und sie noch recht lange diese heimlichen Treffen genießen könnten, sie wäre ja sonst so oft allein, zumal an den Nachmittagen und Abenden.

„Jetzt ist er weg! Der Maikäfer ist verschwunden. In dieser Laube wird der das Wochenende nicht überleben, fürchte ich", bemerkte Rüdiger, der nochmals die Gardine überprüft hatte.

Auch Ella hatte sich wieder zurechtgemacht und packte ihre Haarbürste und Kamm zurück in ihre Handtasche, die auf dem Tisch am Fenster stand. „Fertig, wir können", sagte sie.

„Du siehst so toll aus!", rief Rüdiger, der sich nun wieder ihr zuwandte. „Das habe ich ernst gemeint."

Er wartete eine Weile hinter der Tür, bis Ella ihr Rad bestiegen hatte und ein Stück davongefahren war. Dann erst trat er vor die Laube und lief zu seinem Auto. An Nachmittagen mussten sie beide vorsichtiger sein, da unter Umständen Nachbarn in ihren Gärten arbeiteten, denen Ella hätte auffallen können. Im Moment aber rührte sich keiner auf den benachbarten Grundstücken. Sie sah er gar nicht mehr auf ihrem Rad, als er mit seinem Auto in entgegengesetzter Richtung davonfuhr.

★★★

Viele Menschen blühen im Mai regelrecht auf, wenn ringsum die Umgebung grüner und bunter wird. Nach Wochen mit oft kaltem und regnerischem Wetter genießen sie die Zeit, in der sie ihre Feste und Aktivitäten wieder ins Freie verlagern können. Das wird zusätzlich unterstützt durch ein Mehr an Tageslicht und einige gesetzliche Feiertage. Launigkeit und Erholung für die strapazierten Seelen in den Wintermonaten macht sich breit.

Auch ein Maikäfer fühlt die Veränderung und gräbt sich seiner Natur folgend an die Oberfläche. Viele seiner Art wird er allerdings nicht treffen, längst sind diese Krabbeltiere selten geworden. Oft kennen Kinder diesen possierlichen, aber etwas schwerfälligen Käfer nur aus Bilderbüchern. Auch wenn viele Menschen sich gar nicht mehr an einen herumfliegenden Maikäfer erinnern sollten, so gehört dieses Insekt dennoch für die zum Mai.

Georg Waller genoss ebenfalls diesen Monat, wobei es ihm mehr um die Jahreszeit überhaupt ging. Der Trucker erlebte ja an seinem Arbeitsplatz intensiv die positiven Veränderungen. Viel entspannter ließ sich sein Sattelzug bewegen bei Sonnenschein und verbesserten Straßen- und Wetterverhältnissen. Wenn mit etwas Glück in seinem bevorzugten Sender seine Lieblingsmusik erklang und der Verkehr es zuließ, nach rechts und links zu schauen, dann fand er das einfach nur geil. Dann klopfte er zum Takt der Musik auf sein Lenkrad und wippte rhythmisch mit dem Kopf und seinem freien Fuß.

Es konnte dann sein, dass er dem Wunsch nachgab, seine Frau über die Freisprechanlage anzurufen, um sie an seinen Gefühlen teilhaben zu lassen.

„Ella, dein Georg hier. Kannst du die Musik hören? Das ist doch unsere Musik, nicht wahr? Scheiße, dass du nicht hier bist oder ich bei dir!", hätte er dann rufen wollen.

Ein Foto von seiner Ella in einem kleinen Plastikrahmen klebte auf dem Armaturenbrett. Die Aufnahme zeigte seine knapp dreißigjährige Frau so jung und strahlend, wie er sie am liebsten sah, mit einer weißen Bluse und eng sitzender Jeans. Ihre Zuneigung gewonnen zu haben und neben sich zu wissen machte ihn nicht nur glücklich, sondern auch stolz. Da hatten schon viele seiner Fernfahrerkollegen, die ihr Bild betrachtet hatten, sich bewundernd geäußert.

In Gedanken bei ihr, den Blick hin und wieder auf das Foto gerichtet, musste er sogar aufpassen, weil er die Fahrzeuge vor ihm wegen seiner feuchten Augen nur leicht verschwommen sah. Und er konnte nicht sicher sein, ob seine Stimme halten könnte, würde er gerade so emotional berührt, sie anrufen wollen.

„Ich bin doch ein verdammter Emotionaler, ein Weichei." Er stieß ein krächzendes Lachen aus und wischte sich über die Augen. Solche Momente brauchte er auch nicht, konnten gefährlich sein.

Übermorgen wollte er zurück auf dem Hof sein, ein langes Wochenende mit einem Brückentag lag vor ihnen, an dem sie an nichts anderes denken müssten als daran, die freie Zeit auszukosten. Es gab keine Verpflichtungen, weder durch alte Eltern noch durch Kinder. Sie waren kinderlos geblieben, was sich nicht mehr ändern würde. Das Thema hatten sie vor Jahren schon, allerdings nicht freiwillig, abhaken müssen.

Ihr Jack-Russell-Terrier, den sie nach ihm Georg getauft hatten, war ihr Kind geworden. Ella wollte unbedingt immer jemanden in der Wohnung haben, den sie mit seinem Namen rufen könnte. Ein so toller Gefährte für sie beide, dass er den gelegentlich bei seinen langen Fahrten an seine Seite wünschte, wie seine Frau. Sicher hätte er den hin und wieder mitnehmen können, nur hatte Ella ihm das stets verweigert, obwohl die sich auch nur stundenweise am Tag um den Hund kümmern konnte, tagsüber arbeitete sie ja.

„Der Georg! Statt Kind ist uns Georg gelungen", lachte er jetzt wieder, und das klang richtig fröhlich. „Gell, einen Georg brauchst du immer im Bett, Ella?"

Das war ja tatsächlich so, dass seine Frau, wenn sie über Tage allein zu Hause schlief, ihren Hund schon mal aufs Bett steigen ließ, der sich dann an seiner Bettseite unbekümmert ausstreckte.

Ella arbeitete bis zum Nachmittag beim Discounter an der Kasse oder räumte dort Regale ein. Viel Geld verdiente sie nicht dabei, aber es war ein sicheres Einkommen, wenn sie mal erkrankte oder Urlaub nahm. Gelegentlich konnte sie ihren Hund zur Arbeit mitnehmen und ihn im Hof anleinen. In ihrer Pause führte sie Georg dann herum. Öfter aber musste sie ihn zu ihrer Mutter bringen, die sich stets über den munteren Kerl freute.

Er verdiente zwar mehr als sie, musste aber dafür häufig die langen Touren in den Norden Europas fahren. Ihr beider Verdienst reichte ihnen für ihre Wohnung und ihre bescheidene Lebensweise. Er hätte sicher auf die Frage, wie sie finanziell und auch sonst zurechtkämen, geantwortet, dass sie zufrieden seien.

Heute Abend auf dem Rastplatz, da rufe ich sie an, spätestens morgen auf den letzten Kilometern, entschied er. Hoffentlich macht mir morgen nicht das verlängerte Wochenende einen Strich durch die Rechnung.

Es war ein Versehen, dass er nun doch noch ihre Nummer drückte, die hatte er nur vor lauter Sentimentalität sehen wollen auf dem Display, denn dann zeigte sich auch kurz ihr Konterfei. Und es läutete mehrmals. Aber nur die Mailbox sprang an, mit dem bekannten Hinweistext, sie hatte keinen persönlichen aufgenommen.

„Ups, Ella! Wo bist du? Sitzt du immer noch an der Kasse?" Er überlegte, ob das sein könnte. Musste sie wieder eine Kollegin vertreten? fragte er sich. Schon wieder?

Seine Stimmung war auf einmal eingetrübt, es fühlte sich an wie eine Störung beim Hören eines Lieblingssongs. Vertretungen kamen vor, nur war das in letzter Zeit schon häufig passiert. Zu oft, meinte er, würde sie von ihrem Arbeitgeber ausgenutzt.

Er musste sich jetzt konzentrieren, ein Signal auf seinen Armaturen blinkte auf, der TimeGuide. Er würde bald für eine kurze Pause einen Rastplatz aufsuchen, die Letzte vor Erreichen seines Nachtplatzes.

Überall stauten sich hier längs der A3 Richtung Süden auf den Parkplätzen Lastfahrzeuge und PKWs, der Feiertag zeigte sich schon, bemerkte er. Er ragte mit seinem Auflieger fast etwas heraus, was er aber nach Sichtprüfung als ungefährlich einstufte. Es ging ja nur um eine Stunde, dann würde es weitergehen. Kurz entschlossen drückte er nochmals Ellas Nummer.

„Komm schon! Will wissen, was du gerade machst!", rief er erwartungsvoll. Wenig später und nach einem weiteren Versuch gab er auf. „Geh jetzt erst mal pinkeln!"

Bin wohl zu oft und lange unterwegs in der letzten Zeit, überlegte er. Das nervte ihn, wenn er seit ein paar Wochen von seiner Speditionsfirma immer wieder auf die langen Touren Richtung Nordeuropa geschickt wurde. Sicher, da kam finanziell etwas mehr rüber, was sie für den nächsten Urlaub gut nutzen könnten, aber was war mit der Zeit zum Beispiel, die er weit entfernt von zu Hause und ohne seine Frau verbringen musste?

Aber warum Ella sich nicht meldete, das erschloss sich ihm nicht. Andererseits hielt er es für unwahrscheinlich, dass ihr etwas passiert sein könnte. Was hätte das sein können, in ihrem kleinen, verkehrsarmen Vorort von Lindau? Sie fuhr ja immer nur mit ihrem Rad herum, und über einen Unfall, war er sich sicher, würde ihn seine Firma sofort informieren.

Er schüttelte seinen Penis ab und ließ kurz einen Strahl Wasser über zwei Finger laufen, dann verließ er die Toilette.

Könnte doch mal im Büro anrufen, Kann ja sein, dass die was wissen, überlegte er auf dem Rückweg zu seiner Kabine.

„Der Chef ist heute Nachmittag unterwegs!", erklärte ihm Maria diensteifrig. Sie war eine ausgebildete Speditionskauffrau, die in der kleinen Firma so ziemlich alles regelte, was an Organisation, Buchhaltung usw. anfiel. Da konnte sich der Chef, der kein Büroriese war, auf sie verlassen. „Hat Ella mal bei euch im Büro angerufen?"

„Ella? Wieso das?", antwortete die erstaunt. „Kann ich mir nicht vorstellen. Vielleicht direkt beim Chef, als ich nicht da war. Machst du dir Sorgen, Georg?"

Er hörte ihren ironischen Unterton, was ihn aber nicht kümmerte. Sie kannten sich zu lange, um ihr einen Anflug von Spott zu verübeln.

„Nee, klingt das so? Alles bestens …", erwiderte er etwas unsicher, wie er reagieren sollte. Er schob eine Erklärung hinterher. „Ich habe sie halt jetzt mehrfach nicht auf ihrem Handy erreicht. Da dachte ich, dass ihr vielleicht was wisst. Vergiss es.

Bin hoffentlich morgen spätestens gegen siebzehn Uhr bei euch auf dem Hof. Bye-bye."

Was hat die jetzt gedacht? Denkt die, dass ich an Eifersucht leide? Das müsste Maria wissen, dass es dazu zwischen meiner Frau und mir keinen Anlass gibt, schob er diesen Verdacht beiseite. Alle sind sie unterwegs, erst Ella, jetzt auch der Chef. Ich bin auch nicht zu Hause.

Er suchte im Sitz eine gemütlichere Position. Sorge, dass er etwa tief einschlafen könnte, hatte er nicht. Durch die etwas geöffnete Seitenscheibe drangen immer die Unruhe auf dem Parkplatz und der Straßenlärm in die Fahrerkabine. Leise war es so nie.

★★★

Er hatte sich geirrt, er war doch weggedöst, hing mehr im Sitz, als dass er aufrecht saß. Die unbequeme Position hatte ihn schließlich geweckt. Er streckte sich und benötigte ein paar Minuten, um sich zu sammeln. Die Fahrt zum Autohof würde relativ kurz sein, wo es stets genügend Stellplätze gab. Dort würde er sich eine Kleinigkeit zum Abendessen kaufen, bevor er sich in seine Schlafkoje legen würde.

Vorsichtig zog er seinen Zug an der Schlange der Trucks vor ihm vorbei. Inzwischen waren andere Lastzüge in der Reihe schon abgehauen. Die hatten meist die gleichen Pläne wie er, würde die dann am Autohof möglicherweise wiedertreffen.

Beim Ausscheren auf die Autobahn überlegte er, ob er doch noch mal Ella anrufen sollte. So spät war es nicht, nicht einmal zweiundzwanzig Uhr, das ginge schon, auch weil seine Frau wie üblich allein auf dem Sofa vor dem Fernseher hocken würde. Wenn sie aber eingenickt ist?

Dann entschied er sich doch anders. Vielleicht ist sie eingepennt ... Ich rufe sie lieber morgen früh vor dem Weiterfahren am Autohof an.

Auch wenn ihm einige bekannte Trucker auf der Raststelle begegnet waren, mit denen er sich vor dem Schlafen eine Weile unterhielt, so ließ sich das Gefühl von Einsamkeit, seine Frau zu vermissen, nicht beiseiteschieben. Das passierte ihm häufiger, was regelmäßig dazu führte, dass er trotz Müdigkeit erst längere Zeit nicht einschlafen konnte. Dann bedauerte er unter Umständen sogar, Trucker geworden zu sein.

„Hey, wo warst du gestern? Habe dich sooft versucht auf deinem Handy zu erreichen, mein Jack-Russell-Engel", suchte er sie aufmunternd locker am Telefon zu gewinnen. Seit ein paar Minuten war er schon wieder an diesem freundlichen Morgen auf der Autobahn unterwegs. Die gewünschte Stimmung sprang aber nicht so richtig auf sie über. Klang alles zäh und vernehmlich verschlafen, wie sie auf ihn einging.

„Habe vertreten müssen, konnte nicht ans Handy. Und am späten Nachmittag war ich ehrlich so erschossen, dass ich bald einfach auf der Couch zu Hause eingepennt bin, sogar noch in meinen Klamotten", entgegnete sie lapidar. „Können wir später noch mal telefonieren, ich sitze ja gerade auf meinem *Bock*, also an der Kasse. Feiertag kommt, gerade viel los hier!"

„Na ja, schade. Wollte ja nur sagen, dass ich spätestens achtzehn Uhr bei dir sein kann, dann …" Georg war enttäuscht, scheute sich aber, ihr das vorzuhalten. Das hatte er ja mehrmals erlebt, dass mit Vorwürfen die Stimmung sich nicht besserte.

„Ja ja, freue mich schon. Ach, ich muss heute noch mal die Abendschicht mitmachen, komme dann aber gleich nach Hause."

„So 'ne Scheiße!", schimpfte er. „Die schönen Tage fangen ja gut an."

Er fuhr reichlich missgelaunt auf die Autobahn, obwohl sein Lieblingssender lief. Nur konnte seine Musik diesmal seine Verstimmung nicht verändern. Er schlug sogar auf das Lenkrad, allerdings nicht dem Rhythmus folgend, sondern um seinen Ärger abzubauen. Fast hätte er abschalten wollen, senkte aber nur die Lautstärke, bis sich der Verkehrsfunk meldete.

„Als ob ich es nicht geahnt habe", stöhnte er frustriert. Nur ein Trost, noch konnte er es locker rechtzeitig nach Hause schaffen.

So, wie sie hier dicht hintereinander sich aufreihten, hätte kaum eine Person zwischen die Trucks gepasst. Es bereitete ihm etwas Spaß, wenn er punktgenau hinter seinem Vordermann zum Stehen kam. Das leicht fauchende Bremsgeräusch, das anschließende Zischen der sich wieder lösenden Bremsen und das kurze Nicken der Kabine, so, als könnte sie den Auflieger davor noch touchieren, verschaffte ihm stets ein prickelndes Gefühl. Für ihn war es fast wie eine sportliche Übung. Auch jetzt grinste er. „Gut gemacht, Georg!" Und sogar dar Ärger verflog einen Moment aus dem Gedächtnis.

Er hatte schon längere Zeit daran gedacht, für Ella einen richtig großen Plüschhund auf dem Volksfest zu erwerben. Das würde die mögen, war er sich ganz sicher.

Dann hättest du künftig ja zwei knuddelige Hunde in deinem Bett, wenn ich nicht da bin! Er lachte bei dieser Vorstellung laut auf, sodass der Trucker, der gerade neben seinem Zug am Rand urinierte, erstaunt zu seiner Kabine lugte.

„Hey, Kollege, wo kommst du, wo geht's hin?", fragte der in falschem Deutsch, als er neben seiner Kabinentür stand.

Durch die jetzt offene Fahrertür antwortete Georg. „Dover, Ärmelkanal!", rief er zurück und ruderte mit seinen Armen, als ob der Kollege das besser verstehen könnte. „Nachher Lindau, Bodensee."

„Verstehe, Dover, ja, ja", bestätigte der andere, dass er ihn schon gut verstanden hatte. „Ich noch nach Bukarest, Romania! Nicht alles heute."

Der Kollege bot ihm jetzt eine Zigarette an, was Georg, der längst das Rauchen aufgegeben hatte, aber ablehnte.

„Nee, lass mal, so was ist nicht mehr mein Ding", entgegnete er und hielt dem anderen eine Dose mit Kaubonbons hin, was der lachend quittierte.

„Nee, das kannst du jetzt mal lassen, Süßigkeiten vertrag ich nicht", erklärte der schmunzelnd. Dann strich er sich über seinen recht ansehnlichen Bauch. „Meine Süßigkeiten haben immer zwei Beine, verstehst?"

Na dann, du arme Sau, dachte Georg, was ehrlich war, und wünschte dem Kollegen eine gute Fahrt.

Der musste zu seinem Truck zurücklaufen, etwas bewegte sich im Stau. Der Kollege winkte noch mal und verschwand in seiner Kabine.

„Mensch, nach Bukarest, auch nicht nebenan! Alles nette Kerle, meine Trucker-Kollegen!", rief Georg ziellos hinterher.

Es war Mittag geworden, und immer noch quälte sich die Schlange an Lastzügen im Großraum Nürnberg herum. Auf der A9 würde es mit etwas Glück besser sein mit ihren mindestens drei Fahrspuren, hoffte er. Wenn nur kein Stau mehr käme.

Und er fand das Glück. Der Verkehr zeigte sich dicht und zäh, aber er floss, und das war das Wichtigste. Als die Fahrbahn hinter Greding in mehreren Kurven steil anstieg, da freute er sich schon und hatte jetzt endlich seine Musik im Sender, erst was Älteres von Status Quo und dann doch was zum Träumen.

Das höre ich am Wochenende hoffentlich auch mal im Festzelt, wo ähnliche Musik eher selten gespielt wurde, wie Georg fand.

Wenig später war er sich dann sicher, denn der Verkehr rollte, wie von ihm gewünscht.

Ich schaffe es ja doch halbwegs rechtzeitig auf unseren Hof, freute er sich. Und hoffentlich auch Ella nach Hause!

Allerdings öffnen ja die Discounter mindestens bis zwanzig Uhr, da würde die mit ihrem Rad kaum vor halb neun zu Hause sein können. Abholen mit ihrem Kleinwagen war keine Option, ihr Rad passte in den schwerlich rein.

Plötzlich meldete sich sein Handy. Verwundert drückte er die Annahmetaste in der Erwartung, sein Büro zu hören.

„Du, Ella, gerade habe ich an dich gedacht!", rief er erfreut.

„Hör mal, Georg, kann heute Abend ein bisschen später als sonst werden. Wegen des Feiertags müssen wir noch richtig aufräumen. Sorry, tut mir ehrlich leid, aber ich beeile mich!"

Das Gespräch war sofort zu Ende, ohne dass er etwas entgegnen konnte. Er atmete tief ein und dann noch mal ebenso heftig aus. Ihm fiel der folgende Samstag ein. Würde Ella da auch länger arbeiten müssen?

Gerade jetzt verlangte die Autobahn seine volle Konzentration, gleich würde er zur A99 abzweigen müssen. Hier gab es nochmals ein stauträchtiges Kreuz, bis es endlich auf der Strecke Richtung Lindau führe. Aber für ihn machte es ja jetzt ohnehin nicht viel Unterschied. Wie es aussah, würde er lange vor seiner Frau zu Hause sein.

„Bin jetzt gleich auf dem letzten Teilstück. Bis siebzehn Uhr sollte ich bei euch sein", erklärte er der überraschten Maria, die allein im Büro zu sein schien. „Ist denn unser Chef noch da?"

„Oh, Mensch Georg, der hat sich doch schon am frühen Nachmittag hier verabschiedet", erklärte die. „Muss wohl wieder einen Kunden treffen. Wahrscheinlich bin ich dann auch nicht mehr auf dem Hof, wenn du ankommst. Stell den Truck ab und mach das Licht aus. Und wir sehen uns erst wieder Montagmorgen." Maria lachte, ihre Bemerkung schien sie zu erheitern.

„Na, dann wünsche dir ein schönes Wochenende, bis Montag." Also werde ich auf dem Hof niemanden mehr treffen. Seinem Chef zu begegnen, damit rechnete er nicht. Er bezweifelte aber, dass der einen Kundentermin wahrnehmen musste, ausgerechnet am späten Nachmittag vor dem Feiertag. Der hat sich bereits in sein Wochenende verabschiedet, denn was für Kunden sollten denn das sein?

Georg kannte den um Jahre jüngeren Rüdiger schon, da hatten noch dessen Eltern die Spedition geführt. Es lief ja alles gut, aber dass der Junior die Firma voranbringen könnte, daran zweifelte er. Der Sohn arbeitete nur, um zu leben, nicht umgekehrt, war Georgs Meinung. Über dessen Privatleben kannte er kaum etwas.

Er hatte nur mitbekommen, dass der Chef häufiger seine Freundin wechselte und wenig Neigung zeigte, sich bald fest zu binden.

Einmal hatte sein Chef zur Party eingeladen. Alle Mitarbeiter hatten sich auf dem Grundstück seiner Eltern in der Laubenkolonie getroffen. Das hatte dessen Einstand sein sollen, weil er kurz vorher die Firmenleitung von seinem Vater übernommen hatte. Georg und Ella hatten teilgenommen, und sie hatte bei dieser Gelegenheit auch seinen Chef kennengelernt. Dessen damalige Freundin hatte er allen fast so präsentiert, als plante er, sie zu heiraten. Das war mehr als zwei Jahre her. Es war eine einmalige Einladung geblieben. Danach hatte der sich nie wieder mit einem vergleichbaren Einfall hervorgetan.

★★★

Ella erschien endlich gemeinsam mit ihrem Hund, den sie zuvor bei ihrer Mutter abgeholt hatte. Ihr Ehemann schnarchte da bereits unglücklich ausgestreckt auf dem Sofa. Der hatte wohl nicht einmal genügend Lust oder Durst verspürt, die vor ihm geöffnete Bierflasche zu leeren.

„Jetzt kommst du erst!", rief er verschlafen und maulig. „Mannomann, das wird ja jedes Mal später."

Sie presste sich zu ihm auf das Sofa und versuchte, ihn zu sich hochzuziehen.

„Wir können jetzt doch noch gemütlich was trinken", schlug sie vor.

„Na gut, wenn du meinst", reagierte er eher zögerlich beim Prüfen seiner Armbanduhr, der Ärger oder die Enttäuschung wollten nicht gleich verschwinden. Er störte sich an ihrem Atem und schnupperte an ihrem Gesicht. „Hast du schon etwas getrunken?"

„Nee, was denkst du, ich musste mich beeilen. Holst du die Flasche aus dem Kühlschrank?"

Neben dem Kühlschrank stand auf der Küchenarbeitsplatte ihre Handtasche, die nur von einem Klippverschluss zugehalten wurde. Ella liebte geräumige Taschen, groß genug, um sogar ein paar Einkäufe aufnehmen zu können. Beim Öffnen der Weinflasche stieß er aus Versehen so heftig an die Tasche, dass die umkippte und der Verschluss aufsprang. Gleich darauf kletterte zu Georgs Überraschung etwas irritiert, dann aber neugierig ein dunkel schimmernder, keine drei Zentimeter großer Käfer heraus. Der spreizte gleich darauf seine bräunlich glänzenden Flügel und flog los. Gleich darauf kreiste er bis zur Küchendecke hoch.

„Das kann doch nicht wahr sein? Wie kommt ein Maikäfer in deine Tasche, Ella?", rief ein total perplexer Georg. Auch er hätte sich kaum an seine letzte Maikäfersichtung erinnern können.

Ella war Georg in die Küche gefolgt, um Gläser zu holen. Sie folgte mit ihren Augen dem herumfliegenden Insekt und war auf einmal ganz blass geworden. Eigentlich konnten im Mai diese Käfer durchaus mal auftauchen, doch nur sehr selten in Verkaufsräumen oder im Lager eines Discounters.

Das musste Ella bewusst sein, die jetzt so erschrocken und völlig ratlos neben ihm erschien, dass es dem nicht entgehen konnte. Dem kleinen Georg ebenfalls nicht, der wütend nach dem Käfer bellte.

„Habt ihr solche Maikäfer schon öfter in eurem Geschäft gehabt?", fragte Georg immer noch ohne Misstrauen.

Unfähig, sich schlagfertig mit einer Erklärung zu befreien, erschien sie völlig blockiert und starrte nur unverwandt dem herumfliegenden Insekt hinterher. Und was sie dann endlich äußerte, dass verwirrte ihren Mann noch mehr.

„Das ist der aus der Gartenlaube!", sagte sie mit tonloser Stimme, gar nicht bewusst, was sie da gerade offenbarte.

„Was redest du? Ich verstehe kein Wort", beschwerte er sich gereizt. „Ich verstehe kein Wort! Was denn für eine Gartenlaube?"

Georg suchte in ihrem erschrockenen Gesicht eine Erklärung, verstand aber nur so viel, dass es etwas geben musste, wovon er hoffte, dass es nicht wahr wäre.

„Ich war heute Nachmittag gar nicht bei der Arbeit", erklärte seine Frau stockend und brachte sich so noch mehr in Schwierigkeiten. Offensichtlich schien sie der Anblick des fliegenden Maikäfers total aus dem Konzept gebracht zu haben. Weg war ihre Sicherheit, mit der sie ihrem Mann bereits seit einigen Wochen etwas vorgespielt hatte. Ihr wollte nicht gelingen, was anderen Frauen in ihrer Lage möglicherweise überzeugend gelungen wäre, einfach die Wahrheit zu verschweigen. So aber hatte sie den Moment verpasst, ihr Treffen in der Gartenlaube als eine zufällige Begegnung zu verharmlosen. Dabei hatte sich Georgs Misstrauen oder Verdacht gar nicht verfestigt. Der hatte in diesem Moment überhaupt keine Idee, von welcher Gartenlaube sie redete.

„Wie, du hast gar nicht im Laden gearbeitet? Wo warst du denn?"

In Georgs Frage lag völliges Unverständnis und eine Portion ehrlicher Neugier. Er wäre jetzt noch immer bereit gewesen, jede Erklärung von ihr zu akzeptieren, die sie halbwegs überzeugend vorgebracht hätte. Sie reagierte aber ganz anders, brach jetzt regelrecht mit ihrem drückenden Gewissen ein. Nicht wie sie es sich möglicherweise für eine solche Beichte vorgestellt hatte, entglitt ihr die Kontrolle über ihre Worte und Gefühle.

„Ich habe mich mit einem Mann getroffen", entgegnete sie mit brüchiger Stimme.

„Getroffen mit einem anderen? Mit wem hast du dich getroffen?", schien er erstaunlich langsam zu begreifen. Er plumpste regelrecht auf einen der Stühle am Küchentisch und schaute zu ihr hoch, die sich nicht weiter zu nähern wagte.

„Das ist doch jetzt gar nicht wichtig. Es ist doch alles gar keine Affäre."

Sie fasste sich wieder, und ihre Stimme erklang fester. Erkennbar suchte sie Zeit zu gewinnen und der hoffnungslosen Beichte zu entkommen, bei der sie nur noch mehr von ihrem Geheimnis offenbaren müsste.

„Georg, das tut mir so leid. Aber jetzt kann ich es dir nicht erklären – gib mir Zeit!"

Sie brach ab, weil sie in ein heftiges Schluchzen ausbrach. Reden konnte sie jetzt ohnehin nicht mehr. Sie ließ sich auf den anderen Küchenstuhl fallen und barg ihr Gesicht in ihre Hände, ihre Schultern zuckten. Es dauerte, bis sie sich aufrichtete und ihn zu sich heranziehen wollte.

„Das geht jetzt überhaupt nicht", wehrte er sie brüsk ab. Er beobachtete, wie der Maikäfer auf der Scheibe des Küchenfensters herumlief. Er fasste einen Becher und fing entschlossen das Tier ein. Gleich darauf flog der aus dem geöffneten Fenster davon.

Die Weinflasche blieb unbeachtet stehen. Vielleicht hofften sie darauf, dass sie reden könnten. Doch lange saßen sie nur mit

Abstand aufrecht am Tisch und warteten vergeblich auf das, was der andere sagen würde.

Erst am folgenden Morgen, als sie sich beim Frühstück trafen, versuchte sie, sich zu erklären.

„Georg …", setzte sie schon mehrfach an, worauf er nicht reagiert hatte.

„Ich möchte wissen, was passiert ist! Du hast ein Verhältnis, mit wem?"

„Wenn du das weißt, wird es nicht leichter", sagte sie und versuchte nochmals vergeblich, seine Hand zu ergreifen.

Dass es sein Chef war, den sie beim Gassigehen mit ihrem Hund zufällig in der Stadt getroffen hatte, sollte sie ihm das gestehen? Der hatte sich intensiv um sie bemüht, während er auf seinen Dienstfahrten unterwegs war.

Die Wahrheit, die Wahrheit! Auch der Gedanke drehte sich in ihrem Kopf. Nur: Wie würde er die aufnehmen? Sie hätte im Moment nicht erklären können, wie ihr diese Affäre passiert war. Und selbst die Entschuldigung, dass es ihr leidtäte, wäre wohl nicht die ganze Wahrheit.

Als er unvermittelt aufstand und ihr erklärte, dass er für den Rest des Wochenendes bei seinen Eltern übernachten wollte, da nahm sie das hin.

„Georg, bitte komm zurück, bitte. Ich will dich nicht verlieren!"

„Und ich brauche ein paar Tage, um zu überlegen", erklärte er. „Aber ich werde mich melden."

★★★

Er fuhr bereits wieder Richtung Norden, die Autobahn war mäßig gefüllt, keine Meldung über einen Stau. Nur auf dem Abschnitt um München herum hatte sich der Verkehr gestaut, und er war teilweise nur im Schritttempo vorangekommen.

Das Wochenende hatte er bei seinen Eltern verbracht, die sich gewundert, aber nicht weiter nachgefragt hatten. Ella hatte sich mehrfach telefonisch gemeldet, um zu erklären, wie sehr sie ihn vermisse. Er solle doch zurückkommen und mit ihr reden.

Er hatte ihr abgenommen, dass sie die Affäre nicht gewollte hatte. Es sei ihr einfach so passiert. Nicht einmal an ihrer Liebe wollte er zweifeln.

Er hatte das Plastikbild auf seinem Armaturenbrett kleben, das Ella so begehrenswert zeigte. Immer wieder lenkte er jetzt auf der Fahrt seinen Blick dorthin.

Das Telefon meldete sich. „Hey, Georg, du bist schon früh los, habe dich gar nicht mehr auf dem Hof gesehen. Tut mir leid, hätte noch kurz mit dir sprechen wollen", sagte sein Chef. „Aber du bist ja gut losgekommen. Alles in Ordnung bei dir?"

„Ja, alles klar, Chef!", antwortete Georg, der sich über den Anruf wunderte. Es passierte nicht oft, dass ihn sein Chef ohne besonderen Grund auf der Fahrt anrief.

„Wie war das Wochenende? Gut erholt?" Jetzt klang sein Chef etwas verhalten, fast verdruckst.

„War schon okay!", antwortete Georg einsilbig. Nichts lag ihm daran, von seinem Wochenende und der Sache mit Ella zu erzählen. „Und wie war's bei dir, Rüdiger?"

„Einfach locker, nur so abgehangen, bin gar nicht weggefahren", erzählte der. Besann sich dann aber auf einmal. „Musste mich ja auch mal um unser Grundstück in der Laubenkolonie kümmern. Stell dir vor, ich habe doch tatsächlich meinen ersten Maikäfer in diesem Jahr gesehen. Weißt du wo? Genau! In meiner Gartenlaube!"

Rüdiger schien sein Erlebnis für wahnsinnig originell zu halten, denn er rief aufgeregt ins Telefon: „Jahrelang keinen Maikäfer gesehen, und jetzt finde ich einen in meiner Gartenlaube!" Er hatte sich dabei wohl verschluckt, denn Georg hörte nur noch eine Art Glucksen, dann brach das Gespräch ab.

Ein Maikäfer? Und der ausgerechnet in der Gartenlaube von meinem Chef? Es machte Klick bei Georg, der sich erinnerte, wie ein Maikäfer aus der offenen Handtasche seiner Frau geklettert war. Alles schien für ihn plötzlich klar zu sein. Was hatte Ella ihm erzählt, wo dieser Käfer in ihre Tasche gekrochen sein musste?

„Der kommt aus der Gartenlaube!", hatte sie gerufen. Aus welcher Laube wenn nicht aus der von seinem Chef Rüdiger?

Georg trommelte wild auf den Lenker und schrie laut auf. Ausgerechnet sein Chef war Ellas Liebhaber, mit dem sie sich in der Gartenlaube getroffen hatte, während er auf seinen endlos langen Fahrten in Nordeuropa unterwegs gewesen war.

Sein Blick stierte regelrecht auf das Foto vor ihm. Fast reflexartig griff er jetzt nach dem festgeklebten Plastikrahmen und versuchte, es abzureißen.

„Verdammt! Geh ab!", wütete er, weil sich das Bild nicht vom Armaturenbrett lösen wollte.

Er sah nicht den Verkehr, hatte aber plötzlich doch das Plastik in der Hand, fühlte knisternd ihr Foto darin. Der Aufprall seines Lastzugs am Stauende erfolgte mit großer Wucht. Gleich mehrere Fahrzeuge wurden zu einem einzigen Klumpen Blech zusammengeschoben, sodass keiner der Insassen den Unfall überlebte. Georg verstarb noch in seiner Fahrerkabine.

9. DIE HORNISSE

„In einer Stunde ist endlich Feierabend, dann ist Schichtwechsel!", rief Polizeiobermeister Wagner seinem Kollegen, Polizeimeister Wieland, über den Schreibtisch zu. Ein langes und ermüdendes Wochenende zu Pfingsten würde zu Ende gehen. Auch wenn sie keine größeren Einsätze hatten, so zehrte allein das Im-Büro-sitzen-zu-müssen an den Nerven.

Das Telefon klingelte. Wieland verdrehte die Augen, straffte sich und hob den Hörer ab.

„Das waren Sie doch, Frau Albert, die heute Mittag schon einmal angerufen hat, Claudia Albert, nicht wahr?" In der Stimme des Beamten klang etwas Hoffnung mit. „Ihre Freundin, Frau Sabine Behr, hat sich doch noch nicht gemeldet? Hmm, aber es ist ja", er schaute auf die Wanduhr, „ich meine sie ist ja noch nicht mal einen Tag verschwunden. Das ist doch noch kein Grund …"

Wieland wischte jetzt hilflos mit dem Arm zu seinem Gegenüber, der dem Gespräch zu folgen suchte.

„Frag doch mal, ob sie schon in der Umgebung selbst nachgefragt hat. Wo ist sie überhaupt verschwunden?", mischte sich Wagner ein.

„Sie haben schon selbst alles abgesucht. Aha, und auch die Freunde befragt." Wieder suchte er etwas hilflos Blickkontakt zu seinem Kollegen. „Aber ich meine doch, es ist noch zu früh, um ihre Freundin mit einer Vermisstenmeldung zu suchen."

„Das ist bestimmt zu früh", brummte Wagner und schaute fast sehnsüchtig auf die Wanduhr.

„Hören Sie, natürlich könnten wir uns auf dem Campingplatz umschauen! Aber das haben Sie doch heute schon selbst getan. Sie wollten nicht noch …"

Offensichtlich hatte die Gesprächsteilnehmerin nicht die Geduld, länger zu warten. Wieland verdeckte mit seiner Hand den Hörer und schüttelte den Kopf. „Sie will, dass wir vorbeikommen."

„Auf keinen Fall! Wenn sie eine Vermisstenanzeige aufgeben will, dann soll sie sich hierher bewegen", wehrte sich Wagner entschieden auf das Ansinnen der Anruferin. „Wenn, dann können das die Kollegen von der nächsten Schicht übernehmen. Sag ihr das!"

„Ich bitte Sie jetzt um Folgendes. Kommen Sie hierher und geben Sie eine Vermisstenanzeige auf. Dann können wir auch gleich schauen, was wir tun können", erklärte Wieland. „Ihren Namen oder Angaben können Sie mir gleich durchgeben."

Dann notierte er, was ihm Claudia Albert am anderen Ende der Leitung durchgab, wobei er fast alles laut wiederholte.

„Also, Frau Albert, kommen Sie doch bitte hierher, ja", versuchte der Beamte das Schlimmste für sie beide zu verhindern, nochmals kurz vor Dienstschluss rausfahren zu müssen.

„Gut gemacht", beschied ihm Wagner und kramte nach seiner Tasche unter seinem Schreibtisch.

Die Bürotür ging auf, und ihr Vorgesetzter erschien. „Leute, leider muss ich euch etwas mitteilen", sagte er und begegnete zwei misstrauischen Gesichtern, die wenig Begeisterung aufblitzen ließen. „Ich muss euch bitten, bereits morgen früh um 8 Uhr zu erscheinen, musste gerade den Dienstplan ändern."

Wieland war pünktlich an seinem Arbeitsplatz erschienen und überprüfte am Bildschirm die Meldungen der Beamten von der Nachtschicht. Er war noch nicht durch, da klingelte schon das Telefon.

„Ach, Sie sind es, Frau Claudia Albert, nicht wahr?" Er bemerkte die Vermisstenmeldung, die ein Kollege aufgenommen hatte. „Also: Sabine Behr, Ihre Freundin, hat sich immer noch nicht gemeldet. Das ist in der Tat ungewöhnlich."

Jetzt erst kam Wagner herein, der sich verspätet hatte und sofort ein fragendes Gesicht zeigte.

„Die von gestern wieder?", sagte er so leise, dass es die Anruferin nicht hören würde.

„Ja", erwiderte Wieland mit unterdrückter Stimme und zuckte mit den Achseln.

„Wir sollten jetzt tatsächlich mal vorbeifahren", sagte Wieland, als er den Hörer schon zurückgelegt hatte. „Das ist doch ziemlich merkwürdig, wenn die seit vorgestern Nacht nicht mehr gesehen wurde, aber ihre Sachen noch im Zelt der Mädchen auf dem Campingplatz liegen."

„Hoffentlich nicht im Fluss ersoffen", bemerkte Wagner lakonisch. Ihm erschien dieser Gedanke anscheinend nicht abwegig. „Wenn die dort am Abend Party gemacht haben, würde ich das nicht ausschließen. Sollten vielleicht eine Suchmannschaft anfordern, oder?"

„Lass es uns erst mal so versuchen. Wir fragen uns mal auf dem Campingplatz durch. Dann sehen wir weiter."

Claudia wartete auf die Beamten im Büro am Eingang. Unverkennbar war sie tief beunruhigt und konnte ihre Nervosität kaum verbergen. Immer wieder kämpfte sie gegen die Tränen an, die über ihr Gesicht rannen.

Sehr viel mehr, als sie schon bei Aufnahme der Vermisstenmeldung zu Protokoll gegeben hatte, war aus ihr nicht herauszubringen. Getrunken hatten sie, Claudia und Sabine, zusammen mit zwei Studenten vor ihrem Zelt. Später sei noch für eine Weile ein weiterer Gast dazugekommen, der in ihrer Nähe campte. Nach Mitternacht hätten sich dann zuerst dieser andere Camper und schließlich die Studenten entfernt, so meinte sie sich zu erinnern. Sie selber sei zum Schlafen ins Zelt gekrochen, während Sabine zum Waschhaus hätte gehen wollen, wo sich die Toiletten befanden. Sie, Claudia, könnte nicht sicher sagen, ob und wann sich Sabine ebenfalls ins Zelt gelegt hatte.

„Die Studenten sind aber zusammen weggegangen?", fragte Wagner nach, dem Claudias Schilderung merkwürdig erschien. Ihn überraschte, wie zögernd und unsicher Claudia das erinnern wollte, was sich in dieser Nacht zugetragen hatte. Dabei errötete sie sogar mehrfach, was ihm deutlich aufgefallen war. Im Zelt mit einem jungen Mann geschlafen zu haben, erschien ihm glaubwürdiger, als das verheimlichen zu wollen. Er sah Claudia prüfend an, die ihr Gesicht aber abwandte.

Wagner und Wieland warfen sich einen vielsagenden Blick zu, was wohl bedeutete, dass sie beide Claudias Bericht nicht recht vertrauten.

Dann wurde Herr Pohl, der Campingplatzverwalter, befragt, der schon die ganze Zeit im Nachbarraum gewartet hatte, weil er damit rechnete, ebenfalls aussagen zu müssen.

„Ich bin kurz am Abend an deren Zelt vorbeigegangen. Die waren ja nicht gerade leise, um die daran zu erinnern, dass sie nach 22 Uhr nicht lärmen sollten. Die haben da richtig Party gemacht, denke, es waren vier oder fünf Leute", behauptete er.

Claudia stutzte neben ihm kurz, was Wagner auffiel, und daher fragte er nach. „Entspricht das auch Ihrer Erinnerung?"

„Na ja, schon. Der Verwalter war meines Erachtens mehrfach in unserer Nähe. So viel Lärm haben wir doch gar nicht gemacht."

Es war klar, dass die Beamten nun die beiden Studenten befragen müssten, von denen Claudia nur unvollständige Namen kannte.

„Jan war dabei, ein Student aus Holland, und Kenan, der aus Schottland kommt. Der andere Gast, der dabei war, heißt Sven. Der hat seinen Wohnwagen direkt am Flussufer stehen."

Jan und Kenan, die wie die beiden Frauen auch nur ein Iglu-Zelt bewohnten, waren nicht da. Pohl, der mitgekommen war, meinte, dass die vielleicht mit einem Kanu unterwegs seien.

★★★

Sven Heuer saß mit seiner Frau vor seinem Wohnwagen und beobachtete seine beiden Kinder, die am Ufer spielten. Er schien nicht überrascht zu sein, dass ihn die Polizei befragte. Dass die junge Frau vermisst wurde, war ihm bekannt.

„Ich war nur kurz dabei, vielleicht eine Stunde. Die hatten etwas Lärm gemacht, da bin ich dann mal rübergelaufen zum Zelt der Mädchen. Wollte die bitten, etwas leiser zu sein. War sicher schon gegen zehn, denke ich. Eine Weile haben wir uns dann unterhalten, weil die alle ganz nett waren. Ich habe auch etwas mitgetrunken."

„Wein?", fragte Wagner.

„Doch, ja. Gab genug davon", antwortete Sven und grinste die Beamten vielsagend an.

Die Frage, ob er gesehen habe, wohin die Studenten und Sabine gegangen seien, als die Gruppe sich schon auflöste, meinte er nicht beantworten zu können.

„Ich war auch müde. Wir sind ja erst am Nachmittag angereist. Also, ich habe darauf nicht geachtet", erzählte Sven den Polizisten.

Er wollte sich schon seinen Kindern zuwenden, als Wagner den Verband an seinem Unterarm entdeckte.

„Mich hat in der Nacht ein größeres Insekt gestochen, wahrscheinlich sogar eine Hornisse. Die fliegen hier herum, weil im Bootshaus angeblich ein Hornissennest existieren soll. Ich habe wohl zu heftig an der Stelle gekratzt, und dann hat sich das möglicherweise entzündet."

Seine Befragung war damit schon zu Ende, denn plötzlich waren Jan und Kenan hinzugetreten, die behaupteten, im Ort gewesen zu sein.

Dass Jan Niederländer war, konnte jeder hören. Er erzählte von sich aus sofort, was er am Abend mitbekommen hatte. Kenan hörte zunächst nur zu. Beide aber bestätigten die Aussage von Claudia, dass sie sich gleichzeitig verabschiedet hätten. Über Pohl und Sven sagten sie nichts.

„Wo sind Sie denn anschließend hingegangen?", fragte Wieland nach, der sich Claudias Schilderung bestätigen lassen wollte.

„Wir sind zu unserem Zelt gelaufen, zumindest ich. Kenan ist vorher noch kurz zum Waschhaus gelaufen, musste mal", erzählte er.

„Erst bin ich doch auch zum Zelt mitgekommen. Zum Klo bin ich erst nachher gelaufen", korrigierte ihn sein Freund.

„Haben Sie da nicht Sabine getroffen?", fragte Wagner nach, worauf Kenan nur den Kopf schüttelte.

„Anschließend sind Sie zurück zu Ihrem Zelt gelaufen?" „Ja, genau", bestätigte der Student Wielands Frage.

„Gut, das war es dann erst mal", erklärte Wagner in der Annahme, dass Kenan und Jan nicht mehr aussagen könnten. An

Claudia gewandt fragte er: „Kann es wirklich nicht sein, dass Ihre Freundin nach Hause gefahren ist oder sich bei irgendeinem Bekannten in der Nähe aufhält?"

„Das ist doch völlig absurd!", regte sich Claudia auf. „Das würde die doch nie machen. Wir sind hier gemeinsam mit meinem Wagen hergefahren, sie hat alle ihre Sachen im Zelt zurückgelassen."

Auch wenn das überzeugend klang, wollten die Beamten Claudia noch nicht gehen lassen. Sie hatten noch eine Reihe Fragen zu Sabines Elternhaus und Bekanntenkreis. Schließlich ließen sie sich auch deren persönliche Sachen zeigen, die im Zelt zurückgeblieben waren.

Als nur noch Claudia und Pohl bei den Beamten waren, erklärte Wagner, was er jetzt für erforderlich hielt.

„Ich denke, dass wir eine Suchmannschaft rufen, mit allem, was möglich ist."

„Was meinen Sie ‚mit allem was möglich ist'?", hakte Pohl nach, der etwas um die Ruhe auf seinem Campingplatz fürchtete.

„Flussufer, den Platz hier, die Umgebung absuchen, auch mit einem Suchhund, eventuell auch Taucher und so weiter", antwortete der Polizist, ohne auf Details einzugehen. „Das, was jetzt weiterhelfen könnte."

Die Suche mit Unterstützung der Bereitschaftspolizei wurde bald nicht nur auf die unmittelbare Umgebung, sondern auch auf die nahe Ortschaft ausgedehnt. Ein Suchtrupp durchkämmte das Waldgebiet, das den Campingplatz teilweise einschloss. Der Suchhund fand eine Spur direkt im Waschhaus, aber auch im und am Bootsschuppen, was Pohl zu erklären wusste. Sabine, so behauptete er, hätte sich bei ihm eines der Kanus ausleihen wollen und sei daher mit ihm in den Schuppen gegangen. Und das sei am Nachmittag des Tages ihres Verschwindens gewesen. Natürlich wurde das Zuhause der beiden jungen Frauen bei den Nachforschungen nicht ausgespart.

Die Taucher im Fluss entdeckten nicht den leisesten Hinweis auf den Verbleib der jungen Frau, sie schien mit einiger Sicherheit nicht ertrunken zu sein.

Drei Tag nach Sabines Verschwinden würde die Polizei ihre ergebnislose Suchaktion einstellen. Die beiden Beamten Wagner und Wieland sahen ihre Möglichkeiten als erschöpft. Eine Anzeige in der Presse und die Verteilung von Handzetteln in Geschäften, Restaurants und Tankstellen in der Nähe führte sie nicht weiter. Den Fall der vermissten Sabine übergaben sie schließlich an das Landeskriminalamt.

∗∗∗

Claudia hatte den Beamten sicher nicht alles erzählt, konnte sie sich doch trotz des reichlichen Genusses an Alkohol durchaus daran erinnern, dass sie sich im Schutz der Dunkelheit nicht nur mit Jan unterhalten hatte. Es war richtig zur Sache gegangen, sodass sie beide gerade noch rechtzeitig ins Zelt gekrabbelt waren, bevor sie ausgiebigen Sex miteinander hatten. Da hatte sie gar nicht mehr auf Sven geachtet, der sich möglicherweise intensiv um Sabine bemüht hatte. Und ob der Campingplatzverwalter noch um ihr Zelt herumgeschlichen war, hätte sie tatsächlich nicht mit Sicherheit sagen können. Der Platzwart war nicht nur wegen ihres vermeintlichen Lärms aufgekreuzt, sondern um ihr freizügiges Miteinander vor dem Zelt zu beobachten.

Auf Sabine und Kenan hätten sie keine Rücksicht nehmen müssen. Die waren mit sich beschäftigt und hatten keinerlei Interesse daran, was um sie herum passierte. Sie glaubte aber jetzt, dass die beiden noch vor dem Zelt geblieben waren.

Sie hatte das Zelt, auch als Jan gegangen war, nicht mehr verlassen. Zu müde war sie gewesen, um noch nach Sabine zu schauen. Sie hatte vermutet, dass ihre Freundin, allein oder nicht, sich draußen zum Schlafen hingelegt hatte, es war ja warm genug.

Erst am Vormittag hatte sie die vermisst und nach ihr im Waschhaus gesucht. Anschließend war sie zum Zelt der beiden Studenten gelaufen, wo sie aber niemanden angetroffen hatte.

In echter Sorge um ihre Freundin hatte sie sich mittags bei der Polizei gemeldet, die sie aber mit dem Hinweis vertröstet hatte, dass es für eine Suche noch zu früh sei.

Ihr Gefühl hatte sie da schon vermuten lassen, dass Sabine etwas zugestoßen sein könnte. Nie und nimmer hatte sie sich vorstellen können, dass die sie einfach auf dem Campingplatz zurückließe.

★★★

Dicht genug am Ufer schien ein herrenloses Kanu zu treiben. Mit seinem Heck ragte es fast schon quer in den Fluss hinein. Allerdings wurde es nicht weiter abgetrieben, da es mit einem Seil am Geäst am Ufer festgebunden worden war, was von anderen Booten aus aber nicht sofort zu erkennen war.

„Pass auf, da vorn treibt ein führerloser Kanadier", warnte die Frau in einem sich nähernden Paddelboot ihren hinter ihr sitzenden Mann, der für das Steuern verantwortlich war.

„Habe den schon gesehen", entgegnete er und versuchte, mit seinem Paddel mehr in die Flussmitte zu gelangen. „Das Boot hängt aber am Ufer an einem Ast fest."

Sie näherten sich langsam, und auf einmal tauchte direkt neben dem Kanadier ein Kopf auf, der deutlich vernehmbar nach Luft rang.

„Der ist wohl reingefallen", sagte die Frau, während ihr Begleiter dem aufgetauchten Mann etwas zurief. „Brauchen Sie Hilfe?"

Er musste seinen Ruf wiederholen, denn erst jetzt wandte sich der Mann im Wasser ihm zu und winkte dann abwehrend.

„Alles in Ordnung!", rief Kenan und versuchte dabei, wieder in sein Boot zu klettern. „Es ist alles in Ordnung, danke!"

Das Ehepaar hielt mit seinen Paddeln inzwischen seine Position auf Höhe des Kanadiers. Jetzt wollten sie doch mehr wissen.

„Sind Sie ins Wasser gefallen?", erkundigte sich die Frau neugierig.

„Wie man's nimmt", erklärte Kenan. „Mir ist hier eben mein Armband ins Wasser gerutscht. Ich dachte, dass ich es noch beim Eintauchen fallen gesehen habe."

„Das können Sie wahrscheinlich vergessen", riet ihm fachmännisch der Ehemann. „Die Strömung hier ist doch sehr stark, und klar ist das Wasser auch nicht."

„Da haben Sie recht. Ich habe ja meine Suche schon abgebrochen."

„Wir kennen uns vom Campingplatz, glaube ich", sagte plötzlich die Frau. „Sie sind doch einer der Studenten, die gestern von der Polizei befragt worden sind?"

Auch wenn das eine einfache Frage war, so schien Kenan es gar nicht zu passen, erkannt worden zu sein. Erst nach einem Moment wollte er antworten.

„Ja, ich wohne auch auf dem Campingplatz. Noch bis zum Wochenende. Kenan."

„Kenan?" Die Frau hatte eine andere Antwort erwartet und zeigte sich kurz verwirrt. „Ach, Sie heißen Kenan! Ach ja, und wir sind die Kramers, aus Werl!"

„So, aus Werl kommen Sie!", sagte der junge Mann jetzt, der nach dem richtigen Moment suchte, das neugierige Ehepaar loszuwerden. Er klammerte sich immer noch an sein Boot, ohne aber hineinklettern zu wollen. „Na, dann wünsche ich noch einen schönen Bootsausflug."

Die Kramers brauchten einen Moment, um ihr Paddelboot wieder auszurichten und Fahrt aufzunehmen. Sicher hätten sie sich gern etwas mit dem jungen Mann unterhalten. Vor allem auch über den Vorfall mit dem verschwundenen Mädchen, das auf dem Campingplatz weiterhin Thema Nummer eins war. Der, so waren sie überzeugt, sollte doch etwas mehr wissen.

„Ziemlich zugeknöpft, unser Leichtmatrose", sagte Kramer hörbar enttäuscht über das Gespräch. „Hat wohl kein Interesse, sich mit uns zu unterhalten."

„Der scheint ja nicht von hier zu sein. Klang eher wie ein Engländer oder jemand halt von den Inseln dort", ergänzte seine Frau. „Sicher einer, der für den Brexit gestimmt hat."

Beide lachten laut über ihre nicht so ernst gemeinte Bemerkung, was Kenan gar nicht mehr mitbekam, denn sie waren inzwischen in einen Seitenarm abgebogen.

Der hatte schon ungeduldig darauf gehofft, dass die Kramers schnell verschwinden sollten. Jetzt schob er den Kanadier im Wasser stehend so weit auf die Uferböschung hinauf, dass es dort fest aufsaß. Dann schaute er sich nochmals um und schien befriedigt. Weder hielten sich momentan andere Leute in Ufernähe auf noch bemerkte er Boote, die sich näherten. Nur das Lärmen von Kindern war deutlich zu hören, die nicht weit entfernt eine öffentlich betriebene Badestelle besuchten.

Kenan stakste vorsichtig zurück in das tiefere Wasser, und gleich darauf tauchte er wieder unter. Und das wiederholte sich mehrfach. Nichts verriet, was er im Wasser suchte, wenn er seine Hände offen hochhielt.

Endlich kletterte er zurück auf die Uferböschung und schob sein Boot wieder in den Fluss. Als gleich darauf ein anderes Kanu sich seiner Position näherte, da hatte er bereits genügend Fahrt aufgenommen, sodass er von dem nicht eingeholt werden konnte.

Aber dieses Mal erwiderte er mindestens deren freundlichen Ahoi-Ruf und winkte den Bootsinsassen ersichtlich gut gelaunt zu. „Nice day, isn't it!", rief er in Englisch, um diesen Eindruck zu unterstreichen.

Bis auf die Kramers hatte sich niemand wirklich für sein Abtauchen interessiert. Ein paar Radfahrer auf dem Seitenweg waren ohne Halt vorbeigefahren, und selbst die wenigen Spaziergänger waren nicht stehen geblieben. Vielleicht war es jetzt zur Mittagszeit und bei hoch stehender Sonne den Leuten einfach zu warm, um sich um sein Tauchen kümmern zu wollen.

Als Kenan sich dem Bootssteg vom Campingplatz näherte, meinte er doch, einen Bekannten auf dem Seitenweg auf der anderen Flussseite zu erkennen. Der schien ihn auch erkannt zu haben, denn er schaute direkt zu ihm hinüber. Dann versuchte der aber abrupt, aus seinem Blickfeld zu verschwinden, was Kenan verunsicherte. Hatte er Sven gesehen oder den mit einem anderen Mann verwechselt?, überlegte er. Was hätte der auf der gegenüberliegenden Flussseite gesucht? Nur mit einem längeren Fußmarsch bis zur nächsten Flussbrücke oder mit einem Boot hätte es Sven auf die andere Seite schaffen können.

Ich habe mich wahrscheinlich geirrt, sagte er sich. Und da zog ihn schon sein Freund Jan an der Bootsleine längsseits an den Steg heran.

„Mann, wo bist du gewesen?", redete der in leicht vorwurfsvollem Ton. „Ich hätte gedacht, dass wir gemeinsam eine Bootsfahrt unternehmen."

„Mich hat's halt heute Morgen gejuckt, das verstehst du doch?", entschuldigte sich Kenan.

„Und das Jucken hat dann gleich mehrere Stunden angedauert?", mault der Freund.

Jan bemerkte Kenans nasse Klamotten und griff nach dessen T-Shirt. „Warst du auch im Wasser?"

„Komm jetzt, lass uns kurz was essen gehen", vermied der eine Auskunft. „Dann brechen wir am Nachmittag zu einer Bootstour auf."

Gerade wollten sie sich in Richtung des kleinen Restaurants bewegen, das zum Campingplatz gehörte, da legte Sven mit seinem Boot am Steg an. Der war allein.

„Warst du auch unterwegs?", rief ihm Kenan zu, jetzt überzeugt, kurz vorher den am anderen Ufer gesehen zu haben. Allerdings überraschte ihn, dass der ohne seine Familie unterwegs gewesen war. Er duzte Sven seit dem gemeinsamen Abend mit den beiden Mädchen. „Wo hast du denn deine Frau und Kinder gelassen?"

„Die wollten lieber Einkaufen fahren. Und mich hat's halt gejuckt, mal Paddeln zu gehen."

„Hier juckt es wohl vielen Männern", sagte Jan leise. „Muss am Campingplatz liegen."

„Sicher! Irgendetwas juckt bei uns Männern immer!", erklärte Kenan glucksend und winkte beim Gehen nochmals Sven zu, der aber nicht reagierte.

Pohl kam aus dem Bootsschuppen und hatte nicht die beste Laune.

„Sie wissen schon, dass Sie nicht einfach ein Boot nehmen können, wenn ich nicht da bin", erklärte er Kenan.

„Es war heute Morgen niemand da, den ich hätte fragen können", versuchte er sich zu verteidigen. „Ich hatte halt Lust, die aufgehende Sonne auf dem Fluss zu erleben."

„Den hat irgendetwas gejuckt", ergänzte Jan lachend. „Das müssten Sie doch kennen!"

Dass er bei dem Studenten kaum mit Schuldbewusstsein rechnen konnte, wusste Pohl schon, und so beließ er es bei der eher hilflosen Erinnerung an die ausstehende Bezahlung. Als er heute Morgen zum Bootssteg gelaufen war, hatte er das Fehlen eines seiner Boote bemerkt. Die waren frei zugänglich auf Holzböcken gestapelt oder am Steg angebunden.

Im Bootsschuppen hatte er eher zufällig festgestellt, dass eine der Abdeckplanen, mit denen er die Boote vor schlechtem Wetter schützte, verschwunden war. Seit wann die fehlte, konnte er nicht sagen, da er nicht ständig den Schuppen kontrollierte. Es ärgerte ihn nur, weil er eine neue Plane aus eigener Tasche würde bezahlen müssen.

Dass er den Bootsschuppen in der Nacht von Sabines Verschwinden nicht abgeschlossen hatte, das ärgerte ihn, aber er erinnerte sich auch, warum ihm das passiert war. Fast hätte ihn da ein Gast entdeckt, wie er hinter der leicht geöffneten Bootsschuppentür das Treiben der Mädchen mit den Studenten beobachtet hatte. Gerade noch rechtzeitig war es ihm gelungen, sich in den Schuppen zurückzuziehen.

★★★

Seit die beiden jungen Frauen mit ihrem kleinen Iglu-Zelt am Bootssteg campten, hatte es ihn immer wieder dorthin gezogen, um oft ungeniert zu denen hinüberzu- glotzen. Die hatten das registriert, wie der sie angestarrt oder beobachtet hatte. Sie hatten kaum Probleme gezeigt, sich vor ihrem Zelt umzuziehen oder sich ohne BH zu sonnen. Es war regelrecht ein Spaß für sie, wenn sie seine Blicke spürten. Gelegentlich hatte er die beiden auch vom Fenster im Schuppen aus beobachtet, wobei er darauf geachtet hatte, dass die Tür nicht einfach von außen geöffnet werden konnte. Er hatte ja nicht beim Onanieren überrascht werden wollen.

Das Insektennest direkt unter dem Dachgiebel des Bootsschuppens war ihm nicht entgangen. Wie ein Bündel nassen Zeitungspapiers hing es dort fest. Ein Hornissennest, wie er richtig erkannt hatte, das ihn aber nicht beunruhigte. Nur deren Flugbewegungen störten ihn, wenn die Hornissen sich ihm zu dicht genähert hatten.

Jetzt, während er nochmals nach der verschwundenen Plane im Schuppen suchte, fragte er sich, bei welcher Gelegenheit dieser Gast Sven sich von einer Hornisse hatte stechen lassen. Zu unwahrscheinlich erschien es ihm, dass das draußen im Freien hatte geschehen können. Hornissen waren nicht aggressiv, wenn sie in Ruhe gelassen wurden. Er schüttelte den Kopf, fragte sich, ob der nicht in der Nacht im Schuppen gewesen war, und wenn ja, was er da gesucht haben könnte.

Durch einen Spalt in einer gebrochenen Scheibe eine der Dachluken drangen die Insekten in das Innere des Schuppens und flogen nur auf der Suche nach Nahrung hinaus. Sicher wichen sie jedem Konflikt aus, war er überzeugt.

Was ihn im Moment mehr beschäftigte, war die verschwundene Plane, die aus irgendeinem Grund jemand entwendet hatte. Wer klaut eine Abdeckplane aus meinem Schuppen?, fragte er sich. Die war zwar nicht besonders wertvoll, aber eben auch nicht billig zu ersetzen.

Er hörte, während er noch suchte, wie Leute am Bootssteg nach ihm riefen. Das passierte öfter tagsüber, wenn jemand ein Boot ausleihen wollte. Ungewöhnlich war, dass jetzt heftig an der Schuppentür gerüttelt wurde, und als Pohl öffnete, er einem stämmigen Mann gegenüber stand, der ziemlich aufgeregt etwas zu erklären versuchte.

„Meine Kinder haben ein großes verschnürtes Bündel entdeckt, sieht aus, als sei darin ein Mensch in einer Plane verpackt worden", sagte der Mann viel zu laut. Er hatte offenbar Mühe, seine Erregung in den Griff zu bekommen.

Pohl schoss sofort ein Gedanke durch den Kopf. Das verschwundene Mädchen und die vermisste Plane! Jemand hatte Sabine gefunden, und wenn sie es tatsächlich war, dann lebte sie nicht mehr.

„Wo haben Sie sie gefunden?", fragte er, was den Mann vor ihm einen kurzen Moment stutzen ließ.

„Wissen Sie es schon?", erwiderte der irritiert. „Ach nein, Sie vermuten es! Wir haben jedenfalls schon die Polizei verständigt."

„Das ist gut!", sagte Pohl. „Wo haben Sie sie gefunden?", wiederholte er nochmals seine Frage. Er hatte keinen Zweifel, dass es das junge Mädchen sein musste, das jemand in seiner Plane verschnürt hatte.

„Meine Kinder haben das Bündel direkt unter der Wasserrutsche entdeckt. Es muss von der Strömung abgetrieben worden sein und hat sich wohl dort am Gestänge festgeklemmt."

Die öffentliche Badeanstalt am Fluss gehörte nicht zum Campingplatz, sie lag ein paar hundert Meter flussabwärts. Besonders die Kinder der Gäste besuchten gern das Bad, da es dort eine Wasserrutsche gab und einen Steg, von dem aus sie ins Wasser springen konnten.

Die Strömung im Fluss war sicher nicht zu unterschätzen, allerdings bezweifelte Pohl, ob die stark genug wär, ein unförmiges Bündel vom Campingplatz bis zur Wasserrutsche zu transportieren. Kurz drängte sich die Hoffnung bei ihm auf, es könnte alles nur ein Irrtum sein, und das Bündel enthielte gar keinen menschlichen Körper.

Dann folgte er dem Mann, der es gar nicht abwarten konnte, ihn zu der Fundstelle zu führen. Keine Frage, die Neuigkeit war auf dem Campingplatz rumgegangen, als sei sie in einem Online-Dienst verbreitet worden. Eine Traube von Campingplatz-Gästen folgte ihnen zur Fundstelle.

„Leute, seid bitte vorsichtig!", mahnte Pohl. „Die Polizei muss ja auch noch ihre Arbeit machen können."

Und dann sah er das mit einem Tau verschnürte Paket, unschwer erkennbar ein menschlicher Körper. Und die Plane, die alles umhüllte, die erkannte er ebenfalls sofort wieder.

★★★

Dieses Mal übernahmen Kriminalkommissar Bauer und sein Kollege, Kriminalhauptmeister Schlosser, vor Ort die Untersuchung. Ihr Ärger war begründet, die Besucher auf dem Campingplatz und der Badeanstalt hatten rücksichtslos das Paket aus dem Wasser unter der Wasserrutsche auf die Wiese gezogen, und nur Pohl hatte verhindern können, dass die Leute es geöffnet hätten. Ihr Ärger verstärkte sich, weil sie nur mit Mühe die umstehenden Zuschauer zurückdrängen konnten. Und wie viele Hände hatten sich da schon an der Plane oder dem Seil versucht? Wo das verschnürte Bündel exakt gefunden worden war, ließ sich durch Befragung auch nicht mehr feststellen. Aber wie gut war das denn, dass die Umstehenden ihnen ihre Handybilder anboten?

Die Beamten hatten kaum einen Zweifel, wen sie und der Gerichtsmediziner beim Öffnen des Bündels finden würden. Claudia, die hinzugerufen worden war, bestätigte auch sofort den Verdacht, wobei sie dabei fast zusammenbrach.

„Sieht eher so aus, dass die arme Frau in ihrem Bündel erstickt oder sogar im Wasser ertrunken ist", sagte Dr. Grüner zu Bauer und zeigte auf die eine Stelle der aufgeschlagenen Plane, wo jeder, der genauer hinsah, bräunlich gefärbte Kratzspuren erkennen konnte. „Sehen Sie sich die Fingernägel mal an."

Bereits am späten Nachmittag meldete sich Dr. Grüner erneut bei Bauer und Schlosser.

„Also, meine Vermutung ist richtig gewesen", sagte er. „Sie ist erstickt, und zwar in der Plane. Wir haben in ihrer Lunge Faserspuren gefunden. Die Verletzung an ihrem Kopf war nicht fatal. Sie ist wohl bewusstlos gewesen, weist aber eigentlich keine wirklich schlimmen Verletzungen auf."

„Mein Gott, das arme Mädchen", zeigte sich Schlosser erschüttert, obwohl er diese Nachricht schon vermutet hatte. „Was ist der jungen Frau passiert?"

„Alle Verletzungen weisen auf eine versuchte Vergewaltigung hin. Es gibt nicht nur deutliche Verletzungen im Genitalbereich, sondern auch Druckstellen an den Oberarmen und Spuren von Schlägen im Gesicht der Toten." Dann nach einer kurzen Atempause schob er noch hinterher: „Penetriert wurde sie aber nicht, denn es gibt keinerlei Spuren von Sperma in ihrer Vagina."

Bauer und Schlosser stellten zwar eine Reihe Fragen, meinten dann aber, dass sie doch noch kurz in der Gerichtsmedizin vorbeischauen wollten.

Und dort hatte Dr. Grüner eine kleine Überraschung für sie, die er mit einem etwas makabren Witz eröffnete.

„Es gibt noch eine zweite Leiche", erklärte er den verblüfften Kriminalbeamten. „Schauen Sie nicht so erschrocken. Es ist ein Insekt, aber ein ganz besonderes Insekt!"

Und noch bevor die Beamten weitere Fragen stellen konnten, erklärte Dr. Grüner, dass er eine tote Hornisse gefunden habe und die wahrscheinlich deshalb interessant sein könnte, weil ihr Hinterleib mit einer klebrigen Substanz verschmiert sei.

„Die klebte an der Hinterseite des Oberschenkels des Mädchens. Was dieses Insekt uns zusätzlich erzählen kann, werden ich sicher noch herausfinden."

Bauer und Schlosser fehlte nicht nur der Sinn für den makabren Spaß des Mediziners, sie zweifelten auch, ob dieses Insekt ihre Untersuchungen erleichtern könnte. Wichtiger erschien ihnen, dass Sabines Slip fehlte, wobei sie überhaupt sehr knapp bekleidet war. Einen BH schien sie gar nicht getragen zu haben, lediglich ein dünnes T-Shirt bedeckte ihren Oberkörper, und dazu trug sie einen Minirock.

„Fraglich, ob sie überhaupt einen Slip vor der Tat angehabt hat", sagte Bauer zu seinem Kollegen beim Hinausgehen.

„Und wenn, wo sollten wir den jetzt suchen?", entgegnete Schlosser.

Die Kriminaltechnik hatte auch noch Hinweise, vor allem die Plane betreffend, mit der Sabines Leichnam eingewickelt worden war. Die bräunlichen Kratzspuren an deren Innenseite stammten von ihrem Blut, und auch ein gefundenes Stück eines Fingernagels ließen sich ihr zuordnen. Weniger gut sah es mit Fingerabdrücken an der Abdeckplane oder gar am Körper des Leichnams aus. Die zeigten sich alle mehr oder minder als kaum brauchbar. Nur an einer Seite der Plane hatte man einen Abdruck gefunden, der verwertbar war.

Die Plane aber, so meinten die beiden Kriminalbeamten, könnte zu den Booten am Campingplatz führen.

Pohl wurde vernommen, und nachdem er erst behauptet hatte, keine seiner Planen zu vermissen, bestätigte er dann doch den Verlust. Warum er das nicht sofort eingestanden habe, beantwortete er mit der Gegenfrage, wieso er annehmen sollte, dass das mit Sabines Verschwinden im Zusammenhang stehen könnte.

„Na ja, schon seltsam, Sie haben doch ebenfalls die Plane auf dem Gelände der Badeanstalt gesehen. Haben Sie die wirklich nicht wiedererkannt?", fragte ihn Bauer ungläubig.

„Ob Sie es glauben oder nicht, auf die habe ich in diesem Moment überhaupt nicht geachtet", behauptete Pohl prompt, was sich für die beiden Kriminalisten aber nicht glaubwürdig anhörte.

Trotz der unbefriedigenden Befragung nahm die Polizei von ihm Fingerabdrücke und ließ einen Speicheltest durchführen. Letzteres geschah allerdings unter Pohls Protest, der für diese Maßnahme kein Verständnis zeigte. Da konnte den auch nicht beruhigen, dass es sich um reine Routine handeln würde.

Das Auffinden von Sabines Leichnam blieb natürlich auch Sven nicht verborgen. Er war mit den anderen Campingplatzbewohnern zum Fundort mitgelaufen, hatte sich aber im Hintergrund gehalten, als einige die Plane öffnen wollten. Er zeigte mehr Interesse für die Erzählungen der Jungs, die das Bündel unter der Wasserrutsche entdeckt hatten. Ihn schien wie Pohl zu verwundern, wie dieses unförmige Paket an die Fundstelle geraten sein konnte, selbst wenn Sabine eine zierliche und kleine Person gewesen war. Die Stützpfosten der Rutschen hatten wahrscheinlich verhindert, dass das Paket nicht noch weiter abgetrieben war.

„Wie es dieses Bündel bis hierher geschafft hat?", hörte er Pohl fragen, und er hatte auch nur eine Erklärung. „Da muss wohl jemand nachgeholfen haben."

Jan und Kenan waren zur selben Zeit mit dem Boot gerade auf dem Rückweg zum Bootssteg. Überrascht, weil sie den Grund nicht sofort erkannten, sahen sie den Auflauf der vielen Menschen um die Wasserrutsche herum und dachten zunächst an einen Unglücksfall.

„Die haben was gefunden!", rief Jan. „Sieht wie ein großes Bündel aus. Wir sollten mal näher heranfahren."

„Nee, lass mal! Das will ich gar nicht sehen", widersprach Kenan, der unbedingt weiter wollte. „Wir sollten sehen, dass wir das Boot zurückgeben. Wird Zeit."

„Was? Ich würde doch mal gern wissen, was die da aus dem Wasser gezogen haben. Hoffentlich ist es nicht die vermisste Sabine!"

„Eben! Und genau deshalb will ich dort auch nicht hin!"

★★★

Der nächste Anruf von Dr. Grüner überraschte sogar Bauer, der schon einiges in seiner Dienstzeit erlebt hatte.

„Was da am Körper der toten Hornisse klebt, sind Spermaspuren", erklärte der Mediziner ohne lange Vorrede. „Und ich habe das gleich mal prüfen lassen. Ihr solltet euch sofort noch mal Pohl vornehmen. Auf ihn weisen die Spuren hin. Vielleicht macht es aber trotzdem Sinn, von den anderen Beteiligten, die bei dieser Privatparty dabei waren, ebenfalls eine Speichelprobe zu nehmen. Nur um sicherzugehen."

Bauer befriedigte die Aussage des Mediziners nicht. „Ist das Sperma nun eindeutig von Pohl oder nicht?", hatte er gefragt, als Dr. Grüner bereits das Gespräch beendet hatte.

Pohl hatte sofort eine Vorahnung, warum er ohne nähere Erklärungen erneut ins Präsidium gebeten wurde, diesmal zu einem regelrechten Verhör. Entsprechend nervös zeigte er sich jetzt.

„Sie verdächtigen mich als Mörder der toten Sabine?", reagierte er deutlich nervöser als bei seiner letzten Befragung.

Schlosser wollte nicht lange herumreden, sondern konfrontierte Pohl sofort mit seinem Verdacht. „Wieso haben wir Spermaspuren, die eindeutig von Ihnen stammen, an der Leiche entdeckt?"

„Das kann nicht sein!" Pohl sprang vor Erregung von seinem Sitz hoch. „Nie und nimmer habe ich die angerührt. Wo wollen Sie Spermaspuren von mir entdeckt haben?"

Bauer missfiel, dass sein Kollege so vorgeprescht war, suchte wieder mehr Sachlichkeit. Also präzisierte er, wo genau sie Spermaspuren gefunden hätten.

Für Pohl war die Erklärung so absurd, dass er einen Moment überlegte, ob er darauf überhaupt ernsthaft reagieren sollte. Natürlich dachte er sofort an die Hornissen in seinem Schuppen. Nur: Warum sein Sperma an einem solchen Biest haften sollte, das zudem noch bei Sabines Leiche gefunden worden war, konnte er sich nicht erklären.

Schlosser ging ihn dieses Mal scharf an. „Wie kommt ihr Sperma an den Körper einer toten Hornisse?"

Pohl fühlte sich in die Enge getrieben, spürte den Druck, unbedingt etwas zu seiner Verteidigung sagen zu müssen. Aber wie konnte er das erklären, sein Sperma am Körper einer toten Hornisse?

„Also an dem Abend, wo die vier vor dem Zelt rumgemacht haben, habe ich die eine Weile beobachtet", fing er stockend an zu erzählen. „Ich war da hinter der Tür vom Schuppen, aber es war ja gerade noch so hell, dass ich die vor dem Zelt beobachten konnte. Na ja ich habe dann so Lust bekommen, dass ich mir einen runtergeholt habe", erklärte er und grinste verlegen die beiden Beamten an. „So, da ist wohl dann Sperma auf den Boden, möglicherweise auch auf die Plane getropft, die da rumlag. Wie das an die Hornisse gekommen ist, das kann ich mir nicht erklären. Aber es gibt ja im Schuppen ein Nest von den Biestern."

„Das war dann wohl die vermisste Plane, oder?", hakte Schlosser nach und kämpfte gegen einen Anflug von Loslachen an.

„Das muss die gewesen sein!", rief Pohl, der sich jetzt darüber völlig sicher war.

Bauer und Schlosser sahen sich an, wobei Letzterer sein Grinsen kaum unterdrücken konnte. Dann gab Bauer ein Zeichen, dass er sich mit seinem Kollegen besprechen müsse. Draußen vor dem Vernehmungsraum sagte er zu Schlosser: „Also es gibt Erklärungen, die sind so absurd, die kann man nicht mal erfinden."

„Unklar bleibt trotzdem, wie die Hornisse sich bekleckert haben kann. Die fliegt doch nicht gerade unter seinem tropfenden Schwanz herum, wenn der sich einen runterholt!" Schlosser konnte sein Lachen jetzt nicht mehr unterdrücken.

„Mensch, reiß dich mal zusammen, das ist alles andere als witzig", stieß ihn Bauer in die Seite und prustete dann selber los.

„Die KTU hat angeblich nichts in dem Bootsschuppen gefunden, was auf eine Gewalttat schließen lässt. Dass Sabine mindestens einmal drinnen war, ist unzweifelhaft, hat ja Pohl bestätigt", fuhr Bauer dann fort. „Was machen wir jetzt mit ihm?"

Sie kehrten nochmals zu Pohl zurück und nahmen detailliert seine Aussage zu Protokoll. Seinen Angaben zufolge hätte er bereits vor 22 Uhr den Platz um den Schuppen herum verlassen, nicht zuletzt, weil er in der Dunkelheit die Szene ohnehin nicht mehr richtig hätte beobachten können. Da seien die vier zumindest noch zusammen gewesen. Ob das wirklich stimmte, würden die Beamten überprüfen müssen. Aber seine Antworten auf ihre weiteren Fragen schienen ihnen, wenn auch skurril, doch nicht ausreichend belastend, um ihn festzuhalten.

„Wissen Sie, wie man Leute nennt, die sich so benehmen wie Sie?", fragte ihn Bauer schon beim Abschied.

„Sie wollen mir doch jetzt nicht wegen dieser einen Sache unterstellen, dass ich ein Spanner bin?" Pohl erregte sich so, weil er sich sicher war, noch nie seinen Gästen hinterherspioniert zu haben, schon gar nicht aus sexuellen Motiven.

„Und wie sollten wir Ihr Verhalten denn sonst nennen?", wies Schlosser ziemlich ungnädig dessen Unschuldsgetue zurück.

Allerdings glaubten sie, dass der sie in wesentlichen Punkten nicht belogen hatte, sie schätzten ihn eher als schlicht und harmlos ein.

Als sie kurze Zeit später nochmals wegen einer Detailfrage bei Dr. Grüner anriefen, erzählte der denen fast beiläufig, dass die Hornisse jemanden gestochen haben könnte, was den Verlust ihres Stachels erklären könnte. Dabei sei sie wohl erschlagen worden.

Schlosser fiel daraufhin ein recht blöder Witz ein. „Die Hornisse hat sich wohl gegen den Spermaerguss zu wehren versucht. Ist ihr aber schlecht bekommen." Dann packte ihn ein so heftiger Lachanfall, dass er regelrecht durchgeschüttelt wurde.

Bauer schaute missbilligend zu ihm hinüber und ging gar nicht auf dessen geschmacklose Bemerkung ein. Er schien angestrengt über etwas nachzudenken. Dann holte er sich die Protokolle der beiden Polizeikollegen auf seinen Bildschirm.

„Da war doch von den Polizeibeamten eine Notiz über einen Hornissenstich", sagte er eher zu sich und begann die Protokollnotizen rauf- und runterzuscrollen, um nach dieser einen Anmerkung zu suchen. „Hier, ich habe was!"

★★★

Sven war überrascht, als ihn die zwei Kriminalbeamten befragen wollten. Er meinte bereits alles ausgesagt zu haben, was er wusste. Er und seine Frau hatten sich vor ihrem Wohnwagen auf Liegestühlen ausgestreckt und ihre Kinder beobachtet, die am Flussufer spielten. Hin und wieder hatte er zum Zelt der beiden Mädchen hinübergeblickt, in der Hoffnung, dass sich Claudia zeigen könnte. Er fragte sich, wie lange die es allein auf diesem Campingplatz aushalten würde, da ihre Freundin sicher nicht zurückkehren könnte. Er kratzte sich gerade am Unterarm, als Bauer und Schlosser sie beide begrüßten. Der Verband an seinem Arm war inzwischen verschwunden. Die hielten sich nicht mit einer Erklärung auf, sondern stellten sofort eine Frage.

„Sie waren an dem Abend dabei, als Claudia, Sabine und die zwei Studenten vor ihrem Zelt zusammensaßen. Können Sie noch mal sagen, wann genau Sie dazugekommen und dann weggegangen sind?", wollte Bauer wissen.

Svens Frau Beate war beim Gespräch dabeigeblieben und schien auf die Antwort ihres Mannes fast so gespannt zu sein wie die Polizisten.

„Ich war doch nur ganz kurz dabei, hatte ich ja auch schon ausgesagt. War vielleicht gerade mal eine Stunde, gegen 22 Uhr."

„An die Uhrzeit erinnern Sie sich genau?", hakte Schlosser nach.

„Ja, deshalb, weil ich beim Weggehen hörte, wie die beiden Studenten laut über die Uhrzeit redeten."

„Und Sie sind gegangen, als die anderen vier noch zusammengeblieben sind?", fragte Schlosser weiter, was Sven nickend bestätigte. Allerdings übersahen beide Beamte, dass seine Frau kurz aufmerkte, so, als hätte sie die Zustimmung ihres Mannes überrascht.

Dann kam Bauer zu seiner eigentlichen Frage. „Sie hatten unseren Kollegen erzählt, dass sie in der Nacht von einer Hornisse gestochen worden seien, Sie trugen bei der Befragung sogar einen Verband an einem Ihrer Arme."

„Das hatte ich da nur gedacht", erklärte Sven, überrascht von der Frage, die er wohl kaum erwartet hatte. „Vielleicht bin ich auch von einem anderen Insekt gestochen worden. Fliegt ja viel Viehzeug hier am Wasser herum. Das Problem war doch, dass ich die juckende Stelle so aufgekratzt habe, dass es zu bluten anfing. Deshalb habe ich dann etwas herumgewickelt. Sie sehen doch, alles wieder in Ordnung."

Wie um seine Aussage zu bekräftigen, hielt er dem Beamten seinen linken Unterarm entgegen.

„Es war Ihr anderer Arm", sagte Bauer, der das damalige Protokoll genau erinnerte.

„Ach ja, stimmt ja", entgegnete sofort Sven, der aber jetzt doch verunsichert wirkte. „Was soll diese Frage überhaupt?"

„Kann es sein, dass Sie vielleicht im Bootsschuppen gewesen sind, ich meine an dem Abend nach Ihrem Treffen mit den Mädchen?"

„Auf gar keinen Fall!", schoss Sven sofort zurück. „Was sollte ich denn im Schuppen um diese Zeit? Was wollen Sie denn ständig mit Ihrer Frage nach diesem unbedeutenden Insektenstich?"

„Erklären wir Ihnen gleich", antwortete ihm Bauer. „Sie waren nicht im Bootsschuppen und sind auch nicht sicher, was sie gestochen hat, ist das so?"

„Ja, meine Güte!", reagierte Sven genervt, was die beiden Polizisten genau registrierten.

„Wir haben eine tote Hornisse gefunden, die neben dem Leichnam der Toten in der Plane lag. Die ist erschlagen worden, muss aber vorher noch gestochen haben, den Stachel könnte die dabei verloren haben. Er fehlt jedenfalls."

Die beiden Beamten schauten fragend auf Sven, der begriffen zu haben schien, welchen Zusammenhang die Polizei da konstruierte und was die ihm unterstellte. Er zögerte zu lange, um deren Verdacht prompt zu begegnen. Hilfe suchend sah er zu seiner Frau hinüber, die aber auch nur wartete.

„Und weil mich irgendein Insekt in dieser Nacht gestochen hat, verdächtigen Sie mich, diese unglückliche Frau umgebracht zu haben. Aber wohl erst, nachdem ich eine Hornisse erledigt habe. Unglaublich!"

Svens Protest zeigte ihn seltsam unberührt, gerade so, als nähme er diesen Verdacht der beiden Kriminalisten gar nicht wirklich ernst.

Gerade diese zur Schau gestellte Unbekümmertheit verfing weder bei Bauer noch bei Schlosser. Sie sagten zwar nichts, aber musterten ihn unverkennbar skeptisch. Und Sven war sich des Drucks bewusst, der ihn zwang, doch irgendeine Erklärung für diesen Zufall nachschieben zu müssen.

Er suchte eine befreiende Antwort, drehte sich weg von den fragend blickenden Polizisten. Längst hatte er sich im Netz der beiden Kriminalisten verheddert, was ihm auch bewusst war. Selbst seine Frau schien auf seine Aussage zu warten.

„Als ich von den vieren weggegangen bin, da stand der Bootsschuppen halb offen, das heißt, die Tür war nicht ins Schloss gefallen. Das hat mich neugierig gemacht. Da bin ich kurz rein, habe das Licht angemacht, um nachzusehen, ob jemand drinnen wäre, vielleicht ein Obdachloser aus der Gegend. Aber da war niemand. Da muss es dann passiert sein. Dieses Biest kam mir plötzlich entgegengeflogen. Und da habe ich zugeschlagen."

„Wie lange waren Sie denn im Schuppen? Oder anders gefragt: Wann sind Sie in Ihrem Wohnwagen zurück gewesen?", erkundigte sich Schlosser.

„Paar Minuten höchstens, was weiß ich? Fünf Minuten, zehn Minuten? Ich habe da nicht auf die Uhr geschaut."

„Wissen Sie, was uns an Ihrer Erklärung merkwürdig vorkommt?", fragte Bauer. „Merkwürdig ist, dass Sie diese doch recht einfache Erklärung zu verheimlichen suchten. Warum?"

Sven fühlte sich noch unbehaglicher. „Das stimmt wohl. Aber nach dem Verschwinden des Mädchens haben mich Ihre Kollegen bereits befragt, und ich habe denen ausführlich geschildert, was ich weiß. Und jetzt kommen Sie und fragen mich dasselbe noch mal, da kann man schon mal was vergessen, vor allem, wenn es unbedeutend ist. Sie fragen mich nach einem Insektenstich! Das ist, als hätte der, also ich mit ihrem Verschwinden, das heißt jetzt mit ihrer Ermordung etwas zu tun. Das verunsichert einen, das kann ich Ihnen gar nicht sagen, wie!"

Den Beamten war sein Unverständnis egal, und sie ließen sich von seiner Erklärung nicht überzeugen. „Wir bitten Sie, möglichst heute noch in unsere Dienststelle zu kommen, damit wir das protokollieren können. Und dann bitten wir Sie auch, vorläufig hierzubleiben."

Beate wirkte beunruhigt, während ihr Mann den Beamten hinterhersah. Es waren Svens Lavieren und seine zögerlichen Antworten, was sie nicht verstand.

„Du warst doch sehr spät erst wieder im Wohnwagen. Wo warst du die ganze Zeit über gewesen?", wollte Beate wissen.

„Hast du nicht sowieso geschlafen?", fauchte sie Sven an, der deutlich genervt schien von der polizeilichen Befragung. „Ich war kurz nach zehn zurück, Punktum!"

Er stand immer noch neben seinem Liegestuhl und hatte keine Lust mehr, sich wieder zum Sonnen auszustrecken.

„Was starrt der denn die ganze Zeit zu uns rüber?", fragte er, was aber nicht seiner Frau galt. Er hatte den störenden Beobachter erkannt, der sich jetzt langsam ihrem Stellplatz näherte.

„War das wieder die Polizei?", fragte Kenan.

„Wer denn sonst?", antwortete Sven ziemlich unhöflich.

„Das habe ich mir schon gedacht. Die werden wohl noch öfter kommen, möglicherweise auch zu uns."

„Schon möglich. Und was wollen Sie jetzt wissen?"

„Sven, wir sind ja seit dem Abend eigentlich per Du. Wenn du erlaubst: Ich wollte halt wissen, ob die Polizei neue Erkenntnisse hat. Es ist ja fürchterlich, was mit Sabine passiert ist."

„Neues haben die nicht erzählt. Sie hätten eine tote Hornisse neben dem Leichnam entdeckt. Und nun fragen sie sich, wie die in die Plane geraten sein könnte. Als ob ich Sabine da eingewickelt hätte. Das muss man sich mal vorstellen."

Kenan schien fast etwas verstört, so, als begreife er erst jetzt, dass Sabine in einem Bündel verschnürt im Fluss aufgefunden worden war.

Er wandte sich zum Gehen, blieb aber dann noch mal stehen.

„Wir reisen ja morgen früh ab. Das Studium, du verstehst", sagte er und entfernte sich dann zum Steg.

„Auch ein komischer Vogel", bemerkte Sven zu Beate. „Aber an Sabine war der tatsächlich dran. Das habe ich schon gemerkt, obwohl die mir nicht sonderlich interessiert an ihm erschien."

„Und wie war es mit dir?"

„Was ist denn das für eine blöde Frage? Lass so was bloß niemanden hören!"

Kenan hatte seine Ankündigung ernst gemeint. Als er an ihrem Zelt auf Jan traf, wiederholte er seine Absicht.

„Wieso willst du unbedingt morgen schon abreisen? Wir wollten doch bis zum Wochenende bleiben", zeigte sich Jan erstaunt.

„Ja, weiß ich", erwiderte Kenan. „Aber in der kommenden Woche geht's im Studium gleich richtig zur Sache. Ich muss meinen Seminarvortrag präsentieren, und da ist noch einiges zu tun."

„Trotzdem, das kommt überhaupt nicht gut an. Wenn es mein Auto wäre, müsstest du sogar mit dem Bus zurückfahren."

„Du kannst meinen Wagen haben. Im Ernst!", erklärte Kenan scharf. „Ich kann natürlich auch den Bus nehmen."

„Ich gehe ein Stück spazieren, am Fluss", sagte Jan verstimmt und lief ohne zu warten los.

Kenan holte einen Rucksack und einen Haufen Klamotten aus dem Zelt, die er dann zunächst sorgfältig faltete, bevor er sie verpackte. Nur ein T-Shirt und eine kurze Hose legte er extra. Diese Sachen untersuchte er erstaunlich intensiv, wendete die sogar und hielt sie gegen das Licht hoch. Erst dann stopfte er die zu den anderen Kleidungsstücken im Rucksack.

Kenan hatte das Ehepaar Kramer aus Werl nicht bemerkt, das ihm laut ein Hallo zurief. Die hatten ihn beim Packen beobachtet und schienen sich gern etwas unterhalten zu wollen. Als der Student so gar kein Interesse an ihnen erkennen ließ, zuckte Kramer schließlich frustriert mit den Achseln.

„Das ist ja eine komische Type, grüßt nicht mal", sagte Kramer verärgert.

„Der war ja auch auf dem Fluss so maulfaul, obwohl wir doch ganz freundlich gewesen sind. Überhaupt merkwürdig, wie der sich auf dem Fluss verhallten hat", stimmte seine Frau zu. „Was der da beim Tauchen gesucht haben mag? Dieses junge Mädchen ist ja gleich darauf im Fluss gefunden worden."

„Jetzt willst du aber nicht unterstellen, dass der die bei der Gelegenheit gerade im Fluss hat entsorgen wollen?", wehrte ihr Mann kopfschüttelnd den Gedanken seiner Frau ab.

„Könnte doch sein", bekräftigte sie, die Gefallen an ihren Überlegungen zu finden schien.

„Hör einfach auf! Wir werden bestimmt nicht spekulieren!", entschied Herr Kramer und zog seine Frau jetzt entschlossen weiter.

★★★

„Was haben wir eigentlich?", richtete Schlosser am folgenden Morgen eine Frage an seinen Kollegen. „Pohl hat uns zunächst belogen."

„Aber was er dann aussagte, ist zwar grotesk, aber auch nicht so, dass wir ihn damit festnageln könnten", antwortete Bauer. „Dass er ein Spanner ist, erscheint mir sehr wahrscheinlich. Nur:

Warum sollte er Sabine noch vergewaltigen, wenn er sich gerade selbst befriedigt hat, bei seinem Alter?"

„Dann haben wir diesen Sven", fuhr Bauer nachdenklich fort. „Der hat sich wirklich in Ausflüchten verfangen. Allerdings scheint seine Frau zu bestätigen, dass er ziemlich früh zurückgekommen sei."

„Wie das?", widersprach Schlosser. „Die hat doch gar nichts gesagt. Mag sein, dass das als Bestätigung gemeint war, aber sie ist ja seine Frau. Der wirkte doch ziemlich unsicher bei seinen Aussagen."

„Also ist der nach wie vor verdächtig", stimmte ihm Bauer zu. „Wenn wir davon ausgehen, dass die Gewalttat im Bootsschuppen geschah oder zumindest ihren Anfang nahm, auch wenn die KTU dort nichts gefunden hat, dann bleibt dieser Familienvater noch einer unserer Verdächtigen."

Sie überlegten, wen sie bisher übersehen haben könnten oder noch befragen müssten. Dabei studierten sie, was sie und die Kollegen protokolliert hatten.

„Diese komische Geschichte mit der Hornisse und Pohls tropfendem Rohr, sein Sperma tropft ausgerechnet auf die Plane, womit dann die Hornisse irgendwie Kontakt bekommt …" Schlosser konnte seinen Gedanken wieder nicht zu Ende führen, so schüttelte er sich jetzt vor Lachen. „Muss man sich bildlich vorstellen, ich kann's nicht glauben!"

Bauer reagierte irritiert, kämpfte aber tatsächlich gegen seinen eigenen Lachanfall. „Also erstens", er versuchte wieder, konstruktiv die Arbeit voranzubringen. „Die müssen noch mal den ganzen Schuppen auf den Kopf stellen. Meines Erachtens der Ort, wo das Verbrechen passierte, auch wenn das Mädchen erst beim Abtransport in der Plane erstickte. Zweitens. Wie ist der Leichnam in den Fluss gekommen, und wo genau? Die ist ziemlich weit abgetrieben. Ich glaube nicht, dass die Strömung dazu in der Lage war."

Schlosser nickte, er fand die Gedanken seines Chefs vernünftig. „Du hast recht!", sagte er. „Dann sollte die KTU auch gleich noch mal die Boote untersuchen. Liegt doch nahe, dass der Täter den Leichnam mit einem Boot abtransportiert hat, wenige Meter sind es zwischen Bootsschuppen und Bootssteg."

„Gut, dass wir uns noch mal richtig ausgetauscht haben", sagte Bauer schmunzelnd. „So kommen wir vielleicht voran. Und mir fällt noch etwas ein. Wen wir bisher noch nicht erneut überprüft haben, sind die beiden Studenten. Deren Aussagen im Protokoll scheinen eindeutig und wurden auch so von der Freundin Claudia bestätigt. Bestätigt haben sie sich auch gegenseitig bezüglich der Zeiten, wann sie die Party verlassen und in ihr Zelt zurückgekehrt sein wollten."

„Nehmen wir mal an, dass alle vier Sex miteinander hatten. Warum sollte dann einer der Studenten Sabine was antun, sie vergewaltigen? So unwahrscheinlich ist das doch auch nicht, dass die mit den Mädels geschlafen haben, wenn man Pohls Aussagen nimmt. Ich gehe eigentlich davon aus."

„Dagegen spricht aber, dass bei Sabine keine Spermaspuren gefunden wurden", wandte Schlosser ein, der sich fragte, warum die nicht richtigen Sex gehabt haben sollte. Bei ihrer Freundin Claudia konnten sie es ebenfalls nicht wissen.

„Also das heißt, wir nehmen uns die beiden Studenten noch mal vor. Allerdings befragen wir die anders als die Polizeikollegen, nämlich gleich getrennt", entschied Bauer. „Frag besser noch mal in der Gerichtsmedizin nach, ob die nicht doch noch etwas gefunden haben, was uns weiterhelfen könnte."

„Die hatte doch wahrscheinlich Sex gehabt", schimpfte jetzt Schlosser, der mit Dr. Grün telefoniert hatte. „Aber wohl eher von der Art Coitus interruptus, weshalb die Gerichtsmedizin in der Vagina keine Spermaspuren nachweisen konnte. Dann haben sie doch noch eine winzige Spermaspur irgendwo am Schamhaar gefunden. Äußerlich könnte das meiste wohl beim Einrollen in der Plane verloren gegangen sein – oder möglich auch, dass sich das Mädchen vorher noch selber hat reinigen können. Wollte ja angeblich noch ins Waschhaus. Auf jeden Fall werden jetzt die Speichelproben von den Studenten tatsächlich noch gebraucht. Pohl soll es diesmal nicht gewesen sein."

„Mann, das klärt allerdings nicht, ob sie einvernehmlichen Sex hatte." Bauer schüttelte den Kopf. „Jetzt müssen wir aber feststellen, mit wem sie Sex hatte."

Auf dem Campingplatz erlebten sie eine Überraschung, denn die beiden Studenten waren zu ihrem Ärger schon abgereist. Denen hatten die Kollegen sicher erklärt, dass sie vorläufig bleiben sollten. Jetzt würden sie die Beamten am Wohnort der jungen Männer einschalten müssen.

„Lass uns noch mal mit der Freundin reden. Das mit dem Sex ist nicht geklärt", sagte Bauer, der nicht völlig umsonst zum Campingplatz gefahren sein wollte. Für den schien die Frage, wer mit wem Sex hatte, kritisch für die ganze Mord-Aufklärung zu sein.

Um der nach wie vor geschockten Claudia nicht noch eine Vernehmung in der Dienststelle zuzumuten, baten sie Pohl, das Gespräch in dessen Büro führen zu dürfen.

„Wie geht es Ihnen?", fragte Bauer behutsam, worauf aber Claudia sofort in Tränen ausbrach.

„Ich kann das hier nicht länger aushalten. Sie müssen mich nach Haus fahren lassen!", schluchzte sie.

„Das werden Sie auch in den nächsten Tagen", antwortete Bauer und legte ihr sanft eine Hand auf die Schulter. „Bitte helfen Sie uns noch, um ein paar Fragen zu klären."

Claudia nickte jetzt, sie schnäuzte sich und suchte dann festen Blickkontakt zu Bauer.

„Bitte verstehen Sie meine Frage nicht falsch, sie ist sicher nicht leicht für Sie, aber für unsere Aufklärung doch wichtig."

Wieder nickte Claudia, schien verstanden zu haben, und Bauer fragte dann direkt: „Hatten Sie beide an dem Abend Sex mit den Studenten?"

„Ganz bestimmt nicht!", wehrte sie ungewöhnlich scharf die Frage ab.

Bauer schaute sie prüfend an, er mochte ihr das nicht abnehmen.

„Wir hatten getrunken", stammelte sie jetzt und drohte wieder in Tränen auszubrechen. „Na ja, vielleicht doch."

„Vielleicht doch? Wer mit wem? Sie beide mit den Studenten?"

„Ja! Mit diesem Jan, obwohl – teilweise wollte ja auch der andere etwas von mir."

„Kenan? Hatte der auch Sex mit Ihnen oder mit Ihrer Freundin?"

„Nicht mit mir! Kann sein mit Sabine. Ich habe darauf nicht mehr geachtet."

Bauer und Schlosser warfen sich einen Blick zu. Sie bestätigte ja, was sie vermutet hatten. Einerseits konnten sie nachvollziehen, dass sie ungern über den Sex an diesem Abend reden wollte, andererseits wirkte Claudias verschämte Zurückhaltung auf sie befremdlich, fast unreif. Sie hätten erwartet, dass die junge Frau über ihren Sex souveräner berichten würde.

„Claudia, es ist überhaupt nicht unser Anliegen, zu beurteilen oder gar zu kritisieren, was an diesem Abend geschehen ist. Aber wir müssen es genau wissen, mit wem Sie Sex hatten und ob und mit wem Ihre Freundin Sex gehabt haben könnte. Das würde uns sicher helfen, den Mord an Sabine aufzuklären."

Endlich schob Claudia ihr augenscheinlich peinliches Gefühl beiseite. „Wir haben die beiden ja erst kurz vorher kennengelernt. Anfangs wollte ich mit Kenan bleiben. Der war aber so ungestüm, das mochte ich nicht. Ich war froh, dass sich Jan dazwischendrängte. Mit dem hatte ich dann wirklich Sex." Sie errötete, und man spürte, wie unangenehm sie ihr Verhalten empfand. Sie fuhr fort. „Ich denke, dass Kenan es dann bei Sabine versucht hat. Nur habe ich nicht mitbekommen, ob es tatsächlich passierte."

„Sie sind mit dem Studenten Jan ins Zelt geklettert. Was war mit den anderen, auch mit diesem Sven?", hakte Bauer nach.

„Dieser Sven, der wollte weg, als wir gerade ins Zelt gekrochen sind. Meine, dass dem die Situation auch unangenehm geworden war, so als fünftes Rad. Der hatte jedenfalls gesagt, dass er gehen werde. Weiß nicht, ob der das gemacht hat. Sabine und Kenan haben ihn sicher nicht daran hindern wollen." Claudia lächelte jetzt etwas verschmitzt.

„Mehr haben Sie von den beiden und von diesem Sven nicht mitbekommen?", versicherte sich Schlosser, der es gern noch etwas präziser gehört hätte. Bauer gab ihm aber ein Zeichen, dass sie es gut sein lassen sollten.

Auch wenn sie nochmals wegen eines Protokolls bei Claudia nachhaken müssten, Bauer wollte jetzt erst mal einen Punkt setzen.

„Am Wochenende können Sie sehr wahrscheinlich nach Hause fahren. Versuchen Sie, sich hier noch etwas zu entspannen. Vielleicht sehen wir Sie in Kürze noch wegen eines Protokolls. Aber unsere Fragen haben Sie beantwortet, vielen Dank!", erklärte Bauer, der Mitleid mit Claudia empfand.

Als sie allein waren, bemerkte er ganz sachlich: „Glaube nicht, dass wir von ihr mehr über den Abend erfahren werden. Dem steht aber wohl weniger der Alkohol entgegen. Für die war das ein ganz schrecklicher Abend!"

Als sie dann Sven aufsuchten, um dem eine Speichelprobe abzunehmen, erlebten sie jemanden, dem das überhaupt nicht passte. Der protestierte mit nur mühsam unterdrückter Empörung, und erst als sie ihm die Rechtslage deutlich erklärten und seine Frau ihm zuredete, willigte er schließlich ein.

Auf das Ergebnis des DNA-Abgleichs dieser Speichelprobe mit den Spermaspuren in Sabines Schamhaar würden sie laut Aussage von Dr. Grüner bis zum Freitagnachmittag warten müssen, aber das wollten sie gern hinnehmen. Zu sehr hatten sie beide den Eindruck, der Aufklärung dieses Verbrechens schon nahe zu sein. Bedauerlich war für sie, dass die KTU weder bei der Untersuchung des Bootsschuppens noch der Leihboote belastbares Material gefunden hatte. So viele Menschen hatten den Schuppen inzwischen betreten oder die Boote ausgeliehen, dass dadurch alle Spuren verwischt worden waren.

★★★

Die Befragung von Jan und Kenan an ihrem Wohnort durch dortige Kriminalbeamte erbrachte nichts. Beide blieben bei ihrer Aussage. Kenan bestritt, irgendeinen Sex mit Sabine gehabt zu haben. Die Abgabe einer Speichelprobe verweigerten beide mit Hinweis auf die Rechtslage. Sicher hatten diese Beamten nicht das Wissen von Bauer und Schlösser, vielleicht auch nicht den gleichen Ehrgeiz wie die, die Ermittlungen voranzutreiben. Im Ergebnis steuerte deren Befragung keinerlei neue Erkenntnisse bei.

„Na fein, Kollegen, da habt ihr euch richtig reingekniet!", schimpfte Bauer, als er telefonisch vom Ergebnis der beiden Beamten erfuhr. Und als die sich irritiert wehrten, resignierte er. Vielleicht brauchte er deren Hilfe nochmals. „Wegen der Speichelprobe holen wir uns Unterstützung beim Staatsanwalt. Kollegen, wir melden uns wieder!"

Dann, ein paar Minuten später, schien Bauer etwas aufgefallen zu sein.

„Vielleicht geht's aber auch ohne die!", rief er seinem Kollegen über den Tisch zu, trotz seiner noch anhaltenden Verärgerung.

„Was hast du vor?", fragte der erwartungsvoll. „Wollen wir nicht erst auf Dr. Grüners Ergebnisse warten?"

„Das wirst du gleich sehen. Lass uns noch mal zum Campingplatz fahren", erwiderte Bauer nur und war schon aufgestanden.

Erst auf der Fahrt dorthin rückte er mit seiner Idee heraus. „Ich habe den Verdacht, dass uns dieser Sven tatsächlich nicht die Wahrheit erzählt. Insbesondere bezweifle ich seine Aussage über seinen Besuch im Bootsschuppen."

„Gut, das klang reichlich zusammengereimt. Seine angebliche Neugier und dann noch eine aggressive Hornisse, die ihn beim Lichteinschalten angegriffen habe. Nur …" Schlosser hielt inne, weil er nachdenken musste.

„Nur: Wie kriegen wir ihn festgenagelt?", ergänzte Bauer.

„Das geht vielleicht mithilfe seiner Frau, pass mal auf!"

Sven rechnete damit, dass sie am späten Freitagnachmittag nach Hause aufbrechen könnten. Am Morgen hatte Beate bereits begonnen, ihre und die Sachen der Kinder im Wohnwagen zu verstauen. Und auch Sven hatte sich daran beteiligt. Er hatte ihr Kanu auf dem Autodach befestigen müssen, was er stets ohne fremde Hilfe allein schaffte. Im Prinzip waren sie jetzt abfahrtbereit. Vor der Abfahrt wollten sie mit ihren Kindern noch mal essen.

Die Aufforderung der beiden Kriminalbeamten überraschte sie total. Sven und seine Frau sollten die zu deren Dienststelle begleiten.

„Was soll das denn jetzt?", geriet er ungebremst in Rage. „Haben Sie irgendeinen Grund, uns jetzt festzunehmen?"

Seine Frau musste ihn ermahnen, nicht laut oder gar aggressiv zu werden, obwohl sie selbst beunruhigt war. Sven hatte vermieden, mit ihr über den Abend zu reden. Und sie hatte eine möglicherweise lautstarke Auseinandersetzung mit ihm auf dem Campingplatz wegen der anderen Gäste und wegen ihrer Kinder vermeiden wollen. Jetzt allerdings mischte sie sich entschieden ein. „Und was machen wir mit unseren beiden Kindern?"

„Die können Sie zur Dienststelle begleiten. Dort wird sich jemand um sie kümmern", beruhigte sie Bauer.

Inzwischen hatte der deutlich hörbare Wortwechsel vor Svens Camper nicht wenige Gäste angelockt, die nun zusammenliefen. Die verharrten in einigen Metern Abstand, sodass sie zumindest alles mitbekamen, was gesprochen wurde. Sven war das bewusst und riss sich zusammen.

„Na gut. Dann fahren wir halt mit", erklärte er wütend, aber leise.

Kurz hintereinander setzten sich zwei Zivilfahrzeuge der Polizei in Bewegung. Im ersten Wagen saßen Bauer, Schlosser und Sven, im zweiten eine Beamtin mit Beate und ihre beiden Kindern.

Bauer hatte seinem Kollegen noch auf der Fahrt zum Campingplatz seine Strategie erläutert.

„Wenn wir etwas erreichen wollen, dann müssen wir das Ehepaar bei der Vernehmung trennen", hatte er erklärt. „Und vielleicht können wir etwas bluffen."

„Bluffen? Wie denn das?", hatte Schlosser verwundert gefragt. „Wir haben doch gar nichts!"

„Doch, doch, seine Aussagen. Die haben wir!", hatte Bauer vielsagend erwidert.

***

Was der wohl geahnt oder zumindest bezweckt hatte, konnten er und Schlosser erkennen, als sie dem Ehepaar erklärten, sie beide getrennt vernehmen zu wollen. Sven erschien sichtlich nervöser, und auch seiner Frau sah man an, dass sie das ganze Verfahren beunruhigte. Fast schon flehend schaute sie zu ihrem Mann hin, vielleicht in der Erwartung, dass der ihre Verhöre verhindern könnte.

Immerhin ließ man sie erst mal mit ihren Kindern und einer Beamtin eine Weile in einem Raum allein, während Sven von ihr getrennt mit einigen Fragen konfrontiert wurde, die aber eher bangloser Natur waren. Sie glichen denen, die er schon einmal beantwortet hatte. Allerdings wurden seine Antworten jetzt aufgezeichnet. Bei ihm nahm die Befragung etwas von seiner Nervosität, was die Beamten beabsichtigt hatten.

Später verließ Schlosser die Vernehmung von Sven und holte sich Beate in einen anderen Raum.

„Geht's mit Ihren Kindern?", fragte er, den verständnisvollen Beamten mimend. „Denke, dass das hier auch ganz spannend für die ist."

„Meinen Sie?", lachte Beate etwas nervös auf. Sie war völlig ahnungslos, wofür die Polizei sich in ihrem Fall interessierte.

„Frau Heuer, Sie sollten wissen, dass wir Sie hier nur als Zeugin befragen, wir wollen Sie hier nicht verhören", erklärte Schlosser, nahm sich aber noch die Zeit, Beate den Unterschied zu einem Verhör zu erklären.

Ein paar belanglose Fragen weiter, die Beate ohne Zögern beantwortete, dann änderte sich Schlossers Fragestil, was so unmerklich erfolgte, dass sie das gar nicht sofort mitbekam.

„Ihr Mann sagte uns in unserer Befragung, dass er rübergegangen sei zum Zelt der beiden Mädchen, weil die zu viel Krach gemacht hätten", setzte er an.

„Ja, das stimmt, die waren so laut, und die Kinder sollten ja endlich schlafen können", redete Beate, ohne eine Frage abzuwarten.

„Können Sie sich denn noch an die Zeit erinnern, wann Ihr Mann hinübergegangen ist?"

„Das muss schon nach zehn Uhr gewesen sein", behauptete Frau Heuer.

„Wieso sind Sie sich da sicher?"

„Also erst mal gibt es ja eine Platzordnung", erklärte Beate. „Um zehn sollten alle sich so verhalten, dass andere nicht gestört werden."

„Hmm!" Schlosser hatte das gar nicht gefragt. „Wann aber ist denn Ihr Mann rübergegangen?"

„Das habe ich gerade gesagt!" Beate reagierte etwas unwirsch. „Es muss natürlich schon nach zehn Uhr gewesen sein. Sonst wäre er ja nicht rübergegangen."

„Haben Sie in diesem Moment Radio gehört?"

„Radio gehört?", wiederholte Frau Heuer die Frage. „Nein, ich denke nicht. Schließlich sollten die Kinder ja schlafen."

„Frau Heuer, sind Sie denn im Wohnwagen gewesen, oder waren Sie noch draußen? Haben Sie Ihren Mann da noch gesehen?"

Jetzt erst musste Beate gemerkt haben, dass sich der Ton in der Vernehmung verändert hatte, und sie ließ sich mit einer Antwort deutlich mehr Zeit. Fast schien es, als holte sie sich das Geschehen in dieser Nacht regelrecht ins Gedächtnis zurück. Verstärkt wurde ihre Vorsicht, als dann auch noch Bauer den Raum betrat.

„Er ist ziemlich genau um 22 Uhr zu den Mädels rübergegangen. Und nein, ich habe nicht draußen gewartet, bis er dort angekommen ist!"

„Gut, danke für diese Auskunft", mischte sich Bauer ein. „Das bestätigt ja, was wir von Ihrem Mann gehört haben."

Beide Beamte blickten sich kurz an, wobei sich Zuversicht in ihren Mienen widerzuspiegeln schien.

Beates Gesicht entspannte sich, und sogar etwas Erleichterung zeigte sich bei ihr. Schlosser lächelte sie aufmunternd an. So wollten sie ja das Gespräch mit dieser Zeugin führen.

„Sie sind dann schlafen gegangen?", setzte der nach einer Pause die Befragung fort.

„Ich habe mich hingelegt, aber da habe ich nicht gleich geschlafen", erklärte Beate in sachlichem Ton.

„Waren Sie nicht auch von der Fahrt müde? Das hatte uns Ihr Mann erzählt, dass er müde war, weil Sie alle erst am Nachmittag angekommen waren", hakte Bauer nach.

„Das stimmt schon, ich bin dann wohl eingeschlafen", gestand Beate freimütig.

„Das ist verständlich!", stimmte ihr Bauer zu. „Dann haben Sie wahrscheinlich geschlafen, als Ihr Mann in den Wohnwagen zurückkehrte?"

„Nein, man merkt das ja schon, ob da jemand in die Koje klettert. Jedenfalls habe ich bestimmt mitbekommen, dass er zurück war", relativierte Beate ihre vorherige Aussage.

„Na gut, wann war das?"

Beate zögerte, wusste jetzt nicht, was sie sagen sollte. Das leichte Wackeln des Wohnwagens hatte sie tatsächlich gespürt, als Sven in seine Koje gekrabbelt war. Nur: Wann war das? Sie hatte nicht auf die Uhr gesehen, weil sie nicht richtig wach geworden war.

Als sie immer noch nicht antwortete, wiederholte Bauer die Frage.

„Wissen Sie, wann das war, als Ihr Mann zurückkehrte? Haben Sie vielleicht auf die Uhr gesehen?"

Das war zwar eine wichtige Frage, aber es gab dann weitere, die ebenfalls wichtige Informationen geben könnten. Daher vermieden Bauer und Schlosser jetzt, auf Svens Frau zu viel Druck auszuüben.

„Auf meine Uhr habe ich nicht geschaut", erklärte sie schließlich verunsichert. „Warum ist das für Sie so wichtig? Verdächtigen Sie etwa Sven, das Mädchen ermordet zu haben?"

„Frau Heuer, wir befragen Sie nur. Es geht darum, ein möglichst umfassendes Bild vom Geschehen in dieser Nacht zu erhalten. Das ist schlicht unsere Aufgabe", erklärte Bauer. „Wenn Sie also die Uhrzeit der Rückkehr Ihres Mannes nicht genau wissen, erinnern Sie sich vielleicht daran, wie Ihr Mann erschienen ist. Das heißt, hatte er noch seine Tagesklamotten an, oder trug er schon sein Bettzeug?"

„Wie meinen Sie das?"

„Hatte er noch seine normale Kleidung an, oder war er vielleicht schon im Schlafanzug?"

„Jedenfalls hatte er seinen Schlafanzug an, das habe ich sehen können."

„Obwohl es doch dunkel war?", zweifelte Schlosser.

„So dunkel war es ja gar nicht. Es wurde ja fast schon wieder hell", wehrte Beate sich gegen die Zweifel, die sie durchaus spürte. Und plötzlich fiel ihr wohl auf, dass ihre Aussage problematisch war.

„Es war aber bestimmt nachts, als er zurückkam", betonte sie mit Nachdruck.

„Frau Heuer, wir unterbrechen jetzt erst mal die Befragung, und Sie können zu Ihren Kindern. Wir sprechen nur noch mal mit Ihrem Mann. Sollte aber nicht lange dauern", erklärte ihr Bauer sehr freundlich.

Als die beiden Kriminalbeamten zunächst in ihr Büro gingen, sagte Schlosser: „Jetzt wird's für Sven Heuer noch enger."

Sie setzten sich an ihre Schreibtische und besprachen kurz, wie und mit welchen Rollen sie Svens Befragung fortsetzen sollten. Erst dann gingen sie beide in den Vernehmungsraum, wo Sven bereits ungeduldig wartete.

„Geht es jetzt endlich weiter? Wir wollen hier nicht den ganz Tag verplempern", empfing er die Beamten missgelaunt.

„Es geht ja schon weiter", erklärte Bauer. „Und es geht auch sehr schnell, wenn Sie uns bestätigen, was gerade Ihre Frau über die Zeit aussagte, zu der Sie angeblich in den Wohnwagen zurückgekehrt sein sollen."

„Was hat die ausgesagt? Die hat doch geschlafen, als ich zurückkam", reagierte Sven sofort abwehrend.

„Beantworten Sie doch einfach, wann Sie in Ihren Wohnwagen zurückgekehrt sind!", forderte ihn jetzt Schlosser im scharfen Ton auf.

„Das habe ich Ihnen bereits mehrfach gesagt", reagierte Sven ungehalten, aber doch eine Spur verunsichert.

„Sagen Sie es einfach noch einmal. Wann, Herr Heuer, sind Sie am Wohnwagen angekommen?", drang Schlosser deutlich ungeduldig auf sein Gegenüber ein.

„Das war ... das war", fing Sven an. „Was weiß ich, ich habe doch nicht auf die Uhr geschaut. Vor Mitternacht jedenfalls!"

„Das kann aber nicht sein", widersprach Bauer ganz sachlich. „Ihre Frau erinnert sich anders."

Mit der wütenden und scheinbar coolen Reaktion schien es vorbei. Die Unsicherheit kroch in Sven regelrecht durch den ganzen Körper. Die Hände vorher noch locker vor sich auf dem Schenkel liegend, zitterten leicht, reagierten auf die wippenden Knie.

„Es kann auch sein, dass es nach Mitternacht war", knickte Sven etwas ein. „Es war aber kaum später, was immer Beate da meint, erinnern zu können."

„War es nicht schon so spät, dass es bereits hell wurde?", ging ihn Schlosser unverändert gnadenlos an.

„Verdammt, es war in der Nacht, Punktum!", brüllte Sven völlig unbeherrscht.

„Es war eben nicht in der Nacht! Es wurde bereits Morgen, Punktum!", brüllte Schlosser zurück.

Plötzlich war es völlig ruhig im Vernehmungsraum. Bauer und Schlosser schauten nur auf Sven, der auf die fast die ganze Wand einnehmende Scheibe ihm gegenüber starrte.

Seine beiden Schultern hingen auf einmal herab, leicht schimmernde Bänder zogen sich entlang der Nasenflügel zum Mund, und einige Tropfen fielen vor ihm auf die Tischplatte.

„Was ist passiert, Herr Heuer?", fragte Bauer, der um den Tisch herumgegangen war und jetzt seine Hand auf dessen Schulter legte, eine Schulter, die anfing zu zucken.

„Was ist passiert in den Stunden, bevor Sie in den Wohnwagen zurückgekehrt sind?", fragte Bauer erneut, der das sichere Gefühl hatte, dass sie am Ziel angelangt waren. Sven würde seine Tat nicht für sich behalten können, war er überzeugt. Er zog sich seinen Stuhl direkt vor Sven und versuchte, seinen Blick auf sich zu fixieren.

„Ich habe das gemacht!", stieß der plötzlich aus, und dabei schossen ihm die Tränen in die Augen.

„Erzählen Sie uns alles, Sven", drängte ihn Bauer sanft, wobei er zu seinem Vornamen überwechselte.

Und stockend erzählte der, was tatsächlich vorgefallen war, dass er sich, wie zuvor Pohl, im Schuppen versteckt und versucht hatte, Sabine mit Kenan zu beobachten. Dann, als der Student schon gegangen sei, hatte er dort für einen Moment ausgeharrt, weil er gehofft hatte, dass auch Sabine noch mal am Bootsschuppen vorbeigehen würde. Die sei kurz darauf Richtung Waschhaus losgelaufen, aber doch schnell zurückgekehrt. Da hatte Sven sie ansprechen, sie in den Schuppen locken wollen, was die vehement abgelehnt hatte.

Und wie wahrscheinlich oft bei diesen so verstörenden Aussagen wurden auch die von Sven teilweise unpräzise, unverständlich oder wirkten sogar schlicht erfunden. Klar schien, dass er sie so hart bedrängt und dabei am Schreien gehindert haben wollte, dass sie, als er ihr zuerst den Mund zugehalten und sie dann gewürgt hatte, sich angeblich nicht mehr gerührt habe. Das sei geschehen, trotz seiner Versuche, sie wiederzubeleben.

Bauer und Schlosser wussten, dass Sven ihnen noch nicht alles erzählt hatte und sie ihn weiter vernehmen müssten. Mit dem von ihm bisher geschilderten Geschehen suchte der sich eher zu entlasten, das Verbrechen wie einen Unfall erscheinen zu lassen. Aber dafür würden sie sich die Zeit nehmen, und die hatten sie auch. Völlig unklar war, wie er die vermeintlich tot vor ihm liegende Sabine in der Plane verschnürt und dann in den Fluss transportiert hatte. Warum, fragten sie sich, hatte er nichts unternommen, sie noch zu retten? Sein Verhalten war für die Kriminalisten verstörend und unbegreiflich, wie er die verzweifelten Versuche der jungen Frau ignoriert hatte, als sie sich bemerkbar zu machen suchte, wie die Kratzspuren auf der Innenseite der Plane zeigten. Und Mord war es für die Beamten, wenn er mit kalter Berechnung ihren verschnürten Körper im Fluss zu verbergen suchte. Alles wies daraufhin, dass dessen Handeln nicht nur durch einen unglücklichen Zufall geschehen war.

Erst die unerbittlichen Fragen von Bauer und Schlosser lieferten ein genaues Bild vom Ablauf des Verbrechens. Er hatte Sabine in die zufällig am Boden liegende Plane eingerollt und verschnürt. Dann hatte er das für ihn nicht schwere Bündel zu seinem Boot transportiert, das am Wohnwagen im Wasser gelegen hatte. Erst am folgenden Tag, als seine Frau und die Kinder zum Einkaufen gegangen seien, wäre er mit dem Boot ein Stück flussabwärts gepaddelt. Dann hätte er an einer tiefen Wasserstelle das Bündel hineingeworfen und an Wurzeln von Bäumen des Uferrandes befestigt. Natürlich hatte er gefürchtet, beobachtet zu werden. Auf dem Fluss und dem Seitenweg wären ihm aber um diese Mittagszeit nur ein älteres Ehepaar in ihrem Paddelboot und später Kenan begegnet.

Das Bündel hatte er wegen der Eile und seiner Sorge, entdeckt zu werden, nicht hinreichend sicher am Boden verankern können, wie sich bald gezeigt habe. Es hatte sich aus seiner Befestigung lösen können und war abgetrieben.

Nach einem Tag voller Verhöre waren Bauer und Schlosser froh, was sie erreicht hatten. Mitleid empfanden sie für die arme Frau Heuer. Sie hatten sie mit ihren Kindern zurück zum Campingplatz bringen lassen. Unklar war, wie sie es allein mit dem Camper nach Hause schaffen würden. Aber das war nicht ihre Aufgabe.

„Dass wir den festgenagelt haben, obwohl wir wirklich nichts als einen Verdacht gegen ihn hatten, das ist wirklich sensationell", sagte Schlosser, als die beiden Kollegen allein in ihrem Büro saßen. Sven war schon in Haft genommen worden.

„Wir hatten noch nicht mal das Ergebnis der DNA-Untersuchung parat!", ergänzte Bauer kopfschüttelnd. „Jetzt fragen wir doch mal bei den Kollegen in der Gerichtsmedizin, ob die bereits ein Ergebnis haben."

Als Schlosser daraufhin Dr. Grüner anrief, reckte er schon nach wenigen Sätzen seinen Daumen empor.

„Was ist? Haben die Beweise finden können? Hat der doch versucht, Sabine zu vergewaltigen?", fragte Bauer ungeduldig.

„Der eine Spermatopfen reichte jedenfalls. Der hat doch noch, bevor er Sabine verpackt hat …", wollte Schlosser seinem Kollegen bestätigen, der ihn aber mit beiden Händen stoppte.

„Lass es! Ich kann mir auch so vorstellen, was passiert ist", sagte Bauer fassungslos. „Was für ein Unglück für dieses arme

Mädchen! Ich frage mich, was ihr passiert wäre, wenn sie noch rechtzeitig, bevor Sven sie verschnürt hatte, ihre Augen geöffnet hätte?"

„Dann hätte sie möglicherweise seine hemmungslose Gewalt voll zu spüren bekommen!", antwortete Schlosser nachdenklich. „Glaube nicht …"

„Wahrscheinlich hast du recht", stimmte ihm Bauer zu.

***

Gegen die beiden Studenten wurden die Ermittlungen eingestellt. Die Beamten hätten zumindest Kenan das gar nicht mehr mitteilen können, der hatte das Land ganz hastig verlassen.

Kenans Eile war nicht unbegründet. An Svens Verbrechen war er natürlich nicht beteiligt. Aber er erinnerte sehr genau, was er dem Mädchen vor dem Zelt angetan hatte. Und das war zumindest ein Vergewaltigungsversuch gewesen. Er hatte ebenfalls eine Ermittlung befürchtet, die ihn hätte belasten können. Vor dem Zelt hatte sich Sabine auf einmal gegen seine heftigen Versuche gewehrt, in sie einzudringen. Da hatte er so brutal reagiert, dass die ihn nur mit äußerster Kraftanstrengung hatte abwehren können. Zur Besinnung war er erst durch Jan gekommen, der wegen Sabines Hilferufe seinen Kopf aus dem Zelt herausgestreckt hatte. Da hatte er ihren Slip schon heruntergerissen und ihr Armband in der Hand gehalten.

Jan hatte die Szene davor gar nicht richtig mitbekommen und war gleich wieder im Zelt verschwunden. Für Kenan war es das Zeichen, sich davonzustehlen. Er hatte da immer noch Sabines Slip und das Armband in der Hand, hatte beides nicht einfach im nächsten Abfallkorb entsorgen wollen.

Zurückgeben wollte er ihr die Sachen nicht, er hätte sich gar nicht mehr in ihre Nähe getraut. Am folgenden Morgen war ihm sein mieses Verhalten richtig bewusst geworden, hatte er gefürchtet, dass Sabine ihn anzeigen könnte. Da war ihm die Idee gekommen, das Armband am besten im Fluss zu versenken. Den Slip hatte er in Stücke gerissen und in der Toilette des Waschhauses heruntergespült.

Das Armband aber im Fluss zu entsorgen, war schwerer gewesen, als von ihm gedacht. Das hatte bis zur Wasseroberfläche geschimmert. Er hatte es aus dem Boot heraus deutlich sehen können, was ihn veranlasst hatte, es im Fluss mit Steinen abzudecken.

10. DIE SPINNE

Natürlich ist meine Freundin Anne für mich etwas ganz Besonderes, weshalb ich sie ja liebe. Wenn sie neben mir ist, dann freue ich mich, was sie sagt, das höre ich mit Vergnügen und oft mit Bewunderung, teile viele ihrer Ansichten und Vorlieben. Ja, eigentlich ist sie die Frau, nach der ich gesucht habe. Gäbe es bei ihr nicht diese Affinität auch für das kleinste Krabbeltier, dem sie in Forschermanier ungeachtet der Situation nachjagen würde, dann wüsste ich nicht, was perfekter zueinander passte. Während sie das Interesse an Insekten fesselt, empfinde ich eine gebremste Zuneigung zu diesen Kleinstlebewesen und wahre lieber Distanz.

Mit ihrem Eifer drängt sie mich stets etwas in die Defensive. Wir kannten uns schon in der Schule und sind mindestens seit Beginn unseres Studiums eng befreundet. Bereits in der Schulzeit interessierte sie Biologie, was Wunder, dass sie dieses Fach gewählt hat. Ich habe mich für ein „trockeneres" Studienfach entschieden, Mathematik, was mehr meiner Veranlagung entspricht.

Mein Verhältnis zu Insekten ist ambivalent, je nachdem. Einige dieser Tiere, wie Fliegen oder Mücken, empfinde ich als nervig, andere, wie beispielsweise Bienen, wecken in mir eine Art Naturschützer. Konsequent oder gar logisch ist mein Verhalten nicht. Erklären könnte ich es auch nicht.

Eine Spezies verabscheue ich so, dass ich unter Umständen bei deren Erscheinen sogar grotesk reagiere. Es sind die Spinnentiere, wissenschaftliche Bezeichnung Arachnida, die nicht zu den Insekten zählen. Meine Abneigung ist nicht rational zu erklären. In Gegenwart dieser Tiere empfinde ich nicht nur Widerwillen, sondern eine regelrechte Phobie.

Vor einigen Tagen sind Anne und ich im Wald beim Spazierengehen etwas abseits der normalen Wanderwege tief in das Niederholz geraten. Sie kämpfte sich aber unverdrossen vor mir her durch das viele Gestrüpp aus Ästen, Farnen und niedrig stehenden Bäumen. Ich folgte ihr eher unwillig, auch weil mich das häufige Kratzen von Zweigen im Gesicht längst nervte. Plötzlich blieb sie stehen.

„Schau dir dieses Meisterwerk an", flüsterte sie fast andächtig, als könnte sie durch zu lautes Reden das von ihr gesichtete Tier aufscheuchen.

Was wir da sahen, war ein beeindruckendes Spinnennetz, im Dreieck straff aufgespannt und dazwischen die radial oder fast kreisrund gezogenen Spinnenfäden. Klar, dass meine Begeisterung äußerst begrenzt war. Insbesondere die bräunlich und grau schillernde, mit einem weißen Balken auf der Oberseite markierte Spinne wollte ich mir nicht genauer ansehen. Die hing mit ihren erstaunlich langen acht Beinen mitten im Zentrum.

Ganz leicht zitterte das Netz, nicht klar für mich, ob durch die Luft- oder Beinbewegung der Spinne verursacht. Hätte Anne jetzt nach meinem Empfinden gefragt …

„Schön, aber lass uns endlich zurückkehren auf einen vernünftigen Weg", sagte ich und wandte mich schon ab.

„Magst du etwa keine Spinnen?", fragte sie scheinheilig, weil sie sicher ahnte, was ich gerade empfand. „Da kann ich dir mal einiges erzählen über deren Wichtigkeit in der Natur."

„Lass es bitte, sonst fange ich an, dir die Wichtigkeit von Integralgleichungen zu erklären", erwiderte ich. „Das willst du sicher nicht."

„Das ist doch überhaupt kein Vergleich!", reagierte sie irritiert. „In den nächsten Tagen werde ich dich mal in unser Labor einladen. Da kann ich dir eine Idee davon geben, welche vielfältigen Aufgaben diese Tiere in der Natur erfüllen."

Bloß nicht, dachte ich, weil der Gedanke an viele Spinnen in den Terrarien und Schaukästen des Labors bei mir wenig Begeisterung auslöste. Dass sie zurzeit ein Praktikum im Biologieinstitut absolvierte und sich dabei mit diesen Tieren beschäftigte, wusste ich. Mehrfach hatte sie leidenschaftlich über ihre Arbeit gesprochen. Mir musste sie sicher nichts über deren Aufgaben erklären.

★★★

Was mir kürzlich passierte, sollte ich Anne lieber nicht erzählen. Sie würde mein Verhalten kaum billigen oder verstehen.

Wann immer das Wetter warm genug und kein Regen zu erwarten ist, lasse ich mein Schlafzimmerfenster nachts gern offen. Bei Dunkelheit vermeide ich dann wegen einfliegender Insekten, das Licht einzuschalten. Allerdings passiert es trotzdem nicht selten, dass sich lästige Tiere in mein Zimmer verirren.

Es hatte lange geregnet nach einem heftigen Gewitter am Nachmittag, und leider hatte ich vergessen, das Schlafzimmerfenster rechtzeitig zu schließen. Als ich am späten Abend zu Bett gehen wollte, entdeckte ich bei eingeschaltetem Licht an der Wand, dicht beim Fenster, mein Gruseltier. Eine schwarze, vielleicht einen Zentimeter große Spinne, die offensichtlich vor dem Regen ins Schlafzimmer geflüchtet war.

Mein Reflex war: Die muss sofort weg, sonst kann ich nie und nimmer einschlafen. Ich brauchte dringend eine effektive Waffe, um diesen Achtbeiner wirklich zu erledigen. Vertreiben wäre für mich absolut die schlechtere Lösung, das Tier würde sich sehr wahrscheinlich dann irgendwo hinter Möbeln nur für den Moment verstecken.

Ich brauchte eine Waffe, und ein schlichtes, aber langes Lineal, das auf dem Schreibtisch lag, hielt ich für geeignet. Das sollte sich als Fehlentscheidung erweisen, denn mit dem konnte ich nicht zielgenau zuschlagen. Schlimmer: Da das Lineal nicht flach, sondern nur mit der oberen Kante auf die Zimmerwand traf, entkam das Tier, indem es sich zu Boden fallen ließ. Unglücklicherweise war die Spinne in den Spalt zwischen dem Schreibtisch und der Wand gerutscht, wo sie zunächst für mich unsichtbar war. Ich hatte sie verfehlt, der gefühlte Super-GAU war eingetreten!

Es half nichts, ohne den Schreibtisch vorzuziehen, würde ich sie nicht entdecken können. Auch benötigte ich jetzt mehr Licht und eine andere Waffe. Mit meinem Filzhausschuh und einer Taschenlampe kroch ich unter den etwas vorgezogenen Tisch. Der Lichtkegel drang tatsächlich tief in das Halbdunkel darunter und in den Spalt dahinter ein, nur von der Spinne entdeckte ich keine Spur.

Nochmals zog ich den Schreibtisch weiter in die Zimmermitte, der Teppich wölbte sich dabei in etlichen Falten. Aber so sehr ich auch in den jetzt frei zugänglichen Ecken suchte, da war keine Spinne.

Ratlos richtete ich mich wieder auf, prüfend glitt mein Blick die Wände hoch, leuchtete ich mit der Taschenlampe in die dunklen Winkel des Zimmers. Es war fast schon ein verzweifeltes Unterfangen, was mich spürbar hektischer werden ließ. Ernsthaft überlegte ich bereits, ob ich den Kleiderschrank oder das Bücherregal ebenfalls von der Wand abrücken sollte. Den Kleiderschrank zu verrücken, wollte ich dann doch nicht, den hatte ich, um ein Kippen zu verhindern, durch Keile an der vorderen Unterkante mühevoll ausgerichtet. Die Möglichkeit, dass das Tier inzwischen hinter den Schrank verschwunden sein könnte, damit musste ich allerdings leben.

Blieb das etwas leichtere und handlichere Bücherregal. Das wollte ich wenigstens ein Stück vorziehen, bemerkte dabei aber zu spät die sich davor wölbenden Teppichfalten. Es gab einen trockenen und dumpfen Plumps, und das Regal kippte nach vorn, blieb zum Glück mit der Oberkante auf dem Bett hängen. Und dann rumpelte es sekundenlang, als die Bücher, eins nach dem anderen, auf den Boden rutschten.

Meine Verzweiflung und auch Wut steigerte sich noch, als ich plötzlich die Spinne fast direkt neben dem geschlossenen Fenster hocken sah. Die musste an der Wand hinter dem Schreibtisch wieder emporgekrabbelt sein, aufgeschreckt vielleicht vom Tohuwabohu im Zimmer.

Um ans Fenster zu gelangen, blieb mir jetzt nur der Weg über das umgekippte Bücherregal, und dann musste ich noch unter dem Schreibtisch hindurchtauchen.

Gut, das IKEA-Billy-Regal war nicht das Neueste, aber dass ich beim Überqueren auf das Seitenteil trat und es an dieser Seite zu Bruch ging, konnte man der Qualität sicher nicht anlasten.

Es war mir inzwischen auch schon so etwas von egal, ich tauchte unter meinem Schreibtisch hindurch zur Fensterwand.

Wo war diese Spinne jetzt? Oh ja, sie schien ein Stück weiter nach oben gelaufen zu sein, saß nun, für mich günstig, direkt über der oberen Fensterkante.

Wenn es mir jetzt gelänge, das Fenster nur einen Spalt zu öffnen und gleichzeitig diesen lästigen Eindringling mit einem Pantoffel nach unten Richtung Fensteröffnung zu verscheuchen, dann wäre ich dieses Vieh endlich los. So mein spontaner Plan.

Vorsichtig, immer das Tier im Auge behaltend, öffnete ich das Fenster, sogar weiter als erforderlich. Und ebenso bedächtig hob ich die andere Hand mit meinem Hausschuh empor.

Jetzt, dachte ich, eine leichte Wischbewegung oberhalb der Spinne, und …

Sie war tatsächlich verschwunden, allerdings auch mein Hausschuh, der mir aus der Hand geglitten und aus dem Fenster gefallen war.

Als ob mich das interessiert hätte. War die Spinne ins Freie entkommen, war meine viel wichtigere Frage. Weg war sie ja.

Ich richtete erst mal das Regal wieder auf, was von dem noch heil geblieben war. Bücher konnte ich darin vorläufig nicht mehr unterbringen.

Nachdem ich auch den Schreibtisch zurückgeschoben hatte, stapelte ich die meisten der Bücher darauf, andere an der Wand neben dem kaputten Regal.

Bei all dem Aufwand, den mich das kostete, hatte ich dann das geöffnete Fenster völlig vergessen. Meine Gedanken hingen immer noch bei der Spinne, von der ich nur hoffte, dass sie aus dem Zimmer verschwunden war.

Es dauerte, bis ich das Licht löschen konnte und mich schließlich ermattet hinlegte. Es war inzwischen bereits nach drei Uhr, und im Osten konnte ich einen schmalen, hellen Streifen Licht erkennen.

Dass ich nicht so schnell einschlafen konnte, hatte dann weder etwas mit dem erhöhten Adrenalinspiegel noch dem Gedanken an die Spinne zu tun. Erst leise, aber dann deutlich um meinen Kopf herum hörte ich die anderen Plagegeister, es musste eine größere Anzahl an Mücken hereingekommen sein. Wie sinnlos es in der

Dunkelheit ist, die durch das Herumschlagen mit den Händen vertreiben zu wollen, ist sicher bekannt. Ich hatte sogar den Eindruck, dass es immer mehr würden, die mich als Beute betrachteten.

Wahrscheinlich bin ich dann doch recht schnell eingeschlafen. Mir fehlte jedenfalls der Wille, mich noch um die Mücken zu kümmern.

★★★

Der Grusel blieb anscheinend und quälte mich sogar im Traum, es war eine unruhige Nacht, die ich durchlitt.

Wie viel Zeit ich tatsächlich geschlafen hatte, konnte ich nicht sagen. Um mich zu erinnern, brauchte es einige Minuten. Warum zum Beispiel die Bücher nicht im Regal standen oder mir ein Pantoffel fehlte, konnte ich mir nicht sofort erklären.

Wo ist die Spinne geblieben?, meldete sich endlich meine Horrorvorstellung zurück. Und gleich suchte ich mit Sorge die Zimmerwände ab.

Nichts entdeckte ich, weder in den Ecken noch an den Wänden saß eine Spinne. Fast wollte ich mich noch mal zurück in eine Schlafposition drehen, da erfasste ich direkt an der Decke über mir dieses Spinnentier. Es saß dort regungslos, groß genug, um deutlich seinen Körper und die acht Beine zu erkennen. Das zweigliedrige, achtbeinige Ungeheuer schien auf mich herabzusehen. Lauernd, genau wie ich es bei Spinnen immer vermutet hatte. Konnte ich nicht sogar ihre Mundwerkzeuge erkennen, ihre punktförmigen Augen, die jetzt glitzerten im Sonnenlicht, das durch das Fenster einfiel?

Ich könnte versuchen, meinen anderen Hausschuh nach oben zu schleudern. Unmöglich schien es mir nicht, dass ich sie treffen könnte.

Die Spinne zitterte, das meinte ich zu erkennen, sie schien auf ihren acht Beinen etwas hin und her zu schaukeln. Eine für mich merkwürdig unerklärliche Bewegung.

Gerade als ich meinen Pantoffel mit aller Kraft in ihre Richtung schleudern wollte, sah ich, dass die Spinne sich fortbewegte. Sie lief zügig an der Decke entlang, an der Fensterseite hinunter, verharrte einen längeren Moment an der Fensteröffnung, und dann verschwand sie endlich nach draußen.

Nochmals einschlafen war keine Option für mich. Beim Frühstück etwas später nahm ich mein Tablet zur Hand und öffnete Wikipedia.

Könnte ich dort vielleicht detailliertere Hinweise finden, warum ich mit derartigem Widerwillen diesen Arachniden begegne? Das wollte ich wenigstens mal nachlesen. Nie zuvor hatte ich das wirklich wissen wollen. Ich erwartete natürlich nicht, dass meine Abneigung durch diese Lektüre verschwinden könnte. Aber ich war mir sicher, dass Anne ihren Plan nicht aufgeben würde, mich demnächst in ihr Institut einzuladen. Dann wäre mein angelesenes Wissen recht nützlich, überlegte ich. „Sieh mal, mir musst du nichts über Spinnen erzählen", könnte ich ihren erwarteten Vortrag etwas die Fahrt nehmen.

Es klingelte an der Wohnungstür, da hatte ich mein Frühstück noch nicht beendet, das Lesen in Wikipedia hatte mich zu sehr abgelenkt.

„Was ist denn mit dir geschehen?", fragte Anne schon an der Tür und sah mich prüfend bis mitleidsvoll an.

„Ach, nichts! Ich habe nur schlecht geschlafen, weiß der Himmel warum", entgegnete ich.

In der Küche dann klappte ich schnell mein Tablet zusammen, sie sollte ja nicht wissen, was ich da studiert hatte.

„Ich wollte dir einen Vorschlag machen", sagte sie etwas unsicher wegen meiner erkennbar schlechten Verfassung. „Weiß nicht, ob das dann heute der richtige Zeitpunkt ist …"

Als ob ich es nicht geahnt hatte. Aber es gab keinen wirklichen Grund, ihren Vorschlag abzulehnen.

„Na gut, dann besuchen wir heute mal dein Institut", erklärte ich mit mäßiger Überzeugung. Ich umarmte sie fest und drückte ihr einen Kuss direkt auf den Mund. Mir war es wichtig, dass

Anne das Gefühl behielt, ich interessierte mich für das, woran sie im Institut arbeitete.

Der Aufenthalt an ihrem Laborplatz, wo sie mir auch die Glasröhrchen mit den Taufliegen zeigte, fand ich richtig spannend. Diese mit den Hunderten Fliegen darin, Drosophila Melanogaster, wie sie die mit ihrem wissenschaftlichen Namen benannte, regten mich zu einer Frage an. „Was habt ihr denn mit denen vor?"

„Die sind für die Spinnen, zum Verspeisen!", verkündete sie maliziös lächelnd.

„Was?", fragte ich ehrlich etwas entsetzt. „Dabei ist deren Haltung schon nicht gerade artgerecht."

„Ach Quatsch! Das war ein Spaß! Komm, jetzt zeige ich dir noch einen anderen Laborraum."

Hoffentlich nicht die Spinnen, dachte ich, um gleich darauf meine Hoffnung beerdigen zu müssen.

Im Raum standen eng nebeneinander unterschiedlich große Terrarien. Von den Insassen war oft gar nichts zu sehen, da die sich in der dichten Bepflanzung oder unter Steinen versteckten. Seltener spannten sie Netze auf. Erstaunlich war für mich, wie diese Tiere in Aussehen und Größe differierten.

„Das ist ein kleiner Ausschnitt von wahrscheinlich über einhunderttausend uns bekannter Arten", erklärte sie, als sie meinen hilflosen bis abwehrenden Blick sah. „Praktisch auf allen Kontinenten sind diese Tiere vertreten."

Sie legte dann los mit ihrem für mich unerschöpflich erscheinenden Wissen über diese Tiere, was meine am Morgen angelesenen Wikipedia-Kenntnisse doch weit übertraf. Oft konnte sie gar nicht zeigen, worüber sie sprach, da sich die Spinnen so gut zwischen den Pflanzen oder Steinen verbargen.

Am Ende ihres Vortrags führte sie mich zu den Terrarien, in denen Vogelspinnen gehalten wurden.

„Auch nicht gerade niedlich, die lieblichen Pelztiere", bemerkte ich ironisch, aber mit Respekt.

„Auch vor denen muss sich keiner wirklich fürchten, ihre Giftwirkung ist zumeist gering", erklärte sie mir fachmännisch.

Mir schwirrte der Kopf, als wir endlich den Raum verließen. Es gab tatsächlich für sie noch einen Termin, den sie einhalten musste.

Sympathie empfand ich für diese Spinnentiere nach wie vor nicht. Erstaunlicherweise hatte ich aber ihre Vorführung ohne ein Abwehr- oder Ekelgefühl durchgestanden. Selbst die gruselige Vorstellung, dass eine Vogelspinne kleine Vögel verspeisen könnte, wie mir Anne erzählt hatte, bewirkte keinen kalten Schweißausbruch. Als ich zu meinem Mathematikinstitut durch einen kleinen Park mit Büschen am Rande des Gehwegs lief, entdeckte ich auf einmal in einem dieser Hölzer ein Spinnennetz.

Ich blieb tatsächlich stehen, um nach der sich versteckenden Spinne zu suchen, was mir aber nicht gelang. Selbst als ich ganz leicht an einem Ast rüttelte, an dem die Spinnenfäden befestigt waren, zeigte sich keine Spinne.

Sieh mal an, etwas hat sich bei dir schon verändert, dachte ich und lief weiter.

„Das sollte ich Anne erzählen, die würde sich möglicherweise freuen oder das einfach als Selbstverständlichkeit abhaken, so wie sie eingestellt war", sage ich laut zu mir.

So richtig „geheilt" war ich wahrscheinlich nicht, aber ein Theater wie in der vergangenen Nacht sollte mir nicht nochmals passieren, hoffte ich zumindest.

Auch andere Änderungen ereignete sich noch in derselben Woche. Bei IKEA kaufte ich ein neues Regal, das alte ließ sich leider nicht mehr reparieren.

11. WESPEN SIND AUCH NUR LEBEWESEN

Das Thema für einen neuen Roman war mir bei einem Spaziergang eingefallen. Stimmt das Wetter, dann zieht es mich oft nach draußen, so auch an diesem warmen und trockenen Nachmittag. Warum mir diesmal auffiel, dass ich vor den Geschäften auf der Tauentziehnstraße in Berlin fast schon Slalom laufen musste, um all den bettelnden Frauen und Männern auszuweichen, kann ich nicht sagen. Ich hatte darauf vorher schlicht nicht geachtet, oder es war mir egal gewesen.

Dass Armut auch hierzulande wächst, ist mir natürlich durch Berichte in den Medien bekannt. Sie breitet sich zunehmend in meiner Wohlfühlumgebung im Westberliner Zentrum, wo ich wohne, aus. Eine Pandemie grassiert und trifft Menschen in ihrer Existenz, von denen wir annehmen, dass ihr Leben in sicheren Bahnen verliefe. Sie hat zusätzlich die Situation verschärft. Die Idee festigte sich bei mir beim Spaziergang, es nicht bei der Beobachtung und einem Störgefühl zu belassen, sondern mich mit Armut in einem Roman auseinanderzusetzen. Es war nur eine Idee, und ich hatte kaum eine Ahnung, was mir bevorstand.

Wie sollte ich mich über ein Thema verbreiten, das mir im Grunde genommen fremd war? Ich wollte bestimmt keine soziologische Seminararbeit schreiben, sondern eine packende Geschichte, die meine Leserschaft fesseln sollte.

Seit diesem Nachmittag sehe ich bei Spaziergängen genauer hin, wenn ich auf Bettler treffe, die mit Pappbechern vor den Kaufhauseingängen hocken, oder auf Leergut-Sammler, die dort Müllbehälter durchsuchen. Und die Gewöhnung an deren Anblick überdeckt bei mir nicht mehr die Wahrnehmung von Armut als das nicht nur private Schicksal einer mir fremden Person. Das Spenden von ein paar Eurostücken ist mir sogar peinlich und beruhigt nicht mehr mein Gewissen wie früher.

Dass ich dem Thema gewachsen bin und zügig diesen Roman entwickeln könnte, war von mir optimistisch gedacht. Wenige Wochen später war es längst ein steter Wechsel geworden zwischen dem Eintippen einiger Textzeilen und nach mehrfachen Korrekturversuchen, dem Löschen genau dieser Zeilen. Dabei hatte ich mir eine Handlung überlegt und arbeitete, wie sonst auch, strukturiert und konzentriert. Je weiter ich mich in der Thematik vertiefte, desto mehr tendierte ich dazu, mich in der Fülle an Material und in Details zu verfangen.

Spürbare Anzeichen von Frust und Selbstzweifeln gruben nicht nur im Gesicht, sondern auch in der Magengegend scheinbar tiefe Furchen. Ich muss hier raus, weit weg von meinem Computer nochmals überlegen, ob ich dieser Arbeit tatsächlich gewachsen bin, suchte ich einen Ausweg aus der Schreibkrise. Um die zu überwinden, brauchte ich Kontakt zu Betroffenen, ansonsten würde dem Buch die Substanz fehlen, entstünde eine seelenlose fiktive Geschichte, die kaum jemanden interessierte. Einfach war auch das nicht.

Vermeintlich arme Menschen suchte ich über Tage vor einer Essenstafel oder vor einem Obdachlosenheim zu finden. Es kam zu Gesprächen, die mir halfen, aber nicht das Gefühl hinterließen, hinter die Kulissen geschaut zu haben. Die Distanz und das Misstrauen ließen sich nicht immer überbrücken. Oft bestätigten die meinen Verdacht, dass sich diese Menschen schwertaten, Gründe für ihre Armut glaubwürdig zu benennen. Was ich aufschnappte und in Zeilen goss, das las sich immer noch distanziert und theoretisch wie eine Seminararbeit in Soziologie.

An einem Abend besuchte ich mein Lieblingslokal, und Kalle, der Wirt, sah sofort, in welcher Verfassung ich war.

„Na, läuft wohl nicht mit deinem Buchprojekt, Wolf?", fragte er noch, bevor ich am Tresen Platz genommen hatte.

„Momentan läuft es sehr zäh", erklärte ich und hielt meine Hände resignierend hoch. „Material von etlichen Personen, Bettlern, Obdachlosen und auch Flüchtlingen habe ich ja inzwischen reichlich gesammelt. Fast ertrinke ich schon im Material. Aber mir fehlt gerade deshalb die eine Person, die eine Lebensgeschichte verkörpert, bei der Armut nicht nur die Konsequenz einer unvermeidlichen und unabänderlichen Biografie ist. Verstehst du, was ich meine?"

„Keine von Gott gegebene Armut?", überlegt der laut und verstand anscheinend, wonach ich suchte. „Es gibt solche Leute, denen sieht kaum einer an, dass sie mal schmerzhafte Armut erlebt haben."

„Meinst du da jemand Bestimmten deiner Gäste?", fragte ich etwas hoffnungsvoll.

„Schon! Ich denke an einen Gast, der häufig in mein Lokal kommt. Der ist heute natürlich nicht mehr arm, aber der könnte aus seiner Jugend einiges über Armut sagen. Davon hat er mir jedenfalls mal erzählt." Kalle nickte mir zu, weil er vermutete, die richtige Person zu kennen. „Du hast ihn schon öfter hier an der Theke sitzen sehen. Vielleicht kannst du den mal ansprechen."

★★★

„Mir müssen Sie nichts erzählen von Kinderarmut oder Flüchtlingsdasein!", fuhr mir Meinhard Keller ungeduldig dazwischen. Ich hatte ihm vom Inhalt und den Motiven meines Romans berichten wollen, da schien dessen Geduld bereits überstrapaziert zu sein. In der Story ziele ich darauf ab, die Leser für das Thema Armut zu sensibilisieren, hatte ich vollmundig erklärt.

„Junger Mann, mir müssen Sie solche Geschichten nicht erzählen!", wiederholte er sich und schüttelte unwillig den Kopf. Hatte ich also meine Motive zu dick aufgetragen, was ihn störte? Gleich wird er mich davonjagen, dachte ich nicht ernsthaft.

Er schüttelte unwillig den Kopf, fuchtelte mit der Kuchengabel herum und versuchte dann, mit der eine weitere Wespe auf dem Teller genau an der Einkerbung zu zerteilen. Zwei Mordopfer klebten schon neben den Resten eines Kuchenstücks, das ihm zu viel schien. Gekrümmt und unbeweglich lagen jetzt die Insektenleichen zwischen etlichen Kuchenbrocken.

Es wäre mir lieber gewesen, wenn Keller endlich die Kuchenreste aufgegessen hätte. Mir taten die Wespen leid, die immer wieder ihre schon toten Artgenossen ersetzten. Ich zögerte aber, zu protestieren oder mich gar über die Gefährdung in der Insektenwelt auszulassen. Die Unterhaltung mit ihm war mir im Moment wichtiger, und eben hatte mein Gesprächspartner schon Unwillen merken lassen, ohne dass mir klar war, was ihn gestört haben könnte. Was ich ihm als Erklärung für meine Motive gegeben hatte, schien mir erforderlich und wichtig, um das Gespräch in die beabsichtigte Richtung zu lenken.

„Vielleicht sollten wir Ihren Teller auf dem Nachbartisch abstellen", schlug ich gut gemeint vor. „Da würden uns die Wespen kaum stören …"

„Ach was!", überging Keller den Einwand. „Ich habe Armut real erlebt. Wirklich. Da sind Erinnerungen, die in mir haften geblieben sind."

Keller schob jetzt tatsächlich seinen Kuchenteller und die Kaffeetasse an den äußersten Rand des Tischs und lehnte sich zurück.

Dass wir uns in diesem Café trafen, hatte er vorgeschlagen. Den Vorschlag hatte ich gern angenommen und war neugierig auf das Gespräch. Kalle hatte zutreffend vermutet, dass ich ihm mehrfach schon im Lokal begegnet war. Da hatten wir aber nie miteinander gesprochen, wahrscheinlich uns nicht einmal ernsthaft registriert. Meist hatte der sich den hintersten Hocker an der Theke gesucht, direkt neben der Wand, weil er von da aus das ganze Lokal überblicken konnte.

Kalle hatte mir ein paar Einzelheiten von diesem Mann erzählt, den er im Gegensatz zu den sonstigen Gästen immer mit „Herr Keller" und „Sie" ansprach. Mich und andere im Lokal duzte Kalle meist.

„Ja, der Mann war mal hier im Bezirk eine wichtige Größe gewesen. Der saß doch früher für uns im Berliner Abgeordnetenhaus. Ist schon eine Weile her. Hat das aber gut gemacht, finde ich. Das wusstest du gar nicht?", hatte Kalle mich nicht sonderlich verwundert gefragt.

Nein, das war mir ebenso wenig bekannt gewesen wie sein Name. In dessen Abgeordnetenzeit hatte ich noch an der Freien Universität studiert und im Haus meiner Eltern in Zehlendorf gewohnt.

„Und wieso kommt der immer wieder hierher?", hatte ich etwas unüberlegt nachgefragt.

„Warum bist du denn so oft hier? Wahrscheinlich gefällt es ihm bei mir, und außerdem lebt er ganz in der Nähe, eine Querstraße weiter", hatte Kalle kopfschüttelnd bemerkt.

★★★

Vor ein paar Tagen war dieser Herr Keller plötzlich neben mir erschienen, diesmal hatte ich auf dem von ihm beanspruchten Hocker gesessen.

Auf der Theke hatte ich mein geöffnetes Tablet liegen, eine Gewohnheit von mir, gedacht, um eventuell einen spontanen Einfall festhalten zu können. Es gab ja bei mir immer die Hoffnung, dass mich das Gequatsche im Lokal auf eine Idee bringen könnte.

„Darf ich? Ist doch noch frei?", fragte Keller ziemlich fordernd, was gar nicht zu einer Frage passte. Er zog dabei schon den benachbarten Hocker in die von ihm gewünschte Position.

„Ja, gut", antwortete ich, unschlüssig, wie ich auf seinen Ton reagieren sollte.

Kalle kümmerte sich um den Neuankömmling, der nur einen Moment benötigte, um zu bestellen, ein Bier vom Fass. Da gab es wohl bei dem selten eine Variation. Aber nach einigen Minuten, in denen er die Gäste um sich herum studiert hatte, schielte er doch auf mein aufgeklapptes Tablet.

„Sie schreiben an einer Geschichte? Darf ich fragen, worüber Sie gerade schreiben?", interessierte er sich.

Ich war verblüfft, weil der Mann offensichtlich auch freundlich sein konnte und anscheinend gelesen hatte, was da auf meinem Tablet geschrieben stand.

„Das haben Sie gut erkannt. Ich bearbeite gerade einen neuen Roman", erwiderte ich nicht ohne Stolz.

„Aha, einen Roman schreiben Sie! Und was ist Ihr Thema?"

„Ein aktuelles Thema, hoffe ich zumindest. Es geht um die sichtbare Armut um uns herum, auch um betroffene Kinder.

Genauer gesagt bildet die den Hintergrund meiner Geschichte", erklärte ich.

„Da haben Sie sich ja ein vielschichtiges Thema vorgenommen", kommentierte Keller skeptisch lächelnd meine Antwort. „Und daraus werden Sie einen packenden Roman zaubern?"

„Das ist zumindest mein Anspruch!", gab ich grinsend zurück. „Das Leben dieser Leute, denke ich, sollte schon Stoff für eine interessante Story liefern."

Und als dieser Mann mich weiter zweifelnd ansah, fragte ich nochmals nach. „Bezweifeln Sie etwa, dass das möglich ist?"

„Vielleicht! Aber da könnte ich sicher auch etwas beitragen", brummte er.

„Sie?", fragte ich zweifelnd und dachte an Kalles Hinweis über dessen angebliche Armutserfahrung, denn reich mochte er ja nicht sein. Nur: War der jemals arm gewesen?

Vielleicht spürte Keller meine Skepsis. Er schaute mich einen Moment prüfend an. Dann schlug er mir überraschend ein Treffen vor.

„Kennen Sie das Café Reuter, hier die Bleibtreustraße runter, an der Ecke Kurfürstendamm? Da trinke ich jeden Nachmittag meinen Kaffee, weil sie dort einige ruhige Plätze haben, wo man sich auch mal ungestört unterhalten kann. Wenn Sie Lust und Interesse haben, dann treffen Sie mich doch dort mal, dann können wir uns etwas über Armut unterhalten."

Im Lokal und an diesem Abend hatte er wohl nicht den richtigen Moment gesehen, sich mit mir weiter zu unterhalten. Er wandte sich gleich danach abrupt von mir ab und suchte stattdessen das Gespräch mit Kalle, der selbst beim Bierzapfen kein Problem hatte, mit Gästen zu reden.

Ich konnte gerade noch erwidern, dass ich sein Angebot bestimmt annehmen würde.

So an der Seite vergessen zu werden, gefiel mir nicht. Ich packte mein Tablet und entschied, zu einem anderen Lokal weiterzuziehen. Das war vor ein paar Tagen gewesen.

★★★

Jetzt saß ich Keller im Café Reuter bereits im Gespräch gegenüber, und er hatte mich schon seine Ungeduld spüren lassen. Er hatte sich einen der runden Tische direkt an der großen Glasschiebetür gesucht, die bei diesem Wetter offenstand, hatte vor sich einen Teller mit Resten eines Stücks Kuchen und eine Kaffeetasse stehen. Er war gar nicht überrascht gewesen, dass ich gekommen war. Fast schien es mir, dass er mich erwartet hatte, um von seiner Armutserfahrung erzählen zu können. Ich musste nicht erst lange fragen, er schien sofort in seine Erinnerungen einzutauchen und erzählte drauflos.

„Einmal ist ein Klassenkamerad mit zu uns nach Hause gekommen, nach der Schule. Wir hatten uns besprochen, dass wir zu ihm fahren wollten mit dem Bus. Aber natürlich musste ich auf meine Mutter warten, die hat ja damals bei verschiedenen Leuten in Steglitz geputzt, und ich brauchte das Geld für die Busfahrkarte."

Kellers Stimme verlor einen Moment ihre Festigkeit, er wendete seinen Kopf von mir weg zur Seite, als wollte er etwas verbergen, rieb sein Gesicht.

„Als meine Mutter kam, habe ich sie nach dem Geld für den Bus gefragt, zwanzig Pfennige, mehr war das, glaub' ich, nicht. Und dann hat sie nur so geguckt und den Kopf geschüttelt. Ich kann dir das Geld nicht geben, ich hab's nicht!, hat sie gesagt. Dann holte sie ihr Portemonnaie hervor und öffnete es vor uns."

Keller stockte. Die Geschichte zeigte offenbar immer noch Wirkung bei ihm.

„Ich habe mich geschämt, aber nicht nur. Immer noch geht mir ihr Gesicht dabei nicht aus dem Sinn. Na ja, das kam schon öfter damals vor, dass es einfach kein Geld gab. Aber hungern musste ich nie!" Das wollte er wohl klarstellen, weil er es so betonte.

„Ihre Mutter hat bei fremden Leuten putzen müssen? Wie kam das?", fragte ich.

„Wie kam das? Wir waren aus der DDR geflüchtet, und meine Eltern hatten noch mal von vorn anfangen müssen", antwortete er. „Abgesehen davon, dass meine Mutter stets als Angelernte gearbeitet und keinen Beruf erlernt hatte, war es wohl damals auch schwer für sie, eine Arbeit zu finden, denke ich. Da hat sie halt geputzt, wir brauchten das Geld."

„Wie lange nach Ihrer Flucht aus der DDR war das?", fragte ich.

„Denke, es waren zwei bis drei Jahre nach unserer Flucht. Meine Eltern hatten da ein Jahr vorher eine Neubauwohnung im Süden von Westberlin bekommen und mussten sich neu einrichten. Wir hatten bis auf unsere Klamotten nichts mitnehmen können. Mein ganzes Spielzeug, die Bücher, eben alles, was nicht gerade in einen Koffer passte, blieb drüben. Die neue Einrichtung mussten die abzahlen, was ihren finanziellen Spielraum stark einschränkte."

„Und das galt sicher auch für Sie persönlich. Blieben bestimmt etliche Wünsche bei Ihnen offen", suchte ich mein Gegenüber zum Weiterreden zu ermuntern.

„Die Zeit war für meinen Bruder und mich bestimmt nicht einfach. Für ihn war es wahrscheinlich sogar schlimmer. Wenn der sich mal mit seiner Freundin traf, fehlte dem sicher oft Geld, um ihnen beiden vielleicht mal etwas zu spendieren. Und die Wünsche seiner Altersgenossen hatte der genauso, zum Beispiel ein Moped oder eine Lederjacke, war damals für seine Generation angesagt. Mein Bruder hat ja damals bereits als Buchdrucker gearbeitet, und von seinem Lohn durfte er nur einen sehr kleinen Teil behalten. Bei mir als Schüler gab es halt nie Taschengeld, und was viele meiner Klassenkameraden selbstverständlich hatten, ein Fahrrad zum Beispiel, das hatte ich nicht. Mehrere Jahre bestanden Geburtstags- oder Weihnachtsgeschenke stets nur aus notwendigen Sachen zum Anziehen oder Schuhen."

Keller winkte der Kellnerin. „Was kann ich Ihnen bestellen?", fragte er mich, als die Bedienung neben uns stand. Ich schüttelte dankend den Kopf.

„Klingt für Sie aus der Zeit gefallen, oder?" Keller lachte plötzlich fast verlegen auf. „Dauerte ja etwas, aber Jahre später, nach dem Studium und schon als Beamter, hätte ich mir vieles leisten können, da spielten solche Wünsche aus der Jugend aber keine Rolle mehr. Sie sehen ja, mir geht's inzwischen bestimmt gut. Man kann aber selten etwas *nachholen*, was man mal versäumt hat! Entweder ist der Wunsch weg, oder es fehlt das Gefühl, das Nachgeholte noch genießen zu können."

Mir geht es auch gut, dachte ich spontan. Eigentlich ging es mir immer schon gut. Darüber denke ich selten nach. Was Keller gerade erzählte, hörte sich für mich tatsächlich fremd an. Und das Café Reuter verstärkte dieses Gefühl sogar. Das hatte ich nie besucht, weil es keinen Reiz für mich hatte. Anders ist das bei Keller, der hier angeblich täglich nachmittags seinen Kaffee trinkt. Der taucht hier vielleicht in Erinnerungen ein, weil die Caféhaus-Atmosphäre ihn dabei unterstützt.

Seine letzten Worte wollte ich nicht kommentieren, er sollte mit dem fortfahren, was ihn damals bedrückt hatte. Nur etwas nachbohren musste ich mit einer Frage, Keller schien selbst das Bedürfnis zu spüren, über seine Erinnerungen weiterzureden.

„Wie war das damals mit Ihrer Flucht, ich meine, als Sie in Westberlin neu anfingen?"

„Wenn ich diese Aufregung heute wegen der Asylbewerber verfolge, dann denke ich schon mal, wie es uns Flüchtlingen ergangen ist. Ich meine, die machen heute vielleicht ganz ähnliche Erfahrungen wie unsereins damals, obwohl die Situation nicht vergleichbar ist. Zu der Zeit sah es ganz anders aus als jetzt. Große Teile der Bevölkerung hier, nicht nur Flüchtlinge, erholen sich immer noch von den Kriegsfolgen. Vieles fehlte damals noch oder war provisorisch." Er klopfte auf den Tisch, als wollte er damit seinen Worten mehr Nachdruck verleihen.

„Ich bin damals in Kreuzberg, wo wir zunächst in einem Zimmer in einem Lager wohnten, immer nur zwischen oder über Trümmerberge zur Schule gelaufen", erzählte er weiter. „Überall beherrschten Ruinen und jede Menge Baulücken das Bild. Es gab zu wenige Wohnungen. Es gab noch eine beachtliche Arbeitslosigkeit. Und dann kamen die Flüchtlinge aus dem Osten, die ihren Anteil forderten, die wurden doch nur als Konkurrenten angesehen. Da sind wir hineingeplatzt in Westberlin. Glauben Sie, da herrschte bei den hier geborenen Berlinern große Freude über die neu angekommenen Flüchtlinge?", Keller grinste und lachte kurz auf. „Das war fast wie heute mit den ganzen Asylanten oder Migranten, die anscheinend auch immer irgendjemandem irgendetwas wegnehmen. Wobei damals der Mangel real weit verbreitet erfahren wurde und nicht wie heute, wo es mehr um die Verteilung von Vermögen geht, die insbesondere bei Leuten in prekären Verhältnissen als ungerecht empfunden wird. Das ist komisch, das auch in den Medien miterleben zu müssen, wenn man das eigentlich hinter sich lassen wollte."

„Wie war das bei Ihnen, wie haben Sie diese erste Zeit empfunden?", fragte ich, weil Keller nicht sofort weiterredete.

„Wie war das bei mir? Als ich hier ankam, hatte ich ja noch Sommerferien. Die erste Zeit verlief für mich nervig. Jeden Tag begleitete ich meine Mutter nach Marienfeld, wo das ganze Aufnahmeverfahren für DDR-Flüchtlinge lief. Ständig warten, immer wieder noch ein weiteres Büro, noch eine Baracke usw. Für mich als Zehnjährigen nur langweilig. Und dann lebten wir erst mal in einem Lagerzimmer, über ein Jahr lang. Auch kein Vergnügen, gerade weil mein Vater sich nicht richtig zusammenreißen konnte. Kam mit der Enge und der ganzen Situation am schlechtesten zurecht. Der musste da erst mal als Bauhelfer arbeiten. Stellen Sie sich das vor! In der damaligen Zone, so nannten die meisten Leute in der Bundesrepublik die DDR, war er Betriebsleiter einer Baustoffgenossenschaft gewesen, sogar mit Dienstauto und Diensttelefon bei uns zu Hause."

„Oh!", sagte ich beeindruckt. „Privilegiert? Warum wollten Ihre Eltern flüchten?"

„Mein Vater war von Anfang an Gegner des Regimes gewesen, hatte sich geweigert, in die Partei einzutreten. Fühlte sich der katholischen Kirche sehr stark verbunden. Meinte, dass man nicht gleichzeitig Kommunist oder Christ sein könnte. Womit er ja nicht Unrecht hatte, ein Atheist kann doch nicht in der Kirche zu Gott beten, oder?" Keller schaute mich grinsend an. „Uns Kindern hatte er verboten, bei den Jungen Pionieren oder der FDJ mitzumachen. Und dann hatte er sich auch noch dazu entschlossen, für die Organisation ‚*freiheitlicher Juristen*' in Westberlin verdeckt zu arbeiten. Keine guten Voraussetzungen, um in der damaligen Zone unbehelligt leben zu können."

„Freiheitliche Juristen, was war das für eine Organisation?", fragte ich dazwischen.

„Das war eine Menschenrechtsorganisation im Westen, die sich der Aufdeckung rechtsstaatswidriger Verhältnisse in der DDR widmete. Wurde auch von der CIA finanziert. Können Sie sicher im Internet nachlesen, wenn es Sie interessiert."

„Werde ich mal machen", reagierte ich, was aber nur so dahingesagt war. Stattdessen stellte ich eine Frage. „Sie sind dann eingeschult worden?"

„In die fünfte Klasse einer Kreuzberger Grundschule. Der erste Schultag, den erinnere ich noch heute genau." Keller schloss trotzdem kurz seine Augen. „Sie müssen wissen, in einigen Westberliner Schulen wurden die vielen Flüchtlingskinder als Belastung empfunden. Die mussten untergebracht werden, in meiner Klasse waren wir vierundvierzig Schüler. Aber diese Flüchtlingskinder verursachten doch ein häufiges Kommen und Gehen. Kaum waren deren Familien in Westberlin angekommen, die Kinder eingeschult, da ging es für viele von ihnen bereits nach wenigen Monaten weiter nach Westdeutschland. Und wenn man als Flüchtlingskind Pech hatte, dann traf man auf einen Lehrer wie meinen, den diese ganze Unruhe oder zum Beispiel auch dieser mitteldeutsche Dialekt ziemlich nervte und der das an diesen Schülern ausließ."

Keller schien sich an etwas Bestimmtes in der Schule zu erinnern, was ihn auf eine sarkastische Weise amüsierte.

„Der Dialekt, besonders der sächsische. Viele Westberliner erinnerte der an Walter Ulbricht, den damaligen Staatsratsvorsitzenden der DDR, ein Sachse, und der war verhasst."

„Kamen Sie denn auch aus Sachsen?", fragte ich, weil ich bei Keller überhaupt keinen Dialekt hörte.

„Ja! Aber viele Berliner machten bei Mitteldeutschen ohnehin kaum einen Unterschied, und bei meiner Aussprache war das egal. Als mich der Schulrektor in meine künftige Schulklasse führte, wurde ich vom Klassenlehrer auch nach meiner Herkunft gefragt. Und woher kommst du?, fragte der, obwohl er bestimmt meine Herkunft geahnt hatte. Ich war arglos und habe ganz unbefangen geantwortet. Und da ging's los. Ein Gaffesachse!, johlte der Klassenlehrer regelrecht los, schlug sich dabei mit größtem Vergnügen auf den Oberschenkel. Und dann hätten sie mal die anderen Schüler hören sollen."

„Ich kann's mir vorstellen! Wie haben Sie reagiert?", fragte ich.

„Wie habe ich reagiert? Tja, ich werde wohl meinen Platz eingenommen haben. Gelacht habe ich sicher nicht! Mich sollte das Erlebnis noch sehr lange begleiten. Der Klassenlehrer konnte seine Abneigung gegen Flüchtlinge und besonders Sachsen nie verbergen. Ich fing deshalb damals mit dem Stottern an, konnte lange nicht vor der Klasse oder den Lehrern frei reden, vermied, mich allzu oft zu Wort zu melden. Und ich hatte richtig Heimweh bekommen. Zu Hause habe ich meinen Eltern gesagt, dass ich zurück möchte."

Dem Kuchenteller hatten sich wieder zwei Wespen genähert, die umflogen nervös die Kuchenkrumen oder setzten sich kurz darauf. Keller beobachtete sie, unterließ es aber, sie zu verscheuchen. Und ich war froh darüber, dass er die nicht tötete.

„Gibt wohl ein Wespennest ganz in der Nähe", bemerkte ich, darauf hoffend, dass Keller nichts gegen die armen Tierchen unternahm.

„Müssen ja auch leben!", sagte er ohne großes Interesse. „Wissen Sie, was ich kürzlich bei Twitter las?"

„Sie twittern?", fragte ich ehrlich erstaunt, was eine ziemlich unsinnige Frage war.

„Da hat doch ein wahrscheinlich noch sehr junger Mann seine Weisheit verkündet. Er habe von noch keinem Zeitzeugen gehört, er meinte in der ehemaligen DDR, dass er zur Flucht gezwungen worden wäre, außer dass er gegen das System gearbeitet hätte. Toll, wie viele Millionen Ostler der ausblendet, die seiner Meinung nach alle allenfalls aus wirtschaftlichen Gründen ihre Heimat verlassen haben." Keller schüttelte den Kopf, schien aber amüsiert.

„Stimmt natürlich, keiner von denen ist mit der Waffe in den Westen gezwungen worden, das Gegenteil war üblich. Fliehen musste kaum einer, außer, wer offen gegen das Regime aufmuckte. Aber kommt Ihnen diese Sichtweise aus aktuellem Anlass bekannt vor?"

Ich überlegte, wie er das gemeint hatte, was bei mir aber etwas dauerte, bis es Klick machte.

Die Pause schien Keller nötig, um nachzudenken, was er aus seinen Erinnerungen noch erzählen sollte. Er hatte mir zwischendurch erklärt, dass die Rückbesinnung auf diese Fluchtjahre bei ihm Grenzen hätte, weil sie an Gefühle rührten, die sich für ihn unangenehm anfühlten.

Für mich saß da ein dreißig Jahre älterer Mann, dessen Vergangenheit ich nicht erlebt hatte und die möglicherweise auch meine Leser nicht interessieren würde. Fast empfand ich Kellers Erinnerungen wie eine Störung in der eigenen Biographie, in der der Fall der Berliner Mauer prägend war.

Das Interview mit Keller öffnete mir den Blick auf eine Armut, die andere Ursachen hatte und meist aus eigener Kraft hatte überwunden werden können. Die unterschied sich von der einer bettelnden Rentnerin oder eines suchtkranken Assis, die sich durch eine Kraftanstrengung von denen nicht einfach beseitigt ließe. Jetzt überlegte ich, wie die Erlebnisse oder Erfahrungen dieses Wespentöters in die Story eingebaut werden könnten. Ich war mir unsicher, ob seine Erinnerungen wirklich zum Armutsthema passten, wie ich es im Roman abhandeln wollte. Sie erschien mir eher eine Episode zu sein in einem ansonsten von tief greifender Armut verschonten Leben.

Armut hatte ich selbst nie erlebt. Nicht nur, dass meine Eltern mir eine unbeschwerte Kindheit bieten konnten, es hatte mir kaum an etwas gefehlt, was für mich wichtig gewesen war.

Als hätte er meine Gedanken erraten, sagte er jetzt, dass seine persönliche Armutserfahrung wohl nicht recht zu meinem Romanvorhaben passen würde.

„Das kann ich verstehen. Die Armut, die Sie wahrzunehmen meinen, kriecht heute vor einem ganz anderen Hintergrund auf uns zu. Sie überrascht uns in einer wirtschaftlichen Lage, die uns vor allem Wohlstand und Sicherheit vorspielt. Fast ist die für uns unwirklich, abgesehen von der begreiflichen Armut der heutigen Flüchtlinge. Verheddern Sie sich nur nicht in ihrem Roman in Schuldfragen. Damals habe ich mich damit altersbedingt nicht befasst, nur die Unterschiede zu Leuten wahrgenommen, die mir reich erschienen. Ich denke, es war mein Zuhause, dass letztlich für mich den Unterschied gemacht hat, aus der Armut zu entkommen."

Ich neigte den Kopf, wusste aber nichts Passendes zu entgegnen. Was er gesagt hatte, verstärkte ja meine Zweifel, ob ich seine Geschichte brauchte. Die Armut, der ich vor der Haustür viel öfter begegnete, sollte die Romanhandlung bestimmen.

Mein Blick fiel auf seinen Kuchenteller und die Zeugen seiner Mordtaten, was er bemerkte.

„Wir lassen es oft an den Falschen aus, ich meine unsere Gefühle, unseren Frust. Wespen sind ja auch nur Lebewesen in unserem Land. Ich denke, wir machen hier erst mal einen Punkt. Wenn Sie wirklich noch mehr erfahren wollen, na, Sie wissen ja jetzt, wo und wann Sie mich treffen können."

Er reichte mir zum Abschied die Hand, wobei er überhaupt nicht wie ein armer Mann wirkte, sondern wie jemand, der sehr zufrieden mit sich schien. Und der mir trotz der toten Wespen auf seinem Kuchenteller zumindest etwas sympathischer geworden war.

Ich verließ ihn nachdenklich, nicht unbedingt überzeugt, dass ich ihn nochmals treffen wollte. Erst mal musste ich prüfen, ob und wo in meinem Text seine Erinnerungen eingefügt werden könnten.

Unter seiner Armut hatte der sicher damals gelitten, das hatte ich bei seiner Erzählung erfahren. Aber klar, sie war eine Episode geblieben, erklärlich durch den nachvollziehbaren Wunsch seiner Eltern, einem Unrechtsstaat zu entkommen. Das war etwas anderes als die meist perspektivlose Armut vor meiner Haustür. Die erschien für die Betroffenen schon angelegt zu sein, bevor sie überhaupt richtig einsetzte. Keller hatte das wohl selbst so gesehen, denn so interpretierte ich seine Aussage. Sein Leben hatte ja bewiesen, dass die von ihm erlittene Armut überwunden werden konnte, und das sogar durch eigene Anstrengungen.

★★★

Mein Roman war fertig und lag jetzt beim Verlag, der wie fast immer noch hin und her eierte, ob sie das Manuskript annehmen würden. Erst mal sollte ich da und dort doch Änderungen einbauen, und schließlich sei man skeptisch, ob diese Geschichte, deren wichtigste Protagonisten im Hartz-IV-Milieu lebten, Interesse beim Publikum finden würde. Die Erzählung böte weder einen fesselnden Handlungsstrang noch gäbe es darin irgendwelche spektakulären Überraschungen, monierte der wichtige Lektor. Das kenne ich schon von meinen früheren Werken, weiß, dass der Verlag am Ende das Manuskript akzeptieren wird. Es bedarf nur etwas Geduld. Im Übrigen habe ich Kellers Geschichte doch nicht eingebaut. Ich empfand dessen Erlebnisse für meine Story mit dem Hintergrund der heute spürbaren Armut nicht passend. Letztlich war er mit seinen Eltern auf dem Weg gewesen, etwas für sie Gewichtiges zu gewinnen. Und dafür hatten sich die erlittenen Entbehrungen sicher gelohnt. Was er als Flüchtling und wegen seines Dialektes durch seinen Lehrer und Mitschüler erlebt hatte, würde heute als Mobbing gelten. Daher hatte ich ihn auch nicht mehr im Café Reuter aufgesucht, obwohl ich mehrfach dort vorbeigegangen war. Gesehen hatte ich ihn dabei nicht, selbst zu der Zeit, in der der üblicherweise seinen Kaffee dort einzunehmen pflegte. Gewundert hatte ich mich allerdings, warum der nicht mehr im Lokal erschienen war.

Es vergingen einige Wochen, in denen ich ihn fast vergessen hatte. Bei Kalle hatte ich nicht nach ihm gefragt. Erst als der mich bei einem Besuch fragte, was denn aus meinem Roman geworden sei und wir eine Weile darüber sprachen, eröffnete der mir eine unglaubliche Nachricht.

Ich hatte ihn gefragt, warum Keller sich gar nicht mehr im Lokal blicken ließe.

Kalle zuckte kurz zurück und sah mich ganz verständnislos an. „Habe ich dir das nicht erzählt?", fragte er verwundert. „Der ist tot! Haben ja sogar lokale Medien berichtet."

„Was?", rief ich so laut durch das Lokal, dass selbst an den hintersten Tischen die Gäste erschrocken aufmerkten.

„Der ist tot! Eine ganz blöde Geschichte, die man kaum glauben kann", berichtete Kalle und stoppte dabei seine Arbeit mit dem Füllen von Biergläsern. „Es soll im Café Reuter passiert sein, beim Kaffeetrinken und bei schönstem Wetter. Muss so gewesen sein, wie du ihn bei eurem Treffen erlebt hast. Dabei hat er auch ein Stück Kuchen verzehren wollen. Er soll beim Herunterschlucken eines Stück Kuchens eine Wespe in den Rachen bekommen haben. Der Stich und die starke Schwellung haben ihn angeblich ersticken lassen."

„Das kann ich nicht glauben!", rief ich nochmals in gebremster Lautstärke.

„Kannste aber. Die Leute dort um ihn herum müssen sich auch saublöd angestellt haben. Die sollen, statt ihm sofort zur Hilfe zu eilen, nur den Notarztwagen gerufen haben. Als der dann endlich eintraf, war es schon vorbei mit ihm."

„Mein Gott!", sagte ich, und vor meinen Augen durchlebte ich nochmals den Nachmittag, als wir zusammengetroffen waren. Deutlich meinte ich die von ihm mit der Kuchengabel zerteilten Wespen auf dem Teller sehen zu können. Auch wenn es diese Insekten waren und jeder Gedanke an eine nachträgliche Strafe sich verbot, erinnerte ich mich jetzt an meine Ablehnung, mit der ich seinem Treiben hatte zusehen müssen.

Als ich erschüttert nach Hause lief, konnte ich nicht vergessen, wie er mir damals erschienen war. Ich bedauerte jetzt, ihn nicht noch mal im Café aufgesucht zu haben. Mein mangelndes Interesse an ihm konnte ich mir gar nicht erklären, es bedrückte mich.

Zu Hause suchte ich im Internet nach Information über Keller. Links fand ich zahlreiche, die zum Beispiel seine Abgeordnetentätigkeit betrafen. Sein Todesfall wurde ebenfalls im Onlinedienst einer lokalen Zeitung erwähnt, aber die Umstände kannte ich ja inzwischen.

Ach so_ Am folgenden Morgen erhielt ich vom Verlag ein Vertragsangebot, sie würden meinen Roman drucken. Der Lektor hatte mir eine Nachricht dazu geschrieben. Er fragte, warum ich nicht einmal auf das Schicksal der damaligen DDR-Flüchtlinge eingegangen war, von denen nicht wenige reale Armut erlitten hätten.

12. DER IMKER

Das Forsthaus hatte der ehemalige Dezernent Dr. Jochen Böhnke aufwendig renovieren lassen und es damit gerade noch vor dem völligen Verfall gerettet. Es lag weit genug von der Stadt entfernt an einem Waldrand und bot ihm die Abgeschiedenheit und Ruhe, die er sich gewünscht hatte.

Für viele seiner Freunde und Beobachter war er ein Aussteiger, dessen Entscheidung kaum verständlich war. Auch der Rundfunkjournalist Ralf Bergius war einer, der ihn über Jahre beobachtet und bereits in einer Reihe von Pressekonferenzen erlebt hatte. Ihm waren die Motive für dessen Rückzug aus der Öffentlichkeit ebenfalls ein Rätsel. Die wollte er in einem Interview mit Böhnke hinterfragen, das sein Chefredakteur arrangiert hatte. Inzwischen ließ dieser nach wie vor populäre Politiker kaum ein Gespräch mit Journalisten zu.

„Warum machen Sie das eigentlich?", fragte Bergius und meinte damit eine Entscheidung von Böhnke, die er nicht verstand. Wie sich jemand so einfach aus allen Ämtern zurückziehen konnte, in denen er bis vor Kurzem für viele seiner Heimatstadt erfolgreich gewirkt hatte, wollte ihm nicht einleuchten. Dieser Dr. Böhnke hatte bis vor wenigen Wochen wichtige Ämter ausgefüllt, nicht nur als Dezernent ihrer Stadt, sondern auch als Vereinsvorsitzender im größten städtischen Sportverein. Selbst als Schriftsteller hatte er sich hervorgetan mit einem Buch über kommunale Haushaltsdisziplin.

Ihm jetzt als Hobby-Imker zu begegnen, verblüffte Bergius, selbst wenn er ihm recht zufrieden bei seiner neuen Beschäftigung hantieren sah. In seinem bäuerlich anmutenden Look wirkte er wie der Aufdruck auf einem Honigglas-Etikett. Er trug, abgesehen von einem Imker-Hut mit dem typischen Netz um den Kopf herum und einer Imkerjacke gegen Bienenangriffe, eine echt schlampig und angeschmutzt wirkende Baumwollhose. Mit den Gummistiefeln ähnelte er einem Bauern bei der Stallarbeit.

Was für ein Unterschied zu dessen früheren Auftritten, stellte Bergius nüchtern fest. Er hatte ihn stets korrekt gekleidet erlebt, ein Politiker, der keinem verbalen Schlagabtausch mit Journalisten aus dem Weg gegangen war. Deutlich hatte der erkennen lassen, dass er unbedingt nach oben wollte und sich durchzuboxen wusste. Bergius hatte nichts gegen Machtinstinkt und Machtausübung, ihn störte eher, wie ungeschminkt Böhnke diese Qualitäten zu seinem Markenzeichen stilisiert hatte.

Bergius beobachtete jetzt einen Mann, der anscheinend Gefallen fand an der Produktion von ein paar Gläsern Honig oder dem Züchten von Tomaten im eigenen Garten. Dass Böhnke kaum finanzielle Sorgen drückten, davon konnte er ausgehen. Die Stadt, der er viele Jahre als Dezernent gedient hatte, würde ihm weiterhin dessen Bezüge überweisen.

Verblüffend fand er nicht nur den radikalen Ausstieg aus den öffentlichen Ämtern. Anscheinend hatte sich Dr. Böhnke auch von seiner langjährigen Lebenspartnerin getrennt. Die lebte unverändert in ihrer gemeinsamen Villa, weil sie von dort auf kurzem Weg ihre Allgemeinarzt-Praxis erreichen konnte.

Einmal hatte Bergius Böhnke bei ihm zu Hause getroffen. Ihn hatte damals dessen großzügig und zeitlos elegant eingerichtete Villa beeindruckt. Dort hätte er sicher auch gern gewohnt. Gar kein Vergleich zu dem rustikalen und bescheiden ausgestatteten Forsthaus, das Böhnke gerade noch so hatte herrichten lassen, dass es einem annehmbaren Wohnstandard genügte. Eher akzeptabel für einen Eremiten, dem ein spartanisches Dasein zugetraut wird, hatte Bergius spontan gedacht.

Er wartete schon eine geraume Zeit auf eine Antwort, nur schien sein Gesprächspartner im Moment mit einem geöffneten Bienenkasten so beschäftigt zu sein, dass er möglicherweise seine Frage gar nicht gehört hatte.

„Warum machen Sie das eigentlich, hatte ich Sie gerade gefragt, Herr Dr. Böhnke", wiederholte er jetzt nachdrücklicher seine Frage.

„Moment!", brummte Böhnke, ohne sich stören zu lassen. „Geht gerade nicht."

Er zog einzeln die Wabenrähmchen aus dem Holzkasten eines seiner Bienenvölker, kontrollierte die intensiv und schob sie gleich darauf wieder zurück. Im Mund hing ihm eine dieser für Imker notwendigen Tabakpfeifen, die kräftig Rauch ausstoßen können. Dabei umschwirrte ihn ein ganzer Schwarm aufgeregt herumfliegender Bienen, die sich angegriffen fühlen mochten. Seine Hände zitterten leicht, wenn der die Rähmchen rüttelnd in den Kasten zurückschob. Dieses Zittern interpretierte Bergius vielleicht falsch, da er Böhnke unterstellte, nervös zu sein, wenn er ihn beim Hantieren beobachtete.

„Sie müssen schon entschuldigen, die Kontrolle der Rähmchen musste ich erst mal abschließen", erklärte Böhnke, als er die Abdeckung des Bienenkastens wieder aufgelegt hatte. „So, was wollten Sie mich fragen?"

Bergius setzte schon irritiert zur dritten Wiederholung an, da hatte sich Böhnke erinnert und antwortete endlich.

„Warum mache ich das, wollen Sie wissen", suchte der zu antworten und hielt aber gleich wieder inne. Anscheinend fand er nicht sofort die überzeugende Formulierung. Zumindest darin war er der Alte geblieben, fiel Bergius ein. Dessen entwaffnend kurze Antwort hörte sich dann fast wie eine Presseerklärung an und erinnerte an frühere Auftritte in der Öffentlichkeit.

„Es macht mir schlicht Spaß, und ich brauche das gerade jetzt!" War es das, was er tatsächlich fühlte? Bergius konnte ihm das kaum abnehmen. Der hatte sich früher schon anders geäußert, wie zum Beispiel: Macht macht mir unendlich Spaß!, sodass er dessen Antwort nur skeptisch beurteilte. Die hatte sich wie aus einem Buch für Lebensweisheiten angehört. Da drang bei dem eher der Medienprofi durch. Er schüttelte den Kopf und setzte nach.

„Dann mal anders gefragt! Wie sind Sie denn ausgerechnet auf die Imkerei verfallen?"

„Ein Zufall, würde ich sagen. Bei meinem vorletzten Geburtstag meinten die Mitarbeiter im Amt, sich einen Spaß mit mir machen zu können und schenkten mir ein Buch mit dem Titel: Imkerei als Exit-Strategie."

Er lachte laut und tippte an seinen Imker-Hut. „Und den hatten die dazugelegt."

Bergius stimmte ein und überlegte kurz, ob er nicht mal ein Handy-Foto von ihm schießen sollte. Unterließ es aber, weil er sich nicht sicher war, ob Böhnke das doch nicht so witzig finden könnte.

„Das hatten die sich nicht gedacht, dass ich diesen Wink wörtlich nehmen könnte. Ein paar Wochen habe ich schon noch überlegt, bis ich bei einem Spaziergang auf dieses verlassene Forsthaus gestoßen bin, auch nur ein Zufall. Wie es weiterging, das wissen Sie ja."

Er zeigte jetzt ein so zufriedenes Gesicht, dass Bergius fast geneigt war, ihm seine Behauptung zu glauben. Warum sollte er nicht Spaß haben mit seinem Hobby? Selbst wenn er nicht im Alter war, sich zur Ruhe zu setzen, erschien ihm der Wunsch nach einer Auszeit vorstellbar, sofern sie denn befristet sein sollte.

„Und Sie vermissen auch gar nichts? Ich meine Ihre Aufgaben, die hatten doch eine große Bedeutung für Sie, denke ich", hakte der Journalist nach.

„Das war eine sehr spannende Zeit für mich. Unbedingt! Auch die hat mir Spaß gemacht, trotz der gelegentlich abrupten Wechsel von Höhen und Tiefen, diesem häufigen Druck, dem ich ausgesetzt war." Er schaute den Journalisten an, und ganz kurz huschte ein Schatten über sein Gesicht. „Muss ich aber jetzt nicht mehr haben!"

Bereits seit dem Vormittag war Bergius um diesen Mann herumgetanzt, hatte sich dessen Haus und Garten zeigen lassen. Der gärtnerte zusätzlich und ließ Mohrrüben und Tomaten wachsen. Es fehlte in Bergius Vorstellung nicht viel, in Dr. Böhnke den auch wirtschaftlich autarken Eremiten zu sehen. War das, was der zeigte und sagte, glaubhaft?

Dessen kaum verstellte Art, Fragen routiniert oder leicht von oben herab zu beantworten, störte ihn immer mehr. Es nervte ihn inzwischen, er hoffte insgeheim, dass dieser Interview-Termin bald beendet sein würde.

Bergius hatte sich über Jahre hinweg einen Bekanntheitsgrad bei einem landesweiten Sender erworben und fühlte sich durchaus auf Augenhöhe mit ihm. Solche Interviews waren fast Routine für ihn, zumeist kannte er seine Interviewpartner und die ihn. Mit Böhnke hätte das ebenso sein können, aber das Wechselspiel von Frage und Antwort empfand er als zäh und unbefriedigend. Was sein Gesprächspartner von sich gab, traf kaum seine Erwartungen, hörte sich eher falsch an.

Jetzt haderte er sogar mit seinem Chefredakteur, der ihm diesen Interviewtermin aufs Auge gedrückt hatte. Er vermutete hinter diesem Termin einen parteipolitischen Freundesdienst seines Chefs, der wie Böhnke derselben Partei angehörte. Vielleicht schwang da schon bei ihm ein Verdacht mit, dass dieser ganze Rückzug nur eine PR-Aktion sein könnte. Warum, hatte er sich gefragt, sollte ein solches Interview mit einem von der Bühne abgetretenen Politiker ausgestrahlt werden?

„Was ich Ihnen erzähle, das wollen Sie mir nicht abnehmen, oder?", riss ihn Dr. Böhnke aus seinen Gedanken.

„Zumindest versuche ich es!", entgegnete er ihm. „Ich stelle diese Fragen aber nicht für mich. Unsere Hörer möchten das sicher wissen. Ihr Rückzug ins Private ist bestimmt nicht allen verständlich. Ich denke, dass viele Leute Ihnen auch auf Landesebene eine besondere Rolle zugeschrieben haben."

Dr. Böhnke nickte zustimmend, sagte aber nichts, sodass der Journalist weiterfragte.

„Haben nicht viele Bürger erwartet, Sie bald in der Landesregierung als Minister zu sehen?"

„Wie lange habe ich jetzt schon in der Öffentlichkeit gestanden? Arbeitstage gelebt, die kaum ein Ende gefunden hatten, die vielen Wochenenden, die ich mir nicht freinehmen konnte? Ob Sie oder die Hörer es glauben oder nicht: Ich bin erschöpft!", stieß Böhnke aus, und einen Moment meinte Bergius, diese Erschöpfung auch in seinem Gesicht erkennen zu können. Gleich darauf lächelte er und wirkte so, als fühlte er sich wirklich befreit.

„Momentan fühle ich mich wirklich wohl." Und sein ganzes Gesicht strahlte jetzt fast kindlich.

Bergius schaute über die leicht abschüssige Wiese, wo ganz weit hinten die Domtürme der Stadt emporragten. Zumindest dessen augenblickliche Zufriedenheit verstand er und hielt die nicht für vorgespielt. Seine Bienen forderten ihn sicher deutlich weniger als das typische Gewimmel in seinen früheren Amtsräumen.

„Was ist aber mit Ihren Ehrenämtern und dem Posten als Vereinspräsident? Da wird man Sie doch vermissen, oder vermissen Sie die nicht selbst?", drang der Journalist nochmals in sein Gegenüber.

„Ehrenämter haben mich nicht sonderlich belastet. Die Verantwortung darin ist nicht zu vergleichen mit der einer Ressortleitung. Dem Verein habe ich meinen Rückzug lange vorher angekündigt, die werden sehr bald einen Nachfolger wählen, Kandidaten drängeln sich meines Wissens bereits. Was kommt, geht sicher auch ohne mich weiter. Ich bin ja nicht aus der Welt, beraten kann ich den Verein auch als Imker von hier aus."

Er stand mit offenen Armen vor mir und grinste entwaffnend, so hatte ich den früher selten erlebt.

„Na ja, trotzdem unglaublich, Ihr Rückzug! Noch im vergangenen Jahr hatten Sie sich um einen Posten in der Landesregierung bemüht", versuchte Bergius es nochmals auf provozierende Art, ihn aus der Reserve zu locken. Er wollte ihn auch in seiner etwas pomadigen Art anschießen.

„Jetzt haben Sie mich aber getroffen", parierte der seine Frage mit einer sarkastisch klingenden Antwort. „Eine Niederlage! Hatte nicht geklappt! Na und? Ist mir mal passiert. Selten genug, wie Sie sicher auch wissen. Und wissen Sie was? Das kümmert mich jetzt erst recht nicht mehr!"

Sein Gesicht hatte sich plötzlich böse verzogen, seine Zähne blitzten Bergius entgegen. Das war er auch, erinnerte es ihn doch an andere öffentliche Auftritte von ihm.

„Ich wollte Ihnen damit nicht zu nahe treten. Meine Frage zielte eher darauf, ob dieses Ereignis mitverantwortlich gewesen sein könnte, Sie umdenken zu lassen", erklärte Bergius.

„Bestimmt nicht! Wenn mich solche Niederlagen umwerfen würden, dann wäre ich von vornherein auf der falschen Spur gewesen", behauptete Böhnke ungerührt. Und gleich darauf lächelte er den Journalisten schon wieder an, mit diesem Gesicht, das zu sagen schien: Was kannst du mir anhaben?

„Dann habe ich noch die Frage nach etwas Privatem. Darf ich dazu eine Frage stellen?"

„Nur zu! Ihr Journalisten habt doch sonst auch nie danach gefragt, ob mir das recht ist."

„Wie hat Ihre Lebensgefährtin auf Ihre Entscheidung reagiert?", erkundigte er sich.

„Wollen Sie das wirklich wissen?", fragte er zurück und grinste sein Gegenüber an. Und als der sofort nickte, ergänzte er: „Das verrate ich Ihnen aber nicht!"

Bergius war sprachlos, was Böhnke sichtlich genoss, denn dessen spöttischer bis mitleidiger Gesichtsausdruck war nicht zu übersehen. „Nehmen Sie es einfach hin, oder fragen Sie die doch selbst direkt. Ansonsten berichten Sie in Ihrer Sendung, was Sie hier gesehen und wie Sie mich erlebt haben. Berichten Sie, was Sie wollen! Ich habe im Moment weiter nichts Interessantes für Sie", sagte er und wollte den Journalisten schon Richtung Torausfahrt schieben.

„Ach so", fügte er noch an. „Sie müssen mir Ihren Sendebeitrag nicht vorher zur Genehmigung vorlegen. Wird schon okay sein."

Er wartete einen Moment, bis er dem Gast die Hand entgegenhielt. „Damit meine ich, alle Ihre Hörerfragen beantwortet zu haben. Grüßen Sie Ihren Chefredakteur von mir. Ich wünsche Ihnen eine schöne Rückfahrt in unsere Stadt!"

Bergius ärgerte sich fast mehr darüber, wie der das Gespräch einfach abgebrochen hatte, als über den Verlauf des Interviews im Ganzen. Was für ein arrogantes Arschloch war der noch immer, revoltierte es in ihm, als er sich schon der Stadtgrenze näherte. Hätte man Bergius nach seinem Eindruck von Böhnkes Erklärungen gefragt, dann hätte er spontan erwidert, dass er dem kaum die Gründe für dessen Rückzug abnehmen würde.

„Der macht uns allen was vor", schimpfte er jetzt regelrecht beim Autofahren vor sich hin.

Allerdings war er wiederum froh, den Termin hinter sich gebracht zu haben. Einen für ihn schillernden Zeitgenossen, den viele für ein großes Politikertalent hielten, hatte er interviewt. Für falsch eingeschätzt, sogar für überschätzt hielt er den in Erinnerung an dessen Antworten.

Sein Handy meldete sich, noch bevor er die Stadt richtig erreicht hatte.

„Was ist?" Er wusste ja, dass sich sein Redaktionsleiter melden würde.

„Hast du das Interview mit unserem Ex-Dezernenten?", wollte der wissen. Und gleich darauf offenbarte er ein derartiges Interesse am Inhalt des Gespräches, dass Bergius ihn erst mal mit seinen Fragen bremsen musste.

„Der ist wirklich ein arroganter Arsch", unterbrach er seine vielen Fragen. „Das kannst du mir ruhig glauben! Aber ja, ich konnte ihn auch mal etwas fragen. Nachher spiele ich dir meine Aufzeichnungen vor."

Es kümmerte ihn überhaupt nicht, dass es dem Chefredakteur angeblich große Überredung gekostet haben sollte, diesen Interviewtermin bekommen zu haben. Es hieß ja, dass Böhnke kaum noch jemanden empfangen würde, insbesondere keine Leute von den Medien.

Schließlich, als sein Chef weiterfragen wollte, reichte es ihm. „Können wir das nicht nachher in deinem Büro besprechen?", fragte er, und dann simulierte er eine Empfangsstörung, was das Gespräch beendete.

Wenn er bereits daran zweifelte, ob sein Interview und Besuch bei Dr. Böhnke eine erfolgreiche Reportage für seine Hörer ergeben könnte, so drückte sein Chef seine Unzufriedenheit recht drastisch aus.

„Dafür habe ich den Termin für unseren Sender nicht regelrecht erkämpft!", ließ der sich enttäuscht aus. „Überhaupt keine Informationen über weitere Pläne und seine private Beziehung. Die hätten doch unsere Hörer interessiert. Stattdessen dieses Gequatsche über Bienenzucht und Gärtnerei. Ich fasse es nicht."

Da er seinen Chef schon einige Zeit kannte, kam er mit seiner Kritik, zumal wenn sie so spontan aus ihm herausbrach, ganz gut klar. Der würde sich beruhigen, schneller sogar, als er seinen Ärger über dieses Interview vergessen könnte.

An seinem Schreibtisch hörte er sich dann doch noch mal an, was er aufgenommen hatte und las seine zusätzlichen Notizen durch.

Bei ihm meldete sich plötzlich ein Gedanke, mehr ein Verdacht.

Das Warum dieses Rückzugs wollte sich nicht wegwischen lassen. So einer, dachte er, räumt doch nicht freiwillig ein Feld, dass er vorher teils mit harten Bandagen erkämpft hatte. Dieser Zweifel an Dr. Böhnkes Rückzugsmotiven geriet letztlich zu einem Verdacht, dass es sich nur um eine Inszenierung handeln könnte. Inszeniert, weil dieser Politiker doch nicht wirklich beabsichtigte, sich vom öffentlichen Leben zurückzuziehen? Ergab das aber einen Sinn?

Diese Frage beschäftigte seinen Kopf auch noch vor dem Einschlafen. Die Vorstellung ließ ihn nicht los, dass es natürlich nicht das idyllische Landleben als Imker sein konnte, was Böhnke zum Rückzug bewogen hatte.

Am nächsten Morgen im Büro verschaffte er sich die Zeit und stürzte sich in eine Internetrecherche, wobei er versuchte, jedem Hinweis auf den Namen Böhnke zu folgen. Bei dem traf er auf eine verstörende Fülle an Links.

Aufschlussreich empfand er, was auch Wikipedia über diesen Mann zu berichten wusste. Böhnke wurde dort nicht als Hansdampf beschrieben, aber als äußerst beweglich und jemand, der offensichtlich zur Stelle war, wenn man ihn noch gar nicht auf dem Schirm hatte. Es war schon mal passiert, dass der sich für ein Amt selbst empfohlen hatte, dass erst noch mit seiner tätigen Unterstützung geschaffen werden musste. Genau diese Charakterisierung las er dann fast wörtlich in einem Zeitungskommentar. Er fragte sich allerdings, wer sich in Wikipedia derart hineingekniet hatte, um ein solch umfangreiches Lebensbild von einem Mann zu dokumentieren, der doch eine Provinzgröße war, allenfalls in ihrem Bundesland bekannt. So wenig sympathisch, wie er ihn empfand, konnte er sich nur vorstellen, dass Böhnke eine seiner Sekretärinnen oder einen Assistenten beauftragt haben musste, über ihn derart ausführlich in Wikipedia zu schreiben.

Was er suchte, war das berühmte Haar, sein Haar in der Suppe, das er dann vielleicht in seiner Sendung verwerten könnte. Einer mit so viel Einfluss und Kompetenz bezüglich der Stadtkasse, der auch bei Investitionen mitentscheiden konnte, der könnte ja versucht sein, das auszunutzen – so in etwa lautete sein Fazit beim Studieren der Ausbeute aus dem Internet.

Es fand sich aber nichts, und irgendwann reichte es ihm, er hatte ja noch andere Sendungen vorzubereiten, wofür er bezahlt wurde. Und da ging es keinesfalls nur um eine Provinzgröße.

Er wollte schon zu einem anderen Sendebeitrag wechseln, als er in der Google-Anzeige mit dem Zeiger versehentlich auf die Bilder-Schaltfläche am oberen Rand drückte.

Der Bildschirm wurde augenblicklich mit zig Fotos geflutet, die selbstverständlich nicht alle Dr. Böhnke zugeordnet werden konnten. Eher desinteressiert scrollte er den Bildschirm mehrfach rauf und runter, blieb nur einige Male an einem der Fotos hängen, welches ihn bei öffentlichen Auftritten zeigte. Auffällig, wie ähnlich sich Haltung und Gesichtsausdruck bei Böhnke wiederholten, fast so, als hätte er die trainiert.

Er rutsche mit dem Mauszeiger etwas vom Scrollen ab, und mittendrin in den Fotos fiel sein Blick auf eine unscheinbare, sogar leicht verzerrte Abbildung, auf der Böhnke merkwürdig schlecht gelaunt zu sehen war. Es schien, als hätte der mit dem Arm die auf ihn gerichtete Kamera wegzudrücken versucht. Das Datum zur Abbildung ließ auf ein erst vor wenigen Wochen aufgenommenes Foto schließen. Die für das Bild verantwortliche Stelle sagte Bergius nichts.

Beim Doppelklick auf das Abbild erhielt er eine einzelne Vergrößerung, dessen Qualität aber deutlich zu wünschen übrig ließ. Fast war sein Gesicht nicht mehr zu identifizieren. Was er aus dieser Aufnahme schloss, war, dass Böhnke sich überrascht gefühlt hatte und sich daher gegen das Fotografieren heftig, möglicherweise mit einer seiner Fäuste, gewehrt haben könnte. Am Rand schien er eine Faust ausmachen zu können.

Nur warum?, fragte er sich, da der in der Vergangenheit eigentlich eher das Publikum gesuchte hatte. Öffentlichkeit sei ihm zur zweiten Natur geworden, hatte er schon mal bei einem Kollegen von der Presse lesen können.

Ihm fiel nichts ein, und im Übrigen hatte es gerade jetzt an seiner Bürotür geklopft.

Sein Kollege Franz Becker vom wöchentlich ausgestrahlten Politmagazin saß ihm gegenüber. Der war neugierig, wollte wissen, wie sein Gespräch verlaufen war.

„Ralf, wie war denn dein Interview mit Böhnke?", fragte der prompt.

„Ach na ja, wenig ergiebig, zu unnahbar und auch teilweise nicht glaubhaft, hatte ich zumindest den Eindruck. Macht keinen Spaß, bei dem ein Interview zu führen. Hat schon sein Richtiges, wenn der sich ins Privatleben zurückzieht", erklärte er.

„Ins Privatleben zurückziehen?", fragte sein Kollege und zeigte ein skeptisches Gesicht. „Also da würde ich Fragezeichen setzen."

„Wieso das? Habe ich da etwas nicht mitbekommen?", merkte Bergius erstaunt auf.

„Verfolge mal in den nächsten Tagen unsere wichtigste Tageszeitung, *Der Landtag*, das erklärt es dir vielleicht", sagte er und stand auf. „Entschuldige, wenn ich dich hier allein sitzen lasse, ich bin gleich auf Sendung."

Hatte er mit seinem Verdacht doch recht gehabt?, schoss es ihm durch den Kopf.

Als er vom Mittagessen ins Büro zurückkehrte, sah er, dass die Tür offenstand, meinte aber, sie vorher geschlossen zu haben. Und als er hinter seinen Schreibtisch trat, zuckte er sogar etwas zusammen. Vom Bildschirm starrte ihn das vermeintlich unscharfe Fotogesicht von Dr. Böhnke an. Diese Google-Seite hatte er wohl tatsächlich nicht geschlossen.

Eigentlich wollte er die Seite jetzt doch schließen, als ihm das imposant große Eingangsportal auffiel, das markant einen Teil des Bildhintergrundes einnahm. Es gab wahrscheinlich kaum ein öffentliches Gebäude oder Geschäftshochhaus, das er in ihrer Stadt nicht wieder- erkennen würde. Und wenn ein Haus ein solches Portal aufwies, dann galt das erst recht. Nur: Dieses Eingangsportal und damit das Gebäude sagte ihm nichts. Wenn es aber nicht in ihrer Stadt aufgenommen worden war – wo dann? Und warum sollte das Böhnke unangenehm gewesen sein?, suchte er nach einer Erklärung.

Im Bild konnte er Teile einer senkrechten Gebäudebeschriftung erkennen, allerdings so undeutlich, dass die selbst bei Bildvergrößerung nicht zu lesen war. Diese Beschriftung konnte sowohl auf ein Unternehmen als auch auf ein öffentliches Gebäude hinweisen. Raten half nicht weiter, er prägte sich nur die Fassade ein.

Das könnte in unserer Nachbarstadt aufgenommen worden sein, spekulierte er, weil ihm sonst nichts einfiel.

Ihm gelang nicht, sich von dem Verdacht zu lösen, auch als ihn schon eine andere Arbeit am Bildschirm beschäftigte. Seine Gedanken schweiften immer wieder zu diesem Foto zurück. Schließlich holte er die Abbildung erneut auf das Display seines Computers.

Die Informationen zur Aufnahme weisen ein Datum und eine Quellenangabe aus, womit er nichts Bekanntes verband. Dann gab es noch den Hinweis zum Urheberrechtsschutz.

Dass sich Böhnke gegen das Fotografieren gewehrt hatte, war so unverständlich wie das Motiv des Fotografen. Und warum hatte jemand dieses Foto trotz mangelhafter Qualität ins Netz gestellt? Einen Moment überlegte er, ob die Aufnahme wirklich Böhnke zeigte. Ein Fake war immer möglich, auch eine schlichte Verwechslung. Das vergrößerte und grobkörnige Abbild ließ schwer Rückschlüsse auf die tatsächliche Person zu.

„Was suchst du denn?", fragte sein Redaktionsleiter, der ohne Anklopfen direkt in sein Büro gestürmt war und jetzt hinter ihm stand. „Suchst du Fotos von Böhnke im Internet? Ich dachte eigentlich, dass du beim Hörfunk arbeitest. Wofür brauchst du Fotos?"

„Brauche ich ja gar nicht!", erwiderte Bergius, der sich ertappt fühlte. „Ich wollte nur in Wikipedia noch mal etwas in seinem Curriculum Vitae nachprüfen."

Damit schloss er schnell die Bildschirmseite mit den vielen Abbildungen und hatte das Glück, dass die Wikipedia-Seite noch geöffnet war.

„Verrenne dich nicht in abwegigen Artikeln wegen deiner Abneigung gegen Dr. Böhnke, das brauchen wir nicht!", warnte sein Chef, was wie eine Anweisung klang.

Gleich darauf verlangte er von ihm eine Kopie seines Manuskripts rechtzeitig vor der Ausstrahlung. Das war nicht dessen übliche Art, und Bergius dachte sofort an die Parteifreundschaft, die für seinen Chef ein großes Gewicht hatte.

Kurz vor seinem Feierabend rief er doch nochmals die Anzeige der Bilder auf. Zu seiner Überraschung war das Foto inzwischen verschwunden, er konnte es trotz intensiver Suche nicht mehr finden. „Das ist aber mysteriös!" Er schaltete den Computer ab.

★★★

„Claudia, hast du einen Moment Zeit?", fragte Böhnke, der seine Frau vorwarnen wollte.

„Ist was passiert?", antwortete sie besorgt. In den Praxisstunden rief er sie selten an.

„Nein, alles in Ordnung! Ich wollte dich nur über das Interview mit dem Rundfunk-Menschen informieren", antwortete er. „Möglicherweise will der sich auch bei dir melden."

Dann berichtete er, wie lästig ihm diese Fragerei gefallen sei. „Lass dich auf keine Ausfragerei ein. Die müssen ja nicht den Grund erfahren, warum ich mich hier draußen als Imker abschotte."

Imker hatte er ironisch betont und musste dabei kurz lachen.

„Keine Sorge, mein geliebter Imker!", beruhigte sie ihn. „Heute hat mich einer deiner ehemaligen Mitarbeiter darüber informiert, dass von dir ein Foto in Google herumgeistern soll. Ich habe es mir angesehen, es ist ein Fake, jedenfalls zeigt es nicht dich, was anderen vielleicht nicht gleich auffallen wird. Der Mitarbeiter wird dafür sorgen, dass es wieder aus dem Internet verschwindet."

„Was soll das für ein Foto sein?", fragte Böhnke, der viele Fotos von sich in den Medien gewohnt war und nicht einsah, warum dieses verschwinden sollte.

„Es zeigt dich, also diese andere Person, in einer Handgreiflichkeit mit dem Fotografen. Also, ich meine, du bist doch nie handreiflich geworden, oder?"

„Na ja, Lust hätte ich dazu schon gelegentlich. Wenn es weg ist, wird's mir wohl kaum noch schaden können!", erklärte Böhnke lapidar, der die Besorgnis seiner Frau nicht verstand. „Viel wichtiger ist, dass die Presse nichts von meiner augenblicklichen Situation erfährt."

„Ich kann deinen Entschluss immer noch nicht nachvollziehen", überging sie, was er gesagt hatte. „Für mich ergibt das alles keinen Sinn."

„Es tut mir auch leid, dass ich dich allein lasse. Aber es geht nur um ein paar Monate, und lass mich die OP hinter mich bringen. Zwischen uns wird sich bestimmt nichts ändern. Wenn das hier überstanden ist und ich mir sicher sein kann, ziehe ich sofort wieder zu dir zurück."

„Sicher sein kann?", wiederholte sie seine Worte. „Trotzdem: Lohnt sich das ganze Theater, was du der Öffentlichkeit vorspielst? Könnte doch schnell auffliegen."

„Ach, Claudia, das haben wir doch alles mehrfach durchgesprochen." Er drängte jetzt darauf, das Gespräche zu beenden.

„Rufst du mich an, wenn ich kommen soll?", bat sie ihn. „Du weißt doch, dass Prof. Behring regelmäßig nachfragt und sogar bereit ist, sofort zu mir zu kommen. Mach dir keine Sorgen. Du solltest optimistisch sein, das hilft mir mehr."

Er hörte, dass sie sich schnäuzen musste und wartete, bis sie sich gefasst hatte. „Claudia?"

„Jochen, warum willst du unbedingt weitermachen und sogar ein Comeback versuchen? Wir gewinnen dadurch doch nichts, verlieren nur wertvolle Zeit!", sagte sie, wenig hoffnungsvoll.

Jetzt beendete er doch mit einem „Ich habe dich lieb" das Telefonat. Es endete ja fast immer so, und das fiel ihm selbst schwer.

Ein Foto ohne seine Einwilligung ins Netz zu stellen, beschäftigte ihn jetzt doch. Wenn es unter seinem Namen zu finden war, dann vermutete er eine Absicht des Urhebers dahinter.

Böhnke hockte auf dem Stuhl vor dem provisorischen Schreibtisch. Diesen Raum hatte er Bergius nicht gezeigt, um bei dem Zweifel an seinem Eremitendasein zu vermeiden. Hier hatte er alles installieren lassen, um mit der Umwelt hervorragend vernetzt zu bleiben.

Genau das aber schien ihn im Moment überhaupt nicht zu trösten. Sogar Tränen flossen ihm über die Wangen.

„Nein, nein, warum muss das mir passieren?", stöhnte er hörbar. „Was für eine verdammte Scheiße!"

Er klappte den Laptop auf und suchte selbst nach der vermeintlich kompromittierenden Aufnahme.

„Das bin ich bestimmt nicht!", bemerkte er, als er ein Foto fand, das der Beschreibung seiner Frau entsprach. „Das ist ein Fake."

Aber die Ähnlichkeit war nicht zu leugnen. Einen Moment studierte er das Gebäude im Hintergrund des Fotos. Es kam ihm bekannt vor. Und er hatte einen Verdacht. Wenn sein Eindruck nicht täuschte, war es vor dem *Onkologischen Zentrum* aufgenommen worden. War er es doch, der Mann auf dem Foto? Warum erinnerte er sich so schlecht, obwohl die Aufnahme erst wenige Tage alt war? Verwirrt schaltete er den Laptop aus.

Nie und nimmer hätte er sich von einem Reporter vor dem Gebäude des *Onkologischen Zentrums* fotografieren lassen, dessen schien er sich sicher zu sein, auch wenn er sonst keine Publicity vermied. Und bestimmt hätte er sich dann nicht mit Fausthieben zur Wehr gesetzt. Das Foto musste ein Fake sein! Wer ihn auf diese Weise in die Öffentlichkeit ziehen wollte, der versuchte seinen Gesundheitszustand publik zu machen, überlegte er. „Es muss ein Fake sein!", entrüstete er sich.

Jemand versuchte, ihm zu schaden, das hielt er für möglich. Der wollte seine Hirntumor-Erkrankung publik machen, um ihn endgültig aus dem politischen Ring zu kicken. Aber reichte dazu ein Fake-Foto, oder war diese Aktion nur der Auftakt, dem weitere Veröffentlichungen folgen könnten?

Möglicherweise war sein Plan gescheitert. Er wollte sich solange von der Öffentlichkeit fernhalten, bis sein bösartiger Hirntumor operativ entfernt und die Chemotherapie ausgestanden wäre. Erst danach plante er, in den politischen Ring zurückzukehren. In seinem jetzigen Zustand sah er für sich keine Chance, gewählt zu werden.

Er wählte die Nummer seines Bodyguards, der sich stets in seiner Nähe aufhielt. Oft lief der auf dem Gelände herum oder setzte sich auf eine Bank vor der Einfahrt, um zu rauchen.

„Ich muss Ihnen etwas zeigen, worüber wir sprechen müssen", sagte Böhnke. „Ich möchte mich mit Ihnen beraten, wie wir darauf reagieren sollten!"

Er presste plötzlich beide Hände gegen die Schläfen seines Kopfes. Er schrie auf, weil er fast gleichzeitig einen Stich in der Herzgegend verspürte. Sein ganzer Oberkörper wogte hin und her. Einen Moment schien er sich kaum auf dem Stuhl halten zu können, rutsche dann sogar auf den Boden, wo er liegen blieb.

Erst Minuten später versuchte er, sich am Tisch wieder hochzuziehen. Da stand sein Beschützer an seiner Seite, um ihm aufzuhelfen.

„Es geht ja schon wieder!", rief er fast unwirsch, als sein Bodyguard den Vorschlag machte, seinen Arzt zu rufen.

★★★

Sein Nachdenken schien erfolgreich, er meinte sich an das Gebäude mit dem großen Eingangsportal erinnern zu können. Und sicher war er sich, wo er es gesehen hatte. Er vermutete es in Bahnhofsnähe in ihrer Nachbarstadt Frankfurt. Ohne Grund dorthin zu fahren, würde seinem Sender kaum gefallen. Aber es ereignete sich dort fast täglich etwas, worüber sich eine Reportage lohnte.

Das Foto hatte er nicht mehr im Internet wiedergefunden. Aber es gab dort ein Gebäude mit einem Eingangsportal, das dem auf der Abbildung glich. Und die großen metallenen Buchstaben auf der Vorderseite wiesen auf eine bekannte Hotelkette hin, meinte er sich zu erinnern.

Eine andere Frage stellte sich Bergius. Wieso übernachtete Böhnke in Frankfurt in einem Hotel? Das erschien ihm angesichts der kurzen Distanz zu ihrer Stadt unwahrscheinlich.

Aber es war ja ein Treffen möglich, zum Beispiel im Restaurant des Hotels. Es blieb halt nur diese merkwürdige Abwehr gegen den Fotografen, die den Vorfall und dem Foto Brisanz verliehen. War es deshalb bereits wieder aus dem Netz entfernt worden?

Schon vor dem Hotelgebäude fiel Bergius auf, dass dieses Haus recht betagt schien, obwohl am Eingangsportal eine Metallplatte angebracht war, die vier Sterne zeigte. Auch die Hotellobby wirkte auf ihn muffig und veraltet. Böhnke musste sicher nicht sparen. Was hatte der in einem solchen angestaubten Haus zu suchen?, fragte sich Bergius.

Er schaute sich so fragend um, dass ihn einer der Angestellten an der Rezeption ansprach und nach seinem Anliegen fragte. Spontan zeigte er dem Mann ein Porträtfoto von Böhnke, das er im Internet gefunden hatte.

„Kennen Sie diesen Herrn, hat der hier schon einmal übernachtet?", fragte er.

„Irgendwie kommt mir dieser Mann bekannt vor, kann auch sein, dass der hier mal übernachtet hat", antwortete der Rezeptionist, ohne lange zu zögern. „Warum wollen Sie das wissen?"

Bergius zückte seinen Presseausweis, was den Hotelangestellten zu einem „Oh" veranlasste und der Frage, wonach genau er denn suchen würde.

Das brachte ihn in Verlegenheit, er hatte gar nicht überlegt, wie er seine Nachforschung begründen sollte. Jetzt musste er doch den Namen des ehemaligen Dezernenten Böhnke nennen. In der Nachbarstadt Frankfurt schien der aber nicht so bekannt zu sein, dass der dem Hotelangestellten geläufig war.

„Ich arbeite an einer Reportage über diesen Mann, der sich aber momentan von allen Ämtern zurückgezogen hat. Den kennen Sie nicht?"

„Kenne ich tatsächlich nicht. Aber was interessiert es Sie, ob der schon hier übernachtet hat?", wunderte sich der Rezeptionist, und Bergius musste sich eingestehen, dass seine Erklärung ziemlich vage klang – wie auch sein Verdacht.

Dass der Angestellte seinen Hotelmanager sofort mit der Frage konfrontierte, ob er denn einen Dr. Böhnke kennen würde, bekam Bergius nicht mehr mit. Aber dieser Hotelmanager hatte eine klare Vorstellung von der Person Dr. Böhnke.

„Und was wollte der Journalist genau wissen, ob der hier schon bei uns übernachtet hat?", fragte der seinen Mitarbeiter.

„Das hat den tatsächlich interessiert, mehr jedenfalls hat er nicht gefragt", antwortete der.

„Also, dieser Dr. Böhnke ist ja eine wichtige Person in unserer Nachbarstadt. Schon merkwürdig, wenn sich Presseleute dafür interessieren, ob der mal hier übernachtet hätte. Normalerweise würde ich denken, dass da etwas faul ist", sagte der Manager. „Wenn dieser Herr sich erneut bei uns meldet, dann informieren Sie mich doch bitte gleich."

Wenig später rief der Hotelmanager nochmals bei seinem Mitarbeiter an. „Können Sie bitte mal nachschauen, ob wir für Dr. Böhnke nicht doch eine Übernachtung im System gespeichert haben?"

Der Manager wartete nicht auf eine Antwort, sondern rief gleich einen ihm bekannten Journalisten an. Der kannte Dr. Böhnke, und dem erschien Bergius' Nachforschung ebenfalls merkwürdig.

★★★

Zwei Stunden hatte ihn seine Recherche in Frankfurt gekostet. Die Ausbeute war minimal gewesen. Die Hotelrezeption hatte Böhnke nicht einmal wiedererkannt, und ob der jemals dieses Hotel aufgesucht hatte oder was der dort gesucht haben könnte, war unklar geblieben. Zurück in seinem Büro, hatte er doch Zweifel an seiner Aktion.

Woran er kaum zweifelte, war die Echtheit des Fotos, das seiner Meinung nach tatsächlich vor einem zweitklassigen Hotel im Bahnhofsviertel aufgenommen worden war. Der Verdacht schien ihm nicht weit hergeholt, dass jemand Böhnke bei einem kompromittierenden Treffen abgelichtet hatte.

Es waren seit seiner Recherche in Frankfurt nicht einmal drei Tage vergangen, da rief ihn sein Chefredakteur in sein Büro. Zwei Abende davor war sein Interview mit Dr. Böhnke zusammen mit seinem Bericht vom Besuch gesendet worden. Wie von ihm schon befürchtet, war die Resonanz auf diese Sendung gering geblieben, in den Printmedien wurde der Beitrag tags darauf kaum einmal erwähnt.

„Hast du diese Zeitungsmeldung schon gelesen?", sagte sein Chef von seinem Schreibtisch aus und schob ihm dabei eine Zeitung rüber.

Ohne zu antworten, las Bergius unten auf der Titelseite eine Notiz. „*Dr. Böhnke in Frankfurts Taunusstraße? Fotografiert vor dem Hotel …*"

„Sehe ich jetzt erst", antwortete er und ahnte bereits, warum sein Chef ihn das fragte. Der Name des Hotels wies eindeutig auf seine Nachforschung hin. „Was erwartest du jetzt von mir?"

„Kann es wirklich sein, dass du diesen Mist provoziert hast?", fragte sein Chef unverkennbar aufgebracht. „Warst du deshalb in Frankfurt, um angeblich über irgendeine Kulturveranstaltung zu recherchieren?"

Dass er noch zu einer Erklärung ansetzen konnte, war fast verwunderlich. Sein Gegenüber war derart in Rage, dass er keinen Satz mehr beenden konnte. Und dass der nur mit Mühe seine Lautstärke und Wortwahl kontrollieren konnte, war ein Alarmzeichen, wie Bergius es selten bei ihm erlebt hatte.

„Weißt du was? Du bist raus aus diesem Thema, künftig kannst du über Schrebergärten recherchieren, aber nicht über wichtige Personen in unserem Sendebereich!", entließ ihn sein Chef. Bergius hatte keinen Schimmer, wie es zu dieser Meldung hatte kommen können.

Am nächsten Tag erschien in derselben Zeitung ein Artikel mit dem verräterischen Foto, platziert auf der Frontseite. Der Urheber hatte das dem Blatt zugespielt. Im Text hieß es, dass er Dr. Böhnke vor diesem Hotel im Frankfurter Rotlichtviertel fotografiert und der sich dabei zur Wehr gesetzt hätte. Verärgert darüber, habe er die Aufnahme ins Internet gestellt.

Nur einen Tag später druckte dieselbe Zeitung eine neue Nachricht, versehen mit einem weiteren Foto, das einen Mann zeigte, der in der Tat Dr. Böhnke sehr ähnlich sah. Die Meldung dazu las sich aber diesmal ganz anders. Dieser Mann behauptete, sich an die Aufnahme genau erinnern zu können. Wie er erklärte, sei er damals von einem ihm Unbekannten mit einem Handy fotografiert worden, der ihn vorher mit „Herr Dr. Böhnke" angeredet habe. Gegen dessen Versuch, ihn abzulichten, habe er sich leider nur erfolglos wehren können, was auf dem Foto auch erkennbar sei. In der Titelzeile dieser Nachricht hieß es: „Fatale Verwechslung mit *Dr. Böhnke!*"

Der Artikel mit dem Foto lag vor ihm auf dem Schreibtisch, da klingelte sein Telefon, eine Frau war in der Leitung.

„Was haben Sie sich gedacht, meinen Mann in einen Zusammenhang mit dem Rotlichtviertel zu bringen?", sagte die, und ihm war sofort klar, wer ihn da anrief. „Nie und nimmer würde Jochen sich mit Prostituierten einlassen. Sie ahnen wohl nicht, was Sie ihm damit angetan haben. Gerade jetzt in seiner so kritischen Lage."

Das Gespräch brach sofort wieder ab, ohne dass er ahnte, was diese kritische Lage bei Dr. Böhnke bedeuten könnte. Er hatte auch keine Idee, wie dessen Frau auf ihn gekommen war.

Er hatte das starke Bedürfnis, den sofort zu besuchen, um sich mindestens zu erklären. Ohne irgendjemanden seiner Kollegen oder seinen Chef zu informieren, fuhr er zu dessen Forsthaus.

Bereits von Weitem sah er die Blaulichter der Polizei und vom Notarztwagen vor dem Grundstück. Gleich darauf traf er auch schon auf Berufskollegen, die von diesem Einsatz Wind bekommen hatten.

„Weißt du, wie die den gefunden haben?", erklärte ihm ein Kollege von der Zeitung. „Er soll bei einer plötzlichen Herzattacke über einem geöffneten Bienenkasten zusammengebrochen sein. Dort muss er, möglicherweise ohnmächtig, schlicht so festgeklemmt worden sein, dass er sich nicht mehr befreien konnte. Vielleicht haben ihm die vielen Bienenstiche den Rest gegeben."

Das war unglaublich und geschmacklos – wie auch der Nachsatz.

„Der dürfte der erste Imker sein, den seine eigenen Bienen ins Jenseits befördert haben."

Wenn er jemals an seinem Instinkt als Reporter gezweifelt hatte, dann war es jetzt. Auch wenn sein Zutun nicht zur unglücklichen Herzattacke geführt haben musste, so fühlte er sich doch elend und geplagt von Schuldgefühlen.

Noch größer wurden diese, als am folgenden Tag das Lokalblatt mit einem Foto berichtete, was Dr. Böhnke tatsächlich zum Rückzug aus allen Ämtern veranlasst hatte. Es war der Hirntumor, dessen Behandlung andauerte. Das Foto zeigte das *Onkologische Zentrum* in Frankfurt, wo er angeblich bereits mehrfach behandelt worden war, und das hatte nichts mit dem von Bergius identifizierten Hotel im Frankfurter Rotlichtviertel gemein. Dass dieser Tumor das Ende seiner Karriere sein könnte, das hatte Dr. Böhnke sicher nicht erwartet. Aber für Bergius wurde jetzt erst offensichtlich, was den bewogen hatte, sich aus allen öffentlichen Ämtern zurückzuziehen.

13. BOSCHS GROSSER FALL

Für alle Anwesenden auf dem Vorplatz des Gerichtsgebäudes hatte sich gerade etwas Ungeheuerliches zugetragen. Frau Conrad, die Mutter eines von ihr vor wenigen Wochen erst zur Welt gebrachten Babys, hatte Frau Conti niedergestochen, die wie sie selbst beanspruchte, die Mutter dieses Säuglings zu sein. Weder Frau Conrads Ehemann, ihre beiden Helfer, der Detektiv Bosch noch der Rechtsanwalt Haber hatten das verhindern können. Sie und die Leute, die beim Verfahren anwesend waren, hatten mit den beiden Frauen wenige Minuten zuvor das Gerichtsgebäude verlassen, als die Messerattacke geschah. Urplötzlich und wie von Sinnen hatte sich Frau Conrad auf ihre Konkurrentin gestürzt. Zweimal hatte sie auf Frau Conti eingestochen, wobei sie noch versuchte, der das Baby zu entreißen. Nur einen erschrockenen Schrei hatte das Opfer ausgestoßen, als es zu Boden glitt. Die Anwesenden hatte dieser Aufschrei augenblicklich aus ihren Gesprächen gerissen, bestürzt und wie gelähmt waren sie Zeuge dieser unglaublichen Messerattacke geworden.

Woher hatte Frau Conrad plötzlich dieses Messer in der Hand, ein Springmesser mit einer etwa zehn Zentimeter langen und schmalen Klinge?

Wenige Minuten vorher war sie, gestützt von ihrem Mann und dem Rechtsanwalt Haber, als eine der Letzten aus dem Gebäude herausgetreten. Noch auf den Stufen hatte sie sich suchend umgesehen, bis sie Frau Conti mit dem Baby im Arm entdeckte. Die Jubelstimmung unter den anwesenden Familienmitgliedern der Contis musste sie registriert haben, die eine Flasche Sekt hatten kreisen lassen.

Mit Verzögerung war der Ehemann, Herr Conti, als Erster seiner Frau zur Hilfe gesprungen. Er hatte verhindert, dass die mit ihrem Kopf auf die Stufen der Steintreppe vor dem Gebäude aufgeschlagen wäre. Das Baby hatte eine Angehörige noch rechtzeitig auffangen können. Erst verzögert hatten Bosch und sein Freund Haber reagiert, um die Angreiferin zurückzureißen. Zu spät, wie sie gleich feststellen mussten.

Nur Augenblicke später beendete das vielstimmige Rufen nach einem Arzt, einer Ambulanz und der Polizei die eben noch zelebrierte Feierlaune der Conti-Familie. Die hatten den Sieg im Rechtsstreit über das Baby mit Sekt begießen wollen.

Während die Familienangehörigen der Contis sich sofort um die auf dem Boden sich krümmende Frau Conti bemühten und einen dichten Ring um sie bildeten, versuchten Bosch, Haber und Herr Conrad, seine Frau schützend beiseitezuziehen. Sie hatten die Sorge, dass jemand aus der anderen Familie sie aus Verzweiflung und Wut angreifen könnte. Das Springmesser hatte Bosch ihr abnehmen können und es zusammengeklappt in seiner Jackentasche verschwinden lassen. Das Baby verblieb in der Obhut der Conti-Verwandten, weit genug weg aus dem Blickfeld der Conrads.

Alle vernahmen sie das klagende und lang gezogene Wimmern von Frau Conti, bis das in ein stoßartiges Stöhnen oder Röcheln überging. Und dann war es auf einmal still. Nur ein Bruchteil von Sekunden verging, bis die Frauen, die im Kreis um sie herumstanden, gellend aufschrien. Im Nu zog es weitere Passanten auf den Platz vor dem Gerichtsgebäude. Frau Conti war ihren Verletzungen erlegen, noch bevor die Sirenen von Polizeifahrzeugen und Rettungswagen zu hören waren.

Die Rettungsversuche des Notarztes verfehlten angesichts der tiefen Stichverletzungen in Brust- und Unterleib ihre Wirkung. Ohne den Alarm nochmals einzuschalten, fuhr der Rettungswagen ziemlich bald mit dem Leichnam davon. Die Carabinieri waren länger mit der Zeugenbefragung und der Untersuchung des Tatorts beschäftigt. Recht schnell hatten sie Frau Conrad in eines ihrer Fahrzeuge gesetzt und waren mit der davon- gebraust, und noch minutenlang hallte die Alarmanlage nach.

Die Contis verließen ebenfalls rasch den Unglücksort, wobei sie das Baby mitnahmen. Der geschockte Ehemann von Frau Conrad zögerte, weil er augenscheinlich gar nicht wusste, was er jetzt tun sollte. Bosch und Haber überzeugten ihn schließlich, seiner Frau hinterherzufahren. Die würde sicher dringend Hilfe benötigen, weshalb sich die beiden auch anschließen wollten. Dann blieben nur noch die ermittelnden Beamten, eine Menge von Schaulustigen und etliche Journalisten auf dem Platz zurück.

Was war nur geschehen an diesem späten Nachmittag im November mitten in Mailand, an einem warmen und sonnigen Tag? Keiner derer, die Frau Conrad bei der Verkündung des Urteils hatten miterleben können, hätte sich vorstellen können, was die wenig später direkt vor dem Gerichtsgebäude anrichten würde.

★★★

Vor Burkhard Bosch saß Frau Conrad, und was die ihm gerade auftischte, erschien ihm so krass absurd, dass sich ihm mehrfach der Gedanke aufdrängte, nur seine Zeit zu verschwenden. Er konnte zunächst gar nicht verstehen, warum sich diese Frau ausgerechnet an ihn, einen Privatdetektiv, wandte und nicht an die Polizei oder einen Rechtsanwalt. Immerhin schob sie dann ein, dass sie vorher einen konsultiert hatte, und der war ein guter Bekannter von ihm.

„Ach, Sie haben bereits mit meinem Freund, Herrn Haber, gesprochen?", fragte er nach.

„Ja, das war mein erster Weg. Mein Mann und ich wollten doch erst mal sicher sein über die Rechtslage. Und der hat uns gleich beruhigen können, nämlich dass wir in Deutschland nichts zu befürchten hätten. Da ich die austragende Mutter bin, wird mir kein Gericht hier unseren Sohn wegnehmen und den leiblichen Eltern zu- erkennen", antwortete sie.

„Das müssen Sie doch etwas genauer erklären, im Moment …", erklärte er abgelenkt, wobei seine Augen irgendeinem Insekt folgten. Das war allerdings nicht der Grund, warum er nicht verstehen konnte, welches Problem diese Frau Conrad hatte. Etwas störte ihn so, dass er nun sogar aufstand und zum Fenster lief.

Dabei hörte er nur halb, worum ihn diese Kundin bat, die gerade von einer Bedrohung sprach, die sie und ihr Baby betraf und für die sie meinte, seinen Schutz zu benötigen.

„Verzieh dich endlich, sonst war's das mit dir", murmelte er für Frau Conrad kaum hörbar und versuchte, das Insekt durch das geöffnete Fenster nach draußen zu befördern, was ihm aber nicht sofort gelang. Entschuldigend erklärte er seiner Besucherin, dass so eine Mücke ihn kurz vorher im Büro gestochen hätte, was immer noch jucken würde.

„Jetzt bin ich wieder bei Ihnen. Also wenn der Rechtsanwalt schon gesagt hat, dass Sie nichts zu befürchten haben, warum sind Sie dann hier? Ich verstehe nicht ganz …"

„Das hatte ich Ihnen zu erklären versucht", erwiderte Frau Conrad, entschloss sich dann aber dazu, auch die Vorgeschichte zu ihrem Problem zu schildern. Und je länger er ihr zuhörte, desto klarer wurde ihm, dass sie sich und ihr Baby bedroht fühlte, weniger allerdings im juristischen Sinne. Da hatte sein Freund, der Rechtsanwalt Haber, sie offenbar schon beruhigen können.

Die etwa fünfunddreißig Jahre alte Frau behauptete, vor nicht einmal zwei Wochen einen Jungen zur Welt gebracht zu haben. Und jetzt würde sie von einem unbekannten Paar bedroht, das ihr den Sohn streitig machte. Von diesem anderen Ehepaar wisse sie überhaupt nichts, könnte aber nur vermuten, dass die mit der Klinik in Verbindung stünden, in der sie ihren Sohn entbunden hätte.

Allein diese Aussage hörte sich für Bosch unglaublich an. Sie reichte ihm jetzt einige Briefbögen, davon ein Schreiben der Klinik und zwei weitere, nur mit Kürzeln unterzeichnete Bögen, in denen behauptet wurde, dass nicht sie, sondern die Briefschreiber die leiblichen Eltern seien, die das Kind als ihr eigenes beanspruchten. Im zweiten dieser Drohschreiben wurde ein Übergabeort angegeben, ein Hotel in Südtirol, nahe der österreichischen Grenze. Die Drohung bestand darin, dass man ihr androhte, sich den Sohn mit Gewalt zu nehmen, falls sie nicht kurzfristig zur Übergabe bereit sei.

Der Brief der Klinik war wesentlich älter, datierte sehr wahrscheinlich auf den Beginn ihrer Schwangerschaft. Er war unterschrieben vom Chefarzt einer tschechischen Klinik, einem Dr. Czaja. Der Inhalt des Schreibens machte Bosch fast sprachlos.

„Der erklärt hier, dass ihm bei der Transplantation von Embryonen leider ein unerklärlicher Irrtum unterlaufen sei", zitierte Bosch halb laut aus dem Text. „Mit Bedauern müsste er mitteilen, dass Sie und Ihr Mann mit hoher Wahrscheinlichkeit nicht die genetischen Eltern des von Ihnen auszutragenden Kindes sein könnten. Daher empfiehlt er Ihnen, unverzüglich nach der Geburt einen Gentest vornehmen zu lassen, um Sicherheit zu erhalten."

„Das ist ja krass!", rief Bosch kopfschüttelnd. „Wann haben Sie dieses Schreiben erhalten?"

„Das erreichte uns so spät nach der Transplantation der Embryonen, das passierte ja erst im Oktober letzten Jahres, dass es für einen Schwangerschaftsabbruch bereits zu spät war. Warum die Klinik, dieser Dr. Czaja, sich so spät gemeldet hat, ist uns ein Rätsel."

„Ich verstehe das immer noch nicht", bekannte Bosch freimütig. „Das Kind haben Sie zur Welt gebracht. Aber Sie hatten wohl so etwas wie eine künstliche Befruchtung", sagte Bosch, der nur eine vage Ahnung von diesem Schwangerschaftsverfahren hatte.

„Das ist so. Mit der Schwangerschaft lief es etwas anders", erklärte sie. „Es hat nicht direkt geklappt mit mir und meinem Mann, Andreas. Wir haben es lange vergeblich versucht. Eine Freundin gab mir den Tipp, es mit einer IVF, also einer künstlichen Befruchtung, zu versuchen. Mein Gynäkologe konnte uns da nicht helfen, empfahl uns aber eine sogenannte Babywunsch-Klinik, die auf der anderen Seite der bayrischen Grenze praktiziert, in Klatovy in Tschechien. Die haben dort alles im Haus zusammen, nicht nur eine gynäkologische Station, sondern sie sind auch auf diese IVF spezialisiert. Was die verlangten, das konnten wir uns gerade so leisten, es war auch bei denen nicht billig. Mir wurden erst Eizellen entnommen, Andreas musste seinen Samen spenden, und die befruchteten Eier wurden mir dann nach einer gewissen Vorbereitungszeit von Dr. Czaja eingesetzt. Auch so hat es nicht auf Anhieb geklappt, wir mussten mehrfach in diese Klinik fahren. Die Eier, die der Gynäkologe bei mir extrahiert hatte, hätten fast nicht gereicht."

Bosch nickte, weil Frau Conrad ihn prüfend anschaute, ob er ihr noch folgen könnte. Wovon sie ihm erzählte, davon hatte er schon gehört, hatte aber keine Ahnung, wie aufwendig das ganze Verfahren ablief.

„Wie gesagt, es gab mehrere Fehlschläge", erklärte sie nüchtern. „Und dann hat es eben doch schließlich geklappt. Können Sie sich vorstellen, welche Erleichterung mein Mann und ich empfanden? Es war ein unbeschreibliches Glücksgefühl! Das war im Oktober vergangenen Jahres. Bis auf einen weiteren Besuch in dieser Klinik wenige Tage danach wurde ich dann die ganze Schwangerschaft über wieder von meinem Gynäkologen hier in Regen betreut. Warum mir Dr. Czaja bei dieser Gelegenheit nicht gesagt hat, was ihm passiert ist, verstehen wir überhaupt nicht. Da hätten wir ja noch etwas unternehmen können. Ich habe nicht einmal eine Vermutung, denn Tage später hat er ja seinen Fehler schriftlich eingestanden."

Und jetzt brach sie in Tränen aus, schien von der Erinnerung übermannt zu sein.

„Sie hätten die Klinik verklagen können", bemerkte Bosch, was ihm naheliegend erschien.

„Das hatten wir kurz überlegt. Aber Andreas meinte, dass ja der Irrtum gar nicht erwiesen sei. Ich denke, der wollte endlich das ganze Verfahren mit einem Erfolg beendet sehen. Ich eigentlich auch. Wir hatten da ja schon eine Berg- und Talfahrt hinter uns." Bosch verstand das nicht, aber er hatte als langjähriger Junggeselle mit selten länger dauernden Beziehungen auch keine rechte Vorstellung, was Kind und Familie für viele Menschen bedeuteten.

„Im August ist dann unser Sohn Edoardo in dieser tschechischen Klinik geboren worden. Wir hatten uns dafür entschieden, weil uns das Ambiente der Klinik, die Atmosphäre, dort gut gefallen hatte. Außerdem wollte Dr. Czaja die Geburt betreuen. Und ich muss auch sagen, dass mir das trotz seines Fehlers gut getan hat."

„Und haben Sie dann auch gleich diesen Gentest machen lassen?", wollte Bosch wissen.

„Ja, das haben wir noch in dieser Klinik durchführen lassen. Und leider hat sich die Befürchtung bestätigt, wir sind nicht die leiblichen Eltern. Natürlich wollten wir wissen, was das für mögliche Konsequenzen haben könnte. Wollten auch etwas über die leiblichen Eltern erfahren. Aber da waren die stur, die haben nichts gesagt, nur dass wir uns wegen unserer Elternschaft überhaupt keine Sorgen machen müssten. Im Übrigen würde niemand jemals von dieser Verwechslung der Embryonen erfahren. Und …" Jetzt brach sie wieder in Tränen aus, konnte nicht mehr weiterreden.

Auf Boschs Frage, wie es dann weitergegangen sei, kam kaum noch etwas Wichtiges. Gerade erst vor wenigen Tagen wäre sie mit dem Baby und ihrem Mann nach Hause zurückgekehrt. Und dann hätten sie kurz hintereinander diese beiden Drohbriefe erhalten, was sie bei der Polizei hatten anzeigen wollen. Die hätten aber das nur registriert und nichts weiter unternehmen können. Es war die Idee ihres Mannes, vorsorglich juristischen Rat zu suchen.

„Der hat sich etwas über die Polizei gewundert, meinte dann aber, dass es für die schwierig wäre aufgrund dieser anonymen Briefe, etwas zu unternehmen. Der Rechtsanwalt hat uns dann zu Ihnen geschickt."

Was Bosch jetzt interessierte, war, ob sie bei der Klinik nochmals wegen dieser Briefe angefragt hätten.

„Die hatten doch versprochen, dass niemand von dieser Vertauschung erfahren würde. Und über Sie, Ihre Schwangerschaft und Ihr Baby sollten die eigentlich ebenso wenig Informationen herausgeben", sagte er und zeigte sein Unverständnis. „Ich verstehe das nicht."

„Ja, natürlich, wir haben gleich bei Dr. Czaja angerufen. Da haben wir erfahren, dass der einen Tag zuvor überraschend verstorben sei, angeblich ein Unfall. Und sein Nachfolger, mit dem wir dann sprachen, ein Dr. Novak, hat nur wiederholt, dass von seiner Klinik keinerlei Informationen nach außen geflossen seien."

Dass doch irgendein Mitarbeiter der Klinik gequatscht haben musste, lag für Bosch nahe, er begnügte sich jetzt aber erst mal mit ihrer Aussage. Ihm war wichtig zu erfahren, mit welchen Personen sie oder ihr Mann in der Klinik zu tun hatten.

„Mehrfach hatten wir auch mit dem Assistenzarzt, Dr. Nemec, zu tun, der war auch bei der Transplantation zugegen. Und natürlich sah ich ihn auch auf der Station. Der ist ja noch sehr jung. Ansonsten gab es niemanden, zu dem ich nennenswerten Kontakt hatte."

„Vielleicht eine andere Frau, die zeitgleich ein Baby erwartete?", forschte Bosch nach. Sie überlegte, schüttelte dann aber den Kopf.

„Hmm, Frau Conrad. Ich denke, dass mir Ihre Informationen zunächst reichen sollten", sagte Bosch nach kurzem Überlegen. „Wir müssten uns jetzt nochmals über Ihren Auftrag unterhalten, leider auch über die Kosten, die Ihnen entstehen werden." Bosch lächelte verlegen. Genau darauf musste er hinweisen, es war ihm aber stets unangenehm.

Zum Schluss wurde er von ihrer Geste überrascht, weil sie so ungewohnt war. Sie hatte seine Hände über den Schreibtisch an sich gezogen und drückte die ganz fest. Er erwiderte kurz ihren Druck und nickte ihr ebenfalls aufmunternd zu.

„Frau Conrad, ich fühle wirklich mit Ihnen, Ich will Ihnen helfen, das kann ich Ihnen schon sagen!"

Allein im Büro, war er erst mal froh, dass er einen Auftrag hereingeholt hatte. Seine Detektei lief zäh, und er brauchte unbedingt Kunden. Aber ihn beunruhigten gleichzeitig seine mangelnde Erfahrung und der Gedanke, gegen einen Täter ermitteln zu müssen, der bereits Gewalt angedroht hatte. Außerdem waren für ihn Ermittlungen im Umfeld von Ärzten oder einer Klinik, dazu noch grenzüberschreitend, völliges Neuland. Was er üblicherweise bearbeitete, waren Beobachtungen und Beweissicherungen im familiären Umfeld, Diebstähle in der Nachbarschaft und ähnliche Kleinigkeiten. Die erwiesen sich zwar oft als nervig und mühevoll, stellten aber grundsätzlich kein großes Problem für ihn dar. Unsicher war er auch, ob dieser neue Auftrag finanziell lohnender sein würde als der Kleinkram, mit dem er sich sonst beschäftigte.

Zumindest mit seinem Freund Klaus Haber wollte er sofort sprechen, um dessen Einschätzung zu erfahren.

Der war nicht erstaunt über den Anruf und seine Fragen, denn das hatte der schon erwartet. Nur vertröstete der ihn und wollte sich lieber mit ihm am folgenden Morgen in dessen Kanzlei verabreden.

Den Rest des Nachmittags studierte er die Briefe, die ihm Frau Conrad überlassen hatte, und seine eigenen Notizen. Das Internet durchsuchte er nach Informationen über das Geschäft von Kinderwunsch-Kliniken. Dabei wurde er fast automatisch auf die Homepage des tschechischen Krankenhauses geführt, das Frau Conrad aufgesucht hatte. Auf den auch in Deutsch verfassten Seiten informierten die ausführlich über ihre Kompetenzen und Services. Überhaupt schienen die sich besonders um ausländische, insbesondere deutsche Patientinnen, zu bemühen. Bezüglich der Kinderwunschbehandlung beanspruchten sie für sich sogar eine herausragende Kompetenz. Bei der Vorstellung ihres Personals wurde ein Chefarzt, Dr. Czaja, erwähnt, ebenso wie dessen Oberarzt, Dr. Novak. Für Bosch war auch der Hinweis auf die Grenznähe wichtig. Die Klinik war nicht einmal einhundertfünfzig Kilometer von ihrer Stadt entfernt. Nicht wenige Leute dort würden Deutsch verstehen oder sogar sprechen.

∗∗∗

Für Haber war es ein ungewöhnlicher Vorgang, nicht alle Details, die Bosch erfahren hatte, waren ihm bereits bekannt. Habers Schwerpunkt lag im Strafrecht, und daher hatte er sich noch mal im Familienrecht vertiefen müssen, wie er freimütig eingestand.

„Recht ist ja ein weit gefächertes Gebiet, von dem ich auch nur einen Bruchteil überblicke", erklärte er augenzwinkernd.

„Schon klar", sagte Bosch und verdrehte seine Augen kurz zur Decke. „Aber nun sag mal, wie du diesen Fall meiner Klientin einschätzt."

Bosch hatte sich vor dessen beeindruckendem Massivholz-Schreibtisch, der allein schon einen großen Teil des Büros ausmaß, auf einem der schweren Ledersessel niedergelassen und schaute Haber gespannt an. Ihm war es stets ein Rätsel, wie sein sicher gut beschäftigte Freund eine so aufgeräumte, nahezu leere Schreibtischfläche vorzeigen konnte. Da standen nur ein aufgeklappter Laptop und eine extrem flache Telefonanlage, aber weder entdeckte Bosch Aktenordner noch irgendwelche Mappen darauf.

„Beeindruckt dich mein Büro? Alles hart erarbeitet", erklärte Haber grinsend, dem Boschs Bewunderung nicht entgangen war. „Ich kann's nicht haben, wenn alles herumliegt, dafür gibt es ja genügend Schränke, wie du siehst."

„Bin immer beeindruckt! Aber jetzt sage schon deine Meinung", forderte Bosch ihn nochmals auf, wobei er ihm die Briefe von Frau Conrad hinüberschob. „Das solltest du dir auch genauer durchlesen."

Was immer Haber beim Lesen dachte, er zeigte es nicht, er ließ sich sogar für Boschs Gefühl sehr viel Zeit. Dann legte er die Briefe erst sorgfältig wieder übereinander und reichte sie seinem Freund zurück.

„Zunächst mal zur Rechtslage. Die ist in Deutschland ziemlich klar. Da muss sie nichts befürchten. Hier ist entscheidend, wer das Kind ausgetragen hat."

Bosch wollte schon mit einer Frage dazwischengehen, aber Haber war noch nicht fertig. Der trug gern mal etwas vor, was sein Freund kannte.

„Du musst wissen, dass es bereits einige Fälle gibt, in denen Frauen vertauschte Embryonen eingesetzt wurden und die dann von diesen auch ausgetragen worden sind. Ist in den USA, in Italien und weiteren Staaten passiert. Prekär dabei ist, dass die Gerichte in den verschiedenen Ländern später sehr unterschiedlich geurteilt haben, mal für die leibliche, mal für die austragende

Mutter. Ich zeige dir mal was", sagte Haber und tippte etwas auf seinem Laptop ein. „Hier, schau mal, was im Internet zu diesem Thema veröffentlicht ist."

Er drehte den Bildschirm so, dass auch Bosch den einsehen konnte. Auf dem Display des Laptops erschienen gleich mehrere Fälle von Embryonentausch, und die zeigten, wie unterschiedlich Gerichte darüber geurteilt hatten.

„Kaum zu glauben!", stieß Bosch verblüfft aus. „Dann ist das, was bei Frau Conrads Sohn passierte, wohl kein Einzelfall."

„Sicher nicht! Und diese Fälle hier sagen auch schon einiges aus über die Chancenverteilung dieser beiden Ehepaare, ihren Anspruch auf das Baby durchsetzen zu können. Aber wie gesagt: in Deutschland bedeutungslos."

Haber machte eine Pause, erwartete allerdings keine Äußerung von seinem Freund, sondern wechselte gleich darauf zum nächsten Punkt.

„Diese Drohungen stehen natürlich auf einem anderen Papier. Wie immer diese Person an ihre Information gekommen ist, die muss man auf jeden Fall ernst nehmen, denn hier droht jemand, der genaue Kenntnis über die ganze Geschichte hat. Interessant ist nämlich noch der Punkt, dass diese Person wahrscheinlich einer der leiblichen Elternteile sein könnte. Warum sonst würde die das Kind beanspruchen wollen?"

Das leuchtet Bosch ein. „Du meinst, diese Person hat Eizellen oder Samen für die fälschlich eingesetzten Embryonen gespendet?", folgte er Habers Überlegungen.

„Genau, das denke ich. So ergeben die Drohungen für mich einen Sinn", sagte er und stand auf einmal von seinem Stuhl auf, um zum großen Fenster im Büro zu laufen. Das öffnete er und wedelte sich mit seiner Hand etwas frische Luft zu, bevor er es in Kippstellung brachte. Er hatte wohl Probleme mit der Wärme, was sicher mit seinem Körpergewicht zusammenhing. Haber schwitzte auch, weil er zu dick war, jedenfalls vermutete das Bosch.

„Kaum zu glauben, wie warm es noch im September ist!", rief er irritiert.

„Tja, möglicherweise der Klimawandel", lachte Bosch, meinte seine Bemerkung aber nicht ernst.

„Quatsch", brummte Haber, während er sich nun für das Geschehen auf der Straße zu interessieren schien.

„Da unten laufen tatsächlich Leute im T-Shirt herum. Fast wie im Hochsommer heute", bemerkte er nachdenklich. „Ich bin froh, dass ich meine Kanzlei mitten im Zentrum eröffnet habe. Das hat sich für mich ausgezahlt. Hier können mich Klienten auf kurzem Weg finden."

Bosch empfand seine Bemerkung fast als Kritik, hatte er doch sein Büro in einer Wohngegend abseits des Zentrums eröffnet, weil er sich die dortige Miete eher hatte leisten können.

„Ich verstehe jetzt nicht ...", sagte Bosch, der mit Habers Bemerkung und Themenwechsel nichts anzufangen wusste.

„Entschuldige, Burkhard!", erwiderte der und setzte sich zurück hinter seinen Schreibtisch. „Bin wieder beim Thema. Es sieht rechtlich gesehen für deine Klientin gut aus! Bis auf diese Bedrohung, die aber auf einem anderen Blatt steht."

„Die macht mir auch die größten Sorgen, vor allem, weil wir nichts über die Personen dahinter wissen", reagierte Bosch.

„Und wenn hinter dieser Drohung die möglichen leiblichen Eltern stecken, dann ist es naheliegend, dass die auch wegen einer künstlichen Befruchtung in dieser Klinik waren."

„Und dann können wir vermuten, dass jemand vom Klinikpersonal, dem die Panne mit den Embryonen bekannt war, das den leiblichen Eltern gesteckt hat."

„Das zur sogenannten Verschwiegenheit dieser Klinik", stieß Bosch aus, der sich jetzt sicher schien, was passiert war. „Aber was mache ich mit diesem Verdacht? Da fällt dir auch nichts ein?"

„Jetzt mal langsam, Burkhard. Ich habe zunächst nur die Rechtslage bewertet. Die ist eindeutig. Bleibt tatsächlich diese Bedrohung, die eigentlich die Polizei interessieren müsste. Nur wollen oder können die momentan nichts tun."

Haber grinste, vielleicht weil ihm Boschs erkennbare Ratlosigkeit freute. „Ich sage dir mal, was ich denke. Was können diese Erpresser tatsächlich tun? Sich des Kindes mit Gewalt bemächtigen? Das kann ich mir kaum vorstellen, es sei denn, wir haben es ohnehin mit Verbrechern zu tun."

„So unwahrscheinlich ist das gar nicht, wenn die bereits Drohbriefe schreiben", warf Bosch ein, was Haber mit Kopfschütteln quittierte.

„Genau das deutet bei mir eher auf ein ziemlich hilfloses Paar hin", sagte sein Freund unbeirrt. „Deine Klientin und du, ihr solltet gar nichts tun. Natürlich müsst ihr die Augen offenhalten."

Den Detektiv in Bosch überzeugte das nicht. Er hatte den Auftrag nicht angenommen, um einfach nur abzuwarten. Jetzt Frau Conrad einzugestehen, dass er leider nichts unternehmen könne, widersprach seinem Anspruch. Und so sagte er es auch. „Nichts zu tun ist für mich keine Option!"

„Na gut, wenn du und deine Klientin keine Geduld habt und ein Risiko eingehen wollt, dann solltest du in der Klinik versuchen, die Identität der Erpresser herauszubekommen. Dann könnte Frau Conrad die erfolgreich bei der Polizei anzeigen. Vielleicht erfährst du in der Klinik deren Namen. Es könnte allerdings auch ein Risiko sein."

„Weil wir auf deren Drohung reagieren? Also ich muss da hin, jemanden finden, der mir mehr erzählen kann, was da im Zeitraum der Transplantation der Embryonen schiefgelaufen ist", überlegte Bosch laut. „Dr. Czaja ist tot, dann kann ich nur seinen Nachfolger befragen. Und dann gibt es noch einen Assistenzarzt, Dr. Nemec, der sogar bei der Einpflanzung der Embryonen dabei gewesen sein soll. Sonst fällt mir erst mal niemand weiter ein."

„Burkhard, ich denke, wichtiger ist, dort herauszufinden, wer von dieser Panne wusste und wer zeitgleich mit Frau Conrad behandelt wurde. Du solltest dir vor allem diesen Nemec vornehmen, der neue Chefarzt wird sicher zugeknöpft reagieren, die Klinik muss ja auch eine mögliche Klage befürchten. Wie Frau Conrad dir sagte, geben die angeblich keinerlei Infos über ihre Patientinnen heraus", gab Haber zu bedenken.

„Das mache ich!", erwiderte Bosch endlich zufrieden. „Gut, dass wir mal wieder geplaudert haben."

„Sollten wir tatsächlich öfter machen", stimmte Haber zu, der sich schon etwas darauf einbildete, seinem Freund wesentlich weitergeholfen zu haben.

★★★

Bosch hatte noch mal nachgedacht, vor allem überlegt, wie er in der Klinik vorgehen sollte. Er hatte vor, sich auf Dr. Nemec zu konzentrieren, da der bei der entscheidenden Behandlung von Frau Conrad anwesend gewesen war. Und von Dr. Novak nahm er an, dass der sich nicht gesprächsbereiter zeigen würde als schon gegenüber seiner Klientin. „Der wird mir wahrscheinlich nicht weiterhelfen!"

Am Abend telefonierte er länger mit den Conrads. Denen erzählte er, dass er am folgenden Morgen nach Klatovy fahren wollte, um eine Spur zu finden, wer diese Drohbriefe geschrieben haben könnte. Dazu erhoffte er sich von ihr weitere Informationen, vor allem bezüglich Dr. Nemec und über andere Patientinnen, woran sich Frau Conrad möglicherweise noch erinnern könnte. Was sie zunächst erzählte, das war allerdings eher enttäuschend. Er musste mehrfach nachfassen.

„Sie sind doch schon vorher mehrere Male dorthin gefahren und haben sich nach der Geburt in der Klinik aufgehalten, sind Ihnen da nicht andere Frauen begegnet, bei denen ebenfalls eine IVF durchgeführt wurde?", fragte er.

„Das geht so diskret vor sich, ich glaube nicht, dass ich Ihnen da etwas sagen kann", antwortete sie bedauernd. „Ich meine, Frauen begegnet zu sein, die wahrscheinlich auch eine künstliche Befruchtung haben durchführen lassen. Einem Ehepaar aus Italien bin ich begegnet, aber da bin ich mir nicht sicher", erklärte sie.

„Na gut, Sie haben mir ja den Dr. Nemec beschrieben. Den hoffe ich dort treffen zu können", resignierte er schließlich. Zum Schluss tröstete er sie mit Habers Einschätzung. „Sie brauchen sich wirklich keine Sorgen zu machen, niemand kann Ihnen Ihren Sohn wegnehmen."

Am folgenden Morgen brach Bosch früh auf. Er hoffte ja, dass ein einmaliger Besuch in Klatovy genügen müsste, wenn er einen ganzen Tag dort recherchieren würde.

Nemec ist sicher kein seltener Name in Tschechien, und das gilt selbst dann, wenn man von Ärzten spricht. Problemlos fand Bosch die Klinik, ein aus dem letzten Jahrhundert stammender Gebäudekomplex, der sich am Ortsrand der mehr als zwanzigtausend Einwohner zählenden Stadt Klatovy befand, umgeben von einem weitläufigen Park. Etwa zwei Stunden hatte er für seine Fahrt aus dem bayrischen Regen hierher gebraucht. Das war die Strecke, die die Conrads mehrfach zurückgelegt hatten, oft mit Hoffnung und dann nicht selten tief enttäuscht.

Er beobachtete zunächst vom Auto aus den Haupteingang der Klinik, bevor er sich zu Fuß dem Gebäude näherte. Ein Kleinbus war gerade vorgefahren, dem etliche Frauen und ein Händchen haltendes Pärchen entstiegen. Bosch vermutete, dass es ein Pendelbus vom Bahnhof war, der Patienten oder Besucher zur Klinik transportiert hatte. Vielleicht waren darunter auch einige Deutsche.

Als er in den hellen, einer Halle ähnlichen Eingangsraum der Klinik eintrat, drängten sich zunächst die neu angekommenen Besucher vor dem Empfangstresen, sodass er sich mit seinem Anliegen gedulden musste. In Ruhe studierte er eine große Tafel an einer der Wände, auf dem die Stationen mit ihren Chef- oder Stationsärzten angezeigt wurden. Die ihn besonders interessierende Babywunsch-Abteilung war als Teil der Gynäkologie ausgewiesen. Geleitet wurde sie offenbar von Dr. Novak, der aber nicht als Chefarzt der Frauenstation, sondern als Oberarzt angezeigt wurde. In der darüber stehenden Zeile war der Name des Chefarztes provisorisch abgeklebt worden, stattdessen wurde in Klammern nochmals auf Dr. Nowak verwiesen, dem augenscheinlich die endgültige Leitung der gesamten Station noch nicht übertragen worden war.

Da müsste Dr. Czaja gestanden haben, war sich Bosch ziemlich sicher, während er darauf hoffte, unter den aufgeführten Ärzten auch den Namen von Dr. Nemec zu finden.

Es wurden noch zwei Stationsärzte angezeigt, worunter sich aber nicht Dr. Nemec befand. Diesen Arzt fand er auch nicht in der Anzeige für die anderen Stationen.

Gerade dessen Namen vermisste er auf der Hinweistafel, weil es ihm merkwürdig erschien, dass ausgerechnet dieser Arzt nicht erwähnt wurde, der bei der peinlichen Verwechslung der Embryonen assistiert hatte. Welche Funktion hatte denn dann dieser Dr. Nemec?

Die Dame vom Empfangstresen musterte ihn erst, suchte wohl einzuschätzen, was für ein Landsmann er wäre. „Deutscher?", rief sie ihn an.

„Äh, ja, ich bin aus Deutschland", antwortete Bosch, als er sich ihr zuwandte.

Vielleicht verstand die Dame doch nicht so gut Deutsch, denn als er fragte, wo er Dr. Nemec treffen könnte, da schaute sie ihn erst verblüfft an, um sich gleich darauf an ihre neben ihr arbeitende Kollegin zu wenden.

„Moment, warten Sie. Ihr Name bitte?", fragte sie und verschwand dann in ein direkt hinter dem Empfangstresen liegendes Büro. Durch die Glasscheiben des Büros sah Bosch, dass sie telefonierte, wobei sie immer wieder zu ihm hinsah, so als befürchtete sie, dass er sich unerlaubt ins Hausinnere begeben könnte.

„Warten Sie bitte da drüben in der Besucherecke, es kommt gleich jemand zu Ihnen", erklärte sie bei ihrer Rückkehr zum Empfangstresen.

Es dauerte nicht einmal so lange, wie er Zeit brauchte, sich auf einen der Besuchersessel zu setzen und das Informationsmaterial auf dem Tisch davor durchzusehen. Er hatte nach einem der Informationsflyer greifen wollen, als er schon angesprochen wurde.

„Herr Bosch?", begrüßte ihn ein Mann im weißen Kittel, mit einem Stethoskop in der Seitentasche, an dessen Brusttasche ein Namensschild befestigt war. Allerdings konnte Bosch auf dem Schild nur mit Mühe *DR. NOVAK* erkennen. Aber dass es der sein musste, hatte er ohnehin vermutet. Den hatte er eigentlich nicht treffen wollen, denn von dem erwartete er keine Auskunftsbereitschaft, schon gar nicht zur Aufklärung des Klinik-Irrtums.

„Sie wollen Dr. Nemec sprechen?", fragte der misstrauisch und abweisend. „In welcher Angelegenheit?"

„Sie sind vermutlich nicht Dr. Nemec!", antwortete Bosch verbindlich lächelnd und war aufgestanden. „Aber vielleicht können Sie mir sagen, wo ich Dr. Nemec in dieser Klinik finde."

„Ich weiß nicht, warum Sie Dr. Nemec sprechen wollen. Den werden Sie hier um diese Zeit nicht finden. Herr Nemec hat die Klinik bereits verlassen. Wir arbeiten im Schichtdienst."

„Das ist sehr schade!", bemerkte Bosch, der Zweifel hatte, ob diese Auskunft ehrlich gemeint sein konnte. Ihn verblüffte diese prompte Antwort.

„Tut mir leid", erklärte Dr. Novak, dessen Gesicht kaum Bedauern zeigte. „Ich weiß allerdings immer noch nicht, was Sie mit dem besprechen wollen. Der ist nicht befugt, über Patientinnen oder unsere Arbeit hier Auskunft zu erteilen."

„Na ja, das muss ich wohl hinnehmen. Aber trotzdem hätte ich ihn gern gesprochen. Sie können mir nicht zufällig mit einer Adresse helfen, wo ich ihn treffen könnte? Ich bin extra aus Deutschland angereist", suchte Bosch unbeirrt sein Ziel zu erreichen.

„Nein, wir können Ihnen da nicht helfen. Daten von Mitarbeitern geben wir nicht weiter. Wenn Sie jetzt keine Fragen an mich haben, dann würde ich mich gern wieder um unsere Patientinnen kümmern wollen."

Bosch konnte gerade noch nicken, da entschwand Dr. Novak schon, ohne sich nochmals nach ihm umzusehen.

Was immer dieses abwehrende Verhalten des Arztes ausgelöst hatte, Bosch konnte den Verdacht nicht verdrängen, dass sein Auftreten hier mit dem Klinikfehler in einen Zusammenhang gebracht wurde. Schließlich fragte da ein Deutscher nach dem Assistenzarzt Dr. Nemec, der gemäß Aussage von Frau Conrad ein Zeuge der Panne war. Allerdings konnte er nicht sicher sein – die abweisende Behandlung des Oberarztes konnte andere Ursachen haben.

„So geht's also nicht", sagte er leise zu sich. Dieser barsch und undurchsichtig auftretende Dr. Novak hatte ihn einfach abblitzen lassen. Bosch stand immer noch unschlüssig neben dem Besuchersessel und ärgerte sich über diese glatte Abfuhr. Die ganze Reise in die Klinik drohte zu einem Fehlschlag zu werden. Seine Hoffnung, im Gespräch mit diesem Dr. Nemec mehr zu erfahren, wer hinter der Bedrohung der Conrads stecken könnte, schien geplatzt zu sein.

Am besten, ich rate den Conrads, einfach abzuwarten und die Füße ruhig zu halten. Ich sehe nicht, was ich noch für die tun kann.

Es sah jetzt fast so aus, als müsste er diesen Auftrag abschreiben, denn was könnte er noch ausrichten, wenn er keinerlei Input aus der Klinik erhielte?

Eine Fliege, die sich unbedingt in sein Gesicht setzen wollte, trug zusätzlich zu seinem Ärger bei. „Insekten in dieser Jahreszeit gibt es offensichtlich auch hier noch!"

Mehrfach fuhr er über sein Gesicht, wurde aber das lästige Insekt, das unbeirrt um seinen Kopf kreiste, einfach nicht los. Dass er die mit einem gezielten Klatscher auf seine Wange tatsächlich erwischte, überraschte ihn. Er sah sie jetzt auf dem Tisch mit dem Informationsmaterial rücklings zappeln, wo sie verzweifelt versuchte, wieder auf die Beine zu kommen. Um sie von ihren Qualen zu erlösen, griff er nach einem der ausgelegten Faltblätter der Babywunschstation und wollte ihr damit den endgültigen Garaus machen. Die erschlagene Fliege klebte fest an der Oberseite des Faltblatts, wo sie Bosch mit den Fingern wegzuschnipsen versuchte. In dem Moment fiel sein Blick auf eine der Druckzeilen. „Unser Klinikteam – für unsere Patientinnen im Einsatz", stand dort fett auf Deutsch aufgedruckt.

„Das könnte interessant sein", sagte er leise zu sich und klappte das Blatt auf. Auf der Innenseite sah er nicht nur die Konterfeis des ehemaligen Chefs der Klinik, sondern auch das von Oberarzt Dr. Novak. Und siehe da, auch das von einem Stationsarzt namens Dr. Nemec wurde gezeigt. Bosch steckte das Faltblatt ein, zumindest hatte er jetzt ein Bild vom Gesuchten. Aber was er damit anfangen könnte, das wusste er auch nicht. Das Foto von Dr. Nemec war sicher noch aktuell, denn es zeigte das Gesicht eines jung erscheinenden Assistenzarztes, was sich mit der Schilderung von Frau Conrad deckte.

Als er zu seinem Fahrzeug zurückging, war er sich unsicher, ob ihn der Oberarzt nicht belogen hatte. Dessen Antwort war für Boschs Gefühl allzu glatt aus dem herausgeschossen. Auch wenn es durchaus möglich war, dass Dr. Nemec im Schichtdienst arbeitete, so bezweifelte er, ob dessen Dienst an diesem Tag tatsächlich beendet war.

Draußen suchte er, einem spontanen Einfall folgend, den Personalparkplatz auf, der sich seitlich hinter dem Klinikgebäude befand. Der schien fast bis auf den letzten Platz belegt. Einige der Stellplätze waren mit Namensschildern kenntlich gemacht, die im Boden steckten. Wer hier Chef- oder Oberarzt war, konnte Bosch so leicht erkennen. Bei anderen Plätzen deuteten die Schilder nur auf einen Arzt hin, oder es gab gar keinen Hinweis.

Wenn diese Beschilderung etwas über die Anwesenheit des ärztlichen Personals aussagte, dann sollten eigentlich sehr viele der Ärzte im Haus sein, stellte er fest, vielleicht unter denen auch der gesuchte Dr. Nemec.

Er schaute auf seine Uhr. Der Tag war noch nicht weit fortgeschritten. Kurz überlegte er seine Chance, diesem Nemec zu begegnen, wenn er einfach auf dem Parkplatz eine Weile abwartete.

Und tatsächlich kamen bald Männer und Frauen und suchten ihre Fahrzeuge auf, während bereits andere Autos auf den Personalparkplatz einbogen. Nur den Gesuchten konnte er nicht entdecken.

Gerade wollte er aufgeben und zurücklaufen zu seinem Auto, da bog ein weiteres Fahrzeug um die Gebäudeecke, und dem entstieg gleich darauf ein junger Mann, der dem im Faltblatt abgebildeten Dr. Nemec sehr ähnlich sah. Was für ein erfreulicher Zufall!

„Dr. Nemec?", rief er den Mann an, noch ehe der richtig aus seinem Auto ausgestiegen war. Der schien selbst so überrascht von Boschs Ruf, dass er erschrocken reagierte. „Ja, was wollen Sie?"

„Kann ich kurz mit Ihnen reden?", erklärte Bosch und näherte sich dem Arzt. „Ich brauche eine Auskunft, die wahrscheinlich nur Sie mir geben können. Geht ganz schnell!"

Nemec schaute sich um, so als wollte er sicherstellen, mit Bosch allein zu sein, dann erwiderte er: „Sagen Sie ganz schnell, was Sie wollen, ich muss zum Dienst!"

Und das ging auch schnell. Bosch erwähnte nur den Namen Conrad, da schien dieser Arzt zu wissen, worum es ging.

„Hören Sie, hier kann ich nicht mit Ihnen reden. Kommen Sie bitte morgen ganz früh in meine Wohnung", erklärte er und reichte Bosch eine Karte. Und dann lief der schon eilig zum Klinikeingang.

„Wenigstens ein Lichtblick", sagte Bosch zu sich – und klar, er würde morgen früh diese Adresse aufsuchen. Wahrscheinlich muss ich dieser blöden Fliege dankbar sein, überlegte er. Die hatte mit ihrem Leben bezahlt, dass er das Faltblatt noch gesehen hatte, bevor er schon sein Vorhaben hatte abbrechen wollen. Wie sonst hätte er den Gesuchten doch noch treffen können? Jetzt musste er sich erst mal ein Zimmer suchen.

★★★

Dr. Novak hatte kurz überlegt, ob er auf die Station oder nochmals in sein Büro gehen sollte. Das Gespräch mit Bosch ließ ihn nicht los. Dem hatte er keine Gelegenheit gegeben, zu erklären, was er vom Assistenzarzt wollte. Jetzt bedauerte er, den nicht selbst danach gefragt zu haben. Einen Verdacht hatte er, und daher studierte er im Büro am Bildschirm nochmals intensiv die Patientenakte von Frau Conrad. Deren Behandlung und die Dokumentation hatte Dr. Czaja zu verantworten.

Sein Verhältnis zu dem wies Höhen und Tiefen auf. Einerseits hatte er seinen Chef bewundert, weil der mit Energie und Kompetenz die Babywunschabteilung aufgebaut hatte. Die chronisch defizitäre Klinik setzte viel Hoffnung in diese Abteilung. Sie sollte den Gewinn bringen, der diesem Haus das Überleben erleichtern könnte. Andererseits behinderte der deutlich ältere Dr. Czaja seine eigenen Karrierepläne, und daran änderte auch nicht, dass er sich ihm in gynäkologischen Themen überlegen glaubte. Jetzt sah er für sich die Chance, endlich selbst Chefarzt zu werden, praktisch führte er ja bereits die Gynäkologie. Er durfte sich keinen Fehler erlauben. Da kam ihm dieser unangenehme Behandlungsfehler dieser Patientin, den er selbst nicht verursacht hatte, mehr als ungelegen. Ein Irrtum beim Einpflanzen der Embryonen bei Frau Conrad und der Italienerin, Frau Conti, stand im Raum, und wie es aussah, interessierte sich dafür ein ihm unbekannter Mann aus Deutschland. Warum sonst wäre der in der Klinik aufgetaucht und hatte Dr. Nemec sprechen wollen?

Er prüfte die wegen der langen Behandlungszeit umfangreiche Patientenakte von Frau Conrad Seite für Seite und verharrte dann kurz bei einem Vermerk von Dr. Czaja zur Transplantation der Embryonen. *Korrekte Embryonen? Gentest?* Das hatte der in einer Zeile möglicherweise erst nachträglich eingefügt.

Novak scrollte weiter, fand aber keine Bestätigung, dass dieser Test in den letzten Tagen der Amtszeit von Dr. Czaja tatsächlich noch erfolgt war. Ein Testergebnis hätte ja ebenfalls vermerkt werden müssen.

Was hatte ihm sein früherer Chef da hinterlassen? Einen Moment zögerte er, ob er diesen verräterischen Vermerk nicht löschen sollte, da der den Verdacht einer Verwechslung der Embryonen bei der Transplantation für jeden erkennbar dokumentierte. Allein wollte er diese Korrektur in der Dokumentation nicht entscheiden. Er griff zum Telefon und rief den Klinikgeschäftsführer an.

„Herr Kucera, wir hatten gerade einen Besucher aus Deutschland, der Dr. Nemec sprechen wollte. Vielleicht ist mein Verdacht übertrieben, aber möglich wäre doch, dass der wegen Dr. Czajas Fehler hier herumschnüffelt. Ich habe in der Patientenakte gerade einen Vermerk entdeckt, der auf einen Irrtum von Dr. Czaja hinweist."

„Wenn Ihr Verdacht berechtigt ist, dann muss irgendjemand über diesen Fehler gequatscht haben. Allerdings glaube ich nicht, dass die Patientin geredet hat. Die möchte das doch sicher unter der Decke halten."

„Wahrscheinlich haben Sie recht. Die hätte unsere Klinik damals sogar verklagen können", teilte Novak Kuceras Meinung. „Wenn sie es nicht war, wer dann?"

„Was ist mit Dr. Nemec? Könnte der sich nicht verplappert haben?"

„Glaube ich nicht. Der erscheint mir loyal. Ich werde trotzdem aufpassen", entgegnete Novak.

„Also wissen wir es nicht! Hoffentlich wird es das italienische Ehepaar nie erfahren. Die waren ohnehin aufgebracht, dass ihr Baby gleich nach der Geburt in unserer Station verstorben ist", sagte der Geschäftsführer. „Könnte uns verdammt teuer zu stehen kommen. Nicht nur finanziell."

Novak fragte sich, was der andere mit seinem Hinweis, „nicht nur finanziell" gemeint haben könnte, als das Telefongespräch schon beendet war. Schadensansprüche von Frau Conrad würde die Versicherung regeln, bliebe der Imageschaden für ihre noch recht junge und wenig bekannte Babywunsch-Klinik. Er schloss die Anzeige der Patientenakte und vergaß, den problematischen Vermerk zu löschen.

★★★

Es war wohl eher ein Spaß für ihn, kein konkreter Verdacht, der ihn am folgenden Morgen veranlasste, sein Auto etwas entfernt von Nemecs Wohnung in einer Seitenstraße abzustellen. Und dann lief er auch nicht auf direktem Weg zu dessen Wohnhaus, ein Miethausblock unter vielen, sondern folgte nur gefühlsmäßig der Richtung, in der er das Haus vermutete. Es amüsierte ihn selbst, sich fast wie ein Geheimagent zu bewegen, ohne dafür einen wirklichen Anlass zu haben.

Nemec erwartete ihn bereits vor seiner Wohnungstür, als er die Treppe in den zweiten Stock hinaufstieg. Der schien nervös, schaute ihm schon ungeduldig entgegen und schob ihn dann mit einer Handbewegung fast in seine Wohnung hinein.

„Frau Conrad, sagten Sie", begann er, noch bevor sie sich beide hingesetzt hatten. „Ich fürchte, Ihnen gar nicht allzu viel sagen zu können. Sie war Patientin von unserem Chefarzt, Dr. Czaja. Ich hatte immer nur kurz mit ihr zu tun."

Bosch war erst mal froh, dass Nemec recht gut Deutsch sprach, was er zwar nach ihrer ersten Begegnung schon vermutet hatte, aber worüber er sich keinesfalls sicher war. Nemec schätzte er auf Ende zwanzig, so wie Frau Conrad es ihm auch erzählt hatte. Fast hätte er ihn fragen wollen, wie lange dessen Studium zurücklag, nur wusste er nicht, ob der das missverstehen könnte. Also fasste er kurz zusammen, was er bereits von Frau Conrad und aus dem Klinik-Schreiben erfahren hatte.

„Also viel weiß ich halt noch nicht. Am besten, Sie erzählen das, was Sie wissen, und ich höre einfach nur zu. Wenn ich Fragen habe, dann werde ich Sie schon unterbrechen", ermunterte Bosch den Arzt.

„Unser Chefarzt, Dr. Czaja, er lebt ja nun leider nicht mehr, das wissen Sie ja schon." Nemec unterbrach sich und schaute seinen Gast prüfend an, der nur kurz nickte, und fuhr dann fort: „Also der Chefarzt hatte an diesem Tag zwei Frauen mit In-vitro-Fertilisation. Zunächst sollten Frau Conrad ihre Embryonen eingepflanzt werden. Anschließend sollte bei einer Frau aus Italien, Mailand, glaube ich, ebenfalls eine Embryoübertragung erfolgen. Dann gab es aber ein Problem bei Frau Conrad, die nicht rechtzeitig in der Klinik erschienen war und dadurch auch noch nicht fertig war. So musste die Italienerin vorgezogen werden. Ich war eingeteilt worden, Dr. Czaja zu assistieren. Daneben war noch eine Schwester anwesend, die für die Instrumente verantwortlich war."

Bosch konnte der Schilderung des Arztes problemlos folgen, weil der ein gut verständliches Deutsch sprach, und er nickte mehrfach, um Nemec das zu signalisieren.

„Die Embryoübertragung ist Routine und geht recht zügig, so auch bei der Italienerin. Das Transplantieren der zwei Embryonen dauerte bei dieser Frau wenige Minuten, nichts Besonderes. Soweit ich weiß, war das auch nicht der erste Versuch bei der gewesen. Und dann war auch schon Frau Conrad dran. Die Schwester hatte gerade genügend Zeit zwischen den beiden Behandlungen, neue Instrumente bereitzustellen und den Stuhl frisch abzudecken. Ich hätte eigentlich gar nicht dabei sein müssen, kümmerte mich dann aber darum, dass die Patientin richtig auf dem gynäkologischen Stuhl ausgerichtet saß, die Petrischale mit den Embryonen hatte Dr. Czaja wie stets selbst aus dem Brutschrank entnommen. Im Falle von Frau Conrad sollten ebenfalls zwei Embryonen eingepflanzt werden, und da sie bereits ihren dritten Schwangerschaftsversuch hatte, waren das ihre letzten Embryonen. Erst nach dieser Einpflanzung, ich war da schon mit Dr. Czaja allein, fiel dem Chefarzt anhand der Beschriftung der Petrischalen auf, dass etwas nicht stimmte, es eine Verwechslung der Schalen mit den Embryonen gegeben haben könnte. Das war ein Schock für Dr. Czaja und natürlich auch für mich. Wie gesagt, niemand anderes befand sich in diesem Moment im Behandlungsraum."

„Das konnte auch nicht mehr korrigiert werden?", fragte Bosch ungläubig, dem das nicht einleuchtete.

„Wie sollte das gehen? Höchstens durch einen künstlich herbeigeführten Abort", antwortete Nemec. „Jedenfalls bat mich Dr. Czaja, erst mal nichts davon nach außen dringen zu lassen. Er wollte wohl zunächst selbst überlegen und dann entscheiden, was er tun könnte. Bestimmt ist ihm so etwas noch nie passiert."

„Wie hat er sich dann entschieden?", fragte Bosch.

„Ich meine, dass er sehr lange gezögert hat, ich weiß es aber nicht genau. Vielleicht wollte er zunächst gar nichts unternehmen, weil er sich so unsicher war. Jedenfalls hat er nie wieder mit mir darüber gesprochen. Und er verunglückte ja tödlich kurz nach der Geburt von Frau Conrads Kind. Mir war allerdings bei diesen beiden Implantationen aufgefallen, dass der Chefarzt sehr angespannt und irgendwie unkonzentriert erschien. Allzu oft hatte ich ihm zuvor nicht assistiert, aber er kam mir an diesem Tag verändert vor. Vielleicht war das auch die Ursache für diesen Irrtum, der ja tatsächlich passiert war, wie wir inzwischen wissen."

„Sie sagen ‚wie wir wissen'. Wer ist ‚wir'? Haben Sie eine Ahnung, wem dieser Irrtum bekannt ist?"

„Nein! Wie sollte ich das wissen? Wie gesagt, Dr. Czaja hat mit mir nie wieder darüber gesprochen. Das Ergebnis des Gentests habe ich erfahren, weil ich zufällig auf der Wöchnerinnenstation zu tun hatte, wo Frau Conrad nach der Geburt ihres Kindes lag."

„Das ist schade, denn es sieht so aus, als ob dieser Irrtum irgendwie nach draußen gelangt ist", bedauerte Bosch, worauf Nemec nur mit den Achseln zuckte. „Wie ging es dann weiter?"

„Frau Conrad brachte im August ganz normal ihr Kind zur Welt, Dr. Czaja war dabei gewesen und ich ohnehin, da ich unter anderem im Kreißsaal Dienst hatte. Es gab keinerlei Komplikationen. Was bei der Italienerin gelaufen ist, die noch am Abend des gleichen Tages entbunden hat, kann ich nicht sagen, da war ich selbst nicht dabei, ich hatte den Rest der Woche schon dienstfrei. Als ich nach dem Wochenende zurückkam, da war Frau Conrad bereits entlassen."

Nemec zögerte jetzt, schien zu überlegen, was er noch erzählen sollte.

„Wir alle in der Klinik wurden dann vom plötzlichen Tod von Dr. Czaja überrascht, ein dummer Verkehrsunfall. Aber darüber kann ich nichts weiter sagen."

Nemec schaute fragend zu Bosch hinüber, wahrscheinlich hoffend, dass er genug berichtet hätte.

„Eine Erklärung für das auffällige Verhalten oder die Unsicherheit bei Ihrem Chefarzt haben Sie nicht?", stellte Bosch unbeirrt eine weitere Frage.

„Nein! Ich denke, es war das erste Mal, dass ihm das passiert war. Deshalb hatte er wohl auch so lange mit einem Schreiben an Frau Conrad gezögert. Er hat ihr ja geschrieben, oder nicht?"

„So lange sogar, dass es für Frau Conradi zu spät war, noch eine Abtreibung durchführen zu lassen", bemerkte Bosch und bestätigte damit, dass es einen Brief gab. „Können Sie sich sein Zögern erklären?"

„Das kann ich auch nur vermuten. Vielleicht war er zu unsicher, vielleicht dachte er auch nur an den Ruf der Klinik. Ich weiß es nicht", gestand Dr. Nemec glaubhaft. „In der Klinik wurde jedenfalls nie darüber geredet."

„Könnten Sie sich vorstellen, dass auf ihn Druck ausgeübt worden ist? Zum Beispiel von Ihrer Klinikleitung?", fragte Bosch, worauf Nemec nur mit den Achseln zuckte.

Wenn der Arzt wirklich mehr wusste, dann scheute er sich wahrscheinlich, das zu offenbaren. Jedenfalls entschied Bosch, in diesem Punkt nicht tiefer nachzubohren. Stattdessen fragte er nach der Italienerin. „Wissen Sie, wer die andere Patientin war? Ein Name?"

„Das dürfte ich Ihnen eigentlich gar nicht verraten", zögerte Nemec. „Das war eine Frau aus Italien, aus Mailand. Die hieß, glaube ich, Conti."

Nach einem Moment fügte er noch an: „Sie hatte auch bereits mehrere Versuche hinter sich und wirkte auf mich sehr angespannt. Ich denke, es lag an ihrem fortgeschrittenen Alter, fast schon Mitte vierzig, da nimmt die Chance, noch schwanger zu werden, deutlich ab. Ihr Mann, den hatte ich mal im Gespräch mit meinem Chef gesehen. Er schien ziemlich ungeduldig oder aufgebracht zu sein. Das war aber einige Zeit vor der Transplantation."

Bosch leuchtete ein, dass das Alter bei dieser Frau aus Italien der Grund für eine solche IVF-Behandlung in Tschechien gewesen war. Er erinnerte sich an die Aussagen auf der Web-Seite der Klinik, die mit ihrer Kompetenz auch bei älteren Frauen warb. Dass es die niedrigeren Kosten waren, wollte er aber nicht ausschließen. Bei Frau Conrad lag dieses Krankenhaus praktisch über dem Zaun, und die Behandlung war bestimmt billiger als die einer vergleichbaren Klinik in Deutschland.

Dann erwähnte Nemec noch, dass die Italienerin etwas abgeschirmt worden wäre, der alte Chefarzt und der Oberarzt Novak hätten sie persönlich betreut.

„Eine Privatpatientin?", fragte Bosch ironisch. „Gibt es das hier bei Ihnen?"

„In dieser Klinik gibt es nur Privatpatientinnen, zahlen müssen die alle", erwiderte Nemec amüsiert und schüttelte den Kopf.

Bosch lachte, seine nicht ernst gemeinte Bemerkung war naiv. „Was glauben Sie, wie es Ihrer Klinik wirtschaftliche geht?"

„Sie stellen Fragen!", antwortete der Arzt kopfschüttelnd. „Wie soll ich das wissen? Dazu möchte ich lieber nichts sagen!"

Vielleicht ist das schon die Antwort, überlegte Bosch. Bevor er sich von Nemec verabschiedete, fiel ihm dann doch noch eine Frage ein.

„Sagen Sie mal, könnten Sie für mich herausfinden, ob dieses Kind der anderen Frau ohne Komplikationen zur Welt gekommen ist?"

„Vielleicht! Ich könnte es versuchen. Aber warum wollen Sie das wissen?"

„Es ist nur eine Idee", antwortete er und verabschiedete sich dann. Dass ihm Nemec im Moment mehr Antworten geben könnte, glaubte er nicht.

Vielleicht war es ja ein italienisches Paar, das da Drohbriefe schrieb. Nur: Warum sollten die das tun?, fragte er sich. Die müssten doch auch ein Baby mit nach Hause genommen haben.

Er bedauerte, dass Nemec kaum etwas über dieses Ehepaar sagen konnte, auch nicht, wie die Geburt ihres Kindes verlaufen war. Was er dachte, als er schon nach Deutschland zurückfuhr, war nicht exakt das, was parallel in diesem Moment passierte. Aber es hätte seinem Verdacht neue Nahrung gegeben.

★★★

Er saß am Schreibtisch, als sein Handy läutete. Dr. Novak kannte nicht nur die Rufnummer auf dem Display, sondern auch die Stimme des Anrufers und ahnte sofort, dass dieses Telefonat Ärger bedeutete. Wie Messerspitzen drangen dessen Worte in seinen Kopf, sodass sich das ohnehin vorhandene Bedrohungsgefühl weiter verstärkte. Sicher waren seine eigenen Deutschkenntnisse ebenfalls lückenhaft, aber das, was dieser Italiener ihm sagte, in einer Sprachmischung aus Italienisch und Deutsch, verstand Dr. Novak trotzdem. Die deutliche Drohung brauchte keine exakte Aussprache.

„Ihre Klinik hat uns mehrfach enttäuscht, ich meine, zu oft enttäuscht. Das Kind, das meine Frau bei Ihnen zur Welt gebracht hat, ist dort gestorben. Davor ist Dr. Czaja ein schwerer Fehler unterlaufen, wie wir inzwischen wissen. Das Kind, dessen leibliche Eltern wir sind, lebt inzwischen bei einem Ehepaar in Deutschland", erklärte der Anrufer schneidend scharf, aber noch sachlich. Dann verschärfte sich sein Tonfall, er drohte. „Das ist zu viel für unsere Geduld. Wir verlangen von Ihnen, dass Sie diesen Fehler umgehend korrigieren."

„Welchen Fehler meinen Sie? Und wie sollten wir den korrigieren?", wehrte sich der Oberarzt mit unsinnigen Fragen.

„Herr Dr. Novak, denken Sie nach! Das sollte auch Ihr Klinikchef tun. Ihre Klinik schuldet uns etwas. Wir warten nicht mehr lange!", verstärkte der Italiener nochmals seine Drohung.

Es überraschte Novak noch nicht einmal, dass das italienische Ehepaar vom Irrtum wusste. Viel mehr erschreckte ihn diese knallharte und kompromisslose Ansage, die er sofort verstanden hatte. Wie sollte die Klinik seine Forderung erfüllen können?, überlegte er.

„Wenn Sie offenbar keinen juristischen Weg sehen, die Übergabe des Kindes von dem anderen Ehepaar zu erzwingen, dann ist uns das doch erst recht nicht möglich."

„Eine juristische Option haben wir in Deutschland nicht. Aber Sie sollten einen Weg finden, dass diese deutschen Eltern Ihnen das Kind kurzzeitig anvertrauen. Lassen Sie sich etwas einfallen, und dann melden Sie sich bei mir." Und damit endete sofort das Gespräch.

Auch wenn es ihm jetzt nutzlos erschien, fragte sich Novak, wer denen etwas vom Vertauschen der Embryonen erzählt haben könnte. Es beunruhigte ihn, dass der Italiener von einer Schuld der Klinik am Tod ihres Kindes überzeugt war. Solche tragischen Todesfälle passierten gelegentlich, wobei der Grund oft unklar blieb. Der Klinik eine Schuld daran zuzuweisen, erschien ihm absurd. Und für völlig daneben hielt er deren Versuch, Dr. Czaja Versagen bei den erfolglos gebliebenen Transplantationen von Embryonen zu unterstellen. Beim Alter dieser Frau musste man mit wiederholten Fehlversuchen rechnen.

Dass er die Forderungen der Italiener erfüllen könnte, hielt er für aussichtslos. Und das sah er auch so für die Klinik. Er wollte sich gar nicht erst allein mit diesem Problem herumschlagen. Stattdessen wählte er die Nummer vom Klinikgeschäftsführer.

„Novak hier, Herr Kucera", meldete er sich am Telefon. „Jetzt hat sich das italienische Ehepaar gemeldet, der Mann rief mich gerade an. Und die unterstellen uns nicht nur Versagen wegen der Fehlversuche, sondern geben uns zumindest eine Mitschuld am Tod ihres Babys. Das Schlimmste ist, sie wissen über Dr. Czajas Fehler Bescheid. Unwahrscheinlich, dass wir die beruhigen oder hinhalten können. Die wollen, dass wir uns einschalten. Also was machen wir?"

„Das war zu befürchten!", rief am anderen Ende Kucera, den dieser Anruf ebenfalls aufgeschreckt zu haben schien. „Meinen Sie, dass die uns nur verklagen werden?"

„Glaube ich nicht! Das hätten die ja längst tun können. Die fordern vehement das Baby, und dazu brauchen sie unsere Unterstützung", antwortete Novak. „Sollte mich nach diesem Telefonat nicht wundern, wenn die gewalttätig sind. Vor allem denke ich, dass die bereits einen festen Plan haben."

„Und in dem sollen wir bestimmt mitspielen?", fragte der Klinikgeschäftsführer, der offensichtlich schon damit rechnete. „Dr. Novak, wir müssen uns beide etwas überlegen und uns dann zusammensetzen. Ich melde mich bei Ihnen gleich wieder."

Auch wenn Novak sich etwas beruhigt hatte, immerhin war es nicht allein seine Sache, einen Ausweg zu finden. Er hätte jetzt trotzdem am liebsten laut ein Kraftwort herausgebrüllt, bremste sich aber mit Hinsicht auf seine Sekretärin, die das im Vorzimmer hören könnte. Eine weitere Sorge meldete sich bei ihm. Als Interimschef auf der Gynäkologie sollte er jetzt jeden Fehler vermeiden und den Klinikchef nicht enttäuschen.

Er durchsuchte die Patientenakte von Frau Conti und las, was in ihrem Fall seitens der Klinik unternommen worden war. Auf irgendein Indiz dafür, dass die damaligen Behandlungen fehlerhaft verlaufen sein könnten, stieß er nicht. Das war bei der Durchsicht der Krankenakte von Frau Conrad nicht anders. Ein

Gedanke war plötzlich da, dass die unwissentlich nur als eine Art Leihmutter fungiert hatte. Es war keine beabsichtigte Leihmutterschaft, das war untersagt, aber sie schien praktisch passiert zu sein, wie Novak es plötzlich sehen wollte. Eine abstruse Überlegung drehte sich in seinem Kopf. Warum also sollte Frau Conrad ein größeres Recht auf dieses Baby haben als das italienische Ehepaar, die leiblichen Eltern?

Man könnte das so oder so sehen, und wir, die Klinik, müssen einen Standpunkt einnehmen, sagte er sich, und dann klingelte schon sein Telefon. Der Klinikchef bat ihn in sein Büro.

★★★

„Du hast diesen Dr. Nemec tatsächlich angetroffen?", sagte Haber, als Bosch bei ihm in der Kanzlei saß.

„Einer Fliege sei Dank", antwortete der Freund lapidar und erntete damit nur Unverständnis. „Was? Ich verstehe nicht", reagierte Haber irritiert.

„War ein Zufall, dass ich den auf dem Klinikparkplatz erkannt habe", erklärte Bosch und erzählte dann in knappen Worten, was ihm in der Klinik passiert war.

„Da zeigt sich uns wieder einmal, wie wichtig doch all diese Insekten sind, auch wenn du dem Fliegenleben gleich ein Ende bereitet hast", spottete Haber. „Aber wie auch immer, du hast hoffentlich einiges erfahren, was dir weiterhilft?"

Bevor Bosch die Frage beantworten konnte, erschienen die Conrads. Das war seine Absicht, allen gleichzeitig zu berichten, was er in Klatovy herausbekommen hatte.

„Dass Dr. Czaja ein Fehler unterlaufen ist, scheint leider sicher. Dafür gibt es genügend Anhaltspunkte", wandte sich Bosch zunächst an die Conrads. „Dr. Nemec, der bei den beiden Transplantationen assistiert hat, erklärte mir das so. Der Irrtum unterlief Dr. Czaja wahrscheinlich, weil die Reihenfolge der beiden geplanten Transplantationen kurzfristig geändert werden musste. Anders als geplant, musste die Behandlung bei einer Italienerin vorgezogen werden, weil Sie nicht rechtzeitig vorbereitet werden konnten. So wurden dieser Frau aus Mailand die für Sie bestimmten, also ihre Embryonen, transplantiert. Erst danach transplantierte der Chefarzt Ihnen die Embryonen, die der Italienerin hätten eingesetzt werden müssen. Dieses italienische Ehepaar wäre also auch die genetischen Eltern Ihres Kindes."

„Was für ein entsetzlicher Fehler, es ist unglaublich, was die Klinik angerichtet hat!", zeigte Frau Conrad, wie ungeheuerlich ihr dieser Gedanke daran war. Sie barg ihr Gesicht dabei in ihren Händen und schüttelte heftig den Kopf.

„Sind das dann die, die uns bedrohen?", fragte Herr Conrad eher nüchtern dazwischen.

„Das liegt zumindest nahe", antwortete Haber an Boschs Stelle. „Die hätten ein starkes Interesse. Dagegen spricht allerdings, dass die Frau ja auch ein Baby bekommen hat, und wir wissen nicht, ob denen der Fehler von Dr. Czaja ebenfalls bekannt ist."

„Die Erpresserbriefe, mit denen die ziemlich kriminell agieren, deuten darauf hin, dass die von der Verwechslung wissen müssen", warf Bosch ein.

Bei den Conrads stieß der Verdacht der beiden auf Skepsis. Die erinnerten sich wahrscheinlich an die Verpflichtung der Klinik zur Verschwiegenheit. Haber und Bosch waren sich aber auch nicht sicher, nur hatten sie keine Idee, wer sonst solche Briefe schreiben könnte.

„Wir verstehen einfach nicht, warum sich dieses Ehepaar so verhalten sollte. Warum klagen die nicht gegen die Klinik oder suchen auf gerichtlichem Wege zu erreichen, dass ihnen ihr vermeintlich leibliches Kind übergeben wird? Immerhin haben die doch auch ein kleines Baby, das etwas für die bedeuten sollte, selbst wenn die wüssten, dass sie nicht die leiblichen Eltern sind. Stattdessen aber schreiben die Erpresserbriefe. Das ist völlig absurd."

„Sie suchen auch keine Verständigung mit Ihnen. Die drohen auf eine primitive Art, was auch noch aus einem anderen Grund schwer zu verstehen ist. Nach dem, was ich über die im Internet herausgefunden habe, sollten die andere Möglichkeiten haben, ihr Recht einzufordern", sagte Bosch, der intensiv recherchiert hatte. Dieses Ehepaar war ein begütertes Unternehmer-Ehepaar, dem es an finanziellen Mitteln kaum fehlen sollte.

Bosch war bei seiner Recherche mit den Suchkriterien „Conti" und „Mailand" auf die Web-Seite eines über die Grenzen Italiens hinaus agierenden Logistikunternehmens gestoßen. Dann hatte er herausgefunden, dass Frau Conti bei Facebook registriert war. Die hatte noch im August Fotos hochgeladen, die sie hochschwanger zeigten. Und dort erfuhr er auch, dass sie eine geborene Tschechoslowakin war, die augenscheinlich Verwandte in Klatovy hatte. An einen Zufall wollte er nicht glauben. „Das muss sie sein. Und das erklärt deren Klinikauswahl!"

Bosch hatte spekuliert, wie das Verhalten der Contis zu dieser Erpressergeschichte passte. Auffällig erschien ihm, dass Frau Conti einige Fotos gepostet hatte, die sie schwanger zeigten, aber kein einziges Bild mit einem Baby. „Sie ist Mutter geworden, und es gibt kein Foto mit ihrem Kind? Merkwürdig!", hatte er erstaunt bemerkt, denn er hätte erwartet, dass die das freudige Ereignis der Geburt mit ihren Facebook-Freunden teilen würde.

Bosch scheute sich, über diese Merkwürdigkeit vor den Conrads zu spekulieren. Er fürchtete, dass sie vor allem dadurch noch mehr beunruhigt werden könnten. Wichtig erschien ihm, die beiden von unüberlegten Aktionen abzuhalten, um auf eigene Faust gegen die Erpresser vorzugehen.

„Jedenfalls scheint es fast so, als hätten wir endlich einen Namen des oder der Erpresser. Ich werde versuchen herauszufinden, ob die Contis Sie tatsächlich bedrohen und was sie vorhaben", schloss er seinen kurzen Besuchsbericht in Klatovy. „Eins ist aber ganz wichtig! Sie dürfen sich auf nichts einlassen, was Sie oder Ihr Baby in Gefahr bringt. Sollten der oder die Erpresser nämlich versuchen, Sie in eine Falle zu locken, dann kann ich Sie nur schützen, wenn Sie mich rechtzeitig informieren. Das können Anrufe, das können weitere Briefe sein mit dubiosen Aufforderungen, sich irgendwo mit dem Baby einzufinden …"

Er schaute die Conrads fragend an, ob die ihm hatten folgen können. Die nickten nur, schienen ihn verstanden zu haben.

Ob die harmlose von bedrohlichen Anrufen unterscheiden könnten, was für die unter Umständen schwierig zu beurteilen war, sah Bosch kritisch. Daher bat er sie, wenn immer sie Zweifel hätten, ihn sofort zu informieren. „Das wollte ich vor allem rüberbringen", sagte er beim Abschied.

Als die beiden sich verabschiedet hatten, fragte Bosch Haber, ob die Conrads ihn nicht nur verstanden hätten, sondern auch danach handeln würden.

„Das denke ich schon, deine Botschaft war ja klar. Trotzdem solltest du wachsam sein, es ist ein zutiefst verunsichertes Ehepaar, und ich weiß nicht, ob die immer überlegt reagieren werden", warnte ihn der Rechtsanwalt, was Bosch ähnlich sah.

„Lass uns nochmals über diese Schreiben reden", setzte sein Freund fort. „Die Contis stecken dahinter, das nehmen wir an, auch wenn wir deren Vorgehen nicht verstehen. Du solltest also herausfinden, warum die sich so kriminell verhalten. Dann fällt uns vielleicht auch ein, was die als Nächstes planen könnten."

„Deren Briefe lassen befürchten, dass die auch nicht vor einer kriminellen Aktion zurückschrecken, um sich das Baby zu holen. Wie stellen die das an, ist die Frage. Kann mir gut vorstellen, dass die nicht mehr lange stillhalten werden", erklärte Bosch.

„Da liegst du wohl richtig!", stimmte ihm sein Freund zu.

Wieder in seinem Büro, kam Bosch eine verwegene Idee. Jetzt, wo er sicher meinte, einen Namen zu haben und er leicht etwas auf der Facebook-Seite von Frau Conti posten konnte, wollte er das nutzen, quasi selbst eine Warnung an die Contis absetzen. Im Internet suchte er sich eine schräge Abbildung eines Detektivs vor düsterem Hintergrund, und die versah er noch mit einem Kommentar, den er sich mittels Google zusätzlich ins Italienische übersetzen ließ: „Ich habe Euch im Auge! Ti tengo d'occhio!"

***

Bereits beim Eintritt in Kuceras Büro hielt der ihm ein Bündel Seiten entgegen.

„Wissen Sie, was ich gerade erhalten habe?", sagte der Klinikgeschäftsführer sichtlich aufgebracht und wedelte dabei mit dem Bündel Papier so heftig hin und her, dass es kräftig raschelte. „Das ist fast schon eine juristisch ausgearbeitete Klageschrift! Die drohen uns damit nicht nur mit einem Prozess, die wollen uns mit Schadens- oder Schmerzensgeldforderungen fertigmachen, wenn wir nicht tun, was die verlangen."

Dr. Novak war klar, was Kucera da hochhielt, obwohl er das nicht erwartet hatte. Den Klageweg hatten die Contis doch bisher vermieden.

„Das ist von dem italienischen Ehepaar verfasst worden?", fragte er trotzdem.

„Von wem denn sonst! Das Schreiben ist im Übrigen in Tschechisch und sicherlich mit Unterstützung eines Anwalts aufgesetzt worden, der allerdings nicht namentlich im Schreiben auftaucht", empörte sich Kucera. „Da, lesen Sie mal nur diese eine Seite."

Novak setzte sich erst mal, bevor er halb laut zu lesen begann. Die Textpassage schien ihn aber kaum zu verwundern.

„In mehreren erfolglosen Versuchen hat Ihr Chefarzt Dr. Czaja Frau Conti Embryonen transplantiert, wobei inzwischen Zweifel bestehen, ob dabei bereits dem Chefarzt schwerwiegende Fehler unterlaufen sind. Uns zugespielte Informationen bestätigen (siehe Kopie des Gentests bei den Conrads), dass bei der letzten Transplantation die Embryonen von Frau Conti mit denen von Frau Conrad tatsächlich vertauscht worden sind." Kucera hielt jetzt eine Seite hoch, die Dr. Novak zweifelsfrei als Kopie eines Laborberichts aus ihrer Klinik erkannte, deutlich prangte ihr Logo in der oberen Ecke.

Auf einer weiteren Seite, die er auch noch lesen sollte, wurde der Klinik eine Mitschuld am Tod des Säuglings der Contis unterstellt, angeblich wäre das auf Verletzung der Fürsorgepflicht durch die Säuglingsschwestern zurückzuführen.

„Das ist starker Tobak", stellte Novak nüchtern fest. „Jemand muss denen den Laborbericht zugespielt haben."

„Starker Tobak? Das ist eine Katastrophe für unsere Klinik!", erregte sich der Klinikchef. „Das kann unseren Ruf derart ruinieren, dass wir den Laden dicht- machen können. Wissen Sie, wie viel Prozent unserer Patientinnen aus dem Ausland kommen?"

Novak wusste das nicht, wollte sich das jetzt gar nicht vorstellen. Noch hatte Kucera nichts über die Forderungen der Contis gesagt, und das war natürlich das Wichtigste. „Was wollen die jetzt von uns? Ich meine, wollen die es wirklich auf einen Prozess ankommen lassen? Die hätten uns doch schon längst verklagen können."

„Verklagen wollen die uns nicht", erklärte Kucera. „Die wollen das Kind der Conrads. Die meinen, dass das ihnen gehört, weil sie die genetischen Eltern sind."

„Und das Kind auf gerichtlichem Wege zu erhalten, dazu fehlt ihnen offensichtlich das Vertrauen?", fragte Novak.

„So ist es wohl!", antwortete Kucera. „Sie wollen uns dafür einspannen! Sie nehmen an, dass wir eher Zugriff auf die Conrads und das Baby haben als sie. Wir sollen den Lockvogel spielen, das heißt die Conrads in eine Falle locken. Wir würden dadurch zu deren Komplizen bei einer kriminellen Aktion!"

„Wie das Ganze ablaufen soll, das schreiben sie nicht, oder?", fragte ein sichtlich geschockter Novak.

Beide hielten sie das Ansinnen der Contis für eine Katastrophe. Aber verhielt sich dieses italienische Paar nicht ohnehin schon absurd, geradezu durchgeknallt?

Kucera erschien regelrecht angeschlagen, was ihn möglicherweise hinderte, logisch nachzudenken. Wiederholt schüttelte er den Kopf, hielt einzelne Seiten des Schreibens hoch, las etwas darauf und legte die dann zurück auf seinen Schreibtisch. So offenbarte er seine völlige Ratlosigkeit.

„Wer ist das, der den Contis diese Panne gesteckt hat?", fragte er scheinbar gefasster. „Das kann nur einer von unseren Mitarbeitern gewesen sein. Von Dr. Czaja weiß ich, dass er anfangs so unsicher war, dass er sich tagelang nicht zu einer Mitteilung an die Eltern entschließen konnte. Warum er dann doch noch die Conrads informiert hatte, weiß ich nicht."

„Dr. Nemec schließe ich aus, der ist korrekt und loyal", warf Novak ein. „Ich denke eher an unseren ehemaligen Laborleiter, den Sie in seiner Probezeit rausgeworfen haben. Der war noch bei uns, als die beiden Frauen ihr Kind bekommen haben."

„Dieser Trinker? Denken Sie, dass der sich rächen wollte?", fragte Kucera, und als Novak nickte, fügte er an: „Warum habe ich diesen Saufbold eingestellt? Dem traue ich aber so etwas zu. Ich werde im Labor klären lassen, wer dieses Gentest-Ergebnis bei der Frau Conrad bearbeitet hat."

„Und wenn wir diese Drohung einfach aussitzen, ich meine …", schlug Novak vor, wurde aber sofort von Kucera unterbrochen.

„Auf keinen Fall, oder wollen Sie die nicht gleich einladen, unseren Fehler in die Öffentlichkeit zu ziehen?"

„Dann bleibt eigentlich nur, dass wir auf deren Forderung eingehen müssen. Wir können allerdings nicht sicher sein, was die als Nächstes vorhaben", lenkte Novak ein.

Nach einer Pause fiel dem Oberarzt ein, was er sich vorher in seinem Zimmer überlegt hatte.

„Wenn wir es ganz nüchtern betrachten, dann haben die Conrads kein größeres Recht auf das Baby als die Contis. Eigentlich können wir die Frau Conrad wie eine Art Leihmutter betrachten."

Kucera schaute befremdet den Oberarzt an, sprach aber nicht aus, was ihm dabei durch den Kopf ging.

„Sicher, in Deutschland wird kein Gericht Frau Conrad das Kind wegnehmen, aber das könnte zum Beispiel in Italien ganz anders aussehen."

„Ja, schon, und was heißt das?", fragte der Klinikchef gereizt. „Meinen Sie, das beeindruckt die Conrads, wenn wir sagen: Sie sind eine Leihmutter, und in Italien würde das Gericht den Contis das Kind zusprechen. Wollen Sie damit die Conrads umstimmen, Dr. Novak?"

„Vielleicht sollten wir uns auf die Forderung der Contis einlassen und versuchen, ein Gespräch zwischen diesen beiden Ehepaaren zu arrangieren …" Er zögerte jetzt, weil ihn sein Gegenüber nur mit offenem Mund anstarrte. „Ich meine, wir sorgen dafür, dass sich die Conrads und die Contis irgendwo, eventuell in unserer Nähe, treffen. Dann sollen die ihr Problem mit dem Baby gemeinsam zu regeln versuchen."

Bei Kucera schien es Klick gemacht zu haben. „Ich verstehe, was Sie meinen", antwortete er zögernd, wobei er Novak abschätzig ansah. „Also den Conrads ein Treffen vorschlagen in der Hoffnung, dass die sich dann mit dem anderen Paar einigen? Und Sie wollen das arrangieren, nicht wahr?"

„Genau! Wir müssen gar nicht bei diesem Treffen selbst auftreten", erklärte Novak mit einer unbestimmten Handbewegung.

„So denken Sie sich das!", bemerkte Kucera, wobei er Novak kopfschüttelnd ansah. Dann schaute er auf seine Armbanduhr.

„Ich muss jetzt los. Machen Sie mal, vielleicht klappt es ja." Kucera war plötzlich aufgestanden und schob Novak regelrecht aus dem Büro. „Mein Termin, leider. Aber Sie verstehen schon, unsere Klinik will damit nichts zu tun haben."

Jetzt hatte er doch das Problem allein an der Backe, ärgerte sich Novak, als er schon in seinem eigenen Büro stand.

„Unsere Klinik will damit nichts zu tun haben", äffte er ironisch Kuceras Worte nach. Aber verstanden hatte ihn der Klinikchef bestimmt, das schien offensichtlich.

Mit den Conrads über das Schreiben der Contis und deren Forderung zu reden, wäre ihm nicht eingefallen. Ebenso wenig durfte bei Frau Conrad der Eindruck irgendeiner Parteinahme der Klinik im Konflikt um das Baby aufkommen. Wie also sollte er sie an einen Ort locken, wo auch die Contis dabei sein könnten? Ein Zusammentreffen in der Klinik durfte es nicht geben.

Was ihm jetzt einfiel, war alles andere als sauber, es war mies, und er konnte sich nicht einmal sicher sein, dass es funktionierte. Trotzdem griff er zum Telefon.

„Spreche ich mit Frau Conrad?", fragte er ganz höflich. „Haben Sie einen Augenblick Zeit, ich habe ein Anliegen an Sie!"

✶✶✶

Einen Einsatz in Mailand könnten die Conrads ihm kaum bezahlen, die hatten bereits die langwierige IVF-Behandlung mit einem Bankkredit finanziert. Und er mit seinen überschaubaren Einnahmen hatte schon immer knapp kalkulieren müssen, er könnte sich auch keine größeren Ausgaben leisten. Augenblicklich sparte er, um sein betagtes Auto endlich durch einen neuen Gebrauchten ersetzen zu können. Seinen Freund Haber anpumpen? Die Idee hatte er sich überlegt, aber den nicht zu fragen gewagt, hatte der doch bisher auf eine Bezahlung für seine Unterstützung verzichtet.

Er suchte die Karte, die ihm Dr. Nemec gegeben hatte. Kurz prüfte er seine Uhr, dann rief er den auf dem Handy an.

„Was wollen Sie denn noch von mir?", fragte Nemec hörbar genervt.

„Verstehe Ihren Unmut, meine Stimme zu hören, aber ohne Ihre Hilfe komme ich nicht weiter, und Frau Conrad wird immer noch bedroht, jemand versucht, ihr das Baby wegzunehmen."

„Immer noch Frau Conrad", wiederholte Nemec, der hörbar keine Lust hatte, sich von Bosch einspannen zu lassen.

„Es geht zwar um meine Klientin. Aber meine Frage betrifft diesmal die italienische Patientin, wobei ich auf Ihre Hilfe hoffe. Sie hatten erwähnt, dass Frau Conti die für Frau Conrad bestimmten Embryonen erhalten hat. Sie sagten, dass die am selben Tag wie Frau Conrad bei Ihnen entbunden hat", erklärte Bosch.

„Ich erinnere mich! Aber warum interessiert Sie das?", fragte Nemec.

„Die Frage ist, wer schreibt die Drohbriefe an die Conrads? Ich vermute, dass die Contis die Absender sind. Was ich nicht verstehe ist, warum diese Contis Frau Conrad bedrohen, von ihr das Baby verlangen, obwohl sie doch auch ein Baby haben müssten?"

„Vielleicht, weil sie ihr eigenes Baby haben wollen?", reagierte Dr. Nemec desinteressiert. „Vielleicht wollen die ja Zwillinge."

Bosch lachte kurz, aber unwillig. „Nein! Das wäre etwas seltsam. Direkt gefragt: Wissen Sie etwas über deren Baby und die Geburt, oder können Sie darüber etwas herausfinden? Vielleicht finden Sie das in ihrer Patientenakte." Bosch wartete kurz auf eine Reaktion. „Ich rufe Sie wieder an!"

Das Gespräch brach auf einmal ab, und er konnte nur hoffen, dass Nemec sich seiner Bitte annehmen würde.

Dass ihn der bereits am folgenden Tag anrief, überraschte und freute Bosch.

„Ich glaube, bei meinem nächsten Besuch in Klatovy muss ich Sie mal einladen für all Ihre Hilfe! Aber jetzt sagen Sie mal, was Sie herausgefunden haben."

„Ich kann es kurz machen. Das Baby kam gesund zur Welt, aber in der folgenden Nacht soll es überraschend zu atmen aufgehört haben. Keiner auf der Säuglingsstation hat das rechtzeitig bemerkt", sagte Nemec.

Natürlich! Das könnte der Grund für dieses absurde Verhalten der Contis sein, die sehr wahrscheinlich kaum noch eine Chance sahen, sich ihren Kinderwunsch zu erfüllen, dachte Bosch. Darüber informierte er auch Haber.

„Das ist es! Sie ist zu alt, und er hat keine Lust mehr auf einen weiteren Fehlversuch. Die klammern sich daran, dass sie mindestens ihr leibliches Kind erhalten", sagte Haber. „Das Motiv scheint damit klar zu sein, jetzt musst du herausfinden, was die unternehmen wollen."

„Da sind meine Möglichkeiten begrenzt! Ich kann aufpassen, dass den Conrads nichts passiert und die nicht auf eigene Faust etwas unternehmen. An die Contis komme ich nicht heran, in Italien habe ich keine Chan-ce", zeigte sich Bosch skeptisch.

„Ob die Contis in Deutschland selbst etwas versuchen werden?", fragte Haber. „Denke eher, dass sie die Klinik einspannen wollen."

★★★

Der Ton des Italieners war überraschend verbindlich, sogar freundlich, was Dr. Novak aber nicht beruhigte. Er erinnerte das letzte Telefonat und das Schreiben an die Klinik. Ein entspanntes Gefühl stellte sich bei ihm bei dessen Begrüßungsfloskel nicht ein. Contis sonst stets rüder und kompromissloser Gesprächsstil warnte ihn, besser zurückhaltend zu reagieren.

„Sie wollen sicher erfahren, was wir unternommen haben", lenkte er von sich aus das Gespräch auf das eigentliche Thema. „Wir haben Kontakt mit Frau Conrad aufgenommen. Dabei haben wir sie von einem gemeinsamen Treffen mit Ihnen überzeugen können. So hätten Sie selbst Gelegenheit, das deutsche Ehepaar von Ihrer Auffassung zu überzeugen", log Novak, der bisher eine solche Begegnung mit den Conrads überhaupt nicht vereinbart hatte.

„Steht denn schon fest, wo das Treffen stattfinden soll? Werden Sie auch dabei sein?", fragte Conti argwöhnisch.

„Unser Vorschlag ist, dass Sie sich in einem Hotel in der Nähe von Klatovy treffen. Und nein, keiner von der Klinik wird dabei sein. Dafür gibt es keinen Grund."

„Ich verstehe!", sagte der Italiener, und Novak hörte ein kurzes Lachen. „Gut. Ich warte auf Ihren Anruf mit den Details."

Bevor er aber das Gespräch beendete, schob er doch noch eine Warnung hinterher. „Es hört sich gut an, aber wir werden nicht mehr lange warten, seien Sie sicher!"

Zum Schluss zeigte dieser Anrufer doch wieder, mit wem die Klinik es zu tun hatte.

Sofort nach dem Telefongespräch ließ Novak seine Sekretärin zwei Doppelzimmer in einem ortsnahen Hotel reservieren. Viel wichtiger war allerdings, die Conrads ins Boot zu holen. Die musste er noch von dem geplanten Treffen überzeugen. Einen Moment überlegte er noch, dann wählte er deren Nummer.

„Hallo Frau Conrad", redete er sie so freundlich an, als wollte er sich nur mal nach ihrem Befinden oder dem Wohlergehen des Babys erkundigen. „Ich habe eine kurze und hoffentlich auch erfreuliche Nachricht für Sie. Von unserer Idee, dass Sie und das andere Paar sich einmal treffen könnten, hatte ich Ihnen schon erzählt. Sie haben da sehr skeptisch darauf reagiert. Und jetzt halten Sie sich fest: Das Ehepaar Conti will dort mit ihrem Baby erscheinen. Was sage ich, eigentlich sind Sie ja die leiblichen Eltern von Frau Contis Baby. Die wollen, dass Sie und Ihr Mann das Kind wenigstens erst mal kennenlernen. Und die hoffen natürlich im Gegenzug, dass sie Ihren Eduardo mal sehen können. Ich denke, dass es eine fantastische Gelegenheit für Sie alle gibt, sich kennenzulernen – und vielleicht, wer weiß, entsteht sogar so etwas wie eine lang anhaltende Freundschaft."

Frau Conrad fehlten die Worte, was sie erwidern sollte. Dass die Contis gar kein Baby hatten, war ihr nicht bekannt, aber allein der Gedanke, ihrem leiblichen Kind beggnen zu könnten, elektrisierte sie.

„Mein Gott, ist das wahr?", stammelte sie, und Tränen liefen ihr über das Gesicht. Zustimmen würde sie, das platzte regelrecht aus ihr heraus. Ihre Erregung war so groß, dass sie nur mit Mühe sich den Ort und Termin für das Treffen notieren konnte.

Es war ein Impuls bei ihr, dass sie sich entschloss, Bosch doch nicht über das Telefongespräch zu informieren. Sehr wahrscheinlich fürchtete sie dessen Bedenken, die sie von dem erwartete. Sie wollte unbedingt dieses Treffen.

Und Bosch? Der vertraute ihrer Absprache und sah keine Veranlassung, sich täglich bei ihr zu melden. Selbst die äußerst wichtige Information über den Tod des anderen Babys der Contis wollte er den Conrads erst bei einem Treffen mitteilen. War es Fürsorge oder Mitleid mit Frau Conrad, deren leibliches Kind ja verstorben war, die ihn so entscheiden ließ? Verhängnisvoll war nicht nur seine Entscheidung, sondern auch die von seiner Klientin, das geplante Treffen zu verschweigen.

★★★

Es war genau am Tag dieser Verabredung in Klatovy, dass Haber sich bei Bosch erkundigte, ob sich etwas Neues ergäben hätte. Bei dem war es auch nur ein eher diffuses Gefühl, das ihn veranlasste, sich bei seinem Freund nach dem Stand seiner Ermittlungen zu erkundigen. Vielleicht mehr noch als Bosch erwartete er von den Contis irgendeine Reaktion. Dass die Italiener

Ruhe geben könnten, schloss er aus, erst recht, seit er vom Tod des Babys erfahren hatte.

„Ich habe tatsächlich jetzt mehrere Tage nichts mehr von denen gehört", erklärte Bosch, was für Haber erstaunlich sorglos klang. „Die würden sich ja melden, wenn sich da etwas Verdächtiges ereignet hätte."

„Deine Sorglosigkeit empfinde ich als leichtsinnig!", erwiderte Haber irritiert. „Wissen die bereits vom Tod des Babys der Contis?"

„Das habe ich denen noch nicht erzählt", entgegnete Bosch, etwas genervt, weil er einen leichten Vorwurf zu hören meinte.

Als das Gespräch gleich darauf endete, hatte sein Freund bei Bosch so viel Unruhe ausgelöst, dass der sich dann doch entschloss, die Conrads zu erreichen. Telefonisch erreichte er nur die Mailbox. Das alarmierte ihn zunächst nicht, vor allem, weil er Herrn Conrad auf seiner Arbeitsstelle vermutete. Trotzdem entschloss er sich, zu deren Wohnung zu fahren, in der Hoffnung, sie dort anzutreffen.

Dass auf sein Klingeln niemand bei den Conrads reagierte und er auf der Straße auch deren Auto nicht entdecken konnte, beendete seine Gelassenheit. Habers Warnung wirkte endlich. Nach kurzem Überlegen entschloss er sich zu einer WhatsApp-Nachricht, in der er sie bat, sich kurzfristig bei ihm zu melden.

Zu seiner Überraschung kam eine Antwort so prompt, dass er sein Handy immer noch in den Händen hielt.

„Sind unterwegs zu einem Treffen mit den Contis in Klatovy, melden uns danach, mfg", las er total baff.

„Verdammte Scheiße!", schrie er so laut, dass sich gleich mehrere Personen erschrocken nach ihm umdrehten.

„Warum um alles in der Welt machen die das? Ich hatte doch gesagt …" Er brach den Satz ab, auch weil ihm sofort klar war, dass er handeln musste. Er schaute auf die Uhr, dann schrieb er auf WhatsApp eine Frage.

‚Wo und wann genau treffen Sie sich? Bitte sofort antworten!'

Er behielt das Handy vorsichtshalber in seiner Hand, nur kam diesmal keine Antwort.

Ich muss denen hinterherfahren, schoss es ihm durch den Kopf. Im Auto schon unterwegs Richtung Klatovy, rief er Haber an.

„Ich hab's geahnt. Warum bist du so sorglos gewesen?", reagierte der vorwurfsvoll. Aber auch der hatte nur den Gedanken, dass Bosch den Conrads sofort hinterherfahren sollte. Er riet dazu, in der Klinik umgehend Novak aufzusuchen, weil der sehr wahrscheinlich dieses Treffen arrangiert hätte.

★★★

Bosch heizte durch die kurvenreiche Strecke, als führe er auf einer mehrspurigen Autobahn und missachtete vielfach die Geschwindigkeitsbegrenzungen. Auch wenn ihn gelegentlich entgegenkommende Fahrzeuge anblinkten oder hupten, so beeindruckte ihn das nicht so, dass er seine wilde Fahrt änderte.

Erst als er die Stadtgrenze von Klatovy erreichte, reduzierte er seine Geschwindigkeit, weil der Verkehr stadteinwärts immer dichter wurde. Er hielt kurz am Straßenrand an, um sein Handy zu kontrollieren.

Tatsächlich hatten die Conrads ihm noch eine Nachricht geschickt. Jetzt wusste er wenigstens, in welchem Hotel das Treffen stattfinden sollte. Sie würden dort in wenigen Minuten eintreffen, ließen sie ihn wissen. Die Nachricht hatten sie vor kaum mehr als einer Viertelstunde abgeschickt.

Den Weg zum Hotel musste er sich auf seinem Handy zeigen lassen, er würde etwa fünfzehn Minuten benötigen. Die Conrads waren ihm also eine halbe Stunde voraus.

„Was für ein Mist ist das denn, Frau Conrad!", ließ er seinen anhaltenden Ärger heraus, als er auf dem Hotelparkplatz ihr Auto entdeckte. Viele Fahrzeuge mit deutschem Kennzeichen parkten dort nicht.

Ein anscheinend besetztes Taxi verließ in diesem Moment das Hotelgelände, worum sich Bosch aber nicht kümmerte. Ihn beschäftigte viel mehr, was in der vergangenen halben Stunde im Hotel passiert sein könnte.

Die Bedächtigkeit, mit der ihm der Hotelangestellte an der Rezeption seine Frage nach dem deutschen Paar und ihrem Baby beantwortete, ließ ihn fast wütend ausrasten. Zunächst gab der ihm gar keine Auskunft, sondern fragte selbst, wieso er das wissen wollte. Erst als Bosch massiv und laut auftrat, änderte er seine Haltung und gab die Information, dass gerade ein Ehepaar mit einem Baby das Hotel verlassen habe.

„Das war aber ein italienisches Paar, das hier übernachtet hat!", erklärte der Hotelangestellte. „Die sind eben mit dem Taxi abgereist."

Ein Taxi! Hatte er das nicht gerade bei seiner Ankunft davonfahren sehen?, schoss es Bosch durch den Kopf. „Wo sind die anderen, die Deutschen?", fragte er weiter.

„Die, die Sie meinen, also das deutsche Paar, sitzen wahrscheinlich noch drüben in unserem Hotelrestaurant", erklärte der Mann ohne Eile und wies auf den Restauranteingang.

Bosch rannte rüber und sah bereits durch die Glastür Frau Conrad, die völlig verstört dort an einem Tisch verharrte, und neben ihr stand ihr fassungsloser Mann, der sie eher hilflos zu trösten versuchte. Natürlich war das Baby weg. Auch Dr. Novak sah Bosch nicht.

„Was ist passiert?", fragte er überflüssigerweise, denn das war ihm schon klar, als er die Conrads derart bestürzt erblickt hatte.

„Die haben uns mit einer Waffe bedroht und dann einfach unseren Jungen gepackt!", stammelte Herr Conrad. „Wir konnten überhaupt nichts machen. Das ging alles so schnell!"

„Und Dr. Novak?", fragte Bosch, ahnte aber schon, dass der gar nicht erschienen war.

„Der hat sich nicht blicken lassen!", antwortete Frau Conrad mit erstickender Stimme, weil sie vergeblich gegen ihr Weinen ankämpfte.

So war das also abgelaufen, vermutete Bosch. Dieser Arzt hatte die Conrads in eine Falle gelockt, wovor er sie gewarnt hätte, wenn sie ihn rechtzeitig eingeweiht hätten. Aber das war nicht der wichtige Punkt jetzt, schoss es Bosch durch den Kopf.

„Wir müssen die abfangen, bevor die das Land verlassen können!", erklärte er. „Haben die überhaupt nichts darüber gesagt, wo die jetzt hinwollen?"

Woher sollten die Conrads das wissen? Miteinander reden oder sich kennenlernen hatten die Contis gar nicht beabsichtigt. Bosch schien es naheliegend, dass die mit dem Taxi unterwegs zum Bahnhof waren, ein eigenes Auto stand denen augenscheinlich nicht zur Verfügung. Er wandte sich nochmals an den Mann an der Rezeption.

„Die hatten bereits am Morgen ein Taxi für eine Fahrt zum Bahnhof bestellt", antwortete der und bestätigte Boschs Verdacht, dass deren Aktion detailliert durchgeplant war.

Die Zeit, um sich nach dem Weg zum Bahnhof zu erkundigen, hatten sie nicht. „Wir müssen die dort abfangen! Los, beeilen Sie sich!", rief er den beiden Conrads zu, die ihm zur Rezeption gefolgt waren. Dann rannte er sofort zu seinem Auto.

★★★

Der Bahnhof von Klatovy war nicht weit vom Hotel entfernt, und allzu viele Züge verkehrten dort nicht. Um von da per Bahn nach Italien zu gelangen, erforderte mehrfaches Umsteigen und würde die Flüchtigen wahrscheinlich auch Stunden kosten. Es gab eine Verbindung nach Bayrisch Eisenstein direkt hinter der Grenze zu Deutschland. Der Zug, dem Bosch auf dem Bahnsteig hinterherblickte, war einer der Regionalexpresszüge dorthin. Er vermutete, dass die beiden Italiener mit dem Baby planten, über München mit dem Zug in ihre Heimat zurückzukehren. Für möglich hielt er auch einen Flug von München aus nach Mailand. Die hatten unglücklicherweise nicht nur eine Option. Er schloss eine lange Fahrt in einem Leihwagen mit dem Baby aus.

„Ich fahre dem Zug hinterher. Mit Glück bin ich früher als der Zug in Bayrisch Eisenstein, und dann sehe ich ja, ob meine Vermutung richtig ist. Sie müssen mir nicht unbedingt im gleichen Tempo folgen. Ich werde mich von dort bei Ihnen telefonisch melden", erklärte er Frau Conrad und ihrem Mann, die aber sofort dagegen Einwände erhoben.

„Das werden wir nicht machen. Wir sollten die Polizei hier verständigen", sagte Frau Conrad, die jetzt erstaunlich entschlossen wirkte. „Die haben unser Baby gerade geraubt, da können wir nicht in der Gegend herumfahren. Und wir werden in die Klinik fahren, dieser Dr. Novak ist uns eine Erklärung schuldig!"

„Das können Sie machen. Ich werde trotzdem versuchen, vor den Italienern in Bayrisch Eisenstein zu sein. Die dürfen auf keinen Fall mit ihrem Kind nach Italien reisen, dort wäre es sehr viel schwieriger, ihr Kind wiederzubekommen", erklärte Bosch, der aber einverstanden war mit dem, was die Conrads vorhatten.

Am Nachmittag schien die Sonne, die Sicht war klar, und der Verkehr zeigte sich mäßig dicht. Dass er wie bei seiner rasenden Hinfahrt so oft wie möglich die Höchstgeschwindigkeit überschritt, riskierte er, es interessierte ihn im Moment nicht.

Tatsächlich erreichte er den Ort früher, als es sein Navigationssystem auf dem Handy vorausgesagt hatte. Aber es wurde sehr knapp. Am Bahnhof sah er etliche Leute warten, der Zug war schon angekündigt worden. Es war sein Puls, der plötzlich auszuflippen schien …

★★★

Ihr vorübergehendes Zuhause fanden die Contis in einer geräumigen Wohnung einer Tante von Frau Conti mitten in Klatovys Zentrum. Die konnte ihr Glück gar nicht fassen, ihre Nichte mit Mann und Baby bei sich beherbergen zu können. Alles hatte sie vorbereitet für deren Ankunft. Jetzt standen die Tante und die Contis um ein zu großes Gitterbett herum, und auch das Ehepaar schien überwältigt beim Anblick des Babys. Keine Zweifel hatten sie bei ihrer Aktion gezeigt, dass es ihr Baby war, das sie Frau Conrad samt Babyschale regelrecht aus den Händen gerissen hatten. Und sie zeigten auch jetzt denen gegenüber keinerlei Gewissensbisse, trotz dieses zwar nicht sonderlich riskanten, aber zumindest unanständig brutalen Überfalls auf die arglosen Deutschen.

Erstaunt hatte sie, dass der kleine, wenige Monate alte Säugling während der ganzen Aktion nicht einen einzigen Laut von sich gegeben sondern einfach weitergeschlafen hatte.

Herr Conti hatte bereits vor dem Hoteleingang auf die Ankunft der Deutschen gewartet, denen freundlich zugewinkt und ihnen den Weg ins Restaurant gewiesen. Gerade hatte sich Frau Conrad noch im Raum orientieren wollen, da wurde sie von Frau Conti so heftig auf einen Stuhl gestoßen, dass sie vor Schreck die Babyschale mit dem Kind kurz losließ. Beinahe wäre die zu Boden gefallen, wenn Frau Conti die Schale nicht in dem Moment gepackt hätte. Und die war sofort aus dem Restaurant geflüchtet. Währenddessen hatte ihr Mann die völlig verdatterten Conrads tatsächlich mit einem handelsüblichen, mit einem Tuch umwickelten Knirps in Schach gehalten, bevor er auch nach draußen gestürmt war. Dort waren sie in ein wartendes Taxi gesprungen und davongebraust. Dem vorher informierten Taxifahrer hatten sie das Ziel nicht mehr nennen müssen. Das Ehepaar aus Deutschland hatte nicht einen einzigen Laut ausgestoßen, so sehr hatte sie die Attacke überrascht.

„Guck mal hier." Conti hatte seine „Waffe" auf seine Frau gerichtet, und beide hatten sie lachen müssen. „Endlich mal eine Gelegenheit, wo dieser Knirps auch ohne Regen zu etwas taugt!"

Ziel der Taxifahrt war nicht der Bahnhof oder eine Autofahrt nach Deutschland gewesen, sondern die Wohnung der Tante im Stadtzentrum.

Und jetzt harrten sie dort schon seit Mittag aus, und nur Dr. Novak hatte sich kurzzeitig bei ihnen aus Vorsicht und Sorge um das Baby aufgehalten. Aber dem Säugling ging es offensichtlich so gut, dass der Arzt nicht länger bleiben musste.

Die Tante hatte sogar für Babynahrung gesorgt, obwohl das Baby noch gestillt wurde. Das Kinderbett war überdimensioniert, was aber nicht weiter störte.

„Die werden uns doch hoffentlich nicht in der Wohnung von meiner Tante suchen", zeigte sich Frau Conti besorgt.

„Das denke ich nicht, wir können ganz unbesorgt sein", antwortete ihr Mann. „Das Hotel kennt diese Adresse nicht, und der Taxifahrer wird nichts verraten. Die Deutschen denken doch, dass wir uns schnellstens über die Grenze absetzen werden, mit dem Zug oder mit dem Auto. Wir warten hier in aller Ruhe bis morgen früh ab, und dann erst ziehen wir los, über Prag, und dann geht's mit dem Flieger nach Mailand."

„Und wenn uns diese Frau Conrad bei der hiesigen Polizei anzeigt oder das schon getan hat?", fiel seiner Frau ein, und sie war einen Moment doch beunruhigt.

„Und wenn? Wir haben den Nachweis, dass es unser Kind ist. Außerdem, denke ich, wird uns auch die Klinik helfen, wenn die Polizei uns wirklich kontrolliert. Die Klinik steht voll auf unserer Seite, das kann ich mit Sicherheit sagen", antwortete Conti, um die Sorgen seiner Frau zu zerstreuen.

„Ich bin so wahnsinnig glücklich, dass ich endlich unseren Sohn bei mir habe", ließ sie sich beruhigen. „Und das verdanke ich auch dir!"

Genau das hatte Conti von seiner Frau hören wollen, er war sich in dieser Sache völlig sicher. Wenn sie erst zurück in Italien wären, dann würde ihnen dort niemand ihren Sohn wegnehmen können. Den würden sie nie wieder hergeben.

Frau Conti wollte sich gerade an ihren Mann drängen, da wachte endlich das Baby auf. Das beginnende Schreien hatte nur einen Grund: Es musste gefüttert werden.

„Jetzt aber bist du dran", sagte Conti, der vielleicht nicht wagte, das Baby hochzunehmen. „Ich werde dir erst mal zusehen, bevor ich mich selbst um unseren Sohn kümmern werde."

★★★

„Wie konnte das nur passieren?", fragte Haber kopfschüttelnd. „Das ist wirklich der worst case, wie man das nennt. Dass die Contis das Baby haben, ist ein kaum zu überschätzender Vorteil für die, zumal in Italien."

Es war mittags am folgenden Tag, Bosch saß vor Habers Schreibtisch und wünschte, er hätte am Morgen nach einer verdammt kurzen Nacht nicht aufstehen müssen. Spät am Abend vorher war er erst nach Regen zurückgekehrt, deprimiert und mit leeren Händen!

Haber hatte natürlich recht. Das italienische Paar war mit dem Baby unterwegs nach Italien oder hielt sich dort schon zu Hause auf. Keiner von ihnen hatte die leiseste Idee, wie sie das Kind zurückholen könnten.

Noch am Bahnhof hatte Bosch mit den Conrads telefoniert und dabei einen deprimierenden Bericht erhalten. Er vor allem hatte erzählt, was sie bei der Polizei in Klatovy erlebt hatten, sie war dazu kaum in der Lage gewesen, immer wieder war sie in heftiges Schluchzen verfallen.

Den Beamten hatten sie die gewaltsame Entführung ihres Sohnes anzeigen wollen, mussten aber überrascht feststellen, dass die kein Interesse zeigten, sich dieser Sache anzunehmen. Die erweckten sogar den Eindruck, dass sie mit dem Erscheinen der Deutschen schon gerechnet hatten. Die Conrads hatten sich geweigert, das Revier zu verlassen, bis die Polizei ihrer Anzeige nachgehen wollte. Erst dann hatten die das Ehepaar zunächst zum Hotel und später noch in die Klinik begleitet.

Die Auskünfte der Hotelrezeption waren zumindest für die Conrads unglaublich dürftig ausgefallen. Der Angestellte an der Rezeption hatte einen lückenhaft ausgefüllten Meldezettel vorgelegt, in dem nur die Namen der Gäste und deren Nationalität ausgewiesen wurden. Vermerkt wurde auf dem Zettel auch ein angeblich mitreisendes Kleinkind. Weitere Angaben hatten gefehlt. Die sehr wichtigen Fragen zum Geschehen im Restaurant wurden nicht beantwortet. Dass es eine Kindesentführung gegeben hätte, wurde vom Hotel schlicht als absurd bezeichnet. „Das kann nur eine erfundene Geschichte sein", erklärte der Hotelmanager kopfschüttelnd auf die dringende Nachfrage von Frau Conrad.

Bei der Befragung von Dr. Novak antwortete der nur sehr vage und widerwillig. Er hätte auf Bitten des italienischen Ehepaares nur ein Treffen mit einem deutschen Paar arrangiert, dessen Zweck ihm aber nicht ganz klar sei. Über die Zusammenkunft und diesen Kindesraub könnte er überhaupt nichts aussagen, da er gar nicht anwesend gewesen sei.

Die Beamten hatten sich äußerst zurückhaltend der Klinik und dem Arzt gegenüber verhalten. So hatten die bei keiner von Novaks Aussagen nachgehakt, sodass auch dieser Besuch völlig ernüchternd verlaufen war.

Für Frau Conrad, die wegen des Kindesraubs unter Schock stand und der Befragung nicht einmal hatte folgen können, waren das niederschmetternde Begegnungen. Innerlich war sie regelrecht zusammengesackt, so, als hätte man ihr mit voller Wucht in die Kniekehlen getreten. Sie hatte sich gegen ihr Ohnmachtsgefühl nicht mehr wehren können, stattdessen hatte sie so schnell wie möglich nach Hause fahren wollen.

Bosch hatte dem Ehepaar weder Mut machen noch Trost spenden können. Niedergeschlagen war auch er gewesen. Auf einmal hatte er sich nur müde gefühlt, hatte das Bedürfnis, sich unbedingt schlafen legen zu wollen. Frustriert war er nach Hause gefahren.

Und jetzt musste er Habers Blick und dessen Analyse ertragen, der ihm Sorglosigkeit und Naivität vorwarf. „Das hätte nicht passieren dürfen", sagte Bosch niedergeschlagen. „Ich hab's verbockt!"

„Das kann man schon sagen", ließ Haber keinen Zweifel daran, dass er es genauso sah. „Allerdings kann man den Conrads auch den Vorwurf nicht ersparen, sich blöd verhalten zu haben. Die hätten dich von Novaks Plan auf der Stelle informieren müssen, dann hättest du eingreifen können."

„Na ja, warum habe ich nicht ständig Kontakt gehalten? Das muss ich mir wohl ankreiden lassen", verteidigte sich Bosch. „Aber was machen wir jetzt? Was können wir überhaupt tun?"

„Dass die mit Sicherheit zurück nach Italien wollen oder vielleicht schon dort sind, darüber müssen wir nicht rätseln, macht es für uns aber nicht einfacher."

Bosch teilte Habers Einschätzung. Noch bevor er etwas sagen konnte, fuhr der fort: „Leibliche Mutterschaft ist keine Garantie, dass die Rechtslage eindeutig für die Contis spricht. Das haben Gerichte auch schon in Italien anders entschieden. Einer Leihmutter wurde dort im Rechtsstreit das Neugeborene zuerkannt. Also das heißt, noch ist nichts endgültig verloren, wir müssen an der Seite der Conrads weiter für ihr Baby kämpfen."

Bosch atmete tief durch, immerhin hatte sich sein Freund klar und deutlich für ein Weiterkämpfen ausgesprochen. „Was können wir jetzt konkret tun?", fragte Bosch.

„Was würden wir denn tun, wenn wir an Stelle dieses italienischen Ehepaars wären? Klar wollen die mit dem Säugling in Italien in Ruhe gelassen werden", erklärte Haber. „Die werden bestimmt Deutschland lange meiden, einen Rechtsstreit hier wollen die mit Sicherheit nicht riskieren. Einen Coup, wie die ihn durchgeführt haben, würde uns sicher nicht gelingen, schon gar nicht bei denen in Italien. Die Zeit arbeitet für die, und darauf setzen die auch. Je länger wir zögern, desto sicherer können die sein, dass der kleine Edoardo bei ihnen bleibt. Wir können natürlich den Rechtsweg versuchen. Also wenn die Conrads beispielsweise die hier anzeigen, vielleicht kommt es dann sogar zu einer Anklage. Das sollte auch die Justiz in Mailand beschäftigen und bliebe den Contis nicht verborgen. Wenn du auch noch bei denen vor Ort recherchierst …"

„Die Conrads sollten die Entführung hier anzeigen, das halte ich auch für dringend erforderlich", unterstützte Bosch Habers Meinung. „Meinst du, dass es dann hier zu einer Anklage kommen würde, die die Contis zum Einlenken zwingen könnte?"

„Kindesentführung ist ein Verbrechen, da muss unsere Polizei ermitteln", erklärte Haber überzeugt. „Ich meine, dass deine Klientin das unbedingt anzeigen sollte, selbst wenn ich skeptisch bin, wie sich das Verfahren auf die Contis auswirken wird."

„Und was könnten wir direkt in Italien ausrichten?", überlegte Bosch laut, der vor allem einen langen Prozess befürchtete mit einem ungewissen Ausgang. „Wenn ich versuche, die dort parallel unter Druck zu setzen?, Das könnte für die zumindest unangenehm werden. Allerdings wäre ich dort allein. Keine Ahnung, mit wem ich es zu tun bekäme."

„Da hast du recht!", bestätigte Haber seine Bedenken. „Ich halte das auch nicht für eine glückliche Idee. Wahrscheinlich könntest du dort nicht einmal deren Grundstück betreten, ohne sofort vertrieben zu werden. Da muss uns schon etwas Schlaueres einfallen. Zu schön, wenn wir die ähnlich überrumpeln könnten, wie die es bei deren Coup im Hotel geschafft haben, dann ..."

Dass er sich unterbrach, zeigte, dass er nicht weiter- wusste.

„Klaus, bevor wir hier herumspinnen, sollten wir besser getrennt nachdenken. Bei den Contis haben wir es nicht mit Betschwestern zu tun", sagte Bosch und erhob sich. Ihn plagte noch ein anderes Problem. Eine Aktion in Italien, wer sollte ihm das bezahlen?

Als er keinen Schlaf finden konnte, weil ihm nichts einfallen wollte, wie sie den Säugling zurückholen könnten, erhielt er den Anruf von einem, an den er überhaupt nicht mehr gedacht hatte.

„Hallo, spreche ich mit Herrn Bosch?", wollte der Anrufer wissen und verriet sich dadurch sofort.

„Herr Nemec! Das ist ja eine Überraschung", meldete sich Bosch verblüfft. „Warum rufen Sie mich jetzt um diese Zeit noch an?"

„Ich glaube, dass ich eine für Sie vielleicht wichtige Information habe", erklärte der Anrufer. „Von dem Überfall im Hotel habe ich erfahren. Dabei ist mir etwas eingefallen. Sie wissen wahrscheinlich nicht, dass Frau Conti Verwandte in Klatovy hat? Ich habe mich daran erinnert, dass die während ihres Aufenthaltes in der Klinik gelegentlich den Besuch einer Frau erhielt. Eine Krankenschwester erzählte mir, dass es die Tante von Frau Conti gewesen sein soll. Und die, das habe ich inzwischen herausgefunden, hat tatsächlich eine Wohnung mitten im Zentrum hier im Ort."

„Und bei der könnte sich das Ehepaar Conti mit dem Baby vorübergehend versteckt haben?", fragte er Nemec. „Da könnten Sie richtig liegen, das ist eine wirklich wichtige Nachricht! Ich kann Ihnen nur danken, obwohl ich noch gar nicht genau weiß, was ich jetzt machen soll", beendete Bosch das Gespräch.

Dann rief er erst Haber an, der wegen der relativ späten Stunde fast ungehalten reagierte.

„Klaus, vergiss alles, was wir vorhin spekuliert haben, ich habe gerade eine wichtige Info von Dr. Nemec erhalten. Wir sollten morgen früh zusammen nach Klatovy fahren."

Das war schon alles, was er seinem Freund mitteilte. Sie würden beide am nächsten Morgen dorthin fahren.

Und noch jemanden informierte er, und die hatte er in dieser Nacht nicht wecken müssen. Als er Frau Conrad erklärte, dass er mit Haber nach Klatovy fahren würde, da stellte die nur noch eine Frage: „Haben Sie die Contis und unseren Edoardo dort doch aufgespürt?"

„Es ist erst mal nur ein Verdacht, aber der ist begründet, denn Frau Conti hat in Klatovy eine Tante. Warum sollten sich die Contis mit dem Baby nicht erst dort versteckt haben?", antwortete er.

★★★

Es war Tag drei nach der Entführung des Säuglings. So früh waren sie doch nicht losgekommen. Wegen der langen Nacht davor hatte Bosch verschlafen. Inzwischen war es bereits zehn Uhr, und gegenüber ihrer verabredeten Zeit hatten sie mehr als eine Stunde verloren.

Haber saß etwas verkrampft neben Bosch, weil der ihm zu schnell auf dieser kurvenreichen und unübersichtlichen Straße fuhr. Schließlich reichte es ihm.

„Wenn du hier weiter so durch diese Serpentinenstrecke heizt, brauchen wir uns keine Gedanken mehr zu machen, wie wir in Klatovy vorgehen sollten. Dann landen wir bereits vorher neben der Straße an einem Baum. Fahre bitte etwas langsamer!", knurrte er Bosch an. Und der reduzierte tatsächlich sofort sein Tempo.

„Du hast recht! Wir wissen ja noch nicht einmal, wie wir dort vorgehen sollen."

„Ich halte nichts davon, dort einfach in die Wohnung der Tante zu marschieren. Conti hat angeblich eine Waffe, und damit könnte er uns nicht nur bedrohen. Denen den Säugling wieder wegzunehmen, könnte gefährlich für uns werden", sagte Haber. „Auf Hilfe der dortigen Polizei können wir nicht unbedingt hoffen."

Die Polizei einschalten, überlegte auch Bosch, hatte bereits bei den Conrads zu nichts geführt. Das sollten sie also nicht versuchen.

„Viel mehr, als die Contis an der weiteren Flucht zu hindern, werden wir gar nicht machen können", sagte er zu Haber. „Dann sollten wir auf deren Vernunft hoffen."

„Auf die Ankunft der Conrads müssen wir ja auch warten", stimmte ihm Bosch zu.

Beide waren sie sich einig, dass sie kein Risiko eingehen wollten. Und auch wenn der Detektiv seine Pistole mitführte, so hatte er bestimmt nicht vor, die einzusetzen.

Vor dem Wohnhaus warteten sie zunächst. Dann stieg Bosch aus und lief zum Hauseingang. Er studierte die Klingelschilder, die ihm bestätigten, dass dort die gesuchte Tante tatsächlich wohnte.

Dann stieg er die zwei Treppen hoch, um an der Tür dieser Frau zu lauschen. Allerdings hörte er nichts von drinnen, keine Stimmen und schon gar kein Babygeschrei.

Plötzlich öffnete sich unten die Haustür, und gleich darauf vernahm er, wie jemand hastig die Treppe heraufstieg.

„Sind die mit meinem Baby hier in dieser Wohnung?", fragte Frau Conrad.

„Davon gehen wir aus!", antwortete Haber, der ihr gemeinsam mit ihrem Mann hinterhergerannt war, eine Anstrengung, die man beim Rechtsanwalt deutlich hören konnte.

„Dann gehe ich jetzt hier rein, worauf warten wir?", rief Frau Conrad und klopfte heftig gegen die Wohnungstür. Weder ihr Mann noch Bosch oder Haber hätten sie jetzt davon abhalten können. Die Bewohnerin, die erschrocken ihre Eingangstür aufriss, stieß nur einen gellenden Schrei aus, der kurz darauf einige Nachbarn veranlasste, im Treppenhause zusammenzulaufen. Erst als Frau Conrad diese Frau an ihrem Kittel packte und sie regelrecht anbrüllte, antwortete die endlich, aber in Tschechisch, was keiner der Deutschen verstand.

Jetzt traten gleich zwei der Nachbarn energisch dazwischen, um ihre Mitbewohnerin zu schützen. Auch die riefen empört durcheinander und übertönten so, was Bosch und Haber zur Beruhigung der Lage zu erklären versuchten. Es gab augenblicklich ein Handgemenge, was eine Verständigung ausschloss. Erst als einer der beteiligten Männer auf Deutsch mehrfach „Schluss jetzt!", schrie, konnte auch Haber endlich etwas Ruhe in den Tumult bringen.

Dem gelang es, die Situation zu erklären, was der deutsch sprechende Nachbarn übersetzte. Schließlich beruhigte sich auch die Tante. „Meine Nichte ist mit ihrem Baby und ihrem Mann bereits heute früh abgereist, die haben den Zug nach Prag genommen", sagte sie.

„Das kann doch nicht wahr sein", stammelte Bosch leise vor sich hin, er wollte es nicht fassen.

Jetzt standen nicht nur sie vier, sondern auch noch der deutsch sprechende Nachbar vor der Wohnungstür der Tante, die sich vorsichtshalber wieder hinter ihrer Tür zurückgezogen hatte.

„Sie sollten gehen, es gibt keinen Grund mehr für Sie, hierzubleiben", drängte der Nachbar sie bereits nach unten.

„Kommen Sie", sagte Bosch sanft zu Frau Conrad und versuchte, sie ebenfalls zur Treppe zu ziehen. Ihr Mann hatte die Vergeblichkeit ihres Auftritts schon eingesehen.

Die jetzt nochmals aufzurichten und ihr Mut zu machen, schien kaum möglich, und dann gelang es nur so weit, dass beide Conrads in ihr Auto einstiegen, aber sie zögerten doch loszufahren. Sie hatte ihr Seitenfenster heruntergelassen und schaute kopfschüttelnd und fragend Bosch an.

„Frau Conrad, ich verspreche Ihnen, ich werde nicht locker lassen, bis ich Ihnen Ihren Sohn zurückbringe!", beschwor er sie und ihren Mann.

Kaum saßen sie wieder in ihrem Auto, schüttelte Haber mehrfach den Kopf. „Was ist?", reagierte Bosch unwillig.

„Du hast dich bei denen verdammt weit aus dem Fenster gelehnt, nicht sehr professionell von dir", sagte Haber vorwurfsvoll. „Aber wie auch immer, wir brauchen jetzt dringend einen Plan, wie wir das Baby tatsächlich wieder zurückbekommen können!"

„Nach Prag hinterher?", überlegte Bosch, der diese Möglichkeit nicht wirklich als realistisch einschätzte. „Nee, ehe wir dort sind, sind die schon am Flughafen, sitzen vielleicht sogar schon im Flieger."

★★★

Eine andere Frage war, wie sie die Conrads davon abhalten könnten, auf eigene Faust zu recherchieren und sich in eine gewagte Aktion zu stürzen. Obwohl es ihr Fehler gewesen war, sich ohne Unterstützung von Bosch auf dieses Treffen mit den Contis einzulassen, zeigte sich das Vertrauensverhältnis zwischen ihnen nun gestört. Bosch spürte das deutlich – und wie unangenehm es war. Für die Conrads hatte sich die Situation derart dramatisch verändert, dass die sich nicht mehr nur auf ihn verlassen wollten.

Was Bosch traf war die Distanz, die sie ihm gegenüber suchte. Sie zeigte sich nicht nur besorgt, sie erschienen ihm misstrauisch, oft verhärtet. Auch sprachlich spürte er diese Änderung, den Wechsel von einer eher sanften, fast naiven hin zu einer kompromisslosen und oft verbittert klingenden Ausdrucksweise.

Bosch sorgte sich weniger um den möglichen Verlust seines Auftrags. Das Verhältnis zu seiner Klientin war ihm längst zu einer wichtigen persönlichen Angelegenheit geworden. Er hätte ihr auch helfen wollen, wenn sie ihm kündigte.

Schließlich überzeugte er die beiden, die Entführung ihres Sohnes der deutschen Polizei anzuzeigen, so wie es Haber empfohlen hatte. Außer, die Anzeige aufzunehmen, konnten die Beamten allerdings auch nichts unternehmen. Sie versprachen, sich darum zu kümmern, ohne zu erklären, was das sein würde. Als hilfreich erwies sich der Gang zur Polizei für die Conrads erst mal nicht.

Jedenfalls war das auch Boschs Eindruck, der sie bei der Anzeige unterstützt hatte. Ob die Einschaltung der italienischen Behörden durch die Polizei helfen könnte, schien allen fraglich.

Bei Bosch verstärkte dieser Auftritt seine eigene Skepsis und Unsicherheit, ob er der Richtige war für diesen Auftrag. Er musste daran denken, dass Frau Conrad immer länger von ihrem Baby getrennt war, woran er nichts ändern konnte. Dass er so planlos agierte, wie er es empfand, deprimierte ihn nicht nur, er musste aufpassen, davon nicht gelähmt zu werden.

Als er von der Polizei nach Hause fuhr, war er total niedergeschlagen. Er achtete gar nicht auf die Straße und wohin ihn die führte. Prompt verfuhr er sich, und das in einer Stadt, die er meinte, in- und auswendig zu kennen. Nur die gelegentlich roten Ampeln zwangen ihn, den Verkehr nicht zu vergessen. Fast mechanisch steuerte er die Straße entlang und hielt schließlich in einer Bushaltebucht an. Er hatte keine Idee, wo er hingefahren war. Es dauerte, bis er sich soweit orientiert hatte, dass er weiterfahren wollte.

Fast hätte er jetzt Frau Conrad mitteilen wollen, wie aussichtslos es ihm erschien, ihr Baby zurückholen zu können.

„Verdammt! Verdammt!", rief er laut und schlug dabei mehrfach auf sein Lenkrad. „Du kannst diese Frau doch nicht sitzen lassen!"

Nein, das wollte er nicht, und als könnte ihm das Kraft verleihen, forderte er von sich mehr Konzentration auf das Wesentliche.

„Es geht nur um das Baby!", rief er und startete den Motor. Als er sich vorsichtig wieder in den Verkehrsstrom einreihte, war er entschlossen, nicht aufzugeben. Und er wollte vor Ort sein, dort, wo die Contis ihr Anwesen hatten.

Zu Hause rief er Haber an, weil er mit irgendjemanden reden musste.

„Offen gestanden, ich bin ratlos, und die Conrads haben augenscheinlich kein Vertrauen mehr in meine Arbeit. Helfen konnte ich denen bisher nicht. Und jetzt ist auch noch das Baby in Italien."

Haber konnte Boschs Stimmung gut nachvollziehen, wenn er auch dessen Pessimismus nicht teilte und die Situation differenzierter sah. Er wollte nicht gelten lassen, dass der die Schuld für die Entführung allein bei sich sah.

„Dass die Contis das Kind haben, das liegt auch an einem Vertrauensbruch der Conrads. Meines Erachtens hättest du denen viel deutlicher erklären müssen, was mit dir geht und was nicht. Wenn die dir den Auftrag geben, sie und ihr Baby zu schützen, dann müssen sie dir auch vertrauen. Alleingänge passen da nicht dazu."

„Wahrscheinlich hast du recht. Nur: Was soll ich jetzt machen? Soll ich nach Mailand fahren und versuchen, die Contis auszutricksen?"

„Das genau glaube ich nicht!", antwortete Haber ohne Zögern. „Was kannst du in Italien jetzt erreichen? Mit Gewalt geht gar nichts. Ich meine, dass die Conrads klagen sollten. Das ist dann zwar auch kein hundertprozentig sicherer Weg, aber zumindest bewegt der sich im legalen Rahmen. Und dafür würde ich euch auch unterstützen."

„Und wie sollen die das anstellen, so eine Klage können die finanziell kaum stemmen", sagte Bosch.

„Das ist eine andere Frage. Mach den Conrads erst mal klar, dass sie in Italien auf Rücküberführung ihres Babys klagen sollen. Dafür könntet ihr tatsächlich nach Mailand reisen. Sie muss dort auf jeden Fall die Geburtsurkunde vorlegen."

„Also doch nach Italien", seufzte Bosch. „Danke! Kannst du uns dort wenigstens unterstützen?"

Haber lachte kurz auf, er verstand, was seinen Freund zusätzlich belastete. „Da kann ich aushelfen!"

★★★

Bosch ahnte nicht, dass die Conrads fast zeitgleich zu seinem Gespräch mit Haber einen ähnlichen Entschluss gefasst hatten. Jetzt waren die schon auf dem Weg nach Italien. Offensichtlich war deren Hoffnungslosigkeit so groß, dass sie keine Alternative sahen, sie wollten direkt bei den Contis ihr Baby zurückfordern. Was sie vorhatten, war weder durchdacht noch versprach es Erfolg. Ihre Verzweiflung ließ sie verdrängen, was ihr Vorhaben ihnen finanziell abverlangte, da beide kaum über Rücklagen oder ein größeres Einkommen verfügten.

Bereits am folgenden Morgen nach ihrem Auftritt bei der Polizei waren sie in aller Frühe losgefahren, obwohl sie kaum mehr als die Adresse der Contis kannten. Auf Verdacht hatte sie eine Pappe mit der ins Italienische übersetzten Aufforderung beschriftet, ihren Edoardo zurückzugeben. Dieses Pappschild hatte sie auf eine Latte geklebt. Damit hoffte sie, ein Zeichen vor dem Anwesen der Contis setzen zu können, falls man sie nicht hineinlassen sollte.

Als Bosch sie weder telefonisch noch in deren Wohnung erreichte, klingelte er bei einer Nachbarin, die er kannte. Die erklärte ihm, dass die Conrads mit dem Ziel Italien weggefahren seien. „Das hatten wir doch schon einmal, verdammt noch mal", schimpfte er, was sich aber eher resignativ anhörte.

Auf deren Handy erwischte er sie schließlich, erfuhr, dass die tatsächlich im Auto Richtung Mailand unterwegs waren. „Frau Conrad, was haben Sie vor?", fragte er lapidar. Seinen Ärger schluckte er einfach herunter.

„Herr Bosch, es geht hier nicht um irgendeine Sache, um die ich kämpfe. Es geht um unser Kind, unseren Edoardo!", antwortete die ohne ein Schuldbewusstsein, sodass er es gar nicht erst mit Vorhaltungen versuchte. Stattdessen machte er einen Vorschlag.

„Sollten wir uns in Mailand nicht treffen, um gemeinsam zu überlegen, was wir gegenüber den Contis unternehmen können? Ich bin sicher, dass wir auch die Hilfe von Herrn Haber benötigen werden", erklärte er, deutlich bemüht, sie von ihrem Alleingang abzubringen.

Zumindest damit konnte er sich bei den Conrads durchsetzen, sie würden sich am folgenden Tag im Hotel treffen.

Gott sei Dank habe ich die noch davon überzeugen können, sagte er zu sich. Etwas Hoffnung keimte bei ihm auf, die Contis gerichtlich zum Einlenken zwingen zu können, vorausgesetzt, dass die Conrads bis dahin durchhalten könnten.

Bosch bereitete die Reise nach Mailand sorgfältig vor. Er informierte sich in Google Maps und Earth über das Anwesen der Contis. Gut erkennbar war deren Wohnhaus und das parkähnliche Grundstück drum herum. Umgeben war der Besitz von einer Mauer, die teilweise von einem dichten Buschwerk verdeckt wurde. Ein breiter Zugangsweg führte von der Toreinfahrt zum Hauseingang und davor um eine runde Rabatte herum. Dass es auf dem Grundstück einen beeindruckend großen Swimmingpool gab, überraschte Bosch nicht. Also hier würde der kleine Edoardo sicher nicht bei armen Leuten aufwachsen müssen, hatte er bei diesem Google-Earth-Abbild gedacht.

Anders als die Conrads wählte er für die Reise den Zug. Seinem betagten Auto traute er diese Fahrt nicht zu, und für einen Flug fehlte ihm das Geld.

★★★

Mit den Conrads hatte er erst am Nachmittag einen Termin vereinbart. Bis dahin, so hoffte er, sollte auch Haber eingetroffen sein. Bis zum Treffen hatte er noch etwas Zeit. Einem spontanen Einfall folgend entschied er, mit einem Mietauto zum Anwesen der Contis zu fahren, um sich dort mal umzusehen.

Als er sich dem Grundstück näherte, sah er einen Auflauf von einer Handvoll Personen, darunter auch zwei Carabinieri, deren Fahrzeug mit Blaulicht vor der Grundstückseinfahrt stand. Und mittendrin entdeckte er die Conrads, in einem Handgemenge mit mindestens zwei Männern verwickelt. Die versuchten, ihr ein Plakat zu entreißen, dass sie und ihr Mann zu verteidigen suchten. Auch wenn er Herrn Conti noch nie vorher gesehen hatte, glaubte er nicht, dass der selbst in diesem Handgemenge mitmischte. Eher sahen die beiden Männer wie Bodyguards aus.

Bosch blieb nichts anderes übrig, als zu versuchen, diese Auseinandersetzung zu schlichten. Er stieg aus und zog zunächst Herrn Conrad aus dem Knäuel weg, um ihn zu seinem Auto zu beordern. Erst dann kümmerte er sich um dessen Frau, die verzweifelt um ihr selbst gebasteltes Plakat kämpfte. Er empfand tiefen Respekt und Mitgefühl für sie, wie diese zierliche Person sich mit ihrer ganzen Kraft den beiden Wächtern entgegenstemmte.

Das empfanden wohl auch die Polizisten, die nur mit gespannten Gesichtern dem Tauziehen zuschauten. Denen versuchte Bosch mit einer Mischung aus Englisch und Deutsch den Hintergrund dieser Aktion zu erklären. Erstaunlich, wie schnell sich der ganze Auflauf auflöste. Die Bodyguards verschwanden hinter der Toreinfahrt zum Grundstück, und die Polizisten fuhren davon.

„Was wollten Sie mit dieser Aktion erreichen?", fragte Bosch die beiden Conrads allein vor deren Auto. Während sie ihn eher wütend musterte, versuchte er wenigstens eine Erklärung.

„Wir wollten die Contis darum bitten, unseren Sohn sehen zu dürfen, was uns aber nicht gestattet wurde. Dann hat meine Frau ihr Plakat vor dem Tor hochhalten wollen, und dann haben sich auch schon diese beiden Bodyguards auf uns gestürzt, noch bevor die Carabinieri anrückten."

„Die Reaktion der Contis war doch zu erwarten!", rief Bosch verständnislos, mäßigte sich aber sofort wieder, als er sah, dass Frau Conrad in Tränen ausbrach. „Wir, das heißt vor allem ich und Herr Haber, sind der Meinung, dass Sie vor Gericht ziehen müssen. Mit Gewalt werden Sie nichts erreichen."

Einen Moment schienen seine Worte bei den Conrads zu wirken. Doch gleich darauf zeigte sie sich wieder verzweifelt.

„Ein Gerichtsverfahren hier in Italien? Was glauben Sie denn, welche Chancen wir hier haben? Unser Recht auf Edoardo bringt ja nicht einmal die deutsche Polizei dazu, richtig aktiv zu werden", sagte sie fast tonlos, wobei ihr die Stimme zu versagen drohte.

Bosch schwieg lieber. Immerhin vermerkte er ein flüchtiges Lächeln, bevor sie in ihr Auto einstieg. „Dann treffen wir uns gleich in der Hotellobby", sagte sie.

★★★

Am Nachmittag trafen sie sich alle im Hotelrestaurant, Haber hatte es rechtzeitig nach Mailand geschafft. Bosch erklärte noch mal, warum es wichtig sei, sich gemeinsam auf eine Strategie zu verständigen, weil Alleingänge bei den Contis nichts bewirken könnten, wie der Vormittag gezeigt hätte. Dann war es vor allem Habers Stunde, der sich bereits etwas mit den italienischen Gesetzen in ihrem Fall beschäftigt hatte. Ausdrücklich warnte er vor einer kopflosen oder gar gewaltsamen Aktion.

„Wahrscheinlich werden Sie nicht einmal bis zur Grenze kommen, dann haben Sie die Polizei am Hals. Nicht auszuschließen, dass auch die Contis mit ihren Leuten Sie verfolgen würden."

Die Kindesentführung anzuzeigen, beurteilte er skeptisch. Das hielt er für wenig Erfolg versprechend, da nicht einmal die Frage der Elternschaft geklärt sei. „Das muss erst gerichtlich festgestellt werden, leider hier in Italien. Das ist für Sie natürlich ein Nachteil, aber es gibt dazu keine Alternative", erklärte er. Mit einem Kollegen aus Mailand würde er eine Klage am Gericht einreichen, damit dort geklärt werden könnte, wem das Kind zugesprochen werden muss.

„Ich brauche hier die Unterstützung eines italienischen Kollegen, allein bin ich nicht imstande, sie zu vertreten", erklärte er, was die Conrads sofort einsahen.

Damit lag er richtig, was sich bereits bei der Einreichung der Klage beim Gericht zeigte, die eine Menge Kenntnisse des italienischen Rechts verlangte.

Bis zum Beginn des Verfahrens würden einige Wochen vergehen. Die Conrads konnten schon aus Kostengründen nicht in Mailand ausharren. Das Gericht forderte von beiden Ehepaaren einen Gentest, den die Conrads auch vor Ort durchführen ließen, bevor sie nach Deutschland zurückreisten.

Vergebliche hatten sich die Conrads vor ihrer Abreise darum bemüht, das Baby nochmals sehen zu können. Das verweigerten ihnen die Contis.

Auch Bosch und Haber reisten zurück. Der hielt in der Folgezeit über seinen italienischen Kollegen Kontakt zum Gericht.

Noch vor der Rückreise machte Haber keinen Hehl aus seiner skeptischen Einschätzung zum Prozess.

„Ich wollte die Conrads nicht noch weiter belasten, aber ehrlich gesagt mache ich mir doch große Sorgen, ob sie den Prozess gewinnen werden. Wenn ich das richtig sehe, wird uns auch diese Kindesentführung durch die Contis nicht helfen können. Die werden vielleicht sogar tricksen wollen und behaupten, dass Frau Conti diesen Jungen geboren hat. Und da haben die möglicherweise auch die dubiose Klinik auf ihrer Seite."

Bosch verzichtete darauf, ihm zu widersprechen, er schätzte die Situation ähnlich ein. Wenn wir nur diesen Kindesraub der Contis nach Italien hätten verhindern können, dann sähe die Sache ganz anders aus, dachte er, und das war sicher eine richtige Einschätzung.

Bis endlich das Verfahren beginnen sollte, vergingen fast sechs Wochen, in denen die Conrads nur warten konnten. Auch von Haber erfuhren sie kaum etwas, der trotz engen Kontakts zum italienischen Rechtsanwalt sie immer nur vertrösten konnte.

Positives hätte er den beiden auch gar nicht berichten können, er befürchtete längst das Gegenteil. Der Gentest hatte mit großer Sicherheit die genetische Abstammung des Babys von den Contis bestätigt. Seine Eingabe zur kriminellen Kindesentführung schien dort nicht zu beeindrucken. Die von ihm genannten Zeugen wurden weder vorgeladen noch zu einer Stellungnahme aufgefordert. Auch seine Forderung, die Klinik, namentlich Dr. Novak, zum Verfahren vorzuladen, befolgte das Gericht nicht. Das entschied, dass eine schriftliche Aussage ausreichen würde. Mit diesen negativen Nachrichten wollte er die Conrads nicht zusätzlich belasten, er hätte nichts daran ändern können. Die Bemerkung seines italienischen Kollegen, dass ihnen im Verfahren eine sehr angesehene Mailänder Familie gegenüberstünde, behielt er lieber für sich.

Als der Termin endlich feststand, trafen sich die Conrads und Bosch nochmals in Habers Büro. Im Gespräch wollten sie sich für den Verfahrensverlauf abstimmen.

„Sagen Sie ganz offen, wie Sie unsere Chancen einschätzen, unseren Edoardo zurückzuerhalten", sagte Frau Conrad zu Haber gleich zu Beginn.

Der war davon doch so überrascht, dass er nicht sofort antworten konnte und dadurch seine Unsicherheit verriet. Als er sich endlich äußerte, verpuffte seine Absicht, sich optimistisch oder gar siegesbewusst zu zeigen.

Frau Conrad schaute ihn dann nur an und schüttelte ganz leicht den Kopf. Selbst ihr Mann vermied, sie zu fragen, was sie jetzt dachte.

Am folgenden Tag reisten sie alle gemeinsam mit dem Flieger in Mailand an. Bosch, der in der Reihe direkt hinter den Conrads saß, beobachtete eine Klientin, die praktisch den ganzen Flug über schwieg. Stattdessen starrte sie aus dem ohnehin zu kleinen Fenster, obwohl ihr eine dichte Wolkendecke jede Sicht nach unten nahm.

Vor dem Betreten des Gerichtssaals sah sie erstmals wieder ihren Edoardo, den Frau Conti im Arm hielt. Die gab ihr keine Gelegenheit, sich dem Kind zu nähern, bei jedem ihrer Versuche drängte sich sofort ein Familienmitglied der Contis dazwischen. Bosch konnte sehr gut beobachten, was das mit Frau Conrad machte. Er sah, wie sich ihre Lippen bewegten und ihr Gesichtsausdruck deutlich Emotionen verriet, sie mit Tränen kämpfte.

Vor dem Gerichtssaal warteten zwei Gruppen auf den Beginn des Verfahrens. Sie hielten so viel Abstand zueinander, dass ihre Gespräche von den jeweils anderen nicht gehört werden konnten. Natürlich waren bei den Contis mehr Unterstützer zusammengekommen als bei den Conrads. Lediglich der italienische Rechtsanwalt hatte sich bei denen eingefunden, um mit Haber deren Interessen zu vertreten.

Die ganze Familie der Contis hatte den Jungen vollständig abgeschirmt, jetzt sogar so, dass Frau Conrad ihn nicht einmal mehr zu Gesicht bekam.

Die Richterin wendete sich hauptsächlich an sie, gelegentlich an ihren Mann und nur selten an die Contis. Haber saß mit seinem Kollegen neben seiner Mandantin. Für die Conrads war es schwerer, dem Verfahren zu folgen, da alle Fragen und Antworten übersetzt werden mussten. Und sicher war die Gerichtssituation für die völlig ungewohnt.

Auch wenn es für Frau Conrad überhaupt keinen Zweifel gab, fiel es ihr schwer, die Frage der Richterin zu beantworten, wieso sie überzeugt sei, dass der Säugling ihr zugesprochen werden müsste. Davor hatte die noch die Ergebnisse der Gentests vorgelesen.

Dann wurde die Stellungnahme der Klinik beziehungsweise von Dr. Novak verlesen. Die ließen sich durch einen italienischen Rechtsanwalt vertreten. Wie Haber schon geahnt hatte, enthielt die Stellungnahme nur die Bestätigung über die bedauerliche Verwechslung der Embryonen und dass Frau Conrad tatsächlich austragende Mutter des Kindes wäre.

Frau Conti behauptete dann wahrheitswidrig, sich bereits in der Klinik um das Baby gekümmert zu haben. Frau Conrad hätte das beendet, da die mit dem Säugling einfach nach Deutschland abgereist wäre. Zu diesem Zeitpunkt hätte die Klinik bereits die Verwechslung eingestanden. Sehr geschickt gelang es Frau Conti, ihre derzeitige Situation zu schildern, dass sie seit fast zwei Monaten das Baby bei sich hätte, und was das für sie und das Kind bedeutete, wenn das Gericht sie erneut zu trennen versuchte. Das alles trug sie gekonnt und tränenreich vor, was sicher Wirkung bei der Richterin hinterließ.

Vergeblich hatte Haber mithilfe seines Kollegen verlangt, dass der Kindesraub in Klatovy vom Gericht mit betrachtet werden müsste. Frau Conrad wurde dadurch die Chance verwehrt zu erzählen, was dieses Verbrechen ihr und möglicherweise ihrem Baby angetan hatte.

Zweifelsohne war der Prozess für die Conrads niederschmetternd verlaufen. Das sah jeder sofort ihren Gesichtern an. Ob das

Verfahren fair war angesichts zweier Mütter, die sich beide eng mit diesem Kind verbunden fühlten, wäre auch für neutrale Beobachter schwer zu beantworten gewesen. Es konnte ja gar nicht anders entschieden werden, als dass eine der beiden Frauen zutiefst unglücklich aus dem Gerichtsverfahren entlassen werden musste.

Als das Gericht die Verhandlung für eine Beratung unterbrach, verharrte Frau Conrad zunächst mit versteinerter Miene auf ihrem Platz, während ihr Mann sich deutlich vor Bosch und Haber über die seiner Meinung nach unfaire Behandlung durch die Richterin empörte. Ein Gerichtsbediensteter sorgte dafür, dass er sich zumindest hinsichtlich der Lautstärke bremsen musste, Bosch und Haber hätten das nicht geschafft.

Frau Conrad ließ sich auch nicht von Bosch aufmuntern, der ihr Mut zusprechen wollte. Wenig später verließ sie den Gerichtssaal und eilte, ohne sich ein einziges Mal suchend nach dem kleinen Edoardo umzublicken, zum nächsten Taxi. Gleich darauf fuhr sie mit ihrem Mann ins Hotel.

Zwei Tage sollten sie warten, bis die Richterin ihre Entscheidung verkünden wollte. In dieser Zeit gelang es Bosch nicht, seine Klientin auch nur zu Gesicht zu bekommen. Sie blieb in ihrem Hotelzimmer, und nur ihren Ehemann traf er meist beim Frühstück. Viel konnte oder wollte der über seine Frau nicht sagen, sie sei selbst für ihn kaum ansprechbar, berichtete er.

Nur Haber versuchte einige Male, ihnen allen etwas Optimismus vorzuspielen. Bei Bosch verfing das nicht, der ahnte, welche Sorgen den belasteten. Sein Freund war der Einzige von ihnen, der die Chancen im Verfahren richtig einzuschätzen wusste, was der auch ihm gegenüber genauso sagte. „Es sieht nicht gut aus. Gar nicht gut!"

Am Morgen der Urteilsverkündung fuhren die Conrads getrennt von Bosch und Haber zum Gerichtsgebäude. Dieses Mal versammelten sich weniger Familienmitglieder der Contis auf dem Flur vor dem Gerichtssaal. Die Eltern von Frau Conti kümmerten sich um den kleinen Edoardo.

Das Urteil der Richterin, das sie in einem Zug auf Italienisch verlas, war eindeutig und in dem wichtigsten Punkt sogar so für die deutschen Beteiligten verständlich. Die Klage der Conrads wurde abgewiesen, das Kind den Contis zuerkannt.

Während das Ehepaar Conti wenig später jubelnd und laut klatschend den Saal verließ, blieb Frau Conrad neben ihrem Mann sitzen. Sie zeigte diesmal keine deutlichen Emotionen. Fast als hätte sie das Urteil doch nicht verstanden, schien sie auf etwas zu warten. Ihr Blick war leer, so leer wie die Richterbank, zu der sie immer noch hinsah.

Ihr Mann und Haber mussten sie regelrecht von ihrem Platz hochziehen und sie dann nach draußen führen.

Dort hatten sich jetzt doch wieder weitere Familienmitglieder der Contis versammelt. Plötzlich ertönte das Knallen eines Sektkorkens. Einen Moment blieben ihr Mann und Haber mit Frau Conrad auf der obersten Treppenstufe des Gerichtsgebäudes stehen, wobei sie sich von deren Griffen befreite.

Es passierte auf dem Vorplatz, diese für alle Anwesenden unbegreifliche Attacke dieser jetzt noch zerbrechlicher erscheinenden Frau, und das so schnell, dass wohl niemand das Geschehen hätte verhindern können.

Der kleine Edoardo, das stand plötzlich fest, würde von keiner der beiden Frauen aufgezogen werden können. Mit einem anderen Vornamen würde man ihn in der Familie der Contis aufziehen.

Frau Conrad würde ihn nicht mehr sehen können, denn die erwartete ein Verfahren wegen Totschlags. Und die Klinik, deren Versagen diese Katastrophe ausgelöst hatte, erneuerte kurz darauf ihre Web-Seite, worin sie noch nachdrücklicher ihre Kompetenz als Babywunsch-Klinik herausstrich.

★★★

Sie fuhren die Strecke im Taxi zum Mailänder Flughafen schweigsam nebeneinander her. Haber machte einen Versuch, seinen Freund anzusprechen, nur reagierte der nicht. Es war wohl für sie eine quälend lange Fahrt, denn sie fühlten beide diese Niederlage. Besonders bei Bosch wirkte das Gefühl nach, hierfür eine erhebliche Mitverantwortung zu tragen, auch wenn er nicht hätte sagen können, worin diese genau bestand.

Keine Frage, dass sie beide erschüttert waren über den Tod von Frau Conti, auch wenn ihnen Frau Conrad deutlich näher stand.

Haber hatte noch vor dem Gerichtssaal seinen italienischen Kollegen gebeten, die Verteidigung von ihr zu übernehmen. Er hatte sich um ihren Mann gekümmert, weil Bosch bis zuletzt neben Frau Conrad geblieben war, als sie von der Polizei abgeführt wurde.

Haber hatte unerwartet versprochen, sich mindestens an den Anwaltskosten für Frau Conrad beteiligen zu wollen. Es war die Hoffnung, dass das etwas trösten könnte.

Am Morgen hatten sie sich von ihrem Mann verabschiedet, der erstaunlich gefasst wirkte. Der schien in Eile, wollte zum Gefängnis, wo seine Frau zunächst eingesperrt worden war. Der italienische Rechtsanwalt hatte versprochen, ebenfalls dort zu erscheinen.

Sie hatten vor dem Check-in zu ihrem Flug etwas Zeit und saßen im Warteraum davor.

„Ich denke nicht, dass du dir einen großen Fehler vorwerfen musst", sagte Haber, der das Schweigen nicht mehr länger aushielt. „Wie hättest du diesen Kindesraub der Contis in Klatovy verhindern können? Wir hatten uns beide solch eine Aktion nicht einmal vorstellen können."

Bosch richtete sich in seinem Sitz auf, sah seinen Freund erst direkt an, bevor er antwortete.

„Klatovy? Ich wünschte, ich hätte diese Fliege nicht erschlagen", sagte er so fremd, als dachte er an eine ganz andere Begebenheiten.

„Was denn für eine Fliege?", fragte Haber verwirrt, dem entfallen war, was sein Freund ihm damals erzählt hatte.

„Hätte ich die Fliege nicht erschlagen, dann hätte ich wahrscheinlich auch diesen Dr. Nemec nicht getroffen. Und dann hätte ich sehr wahrscheinlich auch nichts anderes unternommen, als Frau Conrad zu raten, einfach die Füße stillzuhalten …"

„Aber das hattest du ihr doch ohnehin geraten", wunderte sich Haber, weil er keinen Zusammenhang erkannte.

„Nein, erst nach dem Treffen mit diesem Dr. Nemec fing ich richtig an nachzuforschen."

Er unterbrach sich, und tatsächlich hatte er Tränen in den Augen.

„Was ist das denn für ein Blödsinn? Ich hoffe, dass du das nicht ernst meinst", sagte Haber ungläubig über das, was er gerade gehört hatte. Er meinte sich auch anders zu erinnern. „Für mich bist du trotz dieser Niederlage kein schlechter Privatermittler."

„Willst du mich trösten?", fragte Bosch und hatte sich fast schon wieder im Griff.

„Na ja, ich überlege gerade, ob ich dir ein dauerhaftes Angebot machen sollte. Wir könnten doch ein ähnliches Gespann bilden wie dieses Fernsehpaar, ein Rechtsanwalt und ein Detektiv, du weißt schon. Ich will dich nur nicht allzu sehr loben, sonst könnte ich dich vielleicht nicht mehr bezahlen."

„Und ich könnte mir das tatsächlich mal überlegen", antwortete ihm Bosch, und etwas Zuversicht zeigte sich wieder auf dessen Gesicht.

14. WIE SCHMECKEN HEUSCHRECKEN?

Es war mir bei der Gartenarbeit und beim Spazierengehen schon mehrfach aufgefallen. Die Vielfalt an Schmetterlingen, die ich als Kind meinte wahrgenommen zu haben, die war geschwunden. Zumindest die Erinnerung an frühere Jahre noch im Elternhaus schien das zu bestätigen.

Bei einem Besuch bei meiner Tochter und ihrem Mann, beide Biologen, fiel mir das ein, als ich das Spiel zweier Kohlweißlinge beobachtete. Solche Falter sah ich häufiger im Gegensatz zu Pfauenaugen, Bläulinge und Zitronenfalter, die mir nur noch selten begegneten.

Wir saßen beim Kaffeetrinken auf der Terrasse, und da passte es gerade, über meine Beobachtung zu reden. Es gäbe immer weniger Insekten im heimischen Garten oder auch in der Umgebung, behauptete ich. Als Beispiel verwies ich auf Schmetterlinge, die mir früher wegen ihrer ins Auge springenden Flügelfärbung aufgefallen waren. Auch Maikäfer und Heuschrecken erwähnte ich, deren zahlenmäßigen Rückgang ich ebenfalls meinte festgestellt zu haben. Auf die Schnelle wollten mir keine weiteren Beispiele einfallen, obwohl ich annahm, dass es die gab.

„Bin sicher, dass ich die in meiner Jugend deutlich häufiger angetroffen habe", gab ich mich überzeugt.

„Ist das so?", schien mein Schwiegersohn diese Beobachtung zu bezweifeln. „Abgesehen davon, dass natürlich die Jahreszeit stimmen muss, wir sehen schon gelegentlich die von dir erwähnten Schmetterlinge auf unserem Grundstück. Wir mähen zum Schutz der Insekten auch nicht so oft und an jeder Stelle den Rasen."

Er zeigte auf ein großes, rundes Stück Wiese mitten im Garten, wo das Gras in der Tat hoch stand, durchmischt mit unterschiedlichen Kräuterpflanzen.

„Nun siehst du mal, warum wir keinen so großen Wert auf einen gepflegten Rasen legen", unterstützte meine Tochter schmunzelnd ihren Mann. Ihr Reden nahm ich nicht so ernst. Es gab sicher glaubhaftere Gründe für diese Zurückhaltung beim Mähen. Ich musste auch kurz lachen. Außerdem bestätigte er gleich darauf, was ich behauptet hatte.

„Du hast schon recht, wir bemerken auch diesen Schwund, zum Beispiel bei bestimmten Schmetterlingsarten. Manche Insekten vermissen wir inzwischen auch. Die haben nicht nur bezüglich ihrer Anzahl, sondern auch in ihrer Vielfalt stark gelitten, was ja deinen Eindruck bestätigt. Mit Ausnahme des Sterbens von Bienenvölkern wird das von den Leuten gar nicht registriert."

Also gibt er mir recht, triumphierte ich leise und nickte den beiden Gastgebern zu. Kommentieren wollte ich das aber nicht, denn das Thema Insektenschwund hatte mich bisher kaum ernsthaft berührt. Eher war es so, dass diese Lebewesen mich entweder störten, zum Beispiel Mücken, Wespen und Spinnen, oder ich hatte sie schlicht ignoriert. Weder zeigte sich bei mir ein tieferes Interesse noch kannte ich mich in dieser Welt der Krabbeltiere aus. Dass ich über deren Nützlichkeit reflektierte, mir das Bienensterben größere Sorgen machte, war eher nicht der Fall.

Als Kind habe ich darüber auch nicht nachgedacht, nur glaube ich, dass die mir in meiner damaligen Umgebung deutlich präsenter waren. Die hätte ich gar nicht übersehen können, meinte ich jetzt. Und heute resultierte meine Beobachtung sicher nur aus dem Vergleich der jetzigen Wahrnehmung mit der in der Kindheit.

Mein Elternhaus war größtenteils von einer Wiese umgeben gewesen. Die wurde von einem unserer Nachbarn in Abständen mit einer Sense niedrig gehalten. Den Grasschnitt verfütterte der seiner Ziege, die häufig dort auch graste. Natürlich war das kein Rasen, wie wir den heute in unseren Gärten antreffen, eher eine bunt gemischte Wiese. Mir fiel ein, was ich damals in Sommermonaten erlebt hatte, wenn ich mit den Fingern durch das Gras strich. Als würde von Hand ein mit grünbraunen Punkten übersätes feines Gewebe über die Wiese gezogen, so hatte ich das wirr springende Durcheinander kaum zu zählender Heuschrecken und anderer Kleinstlebewesen beobachten können. Es hatte Sekunden gedauert, bis dieses Schauspiel abebbte. Das zahllose Emporspringen der Grashüpfer hatte uns Jungs zu einem unsinnigen Spiel animiert. Wir fingen die ein, indem wir ein geöffnetes Marmeladenglas auf die Wiese legten, und gleichzeitig lockten wir eine Anzahl von Ameisen hinein. Dann beobachteten wir, was in unserer „Arena" geschah. Wir ergötzten uns am hilflosen Revoltieren der Heuschrecken gegen ihre Gefangenschaft und das Piesacken durch die Ameisen in dem verschlossenen Glas. Gewissensbisse oder Schuldgefühle mit diesen Geschöpfen hatten wir damals nicht empfunden. Erst die Langeweile beim Beobachten dieses Überlebenskampfes hatte das Spiel beendet, wir ließen alle Tiere wieder frei. Heute ist mir die Erinnerung an unsere „Experimente" eher peinlich.

Mein sieben Jahre älterer Bruder hatte ein deutlich ernsthafteres Interesse an Insekten gezeigt. Der fing Schmetterlinge und Käfer ein, um sie zu präparieren, wie er es von einem seiner Lehrer gelernt hatte, und befestigte die Körper dann mittels Nadeln und Kleber auf flachen Kartons. Überall an den Wänden in unserem gemeinsamen Zimmer hingen dicht an dicht diese Schachteln mit den Präparaten. Oftmals gab es einfach keine freien Flächen mehr an den Wänden. Über seine Leidenschaft habe ich mich damals wahrscheinlich gewundert, weil mir die Vielfalt von Insekten und deren Rolle in der Natur bestimmt nicht wichtig war.

Dass ich für einen Moment als Gast in meine Erinnerungen eintauchte, grenzte fast an Unhöflichkeit gegenüber meinen Gastgebern. Die mussten mich mehrfach ansprechen, bis ich endlich reagierte.

„Bist du noch hier, Papa?", fragte meine Tochter und stieß mich an.

„Doch, doch! Was denkst du?", beeilte ich mich, hatte aber keine Ahnung, worum das Gespräch inzwischen ging.

Auf meinem Nachhauseweg, ich wohne nicht weit vom Haus meiner Tochter entfernt, kam mir der Gedanke, den Fußweg abzukürzen. Das ist möglich, wenn ich eine selten gemähte Wiese durchquere. Dort stehen die Gräser kaum so hoch, um sie nicht bequem, zumindest bei trockenem Wetter, durchlaufen zu können.

Mehr aus Spaß und etwas neugierig schob ich mehrfach einen meiner Füße durch das Gras, nur um zu sehen, ob ich damit in größerer Zahl Heuschrecken aufscheuchen könnte. Die Jahreszeit stimmte ja, der August hatte begonnen, die Luft war warm und trocken.

Tatsächlich flogen einige Insekten und der eine oder andere Kohlweißling hoch, aber diese Störung auf der Wiese lieferte nicht annähernd ein Bild, wie ich es aus meiner Kindheit erinnerte.

Meine Vermutung zeigt sich auch hier, dachte ich und hockte mich dann auf den Grasboden. Ich wollte es genauer sehen und strich intensiv mit der Hand durch die Gras- und Kräuterbüschel.

Jetzt erst verstärkte sich das Leben von Insekten und Kleinstlebewesen. Was ich sah, waren in größerer Zahl Ameisen, auch kleine Laufkäfer, sogar einen Tausendfüßler und verschiedene, allerdings leere Gehäuse von Schnecken, die hier gelebt haben mussten. Und siehe da, etliche Grashüpfer sprangen aufgeschreckt hoch und klammerten sich dann an einem langen Grashalm fest. Einer von ihnen blieb sogar eine Weile dort sitzen, sodass ich ihn genauer betrachten konnte.

„Es gibt euch also noch, nur nicht mehr so zahlreich, wie ich es erinnere."

Diesmal wollte ich die Heuschrecke auch einfangen, allerdings nicht mit der Hand, sondern mit meiner Handykamera, um ein Foto von diesem Tier in Facebook zu posten.

Vertieft in meine Betrachtung, rief mich jemand vom Wiesenrand aus an, wollte wissen, ob ich Hilfe benötigte.

„Danke, nein!", reagierte ich erst mal verwundert und schaute mich nach der Person um.

„Ich sehe Sie dort am Boden hocken, da hatte ich den Eindruck, dass Sie vielleicht Hilfe benötigen", erklärte die Frau, die über die Wiese zu mir hinlief. „Haben Sie etwas verloren?"

„Nein, nein! Alles in Ordnung, vielen Dank! Ich habe nichts verloren", sagte ich und stand wieder auf. So am Boden hockend, empfand ich meine Position inzwischen auch als zu anstrengend, um der Frau zu erklären, was ich da im Gras gesucht hatte.

Sie blieb direkt vor mir stehen und schaute mich fragend an. Eine nicht sehr große, sportlich schlank wirkende Frau, deren Kleidung das betonte, mit einem cremefarbenen T-Shirt, das lose über ihrer Jeans-Shorts hing und mit hellblauen Sneakers. Ihr mittelblondes Haar hatte sie zu einem bis zur Schulter reichenden Zopf nach hinten gebunden, und die seitlich herunterfallenden, helleren Strähnen sowie der Pony umrahmten ein ovales Gesicht mit einer hohen Stirn und etwas geröteten Wangen. Ihr Mund war nicht geschlossen, ließ die weißen Zähne hervorblitzen.

Einen Moment verfing ich mich in ihrem Anblick, sah ihre ausdrucksvollen Augen unter den schmalen Augenbrauen. Wie alt mochte sie sein?, überlegte ich ganz kurz. Vielleicht um die fünfzig herum? Sie musste mich nochmals ansprechen, bis ich endlich erklärte, was ich im Gras gesucht hatte.

„Nein, nein, ich wollte nur mal einen Verdacht überprüfen", antwortete ich schließlich, wieder bei der Sache.

Dann erzählte ich ihr in kurzen Worten von meinem Verdacht und meiner Erinnerung, was sie sich interessiert anhörte. Sie stimmte sogar meiner Beobachtung zu. Auch sie hätte die Veränderungen in ihrem Garten bemerkt. Und weil sie gern gärtnerte, waren ihr die aufgefallen. Sie hatte selbst schon überlegt, was sie zugunsten der Insektenvielfalt in ihrer Umgebung verändern könnte, erklärte sie.

„Wissen Sie, ich treffe mich häufig in einem Kreis von Kolleginnen, alles auch Lehrer, und da diskutieren wir gelegentlich Probleme wie dieses." Sie schaute mich erwartungsvoll an, als hoffte sie auf eine Reaktion von mir. Dann sprach sie weiter. „Ich überlege gerade, ob ich Sie nicht einmal zu einem unserer Treffen einladen sollte, es würde uns alle sicher freuen."

„Klingt interessant!", antwortete ich etwas zögernd. Tatsächlich wusste ich nicht, wie ich auf diese Einladung reagieren sollte. Wann besuchte ich schon mal irgendeine Versammlung oder ein Treffen im Bekanntenkreis? „Wenn ich Ihnen meine Karte gebe, dann könnten Sie mich ja zum nächsten Termin dazu laden."

Das war von mir nicht ganz ehrlich gemeint. Ich wollte eigentlich vermeiden, einfach nur abzusagen, vor allem, weil mir kein Grund dafür einfiel.

Ich zog jetzt eine Visitenkarte von mir heraus und gab sie ihr, was sie überraschte.

„Gut, ich melde mich bei Ihnen", sagte sie und studierte dabei meine Karte. „Sie sind Herr Gerhard Heine, ohne Beruf?"

„Rentner, wenn Sie das als momentanen Beruf akzeptieren", klärte ich sie auf.

„Also Herr Heine, oder sollte ich besser gleich Gerhard sagen, wenn Sie doch demnächst unserem Gesprächskreis beitreten werden", antwortete sie lachend.

„Nur wenn Sie mich duzen und mir vielleicht auch noch Ihre Karte geben."

„Die schicke ich dir, versprochen. Gerade habe ich keine bei mir", erwiderte sie und gab mir zum Abschied die Hand.

Ich blickte ihr hinterher, sah, wie sie mir noch mal zuwinkte. Die ist wirklich sympathisch, fiel mir spontan ein. War ich denn nicht bereits ein Rentner und seit über einem Jahren Witwer? Was ich gerade erfuhr, war so überraschend, dass ich es gar nicht richtig einordnen konnte.

Bereits zwei Tage später fand ich in meinem Briefkasten einen Brief, der nur eine Visitenkarte enthielt.

„Johanna Maria Eder-Müller, Gymnasiallehrerin", las ich laut. Dann studierte ich noch die üblichen Angaben, wie Adresse und Telefonnummer. Auch über einen E-Mail-Account verfügte sie. „Immerhin kann ich sie auch so erreichen!"

★★★

Ist sie verheiratet, wie ihr Doppelname vermuten lässt?, hatte ich mich gefragt. Allerdings sagte das gar nichts, bei Frauen waren solchen Namen nicht ungewöhnlich. Sie könnte sowohl geschieden als auch, wie ich, verwitwet sein.

Erst nach zwei Wochen rief sie mich an, da war mir ihr Versprechen zwar noch in Erinnerung, aber gerechnet hatte ich schon nicht mehr damit.

„Gerhard, ich hoffe, du erinnerst dich noch an mich", meldete sie sich. „Ich hatte ja versprochen, dich zu unserem nächsten Treffen einzuladen. Am kommenden Freitag um siebzehn Uhr wollen wir uns treffen. Ich hoffe, dass du dann dabei bist!" Sie beschrieb noch das Restaurant, wo die Zusammenkunft stattfinden würde, und dann war das Gespräch schon beendet.

Sie hatte mich wirklich eingeladen. Auch wenn es noch ein paar Tage bis zum Meeting dauern würde – das Warten machte mich tatsächlich etwas kribblig. Immerhin versprach es eine Begegnung mit einer attraktiven Frau. Wann hatte ich das zum letzten Mal erlebt?

Das Treffen in einem separaten Raum eines Restaurants verlief zunächst anders, als von mir erwartet. Obwohl ich pünktlich erschienen war, schien die Diskussion schon in vollem Gange zu sein. Nur Johanna war nicht rechtzeitig eingetroffen, und der ältere Herr, der wohl diese Runde koordinierte, begrüßte mich zwar freundlich, aber auch etwas hilflos. Immerhin stellte er mich den anderen zwölf Personen als guter Bekannter von Johanna vor. Ich setzte mich etwas steif an einen der zu einer Reihe zusammengeschobenen Tische und suchte herauszufinden, worüber gerade diskutiert wurde. Die Anwesenden waren bereits so vertieft im Thema, dass ich als neuer Gast gar nicht weiter beachtet wurde.

Eine halbe Stunde verging, als endlich auch Johanna hereinkam. Sie nickte in die Runde und reichte mir die Hand, als sie sich einen Stuhl neben mich heranzog.

„Sorry, ich hab es nicht früher geschafft", sagte sie nur leise zu mir und wandte sich dem Gespräch zu.

Ich muss zugeben, dass von da an meine Konzentration stark litt. Stattdessen studierte ich verstohlen meine Nachbarin, sooft mir das möglich war. Insbesondere, wenn die selber redete, konnte ich den Blick gar nicht von ihr abwenden. Sie hatte ihr Haar wieder zu einem Pferdeschwanz gebunden, und so bemerkte ich dadurch, dass sie keinerlei Ohrenschmuck trug. Nur ein goldenes Kettchen, das vor ihrem Ausschnitt bei jeder ihrer Bewegungen hin und her baumelte, entging mir nicht. Ich war einfach fasziniert von ihrem Anblick.

Ob sie das bemerkte, wusste ich nicht. Eine Reaktion zeigte sie nur kurz, als sie mir lächelnd zunickte. Ansonsten schien sie sich völlig auf die Diskussion zu konzentrieren, die ich zwar immer besser verstand, zu der ich aber nichts beitragen wollte. Was auch für ein Zufall, Thema war offensichtlich, wie sogenannte Schädlinge im Garten auf natürliche Weise verdrängt werden könnten. Die Zeit verging für mich so schnell, fast überhörte ich die Schlussworte des älteren Herrn, der mich begrüßt hatte.

„Was machen wir jetzt?", fragte sie, als wir schon allein vor dem Restaurant standen. Sie hatte mich noch den anderen in der Runde vorgestellt, die die Erwartung äußerten, mich beim nächsten Mal erneut begrüßen zu können.

„Es ist noch nicht spät. Hast du einen Vorschlag?", antwortete ich.

„Komm, lass uns einfach ein Stück laufen. Die Luft ist so herrlich mild und kühl", schlug sie vor.

Sie hakte sich bei mir unter, und so liefen wir los.

„Wie oft trefft ihr euch?", wollte ich wissen, um die Redepause zu überbrücken.

„Unregelmäßig. Mehr als zweimal im Monat sicher nicht", entgegnete sie. „Und du, wirst du das nächste Mal dabei sein?"

„Das kann ich mir gut vorstellen, ich habe an Abenden noch viel Platz auf meinem Terminkalender", erklärte ich amüsiert.

„Wie kommt das? Bist du geschieden?", wollte sie wissen und musterte mich von der Seite.

„Nein, meine Frau ist vor über einem Jahr verstorben."

„Das tut mir leid. Bist du jetzt oft allein?", fragte sie mitfühlend.

„Na ja, es gibt noch die Familie meiner Tochter. Wir sehen uns häufig, vor allem an Wochenenden."

Wir schwiegen eine Weile, es war gar nicht so einfach, zumindest für mich, solch ein Gespräch am Leben zu halten.

„Wie ist es bei dir?", stellte ich eine für mich wichtige Frage.

Sie schaute mich etwas verschmitzt von der Seite an. „Ob ich allein bin? Ich bin weder verheiratet noch lebe ich mit einem Mann zusammen. Aber vielleicht erzählst du mir am besten erst etwas von dir. Außer dass du Rentner bist, weiß ich gar nichts von dir."

Ob sie allein ist oder nicht, weiß ich jetzt immer noch nicht. Sie hat möglicherweise trotzdem eine feste Beziehung, über die sie nicht reden will, ging es mir durch den Kopf. Ich hielt es für besser, nicht weiter nachzubohren, sondern etwas von mir zu erzählen. So, wie es bei mir stand, sollte das nicht lange dauern, glaubte ich. Da irrte ich mich allerdings, weil sie oft Fragen stellte und es mir nicht immer gelang, Wichtiges vom Unwichtigen zu trennen.

Die Zeit verging so schnell, und plötzlich machte sie einen Vorschlag.

„Weißt du, Gerhard, über mich erzähle ich dir beim nächsten Mal. Möchtest du mich nicht am Samstagnachmittag in acht Tagen besuchen? Ich würde mich sehr freuen. Dann lernst du auch gleich kennen, wie ich lebe", erklärte sie und hinterließ dabei bei mir den Verdacht, dass sie mich überraschen wollte.

Ich sagte jedenfalls zu. Wir hatten einen langen Bogen um den Häuserblock gezogen und waren inzwischen auf dem Parkplatz des Restaurants zurück, wo unsere Autos standen. Es war doch spät geworden. Zum Abschied drückten wir uns sogar etwas.

★★★

Was immer sie mir am kommenden Samstag erzählen würde, ich hatte das unbestimmte Gefühl, dass diese Frau mir eine Tür raus aus meinem Einsiedlerleben öffnen könnte. Dieser Freundeskreis mit seinem Interesse an Insekten ist vielleicht nicht das Spannendste, aber es könnte mich wieder unter andere Menschen bringen.

Und Johanna selbst? Noch kannte ich sie kaum, hatte sie nichts über sich erzählt. Aber so offen sympathisch, wie ich ihre

Gegenwart bei den wenigen Begegnungen empfunden hatte, schien sie mir ebenfalls wie ein Weg heraus aus meiner Isolation. Ich hatte mich zwar nach einem Jahr als Witwer mit der Situation weitgehend arrangiert, aber nicht abgefunden, zumindest meinte ich das jetzt.

Bis zum Samstag hatte ich noch Zeit, fast zu viel Zeit, weil ich mich in vielfältigen Gedanken und Sorgen regelrecht verfing. Zum Beispiel dachte ich lange über ein passendes Präsent für sie nach oder wie ich meinen schwerfälligen Unterhaltungsstil aufpeppen könnte. Den vor allem hatte ich bei unseren Begegnungen fast als Atmosphärenkiller wahrgenommen. Ich dachte doch glatt über Themen nach, die ich beim Besuch anschneiden könnte. Fast hätte ich mir Notizen aufschreiben wollen.

Weniger dachte ich noch an ihre verschmitzte Verschwiegenheit, als ich sie danach gefragt hatte, ob sie, wie ich, allein lebe. Wenn sie mich schon einlud, dann doch nicht, um mich ihrem Mann oder Freund vorzustellen, schob ich einen solchen Gedanken von mir.

Der Samstag kam, ein Präsent hatte ich tags zuvor im Blumengeschäft besorgt und mich so hergerichtet, dass ich mein Outfit als akzeptabel betrachtete. Für jemanden, der wie ich weder zu Hause noch sonst wo ein Feedback über seine äußere Erscheinung erhält, ist die Entscheidung über die Kleidung zumindest nicht trivial, man überlegt länger.

Ich nahm den Bus, auch mit dem Gedanken, dass mir Johanna eventuell nicht nur Kaffee anbieten würde. Jetzt sah ich erstmals ihr Haus, das mir für eine einzelne Person viel zu groß erschien. Sie verbringt sicher reichlich Zeit im Garten, ging es mir durch den Kopf, als ich die sauber gepflegten Beete am Rand des kurzen Weges zur Haustür sah. Ob sie das alles allein pflegt, fragte ich mich unwillkürlich, als in diesem Moment Johanna heraustrat. Und sofort war ich von ihrer Erscheinung eingenommen.

„Da bist du ja. Komm, ich führe dich erst mal um das Haus herum, so siehst du gleich mein kleines Paradies." Sie nahm mir das Blumengesteck ab, das ich für sie besorgt hatte. „Oh, da hast du dir aber viel Mühe gegeben!"

Selten hatte ich einen liebevoller angelegten Garten gesehen, und wahrscheinlich hatte mich das noch nie so wenig interessiert wie jetzt beim Rundgang neben Johanna. Sie erzählte, während sie vor mir herlief, und ich konnte meinen Blick kaum von ihr abwenden.

„Gerhard, du sagst ja gar nichts. Gefällt dir mein Garten nicht?", fragte sie schließlich etwas bekümmert, als wir vor ihrer Terrasse anhielten.

Das war der Moment, wo mir meine Einfälle von zu Hause über eine gepflegte Konversation einfielen, die beim Rundgang doch so einfach gewesen wäre.

„Doch, doch, du siehst mich bewundernd staunen", faselte ich mit einem Grinsen im Gesicht, was sie mit Stirnrunzeln und einem kurzen Lachen quittierte.

„Ich glaube, wir brauchen jetzt doch etwas Kräftiges zum Anstoßen", sagte sie kopfschüttelnd und zog mich an der Hand die Stufen zur Terrasse hoch.

Als ich sie beobachtete, wie sie im blasser werdenden Sonnenlicht zur Terrassentür lief, erahnte ich fast ihre Figur – oder erträumte ich sie da nur?

„Was ist in dich gefahren, Gerhard?", murmelte ich leise zu mir. Das Alter und die Zeit als einsamer Witwer hatten offenbar nicht alles bei mir verdrängt, das konnte ich deutlich spüren.

Sie kam wieder heraus mit zwei Caipirinhas auf einem Tablett, weiß Gott, wie sie die so schnell angerichtet hatte. Gleichzeitig stellte sie eine kleine Schüssel daneben mit würzigem Knabberzeug, wie ich vermutete.

„Davon kannst du mal probieren, bin gespannt, ob dir das schmeckt. Das habe ich von meinem letzten Besuch in Südamerika mitgebracht", erklärte sie und hielt ihren Caipirinha hoch. „Herzlich willkommen und zum Wohl!"

Die nächste Pause konnte ich mit einem langen Zug aus meinem Glas ausfüllen und dem Spruch, dass das Getränk mir sehr gut getan habe.

„Gerhard, das hatte ich ohnehin vorgehabt", sagte sie und rückte auf ihrem Sessel so weit vor, dass ich ihre Knie spürte. Es wäre leicht für mich gewesen, sie zu berühren, was verlockend war, wozu mir aber der Mut fehlte. „Du hast sicher wissen wollen, ob ich allein lebe. Ich will dir jemanden vorstellen, mit dem ich schon seit Jahren zusammenlebe, wir sind quasi ein Paar."

Sie wandte sich der Terrassentür zu. „Jetzt komm doch endlich heraus, Betty!"

Die erschien, und ich stellte perplex mein Glas ab. Fast mechanisch griff ich in die Schüssel mit dem Knabberzeug, ohne mir das näher anzusehen.

„Weißt du, wir lieben uns, das ist die einfache Wahrheit."

Betty trat jetzt an den Tisch heran und wollte mich mit einem Händedruck begrüßen. Ich musste schnell meine Hand erst leeren und schob das Knabberzeug darin in den Mund. Ich kaute und schluckte.

Warum mich jetzt beide Frauen erwartungsvoll musterten, war mir nicht gleich klar.

„Magst du es?", fragte Johanna erwartungsvoll.

„Ich freue mich wirklich, deine Lebenspartnerin kennenzulernen!", stotterte ich ungelenk. Immer noch hatte ich Reste des Knabberzeugs im Mund.

„Ich meine doch nicht Betty! Ich meine das, was du gerade isst!", sagte Johanna und lachte.

„Was ich gerade esse …" Weiter kam ich nicht, blickte in diesem Moment auf den Inhalt der Schüssel auf dem Tisch.

★★★

In vielerlei Hinsicht hatte mich Johanna an diesem Samstag überrascht. Das stand fest. Dass ich sofort nach ihrer Offenbarung in ihre Toilette gestürzt bin, um die gerösteten Heuschrecken auszuspeien, ich denke, das hat sie mir sicher verziehen. Dass ich anschließend ziemlich lange maulfaul auf ihrer Terrasse gesessen bin, ohne wesentlich die Konversation zu beleben, wird sie mir hoffentlich ebenfalls verzeihen.

Ich musste immer wieder abwechselnd zu ihr und ihrer herb wirkenden Freundin schauen. Natürlich war mir klar, dass die beiden Frauen lesbisch waren, was die gar nicht zu verbergen suchten. Aber es behinderte zunächst mich, an der Unterhaltung locker teilnehmen zu können. An den beiden Frauen lag es nicht, dass die eine Weile zäh verlief. Die jedenfalls gaben sich redlich Mühe, mich wieder aufzuheitern. Dass es noch ein entspannter Nachmittag wurde, war sicher zwei weiteren Caipirinhas und Johannas Erzählung über die Erlebnisse ihrer Südamerikareise zu verdanken. Sie verzichtete dabei Gott sei Dank auf jede Erwähnung von landestypischer Kost.

Seit diesem Treffen sind jetzt zwei Wochen vergangen, und ich habe seither mehrfach mit Johanna telefoniert. Über die Panne am Samstag mit dem Knabberzeug haben wir nur gelacht. Ihre lesbische Beziehung, die mich tatsächlich aus dem Konzept gebracht hatte, haben wir nicht angesprochen. Ihr schien dafür keine Erklärung erforderlich, was sie für mich wohl ähnlich annahm. Ich werde sie demnächst mit ihrer Lebenspartnerin zu mir nach Hause einladen. Meine Sympathie galt ihr, und die wird bleiben, auch wenn die Erwartungen an eine gemeinsame Zukunft, wie ich jetzt weiß, unrealistisch waren. Daneben bleibt ja auch die Hoffnung, durch sie und ihren Kreis meine Isolation viel leichter beenden zu können. Eins weiß ich seit diesem Samstagnachmittag mit Sicherheit: Nie wieder werde ich geröstete Heuschrecken verzehren!

15. SCHMETTERLINGE

Gegen das tief stehende Sonnenlicht blickend, sah Bastian Meyer nur verschwommen die grau schimmernden Umrisse eines Insekts, das unmittelbar darauf auf seine Windschutzscheibe prallte. Mitten in seinem Sichtfeld zeigte es sich als ein graubrauner schleimiger Fleck. Nur ein Flügelpaar ragte daraus hervor. Es war ein gewöhnlicher Schmetterling mit milchig-weißen Flügeln, den es erwischt hatte. Was da auf seiner Frontscheibe regelrecht zerplatzt war, das wusste er nicht. Noch eine Weile blieb das Flügelpaar an seiner Scheibe kleben, bevor der Fahrtwind es fortriss. Er hatte sich beim Aufschlag etwas erschrocken und reduzierte sofort seine Geschwindigkeit.

Die Sonne stand so tief, dass auch die Sonnenblende nichts gegen die einfallenden Strahlen ausrichten konnte. Er brauchte dringend seinen Brillenaufsatz, der das Sonnenlicht abdunkeln würde. Die kurvenreiche Strecke öffnete immer wieder die Sicht nach Westen, und wenn nicht gerade Hügel oder Bäume die Sonne verdeckten, wurde er geblendet. Stellenweise erkannte er nur schwach den Fahrbahnrand und die dunklen Silhouetten der entgegenkommenden Fahrzeuge.

Im Handschuhfach tastete er nach seinem Brillenaufsatz, den er auf seine normale Brille schieben wollte. Das Tasten brachte nichts, er musste sich etwas zur Beifahrerseite herunterbeugen und gleichzeitig immer auch schnell wieder auf die Straße schauen.

Ein lang gezogenes Hupen riss ihn hoch, als er offensichtlich ganz kurz zu weit auf die linke Fahrspur geraten war. Dann hatte er endlich den gesuchten Aufsatz in der Hand. Doch der verhinderte nicht, dass er gelegentlich den Fahrbahnrand mehr erahnen musste, als ihn richtig zu erkennen. Es waren kurze Abschnitte, die ihn aber nervten und ermüdeten.

Endlich zeigte sich die Landstraße weniger kurvenreich, die Sonnenstrahlen wischten jetzt fast in Augenhöhe über die Fronthaube seines Wagens. Er verzögerte erneut seine Fahrt, fuhr auf dieser Straße mit kaum mehr als Ortsgeschwindigkeit. Er würde sich beim Hotel verspäten. Er überlegte, ob er sich dort telefonisch melden sollte, denn er hatte bei der Reservierung seine Kreditkartendaten nicht hinterlegt. In der Hochsaison wurden Zimmer nach 18 Uhr gewöhnlich anderweitig vergeben.

Plötzlich wieder so ein grauweißes Flattertier, das unvermittelt in Augenhöhe gegen die Frontscheibe geknallt war. Vor Schreck trat er kurz auf die Bremse, was die ohnehin geringe Geschwindigkeit aber kaum veränderte.

Es war ein beeindruckendes Insekt gewesen, sicher ein Schmetterling, aber so groß? Fasziniert sah er die sich vermeintlich im Fahrtwind bewegenden Flügel. Seine Aufmerksamkeit wurde noch durch das Schauspiel auf der Scheibe beansprucht, als er wieder ein lautes Hupen hörte. Undeutlich meinte er, quietschende Reifen gehörte zu haben und kam fast sofort zum Stehen. Er hatte mit aller Kraft das Bremspedal getreten, ohne die Kupplung zu betätigen, der Motor stand.

Als er ausstieg, sah er, dass er auf einem schmalen Seitenstreifen direkt neben einer steil nach oben aufragenden Felswand stand. Nur die beiden linken Räder berührten noch die Fahrbahn. Das Fahrzeug schien in Ordnung, nur der rechte Außenspiegel war gegen die Beifahrertür geklappt, offensichtlich musste er die Felswand neben ihm leicht touchiert haben. Tatsächlich sah er Kratzspuren am Spiegelgehäuse. Sicher erschien ihm, dass er keine Berührung mit dem Fahrzeug auf der Gegenspur gehabt hatte, denn er konnte keinerlei Beschädigung an seiner linken Fahrerseite entdecken. Das andere Auto war ohne Verzögerung weitergefahren, schien also auch nicht beschädigt worden zu sein.

Er klappte den rechten Außenspiegel zurück in die richtige Position und wollte ebenfalls weiterfahren, da fiel sein Blick auf die Frontscheibe, wo dieses Insekt aufgeschlagen war. Als ein ungewöhnlich großer Schmetterling erschien ihm das Tier, dessen Flügel sich immer noch bewegten, was am Wind liegen musste. Er betrachtete das Insekt intensiver, ekelte sich aber, es mit den Fingern einfach zu entfernen.

Sein Blick suchte am Straßenrand nach einem Zweig oder größeren Blättern, mit dem er den Tierkörper wegwischen könnte. Und jetzt entdeckte er am Rand der anderen Fahrbahn etwas weiter zurück von seinem Standort eine am Boden liegende Person, nicht erkennbar, ob es ein Mann oder eine Frau war. Es erschien ihm nahezu unmöglich, dass er diesen Menschen angefahren haben könnte.

Dennoch erschrak ihn der Gedanke, Schuld an einem Unfall zu sein, bei dem jemand verletzt oder vielleicht sogar ums Leben gekommen war. Er näherte sich nur mit großer Sorge der Person. Es war eine Frau, die da merkwürdig verdreht auf dem Boden lag und sich überhaupt nicht bewegte.

Bastian beugte sich zu ihr herab und versuchte, am Hals der Frau ihren Puls zu fühlen. Sie lebte, und er musste dringend helfen und dafür ihre Lage verändern. Viel zu dicht lag sie an der Fahrspur. Allerdings scheute er sich, diese Frau einfach zur Seite zu ziehen und sie dabei möglicherweise noch schwerer zu verletzen. Vorsichtig versuchte er jetzt, ihren Körper so zu drehen, dass sie in eine Seitenlage kam, sodass ihr Gesicht zur Seite zeigte. Ihren linken Arm schob er unter ihren Kopf, dann zog er die Frau an ihren Achseln vollständig von der Straße herunter. Immer noch verhielt sie sich, als sei sie ohnmächtig.

„Können Sie mich verstehen?", versuchte er sie anzusprechen, worauf er keine Antwort erhielt.

Er prüfte nochmals, ob diese Frau so lag, dass sie vom Verkehr nicht mehr gefährdet war, dann lief er zurück zu seinem Fahrzeug. Er suchte im Kofferraum nach einer Decke und dem Warndreieck. Und schließlich holte er sein Handy heraus. Erleichtert stellte er fest, dass er problemlos der Polizei den Unfall melden konnte. Allerdings würde es dauern, bis die und ein Rettungswagen ihn erreichen würden, der nächste größere Ort war zirka zehn Kilometer entfernt.

Bastian hatte die Frau mit seiner Decke zugedeckt und sich neben sie auf den Boden gesetzt. Sie erschien ihm wie im Schlaf, stöhnte nicht einmal. Er betrachtete ihr blasses Gesicht im schon schwindenden Tageslicht, das so kindlich wirkte. Teilweise war es verdeckt von ihrem langen und dunkelblonden Haar. Es beruhigte ihn etwas, dass er keinerlei Verletzungen an ihrem Kopf erkennen konnte.

Ihr Gesicht deutete daraufhin, dass sie sicher noch jung war. Aber was sie so weit entfernt von der nächsten Wohnsiedlung hierher geführt hatte, konnte er sich nicht erklären. Denn an dieser Stelle gab es nichts, was jemand suchen würde. Obwohl sie Sportschuhe trug, die unter der Decke herauslugten, glaubte er nicht, dass sie eine Joggerin war. Die zehn Kilometer, die sie zurückgelegt hatte, müsste sie dann auch zurücklaufen, dachte er und hielt das für eher unwahrscheinlich, zumindest für diese Tageszeit.

Dass sie leicht gekrümmt auf der Straße gelegen hatte, könnte Folge einer Wirbelsäulenverletzung sein, überlegte er. Möglicherweise war sie aber gar nicht gravierend verletzt, so ruhig und gleichmäßig, wie sie zu atmen schien. Bastians medizinische Kenntnisse waren gering. Er erinnerte sich nur an das, was er bei einem früheren Erste-Hilfe-Kurs erlernt hatte. Aus Vorsicht, dass die junge Frau beim Zusammenprall mit einem Fahrzeug innere Verletzungen oder einen Schaden an der Wirbelsäule davongetragen haben könnte, vermied er, sie gründlicher zu untersuchen. Was ihn beunruhigte, war die Sorge, etwas Wichtiges bei der verletzten Frau übersehen oder unterlassen zu haben. Immer wieder kontrollierte er ungeduldig seine Uhr, weil er auf ein rasches Eintreffen der Polizei hoffte. Erleichtert nahm er wahr, dass der Verkehr auf dieser Landstraße zum Erliegen gekommen zu sein schien. Seit seinem Halt hier war kein einziges Fahrzeug durchgefahren, und inzwischen war es schon dunkel geworden.

Vielleicht sollte er noch nach seiner Taschenlampe im Auto suchen, überlegte er. Er könnte im Dunkeln ihr Gesicht besser erkennen, insbesondere wenn sie sich eventuell doch noch äußern wollte. Aber ihm widerstrebte es, sie dann am Fahrbahnrand allein zurück-zulassen, was er für gefährlich hielt.

Nochmals versuchte er, die Frau anzusprechen, wobei er ihr sanft über den Arm strich. Jetzt hörte er etwas, was ein Stöhnen sein konnte.

„Haben Sie Schmerzen?", erkundigte er sich. Wieder hörte er nur, wie sie schwach stöhnte, was ihn eher beruhigte, da sie zumindest ansprechbar schien.

Ein anderer Gedanke kam ihm plötzlich, wie sie an diesen Platz gekommen sein könnte. Vielleicht war sie gar nicht aus dieser Gegend, sondern irgendjemand hatte sie als Anhalterin aufgepickt und sie dann hier, aus welchen Gründen auch immer, ausgesetzt, spekulierte er. Wieso sonst läuft eine junge Frau allein zu Fuß durch diese nicht besiedelte Gegend? Hatte sie ein LKW-Fahrer aus seinem LKW geworfen, weil sie eine Prostituierte war?

So weit entfernt von der tschechischen Grenze war es nicht, dass es ihm nicht unwahrscheinlich erschien. Ihre Sprache, wenn sie von daher stammte, würde er weder sprechen noch verstehen. Allerdings: Hätte er recht mit seiner Vermutung, dann könnten sie sich sicher mit einigen Worten Deutsch verständigen. Er versuchte es einfach noch einmal.

„Können Sie mich verstehen? Was ist passiert?", fragte er, wobei er langsam sprach.

Sie bewegte den Kopf. Deutlich konnte er erkennen, dass sie ihn anblickte. Er wiederholte nochmals seine Frage, ob sie ihn verstünde. Und das hatte sie, denn sie nickte leicht. Sie schien sich sogar drehen zu wollen, was er aber zu unterbinden suchte, indem er ganz sanft ihren Arm nach unten drückte.

Jetzt sah er das Scheinwerferlicht von zwei Autos kommen, die sich ihm rasch mit Blaulicht näherten. Kurz darauf hielten ein Fahrzeug der Polizei und ein Rettungsfahrzeug auf der anderen Straßenseite.

Es ging sehr schnell. Der Notarzt untersuchte kurz die immer noch am Boden liegende Frau, bei der er ebenfalls keine schwerwiegenden Verletzungen feststellen konnte. Bastian erfuhr, dass sie wahrscheinlich nur Prellungen an ihren Armen und an der Seite davongetragen hatte. Wenige Minuten später wurde sie schon abtransportiert.

Umso länger dauerte aber die Befragung durch die Polizeibeamten, die sehr genau wissen wollten, wie er das Geschehen erlebt hatte. Und obwohl er ausführlich schilderte, was er gesehen hatte, zeigten die sich skeptisch und schienen nicht auszuschließen, dass er der Verursacher dieses Unfalls mit der Frau war. Mit einer Taschenlampe leuchteten die sogar sein Fahrzeug ab, fanden dabei aber keine Unfallspuren. Schließlich forderten sie ihn auf, ihnen in die nächste Stadt zur dortigen Wache zu folgen. Sie ordneten an, dass er sich vorerst zur Verfügung halten sollte, da sie ihn am kommenden Morgen nochmals befragen wollten.

Bastian durchlitt eine unruhige Nacht. Nicht nur, dass er einen Kunden verärgert hatte, weil er den wichtigen Termin mit dem verschieben musste, ihm gelang es auch nicht, das Unglück aus seinem Kopf zu verdrängen. Die Frage ließ ihn nicht los, warum diese Frau dort allein unterwegs gewesen war. So hatten ihn auch die Beamten befragt. Und sicher war das die Ursache für einen äußerst unangenehmen Traum, der ihn schon fast am Morgen noch im Schlaf erfasste. Dabei war ein nun noch wesentlich größerer Schmetterling mit voller Wucht gegen seine Windschutzscheibe geprallt, bei der er das Gesicht einer weiblichen Person wiederzuerkennen glaubte. Statt eines zerplatzten Insekts mit weißlichen Flügeln hatte das Antlitz eines wehklagenden Mädchens an der Scheibe geklebt.

Bastian fühlte sich überhaupt nicht ausgeschlafen, und entsprechend müde trottete er zunächst zum Frühstück. Sein Handy hatte er sich neben seinen Teller gelegt, in der Erwartung, dass sich die Polizei schnellstmöglich melden würde. Aber es kam kein Anruf. Schließlich verlor er die Geduld, er durfte ja keinesfalls noch einen Tag verlieren, musste den Ersatztermin mit seinem Kunden unbedingt halten. Kurz entschlossen packte er seine Reisetasche und fuhr selbst zum Polizeirevier.

Merkwürdig war, dass die Polizei ihn bereits zu erwarten schienen. Kaum, dass er eine Frage stellen konnte, ob er hier richtig sei, erklärte ihm einer der Polizisten wenig freundlich, dass sie ihn erneut zum Unfall befragen müssten. Dann führte der ihn in einen separaten Raum, wo er an einem Tisch Platz nehmen sollte. Wenig später saßen ihm bereits zwei Beamte gegenüber, die ihn erst ernst musterten, bevor einer von ihnen redete.

„Was haben Sie den Kollegen da gestern für eine Geschichte aufgetischt?", fragte der, ohne sich mit einer Vorrede aufzuhalten. Stattdessen schien der keine Zeit verlieren zu wollen, sondern erwartete eine Antwort von ihm. Bastian war so erstaunt, dass er nur verständnislos mit dem Kopf schüttelte.

„Hören Sie, Herr Meyer, an Ihrer Geschichte kann etwas nicht stimmen! Was ist wirklich passiert?", mahnte der ihn unnachgiebig, sich endlich korrekt zu äußern.

„Was soll an meiner Geschichte nicht stimmen?" Bastian dehnte das Wort *Geschichte*, weil er absolut nicht verstand, was dieser Mann ihm vorhielt.

„Sie kennen diese junge Frau wirklich nicht? Leiden Sie an irgendeiner Art Amnesie?", reagierte der Polizist merklich ungeduldig. „Die junge Unbekannte weiß aber sehr gut, wer Sie sind. Also erzählen Sie doch nicht, dass Sie diese Frau liegend auf der Straße aufgefunden haben."

Als Bastian erneut sprachlos den Kopf schüttelte, setzte der Polizist seine Vorhaltung fort. „Ich erzähle Ihnen jetzt mal, was wir durch diese junge Frau erfahren haben, hören Sie gut zu, es hilft Ihrem Gedächtnis vielleicht auf die Sprünge!" Und dann erzählte der ihm eine Geschichte, die ihn fast umhaute.

„Sie haben diese junge Studentin an einer Tankstelle in Cham aufgesammelt mit dem Versprechen, sie bis nach Regensburg mitzunehmen", gab der Polizist die ihm bekannte und angeblich wahre Geschichte wieder. „Sie sind aber sehr bald von der Bundesstraße auf eine Nebenstrecke abgebogen. Warum, werden Sie uns noch erzählen."

Bastian konnte nicht glauben, was der Polizist ihm unterstellte. Vor allem, weil die Unterstellung noch krasser wurde. Er hätte auf dieser eher einsamen Landstraße die Studentin hart bedrängt, mit ihm Sex zu haben. Nur wegen ihrer heftigen Gegenwehr hätte sie das verhindern können.

„Und dann haben Sie die bei nächstbester Gelegenheit aus ihrem Fahrzeug befördert", berichtete der Beamte weiter. „Hilflos und sicher auch verwirrt hat sie dann die Straße überqueren wollen und ist dabei fast von einem LKW erfasst worden. Sie sind dann glücklicherweise nicht einfach losgefahren, weil sie hilflos am Boden gelegen habe. Den Rest kennen Sie ja."

Bastian saß bereits auf einem Stuhl und hielt sich am Tisch fest, sonst hätte er sich jetzt eine Sitzgelegenheit suchen müssen. Was er da hörte, konnte er nicht fassen.

„Wir haben ja auch Hinweise von Ihnen auf dem Körper und der Kleidung gefunden. Dass die Decke von Ihnen stammt, ist ja ohnehin klar. Sie müssen die Frau aber auch unter den Achseln heftig gepackt haben, dort finden sich ebenfalls Druckstellen."

„Ich habe versucht, diese Frau von der Straße zu ziehen, habe sie auch mit meiner Decke gegen Unterkühlung schützen wollen. Was weiß ich, wo ich sie bei meinem Bemühen, sie vor dem Verkehr schützen zu wollen, überall angefasst habe!", rief er jetzt empört dem Beamten zu. Es gelang ihm kaum, seine Erregung zu beherrschen, er lachte sogar mehrfach fast hysterisch auf. „Was um alles in der Welt wird mir hier unterstellt?"

„Das werden wir sehen!", antwortete ihm der Beamte und deutete an, dass er leiser reden sollte. „Sie bleiben jetzt erst mal hier. Wir werden Ihr Fahrzeug untersuchen. Und sehr wahrscheinlich machen wir eine Gegenüberstellung mit der jungen Frau", erklärte der Bastian. „Im Moment befindet die sich noch im Hospital."

Und wie ernst er das meinte, wurde klar, als er aufstand und man ihn, am Oberarm greifend, aus dem Raum führte.

Bastian hatte bestimmt nicht vor, sich der Polizei zu widersetzen. Zwar völlig konsterniert, aber ohne Gegenwehr ließ er sich in einen fensterlosen Raum führen, in dem außer einer Bank und einem kleinen Tisch keine weiteren Möbel standen. Dort wurde er eingeschlossen.

„Das darf doch nicht wahr sein", wiederholte er mehrfach und nicht willens, sich einfach hinzusetzen. Er war festgesetzt worden, hatte Portemonnaie, Handy und seine Autoschlüssel abgeben müssen. Er lief in diesem schmalen Raum hin und her, obwohl dessen Länge keine fünf Meter betrug. Ein anderer Beamter brachte ihm nach ein paar Minuten eine Flasche Wasser und ein

Glas, das war alles, was er über die nächsten beiden Stunden an Aufmerksamkeit erfuhr.

Keine Chance besaß er, mit seinem wichtigen Kunden einen neuen Termin zu vereinbaren, und das passierte nun schon zum zweiten Mal. Wie sehr vermisste er jetzt sein Handy, um wenigstens seine Frau Beate zu informieren.

„Ich sollte auf einen Rechtsbeistand bestehen!", rief er laut und mit Empörung, gerade als jemand die Tür zu seiner Zelle aufschloss.

„Kommen Sie bitte heraus, wir müssen uns nochmals mit Ihnen unterhalten", erklärte ihm ein ganz anderer Beamter. Er wurde jetzt erneut in den Vernehmungsraum von vorhin geführt. Nur einen Moment musste er dort allein warten, bis der Polizist eintrat, den er von seiner Vernehmung her kannte.

„Also, wir haben inzwischen Ihr Fahrzeug untersucht. Wir haben darin keine Spuren von der jungen Frau entdeckt. Auch Ihre Angaben zu Ihrer Fahrt haben wir überprüft", begann der wieder ohne Vorrede. „Unser Verdacht beruhte auf der Schilderung dieser Frau, die wir inzwischen als frei erfunden ansehen müssen. Inzwischen liegen uns über sie auch weitere Informationen vor, die Sie entlasten. Mehr können und wollen wir Ihnen aber nicht sagen. Das heißt, Sie sind also vollständig entlastet und können jetzt gehen!"

Damit schob er ihm eine flache Holzschachtel hin, die sein Eigentum enthielt, das Portemonnaie, Handy usw. Sodann winkte der ihm zu, dass er das Revier verlassen könne. Bastian konnte es einfach nicht fassen.

„Was ist das denn für ein Laden?", rief er laut in Richtung des Reviers, als er zu seinem Fahrzeug lief. Er war jetzt erst richtig wütend, nicht nur wegen der entwürdigenden Behandlung bei der Polizei, sondern auch, weil er mit Blick auf seine Uhr feststellte, dass es für seinen Kundentermin tatsächlich viel zu spät geworden war. Keiner der Beamten hatte ihm erklären wollen, wieso es diesen Irrtum gegeben hatte. Selbst für eine Entschuldigung hatte es bei denen nicht gereicht. Völlig ahnungslos blieb er zurück, was dieser jungen Studentin wirklich passiert war und warum sie ihn offensichtlich so schwer belastet hatte.

Ihm kam ein Gedanke. Da der Termin geplatzt war, könnte er versuchen, sich mit dem Kunden telefonisch neu zu verabreden. Danach hätte er Zeit, diese junge Frau zu treffen, er wollte sie unbedingt zur Rede stellen. Wenn die sich vielleicht immer noch im städtischen Krankenhaus aufhielte, dann, so überlegte er, könnte er sie dort finden. Kurz entschlossen fuhr er dorthin.

Dass die Dame an der Krankenhausrezeption ihm keine Informationen über eine junge Frau geben wollte, deren Namen er nicht einmal wusste, hätte er sich vorher denken können. Die hatte nur nach seinem Verwandtschaftsgrad gefragt und ihn dann abgewiesen.

Es war ein Zufall, dass er sie im Erdgeschoss in der Cafeteria sitzen sah, weil er, von Durst geplagt, etwas hatte trinken wollen. Dort entdeckte er sie allein an einem der Tische, wo sie einen Saft trank.

Als er eintrat, lächelte die ihm sogar entgegen, schien absolut keine Erinnerung zu haben, wer er sei. Sie grüßte ihn freundlich und fragte, ob er auch auf der Station läge.

Er hatte keine Zeit zu antworten. Eine Schwester kam herein und wollte sie mitnehmen.

„Sie ist zurzeit auf unserer psychiatrischen Station zur Beobachtung, und gestern hat sie das Haus einfach verlassen, ohne jemanden von uns zu informieren. Das hat sie noch nie gemacht, sie läuft normalerweise nur in der Klinik hierher zur Cafeteria", erklärte die Schwester. „Warum sie gestern ausgebüxt ist, und das sogar so weit, können wir uns gar nicht erklären. Wie konnte sie in so kurzer Zeit nur so weit weglaufen? Vielleicht ist sie getrampt, jemand hat sie mitgenommen?"

„Sie ist Psychiatrie-Patientin?", fragte Bastian entgeistert, der plötzlich ahnte, was da gestern passiert sein könnte. „Natürlich, so könnte es gewesen sein."

„Sie ist hier nur zur Beobachtung! Und Gott sei Dank hat sie gestern ein fürsorglicher Autofahrer aufgegriffen und die Polizei verständigt. Hätte doch etwas passieren können."

„Hätte?", reagierte Bastian, aber da war er schon allein am Tisch in der Cafeteria.

Am folgenden Morgen sah er beim Frühstück im Hotel in der Zeitung eine kleine Notiz, die ihm sofort ins Auge fiel. „Verwirrte Klinik-Insassin von Autofahrer auf der B85 aufgegriffen."

16. NICHT OHNE BIENE

Das Wort „Ansatz" hat eine unterschiedliche Bedeutung, je nachdem, wie es verwendet wird. Es findet sich oft in technischen oder wissenschaftlichen Lehrbüchern, dann ist ein „Denk-Ansatz" gemeint. In diesem Sinne treibt es kaum jemanden in den Fitnessclub.

Anders verhält es sich, wenn dem Wort „Ansatz" das Wort „Bauch" vorangestellt wird. Dann könnte das so manchen Zeitgenossen ins Grübeln bringen oder sogar in eine gewisse Hektik versetzen. Denn der „Bauchansatz" ist ja untrennbar mit einer unerwünschten „Querausdehnung" des eigenen Körpers verbunden.

Das will kaum einer hinnehmen, und auch nicht Paul Seiters, der sich nicht für besonders eitel hielt, aber seiner Figur eine stärkere Aufmerksamkeit schenkte, insbesondere jetzt, wo es auf den Sommer zuging.

Es gab Zeiten, wo ihm solche Gedanken fremd waren, da er sich körperlich damals mehr bewegt hatte, zum Beispiel im örtlichen Fußballverein aktiv mitgekickt hatte. Das lag zurück, als Büromensch wurde jetzt das Sportliche mehr vom Treppensteigen oder durch Fußwege von und zum Arbeitsplatz abgedeckt. Seit letztem Neujahr gehörte es aber morgens zu seinen Gewohnheiten, auf die Waage zu springen, um dabei sein Gewicht zu kontrollieren. Sein frischer Vorsatz war, das zumindest künftig zu halten.

Leider hatte er kürzlich feststellen müssen, dass die Anzeige sich in zwar minimalen Dosen fast stetig veränderte, und das in die falsche Richtung. Das irritierte ihn so sehr, dass er sich deswegen vor wenigen Wochen erst in einem Fitnessclub angemeldet hatte. Und weil er überzeugt war, dass ihm das Trainieren noch mehr Spaß bereitete, wenn seine Frau Marlene seinem Beispiel folgte, hatte er sie ebenfalls dazu überredet.

Zwei- bis dreimal in der Woche strengten sie sich jetzt in einem Fitnessclub kräftig an. Dehnen, Strecken, Laufen auf dem

Band und Kraftübungen mit verschiedenen Geräten gehörten zu ihrem normalen Trainingsprogramm. Anschließend waren sie beide zwar erschöpft, aber sie verließen den Club mit dem beruhigenden Gefühl, etwas Sinnvolles für ihren Körper und ihre Gesundheit geleistet zu haben.

Es war Montagmorgen, beide suchten sich ein Laufband, und der Zufall ergab, dass sie auf direkt benachbarten Geräten laufen konnten. Das passierte selten, denn die Bänder wurden stark in Anspruch genommen.

„Na, dann wollen wir mal starten, wer schafft in dreißig Minuten die längere Strecke?", sagte Paul und stellte zum Aufwärmen zunächst sein Gerät auf angezeigte 6 km/h ein. So startete er stets sein normales Lauftraining. Nach ein paar Minuten würde er dann das Tempo sukzessive steigern. Und am Ende, so nahm er an, würde er sicher mindestens die gleiche Strecke wie seine Frau zurückgelegt haben. Insgeheim erwartete er sogar, sie hinsichtlich Länge übertreffen zu können.

Einmal hatten sie schon ihre Laufdaten miteinander verglichen, und da hatte er die Nase vorn gehabt, auch wenn der Unterschied eher gering ausgefallen war. Trotzdem war er heute Morgen davon überzeugt, der Schnellere von ihnen beiden zu sein. Bei Marlene hätte er sich keinesfalls sicher sein sollen. Die hatte bisher immer nur darauf geachtet, genau eine halbe Stunde zu laufen. Das Tempo oder die zurückgelegte Strecke war ihr weniger wichtig gewesen. Sie trainierte, um ihre Kondition zu verbessern. Und das meinte sie mit angezogenem Tempo auch zu erreichen.

Er wunderte sich beim Start, dass Marlene gleich von Anfang an eine höhere Geschwindigkeit gewählt hatte als er. Etwas misstrauisch schielte er zu ihrem Anzeigepanel hinüber und fragte sich, ob sie die seinetwegen oder gewohnheitsmäßig so einstellte. Jedenfalls traf ihn das unerwartet, und immer öfter suchte sein Blick ihre Geschwindigkeitsanzeige. Fast etwas verärgert, veränderte er notgedrungen sein übliches Laufverhalten und zog ebenfalls das Tempo an.

Wie lange hält sie das durch?, fragte er sich, als er mit Staunen ihre konstant hohe Geschwindigkeit registrierte. Die läuft ja viel schneller als ich, durchzuckte ihn eine irritierende Einsicht. Und zu gerne hätte er jetzt gewusst, ob sie stets so ein im Vergleich zu ihm höheres Tempo lief.

Als ahnte sie seine Gedanken, lächelte sie zu ihm hinüber und stieß ihn sogar mit ihrer Hand leicht an, so als wollte sie ihm sagen: „Komm, mach mal hinne!"

Jetzt endlich steigerte er seine Geschwindigkeit so, dass er bestimmt zum Schluss ihres Wettbewerbs besser aussehen müsste. Allerdings fühlte er sich damit gar nicht wohl. Er hatte viel schneller als sonst sein Tempo erhöht, und das lag über dem, was er den größten Teil der Strecke normalerweise gelaufen wäre.

Mit Erstaunen, wenn nicht sogar mit Missmut fühlte er sie neben sich locker laufen, wie eine leichte Feder, kaum vernahm er ihren Atem. Wieder stieß sie sanft gegen seinen Arm, verzog dabei aber anerkennend ihr Gesicht, als sie auf die Anzeige seiner Geschwindigkeit deutete.

Es war ein Gesichtsausdruck von bewundernder Ungläubigkeit, während er nur darauf hoffte, dass Marlene endlich langsamer liefe. Schon fühlte er, dass er sein Tempo kaum durchhalten könnte.

Erst die halbe Zeit gelaufen, und bereits jetzt pustete er wie sonst nach der ganzen vollen Trainingseinheit. Und zu allem Übel lag seine Frau immer noch in puncto Strecke vorn, da war er sich sicher. Er hatte zwar aufgeholt, aber sie längst nicht eingeholt. Und jetzt fürchtete er, dass ihm das in der restlichen Zeit auch nicht mehr gelingen könnte.

Es half dann alles nichts, er musste sein Lauftempo reduzieren, während sie so provozierend locker weiterlief, als sei sie gar kein anderes Tempo gewohnt. Er schwitzte und fühlte mit Erleichterung das hinter ihnen geöffnete Fenster. Der kühlende Zugwind war ihm hochwillkommen.

Dann plötzlich schwirrte da irgendetwas um sie herum, was zumindest er sofort bemerkt hatte. Irgendeine Wespe oder Biene, die nun ihr ganzes Vergnügen darin zu finden schien, sie beim Laufen zu stören.

Paul war sofort klar, dass er sich auf keinen Fall irritieren lassen durfte. Schon gelegentlich hatte er erfahren müssen, dass man ins Stolpern geraten konnte, wenn man unkonzentriert den Tritt falsch setzte.

Mit einer doch aggressiven Handbewegung schlug er in Richtung des Insekts, das auch tatsächlich hoch zur Decke flog. Dabei wäre er beinahe außer Tritt geraten, musste Halt an den seitlichen Griffstangen suchen, um nicht vom Band zu rutschen.

Wenigstens schien das Biest genug von ihm zu haben. Er konnte es jetzt nicht einmal mehr sehen.

Dafür aber gelang ihm ein weiterer Blick auf Marlenes Panel, und das gefiel ihm gar nicht. Sie würde gewinnen, damit musste er sich abfinden. Denn sie lief weiter, gleichmäßig mit großer Ruhe, den Blick auf die an der Decke hängenden Fernseher gerichtet.

Doch auf einmal war das Insekt wieder da, umflog jetzt aber Marlene, die es nun auch bemerkte. Sie schaute nur und wollte sich wohl nicht aus der Ruhe bringen lassen. Nur: In diesem Moment drohte das Insekt so dicht um sie herum zu kreisen, dass sie doch heftig versuchte, das Tier wegzuwedeln.

Und dann passierte es auch schon. Sie verlor ihr Gleichgewicht, drohte zu stürzen, wogegen sie sich verzweifelt, aber vergeblich zu wehren suchte. Gleich stand sie hinter dem Band auf dem Boden, einfach weggeglitten, und sie hatte sogar noch Glück, nicht auf das Gesicht zu fallen.

Ein lauter, für sie ungewöhnlicher Fluch entrann ihrem Mund, und wütend blitzten ihre Augen auf das immer noch dicht um sie herum fliegende Insekt.

„Jetzt reicht's mir!", rief sie empört aus. „Ich höre auf."

Damit griff sie seitlich zum roten Stopp-Button auf ihrem Panel.

Er hatte nicht mehr rechtzeitig sehen können, was diese Aktion für ihre zurückgelegte Strecke bedeutete, aber auch so fand er es plötzlich fair, sein Training ebenfalls zu unterbrechen. Klar war ja bereits jetzt, dass er verloren hatte. Die noch fehlenden Minuten würden ihre beiden Laufergebnisse nicht zu seinem Gunsten verändern. Stattdessen reichte er ihr jetzt die Hand.

„Ich bin froh, dass du nicht gestürzt bist!", sagte er und strich ihr über ihren Rücken. „Im Übrigen meine Gratulation, du läufst viel besser als ich. Wirklich!"

Und das entsprach ja nicht nur den Tatsachen, er empfand das genauso.

„Ich wiege ja auch etwas weniger als du, das macht es mir leichter", flötete sie und ahnte wahrscheinlich nicht, dass das seine Stimmung sicher nicht heben konnte.

Habe ich es nicht geahnt? Sie hat meinen Bauansatz bemerkt, dachte er leicht verärgert. Er würde im Training weiter zulegen müssen. Gleich beim nächsten Mal.

17. DAS VERSTECK

Sein räuberischer Akt war ein Zufall, wie es auch nur ein Zufall war, dass er, Mike Stolle, nun doch zu einem Kleinkriminellen wurde. In der Fußgängerzone seiner Stadt war ein noch junger Mann fast direkt vor dem Platz stehen geblieben, um mit seinem Handy zu telefonieren. Erst hatte sich Mike nur ärgerlich gefragt, warum dieser Mensch unbedingt vor ihm halten musste, wo er sich, wie seit Tagen schon, zum Betteln hingesetzt hatte. Immerhin hatte er den Anspruch auf diesen Platz deutlich markiert durch eine zusammengefaltete Decke, auf der er saß – und durch eine davor stehende Blechdose, um seinem Bettlergewerbe nachzukommen.

Wie sollten jetzt barmherzige Passanten spenden können, wenn sie sich durch den engen Raum zwischen seiner Decke und dem Telefonierer schier durchquetschen mussten?, fragte er sich missmutig. Schon überlegte er, ob er nicht laut und deutlich diesen Kerl zum Weiterziehen auffordern sollte.

Diesen Platz vor dem Haupteingang eines großen Kaufhauses in ihrer Fußgängerzone versuchte er fast wie sein Wohnzimmer schon seit einigen Tagen gegen Konkurrenz aus Bettlerkreisen zu verteidigen. Er erschien meist als einer der Ersten, noch vor dem Öffnen der Kaufhaustüren. Vor dem Eingang konnte er über Stunden sitzen, versprach die Lage doch viele mitleidige Passanten, die unter Umständen noch ihr Portemonnaie in der Hand hielten, wenn sie das Kaufhaus verließen oder das nochmals herausfummelten, wenn sie ihn sahen. Bisher hatte sich sein geduldiges Ausharren dort stets ausgezahlt. Und selbst wenn es einmal trübe und nasskalt zuging, dann erfuhr er doch den Schutz durch die Überdachung am Eingang und spürte den warmen Luftstrom aus dem Inneren der Verkaufsräume.

Jetzt am frühen Vormittag war der Menschenandrang auf dem Bürgersteig und vor dem Kaufhaus überschaubar. Der aufdringliche junge Mann vor ihm hätte durchaus ein Stück weiter entfernt einen ruhigeren Platz finden können, um zu telefonieren.

Auch wenn es Mike erst genervt hatte, diesen Störenfried vor sich zu sehen, merkte er plötzlich auf, als er Sätze mitanhören musste, die ihn regelrecht elektrisierten.

„Dann hole ich halt jetzt gleich das Geld bei der Bank ab", hatte der Mann unbekümmert laut vor sich hin gemault, obwohl andere Passanten ihn hätten hören können. „Ja, die ganzen dreitausend!"

Offensichtlich war der Mann wenig begeistert, dass jemand ihm diesen Gang zur Bank aufs Auge gedrückt hatte. Dessen Gesicht zeigte sich ungeduldig und verärgert, wenn er sogar noch, nachdem das Gespräch beendet war, den Kopf mehrfach unwillig schüttelte.

Dreitausend Euro, durchzuckte es Mike, die wollte dieser Kerl gleich bei der Bank abholen? Und der würde doch tatsächlich damit durch die Stadt laufen. Für viele Leute mochte ein solcher Betrag kaum der Rede wert sein, nicht aber für den Dauerbettler Mike, der bereits eine lange Karriere als Bettler fristete und oft weniger als zwanzig Euro oder, wenn es regnerisch war, gar nichts an einem typischen „Arbeitstag" einnahm. Das reichte ihm zwar für seinen reduzierten Lebensstandard, aber natürlich würde er gern mehr haben.

Nur ein paar Meter entfernt gab es eine Bank, und Mike hielt es für sehr wahrscheinlich, dass dieser Mann dorthin laufen würde. Der Gedanke, dem sein Geld abzunehmen, setzte sich bei ihm fest, wie kriminell und riskant das auch war. Denn sicher liefen viele Leute vor der Bank herum, möglicherweise sogar Polizei, was Mike wissen sollte, der sich in dieser Einkaufsstraße bestens auskannte.

Ohne wirklich einen Plan zu haben, wie er dem anderen die dreitausend Euro abnehmen könnte, schob er jetzt die Blechdose und seine Decke an die Hauswand und folgte dem bereits ein Stück vorauslaufenden Mann.

Der schien es absolut nicht eilig zu haben, blieb öfter vor Schaufenstern stehen oder kontrollierte nochmals sein Handy.

Aber so wie Mike es vermutet hatte, trat er schließlich in die Bankfiliale ein. Er konnte ihn gut durch die durchsichtige Eingangstür beobachten, wie der zunächst an der Reihe der Geldautomaten im Eingangsbereich vorbeiging und sich im eigentlichen Bankenraum an einem der Kassenschalter anstellte.

Mike hatte jetzt Zeit, sich intensiv umzusehen. Wenige Kunden hatten die Bank betreten, und in der Fußgängerzone herrschte auch kein großer Betrieb. Niemand schien ihn zu beachten, obwohl er mit seinem angeschmutzten Outfit nicht einem typischen Bankkunden entsprechen mochte.

Ihn interessierte, mit wem er sich anlegen wollte, um dem dessen Geld abzunehmen. Ihm würde ein athletischer Kerl entgegentreten, wohingegen Mike nicht sehr groß war und eher schmächtig wirkte. Auf ein Gerangel sollte er sich also besser nicht einlassen, beurteilte er seine Chancen.

Was im Bankenraum am Schalter passierte, konnte Mike nicht erkennen, nur brauchte der andere Mann eine ziemlich lange Zeit, bis er endlich mit einem deutlich sichtbaren weißen Umschlag in seiner Hand den Ausgang anstrebte.

Auch jetzt beim Verlassen der Bank hatte dieser Kerl es nicht eilig. Höflich ließ er erst einige Kunden die von ihm offengehaltene Schwingtür passieren, bis er dann selbst heraustrat. Für den Umschlag hatte der offensichtlich keine andere Möglichkeit gefunden, als den weiter in seiner Hand zu halten.

Der Mann hatte kaum den Bürgersteig betreten, als dessen Handy sich mit einem laut vernehmbaren Trommelwirbel meldete. Was für ein Zufall, schoss es Mike durch den Kopf, der jetzt jede seiner Bewegungen genau erfasste. Er erkannte sofort, dass der Mühe hatte, sein Telefon aus der Hosentasche zu ziehen, wobei der versuchte, den Umschlag unter seinem Arm festzuklemmen.

Jetzt oder nie, entschied Mike und versetzte dem nichts ahnenden Mann so einen heftigen Stoß in den Rücken, dass der erschrocken die Arme wie im Fallen ausstreckte, wobei der Umschlag herabfiel.

Blitzartig bückte sich Mike und griff nach dem am Boden liegenden Umschlag. Noch ehe der andere sich umdrehen oder eine Abwehrbewegung machen konnte, rannte er, seine Beute in der Hand, bereits die Fußgängerzone hinunter in Richtung Stadtpark.

Sein Opfer hatte wirklich Mühe, sein Gleichgewicht wiederzufinden und zu begreifen, was da passiert war. Er schaute eine ganze Weile erstarrt dem Dieb hinterher. Erst dann nahm er schreiend die Verfolgung auf.

Was Mike nicht aufhielt waren dessen laut wiederholte Hilferufe. Einzig der Anblick von Polizeibeamten in der Fußgängerzone hätte ihn besorgt. Nur: Da gab es im Moment keine Beamten, und die Fußgänger schauten sich eher erstaunt nach dem Rufer um, als sich um einen Dieb zu kümmern. Ganz schnell erreichte er völlig unbehelligt von den Passanten den Stadtpark, wo um diese Zeit kaum Leute unterwegs waren.

Allerdings anders als von ihm erhofft, erkannte er schnell, dass er seinen Verfolger nicht hatte abschütteln können. Als er auf dem Weg im Park sich kurz orientieren wollte, bekam er mit, dass der ihm zwar mit deutlichem Abstand, aber immer noch folgte.

★★★

Mehrfach hatte er dessen Kommando schon gehört, stehenzubleiben. Sogar das Geräusch eines starken Astes meinte er vernommen zu haben, der allerdings noch ziemlich weit hinter ihm auf dem Weg aufgeschlagen war. Der ihn verfolgende Mann war ihm durchaus konditionell gewachsen, hatte beim Laufen sogar nach ihm werfen können und schien ihm immer näherzukommen.

Diesen Stadtpark durchzog ein geschwungener Hauptweg, von dem einige Seitengänge abzweigten. Zu beiden Seiten des Weges dehnten sich Rasenflächen mit vereinzelten Baumgruppen und Blumenrabatte. Teilweise säumte Buschwerk die Wegränder. Der Park war viel zu übersichtlich und bot kaum Möglichkeiten, damit Mike sich hier hätte verstecken können. Und bald würde er den bereits durchquert haben, und wohin sollte er sich dann wenden?

In seiner Hand fühlte er das längliche, leicht gebeulte Päckchen, dessen Papierhülle sich zwischen seinen Fingern vom

Schweiß schon feucht anfühlte. Er hatte keine Zweifel, darin so viele Geldscheine vorzufinden, dass er sich damit eine ganze Weile sorglos über Wasser halten könnte.

Er sollte den Umschlag hier irgendwo noch im Park verstecken, denn der andere würde ihn möglicherweise bald einholen, und dann würde es sicherlich einen Kampf geben, dem Mike nicht gewachsen wäre, so wie er seinen Gegner einschätzte. Während er rannte, durchsuchten seine Augen unablässig das Gelände zu beiden Seiten des Weges nach einem brauchbaren Versteck ab. Noch reichte sein Vorsprung, um den Umschlag rechtzeitig irgendwo sicher deponieren zu können.

Er sah zwei Linden auf der Rasenfläche mit knorrigen dicken Ästen und dichtem Laubwerk. Er müsste jetzt den Weg verlassen, selbst wenn er unsicher war, ob er dort ein Versteck finden würde.

Die Gelegenheit schien günstig, der Weg vollzog gerade eine lang gezogene Biegung, und zudem standen hohe Büsche dicht am Rand. Sein Verfolger war im Moment nicht zu sehen. Auf Verdacht lief er auf die beiden Bäume zu.

Er fand Zeit, die Bäume zu umlaufen. Und dann erblickte er tatsächlich in einem der beiden Stämme einen ausreichend langen und schmalen Spalt, gerade noch so hoch, dass er den mit ausgestrecktem Arm erreichen konnte. Er drehte den Umschlag fest zu einer Rolle und schob die unverzüglich in diese Baumhöhle. Das runde Päckchen passte gerade so hinein, dass es von außen nicht gesehen und kaum von jemandem gefunden werden würde, der den Baumstamm nicht intensiv untersuchte.

Mike hatte weder die Zeit, sich selbst davon zu überzeugen, noch vermutete er, dass jemand ihn beobachtet haben könnte.

Er war rechtzeitig fertig geworden, ehe ihn der Verfolger auf dem Rasen erblicken konnte. Der war mitten auf dem Weg stehen geblieben, um sich nach ihm umzusehen. Das dauerte lange genug, dass Mike bereits davonspurten konnte, raus aus dem Park.

Dass der Mann ihm hinterherbrüllte, hörte er schon gar nicht mehr. Er hatte da längst die Straße außerhalb des Parks erreicht, die er ein Stück entlangrannte. Kurz darauf nutzte er den nächsten offenen Hauseingang, um dort erst mal zu verschnaufen.

Mike lief die Treppe in dem ihm unbekannten Haus hoch und setzte sich erschöpft auf den obersten Treppenabsatz. Er atmete heftig und lauschte dabei, ob sein Verfolger ebenfalls in den Hauseingang stürmen würde. Aber es passierte nichts mehr, und langsam beruhigte sich Mike. Seine Anspannung ließ nach, auch weil es im Treppenhaus völlig ruhig blieb. Er lugte zwischen den Stäben des Geländers zum Vorraum der Haustür hinunter, aber auch da zeigte sich niemand.

Nach bald einer halben Stunde entschied Mike, dass sein Verfolger wohl aufgegeben hatte, was ihn bei der vermeintlich fetten Beute etwas wunderte.

Nur kurz noch schreckte er auf, als er das Signalhorn eines die Straße entlangfahrenden Polizeiwagens hörte. Aber der Wagen hatte nicht gehalten, sondern sich rasch von diesem Haus entfernt.

★★★

Mike lauschte kurz an der Haustür, bevor er die öffnete und vorsichtig hinauslugte. Er konnte aber nichts Verdächtiges entdecken. Dann meinte er, dass keine Gefahr herrschte, und auf dem Bürgersteig war er sich endgültig sicher, dass niemand ihn verfolgte.

Sollte er in den Park zurückkehren und den Umschlag an sich nehmen? Es schien verlockend. Aber dann war er sich zu unsicher, überlegte, ob er nicht besser den frühen Morgen abwarten sollte. Dass ihn jemand beobachtet haben könnte, fürchtete er nicht wirklich, im Park hatte er außer seinem Verfolger niemand sehen können, der auf ihn geachtet hatte. Aber nicht für ausgeschlossen hielt er, dass der Bestohlene den Diebstahl inzwischen bei der Polizei gemeldet hatte und die möglicherweise im Park nach ihm suchen könnten. Das Risiko, dabei entdeckt zu werden, wenn er seine Beute aus der Baumhöhle hervorholte, schien ihm nicht so gering.

Wusste Mike etwas von Geocaching? Als er am nächsten Tag entschied, dass es sicher genug sei, seine Beute im Park hervorzuholen, entdeckte er zu seiner großen Überraschung eine Gruppe Jugendlicher, die sich um diese beiden Linden herum versammelt hatte. Die interessierten sich ganz offensichtlich genau für den Baum mit seinem Versteck.

„Was ist denn hier los?", fragte er einen in dieser Gruppe, aufgeschreckt von der Sorge, dass seine Beute doch entdeckt worden war.

„Geocaching, schon mal davon gehört?", fragte ihn einer der jungen Leute. „Gerade in dem Loch da oben sollte der Schatz hinterlegt worden sein."

Der Junge deutete auf eine kleinere Höhlung im Baum, die Mike in der Eile zuvor gar nicht gesehen hatte. Er wollte schon aufatmen, wunderte sich aber nur, wo das Problem der Jugendlichen lag, ihren Schatz nicht einfach schon an sich genommen zu haben. Da setzte der Junge mit seiner Erklärung fort.

„Sehen Sie diesen Spalt im Baumstamm etwas weiter rechts direkt daneben? Der Parkwächter hat uns gesagt, dass dort ein Hornissennest sein soll, mit dem im Moment irgendetwas nicht stimmt. Da steckt etwas drin, was die Tiere daran hindern könnte, sich frei bewegen zu können. Das wollen wir zunächst herausholen."

Jetzt erst entdeckte Mike auch den älteren Mann, der dicht vor dem Baum stand und wohl überlegte, ob und wie er dieses Hindernis entfernen könnte.

„Wenn ich das mit meinen Händen herausziehe, werde ich vielleicht von den Hornissen attackiert!", rief der besorgt.

„Oh nein, muss das denn sein", stöhnte Mike innerlich und ganz leise für sich. Laut konnte er sich nicht einmischen, nur hoffen, dass die Anwesenden wegen der Gefahr, von Hornissen gestochen zu werden, doch noch von ihrem Vorhaben ablassen könnten.

„Das interessiert uns schon, welcher Idiot den geschützten Hornissen ihren Zugang zum Nest verstopft hat!", erklärte der Junge neben ihm. Dem konnte Mike seinen Eifer richtig ansehen.

Die jungen Leute waren nicht nur neugierig und zudem furchtlos. Sie erwiesen sich jetzt auch als engagierte Naturschützer, was

Mike gleich darauf erlebte. Sie schoben den Parkwächter zur Seite und bildeten trotz der Gefahr, von den Insekten attackiert zu werden, eine Räuberleiter. Mit einem blitzartigen Zugriff riss einer von denen den gerollten Geldumschlag aus dem Spalt.

Gleich darauf öffneten die den Umschlag, und das erstaunte Rufen der Jungs ließ für Mike keinen Zweifel, was die gefunden haben konnten.

Er wollte das gar nicht mehr wissen und hatte sich schon zum Gehen umgedreht. Ganz leise für sich fluchte er auf den Tag, an dem er erstmals zum Kleinkriminellen geworden war und dabei noch fast einen halben Tag Einkommenseinbuße erlitten hatte.

Seine Decke fand er gottlob noch vor dem Kaufhauseingang, ebenso wie seine Blechdose, die er bald darauf wieder vor sich hin in Position schob. Zumindest hatte er seinen Stammplatz behauptet, und die Sonne schien so schön.

„Heute wohl nicht Ihr Tag", bemerkte eine Frau etwas spöttisch, die das Kaufhaus betreten wollte und auf seine leere Blechdose herabblickte. Sie warf ihm eine Ein-Euro-Münze in die Dose. „Vielleicht wird's ja heute noch etwas mehr!", rief sie ihm aufmunternd zu.

18. DER KONSEQUENTE HEINRICH

Müller starrte auf die E-Mail auf seinem Bildschirm. Er musste die Nachricht mehrfach lesen, der Inhalt schien ihm hochbrisant zu sein. Die Konzernzentrale in Frankfurt forderte ihn zur Teilnahme an einer kurzfristig anberaumten Sitzung des Vorstands auf. So weit war das klar. Aber was er noch las, das konnte er nicht glauben.

„Frau Bauer, bitten Sie mal Herrn Walter in mein Büro, möglichst sofort!", rief er seiner Sekretärin durch die offenstehende Tür ins Vorzimmer zu. „Sagen Sie ihm, dass es eilt."

Heinrich Walter vertrat ihn fast immer bei dessen Abwesenheit. Und er besprach mit ihm kritische Vorgänge. Kurz überlegte er, ob er die beiden anderen Unterabteilungsleiter, Malte Behring und Beate Schulte, dazu rufen sollte, denn die waren von diesen Informationen in der E-Mail genauso betroffen. Heinrich Walter galt ihm als sehr verschwiegen, und genau das war Müller jetzt wichtig, weshalb er nur ihn zu sich rufen ließ. Heinrich war der dienstälteste Unterabteilungsleiter. Als Müller vor drei Jahren von der Zentrale hierher geschickt worden war, hatte der ihn praktisch an die Hand genommen. Ihm hatten als noch jungen und unerfahrenen Abteilungsleiter das Wissen und die Erfahrung gefehlt, um diese Position ausfüllen zu können.

Der Inhalt der E-Mail war brisant genug, und davon sollte erst mal nichts nach außen in die Verwaltung oder die Lagerhallen dringen.

Seit zehn Jahren standen die haushohen, mehrere tausend Quadratmeter großen Hallen des Logistikverteilzentrums an diesem Ort. Das belieferte die Lebensmittelmärkte des Konzerns. Das Zentrum stach so funktional schmucklos aus einer sonst unbebauten Landschaft hervor, dass dem Betrachter nicht sofort einleuchten wollte, warum es hier existierte. Es war das nahe Autobahnkreuz an der A9, einige Kilometer von der nächsten Kreisstadt entfernt, das den Standort bestimmt hatte. Bis zur Decke ragten die Regale in den Hallen empor. Ein- und Auslagerungen liefen bis auf wenige Ausnahmen vollautomatisch ab. Daneben duckte sich der eingeschossige Bürotrakt der Verwaltung. LKWs fuhren zum Beladen oder Entladen das Zentrum vom frühen Morgen bis späten Abend an.

Die Sekretärin schaute kaum auf, als Heinrich sich an ihrem Schreibtisch vorbei Richtung Büro seines Chefs schob, der immer noch auf seinen Bildschirm starrte.

„Da sind Sie endlich. Machen Sie erst mal die Tür zu!", begrüßte ihn Müller und ließ erkennen, dass er bereits ungeduldig auf ihn wartete. „Jetzt kriege ich es erstmals auch schriftlich, was schon mehrfach durchgesickert ist. Die Konzernzentrale hat für uns eine schlechte Nachricht, unser Standort steht auf dem Prüfstand, lesen Sie selbst!"

Damit drehte Müller seinen Bildschirm in Heinrichs Richtung, der so trotzdem nur einen Absatz der E-Mail lesen konnte.

„Der neuer Anteilseigner fordert eine Überprüfung der Standorte, was auch Konsequenzen für das Logistikverteilzentrum an der Autobahn A9 haben könnte", las Heinrich halb laut vor. „Was soll das denn heißen? Wollen die unseren Standort schließen?"

Was er las, wollte auch er nicht sofort glauben, empfand er mindestens als beunruhigend. Solche eiligen Aufforderungen seines Chefs, bei dem zu erscheinen, zeigten ihn ohnehin stets etwas angespannt. In diesem Fall hatte er der nicht sofort folgen können, weil er in seinem Lager unterwegs gewesen war.

„Genau das! Unser Standort steht zumindest auf der Kippe!", rief Müller erregt, weil er sich durch Heinrichs Unverständnis zusätzlich bestätigt fühlte. „Sie sind auch geschockt, Herr Walter? Der neue Miteigentümer unterhält ein eigenes Verteilzentrum, keine 100 km von hier entfernt, die A3 runter. Verstehen Sie da die Überlegungen?"

Heinrich suchte eine Antwort, die ihm nicht einfallen wollte. Sich prompt zu äußern, das lag ihm nicht.

„Sie stehen ja immer noch!", bemerkte Müller ungeduldig. „Also, was denken Sie?"

Heinrich fühlte den Druck, endlich etwas sagen zu müssen. Vorher hatte er den Verdacht gehabt, von Müller wegen der vom Konzern ausgerufenen Sparrunde gerufen worden zu sein. Und da zog er immer wieder die Kritik seines Chefs auf sich, weil in einem seiner Lager der Automatisierungsgrad sehr gering war.

Schließlich sagte er doch etwas, was Müller aufhorchen ließ. „Sie fahren zur Vorstandssitzung? Die sollten Sie nutzen, aber sich vorher wappnen. Es gibt einige Argumente, die immer noch für unseren Standort sprechen, meine ich."

Müller schaute fragend zu ihm hinüber. „Woran denken Sie da?"

„Es ist unsere Lage ganz dicht an einem zentralen Autobahnkreuz. Und es gibt hier noch genügend Freifläche, um sogar das andere Verteilzentrum integrieren zu können. Nicht zu vergessen die geringe Gewerbesteuer, die hier erhoben wird", erklärte Heinrich mit fast triumphierender Stimme.

„Sie haben recht, wir sollten uns jetzt nicht kirre machen lassen durch diese E-Mail!"

Fast wollte sein Chef ihn schon entlassen, da fiel dem noch etwas ein. „Herr Walter, die verordnete Sparrunde ist jetzt umso wichtiger!"

„Sie denken an meine Lager, wo wir tatsächlich noch …", erwiderte Heinrich unvollständig, was Müller sofort durch sein Kopfnicken bestätigte.

„Genau daran denke ich! Ihr Lager IV, das Schoko- und Trockensortimentslager. Da turnen so viele Leute herum, und seit Monaten vertrösten Sie mich mit der Ankündigung, dass Sie das endlich ändern wollen", erklärte sein Chef nüchtern.

„Herr Müller, wir beschäftigen in unseren Lagern seit langer Zeit nur noch Leute von einer Fremdfirma. Und die werden weit unter unserem Haustarif bezahlt. Für eine Umstellung auf eine automatisierte Lagerhaltung müssen wir kräftig investieren, wofür uns die Konzernleitung noch nicht das Geld genehmigt hat", wehrte sich Heinrich ein bisschen mutiger.

„Gut, das weiß ich. Den Punkt nehme ich aber nochmals mit zum Vortrag beim Vorstand", erklärte Müller etwas verbindlicher. „Trotzdem, wir müssen unsere Kosten reduzieren, wenn wir unseren Standort retten wollen. Ich brauche konkrete Ideen, Herr Walter!"

Damit war die Besprechung beendet. Bevor Heinrich hinausgehen wollte, rief Müller noch hinterher, dass er ihn in der kommenden Woche vertreten müsste.

„Statt für eine Karriere sollte ich wohl besser für einen anderen Job planen, wenn die hier dichtmachen wollen", redete Heinrich leise mit sich, als er schon in seinem Büro saß. „Karriere wird es sicher nicht mehr für mich geben." Den Abteilungsleiterposten hatte ihm sein Chef weggeschnappt, obwohl er den erst hatte anlernen müssen.

„Und der macht mir laufend Vorhaltungen wegen meines Lagers IV."

Dort existierte noch wenig von dieser Zukunft, von der ihm Müller öfter vorgeschwärmt hatte, ein Betrieb fast ohne Personal.

„Kommen Sie mit konkreten Zahlen wieder!", hatte ihn Müller gemahnt, als er seinen Vorschlag unterbreitet hatte. Und jetzt hatte der ihn erneut angezählt und wieder Ideen gefordert.

★★★

Sein Blick fiel auf einen gelben Klebezettel, den einer seiner Lagerleute an sein Telefon geklebt haben musste, als er noch mit seinem Chef geredet hatte. Mit krakeliger Schrift stand darauf, dass es im Lager IV Hinweise auf Insektenbefall, vielleicht Schaben, gebe.

„Was ist das denn für ein Mist?", ärgerte er sich, da er diese Notiz fast als eine Unverschämtheit begriff. „Das sollten die dort unten längst selbst gelöst haben."

Er meinte sich jetzt zu erinnern, dass bereits vor zwei Wochen bei einem Rundgang im Lager über herumlaufende Schaben gesprochen worden war. Seine Leute hatten ihn in eine Ecke geführt, wo einige tote Tiere gelegen hatten. Ihn hatte das geärgert, was er denen auch bei seiner Anweisung deutlich gezeigt hatte.

„Das solltet ihr doch längst selbst geregelt haben! Schafft den Schmutz weg und unternehmt etwas gegen diese Schädlinge", hatte er seine Mitarbeiter brüsk angewiesen. Das sei doch keine Sache, um die er sich hätte kümmern müssen, war er auch jetzt beim Lesen dieser Nachricht überzeugt. Damit knüllte er den Zettel zusammen und warf ihn in seinen Abfalleimer, um sich gleich wieder eines anderen zu besinnen. Sorgfältig strich er den Zettel glatt und schob ihn in seine Jackentasche.

Die Sparrunde, fiel ihm ein, darum sollte ich mich vor allem kümmern. Er erinnerte sich an ein Angebot eines Dienstleisters, dessen E-Mail er jetzt auf seinem Bildschirm nach vorn zog. Er überflog einige wichtige Details, wie das Preisangebot und die sonstigen Konditionen für einen Werkvertrag. „Mit dieser Firma sollte ich gleich reden!"

Plötzlich trat Malte Behring in sein Büro ein. „Du warst gerade beim Chef?", wollte der wissen, was sicher nicht dessen eigentliche Frage war. Der baute sich jetzt vor ihm auf mit der Erwartung, gleich Einzelheiten zu erfahren.

„Was willst du hören? Der Chef will, dass ich ihn in der kommenden Woche vertrete, der muss nach Frankfurt reisen."

„Du vertrittst ihn also? Ist das alles?" Malte klang wenig begeistert, eher verärgert.

„Fast!", erklärte Heinrich trocken, der den Unterton seines Kollegen einfach überhört hatte. „Die Zentrale will, dass wir noch mehr sparen, und Müller verlangt dazu Ideen. Aber das ist ja nichts Neues für dich, oder?"

„Sicher nicht", bemerkte Malte ironisch. „Deshalb aber rufen die Müller doch nicht in die Zentrale."

Behring war jünger als Heinrich und konnte ein Studium der Betriebswirtschaft vorweisen, das der allerdings nicht abgeschlossen hatte. Und der stach ihn gelegentlich durch sein eloquentes Reden aus, was selbst ihren Chef, der das ebenfalls konnte, beeindruckte.

„Du weißt nicht mehr?", bohrte Malte nach, den die magere Auskunft seines Kollegen ärgerte.

„Was willst du von mir wissen? Meinst du, Müller bindet mir alles auf die Nase, was der weiß?" Heinrich lachte irritiert auf.

Es nervte ihn, wie Malte versuchte, ihn auszufragen. „Ich habe hier ein Angebot von einem Dienstleister, das ich gerade prüfe. Und dann muss ich gleich noch mal ins Lager IV runter!"

„Dort könntest du 'ne Menge einsparen!", bemerkte Malte hämisch grinsend. „Und sonst? Bleibt Müller?" Jetzt hatte er endlich die Frage herausgelassen, die ihm wichtig zu sein schien.

„Sag mal! Du spinnst! Ehrlich!", fuhr Heinrich jetzt doch ungeduldig seinen Kollegen an. Tatsächlich empörte ihn der Verdacht, dass der sich so ungeniert scharf auf Müllers Nachfolge outete.

„Dann würde ja was frei hier", fuhr Malte unbeirrt fort.

„Dass unser Standort gefährdet sein könnte, das kommt dir nicht in den Sinn?", fragte Heinrich spitz.

„Das wäre für mich der Super-GAU", erklärte Malte postwendend. „Im letzten Jahr habe ich hier gebaut und eine Menge Kredite dafür aufnehmen müssen. Wenn unser Konzern hier dichtmacht, dann wäre das eine Katastrophe für meine Familie!"

„Das glaube ich dir", erwiderte Heinrich, bereits ungeduldig darauf wartend, dass der andere endlich gehen sollte. „Hör mal, ich habe jetzt etwas zu tun. Macht's dir etwas aus, wenn wir unser Gespräch erst mal …"

Malte zeigte sich einsichtig und verschwand. Aber Heinrich konnte sich doch nicht gleich auf seine Aufgaben konzentrieren.

„Der hofft tatsächlich darauf, Müller beerben zu können", sagte er halb laut. „Wenn zutrifft, dass gerade unser Standort zur Disposition steht, dann sind wir beide hier bald unsere Jobs los."

★★★

Maltes Gefühle waren zwiespältig. Dass Heinrich Müllers Vertreter war, wurmte ihn, auch weil er nicht zu Unrecht vermutete, dass der so mehr und gewichtigere Informationen erhielt. Er hielt seinen Kollegen für einen zwar soliden, aber ideenarmen und das Risiko scheuenden Mann. Der hatte seine Stellung bei Müller erworben, als er dem in dessen Einarbeitungszeit loyal zur Seite gestanden hatte. Fast indiskutabel erschien Malte die Vorstellung, dass sein Kollege mal sein Chef werden könnte.

„Loyalität mag für Müller wichtig sein", schimpfte Malte leise vor sich hin. „Aber das kann's ja nicht allein sein!" Längst überlegte er, wie er seinen Kollegen aus seiner privilegierten Position bei Müller verdrängen könnte. Warum sollte es ihm nicht gelingen, dieses vertraute Verhältnis der beiden mal etwas aus dem Gleichgewicht zu bringen? „Müller wird früher oder später in die Zentrale zurückberufen. Wenn ich mich nicht endlich aus der Deckung wage, dann kann ich meine Karriereträume abschreiben! Und nur darum geht es!", sagte er fast schon zu laut. „Sorry Heinrich, du stehst mir gerade im Weg." Und in diesem Moment läutete sein Telefon.

„Ja, was gibt's?", meldete er sich beim Anrufer ziemlich unwirsch, weil der ihn in seinen Überlegungen gestört hatte.

„Nun mal langsam!", ermahnte Malte den Mann in der Leitung. „Das ist doch das Lager IV, damit haben wir doch gar nichts zu tun." Seine Gesichtszüge strafften sich aber gleich, während er deutlich interessierter zuhörte.

„Also kommt dieser Verwesungsgeruch tatsächlich von drüben?", fragte er plötzlich elektrisiert. „Ich komme mal runter. Machen Sie mal zunächst nichts!"

Er blieb noch einen Moment nachdenklich an seinem Schreibtisch sitzen, bis er endlich loslief. „Ich bin unten im Lager!", rief er seiner Mitarbeiterin beim Verlassen des Büros zu.

Sein Mitarbeiter hatte alarmierend von einem penetrant unangenehmen Geruch aus dem benachbarten Lager IV berichtet. Malte tippte auf vergammelte Lebensmittel oder eine ausgelaufene Flüssigkeit, nicht aber auf verwesende Tierkörper, was der Mann vermutet hatte. Das Lager war Heinrichs wunder Punkt, dem es bisher nicht gelungen war, das endlich zu automatisieren. Vielleicht regte sich in diesem Moment bei Malte etwas Schadenfreude. „Spricht nicht für deine Führungskraft, wenn du das Lager nicht im Griff hast, lieber Heinrich."

★★★

In seinen Lagern traf Heinrich Walter meist nur noch die fahrerlosen Automaten, die die Waren in den deckenhohen Regalen ein- oder auslagerten. Selten begegnete er jemandem, mit dem er hätte reden können. Hin und wieder traf er auf Wartungsleute oder auf die sogenannten Meister in ihrer Meisterkabine, die er natürlich alle kannte. Meister waren die in Wahrheit nicht, wurden aber so bezeichnet, weil sie langjährige und fest angestellte Mitarbeiter waren. Ihnen konnte er direkt etwas anweisen, was bei den Leuten von einer Fremdfirma problematisch sein konnte, bei denen lief offiziell alles über deren Firma.

„Wen sollte ich hier noch ersetzen?", bemerkte er sarkastisch zu sich, als er einem dieser Automaten ausweichen musste. „Müller hat hier längst die Lagerzukunft, von der der redet! Ob dem das bewusst ist?"

Seine eigenen Lagerbereiche stießen eng aneinander, er musste keine langen Wege laufen, um auch zu seinem Problemlager, Lager IV, zu gelangen. Dahin steuerte er jetzt. Es grenzte mit einer Seite direkt an ein Malte zugeordnetes Lager und verfügte ebenfalls über einen breiten Zugang zur Rampe. Und hier war wirklich noch Betrieb, wie er ihn von früher gewohnt war, mit teilweise von den Fahrern beängstigend schnell bewegten Gabelstaplern und Männern und Frauen, von denen er nicht einmal wusste, in welcher Sprache er die hätte ansprechen können. Den Betrieb dort empfand er trotzdem gelegentlich als eine wohltuende Abwechslung zu den voll automatisierten Lagern, die sich immer mehr in ihrem Standort durchgesetzt hatten.

„Wissen Sie etwas über einen Insektenbefall hier, zum Beispiel Schaben?", frage er den Mann, der gerade auf einem Gabelstapler an ihm vorbeizusteuern suchte.

„Der versteht mich offenbar nicht", resignierte er gleich wieder, als er das hilflose Zucken von dessen Achseln bemerkte. Dann traf er doch auf einen der Meister, den er seit Jahren gut kannte.

„Wissen Sie etwas davon?", fragte der den und hielt ihm den Zettel hin, den er auf dem Schreibtisch gefunden hatte.

„Das gibt's hier schon gelegentlich, ein paar Schaben, aber ich weiß nicht, worauf sich mein Kollege bezogen hat", bemerkte der Mitarbeiter nachdenklich. „Weiß auch nicht genau, wo er die gesichtet hat."

Was soll ich jetzt mit dieser Warnung anfangen?", überlegte Heinrich unschlüssig. Dann ist das wohl doch nicht so wichtig, schloss er und wollte seinen Rundgang im Lager vollenden.

Dass er dabei Hinweise auf dieses Ungeziefer entdecken würde, hatte er nicht angenommen, diese lichtscheuen Tiere waren viel zu gewieft, als dass die sich so einfach überraschen ließen. In jeder Ritze, unter jeder Palette könnten die sich verborgen halten, überlegte er. Das war ja auch das Tückische an diesem Ungeziefer. Sie tauchten auf, bewegten sich mit einer Geschwindigkeit, die kaum eine Möglichkeit ließ, sie zu verfolgen. Und sie vermehrten sich invasiv in einem beängstigenden Tempo. Keine Frage, die hatten in seinem Lager nichts zu suchen. Aber waren sie im Moment wirklich schon eine Gefahr?

Fast an der Hallenrückwand angelangt, wo ein Quergang vom Mittelgang in die hinterste Ecke abzweigte, bemerkte er einen auffallend süßlichen Geruch, was ihn kurz stutzen ließ, aber nicht weiter beunruhigte. Es passierte schon mal, dass irgendein verdorbenes Nahrungsmittel unentdeckt geblieben war. Er würde dem Meister sofort einen Hinweis geben, damit der sich darum kümmern sollte.

***

Währenddessen saß Malte halb auf dem lang gestreckten Schreibtisch in der Meisterkabine und ließ sich von seinem Mitarbeiter schildern, was der entdeckt haben wollte. Es so direkt von diesem Mann zu hören, klang es für Malte doch etwas ernster.

„Die Leute in Lager IV haben diesen unangenehmen Geruch offensichtlich bisher gar nicht bemerkt, meine ich", entrüstete sich Maltes Mann. „Wenn die nicht endlich reagieren und die Ursache ausfindig machen, haben die ganz schnell eine Ungezieferplage am Hals. Muss ich Ihnen sagen, was passiert, wenn sich diese Schädlinge auch auf andere Läger ausbreiten? Und was dann?"

„Haben Sie dort selbst Kakerlaken oder anderes Viehzeug herumlaufen sehen? Waren Sie mal dort in dieser stinkenden Ecke?", wollte Malte wissen.

„Die Ecke genauer angesehen? Wie sollte ich? Die Zeit habe ich nicht", erklärte der Meister fast etwas beleidigt. „Hatte versucht, den Kollegen wegen einer anderen Sache in der Halle zu finden. Hat aber nicht geklappt, da bin ich schließlich zurück an meinen Platz. Das ist schon alles! Beim Suchen nach dem habe ich das mit dem Verwesungsgeruch bemerkt. Und dabei habe ich dort, wo es so gestunken hatte, eine ganze Menge Schaben herumlaufen sehen."

Der Mann lehnte sich auf seinem Bürostuhl mit so überzeugter Miene zurück, dass Malte kaum Zweifel an dessen Aussage haben konnte. Dass Ratten, Mäuse oder andere Kleinnager eingedrungen und dort verendet sein könnten, wäre möglich, aber wann hatte es das schon mal in ihren Lagern gegeben? Die Gefahr mit dem Ungeziefer schätzte er höher ein.

Malte überlegte, ob er seinen Kollegen informieren müsste. Ob der bereits vom Eindringen von Kakerlaken wusste, war ihm nicht klar. Nur beschäftigte ihn jetzt stärker die Frage, wie er vorsorglich seinen eigenen Lagerbereich schützen könnte, wenn sich im Nachbarlager bereits Kakerlaken zu vermehren drohten.

„Reden Sie jetzt mit Herrn Walter?", fragte ihn sein Meister.

„Ja, natürlich!", erklärte Malte und verabschiedete sich von seinem Mann. Er könnte jetzt sofort in sein Büro zurückzukehren. Oder er könnte den Umweg über die Meisterkabine von Lager IV laufen. Möglich wäre ihm auch, Heinrich in dessen Büro aufzusuchen. Aber er entschied sich anders.

Ein Gedanke hatte sich bei ihm festgesetzt, der ihn nicht mehr losließ. Darum ging es ihm jetzt.

„Wichtig ist, dass die Küchenschaben sich nicht in meinen Lagern ausbreiten", sagte er, schon wieder an seinem Arbeitsplatz. Dann rief er nochmals seinen Meister an.

„Mir ist noch etwas zu dem Problem von vorhin eingefallen", sagte er dem überraschten Mitarbeiter in der Meisterkabine. „Sie passen jetzt verstärkt auf, dass in unserem Lagerbereich kein Ungeziefer eindringt. Am besten kontrollieren Sie täglich in den Gängen und Ecken. Besorgen Sie sich auch umgehend für alle Fälle genügend Schädlingsbekämpfungsmittel. Mit Herrn Walter habe ich schon Kontakt aufgenommen."

Malte war natürlich bewusst, dass er mit Heinrich umgehend reden sollte, schon, um Schaden vom gesamten Standort abzuwenden. Es reizte ihn nur, mal zu beobachten, ob der Kollege rechtzeitig aktiv werden würde, so zögerlich, wie er den oft erlebt hatte.

★★★

Müllers Blick lief über die Runde und schien Ruhe zu fordern, obwohl keiner der Anwesenden etwas sagte. Vielleicht vermutete er die Anspannung, die seine Mitarbeiter nicht völlig verbergen konnten. Dass die auf Neuigkeiten aus der Zentrale warteten, das musste ihm bewusst sein.

„Es gibt zwei Nachrichten, nur eine davon wird Sie beruhigen", sagte er mit leiser, fast bedrohlich klingender Stimme. „Unser Standort bleibt erhalten, der andere soll dagegen geschlossen werden."

Die Runde atmete hörbar auf, obwohl alle weiter gespannt auf die zweite Nachricht warteten.

„Leider wurde auch entschieden, dass ein Teil der Belegschaft des anderen Standorts hier weiter- beschäftigt werden soll, das gilt auch für das dortige Führungspersonal", erklärte er nüchtern. Diese Aussage provozierte augenblicklich Ernüchterung. Jedem in der Runde schien klar, dass ein solches Vorhaben nicht ohne einen Personalabbau bewältigt werden könnte.

„Was heißt das? Wie soll das gehen?", fragte Malte trotzdem, der am schnellsten die Bedrohung auch für ihre eigenen Jobs verstanden hatte.

„Ist das noch eine Frage?", stieß Müller ein böses Lachen aus. „Dabei sind wir hier ohnehin zu viele, auch in der Verwaltung!"

Wieder war es Malte, der sich offenbar um seine Position sorgte. „Die wollen wahrscheinlich auch an unsere Führungsstruktur ran!"

Müller nickte nur, blickte dabei aber Beate Schulte an, die Jüngste der drei Unterabteilungsleiter.

„Wie befürchtet, alles passt ja auch zur verordneten Sparrunde. Wir sind zu viele, und das in allen Ebenen. Nur: Ich warne jeden davor, jetzt zu spekulieren, nichts ist entschieden, wie der Vorstandsplan umgesetzt werden soll", ergänzte Müller und schien damit gleichzeitig anzudeuten, dass die Sitzung aus seiner Sicht beendet sei.

„Einer von uns dreien ist dann also zu viel", sagte Beate Schulte ironisch, als sie gemeinsam Richtung ihrer Büros gingen. „Wer hätte das gedacht?"

„Ein Scheißgefühl", kommentierte Heinrich, und Malte ergänzte unnötig laut: „Zumindest für einen von uns!"

Er hätte jetzt dem Kollegen von der Beobachtung seines Meisters berichten können. Ob er es nur vergessen hatte oder bewusst unterließ, war in diesem Moment unsicher.

★★★

„Gerade mal zehn Jahre gibt es dieses Logistikverteilzentrum, und seitdem arbeite ich auch hier", sagte Heinrich, zurück an seinem Arbeitsplatz. „Und jetzt könnte es sein, dass ich meinen Platz räumen muss."

Sich auf seine Aufgaben zu konzentrieren, fiel ihm schwer. Die Ellbogen auf dem Schreibtisch gestützt, ruhte sein Kopf in den Händen, die Tastatur und das Display hatte er weit zurückgeschoben.

Das Angebot eines Dienstleisters auf seinem Bildschirm interessierte ihn auf einmal nicht mehr. Stattdessen kreisten seine Gedanken um die Fragen, was passierte, wenn es ihn träfe.

Keiner von ihnen in der Verwaltung und im Lager konnte sich seiner Position sicher sein, war er überzeugt. Solch eine Ankündigung verunsicherte oder lähmte sie alle, denn jede seiner Aktivitäten konnte dann nutzlos und sogar kontraproduktiv sein. Müller, so vermutete er, würde entscheiden, wer bleiben könnte oder gehen müsste.

Resigniert wollte er schon das Büro verlassen, weil seine Gedanken nur noch um die Sicherheit seines Arbeitsplatzes kreisten, da entdeckte er auf dem Boden einen dieser gelben Klebezettel. Den hatte er wohl aus Versehen selbst heruntergewischt mit seinem Ärmel.

„Schaben gesichtet in einer anderen Ecke!", las er laut, was dort mit der gleichen krakeligen Schrift wie auf dem vorherigen Zettel stand. „Also habt ihr das Ungezieferproblem immer noch nicht gelöst!"

Er würde sich morgen damit beschäftigen müssen, nahm er sich vor und steckte den Zettel ein.

Er ließ sich auf der Fahrt nach Hause Zeit, fuhr sogar einen Umweg, wollte vermeiden, sofort auf seine Familie zu treffen, die ihn vielleicht mit Fragen bombardieren würde, warum er so bedrückt erschiene. Das konnte er jetzt nicht gebrauchen.

Besonders sein Sohn Michael war momentan schwierig zu ertragen, zeigte sich ihm neuerdings meist verschlossen, mied seinen Vater und reagierte oft nur gereizt. Dem wollte er heute Abend aus dem Weg gehen.

„Na, Michael, wie geht's?" Er konnte die Begegnung mit seinem Sohn dann doch nicht abwenden, denn der saß im Wohnzimmer, ein Laptop auf dem Schoß, den Fernseher eingeschaltet.

„Gut! Alles bestens!", behauptete der, klappte den Laptop zu und wollte sich verziehen.

„Bleib' doch mal. Gibt's was Neues bei dir, Schule?", suchte Heinrich dennoch ein Gespräch mit ihm.

„Was soll's denn da Neues geben? Alles ist super, Papa", versuchte der die Unterhaltung abzukürzen. Sein Sohn überragte ihn schon, was der jetzt im Stehen auch deutlich zeigte.

„Na ja, du erzählst kaum noch etwas, da frag' ich mich schon …", versuchte es Heinrich nochmals. Sein Sohn atmete hörbar aus.

„So ist das halt! Mir ist eingefallen, dass ich noch etwas bis morgen für die Schule fertig machen muss!"

„Der lässt mich doch glatt stehen!", konnte ihm Heinrich nur noch verärgert hinterherrufen. Stattdessen trat seine Frau aus der Küche zu ihm.

„Was ist denn schon wieder? Hast du Ärger gehabt?", fragte sie und schlang von hinten ihre Arme um seine Brust.

Oh Gott, dachte er, und laut sagte er: „Alles bestens, wie bei meinem Sohn!"

★★★

Am nächsten Morgen rief ihn das Meisterbüro vom Lager IV an. Und ehe er denen schon verärgert mitteilen konnte, dass er deren Notizzettel gelesen hätte, polterte der dortige Meister los. „Wir müssen Ihnen sofort was zeigen. Ist viel dringender als gedacht!"

Heinrich hatte noch das letzte Meeting mit Müller im Kopf. Nichts konnte er jetzt so wenig gebrauchen wie eine Auffälligkeit in seinem Verantwortungsbereich. Entsprechend nervös reagierte er auf diesen Anruf. Aber dieses Mal rannte er sofort los ins Lager.

„Heute Morgen haben wir in einer Regalecke eine schlimme Entdeckung machen müssen, das sollten Sie sich ansehen", erklärte ihm einer der Lageristen.

Sie führten ihn in eine Ecke des Lagers, wo Heinrich sofort ein leicht süßlicher Geruch in die Nase stieg. Dort hatten seine Leute die unteren Paletten mit Säcken, gefüllt mit Trockenfrüchten, herausgezogen.

Dieser Geruch störte, aber sonst schien alles für Heinrich nicht sonderlich dramatisch auszusehen. Er sah am unteren Rand der Rückwand, dass die weiß getünchte Wand sich stellenweise dunkel verfärbt hatte. Schwarze Flecken zeigten sich auch dort, wo vorher die Paletten abgestellt worden waren. Als er sich unter das Regalfach beugte, konnte er die Schaben sehen, und das wirkte auf ihn doch dramatisch. Eine nicht übersehbare Anzahl dieser kaum dreißig Millimeter großen und dunkelbraun bis schwarz gefärbten Tiere lief über den Boden. Er ließ es sich nicht nehmen, sofort auf die Insekten einzutreten, obwohl er dabei tief unter das Regal kriechen musste. Das half wenig, denn die toten Schädlinge wurden flugs ersetzt durch ihre Artgenossen.

Noch meinte Heinrich, diese Invasion von Schaben ohne großen Aufwand beherrschen zu können. Die waren sehr wahrscheinlich angezogen worden von herausgefallenem Trockenobst, das am Boden verfaulte. Seine Leute müssten nur die nahe Umgebung gründlich reinigen und diese Tiere mit Gift vernichten.

„Die werden sicher von diesem fauligen Trockenobst angelockt", stellte er mit scheinbarer Gewissheit und in belehrendem Ton fest. „Wenn ihr solche Ecken nicht rechtzeitig findet und gründlich reinigt, dann dürfen wir uns nicht über Ungeziefer wundern!"

„Möglich wäre das, aber dass Säcke auch mal aufplatzen, hatten wir doch schon öfter", suchte einer seiner Leute Heinrichs hörbaren Vorwurf abzuwehren.

„Ihr solltet alle Paletten mit Trockenobstsäcken erst mal in den Gang ziehen und dort die Böden vorsorglich reinigen", wies er die Umstehenden an. „Und besorgt euch vorher drüben im Drogerieartikellager Insektengift und sprüht die Böden und Ecken gründlich ab. Mehr müsst ihr doch erst mal nicht tun! Damit sollten wir das Problem beheben können."

„Chef, haben wir denn schon …", fragte ein skeptischer Mitarbeiter, wurde aber von Heinrich gleich unterbrochen.

„Machen Sie erst mal, was ich gerade gesagt habe, dann sehen wir weiter. Und hören Sie, das muss keiner sonst wissen, klar!"

Heinrich hielt die Sache mit seiner Anweisung an die Leute erst mal für erledigt. Das Problem, war er überzeugt, sollte vorerst gelöst sein. Trotzdem suchte er im Büro doch nach weiteren Informationen im Internet. Die Hinweise, wie epidemisch sich dieses Ungeziefer ausbreiten könnte, überlas er ebenso wie die Reklame einschlägiger Schädlingsbekämpfungsfirmen. Bei ihm überwog die Überzeugung, dass es für deren Einsatz noch keinen Anlass gäbe. Gedanklich machte er einen Schnitt. Meine Sorge gilt der Sicherung des Standorts und meines Arbeitsplatzes!

Er hatte immer noch den ersten Notizzettel mit dem Hinweis, dass es ein Problem gebe, in seiner Tasche. Den zog er jetzt hervor. Wann hatte man ihm diese Nachricht hinterlassen?, überlegte er. Das war vor mehr als einer Woche gewesen. Und da hatte er nicht reagiert, bis seine Leute ihn ein zweites Mal gewarnt hatten. „Trotzdem, ich habe doch noch rechtzeitig gehandelt!"

Am Abend zu Hause sprach ihn Maria an. „Du wirkst bedrückt, Heinrich", sagte sie und zog sein Gesicht mit beiden Händen in ihre Richtung. Sie hatte Mühe, seine Aufmerksamkeit zu gewinnen. „Gibt es Probleme in der Firma?"

Er atmete tief aus, suchte sich ihrem Griff zu entziehen. „Als ob ich das wüsste! Der Müller lässt sich ja nichts Konkretes entlocken. Aber unser Konzern will zwei Standorte zusammenlegen, keiner weiß, wie das mit allen Beschäftigten funktionieren soll. Auch mein Arbeitsplatz steht möglicherweise zur Disposition."

„Was? Musst du um deine Stellung fürchten?", zeigte sich Maria entsetzt.

Heinrich zuckte die Achseln, er wusste es ja selbst nicht. Und darüber mit seiner Frau zu reden, belastete ihn eher noch mehr.

Jetzt suchte Maria ihn sogar mit etwas Gewalt an sich zu ziehen, was er endlich geschehen ließ.

„Wollen wir mal ein Glas Wein zusammen trinken?", schlug sie dann vor. Und fast hätte sie ihn für einen entspannten Abend gewinnen können, wenn nicht plötzlich Sohn Michael mit einer Neuigkeit ins Wohnzimmer eingetreten wäre. Er baute sich direkt vor seinen Eltern auf, die im Begriff waren, sich Wein einzugießen.

„Ich habe eine Nachricht für euch!", verkündete er, ohne auf die Situation Rücksicht zu nehmen. „Für August habe ich für mich einen Ausbildungsplatz in einem der städtischen Kindergärten organisieren können. Nach der Ausbildung kann ich dann anschließend noch ein Erziehungsstudium aufsetzen!"

Das beendete zumindest für Heinrich einen möglicherweise entspannten Abend. Der brauchte einen Moment, um zu verstehen, was sein Sohn gerade verkündet hatte. „Was?", rief er unbeherrscht aus. „Habe ich das richtig verstanden? Du willst die Schule schmeißen?"

„Natürlich nicht. Ich schließe mit einem ordentlichen Realschulabschluss ab und beginne dann eine Erzieherausbildung. Ich schmeiße nicht hin, Papa!", suchte er seinen Vater zu korrigieren.

„Wo ist denn da der Unterschied?", empörte sich Heinrich, der gar nicht die Absicht hatte, verstehen zu wollen.

„Du begreifst überhaupt nichts!", resignierte Michael, ohne Hoffnung, von seinem Vater verstanden zu werden. „Mama, kannst du das dem Papa erklären?"

„Heinrich!", rief die aber nur hilflos und konnte auch nicht verhindern, dass sich ihr Sohn einfach davonstahl. Eine Zimmertür schlug laut zu, dann war erst mal Ruhe.

Der erhoffte entspannte Abend fand somit ein Ende, noch bevor sie ihn begonnen hatten. Zumindest ihm war die Lust vergangen, über seine Sorgen zu reden. Er hatte das Gefühl, dass sich alle möglichen Ereignisse zu einem unentwirrbaren Knäuel verknotet hatten.

In dieser Nacht wachte Heinrich zu ungewohnter Stunde auf. Etwas hatte ihn an der seitlichen Ferse gebissen. Es juckte so, dass er sich intensiv kratzen musste. Unvermeidlich drängte sich bei ihm die Erinnerung an die Schaben in seinem Lager auf, die ihn vermeintlich attackiert haben könnten. So hastig, wie er aus dem Bett sprang, so verwirrt suchte er unter der Bettdecke fast verzweifelt nach diesen Biestern. Aber da waren keine Schaben, nur das Jucken, das ein ganz anderes Insekt verursacht hatte. Sein Versuch, wieder einzuschlafen, wollte ihm nicht gelingen.

★★★

„Sag mal, Malte, kann es sein, dass unser Chef längst die Entscheidung kennt, wer von uns seinen Job verlieren wird und nur nicht mit der Wahrheit herausrücken will?", fragte Beate Schulte besorgt, die sich wegen Müllers auf sie gerichteten Blick besonders angesprochen fühlte.

„Glaube ich nicht, Beate", erwiderte Malte, den die Gedanken an seine eigene Zukunft beschäftigten.

Er hatte die Kompetenz seiner Kollegin schon oft bemerkt und sogar fachlichen Rat bei ihr geholt. Dass die alleinstehende junge Frau ihm ansonsten eher spröde und langweilig erschien, störte seine sonstige Einschätzung von ihr wenig.

Beate war natürlich verunsichert, aber sie sorgte sich nicht um einen Ortswechsel, den ein Arbeitsplatzverlust auslösen würde, wie bei Heinrich und Malte. Die Kollegen waren deutlich stärker in dieser Gegend verankert, als sie es war.

„Wer kommt von drüben neu, und wer von uns muss seinen Schreibtisch räumen, das ist die Frage", erklärte Beate ernst.

„Die Frage beschäftigt uns wohl alle", antwortete Malte nachdenklich. „Allerdings kann es ganz anders kommen."

„Wie meinst du das jetzt?", wunderte sich Beate, die in seiner Bemerkung keinen Zusammenhang zu ihrer Sorge erkennen konnte.

„Vielleicht sehe ich ja Gespenster", bemerkte Malte und zuckte die Schultern. „Es kann immer etwas Unvorhergesehenes passieren, was Müller sicher nicht entgehen wird, nicht wahr?"

Das erschien Beate wie reine Spekulation und total unverständlich, sodass sie jetzt lieber das Gespräch abbrach. Sie nickte kurz in Maltes Richtung und ließ ihn stehen.

Versteh' einer, was der meint, sagte sie sich auf ihrem Rückweg. In Besprechungen hatte sie Malte wegen seiner klaren Worte meist folgen können, dieses Mal konnte sie mit seiner Äußerung nichts anfangen.

Der entschied sich dazu, seinen Meister anzurufen. „Wegen des Ungeziefers in Lager IV, wissen Sie, ob dort inzwischen etwas passiert ist?", erkundigte sich Malte. Und als er hörte, dass

Heinrichs Leute tätig geworden waren, bat er den, kurz in sein Büro zu kommen.

Das war ungewöhnlich, und er musste dem Mitarbeiter nochmals seine Bitte erklären. „Mir ist ein Gedanke gekommen, den ich mit Ihnen lieber in meinem Büro besprechen möchte", sagte er. Und wenige Minuten danach erschien der Meister bei ihm.

„Machen Sie bitte mal die Tür zu", forderte er den Mann auf. „Was wir jetzt besprechen, das muss hier im Raum bleiben. Ist das für Sie okay?"

Erst als der verwundert nickte, fuhr Malte fort, wobei er vermied, dem zu erzählen, was der Konzernvorstand bereits entschieden hatte.

„Dass die Situation in unserem Standort schwieriger werden wird, haben Sie sicher auch mitbekommen, oder? Ich denke, dass wir die Schlamperei der Leute im Lager IV nicht einfach so hinnehmen sollten. Das könnte ja in unserem angrenzenden Lager, trotz der deutlichen Kühlung dort, wirklich zu einer Katastrophe werden", erklärte er dem gespannt zuhörenden Mitarbeiter. „Ich habe mir daher etwas überlegt."

Malte legte jetzt eine Schachtel auf den Schreibtisch, die mit Angaben zum Produkt und Hersteller bedruckt war. Allerdings waren alle Aufdrucke in einer dem Meister unbekannten Sprache.

„Das hier sollte helfen, dem Ungeziefer den Garaus zu machen, habe ich extra über das Internet besorgt", erklärte er und lüftete den Deckel der Schachtel, die vier etwa zwölf Zentimeter große und bunt bedruckte Tuben enthielt. „Damit können Sie in Lager IV der Ausbreitung der Kakerlaken Einhalt gebieten."

Dass sie ihren Lagerbereich vor eindringendem Ungeziefer schützen müssten, leuchtete dem Meister fraglos ein. Kaum verstand der, warum ihn sein Chef bat, im Lager IV tätig zu werden.

„Wieso sollten wir uns jetzt um das andere Lager kümmern?", fragte der Meister verständnislos. „Wäre es nicht besser, sich an die …"

„Grundsätzlich haben Sie recht! Aber in diesem Fall, denke ich, sollten wir nicht den Fehler begehen, uns auf die Leute des Kollegen zu verlassen", erklärte Malte mit Bestimmtheit. „Glauben Sie mir, das Wichtigste ist, dieses Ungeziefer nicht nur von unserem Lager fernhalten zu wollen, sondern es zu bekämpfen, wo es gerade auftaucht."

★★★

Heinrich wollte sich an diesem Tag hauptsächlich mit Lager IV und dabei mit der Frage, wie er dort Kosten einsparen könnte, beschäftigen. Dafür hatte er auch einen Termin mit dem Dienstleister vereinbart, der ihm das günstige Angebot zugeschickt hatte.

Sein Telefon läutete, und erneut hatte er einen der Meister am Apparat, genau von diesem Lager IV.

„Das mit dem Sprühen hat zwar an dieser einen Stelle geholfen, aber jetzt haben wir das Viehzeug in einer ganz anderen Ecke entdeckt", überfiel der ihn sofort. „Wir können uns nicht erklären, warum die Kakerlaken sich auch dorthin ausgebreitet haben. Da gibt es keine Säcke mit Trockenobst oder ähnlichen Nahrungsmitteln, sondern nur die mit Reis- oder Hülsenfrüchten. Die Säcke scheinen auch alle noch völlig intakt zu sein. Unter den Paletten konnten wir auch keine Spuren von älteren Lebensmitteln entdecken. Und Schaben haben wir dort vorher bestimmt keine entdeckt."

Was heißt das schon? Diese Insekten sind schnell und anpassungsfähig und wer von ihnen kannte sich mit diesen Tieren wirklich aus? Wieso packen die das Problem nicht, überlegte er, ohne sich laut zu äußern?

Er schaute auf seine Uhr, noch hatte er etwas Zeit, so- dass er sich entschloss, ins Lager zu gehen.

Dort führten ihn seine Mitarbeiter zu der Stelle, wo sie die Paletten bereits in den Gang gezogen hatten. Und da liefen dann doch jede Menge dieser hässlichen, sechsbeinigen Tiere herum. Anzunehmen war, dass die dort irgendein für sie leckeres Lebensmittel gefunden hatten, obwohl sich dafür keine Spuren zeigten.

„Mit Sprühen allein kommen wir denen nicht mehr bei", klärte ihn einer der Mitarbeiter auf. „Es ist ein Rätsel, wie die sich auch hierher verbreiten konnten."

„Wahrscheinlich haben Sie bei der anderen Stelle nicht alle erwischt", mutmaßte Heinrich lapidar. „Und vielleicht hat es auch vorher schon Kakerlaken an dieser Stelle gegeben."

Eine andere Erklärung sah er nicht. Er würde seine Leute nochmals auffordern, wirklich jede Ecke gründlich zu untersuchen und dabei präventiv Sprühgift einzusetzen. Er wollte das gerade anordnen, als einer der Männer eine Frage stellte.

„Ist denn der Einsatz von Sprühgift zulässig, hier bei all den Lebensmitteln? Sollten Sie nicht besser einen Profi rufen?"

Der Mann hatte möglicherweise recht. Aber so, wie der gefragt hatte, stellte der auch seine Autorität infrage. Hatten sie jetzt genügend Zeit, um noch eine Profifirma zu beauftragen? Was war mit den Kosten? All das beschäftigte ihn nicht nur, es verunsicherte ihn.

„Wir haben erst mal keine andere Wahl", erklärte er jetzt eher defensiv. „Tun Sie, was ich gerade gesagt habe. Bis zum Nachmittag geben Sie mir noch Bescheid, ob das funktioniert hat."

Seine Mitarbeiter schauten sich und ihn ungläubig an, unbemerkt von ihm schüttelten sie sogar ihre Köpfe.

„Haben Sie das alle verstanden? Und sprühen Sie immer die Wände und den Bodenbereich dort kräftig ab. Ich bin überzeugt, dass das hilft!" Er blickte nur noch in die skeptischen Gesichter der Lagerleute, die sich aber dann doch beeilten, seiner Aufforderung nachzukommen.

Wenig später hätte er noch eine große Hektik erleben können, als seine Leute die am Boden stehenden Paletten samt der Ware nach und nach alle in den Gang zogen. Wäre er geblieben, hätte er das gleiche Erschrecken erlebt. Regelrechte Kakerlaken-Nester schienen sich etabliert zu haben. Ihre Aktivitäten, das wilde Herumsprühen, scheuchte die anscheinend richtig auf, sodass die teils panikartig sich in Sicherheit zu bringen suchten.

„Der hat den Verstand verloren!", brüllte plötzlich einer der Leute, der wohl längst die Gefahr erkannt hatte, dass diese Tiere in ganz andere Lagerbereiche entkommen könnten.

„Ich kann absolut nicht verstehen, dass dieses Ungeziefer so plötzlich an ganz unterschiedlichen Ecken auftaucht. Das hat es hier noch nie gegeben. Ich glaube fast, dass die an verschiedenen Stellen ausgesetzt oder gezielt angelockt worden sind", erklärte ein völlig hilfloser Meister. Dass die Schaben enorm schnell auf ihren Beinen unterwegs waren und so geschmeidig, dass sie praktisch in jeder Ritze oder Spalte verschwinden konnten, das wusste er. Was er nicht verstand war die invasionsartige Verbreitung im ganzen Lager.

Der Meister zögerte, aber Warten schien ihm die schlechteste Option zu sein.

„Ich gehe jetzt zu Herrn Walter!", verkündete er deutlich. „Der muss nochmals nachdenken!" Und der, spürbar verunsichert, lenkte gleich ein. „Gut, dann versuche ich jetzt, eine dieser Kammerjägerfirmen ausfindig zu machen", erklärte er etwas widerwillig.

Er dachte an die Kosten, die der Einsatz einer Firma zur Schädlingsbekämpfung verursachen würde. Und sorgte sich um das Aufsehen, was bei der ganzen Aktion entstehen musste.

Malte meldete sich telefonisch bei ihm in einem Moment, in dem er kaum Lust verspürte, seine Sorge ausgerechnet mit ihm zu diskutieren.

„Sag mal, kann es sein, dass sich in deinem Lager Schaben oder ähnliches Ungeziefer ausbreiten? Höre von meinen Leuten, dass das so sein muss. Die reden sogar so, dass wir vor einer Standortkatastrophe stehen könnten."

„Das ist Quatsch! Es gab eine Stelle, wo die ein Nest hatten, aber das haben meine Leute sofort bekämpft. Kein falscher Alarm!", wies er den Kollegen zurecht.

★★★

Zumindest hatte Heinrich begriffen, dass er sich unverzüglich fachkundige Hilfe ins Haus holen musste. Im Internet fand er reichlich Firmen für Schädlingsbekämpfung. Allerdings ahnte er da noch nicht, wie fein Terminpläne bei diesen Firmen gestrickt waren. Die telefonische Verhandlung und seine Bitte, dass die sofort eingreifen müssten, hatten nicht auf Anhieb den gewünschten Erfolg. Auf einen Termin hätte er warten sollen.

Bei der Firma „*Schädlingsbekämpfung Contratec*" stresste ihn der Firmenchef viel zu lange mit einem Vortrag über seine Firmen-Philosophie. Heinrich musste massiv und mit der ganzen Macht seines Konzerns im Rücken Druck machen, um die Zusage zu erlangen, dass die Firma am folgenden Tag mit ein paar Leuten und Geräten beim ihm im Lager auftauchen wollte.

„Da haben Sie sich ausgerechnet die gemeine Küchenschabe, die hier am weitesten verbreitete Art, ins Haus geholt. Gut, uns zu rufen!", lobte der Firmenchef Heinrich zum Schluss. Beunruhigend wirkte das auf ihn nicht, weil dessen Erläuterungen schon eine langwierige und aufwendige Aktion vermuten ließen. Am nächsten Morgen würden sie da sein, und das war hoffentlich nicht zu spät.

Dann zog es ihn erneut ins Lager, wo die hektischen Aktivitäten fast die gesamte Ordnung gesprengt hatten. Ein normaler Betrieb war kaum möglich. Bereits an zwei der langen Hallenwände waren sämtliche unteren Regalfächer leer geräumt, deren Paletten verstopften jetzt die Durchgänge. Die Gabelstapler hatten Mühe, einen Weg hindurch zu finden. Das große Rolltor zur Rampe hatte der Meister vorsorglich schließen und am Boden breite Klebestreifen aufbringen lassen, eine An- oder Auslieferung würde es für dieses Lager im Moment nicht geben können, das war Heinrich sofort klar. Er musste nicht suchen, überall zwischen den Paletten sah er die Insekten mit ihren schwarzbraunen Flügeldecken. Das Sprühgift, dessen Geruch in der Luft hing, trieb die Tiere zur Flucht, aber tötete sie augenscheinlich nicht. Die auf dem Hallenboden fixierten Klebebänder, die die weitere Ausbreitung der Schaben unterbinden sollten, verfehlten ebenfalls ihre Wirkung. Die Insekten liefen einfach über die fest klebenden Körper ihrer Artgenossen hinweg.

„Mein Gott, was ist hier passiert?", erschrak er. Hatte er möglicherweise eine das gesamte Logistikzentrum betreffende Katastrophe zu verantworten durch sein zögerliches Handeln? Dann wird man mich hier hängen, fuhr es ihm durch den Kopf.

***

„Sie wollten doch wissen, was ich unternommen habe", erklärte Maltes Meister ihm am Telefon. „Ich habe das genauso gemacht, wie Sie das wollten. Jetzt haben die aber im Lager IV gleich an mehreren Stellen das Kakerlaken-Problem. Das kann ich gar nicht verstehen. Sie hatten doch Gift …"

„Natürlich! Aber vielleicht braucht es etwas Zeit, bis diese Giftköder richtig wirken", unterbrach ihn Malte, der noch eine wichtige Frage hatte. „Hat man Sie dort gesehen?"

„Nicht, dass es mir aufgefallen wäre! Aber ich muss doch sagen, dass mir Ihre Aktion Kopfschmerzen bereitet …"

„Wieso denn das? Glauben Sie mir, die Aktion hat dieses Ungeziefer von unserem Lager ferngehalten", fuhr Malte dem Meister ungeduldig dazwischen. „Das heißt doch nicht, dass jetzt Herr Walter und seine Leute nicht auch noch aktiv werden müssen, verstehen Sie! Und er selbst muss sogar hoffen, dass die Sache nicht schon beim Lebensmittelüberwachungsamt durchgesickert ist."

„Wie sollte das passiert sein?", reagierte der Mitarbeiter fast erschrocken.

„Wer weiß? Die Behörde hat ja manchmal ganz unerwartete Quellen", antwortete Male unbestimmt und legte auf.

„Der Kollege muss aufpassen, dass er nicht am Monatsende fliegt!", sagte er halb laut zu sich und löschte sein Bürolicht. Für heute schien es so gelaufen zu sein, wie Malte es sich vorgestellt hatte.

***

Heinrich wurde fast zeitgleich durch einen Anruf von Müller aufgeschreckt. Wenn er bisher gehofft hatte, den Vorfall noch kleinreden zu können, so zerstörte ihm sein Chef gleich mit dem ersten Satz diese Illusion.

„Gerade hat mich ein Herr von der amtlichen Lebensmittelüberwachung angerufen. Angeblich hätten sie den Hinweis erhalten, dass in einem unserer Lager eine Kakerlaken-Plage außer Kontrolle geraten sei. Die wollen uns tatsächlich ihre Kontrolleure ins Haus schicken", erklärte sein Chef in scharfem Ton. „Herr Walter, können Sie mir mehr sagen?"

Klar, jetzt wusste es auch Müller schon, durchfuhr es Heinrich. Ihm fehlte aber wieder einmal eine rasche Antwort, wie er die zu erwartende Betriebsstörung in den Folgetagen seinem Vorgesetzten erklären könnte.

„Herr Müller, an einer Stelle des Lagers IV haben sich Schaben eingenistet, die wir mit allen verfügbaren Mitteln bekämpfen. Außerdem habe ich gerade noch eine professionelle Firma für morgen früh bestellt, die uns unterstützen wird. Ich denke, dass wir damit die Situation gut beherrschen."

„Herr Walter, ich kann Sie nur dringend ersuchen, alles zu unternehmen, damit diese Plage sich nicht weiter im Standort ausbreitet!"

Das hatte eher wie eine Drohung geklungen, und Müller war noch nicht fertig. „Haben Sie eine Idee, wer der amtlichen Lebensmittelüberwachung dieses Problem gesteckt haben könnte? Das kann doch nur von hier kommen", sagte Müller nach kurzer Pause äußerst gereizt.

Heinrich wusste das nicht und schloss aus, dass jemand aus seiner Mannschaft ihre Firma angezeigt haben könnte. Allenfalls die Leute von den Fremdfirmen, aber welches Interesse sollten die daran haben?

Nach dem Gespräch sackte er regelrecht in dem Stuhl zusammen. Ausgerechnet jetzt, wo sie alle um ihre Jobs bangen mussten, passierte in seinem Lager eine solche Katastrophe. Und er hatte nur die vage Zusage dieser Firma für Schädlingsbekämpfung, sich morgen mit der Bekämpfung zu befassen.

Er starrt auf sein Telefon, hoffte, dass sich doch noch einer seiner Leute im Lager melden könnte mit der erlösenden Nachricht, alle diese hässlichen Eindringlinge vernichtet zu haben. Nur: Wie sollte das möglich sein?

Er hatte die Zeit vergessen. Selbst die Spätschicht hatte ihre Arbeit beendet, und hier im Bürotrakt war er mit Sicherheit der letzte Angestellte, der noch in seinem Büro ausharrte. Plötzlich sprang er auf, fast gehetzt lief er in Richtung des Lagers IV. Dort würde er bestimmt keine Leute mehr antreffen. Das Tor zur Rampe war fest verschlossen, nur eine Seitentür direkt daneben ließ ihn ins Innere. Die kalte Notbeleuchtung für den Hauptgang flackerte automatisch auf, sein Weg führte ihn zur Meisterkabine. Dort schaltete er dann alle Lichter an.

Wie beeindruckend riesig auch noch diese kleinste Halle doch war. Und diese völlige Ruhe.

Einen Moment zögerte er in der Kabine, die, rundum verglast, Sicht in alle Richtungen gewährte. Jetzt erst schien ihm bewusst zu werden, dass er überhaupt keinen Plan hatte, was er hier suchte. Sein Blick wanderte herum, auch über die stets laufenden Monitore für die Mitarbeiter der Kabine.

Er öffnete einen der nicht abgesperrten Spinde, tastete dort herum und fand eine große Taschenlampe. Dann nahm er noch den Besen, der daneben lehnte, mit.

Sein Weg führte ihn zu der Wand, an der seine Leute erstmals diese Kakerlaken beobachtet hatten. Nichts verriet noch die Existenz dieses Ungeziefers. Offenbar hatte dort das Versprühen von etlichen Giftdosen geholfen. Auf dem Boden verstreut entdeckte er vereinzelte Tierleichen, die er mit Abscheu betrachtete. Er stupste deren Körper leicht mit dem Besen an, erleichtert darüber, dass die sich nicht mehr rührten. Ohne Präferenz lief er weiter den Gang entlang, vorbei an den jetzt leer geräumten unteren Regalfächern.

Und dann tauchten die Schaben doch auf, krochen aus einem Spalt zwischen Wand und Versorgungsleitungen auf ihn zu, so, als wollten sie seinem Angriff zuvorkommen. Sie umkreisten ihn, liefen über seine Schuhe. Wütend und unbeherrscht versuchte er, sie abzuschütteln und trat mit beiden Füßen wild nach unten. Auch mit dem Besen stieß er auf die jetzt panisch flüchtenden Schaben ein. Um ihn herum wuchs regelrecht ein Belag aus zerplatzten Tierleichen, und schon meinte er, den Ekel erregenden Geruch ihrer auslaufenden Körperflüssigkeit zu riechen. Immer noch liefen ihm weitere Insekten entgegen. Mit der Taschenlampe leuchtete er die Hinterwand ab, suchte die Stelle, wo er so etwas wie ein Nest vermutete. Mit dem Besenstiel stieß er mehrfach heftig gegen die unteren Kacheln neben den Versorgungsleitungen.

Mit Erfolg, denn einige lose Kacheln rutschten herunter, und was er da sah, dass provozierte bei ihm augenblicklich ein Würgen im Hals. Dicht gedrängt zu einem braun-schwarzen Klumpen, hatten sich dort in der jetzt offenen Höhlung diese Tiere versteckt. Vom Taschenlampenschein aufgeschreckt, suchten die schleunigst zu entkommen. Irgendeine von ihm nicht zu identifizierende Substanz klebte in der Vertiefung und hatte möglicherweise zu diesem Versteck geführt.

Fast wie von Sinnen trat er mit den Schuhen gegen diese Stelle an der Wand, wobei er sich sogar wegen des Regalgestells bücken musste. Immer noch den Besen in der Hand, stieß er mit dem heftig auf die Tiere ein. Keine Chance aber für Heinrich, die alle töten zu können.

„Ich brauche Gas, Benzin oder irgendetwas Brennbares", stieß er wütend aus und blickte sich suchend um. Nur das Fehlen dieser brennbaren Flüssigkeiten hinderte ihn daran, zu diesen höchst fraglichen Mitteln zu greifen.

Er hatte gar nicht bemerkt, dass zwei Männer von der Wachmannschaft hinter ihn getreten waren. „Herr Walter!", riefen die ihn an. „Was machen Sie denn hier um diese Zeit?"

„Dieses verdammte Scheißviehzeug, ich muss die beseitigen! Sehen Sie das nicht!" Und als einer der Männer nach seinem Arm greifen wollte, schrie er noch lauter: „Weg, weg, lassen Sie mich!"

Erst als beide Wachleute ihn mit Nachdruck packten und festhielten, kam er zur Besinnung. Er atmete schwer, schwitzte.

„Kommen Sie jetzt, Sie können doch nichts tun", sagte einer der Männer, und beide führten ihn gemeinsam zu dieser Ausgangstür neben dem Rampentor. Sie beobachteten ihn dann noch so lange, bis Heinrich in sein Auto stieg und davonfuhr.

„Weist du, was der um diese Zeit im Lager gesucht hat? Der ist ja völlig ausgerastet", sagte einer von denen ratlos, als Heinrich schon davongefahren war.

„So jedenfalls habe ich den noch nicht erlebt. Sollen wir den Vorfall nicht besser der Leitung melden?"

Wenn die Wachleute sich an Müller gewandt hätten, dann wäre das kaum folgenlos geblieben, denn Heinrichs Management weckte inzwischen nicht nur bei dem, sondern auch bei Kollegen Zweifel. Es gab sogar einen, der darauf spekulierte, dass seine scheinbare Kopflosigkeit offensichtlich werden würde. Und was seine eigenen Leute inzwischen über ihn dachten, das hätte die ihm am liebsten direkt gesagt. Die waren regelrecht sauer, weil ihnen eine normale Arbeit nicht mehr möglich war. Sie bekamen den ganzen Ärger der LKW-Fahrer zu spüren, die teilweise lange oder vergeblich an der Rampe beziehungsweise im Hof warten mussten. In Heinrich erkannten sie inzwischen schlicht ein Risiko für ihr Logistikverteilzentrum und ihre Jobs.

Gleich am Morgen konfrontierte ihn sein Chef Müller telefonisch mit einer Anweisung. „Ich möchte über jeden Ihrer Schritte von jetzt an sofort informiert werden!"

Unmittelbar darauf rief ihn Beate Schulte an, die auch eine schlechte Nachricht hatte. In ihrem Lagerbereich seien Schaben gesichtet worden. Sie zeigte sich wenig überzeugt davon, wie er das Krisenmanagement betreibe.

Heinrich musste nicht warten, auch Malte meldete sich. Der hatte zwar keine weitere Beobachtung zu vermelden, aber ihm war sein Vergnügen über das vermeintliche Pech des Kollegen anzuhören.

„Heinrich, hast du das wirklich nicht rechtzeitig mitbekommen, was da in deinem Lager los ist?", überfiel ihn der mit einer eher rhetorisch gemeinten Frage. „Tut mir ehrlich leid für dich!"

Heinrichs einziger Lichtblick an diesem Morgen war, dass sich die Schädlingsbekämpfer pünktlich in seinem Büro meldeten. Als die bei der Ortsbegehung die Dimension selbst der relativ kleinen Lagerhalle IV sahen, zeigte sich bei denen doch ein gehöriger Respekt. Neben ihnen lief ein Heinrich, dessen Schultern nach vorn hingen und der jeden Blickkontakt zu vermeiden suchte, selbst als er die Lagerhalle erklärte. Er hatte schwer zu tragen.

„Wir können nicht sicher sein, dass Ihnen die Tiere nicht in andere Hallen entkommen sind", warnte einer der Schädlingsbekämpfer, der sein Kampfgebiet geistig schon wesentlich weiter steckte, als es Heinrich erhoffte. Immerhin legte die Firma sofort los. Sie ordnete an, dass auch die Regale in den beiden direkt benachbarten Lagern unten freigeräumt werden sollten. Die Zeit, die das in Anspruch nahm, musste Heinrich akzeptieren, ebenso wie die Tatsache, dass der normale Betrieb im Logistikverteilzentrum unter diesen Umständen erheblich beeinträchtigt wurde.

Hektisch telefonierte Müller mehrfach mit der Frankfurter Zentrale, um zu beschwichtigen, was dort eher als eine Katastrophe wahrgenommen wurde. Und natürlich mussten auch all die Märkte beruhigt werden, deren Belieferung stockte. Jeder sah der Miene des Standortleiters an, was dem durch den Kopf ging.

„Mannomann, Heinrich Walter, was haben Sie uns da eingebrockt", schimpfte der zwar leise, was aber jeder um ihn herum verstand. Die Schädlingsbekämpfung ließ sich nicht auf einen Tag beschränken, wie es auch unmöglich war, das Areal zur Bekämpfung ganz eng einzugrenzen.

Am späten Abend waren die Arbeiten noch nicht abgeschlossen. Die Aktionen gestalteten sich aufwendiger und umfassten viel mehr Flächen, als Heinrich erwartet hatte. Nicht ohne die hoffnungsvolle Aussage, der Plage Herr zu werden, hatten sich die Schädlingsbekämpfer schließlich bis zum folgenden Tag verabschiedet. Erschöpft, aber auch etwas erleichtert lief Heinrich sehr spät erst zu seinem Auto. Zu Hause an der Eingangstür erwartete ihn bereits Maria.

„Wenn ich bloß wüsste, was bei euch in der Firma los ist!", rief eine besorgte und mitleidvolle Frau, als er sich an ihr vorbei ins Haus zwängen wollte. „Bei deinem Einsatz muss das doch deine Firma belohnen."

Ihre Worte überhörte Heinrich, sie wären ihm auch lächerlich vorgekommen. Hier fürchtete ein Mann, dass seine Firma in großen Schwierigkeiten steckte, wofür er verantwortlich war. Statt für das Sparziel einen Beitrag beizusteuern, hatte er seinem Arbeitgeber einen riesigen Schaden zugefügt. Unsicher war, ob eine Versicherung dafür aufkommen würde. Was seinen Job betraf, darüber wollte er im Moment gar nicht nachdenken.

„Heinrich, jetzt rede doch endlich mit mir", verlangte Maria, die nicht verstand, warum sich ihr Mann regelrecht abkapselte.

„Lass mich!", rief er müde abwehrend. „Ich möchte nur noch ins Bett!"

Hart musste ihn seine Frau Maria am Morgen bei der Schulter packen, um ihn wach zu bekommen. Nur benommen reagiert er zunächst auf ihr Rütteln.

★★★

Eine komplette Woche hatte es gedauert, bis die Plage beendet werden konnte. Schneller wäre es erledigt gewesen, wenn Heinrich gleich zu Beginn konsequent gehandelt und eine Profifirma eingeschaltet hätte. Das jedenfalls meinten sein Chef und die Kollegen, die da noch nichts von Maltes heimtückischen Aktionen ahnten.

Die Tage hatten bei Heinrich Spuren hinterlassen. Die milde Form des Mobbings, das beredte Schweigen seiner Leute und Kollegen erlebte er auch jetzt noch, wo die Vernichtungsaktion beendet und der Normalbetrieb angelaufen war. Was er täglich teils an Häme, teils an Ablehnung erfuhr, quälte ihn auch in der Folgezeit. Irgendwann musste er in seinem Gürtel ein neues Loch bohren, erst eins und nach ein paar Tagen noch ein zweites. Grau zeigte er sich im Spiegel und für seine Frau. Er hoffte, mit Glück seinen Arbeitsplatz retten zu können.

Müller und die Kollegen warfen ihm nicht grundlos vor, ihren Standort in dieser kritischen Phase zusätzlich gefährdet zu haben. Denn über Tage hatte das Logistikverteilzentrum nur begrenzt arbeiten können. Lebensmittel waren tonnenweise wegen des Gifteinsatzes vernichtet worden. Hinzu kam ein Imageschaden für den Konzern durch die Meldungen in den Medien. Die Kosten der Firma für die Schädlingsbekämpfung waren daneben fast schon eine Kleinigkeit.

Trotzig versuchte er, die dunklen Wolken über ihm zu verdrängen. Dass die sich mit der Zeit verziehen würden, hoffte er – und irrte sich. Sein Chef war einige Tage nach dem Ende der Schädlingsbekämpfungsaktion in die Zentrale gerufen worden. Dabei hatte der entschieden, dass erstmals Beate Schulte ihn vertreten sollte.

Vor seiner Fahrt nach Frankfurt meldete sich ein Mitarbeiter von Malte Behring bei Müller, der angeblich etwas aussagen müsste. Am Telefon redete der so verdruckst um den Brei herum, dass er ihn nicht verstand und daher schließlich zu sich ins Büro rief. Auch da rückte der erst offen mit seiner Geschichte heraus, nachdem ihm Müller zugesichert hatte, ihn anschließend nicht belangen zu wollen. Was er dann über eine miese Intrige hörte, das konnte er kaum glauben und musste mehrfach nachfragen.

„Und Sie haben nicht bemerkt, um was für eine Substanz es sich handelte, die Sie dort auf Herrn Behrings Anweisung hin verteilt haben?"

„Bestimmt nicht!", behauptete der Meister und schüttelte heftig den Kopf.

„Sie wissen schon, dass Ihre Beteiligung an dieser Aktion ein Kündigungsgrund ist?", fragte Müller zweifelnd und empört. Er ärgerte sich über seine abgegebene Zusage. „Ich werde mich zwar an meine Versicherung halten, aber auf Konsequenzen zu verzichten, fällt mir wirklich schwer."

In Müller arbeitete es sichtbar. Mehrfach hob er hilflos beide Hände hoch und ließ sie wieder auf die Schreibtischplatte zurücksinken, schüttelte den Kopf. Er war deutlich empört, und in ihm wuchs seine Abneigung gegen diesen Mitarbeiter, der zunehmend besorgt sein Bedauern wiederholte und eine Entschuldigung herausstotterte.

„Gehen Sie jetzt!", forderte Müller schließlich den Mann auf. „Sie werden Herrn Behring nichts von diesem Gespräch sagen, das ist eine Anweisung."

Dass es für Malte Konsequenzen haben musste, stand für ihn sofort fest. Es war zwar nicht sicher, ob die katastrophale Ausbreitung der Kakerlaken im Lager nicht auch ohne Maltes hinterhältiges Agieren erfolgt wäre, aber allein dessen Plan schätzte er schlicht als einen Kündigungsgrund ein. Wenn er vorher vielleicht daran mal gedacht hatte, Malte als seinen Nachfolger zu empfehlen, so war das für ihn ein No-go.

Er ließ sich nochmals seine Notizen für die Vorstandssitzung anzeigen und ergänzte die dann um eine kurze Schilderung dieses Vorfalls. Am Schluss vermerkte er noch: „Ich empfehle daher die sofortige Kündigung von Herrn Behring."

★★★

Als Müller von der Vorstandssitzung zurückkehrte, hatte er zwar für alle eine beruhigende, den Standort betreffende Nachricht, aber was dann noch kam, das hatte es in sich.

Direkt vor ihrer Sitzung hatte sich der Chef seinen Mitarbeitern gegenüber verschlossen gezeigt, hatte sich auf keinerlei Wortwechsel auf dem Flur einlassen wollen. Bedrückt erschien er, nicht wie früher, wo er oft locker mit dem einen oder anderen geplaudert hatte. „Also, trotz der Katastrophe mit der Kakerlaken-Attacke: Es wurde entschieden, dass unser Standort langfristig erhalten bleiben soll", erklärte er der erfreuten Runde. „Was ich Ihnen auch mitteilen kann ist, dass ich in die Zentrale zurückkehren soll. Dort soll ich eine noch nicht näher festgelegte Sonderaufgabe übernehmen."

Was Müller gesagt hatte, passte für seine Leute zu seinem resignativen Auftreten. Seine Beförderung auf eine Stelle für „unbestimmte Sonderaufgaben" sahen sie als Bestrafung, als eine Degradierung an. Weshalb die Konzernzentrale ihren Chef abstrafen wollte, darüber schwieg sich der aus.

Jetzt wartete vor allem Malte auf die eine Nachricht, die nun unweigerlich folgen musste. Müller grinste in die Runde und wartete. Erst als die Spannung regelrecht knisterte und die Teilnehmer ihre Ungeduld zeigten, fuhr er fort. „Jetzt wollen Sie sicher wissen, wer meine Nachfolge antreten wird?" Er machte nochmals eine Pause. „Die Konzernleitung hat einem gesellschaftlichen Trend folgen wollen und auch meinen Ratschlag berücksichtigt. Die Nachfolgerin wird Ihre Kollegin Beate Schulte sein."

Das hatte bestimmt keiner in der Runde erwartet, und einen Moment trat völlige Stille ein, während Müller aufstand und seine Sekretärin heranwinkte, die vorher kurz den Raum verlassen hatte. Die übergab ihm einen Blumenstrauß, den er mit den Worten „Ich freue mich wirklich, Frau Schulte, dass Sie meine Nachfolgerin werden. An Ihrer Qualifikation hatte ich nie gezweifelt!" weiterreichte.

Frau Schulte war so gerührt, dass sie einen langen Moment brauchte, um sich zu fassen und auch ein paar Tränen wegzuwischen.

Dann trat sie etwas vor und hielt eine spontane und kurze Rede, die damit schloss, dass sie versprach, mit allen ihren bisherigen Kollegen offen zusammenarbeiten zu wollen.

Was blieb da den Anwesenden übrig, als zu gratulieren? Heinrich hatte ohnehin keine Aufstiegschancen mehr für sich gesehen, nur für seinen Kollegen Malte war die Nachricht fast ein Schock. Den Rest der Sitzung starrte der nur teilnahmslos die Wand hinter Müller an.

Als die Besprechung schon beendet werden sollte, wendete sich Müller an Malte mit der Bitte, einen Moment in dessen Büro zu kommen.

„Ich rufe Sie nachher auch nochmals zu mir!", sagte er noch zu Heinrich beim Hinausgehen.

Allein mit Malte, wurde Müller sehr ernst. „Ich habe einen Moment überlegt, wer wohl der amtlichen Lebensmittelüberwachung diese Information gesteckt haben könnte. Dass Herr Walter sich wohl kaum diese Kontrolle ins Haus holen wollte, schien mir sicher. Auch bei Frau Schulte und ihren Leuten war ich mir ziemlich sicher."

Müller fixierte scharf den ihm gegenübersitzenden Malte, den es kaum auf seinem Stuhl hielt. Fast schien es, als wollte der jeden Moment selbst das Wort ergreifen.

„Sie meinen aber nicht, dass ich so eine Schufterei begangen haben könnte?", fragte Malte mit empörter Stimme. „Das wäre eine ungeheuerliche Unterstellung! Nie und nimmer …"

„Haben Sie wirklich erwartet, dass so eine Schufterei, wie Sie das mit Recht nennen, mir verborgen bleiben kann? Mein Kontakt zur Lebensmittelkontrollbehörde ist eng und auch vertrauensvoll. Muss ich mehr sagen?", erklärte Müller mit triumphierender Stimme.

Malte schwieg, weil er annehmen musste, dass sein Chef offenbar über einen direkten Kanal zu dieser Behörde verfügte. Er hoffte schon, dass damit die Sache erledigt sei. Die Behörde war ja gar nicht tätig geworden. Aber Müller hielt ihn fest.

„Wissen Sie wirklich alle Ihre Leute hinter sich? Denken Sie mal nach!"

Müller schaute Malte geringschätzig an. Dann zog er aus einer Mappe auf seinem Schreibtisch ein mit Firmenlogo und -namen gekennzeichnetes Formblatt hervor.

„Das ist das Letzte, was ich Ihnen überreiche", sagte Müller mit eisiger Stimme. „Ich fasse den Inhalt dieses Schreibens kurz zusammen. Sie sind mit sofortiger Wirkung gefeuert, packen Sie Ihre Sachen!"

Malte wurde kreidebleich, verkrampfte regelrecht auf seinem Stuhl. Er wollte etwas sagen oder fragen, was ihm nicht gelang. Obwohl sich seine Lippen bewegten, kam kein Wort heraus.

Müller wandte sich seinem Telefon zu und beachtete ihn nicht mehr. Deutlich zeigte er sein Desinteresse an einem weiteren Gespräch.

Malte ahnte, dass jemand seine Aktion im Lager IV verraten haben musste. Nicht sicher war er, ob sein Meister gequatscht hatte oder ein anderer Mitarbeiter, der den dabei beobachtet hatte. Nur: War das für ihn noch wichtig? Der Super-GAU, von dem er mal gesprochen hatte, schien für ihn eingetreten zu sein.

***

Bei Heinrich klingelte das Telefon, der schon Müllers Anruf erwartet hatte.

„Sie können jetzt mal zu mir kommen", forderte der ihn in freundlichem Ton auf.

Als er in dessen Büro eintrat, bat der ihn, zunächst die Tür zu schließen und dann Platz zu nehmen. Und er orderte für ihn und sich noch zwei Kaffee.

„Ich halte viel von Ihnen, auch weil Sie kompetent und loyal sind. Ich verdanke Ihnen, dass ich in diesem Standort Fuß gefasst habe. Und das macht es mir nicht leicht, Ihnen zu erklären, warum ich dem Vorstand Ihre Kollegin als meine Nachfolgerin empfohlen habe", entschuldigte sich Müller fast mit bedauernder Stimme. „Aber ich habe nicht so entschieden, wegen Ihres schwachen Managements bei der Schädlingsbekämpfung."

Heinrich schwankte, ob er nach den wirklichen Gründen für Müllers Entscheidung fragen sollte. Es würde jetzt nichts mehr ändern können. Allerdings war es eine Gelegenheit, eine Beurteilung von jemandem zu hören, der ihm offensichtlich so nüchtern wie ehrlich seine Meinung sagen könnte.

„Sie hören mir noch zu?", sagte Müller, der fürchtete, dass sein Mitarbeiter mit eigenen Gedanken beschäftigt war. „Auch wenn Sie nicht befördert werden, der Vorstand möchte Sie in Ihrer jetzigen Position an diesem Standort halten. Mein Eindruck ist, dass das für alle, auch für Sie, die beste Entwicklung ist."

Sie standen beide fast gleichzeitig auf, und Müller streckte ihm die Hand entgegen.

Heinrich schien so bewegt, dass es ihm an passenden Worten zum Abschied fehlte, nur sein Chef sagte noch etwas. „Ich wünsche Ihnen alles Gute!"

An seinem Schreibtisch fand er genügend Zeit, um die Vorstandsentscheidung und das Gespräch mit Müller zu durchdenken. Alles sollte erst mal sacken, so überrascht hatte ihn auch die Rede von seinem Chef.

„Ich bin eben angekommen auf dem Level meiner höchsten Kompetenz", sprach er jetzt leise eine Weisheit aus, die er bei einem Führungslehrgang aufgeschnappt hatte. Mehr würde er beruflich nicht erreichen können, stellte er fast nüchtern fest und war nicht einmal traurig. Seinen Job würde er behalten, und das war immerhin eine positive Nachricht.

Dann klopfte Beate Schulte an seine Bürotür, die ihn möglicherweise trösten wollte, weil sie annahm, dass ihn die entgangene Beförderung schmerzen könnte. Sie bot ihm ihr Du an.

„Ich freue mich natürlich über diese unerwartete Entwicklung. Aber ich versichere dir, dass ich auch gern hier gearbeitet hätte, wenn du Müllers Nachfolger geworden wärest, denn ich habe großen Respekt vor dir."

Das klang aufrichtig und unverstellt. Es war auch wirklich ein Trost für Heinrich. Er reagierte prompt, indem er ihr seine Unterstützung zusagte. Dass er mit ihr gut zusammenarbeiten könnte, daran zweifelte er ohnehin nicht.

Er hatte keine Ahnung, warum sich Malte nicht sehen ließ. Von seiner gemeinen Intrige hatte er ebenso wenig Kenntnis wie von dessen Entlassung.

Wenigstens heute wollte er mal pünktlich nach Hause gehen und packte seine Tasche. Dann lief er nochmals zu seinen Leuten ins Lager, um die über die neuesten Entscheidungen zu informieren. Nicht alle zeigten sich überrascht oder bedauerten, dass Heinrich nicht befördert worden war. Das schien denen gar nicht wichtig zu sein. Dagegen konnten die ihm eine Neuigkeit mitteilen, die sie bereits über ihre Kanäle erfahren hatten.

„Wissen Sie denn nicht, dass man Herrn Behring gefeuert hat?", fragten sie verwundert. „Der hat doch tatsächlich versucht, uns in richtige Schwierigkeiten zu bringen."

Das haute dann Heinrich fast um, als er die Einzelheiten von Maltes Aktionen erfuhr.

„Gut, dass der sich nicht mehr bei mir gemeldet hat!", sagte er leise zu sich, als er schon unterwegs zu seinem Auto war. „Man weiß wirklich nicht, was in manchen Menschen vor sich geht", murmelte er.

EPILOG

Die Kurzgeschichten haben es teilweise gezeigt, wie ambivalent wir uns den Insekten gegenüber verhalten. Sie sind nützlich und schädlich, sie sind gern gesehene Begleiter und oft lästig. Sie greifen, wenn auch ungewollt, sogar in eine Handlung ein.

Im Internet lesen wir, dass nur ca. eine Million Insekten bisher wissenschaftlich beschrieben worden sind. Angenommen wird, dass noch eine weitere Million unentdeckt ist. Daraus lässt sich auch schließen, dass wir längst nicht genügend Informationen über diese angeblich artenreichste Klasse von Tieren haben.

Ein Artikel in *Spektrum der Wissenschaft* erstaunte mich kürzlich. Darin wurde über die unglaubliche Intelligenzleistung und die ungeahnten Fähigkeiten berichtet, die Forscher in Versuchen mit Hummeln beobachtet hatten. Es reichte diesen Tieren eine Vorführung durch ihre Artgenossen, um ihnen das Prinzip zu vermitteln, wie sie an eine Belohnung gelangen können. Sie imitierten danach nicht nur ihre Verwandten, sondern sie schienen deren Vorgehen und Tricks zu verstehen.

Solche Leistungen nötigen uns allen sicher Respekt ab, und vielleicht fragt sich der eine oder andere von uns, wozu diese Lebewesen noch fähig sind, wovon wir bisher keine Ahnung haben.

Auf ihre Nützlichkeit zu blicken ist wichtig, das geschieht ja auch weitgehend. Sich bewusst zu sein, dass diese Tiere über mehr Fähigkeiten verfügen könnten, die durch die Forschung noch ans Licht gebracht werden, erweitert unsere verengte Sicht nur auf ihre Nützlichkeit für uns Menschen. Diese in der Evolution als vorteilhaft herausgebildeten Fähigkeiten erforscht die Wissenschaft teilweise in mühsamer Kleinarbeit. Zu hoffen ist, dass deren Erkenntnisse sich auch auf unsere Haltungen diesen Tieren gegenüber positiv auswirken werden.

Der Autor

Der Autor Herbert Wolf hat nach seinem Mathematikstudium nicht nur über viele Jahre in der Datenverarbeitung und Systemanalyse an einer Universität und in einem großen Konzern gearbeitet, er hielt sich auch über längere Zeit im Ausland, zum Beispiel Brasilien und Mexiko auf. Heute lebte er in Bayern und widmet sich mit Engagement seinen schriftstellerischen Aufgaben. Sein Kurzgeschichtenband „Insekten sterben, Menschen auch" ist bereits sein drittes Buch.

novum 🔷 VERLAG FÜR NEUAUTOREN

Der Verlag

„ *Wer aufhört
besser zu werden,
hat aufgehört
gut zu sein!*

Basierend auf diesem Motto ist es dem novum Verlag ein Anliegen neue Manuskripte aufzuspüren, zu veröffentlichen und deren Autoren langfristig zu fördern. Mittlerweile gilt der 1997 gegründete und mehrfach prämierte Verlag als Spezialist für Neuautoren in Deutschland, Österreich und der Schweiz.

Für jedes neue Manuskript wird innerhalb weniger Wochen eine kostenfreie, unverbindliche Lektorats-Prüfung erstellt.

Weitere Informationen zum Verlag und seinen Büchern finden Sie im Internet unter:

www.novumverlag.com